KNAUR

Im Knaur Verlag sind bereits folgende Romane der Autorin erschienen:

Die Wanderhure
Die Kastellanin
Das Vermächtnis der Wanderhure
Die List der Wanderhure
Die Wanderhure und die Nonne
Die Wanderhure und der orientalische Arzt
Die Tochter der Wanderhure
Töchter der Sünde
Die junge Wanderhure

Die Kastratin
Die Goldhändlerin
Die Tatarin
Die Löwin
Die Pilgerin
Die Feuerbraut
Die Rose von Asturien
Die Ketzerbraut
Feuertochter
Die Flammen des Himmels
Die steinerne Schlange
Die Rebellinnen
Die Fürstin
Das Mädchen aus Apulien
Die Widerspenstige
Der Fluch der Rose
Die Saga von Vinland

Die Rache der Wanderhure
Das Mädchen von Agunt
Ritter Constance

Dezembersturm
Aprilgewitter
Juliregen

Das goldene Ufer
Der weiße Stern
Das wilde Land
Der rote Himmel

Die Wanderapothekerin
Die Liebe der Wanderapothekerin
Die Entführung der Wanderapothekerin
Die Tochter der Wanderapothekerin

Tage des Sturms
Licht in den Wolken
Glanz der Ferne

Das Glück der Freundin

Die Perlenprinzessin – Rivalen
Die Perlenprinzessin – Kannibalen
Die Perlenprinzessin – Missionare
Die Perlenprinzessin – Lucky Jim
Die Perlenprinzessin – Schwarze Tränen

Über die Autorin:
Iny Lorentz ist das Pseudonym des Autorenpaars Iny Klocke und Elmar Wohlrath. Ihr größter Erfolg »Die Wanderhure« erreichte ein Millionenpublikum und wurde ebenso wie fünf weitere ihrer Romane verfilmt. Außerdem wurde dieser Roman für das Theater adaptiert. Seit der »Wanderhure« folgt Bestseller auf Bestseller. Viele ihrer Romane wurden zudem ins Ausland verkauft. Neben anderen Preisen wurde das Autorenpaar mit dem »Wandernden Heilkräuterpreis« der Stadt Königsee ausgezeichnet und in die »Signs of Fame« des multikulturellen und völkerverbindenden Friedensprojekts »Fernweh-Park« aufgenommen.

Besuchen Sie auch die Homepage der Autoren und ihren Facebook-Auftritt:
www.inys-und-elmars-romane.de
www.facebook.com/Inys.und.Elmars.Romane

INY LORENTZ

Die Wanderhure und der orientalische Arzt

ROMAN

KNAUR

Besuchen Sie uns im Internet:
www.knaur.de

MIX
Papier | Fördert gute Waldnutzung
FSC® C014496
www.fsc.org

Eigenlizenz Dezember 2023

Ein Imprint der Verlagsgruppe
Droemer Knaur GmbH & Co. KG, München

Redaktion: Regine Weisbrod
Covergestaltung: ZERO Werbeagentur, München
Coverabbildung: Collage unter Verwendung von Motiven von
Laura Ranftler / arcangel images,
Alexandre Fondone / arcangel images und shutterstock.com
Satz: Adobe InDesign im Verlag
Druck und Bindung: GGP Media GmbH, Pößneck
ISBN 978-3-426-51892-2

4 5 3

Erster Teil

Bruderliebe

1.

Es war ein herrlicher Tag, gerade richtig zum Ausreiten, fand Gunther. Zu seiner großen Freude hatten ihn sein Bruder Radolf und dessen Vetter Otfried aufgefordert, sie zu begleiten. Das taten sie nicht oft, denn beide waren einige Jahre älter als er und galten bereits als erwachsene Männer, während er mit seinen sechzehn Jahren noch als Jüngling angesehen wurde.

»Wie wäre es mit einem scharfen Galopp?«, fragte Radolf eben.

Otfried lachte auf. »Um die Wette? Ich hätte nichts dagegen! Welchen Preis setzen wir für den Sieger?«

Da Otfried als ausgezeichneter Reiter galt, nahm Gunther an, dass sein Vetter von seinem Sieg überzeugt war. Radolf würde gewiss nicht auf die Wette eingehen, denn dieser war äußerst sparsam und tadelte jeden in der Burg, der in seinen Augen etwas verschwendet hatte.

»Was hältst du von meinem neuen Mantel? Wenn ihr etwas Gleichwertiges bietet, setze ich ihn«, antwortete sein Bruder jedoch zu Gunthers Überraschung.

»Wie wäre es mit meinem Dolch, der dir so gut gefällt?«, bot Otfried an.

»Da kann ich nicht mithalten, denn ich besitze nichts, was es wert ist, als Preis eingesetzt zu werden«, sagte Gunther bedrückt.

»Das wäre ja noch etwas, wenn wir von dir Säugling einen gleichwertigen Einsatz fordern würden!«, rief sein Bruder lachend. »Weißt du was? Wenn uns deine Großtante Mildburg das nächste Mal besucht, so kümmerst du dich um sie, damit ich meine Ruhe habe. Ich werde Otfried schon irgendwie entschädigen, falls er gewinnen sollte, so dass er nicht das Nachsehen hat.«

»Damit bin ich einverstanden«, antwortete Otfried sofort.

Es war ein Angebot, das Gunther nicht ablehnen konnte. Im Gegensatz zu Radolf kam er mit der alten Dame gut zurecht, und es langweilte ihn auch nicht, den endlosen Geschichten zu lauschen, die sie über Menschen erzählte, die längst tot und von den meisten vergessen waren. Er würde sich auch ohne eine verlorene Wette um die alte Dame kümmern, denn das hatte er noch bei jedem ihrer Besuche getan.

»Also gut, ich verspreche es«, erwiderte er. Ein wenig Hoffnung, zu gewinnen, hatte er sogar. Er war leichter als sein Bruder und dessen Vetter und sein Hektor kaum langsamer als deren Renner.

»Dann ist es beschlossen! Gewinne ich, erhalte ich Otfrieds Dolch, und du lässt das Geschwätz des alten Drachens über dich ergehen. Das tust du ebenfalls, wenn Otfried gewinnt.«

Radolf lachte auf und wies auf den Höhenzug, der vor ihnen lag. »Da wir stattliche Preise ausgelobt haben, sollte die Strecke länger sein. Was haltet ihr von der alten Kapelle bei der Schlucht als Ziel?«

Bis dorthin war es ein anstrengender Ritt, doch Gunther glaubte, ihn bewältigen zu können. »Ich bin einverstanden!«

Auch Otfried nickte. »Ich ebenfalls! Wir reiten los, wenn der Kuckuck das nächste Mal schreit.«

Die nächsten Augenblicke vergingen in gespanntem Lauschen. Da erklang der Ruf des Kuckucks, und sofort gaben alle drei ihren Pferden die Sporen. Radolf gewann rasch einen Vorsprung und versuchte, diesen auszubauen.

Trotz seiner Anspannung musste Gunther lächeln. Anders als Otfried, der seinen Dolch dem Sieger mit einem Lachen übergeben würde, würde Radolf der Verlust des Mantels und auch des Gegenstands schmerzen, den er für ihn an Otfried würde übergeben müssen. Die Überlegung, den Mantel unter den Augen des Bruders tragen zu müssen, brachte ihn fast davon ab, gewinnen zu wollen.

Dann aber dachte Gunther daran, dass er Radolf den Mantel als Geschenk zurückgeben konnte. Otfried hingegen würde seinem Dolch gewiss nicht nachtrauern, und da dieser ihm gefiel, spornte er nun seinen Hengst an. Zu sehr durfte er Hektor nicht hetzen, damit dem Hengst noch die Kraft für das letzte Stück blieb. In der Hinsicht handelte Radolf unüberlegt. Wahrscheinlich hoffte er, so viel Vorsprung zu gewinnen, dass er nicht mehr eingeholt werden konnte. Aber diese Rechnung würde nicht aufgehen.

Auch wenn er noch jung war, wusste Gunther mit Pferden umzugehen und hielt das richtige Maß, damit sein Hengst nicht zu weit hinter Radolf und Otfried, der nun ebenfalls schneller wurde, zurückfiel, aber genug Kraft behielt, um zuletzt noch einmal richtig galoppieren zu können.

Das flache Wegstück blieb hinter Gunther zurück, und er ritt in die Hügel des Ödlands hinein, deren Flanken von dichtem Laubwald bedeckt waren. Der Pfad, dem er folgte, schlängelte sich zwischen den Hügeln dahin. Gelegentlich sah er Otfried vor sich, dessen Hengst bereits langsamer wurde, und schließlich auch Radolf. Dieser warf einen Blick nach hinten und bog dann vom Weg ab, um die Strecke über einen Hügel abzukürzen.

Gunther schüttelte innerlich den Kopf. Sein Bruder musste doch merken, wie stark sich sein Hengst bereits verausgabt hatte. Ihn zu dieser Kraftanstrengung zu zwingen, würde das Tier vollends erschöpfen. Dabei war es noch gut eine Meile bis zu ihrem Ziel.

Gunther überlegte, wie er die letzte Strecke angehen sollte. Seinen Bruder würde er gewiss überholen. Ihm ging es jedoch um Otfried. Wenn dieser gewann, würde er Radolfs Mantel behalten. Dies hieß aber auch, dass Radolf etliche Tage äußerst schlecht gelaunt sein würde. Der Leidtragende würde dann er sein, denn an ihrem Vater konnte sein Bruder seinen Ärger nicht auslassen, und andere Geschwister gab es nicht.

Mit einer gewissen Selbstverspottung dachte Gunther daran, dass er dieses Wettreiten nicht für sich gewinnen wollte, sondern um seinem Bruder den Mantel zu erhalten. Dafür musste er nun aber zu Otfried aufschließen, sonst wurde dessen Vorsprung zu groß.

Mit einem Zungenschnalzen brachte er Hektor dazu, noch schneller zu werden, und kurze Zeit später sah er Otfried nicht mehr allzu weit vor sich. Fast zur gleichen Zeit kam Radolf die Hügelflanke herab und schaffte es gerade noch, einen kleinen Vorsprung vor seinem Vetter zu retten.

»Das war dumm von dir, Bruder«, murmelte Gunther und ließ seinem Hengst die Zügel. Er kam Otfried immer näher und überholte ihn schließlich. Wenig später hatte er auch Radolf hinter sich gelassen und galoppierte fröhlich auf die kleine Kapelle zu, die ein Eremit vor langer Zeit hier errichtet hatte. Da das Kirchlein sich weder auf einem Pilgerweg befand noch ihm besondere Kräfte nachgesagt wurden, kamen nur selten Leute hierher. Gunther war bisher höchstens zwei- oder dreimal an diesem Ort gewesen, allerdings nicht wegen der Kapelle selbst, sondern wegen der Schlucht, die sich ein Bach nur einen Steinwurf davon entfernt gegraben hatte.

Von einem gelehrten Magister, der auf der Burg seines Vaters zu Besuch gewesen war, war diese Schlucht als Wunder Gottes bezeichnet worden. Dort, wo man von der Kante aus bis auf den Grund sehen konnte, hätten fünf Männer übereinander auf den Schultern des jeweils unteren darin stehen müssen, damit der Oberste mit dem Kopf hinausschauen konnte. Zudem war der Einschnitt mehr als drei Klafter breit, und es hieß von den Jünglingen dieser Gegend, sie gälten erst dann als richtige Männer, wenn sie die Schlucht mit ihrem Pferd übersprungen hatten.

Gunther hatte dies noch nicht gewagt. Sein Bruder hingegen hatte vor zwei Jahren behauptet, den Sprung bewältigt zu haben. Radolfs Zeuge war Otfried, so wie er dessen Zeuge war. Irgendwann in den nächsten Jahren, sagte Gunther sich, würde auch er springen müssen. Dann aber sollte das Pferd, das er ritt, frischer sein als sein Hektor, dem der harte Ritt nun anzumerken war.

2.

Als Radolf und Otfried herankamen, winkte Gunther ihnen fröhlich zu. »Das war ein schöner Ritt!«

»Für dich vielleicht! Mein Gaul hat sich die Fessel vertreten und humpelt. Ich kann ihn nur noch im Schritt reiten, und das bedeutet, ich werde nicht vor der Nacht nach Hause kommen«, antwortete Radolf unwirsch.

»Der Weg zu unserer Burg ist näher. Komm doch mit mir! Gunther kann es eurem Vater mitteilen«, schlug Otfried vor.

»Das wird wohl das Beste sein.« Radolf stieg ab, hob den rechten Vorderfuß seines Pferdes auf und betastete das Gelenk. »So schlimm sieht es Gott sei Dank nicht aus. Ich werde wohl morgen nach Hause reiten können.«

»Jetzt sollten wir erst einmal Rast machen. Ich habe eine Lederflasche mit Wein bei mir, den wir uns teilen können. Als Sieger unseres Wettreitens gebührt Gunther der erste Schluck!« Bei diesen Worten nestelte Otfried die Flasche vom Sattel und warf sie Gunther zu.

Dieser fing sie auf, löste die Schnur, mit der sie verschlossen war, und trank durstig von dem überraschend süßen Wein.

»Der schmeckt ausgezeichnet!«, sagte er, als er die Flasche an Otfried zurückreichte.

»Er ist aus dem Fass, in dem mein Vater seinen besten Tropfen aufbewahrt«, meinte dieser grinsend und trank nun selbst.

Nachdem auch Radolf die Lederflasche erhalten hatte, war sie leer. Otfried befestigte sie wieder am Sattel und setzte sich neben die Kapelle ins Gras.

»Eigentlich müsse dieser Ort belebter sein«, meinte er.

»Weshalb?«, fragte Gunther verwundert.

»Das hier ist die Stelle, an der alle vier Herrschaften des Kleeblattbunds aneinanderstoßen würden, wenn das Ödland aufgeteilt worden wäre. Es müsste hier ein Dorf geben oder zumindest eine Schenke mit gutem Wein und einer hübschen Wirtstochter, mit der man gewisse Dinge tun kann.«

Radolf lachte. »Wein darf mein Bruder bereits trinken, doch mit einer hübschen Wirtstochter weiß er noch nichts anzufangen.«

»Die würde es ihm schon beibringen«, rief Otfried und zwinkerte Gunther zu. »Es würde dir gewiss Freude machen. Du bist ja kein Knabe mehr.«

Gunther grinste verlegen. Natürlich wusste er, was man mit Wirts- und anderen Töchtern anfangen konnte, auch wenn er es bislang noch nicht getan hatte. Bei den vielen Leuten beiderlei Geschlechts, die auf der Burg zusammenlebten, blieb so etwas kein Geheimnis. Schon bald würde auch er versuchen, mit einer der jungen Mägde in einem versteckten Winkel zu verschwinden. Die eine oder andere wäre gewiss gerne dazu bereit. Hatte ihn Bruni nicht letztens mit ein paar verheißungsvollen Blicken bedacht? Er wusste allerdings, dass diese öfter in der Kammer seines Bruders zu tun hatte und dort länger blieb. Da er Radolf nicht in die Quere kommen wollte, überlegte er, eine der anderen Mägde zu fragen, ob sie mit ihm eine gewisse Zeit verbringen mochte.

In Gedanken verstrickt, achtete Gunther nicht auf die leise geführte Unterhaltung von Radolf und Otfried, bis sein Bruder neben ihn trat und ihm die Hand auf die Schulter legte. »Unser Vetter hat recht! Du bist kein Knabe mehr.«

»Es wird Zeit für dich, den Sprung über die Schlucht zu wagen. Nachdem dein Hengst heute so gut gelaufen ist, wird er auch das noch schaffen«, rief Otfried.

»Ich weiß nicht … Hektor hat bei diesem Ritt doch einiges an Kraft aufwenden müssen«, wandte Gunther ein.

»So erschöpft, wie du glaubst, ist er nicht«, erklärte sein Bruder und legte den Arm um ihn. »Komm mit! Wir sehen uns die Schlucht an, und dann wirst du feststellen, dass sie ganz leicht zu überwinden ist. Es heißt, dass nicht nur Pferde darüberspringen können. Man erzählt sich, dass es auch ein junger Bauer getan hat, nachdem dessen Angebetete ihn damit verspottet hatte, er besitze ja nicht einmal ein Pferd, um über die Schlucht zu springen.«

Mit einem leisen Stöhnen ließ Gunther zu, dass sein Bruder ihn zur Schlucht führte, und starrte mit einem mulmigen Gefühl hinab. An den Seiten wuchsen ein paar Büsche, unten am Grund konnte er den Bach erkennen.

»Wer hier hineinfällt, steht nicht mehr auf«, sagte er abwehrend.

»Wer will denn hineinfallen?«, antwortete sein Bruder. »Du stellst dich mit deinem Pferd dort vorne hin, nimmst Anlauf und bist im nächsten Augenblick drüben. Zurück geht es noch leichter, da die Kante auf dieser Seite eine gute Elle tiefer liegt. Worauf wartest du noch? Nach diesem Sprung bist du hier als wackerer Bursche bekannt und kannst bei Bruni lernen, wie es ist, einen weichen Frauenleib unter dir zu spüren!«

»Du bietest mir Bruni an? Aber ich dachte …«

Gunther brach ab, als sein Bruder schallend zu lachen begann. »Wäre Bruni mein angetrautes Weib, würde ich es dir sehr verargen, wolltest du ihr die Röcke heben. Sie aber ist eine Magd, die jeder haben kann. Auch Vater hat sie bereits gestoßen. Jetzt bist eben du an der Reihe.«

Radolfs Worte klangen für Gunthers Ohren ein wenig derb. Knechte sprachen so, aber doch kein Edelmann! Er begriff allerdings, dass er sich nicht länger widersetzen konnte. So breit, dachte er für sich, war die Schlucht wirklich nicht, als dass sein Hengst sie nicht überspringen konnte.

»Also gut, ich tue es!«

»Ich wusste doch, dass du Mumm in den Knochen hast. Immerhin bist du mein Bruder, und Brüder müssen zusammenhalten, jetzt wie auch später, wenn du Guntramsweil als Erbe deiner Mutter übernommen hast und wir uns Bogenberg nach dem Tod unseres Vaters geteilt haben.«

In Radolfs Stimme schwang ein neidischer Unterton mit, der Gunther jedoch entging.

»Wir sollten zur Kapelle zurückgehen, damit ich springen kann«, antwortete der Jüngere und wurde von seinem Bruder mit einem Schulterklopfen belohnt.

Als sie die Kapelle wieder erreichten, lag Otfried im Gras und schlief, schreckte aber hoch, da Radolf ihn mit der Fußspitze berührte. »Irgendwie hat der Wein mich müde gemacht«, sagte er mit einem verzerrten Grinsen.

»Du hast ja auch am meisten getrunken. Für mich ist kaum etwas geblieben«, antwortete Radolf und wies auf Gunther. »Unser Kleiner will springen!«

»Ich dachte mir schon, dass er sich diese Gelegenheit nicht entgehen lässt, denn jetzt können wir beide bezeugen, dass er es getan hat«, antwortete Otfried und stand auf.

»Nachdem er gesprungen ist!«, schränkte Radolf ein. Er reichte seinem Bruder die Zügel und wies auf die Schlucht. »Nun zeig, was du kannst!«

Gunther hatte das Gefühl, als trauten die beiden es ihm nicht zu, den Sprung zu wagen, und nahm sich vor, ihnen das Gegenteil zu beweisen. Mit einem Satz saß er im Sattel, steckte die Füße in die Steigbügel und lenkte den Hengst zu der Stelle, von der aus er Anlauf nehmen wollte. Sein Bruder und dessen Vetter kamen langsam hinter ihm her.

»Gib Hektor die Sporen, damit er schnell genug für den Sprung wird«, riet Radolf ihm.

»Das werde ich!« Gunther zügelte kurz das Pferd, richtete es so aus, dass es in gerader Linie auf die Schlucht zugaloppieren konnte, und trieb es an.

Der Hengst hatte bereits einen harten Ritt hinter sich. Aber es war, als begreife er, dass es galt, noch einmal alle Kraft einzusetzen. Er ging fast aus dem Stand in den Galopp und jagte auf die Schlucht zu.

Als Gunther diese auf sich zukommen sah, kribbelte alles in ihm vor Anspannung. Im nächsten Moment hob sein Hengst kraftvoll ab. Es war wie ein Flug, dachte Gunther noch. Dann aber, genau über der Schlucht, rutschte der Sattel unter ihm weg. Er versuchte noch, sich auf dem Rücken des Pferdes zu halten, kippte jedoch zur Seite und stürzte. Der Schwung trieb ihn bis an die gegenüberliegende Wand der Schlucht, und er fühlte einen Aufschlag, der ihm den Atem raubte. Instinktiv krallten seine Hände sich in einen dort wachsenden Busch. Fast gleichzeitig schlug der Sattel gegen seinen Rücken, und er verlor den Halt.

Verzweifelt versuchte er, sich an dem Grasbüschel, über das seine Hände glitten, festzuhalten, aber er riss es mit sich. Ein magerer Zweig gab ebenfalls sofort nach, und er schrammte die Hände an Buschwerk und rauen Felsen auf. Immer schneller glitt er in die Tiefe. Als er in das Wasser des Baches klatschte, verlor er das Bewusstsein. Er bekam nicht mehr mit, wie viel Glück er im Unglück hatte, denn er landete mit dem Kopf auf seinem Sattel und geriet dadurch nicht in Gefahr, zu ertrinken. Als er wieder zu sich kam, fühlte er zunächst kaum Schmerz, sondern war nur froh, am Leben zu sein. Vorsichtig begann er, Arme und Beine zu bewegen, und nun spürte er die Folgen seines Sturzes. »Mein Gott, hoffentlich habe ich mir nichts gebrochen«, stöhnte er.

Doch seine Gliedmaßen schienen in Ordnung zu sein. Vor Erleichterung atmete er tief durch, und sofort spürte er seine Rippen. Es tat fürchterlich weh, und er begriff, dass er die eine oder andere angebrochen oder zumindest schwer geprellt haben musste.

Langsam kam die Erinnerung zurück, dass er den Sprung über die Schlucht hatte wagen wollen. Anscheinend war dabei sein Sattelgurt gerissen. Wenn er und Radolf wieder nach Hause kamen, dachte er, würde er dem Stallmeister einige deutliche Worte sagen.

Erst aber musste er hier herauskommen, und dafür benötigte er die Hilfe seines Bruders und die von Otfried. Die beiden hatten seinen Sturz miterlebt und würden gewiss schon überlegen, wie sie ihm helfen konnten. Ihren Spott über seinen missglückten Versuch würde er wohl noch lange ertragen müssen.

Gunther drehte sich mühsam, so dass er hoch über sich das schmale Band des Himmels erkennen konnte, der sich über der

Schlucht spannte. Die zwei Schatten, die sich oben über den Rand beugten, konnten nur Radolf und Otfried sein. Er wollte ihnen schon zurufen, dass er den Sturz halbwegs glimpflich überstanden hatte, als Otfrieds Stimme höhnisch zu ihm herabdrang. »Diesen Gimpel zu beseitigen, war leichter, als ich dachte. Meinen Glückwunsch, Vetter! Damit bist du der alleinige Erbe deines Vaters und wirst zudem noch die Herrschaft Guntramsweil für dich behalten können. Außer dem Grafen auf Hettenheim kommt dir dann niemand von den Herren in diesem Gau gleich.«

Gunther erstarrte. Hatte er recht gehört, oder narrten ihn die Sinne? Er erwartete, dass Radolf seinen Vetter zornig zur Rede stellen würde. Stattdessen hörte er ihn lauthals lachen. »Endlich ist dieses Ärgernis beseitigt! Ich musste mich jedes Mal beherrschen, wenn ich Gunther sah, um ihn nicht zu erwürgen.«

»Sei froh, dass du es nicht getan hast! Es hätte dir einen schlechten Ruf eingebracht – oder gar die Verbannung«, rief Otfried. »So war es am einfachsten! Du hast deinen Bruder weggelockt, so dass ich seinen Sattelgurt anschneiden konnte. Wie ich dir gesagt habe, hat das gereicht, damit der Gurt an der richtigen Stelle gerissen ist.«

»Soll einer von uns nach unten steigen und nachsehen, ob noch Leben in ihm ist?«

»Warum?«, fragte Otfried spöttisch. »Gunther dürfte sich bei dem Sturz das Genick gebrochen haben, und wenn nicht, so gewiss doch ein Bein oder alle beide. Selbst wenn er noch nicht tot ist, wird er es bald sein. Hier hilft ihm keiner! Wer sollte es auch tun, da nur selten jemand hierherkommt?«

»Ich hätte gerne Gewissheit!«, drängte Radolf.

»Ohne Seil können wir nicht in die Schlucht steigen, und wir haben keines bei uns. Komm, wir legen uns hier am Rand der Schlucht auf den Bauch und schauen hinab. So hell müsste es dort unten sein, dass wir deinen Bruder …«

»Halbbruder!«, unterbrach Radolf seinen Vetter mit knirschender Stimme.

»… dass wir Gunther sehen können. Sollte er sich noch regen, werfen wir ein paar schwere Steine auf ihn. Danach brauchst du dir seinetwegen keine Sorgen mehr zu machen.«

Gunther traute seinen Ohren nicht. Sein eigener Bruder – Halbbruder, verbesserte er sich – wollte ihn umbringen, und sein Vetter – oder vielmehr Radolfs Vetter, denn Otfried war der Sohn des Bruders von Radolfs Mutter – half ihm dabei.

Als die beiden oben die Köpfe über die Schlucht streckten, blieb Gunther starr liegen. Nicht bewegen!, durchfuhr es ihn, sonst bringen sie mich wirklich um! Er wagte nicht einmal mehr zu atmen und glaubte bereits, die Brust würde ihm zerspringen, als sein Bruder sich erhob.

»Wie es aussieht, hat es ihm das Rückgrat zerschmettert!«, sagte dieser.

Das hättest du wohl gern! Gunther befürchtete schon, es laut gesagt zu haben. Doch da stand auch Otfried auf und klang hochzufrieden, als er sagte: »Es bleibt dabei! Wir sagen, Gunther hätte sich von uns getrennt, und wir wüssten nicht, wo er abgeblieben ist.«

»Das ist besser, als wenn wir berichten würden, er habe in unserer Anwesenheit den Sprung über die Schlucht versucht. Vater würde es mir ankreiden, weil ich Gunther nicht davon abgehalten habe. Er mochte dieses Bürschlein immer lieber als mich.« Radolf klang bitter.

Dann verstummten die Stimmen der beiden, und kurz darauf hörte Gunther nichts mehr außer dem Rauschen des Wassers.

3.

Da nun der erste Schrecken wich, spürte Gunther die Schmerzen immer stärker. Er wollte sich aufsetzen, damit ihm nicht ständig Wasser ins Gesicht spritzte, doch es dauerte geraume Zeit, bis er sich aus dem Bach gezogen und auf einem trockenen Felsen Platz genommen hatte. Ein Blick nach oben verriet ihm, dass sein Bruder sich tatsächlich keine Sorgen machen musste. Hier kam höchstens ein Vogel heraus. Ein Mensch konnte dies niemals schaffen. Vor allem dann nicht, wenn ihm sämtliche Knochen so wehtaten wie ihm.

Es erschien ihm bereits als ein Wunder, dass er noch lebte. Als er die Stelle betrachtete, an der er herabgestürzt war, begriff er erst, wie viel Glück er gehabt hatte. Wäre sein Sattelgurt nur einen Augenblick eher gerissen, wäre er haltlos in die Schlucht gestürzt. So aber war er gegen die Felswand geprallt und hatte den Sturz mithilfe eines Gestrüpps bremsen können. Er war daher weniger gestürzt als gerutscht. Damit hatten Radolf und Otfried nicht gerechnet.

Der Gedanke an seinen Halbbruder und dessen ebenso üblen Verwandten weckte seinen Trotz. Er wollte nicht an dieser Stelle sterben und von allen Menschen vergessen werden. Daher schöpfte er ein wenig Wasser aus dem Bach und trank es durstig, um den Nachgeschmack von Otfrieds Wein fortzuspülen. Als er anschließend das Gebüsch an den Wänden der Schlucht musterte, erschien es ihm nicht dicht genug, um daran hochklettern zu können.

Gunthers Blick glitt die Schlucht entlang. Ein Stück weiter vorne war diese breiter und eine der Wände nicht ganz so steil. Auch wuchsen dort mehr Büsche. Mit zusammengebissenen Zähnen humpelte er in die Richtung und sah dann besorgt nach oben. Ihm tat alles weh, und er glaubte nicht, die Kraft aufbringen zu können, dort hinaufzusteigen. Doch welche andere Wahl hatte er, als es zu versuchen? Dem Bach weiter zu folgen, half ihm wenig, da er sich ein Stück abwärts zwischen immer größer werdenden Felsblöcken entlangwand, die zu überwinden unmöglich war. Bachaufwärts hingegen wurde die Schlucht schmaler und die Wände noch steiler.

»Gott, hilf mir!«, flüsterte Gunther und fasste nach einem über seinem Kopf wachsenden Strauch. Als er daran zerrte, saßen dessen Wurzeln fest genug, um sein Gewicht auszuhalten. Trotz seiner schmerzenden Rippen atmete er noch einmal durch und machte sich an den Aufstieg.

Es wurde eine Qual, die er nicht einmal seinem größten Feind gewünscht hätte. Mehr als ein Mal geriet er in Gefahr, den Halt zu verlieren und wieder nach unten zu stürzen. Irgendwann aber hatte er die Felskante erreicht und kroch ins Freie. Dort blieb er erst einmal liegen und weinte vor Erschöpfung und Schmerz.

Nach einiger Zeit hatte er sich so weit erholt, dass er aufstehen und sich umschauen konnte. Als er feststellte, dass er sich auf der falschen Seite der Schlucht befand, stöhnte er enttäuscht. Die Kapelle lag jenseits der Schlucht – und damit auch der Weg nach Hause. Bei dem Gedanken zuckte er zusammen. Wollte er überhaupt heimkehren? Wenn er vor den Vater trat und Radolf beschuldigte, dieser habe ihn umbringen wollen, stand sein Wort gegen das des Bruders. Nein, gegen zwei, denn Otfried würde sich auf Radolfs Seite schlagen. Wahrscheinlich würden sie behaupten, er wäre wohl vom Pferd gestürzt und habe sich den Kopf so schlimm angeschlagen, dass er wirres Zeug redete.

»Vater würde ihnen glauben – und die meisten anderen in der Burg auch«, murmelte er vor sich hin. Wenn er nach Hause zurückkehrte, bot er seinem Bruder nur die Gelegenheit, ihn zu einem anderen Zeitpunkt umzubringen.

Gunther überlegte, was er sonst tun konnte. Sein Vater und sein Bruder waren mit allen drei Nachbarn des Kleeblattbunds eng befreundet. Mit Graf Udalrich von Hohenwald verhandelte sein Vater bereits, weil dessen Tochter Ursula seiner Vorstellung nach einmal Radolf heiraten sollte. Also würde jener ihm niemals helfen. Auch Engelbrecht von Löwenberg würde es sich seinetwegen nicht mit seinem Vater verderben wollen, sondern ihn ebenfalls ungesäumt nach Hause bringen lassen. Und was Otto von Drachenstein betraf, den Vierten im Bunde, so war dieser Otfrieds Vater und würde diesem auf jeden Fall mehr glauben als ihm.

Einen Augenblick lang überlegte er, nach Hettenheim zu gehen. Vor Kurzem noch hatte mit Graf Falko ein Feind des Kleeblattbunds dort geherrscht. Nun aber war der unangenehme Nachbar tot, und sein Vetter Heinrich hatte den Besitz übernommen. Dieser war nun der mächtigste Herr in ihrem Gau und brauchte seinen Vater gewiss nicht zu fürchten. Doch anders als sein Vorgänger Falko würde Graf Heinrich es nicht auf einen Streit ankommen lassen, wenn der Vater verlangte, dass er nach Hause zurückkehrte.

Welche Möglichkeiten blieben ihm noch?, fragte Gunther sich. Von seiner Mutter her besaß er das Erbrecht auf deren Besitz Guntramsweil. Der dortige Kastellan war jedoch von seinem Vater eingesetzt worden und würde ihn ebenfalls wie einen dummen Jungen behandeln und zurückschicken.

Gunther war zu matt und zu mutlos, um zu einem Entschluss zu kommen. Außerdem sorgte er sich um seinen Hengst. Dieser war so dressiert, dass er, wenn der Reiter aus dem Sattel fiel, in der Nähe blieb. Doch als er nach Hektor rief, kam weder das Pferd, noch hörte er es wiehern.

Da mittlerweile die Nacht heraufdämmerte, brauchte er einen Unterschlupf, in dem er vor Wölfen und Bären sicher war. Drüben auf der anderen Seite hätte er in der alten Kapelle schlafen können, aber diesseits der Schlucht kannte er sich nicht aus. Zwar hielten sich hier Köhler und Sauhirten auf, doch er hatte weder die Zeit noch die Kraft, um nach einer ihrer Hütten zu suchen.

Mit einem bitteren Gefühl stolperte er in die Nacht hinein. Irgendwann hörte er einen gellenden Schrei, der ihm durch Mark und Bein fuhr. Erst danach begriff er, dass es kein Mensch gewesen war, sondern ein Pferd.

»Mein Hektor!«, stöhnte Gunther.

Er stolperte in die Richtung, aus der der Schrei gekommen war, und geriet nach kurzer Zeit in die völlige Dunkelheit der Nacht. Der Mond ließ sich nicht sehen, und am Himmel standen erst wenige Sterne, so dass ihm nichts anderes übrig blieb, als sich hinzusetzen und mit dem Rücken an einen Baum zu lehnen. Mit zitternden Händen tastete er nach seinem Dolch. Wenn ein Wolfsrudel erschien oder ein Bär, war dies eine jämmerliche Waffe. Etwas anderes aber besaß er nicht, und so bat er Gott im Gebet, ihn während der nächsten Stunden zu beschützen.

4.

Die Nacht wollte und wollte nicht enden. Manchmal dämmerte Gunther kurz weg, doch die meiste Zeit hielten die Kälte, die ihm eisig in die Glieder kroch, und seine Angst ihn wach. Er hörte ganz in der Nähe Wölfe heulen und betete verzweifelt, dass sie nicht in seine Richtung kamen.

Erst gegen Morgen fiel er in einen etwas längeren Schlaf, wurde aber von üblen Träumen gequält und schrak schließlich hoch, als er endlos zu fallen glaubte. Es dauerte einige Augenblicke, bis er begriff, dass er noch lebte und an einem Baum lehnte. Als er aufschaute, hatte die Sonne fast schon den halben Weg zum Zenit zurückgelegt. Der Entscheidung aber, was er nun tun sollte, war er um keinen Deut näher gekommen.

Da sein Körper nur noch aus Schmerz zu bestehen schien, stand Gunther mühsam auf. Er stellte fest, dass es um ihn herum nur dichten Wald gab und er nichts als die Sonne, die er durch eine Lücke im Blätterdach erkennen konnte, zur Orientierung hatte. Im Augenblick wusste er nicht einmal, wo die Schlucht lag. Da es ihm in seinem Zustand unmöglich war, diese zu überwinden, vertrieb er sie aus seinen Gedanken und stapfte in die Richtung los, in der er am ehesten hoffte, auf Menschen zu treffen.

Unterwegs dachte er über das nach, was am Vortag geschehen war. Hätte er seinen Bruder und dessen Vetter nicht miteinander reden gehört, würde er annehmen, sein Sattelgurt wäre aus einem dummen Grund von selbst aufgegangen. Niemals wäre ihm der Gedanke gekommen, dass Radolf ihn beseitigen wollte.

Das würden auch die Nachbarn nicht glauben. Die Besitzer der vier Herrschaften bildeten eine verschworene Gemeinschaft, die lange Jahre gegen Falko von Hettenheim zusammengehalten hatte. Hilfe hatte er weder von ihnen noch von jemand anderem zu erwarten. Gunther verlor jede Zuversicht und sagte sich, dass es wohl besser gewesen wäre, wenn er sich gestern, wie von Radolf gewünscht, das Genick gebrochen hätte.

Das Land um ihn herum wurde wieder schroffer. Da er sich nicht in der Lage fühlte, die steilen Hänge hochzuklettern, blieb Gunther im Tal und stapfte durch teilweise feuchten Untergrund und einmal sogar durch einen richtigen Sumpf.

Irgendwann entdeckte er Hufspuren. Der entsetzliche Schrei vom Vorabend kam ihm in den Sinn, und er eilte so rasch weiter, wie seine Schmerzen es erlaubten. Bald waren die Hufspuren deutlicher zu erkennen, also war der Hengst an dieser Stelle galoppiert. Neben den tief eingesunkenen Spuren des Pferdes bemerkte er andere, die kaum Eindrücke hinterlassen hatten. Ein Abdruck aber war deutlich zu sehen. Er war groß und zeigte kräftige Krallen.

»Ein Bär!«

Gunther wusste, wie schnell diese Bestien sein konnten, und eilte weiter. Kurz darauf blieb er erschrocken stehen, denn vor ihm lag der Kadaver seines braven Hektors. Sein Leib war von scharfen Krallen und Zähnen förmlich zerfetzt worden, aus dem aufgerissenen Bauch hingen die Gedärme heraus, und die Innereien waren zum größten Teil gefressen.

An den Spuren in der Nähe erkannte Gunther, dass nicht nur der Bär, sondern auch Wölfe über das tote Pferd hergefallen waren.

»Auch das ist Radolfs Schuld!«, stieß er unter Tränen hervor. Er hatte den Hengst geliebt, der nun von einem Bären zerrissen hier lag.

Gunther wusste nicht, wie lange er wie erstarrt neben dem Pferdekadaver gestanden hatte. Irgendwann hörte er jemanden singen, drehte sich verwundert um und sah einen Mann den Hügel herabkommen. Der Fremde war mit einer schmutzigen Mönchskutte bekleidet und trug einen großen Beutel auf dem Rücken. Noch hatte der Mann ihn nicht entdeckt, sondern starrte nur den Pferdekadaver an und kam mit raschen Schritten näher.

»Man muss auch einmal Glück haben«, sagte er zu sich selbst und zog ein Messer, um sich an einer Stelle, die von den wilden

Tieren nicht besudelt worden war, ein Stück Fleisch herauszuschneiden.

»He, was soll das?«, rief Gunther empört.

Der Mönch drehte sich zu ihm um und lächelte. »Dich habe ich ja ganz übersehen, Jüngelchen! Ist das dein Pferd?«

Gunther nickte. »Es hat mich abgeworfen und ist davongelaufen! Dann habe ich es gesucht.« Zugeben, wie es wirklich gewesen war, wollte er vor einem Fremden nicht.

»Jetzt hast du es gefunden. Ist wohl einem Wolfsrudel in die Fänge gelaufen«, meinte der Mann und machte unbeirrt weiter.

»Du darfst kein Fleisch herausschneiden!«, protestierte Gunther.

Der Mönch hielt kurz inne. »Und warum nicht? Es würden sonst doch nur die Wölfe und Geier fressen.«

»Es ist Pferdefleisch, und das zu essen ist verboten!«

»Jüngelchen, du hast in deinem Leben wohl noch nicht viel erlebt? Jemand wie ich, in dessen Magen der Hunger fröhlich jault, kümmert sich nicht darum, ob das Fleisch, das er an den Bratspieß stecken kann, von einem Schwein oder von einem Rind stammt – oder gar von einem Pferd. Du hast doch auch Hunger, oder?«

Tatsächlich verspürte Gunther bei den Worten ein Grummeln im Magen, wusste aber gleichzeitig, dass er niemals einen Bissen vom Fleisch seines treuen Reittiers über die Lippen bringen würde.

»Wie heißt du?«, fragte der Mönch, während er mehrere Stücke Fleisch in seinem Beutel verstaute.

»Heinz«, antwortete Gunther, da er seinen richtigen Namen nicht nennen wollte.

»So, wie du aussiehst, wirst du auf dem Heimweg einen Gefährten brauchen. Dich hat es bei dem Sturz vom Pferd ja ziemlich erwischt.« Der Mann grinste, und Gunther ahnte, dass er auf eine Belohnung hoffte. Die aber konnte es nicht geben.

»Ich bin fremd hier und war auf der Durchreise«, erklärte er.

»Und wo willst du hin?« Der Mann machte keinen Hehl aus seinem Zweifel. Misstrauisch musterte er Gunther. »Hast du vielleicht etwas ausgefressen, weil du durch diese üble Gegend geritten bist?«

Unwillkürlich nickte Gunther.

»Weißt du, ein Kamerad auf meiner Pilgerfahrt wäre mir recht lieb. Wenn du mitkommen willst, lade ich dich ein. Ich bin Bruder Vigilius und auf dem Weg ins Heilige Land, um dort meine Seele im Wasser des Jordanflusses zu reinigen. Es ist ein harter Weg bis dorthin, und der lässt sich mit einem Begleiter leichter bewältigen, als wenn man ihn allein zurücklegen muss.«

Das Angebot kam sehr überraschend, wirkte auf Gunther aber wie ein Geschenk des Himmels. Nach Hause konnte er nicht zurück, und da war es gewiss besser, nach Jerusalem und an den Jordan zu pilgern, als ziellos durch die Lande zu streifen.

»Wenn es dir recht ist, würde ich mitkommen«, sagte er daher. Er blickte auf den Kadaver des Pferdes und verzog das Gesicht zu einer angewiderten Grimasse. »Eines ist jedoch fest wie ein Felsen: Ich werde kein Fleisch von meinem Hektor essen.«

»Ich habe noch ein Stück Brot in meinem Beutel. Es ist zwar schon ein wenig hart, und du musst an einer Stelle den Schimmel wegkratzen, aber für heute wird es reichen, und für morgen solltest du den Herrn im Himmel bitten, für uns Manna regnen oder uns etwas anderes finden zu lassen, das unsere Mägen füllt.«

Noch während Vigilius es sagte, griff er in seinen Beutel und brachte den Rest eines Brotlaibs zum Vorschein, der hart genug war, um es mit einem Felsen aufnehmen zu können.

Er warf ihn Gunther zu, und diesem blieb nichts anderes übrig, als einen Bach zu suchen, um das Brot in dessen Wasser einzuweichen. Da das Stück nicht allzu groß war, schnitt er nur die am schlimmsten vom Schimmel befallenen Teile weg und verschlang eine Hälfte davon heißhungrig. Den Rest ließ er übrig für den restlichen Tag.

Unterdessen fertigte Vigilius ihm einen Wanderstab an, blickte dann auf den noch halbwegs intakten Kopf des Pferdes und nahm diesem Halfter und Zaumzeug ab. »Kann sein, dass wir das unterwegs verkaufen können«, sagte er zu Gunther und musterte ihn danach schärfer. »Geld hast du nicht zufällig bei dir?«

Gunther schüttelte den Kopf. »Nein.«

»Vielleicht ein Schmuckstück oder ein Amulett, das wir bei einem Juden zu Geld machen können?«, fragte Vigilius weiter.

Gunther verneinte auch das. Zwar besaß er ein kleines Medaillon, aber das stammte von seiner verstorbenen Mutter, und er wollte es als Andenken an sie behalten.

Vigilius zog erst ein säuerliches Gesicht, winkte dann aber lachend ab. »Deine Kleider sind zwar ein wenig verschmutzt, sehen aber noch gut aus. Ein Trödelhändler wird uns gewiss etwas anderes für dich geben, und noch ein paar Groschen dazu. Es ist ein weiter Weg bis zum Jordan, und nicht immer findet man eine Hand, die einen tränkt und füttert.«

»Die Kleider? Gut, das mag sein«, antwortete Gunther und fragte Vigilius, woher dieser stamme und warum er nach Jerusalem pilgern wolle.

»Das kann ich dir unterwegs erzählen. Jetzt sollten wir uns von dannen machen. Nicht, dass die Wölfe oder ein Bär Hunger verspüren und uns gleich mitfressen«, antwortete der Mönch und setzte sich in Bewegung.

Gunther hatte wegen seiner Verletzungen zunächst Schwierigkeiten mitzuhalten, und so dauerte es eine gewisse Zeit, bis er Vigilius zuhören konnte.

»Weißt du …«, begann dieser. »Mein Vater hat mich in ein Kloster gesteckt. Ich war damals noch ein Kind und habe halt Streiche gespielt, wie Knaben es so tun. Nur war unser Abt ein strenger Mann, und so hat mein Hinterteil immer wieder Bekanntschaft mit dem Haselstock gemacht, den mein Lehrer meisterhaft zu schwingen vermochte.

Als ich älter wurde, habe ich beschlossen, dass das Klosterleben nichts für mich ist, und bin bei erster Gelegenheit ausgerückt. Als ich nach Hause kam, zeigte es sich allerdings, dass mein Vater nichts mit dem Vater aus der Bibel gemein hatte, der für den verlorenen Sohn ein Kalb geschlachtet hat. Ich wurde in meine Kammer gesperrt und anschließend in ein noch strengeres Kloster geschafft.

Dort blieb ich, bis meinem Vater einfiel, er bräuchte einen Begleiter auf seinen Pilgerreisen und Wallfahrten. Die letzten vier Jahre habe ich mit ihm buchstäblich jeden Wunderbrunnen und heiligen Stein im Umkreis von fünfzig Meilen besucht und zugesehen, wie er den Pfaffen, Mönchen und Nonnen aus vollen Händen Geld für sein Seelenheil gespendet hat. Schließlich überließ er mir diese Aufgabe, und das gab mir die Gelegenheit, auch ein wenig an mich zu denken.«

Vigilius lachte bei der Erinnerung auf und hieb mit seinem Wanderstock gegen einen Baumstamm. »Zu meinem Pech besuchte uns der Abt eines dieser Klöster und geriet mit meinem Vater ins Streiten darüber, wie viel dieser seinem Kloster gespendet hatte. Da beide Summen nicht übereinstimmten, kam ihnen der Verdacht, ich könnte mich daran bereichert haben. Sie durchsuchten meine Kammer und fanden dort leider meinen kleinen Schatz. Ich hätte ihn wohl besser verstecken sollen.«

Gunther fragte sich, weshalb Vigilius offen zugab, gegen Recht, Gesetz und Gottes Ordnung verstoßen zu haben. Diesem schien es sogar zu gefallen, sich als lockeren Vogel darzustellen.

Vigilius grinste und deutete mit seinem Wanderstock nach Osten. »Zur Strafe wurde mir aufgetragen, nach Jerusalem und an den Jordan zu pilgern, auf dass Gott mich von meinen vielen Sünden erlöse. Ich erhielt genau einen Gulden Zehrgeld und wurde aus dem Haus gewiesen. Das war vor drei Wochen. Seitdem befinde ich mich auf Pilgerfahrt.«

»Und was suchst du dann hier in dieser Einöde?«, wollte Gunther wissen. »Die Pilger- und Handelswege sind doch meilenweit von hier entfernt.«

»Ich wollte den Weg abkürzen«, antwortete Vigilius und wies nach vorne, wo eben ein Reh aus dem Dickicht brach. »Es ist schade, dass du keinen Bogen bei dir hast. Das Tier hätte uns einen saftigen Braten eingebracht.«

»Oder den Strick, wenn man uns beim Wildern erwischt hätte«, antwortete Gunther mit leichtem Spott. Eines wusste er nun bereits:

Sein neuer Weggefährte war ein seltsamer Kerl, der das Leben nicht allzu ernst zu nehmen schien. Er hielt Vigilius gewiss nicht für ehrlich, doch dieser war der einzige Mensch, dem er sich anschließen konnte. »Willst du wirklich bis an den Jordan reisen?«

Vigilius nickte verkniffen. »Es geht nicht ums Wollen, sondern ums Müssen! Mein Vater hat mir eine hübsche Summe als Erbe ausgesetzt, wenn ich ihm eine Flasche mit Jordanwasser bringe. Der Haken ist nur: Ich brauche eine Bestätigung, dort gewesen zu sein, und zwar nicht irgendeine, sondern von einem seiner Freunde, der als Priester in Jerusalem lebt und dessen Handschrift ich nicht kenne.«

Für Gunther hieß dies, dass Vigilius bereit gewesen wäre, diese Bestätigung zu fälschen. So aber blieb dem ehemaligen Mönch nichts anderes übrig, als den langen Weg tatsächlich anzutreten. Dass er dies als Bettler tun musste, geschah aus Absicht, um ihn Demut zu lehren. Gunther bezweifelte, dass dies gelingen würde. Dafür war Vigilius zu sehr ein Gauner. Für ihn aber bot sich als dessen Begleiter die Gelegenheit, den Staub seiner Heimat von den Schuhen zu schütteln und Dinge zu sehen und zu erleben, die er sonst niemals kennenlernen würde.

Zweiter Teil

Der orientalische Arzt

1.

Zwölf Jahre später

Marie drehte sich lächelnd zu ihrem Ehemann Michel um, der eben Hildegard aus dem Sattel hob. »Es ist schön, wieder einmal gemeinsam reisen zu können.«

»Vor allem ohne Angst, von einem hinterhältigen Ritter oder von Räubern gejagt oder gar gefangen zu werden«, warf Trudi ein. Sie war bereits abgestiegen und erinnerte sich bei den Worten ihrer Mutter an die Ereignisse des letzten Jahres. Damals waren sie beide in Thüringen und ihr Vater in Österreich nur um Haaresbreite dem Tod entronnen.

»Wenn ich gewusst hätte, wie sehr es dich noch quält, wären wir besser zu Hause geblieben«, sagte Marie besorgt.

Trudi schüttelte lächelnd den Kopf. »Es geht schon, Mama! Ich bin sogar froh, dass wir reisen. So gewöhne ich mich wieder daran, dass man dabei nicht an karge Mahlzeiten oder üble Menschen denken muss.«

»Üble Menschen gibt es auch bei Kibitzstein«, warf Hildegard mit einem leisen Fauchen ein.

Marie wusste, dass sie damit auf den Fürstbischof Gottfried Schenk zu Limpurg anspielte, der immer noch alles tat, um die von seinen Vorgängern erteilten Privilegien und Vorrechte einzukassieren. Bei Michel und ihr hatte er sich bislang die Zähne ausgebissen. Auch ihre Nachbarn Ludolf von Fuchsheim und Hertha von Steinsfeld wahrten ihre Rechte wieder stärker, und selbst von Maximilian von Albach hieß es, er habe sich den letzten Forderungen des Fürstbischofs mit Erfolg widersetzt.

In Kibitzstein war daher zurzeit alles wohlbestellt, und so hatten Michel und sie es gemeinsam verlassen können. Ihr Ziel war die Stammburg ihres Freundes Heinrich von Hettenheim. Dort würden sie ihren Sohn Falko wiedersehen und ihre Ziehtochter Lisa, die nun fast ein Jahr bei ihren Verwandten auf Hettenheim verbracht hatte, auf der Rückreise mit nach Hause nehmen.

»Noch einen Tag, dann haben wir Hettenheim erreicht«, sagte Michel und gesellte sich zu Marie. »Aber um zu deiner Frage zurückzukommen: Es ist wirklich schön, gemeinsam reisen zu können. Doch genauso gerne bleibe ich auch mit dir zusammen zu Hause.«

»Das ist mir mindestens einen Hauch lieber als das Reisen«, antwortete Marie und lachte leise. In ihrem Leben hatte sie bereits viele Meilen zurückgelegt, und man hatte sie sogar als Gefangene ins ferne Russland verschleppt. Von dort aus war sie bis Konstantinopel gekommen und hatte viele andere Länder gesehen. Inzwischen hatten schon einige gelehrte Männer Kibitzstein aufgesucht und sie gebeten, von jenen fernen Landen zu berichten, damit sie es aufschreiben konnten. Gegen die meisten dieser Reisen war jene nach Thüringen im letzten Jahr zwar kurz, dafür aber doppelt so gefahrvoll gewesen.

»Ich bleibe auch gerne zu Hause«, bekannte Hildegard. Sie war jünger und auch ängstlicher als Trudi und Lisa, und Marie hätte sie ungern solchen Gefahren ausgesetzt gesehen wie jenen, denen Trudi und sie im letzten Jahr ausgeliefert gewesen waren.

»Auf Burg Hettenheim wird es dir gewiss gefallen«, sagte sie lächelnd zu dem Mädchen.

Hildegard nickte, wirkte jedoch nicht überzeugt.

Nun wandte Marie sich der Herberge zu, in der sie die Nacht verbringen wollten. Das Gasthaus nannte sich *Krone* und bestand aus einem stattlichen Gebäude, dessen Hof Anbauten und Stallungen begrenzten. An diesem Ort war man es gewohnt, Reisende von Stand zu empfangen, und so erwartete Marie ein Bett, das sich durch die Abwesenheit von Wanzen und Flöhen auszeichnete, und in der Gaststube keine Reisenden, die ihre Läuse unter dem Hemd hervorholten und quer durch den Raum schnellten.

»Ich habe Hunger«, sagte Michel und winkte einen Knecht heran. »Wir benötigen eine Stube für meine Frau und mich, eine für unsere Töchter und deren Betreuerin sowie eine weitere für unsere Begleitung.«

Letztere bestand aus sechs Mann und sollte Räuber und andere Gauner von der Reisegruppe fernhalten. Michel hatte jeden von ihnen selbst ausgewählt und Karel zu ihrem Anführer bestimmt. Der war zwar noch jung, hatte sich aber bereits als feste Stütze erwiesen. Auf den treuen Hannes hatte Michel diesmal verzichtet, denn dieser sollte die Aufsicht über die Knechte auf Kibitzstein führen.

Der Wirtsknecht hob bedauernd die Hände. »Verzeiht, Herr, aber wir können Euch nur noch einen einzigen Raum anbieten. Es ist allerdings der größte, und wenn wir ein paar Strohsäcke auslegen, können Eure Töchter und deren Magd mit darin schlafen. Eure Begleiter müssen hingegen mit dem Boden über dem Stall vorliebnehmen.«

»Ich dachte, ihr führt ein großes Haus«, antwortete Marie verwundert.

»So ist es auch, aber wir haben bereits Junker Udo und Fräulein Ursula von Hohenwald zu Gast, ebenso Esau von Löwenberg mit mehreren Mannen, Junker Radolf von Bogenberg mit seinen Begleitern und mehrere Reiter aus Drachenstein. Wir können diesen jetzt nicht die Kammern wegnehmen, die wir ihnen zugeteilt haben. Aber wenn Ihr zum *Adler* reiten wollt: Der befindet sich am anderen Ende der Stadt beim Rheintor.«

Ganz wohl war dem Mann nicht, hochrangigen Gästen diesen Vorschlag machen zu müssen, zumal an diesem Tag gewiss keine Reisenden mehr zu erwarten waren, die das noch freie Zimmer nahmen.

»Was meinst du?«, fragte Michel Marie.

Diese überlegte kurz und wies dann auf den Gasthof. »Für eine Nacht mag es gehen. Ich habe wenig Lust, noch einmal in den Sattel zu steigen und eine andere Herberge aufzusuchen. Wer weiß, vielleicht ist dort auch alles voll.«

»Das Essen ist dort auf jeden Fall nicht so gut wie hier«, sagte der Wirtsknecht, um Marie einen weiteren Grund zum Bleiben zu geben.

»Da du Hunger hast, mein Lieber, ist dies die Entscheidung«, sagte Marie zu Michel und wandte sich an den Knecht. »Kümmere dich um die Pferde und leg ihnen genug Hafer vor. Sie haben es verdient.«

Nun mischte Karel sich ein. »Ich gebe acht, dass dies geschieht. Wir werden auch selbst nach den Pferden schauen. Wenn hier so viele Gäste eingekehrt sind, haben die Knechte des Wirts gewiss nicht die Zeit, sich so um die Tiere zu kümmern, wie es sich auch gehört.« Er warf seinen Untergebenen einen strengen Blick zu.

»Also, das schaffen wir schon«, widersprach der Wirtsknecht beleidigt.

Seine Kameraden aber hatten nichts dagegen, wenn Michels und Maries Eskorte ihnen bei der Arbeit behilflich waren. Daher übernahmen Karel und seine Männer die Zügel und führten die Pferde zum Stall, wo sie die Pferde absattelten. Danach übernahmen die Wirtsknechte die Tiere, denn deren feiner Sinn hatte die Neuankömmlinge als Gäste erkannt, die mit Trinkgeld nicht geizen würden. Da sie bei den Pferden anderer Reisender nicht so viel Aufwand betrieben, nahm Karel an, dass deren Besitzer nicht allzu hoch in ihrer Achtung standen.

Die meisten Pferde waren stämmige Reittiere, wie sie in diesen Landen üblich waren. Ein Pferd stach jedoch hervor. Es war eine Handbreit niedriger als die anderen, schlanker und gewiss ein schneller Renner. Zu Karels Verwunderung stand es neben einem großen, dunklen Esel mit entsetzlich langen Ohren und einem weißen Maul.

»Wem gehören die dort?«, fragte er einen der Wirtsknechte.

»Dem orientalischen Arzt und seinem Knecht. Ihr werdet sie in der Gaststube finden«, antwortete der Mann und striegelte Maries Stute voller Eifer, damit deren Begleiter auch sahen, wie fleißig er war.

2.

Als Marie die Gaststube betrat, stellte sie fest, dass der Wirtsknecht nicht übertrieben hatte, denn die vier großen Tische waren alle besetzt. Nur hinten in der Ecke war noch einer frei, doch der würde niemals für ihre gesamte Gruppe reichen. Ein Teil würde am Nebentisch Platz nehmen müssen, an dem bis jetzt nur ein Mann und ein Knabe saßen. Der Mann trug ein weites Kleidungsstück aus blauem Tuch, wie es hierzulande unbekannt war. Es hatte nicht einmal richtige Ärmel, sondern nur gesäumte Öffnungen für Hände und Kopf. Darunter trug er ein wohl ebenfalls blaues Kleidungsstück, das die Arme bedeckte, und das Tuch, das der Mann sich um den Kopf gewickelt hatte, war von dem gleichen Blau wie sein Oberkleid. Da das von der Sonne tief gebräunte Gesicht von einem Kinnbart ungewohnter Art gesäumt wurde, wirkte der Fremde sehr exotisch. Doch als er den Kopf drehte und Marie seine Augen erkennen konnte, waren diese von weitaus hellerem Blau als seine Kleidung.

Der Knabe, der bei ihm saß, mochte um die zwölf Jahre alt sein und war etwas hellhäutiger als sein Herr. Im Gegensatz zu diesem bestand seine Kleidung nur aus einem langen, hemdartigen Gewand und ledernen Sandalen, während der Mann kurze Stiefel mit nach oben gebogener Spitze trug.

»Was mag die beiden in diese Gegend verschlagen haben?«, fragte sie Michel.

Zu einer Antwort kam dieser nicht, da der Wirt eifrig auf sie zuwieselte und nach ihren Wünschen fragte.

»Einen Krug guten Weines für uns, sechs Becher dazu und dann das Beste, was deine Küche hervorzubringen vermag«, antwortete Michel.

»Für mich könnten es auch Bratwürste sein«, setzte Marie hinzu. Seit ihrer Wanderschaft als verworfene Hure hatte sie eine Vorliebe für diese Speise gefasst und konnte nicht mehr davon lassen.

»Wein, Braten, Bratwürste. Mögt ihr auch Suppe?«, fragte der Wirt.

»Schaden wird sie uns gewiss nicht«, sagte Michel lächelnd und wies auf den Tisch mit den beiden Fremdlingen. »Vier unserer Knechte werden sich dorthin setzen müssen. Ich hoffe, Ihr habt nichts dagegen?«

Die Frage galt dem Mann in dem weiten blauen Gewand. Dieser wandte sich ihm zu und schüttelte bedächtig den Kopf. »Es ist genug Platz, nur bitten wir Eure Männer, uns in Ruhe speisen zu lassen!« Er sprach die deutsche Sprache mit einem kehligen Akzent, der aber gut verständlich war.

Michel dankte ihm und grinste. »Wenn die Kerle nicht spuren sollten, erhalten sie keinen Wein, sondern müssen nach draußen und ihren Durst in der Pferdetränke löschen.«

»Karel wird schon darauf achten, dass sie sich so benehmen, wie es sich gehört«, warf Trudi ein, während ihre Begleiterin, eine hübsch aussehende Frau mit dunkelbrauner Hautfarbe, sie tadelnd ansah.

»Wir Kibitzsteiner wissen uns allezeit zu benehmen!« Die Bemerkung galt nicht zuletzt den Gästen an den vier Tischen, die nicht gerade leise waren und, wie Marie bemerkte, etliche boshafte Bemerkungen austauschten.

Noch mehr als sie wunderte Michel sich über diese Gäste. Bei früheren Besuchen bei Graf Heinrich von Hettenheim hatte er feststellen können, dass sich die vier anderen großen Herrschaften in diesem Gau zu einem engen Bündnis zusammengeschlossen hatten, welches sich viele Jahre gegen Graf Heinrichs Vorgänger Falko von Hettenheim hatte behaupten können. Nun zu hören, wie die Hohenwalder und Löwenberger einander beleidigten, war höchst verwunderlich.

Auch Marie passte der gehässige Tonfall nicht, und sie sah Michel missmutig an. »Wenn die so weitermachen, kann es noch übel werden. Wir hätten vielleicht doch besser zum *Adler* weiterreiten sollen.«

»Die Löwenberger soll der Teufel holen, und den Hettenheimer gleich dazu!«, rief eben ein junger Mann, der den goldenen Baum von Hohenwald auf der Brust trug.

»Was hat das zu bedeuten?«, fragte Marie verwundert.

Michel zuckte mit den Schultern. »Ich weiß es nicht.« Er wandte sich an den Mann, der die Verwünschung ausgesprochen hatte. »Wenn du etwas gegen Herrn Heinrich von Hettenheim einzuwenden hast, dann sage es laut und deutlich. Wir sind auf dem Weg zu ihm und können ihm deine Botschaft überbringen.«

Der junge Mann sprang auf und wollte etwas sagen. Da packte ihn einer seiner Begleiter mit einem festen Griff und zog ihn auf die Bank zurück. »Beherrscht Euch! Oder wollt Ihr auch noch eine Fehde mit Hettenheim herbeiführen? Wir haben auch so schon genug Schwierigkeiten am Hals.«

»Die werden wir auch mit Hettenheim haben, wenn Graf Heinrich sich wirklich mit den Löwenbergern zusammentun will.« Der junge Mann warf der Gruppe an einem der anderen Tische einen hasserfüllten Blick zu.

Ein Mann, der zwei gekreuzte Pfeile in Silber als Abzeichen trug, stand von einem dritten Tisch auf und kam auf Michel zu. »Was habt Ihr mit Hettenheim zu schaffen?«

Die Frage klang so unverschämt, dass Michel ihn verärgert musterte. »Geht Euch das was an?«

»Wir hätten doch zum *Adler* weiterreiten sollen«, flüsterte Hildegard.

Mittlerweile war auch Marie zu der Erkenntnis gelangt, dass dies wohl besser gewesen wäre. Sie hatten jedoch die *Krone* gewählt und mussten zusehen, wie sie darin zurechtkamen. Zu ihrer Erleichterung erschienen nun Karel, sein Stellvertreter Gereon und deren vier Kameraden in der Wirtsstube. Angesichts dieser Schar setzte sich der Mann mit dem Pfeilabzeichen auf der Brust wieder hin.

»Was für eine seltsame Situation!«, raunte Marie Michel zu.

Dieser nickte verkniffen. »Mich wundert, dass Heinrich von Hettenheim in seinem Brief davon nichts hat verlauten lassen. Auf jeden Fall scheint der Herr mit dem goldenen Baum als Wappen nicht gerade sein Freund zu sein.«

Michel winkte den Wirt heran. »Du hast heute viele Gäste. Vielleicht kannst du uns sagen, zu welchen Herrschaften diese gehören?«

Der Wirt warf einen Blick über die Männer an den vier Tischen und seufzte. »Das tue ich gerne, Herr! Jene mit dem goldenen Baum gehören zu Herrn Udalrich von Hohenwalds Gefolge. Herr Udo«, er wies auf den jungen Mann, »ist Herrn Udalrichs Sohn und Erbe, und das Fräulein neben ihm ist seine Schwester Ursula.«

»Wir sind die Bogenberger und zählen zu Herrn Rainald von Bogenbergs Mannen. Hier führt uns Junker Radolf von Bogenberg an«, rief einer der Männer vom zweiten Tisch, der es nicht dem Wirt überlassen wollte, sie vorzustellen. Dabei wies er auf den jungen Mann mit den gekreuzten Pfeilen, der eben Michel angeblafft hatte.

Die beiden letzten Gruppen stellte wiederum der Wirt vor. »Die Herrschaften mit dem roten Drachenkopf auf Silber sind Gefolgsleute von Herrn Otto von Drachenstein, und der goldene Löwe ziert das Wappen derer von Löwenberg, über die Herr Engelbrecht gebietet. Ihr Anführer ist Herr Esau«, erklärte er und wies auf einen kräftig gebauten Mann um die vierzig.

»Und wer seid Ihr, der Ihr hier so großmäulig fragt?«, rief Udo von Hohenwald, der sich von seinem älteren Begleiter nicht auf Dauer den Mund verbieten lassen wollte.

»Mein Name ist Michel Adler, Reichsritter auf Kibitzstein.«

Michels Antwort ließ einige Gäste nach Luft schnappen. Immerhin war Michel als erfahrener Krieger und Anführer bekannt, der sowohl im Dienst von Kaiser Sigismund wie auch im Dienst des neuen Königs Friedrich großen Ruhm errungen hatte. Zudem wussten alle hier von seiner Freundschaft zu Heinrich von Hettenheim, und der schien bei den meisten, die hier versammelt waren, nicht beliebt zu sein.

»Ich glaube, du hast eben einigen dieser Männer etwas zum

Nachdenken gegeben«, spottete Marie, obwohl ihr nach dem Auftritt, den sich die Gäste hier geleistet hatten, nicht wohl zumute war. Sie waren von Kibitzstein aufgebrochen, um Heinrich von Hettenheim zu besuchen und auf der Rückreise Lisa mit nach Hause zu nehmen. Nach alledem, was sie von Graf Heinrich wusste, sollte dieser mit seinen Nachbarn in bestem Einverständnis leben. Danach aber sah es hier ganz und gar nicht aus.

Eines zeigte sich rasch: Die Gäste an den vier Tischen waren von nun an um einiges leiser, und immer wieder sah jemand zu Michel hin, als wolle er ihn abschätzen. Der Reichsritter auf Kibitzstein hatte die vierzig bereits vor einigen Jahren überschritten, wirkte aber kraftvoll genug, um es mit jedem hier im Raum aufnehmen zu können. Dazu kamen Karel und die fünf Waffenknechte, die auch nicht so aussahen, als könne man ihnen die Butter vom Brot nehmen. Marie hingegen und die beiden Mädchen beachtete keiner. Dafür aber starrten einige Maries Freundin an, der noch weitaus stärker als dem Fremden in seinem weiten Gewand anzusehen war, dass ihre Wiege in einer anderen Weltgegend gestanden haben musste als in den Gauen des Heiligen Römischen Reiches Deutscher Nation.

»Die hat sich anscheinend noch nie in ihrem Leben gewaschen«, sagte Ursula von Hohenwald mit gerümpfter Nase.

»Die müsste man einmal ausziehen, um zu schauen, ob sie überall so schwarz ist«, meinte ihr Bruder, den beim Anblick der hübschen Afrikanerin der Hafer stach.

Als Karel dies vernahm, stand er auf und ging zum Tisch der Hohenwalder hin. »Ihr solltet solche Gedanken besser für Euch behalten, oder noch besser, sie gar nicht erst denken. Es könnte nämlich sein, dass sie Euch nicht gut bekommen.«

»Du wagst es, mir zu drohen?« Udo von Hohenwald sprang auf und langte zum Schwertgriff.

»Haltet Frieden, meine Herren!«, rief da der Wirt, den die wachsende Spannung im Saal zunehmend beunruhigte.

Für einen Moment sah es so aus, als würde Udo von Hohenwald

dennoch sein Schwert ziehen. Da packte ihn der ältere Mann, der ihn schon vorhin zurechtgewiesen hatte, und zerrte ihn auf die Bank zurück. »Seid kein Narr! Oder wollt Ihr es Euch tatsächlich mit den Hettenheimern verderben?«

»Wenn du das tust, wird Vater nicht umhinkönnen, dich wegzuschicken«, warf Udos Schwester ein, deren Bemerkung über Alika den Zwist herbeigeführt hatte.

»Das würde dir so passen! Du würdest dann Vater dazu bringen, dir das Erbe zu überlassen«, fauchte Udo sie an, blieb dann aber still.

Auch die anderen beruhigten sich wieder, und so konnten Marie, Michel und die Ihren ohne weiteren Ärger ihr Mahl zu sich nehmen. Der Wirtsknecht, der sie auf dem Hof empfangen hatte, hatte nicht zu viel versprochen. Sowohl die Suppe wie der Braten und die Bratwürste schmeckten ausgezeichnet. Auch der Wein war gut und ebenso das Brot, von dem der Schankknecht zwei Laibe brachte.

»So lasse ich es mir gefallen«, meinte Michel. Seine Worte konnten sowohl dem Mahl wie auch der Tatsache gelten, dass die Streithähne an den vier Tischen mit gesenkten Köpfen dasaßen und die einzelnen Gruppen sich nur noch leise miteinander unterhielten.

Auch Marie war nun zufrieden. Da spürte sie, wie die neben ihr sitzende Trudi sie am Ärmel zog. »Was ist, Kind?«

»Hast du dir diesen Fremden angesehen, Mama? Er tut so, als würde ihn dies hier alles nicht interessieren. Doch wenn man ihn genau beobachtet, lässt er die Leute an den anderen Tischen nicht aus den Augen.«

Marie warf dem Mann einen raschen Blick zu. Tatsächlich blickte dieser unverwandt zu dem Tisch hinüber, an dem die Bogenberger saßen. Aber gleich darauf war es, als spüre er ihren Blick, denn er wandte sich dem Knaben zu und sagte etwas in einer fremden Sprache, von der Marie sicher war, sie noch nie vernommen zu haben.

3.

Der kurze Streit am Abend blieb der einzige Zwischenfall bis zum Morgen. Obwohl sie ihre Kammer mit Alika, Trudi und Hildegard teilen mussten, hatten Marie und Michel gut geschlafen und konnten über das, was am Vorabend geschehen war, schon wieder lachen. Eines hatten sie jedenfalls begriffen: Auch wenn die Nachbarn nicht so gut Freund mit Heinrich von Hettenheim waren, wie dieser behauptet hatte, so fürchteten sie ihn doch zu sehr, um es auf einen Streit oder gar einen Kampf mit ihm ankommen zu lassen.

Marie machte sich für den Tag zurecht, und Alika packte mithilfe der Mädchen die Decken zusammen, die zu ihrem Gepäck gehörten und die meist unsaubere Bettwäsche in den Herbergen ersetzten. Währenddessen ging Michel nach unten und wusch sich am Brunnentrog.

Einer der Gefolgsleute Engelbrecht von Löwenbergs trat zu ihm. »Gott zum Gruße, Herr von Kibitzstein«, sagte er gerade laut genug, so dass Michel es hören konnte.

»Gott zum Gruße!«, antwortete Michel und griff mit beiden Händen ins Wasser, um sich das Gesicht zu benetzen.

»Ihr reitet heute nach Hettenheim?«

»Das ist unser Ziel«, antwortete Michel.

»Könntet Ihr vielleicht Graf Heinrich etwas von uns ausrichten?«

»Sagt, was es ist, und ich werde entscheiden, ob ich es tue!«, antwortete Michel, der nicht dazu bereit war, Beleidigungen und dergleichen wortwörtlich zu übermitteln.

»Bitte teilt ihm mit: Gleichgültig, was andere sagen mögen, es waren gewiss nicht wir Löwenberger, die ihm des Nachts mehrere Schafe abgeschlachtet haben, auch wenn ihre Vliese später bei unserem Meierhof gefunden wurden.«

Michel spürte, dass der Mann es ehrlich meinte. Das besagte jedoch wenig, denn Engelbrecht von Löwenberg hatte noch andere

Gefolgsleute, von denen der eine oder andere sich durchaus diesen üblen Scherz erlaubt haben konnte.

»Ich werde es Herrn Heinrich mitteilen«, versprach er trotzdem und forderte den Mann auf, seinen Namen zu nennen.

»Herr Heinrich wird gewiss wissen wollen, von wem diese Botschaft stammt.«

»Mein Name ist Esau, wie Jakobs Bruder aus der Bibel«, antwortete der Mann und rückte dann von ihm ab, da mehrere Drachensteiner aus dem Haus traten, um sich ebenfalls zu waschen.

Als sie Esau sahen, grinsten sie übers ganze Gesicht. »Was meint ihr, sollen wir dem Bastardbruder des Herrn vom Katzenhügel zu einem Bad im Trog verhelfen? Nötig hätte er es!«, meinte einer von ihnen.

»Seid ihr immer so mutig, zu dritt auf einen Einzelnen loszugehen?«, fragte Michel mit verächtlicher Miene.

»Die Löwenberger sind es nicht wert, dass man sie ehrenvoll behandelt. Es sind Schaf- und Rinderdiebe, und sie haben uns, aber auch unseren Nachbarn schon viel Schaden zugefügt«, antwortete einer der Drachensteiner und nannte den Nachbarn beim richtigen Namen und nicht beim Spottnamen wie sein Kamerad.

»Das ist eine Lüge!«, rief Esau zornig. »Wir haben kein einziges Schaf und auch keine Kuh gestohlen.«

»Glaubt ihm nicht!«, antwortete der Drachensteiner. »Die Löwenberger wurden mehrfach dabei beobachtet und lassen trotzdem nicht von ihren Räubereien. Man sollte ihnen die Fehde erklären und sie von hier vertreiben.«

»Versucht es, und ihr werdet erleben, was euch dann blüht!« Mit diesen Worten wandte Esau sich ab und wollte in das Gasthaus zurückkehren.

Da packte einer der Drachensteiner einen beim Trog stehenden Eimer, füllte diesen rasch und leerte ihn von hinten über Esau aus. Dieser blieb wie gegen eine Mauer gerannt stehen, drehte sich dann langsam um und musterte den Mann mit einem eisigen Blick. Im nächsten Moment fasste er bereits den Drachensteiner bei den Hüften und riss ihn hoch, bevor dieser überhaupt begriff, was mit ihm geschah. Einen Herzschlag später klatschte der Mann in den Brunnentrog und ging erst einmal unter.

Als er prustend wieder hochkam, sah Esau grinsend auf ihn herab. »Jetzt weißt du, was euch blüht!«

Pfeifend ging er davon. Der getaufte Drachensteiner stieg triefend aus dem Trog und schalt seine Kameraden, weil sie ihm nicht geholfen hatten.

»Wie hätten wir das tun sollen?«, fragte ihn einer grollend. »Du lagst ja schon im Wasser, bevor wir eingreifen konnten. Oder hätten wir Esau packen und zu dir in den Trog werfen sollen?«

Die Verwünschung, mit der ihn sein Kumpan bedachte, hätte selbst eine alte Vettel zum Erröten gebracht.

Michel kehrte kopfschüttelnd in das Gasthaus zurück und fragte sich, ob die Leute hier alle verrückt geworden waren.

Marie, die Mädchen und Alika saßen gerade bei der Morgensuppe. Karel und die Knechte hatten bereits den Stall aufgesucht, um die Pferde zu satteln. Obwohl Michel wusste, dass sie warten würden, bis auch er fertig war, beeilte er sich, die Suppe zu essen, und riss sich dazu ein Stück Brot ab. Ein Krug dünnes Bier vervollständigte seine Mahlzeit, und er nahm wahr, dass seine schlechte Laune allmählich schwand.

»Zu spät sollten wir nicht aufbrechen, wenn wir Burg Hettenheim vor der Nacht erreichen wollen«, sagte er zu Marie.

»Wir könnten es sofort tun«, antwortete sie mit einem nachsichtigen Lächeln, da er eben einen weiteren Bissen Brot in den Mund steckte und darauf herumkaute.

»Ich bin auch gleich so weit. Herr Wirt, die Rechnung, wenn es genehm ist!«

»Und ob es genehm ist«, antwortete der Wirt und trat zu ihnen.

Michel zählte ihm die Summe, die er forderte, auf die Hand und legte noch eine Münze als Trinkgeld hinzu.

»Der Herr Ritter ist sehr großzügig. Habt Dank!«, meinte der Wirt und grinste breit.

Michel schloss daraus, dass die anderen Gäste weniger freigiebig waren. Das aber war deren Angelegenheit und ging ihn nichts an.

»Was weißt du über die Straße, die nach Hettenheim führt? Kann man sie unbedenklich reiten?«, fragte er.

»Aber freilich! Die Straße ist gut, die Brücken fest, und Räuber wagen sich nicht an Hettenheim heran, da der Herr Heinrich solches Gelichter rasch fangen und aufhängen lässt.«

Der Wirt wollte noch mehr sagen, doch da kam der Fremdling mit seinem Knaben heran und winkte ihn zu sich.

»Ich will bezahlen!«

»Sehr wohl, der Herr!«

Der Wirt eilte geschäftig zu ihm hin und nannte den Betrag, den er von dem Orientalen haben wollte. Es war fast so viel, wie Michel für sich und seine gesamte Begleitung hatte bezahlen müssen. Diesem gefiel die Gier des Wirts nicht, und so mischte er sich ein.

»Ihr seid wohl mehrere Tage lang hier gewesen?«

»Nein, nur diese eine Nacht«, antwortete der Fremde.

»Nun, ich dachte …« Michel ließ den Rest ungesagt, sah aber, wie der Wirt verärgert die Lippen zusammenpresste.

Auch wenn es sich um den besten Gasthof der Stadt handelte, war er Michel nun verleidet, und er wandte sich Marie zu, die eben nach draußen gehen wollte.

»Wenn wir das nächste Mal hier durchreisen, werden wir wohl im *Adler* nächtigen.«

Seine Worte trafen den Wirt sichtlich. »Aber, Herr, warum …?«

Da reichte ihm der Fremde das Geld hin, und er verstummte.

Michel nahm die verächtliche Miene des Gastes wahr und begriff, dass dieser den Betrug des Wirts bemerkt hatte. Trotzdem reichte auch er diesem noch eine Münze als Trinkgeld und forderte dann den Jungen auf, ihm zu folgen. Michel verließ ebenfalls die Wirtsstube und verkniff sich dabei einen Abschiedsgruß an den Wirt. Stattdessen sprach er den Fremden an. »Ihr seid wohl aus einem fernen Land bis hierher gekommen?«

»Aus einem sehr fernen Land.«

»Was betreibt Ihr für ein Gewerbe?«, fragte Michel weiter und sprach ihn dabei wie einen Herrn von Stand oder wenigstens einen geachteten Bürger an. Ein einfacher Mann oder gar ein Knecht war dieser gewiss nicht.

»Ich bin Arzt und komme aus Alexandria«, antwortete der Fremde.

»Das ist wirklich weit weg«, erwiderte Michel erstaunt, denn für ihn war Alexandria nur ein Name, der von jenseits des Mittelmeers stammte.

»Jeder Mensch muss dorthin gehen, wohin seine Füße oder die Beine seines Reittiers ihn tragen«, antwortete der Arzt mit einem Lächeln.

Auch Michels Mundwinkel bogen sich leicht. »Aber Ihr werdet gewiss nicht Eurem Pferd die Zügel lassen, damit es dort hingeht, wohin es will.«

Jetzt musste der Mann lachen. »Gewiss nicht! Doch es gibt auch in diesen Landen Herren, die auf die Heilkunst eines orientalischen Arztes vertrauen.«

»Das stimmt fürwahr!« Michel hatte schon mehrfach gehört, dass die Ärzte aus den Ländern am Mittelmeer besser sein sollten als jene aus seiner Heimat. Oft waren es Juden, die ihr Wissen um Krankheiten und deren Heilung über Generationen angesammelt hatten. Nicht jeder hierzulande mochte die Söhne Israels, doch wenn jemand sie brauchte, waren solche Bedenken vergessen.

»Darf ich Euren Namen erfahren?«

»Gewiss doch! Nennt mich Rasul al Hakimi. Dies hier ist Majid, mein getreuer Schüler.« Der Arzt klopfte dem Knaben auf die Schulter und wies auf den Stall. »Verzeiht, mein Herr, doch es sieht so aus, als müssten Majid und ich unsere Reittiere selbst satteln.«

Michel empfand das Verhalten des Wirts und seiner Knechte als unverschämt. Angesichts des Betrags, den sie von Rasul al Hakimi für die eine Übernachtung gefordert hatten, hätte dieser das beste Bett in der Herberge verlangen können, und die Knechte hätten sich überschlagen müssen, um ihn zu bedienen.

»Es ist wirklich besser, wenn wir auf der Rückreise im *Adler* Quartier nehmen«, murmelte er und erregte damit Maries Aufmerksamkeit.

»Das sagte ich schon vorhin, mein Liebster. Doch wieso bist du nun auch der Meinung?«

Michel berichtete ihr, wie der Wirt den orientalischen Arzt betrogen hatte, und erntete ein ärgerliches Fauchen.

»Diesen Mann sollte man wie einen Bäcker, der zu kleine Brote backt, in einen Käfig sperren und ein paarmal in einem Teich untertauchen. Oder ihm gleich den Spruch ›Ehrlich währt am längsten‹ auf die Stirn brennen.«

»Ich wünschte, er würde umgehend krank werden, und nur der Arzt aus Alexandria könnte ihn heilen!« Trudi hatte ebenfalls zugehört und war nicht weniger empört als ihre Mutter.

Alika hingegen wackelte unschlüssig mit dem Kopf. »Es ist nicht unsere Angelegenheit«, meinte sie. »Andererseits ist es wirklich besser, eine Herberge zu meiden, von deren Wirt man weiß, dass er Fremde auf eine solch üble Weise übers Ohr balbiert.«

»Das rettet dich, Alika!«, sagte Trudi mit einem schiefen Grinsen. »Auch wenn es nicht uns betroffen hat, so bleibt Betrug doch Betrug.«

»Daher sollten wir diese Stätte rasch verlassen und weiterreiten. Eines erscheint mir gewiss: Irgendwann wird der Wirt mit seiner Geldschneiderei an den Falschen geraten.« Marie sah ganz so aus, als würde sie es dem Mann eher bald als später wünschen.

Unterdessen brachten Karel und die Waffenknechte die Pferde herbei.

»Wir sollten beim nächsten Mal den *Adler* aufsuchen«, erklärte Karel mit zorniger Miene.

»Wie kommst du darauf?«, wollte Marie wissen.

»Der Hafer für die Pferde war nicht so, wie ich es mir vorstelle. Es waren zu viele Spelzen darunter und sogar klein gehackte Strohstücke.«

»Als ich das letzte Mal hier übernachtet habe, hatte ich einen besseren Eindruck von der *Krone*«, antwortete Michel grimmig und wollte sich eben in den Sattel schwingen, als aus dem Stall ein gellender Schrei ertönte.

Augenblicke später stürmte ein großrahmiger Hengst durch das offene Stalltor und kam genau auf Hildegard zu. Karel hechtete zu dem Mädchen hin und riss es gerade noch rechtzeitig beiseite. Der Hengst raste knapp an den anderen Pferden vorbei und war kurz darauf nicht mehr zu sehen.

Während Marie zu der erschreckt am Boden sitzenden Hildegard eilte und sie in die Arme nahm, klang die zornige Stimme eines Mannes im Stall auf. »Diesem Knecht gebühren Prügel! Wie kann er es wagen, meinen Hengst loszulassen! Los, eilt hinter ihm her und fangt ihn wieder ein.«

»Das hört sich ganz nach Junker Udo an«, meinte Michel mit spöttischer Verachtung.

Unterdessen strich Marie Hildegard sanft über die Wange. »Ist dir auch nichts geschehen, meine Kleine?«

Hildegard liefen zwar die Tränen übers Gesicht, doch sie schüttelte den Kopf. »Mir fehlt nichts, Mama. Karel hat mich im letzten Augenblick beiseite gerissen.«

»Und sich dabei selbst gefährdet!« In Maries Stimme schwangen Lob und Dankbarkeit für den jungen Mann, der rasch und beherzt reagiert und ihre Tochter gerettet hatte.

»Ich werde es dir nicht vergessen!« Michel nickte Karel kurz zu und wollte seine Reisegruppe auffordern, aufzusteigen, damit sie die Strecke bis Hettenheim an diesem Tag noch bewältigen konnten.

Da sah er, wie mehrere Männer einen Knecht aus dem Stall trugen. »Wir brauchen einen Wundarzt«, rief einer. »Dieses Biest hat Uli mit dem Huf das Bein zerschlagen!«

»Was ist jetzt? Fangt ihr endlich mein Ross ein?« Udo von Hohenwald war den Knechten mit zorniger Miene gefolgt und hob den Fuß, um dem verletzten Knecht einen Tritt zu versetzen.

»Lasst das! Euer Pferd hat den armen Mann bereits schlimm genug zugerichtet!«, rief der Arzt aus dem Orient.

Danach kehrte er Udo von Hohenwald den Rücken zu und kniete neben den Knecht nieder. »Das Bein muss umgehend geschient werden! Wenn es zu sehr anschwillt, kann man den Knochen nicht mehr richtig zusammenfügen, und er wird für den Rest seines Lebens ein Krüppel bleiben.«

»Nein, das nicht!«, schrie der Verletzte entsetzt auf und fasste den Orientalen an dessen Gewand. »Ihr seid doch Arzt. Bitte helft mir!«

Rasul al Hakimis Miene wirkte zunächst abweisend. Nach einem zornigen Blick auf den Wirt, der seine Abscheu gegen dessen Betrügereien deutlich zeigte, nickte er schließlich.

»Also gut, dann werde ich mich an die Arbeit machen. Bringt ihn in den Gastraum und legt ihn auf den größten Tisch«, wies er die anderen Knechte an. »Danach brauche ich gut abgelagertes Holz, um daraus Schienen schnitzen zu können, ebenso frische Leinwand und …«

»Du kannst den Kerl doch auch in seinem Verschlag verarzten. Am Tisch sitzen noch Gäste«, wandte der Wirt ein.

»Wenn es dein Wunsch ist!« Rasul al Hakimi gab den Knechten einen Wink, und diese trugen ihren Kollegen in den Stall zurück. Dort hievten sie ihn zum Heuboden hoch, wo auch die Verschläge standen, in denen sie schliefen.

Marie schüttelte angewidert den Kopf. »Dieser Wirt hat es wahrlich nicht verdient, dass man ihm noch einen einzigen Heller zukommen lässt.«

»Was ist mit meinem Hengst? Wer bringt mir meinen Hengst zurück?«, schrie Udo von Hohenwald voller Wut.

»Ihr habt doch selbst Knechte, und diese verfügen über Pferde, mit denen sie Eurem durchgebrannten Gaul längst hätten folgen können. Die Knechte des Wirts könnten dies nur zu Fuß und haben im Augenblick anderes zu tun!« Michel bedachte den jungen Mann mit einem so verächtlichen Blick, dass diesem der Kamm schwoll.

»Wenn Ihr wollt, dass Euer Weib als Witwe nach Hettenheim kommt, wohlan!« Mit diesen Worten zog Udo von Hohenwald sein Schwert.

»Tut mir den Gefallen und erschlagt meinen Bruder!«, wandte sich Ursula an Michel. »Er verschafft uns nichts anderes als Ärger und …«

»Dann wärst du die Erbin und würdest denjenigen unserer Nachbarsöhne heiraten, der dir den höchsten Preis bietet. Daraus wird nichts!«, unterbrach Udo seine Schwester so laut, dass es noch am anderen Stadttor zu hören sein musste.

»Wenn Ihr nicht wollt, dass es dazu kommt, steckt Euer Schwert weg und sucht Euren Gaul. Das bekommt Eurer glatten Haut besser als ein Zweikampf mit mir.«

Michel lächelte, doch seine Augen blickten kalt. Genauso wie Marie hatte er erwartet, in eine friedliche Gegend zu reisen. Stattdessen herrschten hier Hader und Zank, als wären die Nachbarn, von denen es geheißen hatte, sie hielten wie Pech und Schwefel zusammen, einander spinnefeind.

Udo von Hohenwald war für einen Augenblick verunsichert, dachte dann aber, dass die Leute über ihn lachen würden, wenn er jetzt nachgab, und hob sein Schwert. »Wollt Ihr jetzt absteigen und kämpfen, oder …«

Bevor er den Satz vollenden konnte, kitzelte Marie ihre Stute leicht mit dem Sporn. Das Tier trabte aus dem Stand an, rammte Junker Udo und stieß ihn zur Seite. Zu seinem Pech befand sich der Brunnentrog genau hinter ihm. Er versuchte noch, auf den Beinen zu bleiben, bekam aber Übergewicht und fiel klatschend ins Wasser.

Der Lachsturm, der daraufhin aus mehr als einem Dutzend Kehlen erscholl, war für ihn schlimmer als eine Niederlage im Kampf.

»Verzeiht mir, doch mein Stutchen ist unruhig geworden. Wir wollten schon vor einer Weile aufbrechen. Gehabt Euch wohl!«, sagte Marie mit zuckenden Lippen und musste losreiten, weil sie sonst vor Lachen geplatzt wäre.

Michel hielt seinen Hengst kurz neben dem Trog an. »Wir sollten unsere Bekanntschaft ein andermal fortsetzen. Wenn Ihr dann immer noch mit mir kämpfen wollt, sollten wir es so tun, wie es sich gehört, und nicht als Rauferei in einem Gasthof.«

»Du … du …!«, würgte Udo von Hohenwald hervor, wurde aber diesmal von seiner Schwester unterbrochen.

»Wie es aussieht, haben meine Eltern mit dir einen Bauern erzogen. Sprich einen freien Reichsritter so an, wie es sich gehört. Sonst muss Herr Michel Adler auf Kibitzstein weniger das Schwert als einen Haselstock benutzen, um dir Manieren einzubläuen.«

Udo von Hohenwald kämpfte sich mühsam aus dem Trog heraus, und für Augenblicke sah es so aus, als wolle er seine Schwester ohrfeigen. Dann aber verschwand er in der Herberge. Ein Knecht musste ihm folgen und tat es mit so trüber Miene, dass Trudi sich lachend an ihren Vater wandte. »Wie es aussieht, muss der arme Kerl Hosen und Hemd für diesen Lümmel opfern.«

»Was Fräulein von Hohenwald zu ihrem Bruder sagte, gilt auch für dich«, tadelte Michel sie. »Sprich den Sohn und Erben eines Vasallen des Pfalzgrafen am Rhein so an, wie es sich gehört.«

»Aber er hat dich wie einen Bauern angesprochen, und du bist als Reichsritter nur dem Kaiser verpflichtet, und nicht noch einem weiteren Herrn wie diesem Lüm… äh, Junker!«

Im letzten Moment korrigierte Trudi sich, aber sie sah dabei alles andere als schuldbewusst aus. Udo von Hohenwald hatte ihr äußerst missfallen, und auch dessen Schwester machte keinen guten Eindruck auf sie.

Marie erging es ähnlich, und sie fragte sich ebenso wie Michel, wie Heinrich von Hettenheim ihnen das seltsame Verhalten seiner Nachbarn erklären würde.

4.

Wegen der Zwischenfälle am Morgen waren Marie und Michel fast eine Stunde später aufgebrochen, als sie beabsichtigt hatten. Da Michel nicht bis in die Nacht hinein reiten wollte, befahl er, die Pferde etwas stärker anzutreiben als sonst. Während sie eilig dahinritten und die kleine Stadt hinter ihnen zurückblieb, schüttelte er ein ums andere Mal den Kopf.

»Hast du schon einmal so etwas Verrücktes erlebt wie in dieser Herberge?«, fragte er seine Frau nach einer Weile.

»Es war jedenfalls sehr seltsam.«

Michel nickte. »Man hatte den Eindruck, als würden sich die einzelnen Gruppen am liebsten an die Gurgel gehen. Vielleicht hätte ich doch Junker Udos Herausforderung annehmen und ihm mit ein paar derben Hieben beibringen sollen, welche Folgen sein unverschämtes Auftreten nach sich zieht.«

»Ich glaube, das Bad im Brunnentrog schmerzt ihn mehr als die eine oder andere Schramme, die er sich im Zweikampf zugezogen hätte. Was für ein ungehobelter Lümmel!«

»Da hörst du es, Papa! Mama sagt auch Lümmel zu diesem Lümmel«, trumpfte Trudi auf.

»Ich darf das, aber du bist noch zu jung dafür«, antwortete Marie und musste sich das Lachen verkneifen. »Jedenfalls bin ich froh, dass wir diese ungute Herberge hinter uns gelassen haben. Sie nennt sich zwar *Krone*, doch das Auftreten des Wirtes und seiner Gäste ist eher die Krone der Unverschämtheit!«

»Heute Abend wird man uns gewiss freundlicher empfangen!« Michel hatte seinen Unmut überwunden und schlug vor, noch etwas schneller zu reiten. So spornten sie die Pferde zu einem leichten Galopp an. Die Gruppe zog sich dabei ein wenig auseinander, so dass Michel einen kleinen Vorsprung erhielt. Sein nächstes Ziel war eine Schenke, in der er zu Mittag essen wollte. Wohl war diese einfacher als die *Krone*, aber er hoffte auf eine friedlichere Atmosphäre.

Nach einer Weile zügelten sie ihre Pferde wieder und stiegen für etwa eine Viertelstunde ab, um die Tiere nicht zu sehr anzustrengen. Es tat auch den eigenen Beinen gut, ein paar Schritte zu gehen, erklärte Marie ihren Töchtern. Sie und Michel hatten auf früheren Reisen bereits Reiter gesehen, die am Morgen in den Sattel gestiegen waren und stundenlang geritten waren. Wenn sie dann abstiegen, wankten sie wie dressierte Bären auf steif gewordenen Beinen herum.

Als sie zurück in die Sättel stiegen, warf Trudi einen kurzen Blick zur Seite. »Seht, dahinten steht ein Pferd!«

»Das wird der Hengst dieses Junkers sein«, meinte Marie und wollte weiter.

Da schüttelte Trudi den Kopf. »Der von Junker Udo war ein heller Fuchs, das dort ist ein dunkler Brauner. Außerdem, glaube ich, ist es eine Stute und kein Hengst! Wir sollten hinreiten und nachsehen, was es damit auf sich hat.«

Michel schüttelte unwirsch den Kopf. »Wir haben schon zu viel Zeit verloren, als dass wir auch noch frei laufende Pferde einfangen können!«

»Ihr könnt ja vorausreiten. Ich komme nach«, antwortete Trudi und galoppierte los.

»Trudi, bleibst du hier!«, rief Marie ihr zornig nach. Ihre Tochter hörte nicht auf sie.

»Wenn sie glaubt, dass sie mit ihren fünfzehn Jahren zu alt ist, um noch den Hintern versohlt zu bekommen, werde ich sie eines Besseren belehren«, drohte Marie.

Michel winkte Karel zu sich. »Du bleibst mit zwei Mann hier und gibst auf Trudi acht.«

»Ja, Herr!« Karel winkte zwei Knechten, mit ihm zu kommen, und trabte hinter Trudi her.

Marie und Michel wollten mit ihren Gefährten weiter in Richtung Hettenheim reiten, doch sie kamen keine fünfzig Schritte weit, da gellte Trudis Schrei hinter ihnen her. »Am Sattel ist Blut!«

»Zum Teufel noch mal! Muss das auch noch sein?«, fluchte Michel, zog seinen Hengst herum und ritt über das Feld auf Trudi zu.

Marie, Hildegard und Alika wählten den Weg am Rain entlang und brauchten daher etwas länger, bis sie zu Trudi aufgeschlossen hatten. Inzwischen waren Michel und Karel abgestiegen und musterten die Stute mit ernster Miene. Es war ein kräftiges, knochiges Tier und so gar nicht das Pferd, das sich eine Dame von Stand aussuchen würde. Der Sattel war zwar für eine Dame gefertigt, aber aus billigem Leder hergestellt. Die Stute trug auch keine Kandare am Maul, sondern nur eine einfache Gebissstange. Am Sattel und auch in der Mähne klebte Blut.

»Was kann da passiert sein?«, fragte Hildegard bang.

»Vielleicht ist die Reiterin gegen einen Ast geprallt und aus dem Sattel gestürzt?«, schlug Trudi vor.

»Dann wäre nicht so viel Blut am Sattel.« Michel sah sich um. Da die Spuren ihrer eigenen Pferde leicht zu erkennen waren, hoffte er, auch die der Stute zu entdecken und dadurch herauszufinden, woher sie gekommen war. Schließlich wies er auf einen nahen Wald. »Sieh nach, Karel, ob du in dieser Richtung Hufabdrücke findest. Auf die Straße zu sind nur die Spuren unserer Pferde zu sehen.«

»Die unseren könnten die Spuren der Stute verdecken«, wandte Trudi ein.

Michels Gefühl sagte ihm etwas anderes. »Sie muss aus dem Wald gekommen sein.«

Da winkte ihnen Karel auch schon zu. »Hier ist ein Pferd getrabt. Es könnte die Stute gewesen sein!«

»Dann schauen wir nach! Du, Marie, bleibst mit den Mädchen, Alika und vier Knechten hier. Ich reite mit Karel und Gereon der Spur nach.«

»Viele Augen sehen mehr als wenige Augen«, antwortete Marie und ließ ihre Stute antraben.

Trudi folgte ihr, während Hildegard kurz zögerte, aber dann doch nicht allein zurückbleiben wollte. Auch Alika ritt mit, und da die vier Waffenknechte bei den Frauen und Mädchen bleiben sollten, setzten auch sie sich in Bewegung.

»Jetzt weiß ich wenigstens, woher Trudi ihren Trotzkopf hat«, rief Michel laut genug, damit Marie und seine älteste Tochter es hören mussten, und trieb seinen Hengst an, um sie zunächst ein- und danach zu überholen.

Er erreichte den Waldrand fast gleichzeitig mit Karel. An dieser Stelle mussten beide absteigen, um den schwachen Hufspuren folgen zu können, die die Stute hinterlassen hatte. Dabei stellten sie fest, dass das Tier trotz der Bäume und hinderlichen Äste im Wald im vollen Galopp gerannt sein musste und erst auf dem freien Feld langsamer geworden war.

»Gebt acht! Es könnte ein Bär gewesen sein«, warnte Michel und prüfte, ob er sein Schwert schnell genug ziehen konnte, falls sie einem begegnen sollten.

»Die Spur kommt von jenem Gebüsch dort«, meldete Karel und führte sein Pferd dorthin.

Einer der Waffenknechte hatte die Stute am Zügel gepackt und mitgeführt. Als Marie das Tier musterte, wirkte es zwar wachsam, aber nicht ängstlich.

»Wenn ein Bär hier wäre, würde sich die Stute anders verhalten«, sagte sie zu Michel.

»Es wäre mir auch lieber – besonders wegen der Mädchen –, wenn du recht hättest«, erwiderte Michel und schritt mit seinem Pferd am Zügel auf das Gebüsch zu.

Während er vor allem die Sträucher im Auge behielt, ließ Hildegard den Blick wandern und stieß plötzlich einen Schrei aus.

»Was ist geschehen?«, fragte Marie besorgt, dann folgte ihr Blick der Richtung, in die der Zeigefinger ihrer jüngsten Tochter wies.

Etwas lag mitten in den Heidelbeerbüschen. Marie rutschte aus dem Sattel, reichte die Zügel Alika und ging darauf zu.

Es war ein Mensch, genauer gesagt, eine junge Frau oder ein Mädchen an der Schwelle zur Frau. In ihrer Brust steckte ein Pfeil, und er musste der Kürze des Schaftes nach, der noch zu sehen war, tief eingedrungen sein. Zunächst glaubte Marie, eine Tote vor sich zu sehen, erkannte dann aber, dass sich die Brust der jungen Frau langsam hob und senkte.

Marie kniete sich vorsichtig neben sie und legte die Hand auf die Stelle, unter der das Herz sein musste. Es schlug noch, aber nur so schwach, als erlahme es langsam.

»Was sollen wir tun?«, fragte sie Michel besorgt.

Dieser starrte auf die Verletzte und kratzte sich am Kinn. »Langsam bedauere ich es, Herrn Heinrichs Einladung gefolgt zu sein!«

»Wenn wir die junge Frau retten können, wirst du das nicht mehr sagen«, wies Marie ihn zurecht.

Doch sie wusste ebenfalls nicht, was sie tun sollten. Den Pfeil selbst zu entfernen traute sie sich nicht zu. Er stak an einer so gefährlichen Stelle, dass der kleinste Fehler zum Tod führen musste. Nach kurzem Überlegen stand sie auf und sah Michel an. »Wenn wir eine Decke zwischen zwei Pferden spannen und die Verletzte darauflegen, könnten wir sie zu dieser Schenke schaffen, in der du zu Mittag speisen wolltest.«

»In diesem Dorf gibt es nicht einmal einen Bader, geschweige denn einen Arzt«, wandte Michel ein. »Wir sollten zur Stadt zurückreiten und dort nach einem Wundarzt fragen.«

»Wir sind dem Dorf bereits um einiges näher als der Stadt. Die Zeit, die wir bis dorthin länger brauchen, könnte entscheidend sein. Was den Arzt betrifft, so schien mir dieser orientalische Arzt in der Heilkunst sehr erfahren zu sein. Daher schlage ich vor, dass Karel, so schnell er es vermag, zur *Krone* zurückreitet und nachforscht, wohin Rasul al … noch was sich gewandt hat. Er soll ihm folgen und ihn zu dieser Schenke führen. Vielleicht kann er die Frau retten.«

Marie klang so eindringlich, dass Michel sich ihren Argumenten beugte. »Gut, machen wir es so!«

»Hoffentlich findet Karel ihn rasch«, sagte Trudi, während Hildegard sich weinend an Alika klammerte.

»Schon gut, meine Kleine!«, sagte die dunkelhäutige Frau liebevoll. »Du solltest mich jetzt loslassen, damit ich deiner Mutter helfen kann. Frauenhände sind doch sanfter als Männerpranken.«

Hildegard nickte seufzend und gab sie frei. Unterdessen erteilte Michel Karel die Anweisung, nach dem orientalischen Arzt zu forschen. Der junge Mann schwang sich in den Sattel und ritt so schnell davon, wie er es wegen der Bäume vermochte.

Alika und Trudi hatten die sauberste Decke von einem der beiden Packpferde geholt und verwandelten sie mit Gereons Hilfe in eine Sänfte, die von zwei Pferden getragen werden konnte. Während dies geschah, schnitt Marie das Kleid der jungen Frau auf. Zu ihrer Erleichterung blutete die Pfeilwunde nur schwach. Sie verband diese vorsichtig und half dann, die Verletzte auf die Decke zu betten. Dabei verrutschte das Kopftuch, mit dem die Frau ihr Haar verhüllt hatte, und ein schneeweißer Schopf kam zum Vorschein, wie Marie ihn nur von sehr alten Menschen kannte. Ein Blick auf das Gesicht der Verletzten verriet ihr jedoch, dass diese höchstens zwanzig Jahre alt sein konnte.

»Seltsam«, sagte sie leise, während Trudi eine Strähne des weißen Haares in die Hand nahm und mit den Fingern daran rieb.

»Kann es so etwas geben, Mama? Sie sieht doch noch so jung aus.«

»Vielleicht ist sie ein Waldgeist und bereits viele Hundert Jahre alt«, wandte Hildegard ein.

»Als Waldgeist wäre sie wohl kaum mit einem Pferd ausgeritten«, antwortete Trudi.

»Aber ihre Haare!«, rief Hildegard und wies auf den Kopf der Verletzten.

»Wir haben jetzt keine Zeit, uns über Haare zu unterhalten, sondern sollten zusehen, dass wir die Schenke erreichen. Sonst ist Karel mit dem orientalischen Arzt schneller dort als wir«, mahnte Marie und befahl ihren Töchtern, sich auf ihre Pferde heben zu lassen.

Zwei Knechte mussten den weiteren Weg zu Fuß antreten und dabei ihre Pferde führen, da diese die Sänfte trugen. Dadurch kam die Gruppe nur langsam vorwärts, und sie gaben ihren Vorsatz auf, Burg Hettenheim noch an diesem Tag zu erreichen.

5.

Die Sonne hatte auf ihrem Abstieg vom Zenit bereits die Hälfte des Weges zum Horizont zurückgelegt, als sie das Dorf mit der Schenke erreichten. Ein fester Zaun umgab Haus und Hof, und ein über der Tür hängender Krug zeigte an, dass Reisende sich hier laben konnten. Im Vergleich zur *Krone* war es ein bescheidener Ort zum Rasten, doch er wurde peinlich sauber gehalten. Selbst die einfachen Tische vor dem Haus waren, wie Marie mit einem raschen Blick erkannte, von allem Schmutz befreit.

»Ich glaube, hier können wir bleiben«, sagte sie erleichtert, während der Wirt und die Wirtin aus dem Haus traten, um sie zu begrüßen. »Ihr seid es, Ritter Michel! Herzlich willkommen! Das gilt auch für Euch, Frau Marie. Bei Gott, sagt bloß, die junge Dame ist Eure Hiltrud. Die Zeit bleibt wirklich nicht stehen«, rief die Wirtin kopfschüttelnd.

Während Trudi geschmeichelt lächelte, weil sie als junge Dame bezeichnet worden war, wies Marie auf die Pferdesänfte.

»Wir haben unterwegs eine schwer verletzte Frau gefunden. Einer unserer Begleiter ist losgeritten, um einen Arzt zu suchen. Wenn dieser nicht bald kommt, wird sie seine Ankunft wohl nicht mehr erleben.«

Marie klang so besorgt, dass die Wirtsleute verstummten und neugierig die Verletzte ansahen.

»Aber das ist doch Herrn Engelbrechts Schwester!«, rief der Wirt überrascht.

»Seine Schwester?« Marie wollte es nicht glauben. Immerhin war Engelbrecht von Löwenberg bereits ein älterer Mann gewesen, als sie ihn vor einigen Jahren kennengelernt hatte. Da sein Sohn Engelhard auch schon auf die dreißig zuging, glaubte sie, dass eine Schwester des Herrn auf Löwenberg an die vierzig Jahre alt sein musste, und überlegte mit einem gewissen Neid, wie es dieser gelungen war, ihr jugendliches Aussehen so lange zu erhalten. Doch dann stutzte sie, weil ihr der schlechte Sattel und das schäbige Zaumzeug einfielen.

»Weshalb reitet die Dame dann ein so elendes Pferd?«, fragte sie die Wirtin.

Diese antwortete mit einem bitteren Lachen. »Fräulein Edda wird von ihrem Bruder nur wenig geschätzt. Wenn ich es offen sagen darf: Er hasst sie regelrecht!«

»Was für ein Unsinn!«, rief Marie.

Dann aber verscheuchte sie diesen Gedanken und wies die Wirtsleute an, ihr einen Raum zu nennen, in dem sie die Verletzte unterbringen konnten.

»Ich weiß nicht, ob wir sie gleich ins Haus schaffen sollten. Es kann sein, dass der Arzt helles Tageslicht braucht, um sie zu behandeln«, wandte Michel nach einem Blick auf die kleinen Fenster der Schenke ein.

»Legt sie dort auf den Tisch. Da ist genug Schatten, so dass ihr die Sonne nicht schaden kann«, befahl Marie den Knechten.

Wie Michel wollte nun auch sie warten, bis der Arzt kam und seine eigenen Entscheidungen treffen konnte. Kaum lag die Verletzte auf dem Tisch, schlug Marie die Decke über sie und deckte das auffällige weiße Haar mit dem Kopftuch ab. Dann wandte sie sich an die Wirtin. »Wir wurden unterwegs mehrfach aufgehalten und sind daher später hier erschienen, als wir es vorhatten. Können wir trotzdem noch etwas zu essen bekommen?«

Die Wirtin musterte die Gruppe, die ohne Karel immer noch aus zehn Personen bestand, und überlegte. »An Wurst, Käse und Schinken mangelt es nicht, und weiteres Brot kann ich von unserer Nachbarin holen. Wenn ich jedoch kochen und braten soll, wird es einige Zeit dauern.«

»Kochen und braten kannst du, aber fürs Abendessen. Wir werden nämlich hier übernachten. Für jetzt reichen uns Brot, Schinken und Käse«, antwortete Marie und fügte hinzu, dass sie auch nichts gegen einen guten Schluck Bier oder mit Wasser verdünnten Wein hätte.

»Dagegen habe auch ich nichts«, sagte Trudi und nahm so am Nebentisch Platz, dass sie die Verletzte im Auge behalten konnte.

Hildegard setzte sich mit dem Rücken zu der Fremden, um sie nicht andauernd anschauen zu müssen, während Alika sich Marie zuwandte. »Sollten wir ihr vielleicht ein wenig Wein einflößen, um sie zu stärken?«

Marie schüttelte den Kopf. »Solange sie in einer so tiefen Ohnmacht liegt, wage ich das nicht. Sie könnte daran ersticken.«

»Wenn sie stirbt, soll es wegen der Pfeilwunde sein und nicht, weil wir etwas getan haben, das ihr zum Schaden ausschlägt«, ergänzte Michel die Worte seiner Frau.

»Das könnte bereits dadurch geschehen sein, indem wir sie hierhergebracht haben«, sagte Hildegard besorgt.

»Wir konnten sie schlecht im Wald liegen lassen«, antwortete ihr Vater.

Der Wirt nickte eifrig. »Das durftet Ihr wirklich nicht! Jungfer Edda hatte trotz allem Glück, dass Ihr sie so rasch gefunden habt. Es gibt Bären im Wald, die der Geruch des Blutes gewiss bald angelockt hätte. Vor einem Dutzend Jahren ist der jüngere Sohn des Bogenbergers einem solchen Untier zum Opfer gefallen. Sein Pferd wurde fürchterlich zugerichtet aufgefunden. Von dem Jungen hingegen ist nicht einmal ein zerkauter Stiefel geblieben.«

So, als schäme er sich wegen der letzten Bemerkung, eilte der Wirt ins Haus, um Getränke zu holen. Seine Frau wollte ebenfalls hinein, wurde aber von Marie zurückgehalten. »Du sagst, die Verletzte wäre Engelbrecht von Löwenbergs Schwester?«

Die Wirtin nickte eifrig. »Ganz sicher, Herrin! Wegen ihrer weißen Haare würde ich sie unter tausend Jungfrauen herausfinden.«

»Weshalb hat sie die? Sie sieht doch eigentlich noch recht jung aus«, fragte Trudi.

»Sie ist auch noch sehr jung. Gerade einmal zwanzig Jahre ist sie heuer geworden«, erklärte die Wirtin.

»Das kann ich kaum glauben. Herr Engelbrecht ist doch bereits jenseits der fünfzig«, warf Michel ein.

»Nun, vielleicht hat Herrn Engelbrechts Vater noch einmal geheiratet!« Für Marie war dies der einfachste Grund für diesen gewaltigen Altersunterschied zwischen den Geschwistern.

»Nein, nein, Fräulein Edda ist die spät geborene Tochter des Vaters und der Mutter von Herrn Engelbrecht. Frau Edna glaubte sich bereits jenseits des Alters, in dem sie noch Kinder bekommen konnte. Da wurde sie noch einmal schwanger.«

Die Wirtin schwieg kurz und trat dann näher auf Marie zu. »Eigentlich sollte man so etwas nicht sagen, doch das Kind war der Mutter, vor allem aber auch dem Bruder alles andere als willkommen. Frau Edna litt schwer unter ihrer Schwangerschaft und wäre fast daran gestorben. Als es dann auch noch kein Sohn war, sondern dieses Kind mit dem Feenhaar und den seltsam hellen Augen, hätte sie Edda am liebsten im Wald ausgesetzt. Ihrem Sohn wäre dies gewiss recht gewesen. Doch das ließ der Vater nicht zu.

Man sagt, sein Bastard Esau hätte ihm ins Gewissen geredet. Auf jeden Fall blieb Edda auf Löwenberg und wuchs dort auf. Wegen ihres Aussehens aber hielt man sie verborgen, so gut es ging. Sie durfte nie dabei sein, wenn Gäste kamen, und wurde auch nie mitgenommen, wenn ihr Vater und später der Bruder die Nachbarn besuchten. Viele in der Gegend dürften nicht einmal wissen, dass es sie gibt.«

»Und woher weißt du es?«, fragte Marie überrascht, weil die Frau so viel über die Weißhaarige zu berichten vermochte.

»Ich war Magd auf Löwenberg, bis ich vor fünf Jahren meinen Mann heiratete und zu ihm gezogen bin«, antwortete die Frau. »Ich könnte Euch noch einiges erzählen. So ist ihr Bruder ihr spinnefeind, da sie anders als der Bastard Esau ein Anrecht auf ein Erbe besitzt. Er ist nämlich sehr geizig, der edle Herr!«

Der Miene nach, die die Wirtin zog, schien auch sie unter dem Geiz ihres Herrn gelitten zu haben. Sie erinnerte sich nun aber daran, dass ihre Gäste Hunger hatten, und eilte ins Haus, um dem abzuhelfen.

Hildegard rannen derweil Tränen über die Wangen. »Wie kann man jemanden vor der Welt verstecken, nur weil er ein wenig anders aussieht? Wir müssten es bei Alika dann doch auch tun.«

»Das sollte einer fordern! Er würde sich über die Antwort wundern«, sagte Marie mit einer Stimme, die demjenigen nichts Gutes verhieß.

Michel warf einen kurzen Blick auf die Verletzte und schüttelte nachdenklich den Kopf. »Ich frage mich mehr, wer sie umbringen wollte. War es gar ihr Bruder oder einer seiner Männer?«

Der Wirt war mit einem großen Krug und etlichen Bechern aus der Tür getreten und hatte Michels Worte gehört. Nun stellte er Krug und Becher ab und trat an den anderen Tisch. Auch wenn Edda von Löwenberg zum größten Teil von Maries Decke eingehüllt war, so ragte doch der Pfeilschaft heraus.

»Das ist keiner der Pfeile, welche die Löwenberger verwenden. Wenn ich es genau betrachte, könnte es einer der Pfeile sein, die Junker Udo von Hohenwald benutzt. Als dieser letztens hier eingekehrt ist, hatte er einen Köcher mit solchen Pfeilen bei sich.« Der Wirt betrachtete den Pfeil genauer und nickte dann bekräftigend. »Das ist wirklich einer von Junker Udos Pfeilen! Wie kommt der dazu, auf Fräulein Edda zu schießen? Das muss ein Versehen gewesen sein.«

»Man kann Junker Udo gewiss einiges nachsagen, doch diesen Pfeil kann er nicht abgeschossen haben. Er war die Nacht über in der Stadt und hat die *Krone* erst nach uns verlassen«, sagte Michel nach kurzem Überlegen.

»Er könnte uns auf einem anderen Weg überholt haben«, wandte Trudi ein.

Das überzeugte Michel nicht. »Junker Udo hatte gestern weder Bogen noch Pfeile bei sich.«

»Die kann er im Wald versteckt haben! Vielleicht war es auch einer seiner Leute, der den Pfeil abschoss. Erinnert euch daran, welches Aufsehen der Junker in der *Krone* erregt hat. Vielleicht tat er es deshalb, damit man ihm nicht den Schuss auf Fräulein Edda nachsagen kann.« Trudi hatte sich über Udo von Hohenwald geärgert und ließ daher ihrer Fantasie freien Lauf.

Marie fand das Gerede müßig und betete, dass Karel endlich mit dem Arzt Rasul erschien und dieser die Verletzte zu retten vermochte.

6.

Selbst während des Essens ging Marie immer wieder zu Edda und sah nach, ob der Verband, den sie ihr angelegt hatte, noch hielt. Edda lag sehr still, und man musste genau hinschauen, um zu sehen, dass sie noch atmete.

»Viel Zeit bleibt ihr nicht mehr«, sagte sie besorgt. »Wenn Karel diesen orientalischen Arzt nicht finden konnte, werden wir morgen eine Tote vor uns haben.«

»Herrn Engelbrecht käme das gewiss recht«, sagte die Wirtin giftig, die eben mit einem weiteren Laib Brot erschienen war. »Dann müsste er weder befürchten, dass jemand um seine Schwester freit, noch, dass sie in ein Kloster eintreten will. Die Mitgift, die er in beiden Fällen für sie zahlen müsste, würde ihn in der Seele reuen.«

Eine solche Skrupellosigkeit traute Michel dem Löwenberger nicht zu. Andererseits war die Frau in seinen Diensten gewesen, während er ihn nur von einigen wenigen Besuchen her kannte. Trotzdem konnte sich Michel nicht vorstellen, dass der Löwenberger auf die eigene Schwester einen solch heimtückischen Mordanschlag beging.

Auch für Udo von Hohenwalds Täterschaft sprach wenig. Der Junker war zwar aufbrausend und gewiss in der Lage, jemanden aus dem Jähzorn heraus zu erschlagen. Michel hielt ihn aber für keinen Mann, der fähig war, einen solchen Mordanschlag zu planen.

»Ich hoffe ebenfalls, dass der Arzt bald kommt. Selbst wenn er Fräulein Edda nicht retten kann, so ist es doch möglich, dass sie zu Bewusstsein kommt und ihren Mörder nennt«, sagte er besorgt, da die Sonne bereits den westlichen Horizont berührte.

»Dort kommt er!« Trudi sprang auf und zeigte auf einen Reiter, der sich im raschen Galopp näherte.

Es handelte sich tatsächlich um den orientalischen Arzt. Er hielt sein Pferd vor der Schenke an und schwang sich behände aus dem Sattel.

»Salam aleikum!«, grüßte er und deutete vor Michel eine Verbeugung an. Dann wandte er sich dem Tisch zu, auf dem die Verletzte lag. Bevor er jedoch Hand an sie legte, winkte er die Wirtin zu sich. »Ich brauche so rasch wie möglich heißes Wasser!«

»Ich habe bereits einen vollen Kessel über das Feuer gehängt«, berichtete die Wirtin.

»Bringe mir eine Schüssel davon. Wasche das Gefäß zuerst aus. Auch muss ich mich selbst säubern, bevor ich etwas tun kann. Das kann warmes Wasser in einem Eimer sein. Beeile dich!«

»Jaja, der Herr!«, brummte die Wirtin und betrachtete den fremdartig gewandeten Mann misstrauisch.

»Wo ist Karel abgeblieben?«, fragte Marie.

»Da Euer Gefolgsmann die Sache eilig gemacht hat, bin ich vorausgeritten. Er ist mit Majid zurückgeblieben, weil dessen Esel nicht mit meiner Stute Schritt halten kann. Da der Junge den Weg nicht kennt, erschien es Karel und mir klüger, so zu handeln.«

»Und Ihr kanntet den Weg?«, fragte Marie verwundert.

Der Arzt schüttelte den Kopf. »Selbstverständlich nicht! Aber ich ließ ihn mir von Eurem Gefolgsmann beschreiben.«

Da die Wirtin und der Wirt mit Eimer und Schüssel herankamen, erstarb das Gespräch und wurde auch nicht mehr aufgenommen. Rasul wusch sich Gesicht und Hände und legte dafür sein Übergewand ab. Darunter trug er ein langes, hemdartiges Kleidungsstück, das eine schlanke und geschmeidige Gestalt erkennen ließ.

Marie fiel auf, dass er nun sehr viel weniger fremdartig wirkte. Das Gesicht war zwar gebräunt und der Bart dunkel, dennoch war es mehr die Kleidung, die ihn exotisch aussehen ließ. Eines aber war offensichtlich: Der Mann verstand sein Handwerk. Er schnallte seine Tasche vom Sattel und entnahm ihr ein Messer. Danach schlug er die Decke zurück, so dass Eddas Oberkörper nicht mehr davon bedeckt wurde, und löste vorsichtig den Verband, den Marie dieser angelegt hatte.

»Jemand muss mir helfen«, sagte er.

Marie und Alika standen gleichzeitig auf. Bis jetzt hatte der Arzt die dunkelhäutige Frau nicht beachtet. Jetzt musterte er sie interessiert. »Stammst du aus dem Orient?«

»Nein, aus Afrika«, antwortete Alika. »Was sollen wir tun?«

»Wascht euch erst einmal die Hände. Danach hebt ihr die Frau auf. Ich hoffe, es beleidigt euer Schamgefühl nicht, wenn ich das Kleid der Verletzten so weit aufschneide, dass die linke Brust zum Vorschein kommt. Aber es geht nicht anders.«

»Tut, was nötig ist!«, antwortete Marie und sah dann zu, wie er den Stoff mit einem scharfen Messer aufschnitt. Eine hübsche Brust kam zum Vorschein. Als Marie sah, wie einige Knechte neugierig herüberschauten, wurde sie zornig. »Kümmert euch besser um die Pferde und starrt nicht so dumm!«

»Die Herrin hat recht! Es gehört sich nicht«, sprang Gereon ihr bei und wies auf die abgetriebene Stute des Arztes. »Los, nehmt euch dieses Tieres an! Zum Dank für ihren raschen Lauf sollte die Stute gebürstet und gestriegelt werden. Tränkt sie und legt ihr Hafer vor.«

Obwohl Gereon Karels Stellvertreter war, sahen die vier anderen Knechte Michel fragend an. Dieser wollte ebenfalls nicht, dass sie Edda begafften, und wies mit der Hand auf Rasuls Stute. »Habt ihr Gereon nicht gehört?«

»Doch, Herr!« Nun erst standen die Männer auf. Als sie erneut einen Blick auf Edda erhaschen wollten, stellte sich Alika davor. »Sonst sind es ja vernünftige Kerle, aber wenn sie irgendwo einen nackten Hintern oder eine Brust sehen, kommt ihnen der Verstand abhanden.«

»Einer Frau zuzuschauen, die sich ungeniert im Freien wäscht, ist eine Sache, eine andere jedoch, es bei einer schwer verletzten Frau an der Schwelle des Todes zu tun!« Maries Stimme verriet deutlich, dass sie dieses Benehmen den Knechten übel nahm.

Auch Michel gefiel es nicht, und er beschloss, den Männern so viel an Arbeit aufzutragen, dass sie keine Gelegenheit mehr dazu finden würden.

Unterdessen hatte Rasul die Stelle überprüft, an der der Pfeil eingedrungen war, und forderte Marie und Alika auf, Eddas Oberkörper etwas zu heben. Er tastete nun deren Rücken ab und stieß einen leisen Ruf aus, als er eine winzige, erhöhte Stelle fand.

»Es sieht aus, als hätte der Pfeil ihre Schulter fast ganz durchschlagen. Ich werde ihn nun ganz durchstechen, damit die Spitze herauskommt. Zieht man den Pfeil nämlich am Schaft zurück, bleibt diese oftmals im Körper und sorgt dafür, dass der Patient entweder stirbt oder für den Rest seines Lebens unter dieser Verwundung leidet«, erklärte er und machte sich ans Werk.

Für einige Augenblicke sah es so aus, als wäre eher ein Metzger denn ein Arzt am Werk, doch dann lag die Spitze frei. Rasul schnitt sie mit einem seiner Messer ab und zog den Schaft zurück.

»Ich hätte auch die Befiederung abschneiden und den Pfeilschaft am Rücken hinausziehen können, aber so erscheint es mir sicherer.«

»Meine Freundin Hiltrud würde es nicht anders machen«, sagte Marie mit einem zustimmenden Nicken.

»Es gibt einen weiblichen Arzt?«, fragte Rasul verwundert.

»Nein, meine Freundin ist Bäuerin, aber in der Heilkunde bewandert. Bei einer solchen Verletzung sagt sie, man solle nicht mehr von dem Pfeilschaft durch den Körper ziehen, als unbedingt nötig ist.«

»Dann ist sie eine kluge Frau«, lobte Rasul und wies auf die Wunde. »Die junge Dame hatte Glück, dass sie auf dem Pferd saß, der Schütze aber auf dem Boden stand oder sogar kniete. Der Pfeil trat zwar in ihre Brust ein, drang jedoch leicht schräg nach oben durch den Oberkörper und verfehlte dadurch jene Stellen, an denen er ihrem Leben ein rasches Ende bereitet hätte. Ich weiß zwar nicht, ob ich sie retten kann, aber ich werde alles dafür tun.«

Nach dieser Erklärung träufelte Rasul eine scharf riechende Essenz auf die Stelle, an der der Pfeil eingedrungen war, und auf die, wo er diesen am Rücken durchgestoßen hatte. Trotz ihrer tiefen Ohnmacht stöhnte die junge Frau auf und verriet damit, dass noch

Leben in ihr steckte. Anschließend schob der Arzt auf der Brust und auf dem Rücken je einen steifen Faden in den Wundkanal und heftete beide Stellen mit ein paar Stichen zusammen.

»Es wäre nicht unbedingt nötig, doch sollte sie überleben, will ich nicht, dass zwei auffällige Narben sie dazu bringen, meine Arbeit zu verdammen«, erklärte er Marie, nachdem er die verletzten Stellen mit einer Salbe bestrichen und ein feines Gazegewebe darübergelegt hatte.

»Ich habe viele Ärzte erlebt, aber nur wenige von ihnen vermögen Euch das Wasser zu reichen«, antwortete Marie anerkennend.

»Ich hatte einen guten Lehrmeister.« Rasul lächelte so versonnen, als blicke er in ein fernes Land und eine andere Zeit. Rasch kehrte er jedoch in die Gegenwart zurück und verband die Wunde mit einem sauberen Leinenstreifen. Danach legte er die Decke über Eddas Oberkörper, so dass ihre Brust bedeckt war, wusch sich die Hände und trat zurück.

»Jetzt heißt es warten, ob meine Medizin anschlägt. Ich hoffe, sie kommt bald zu sich, damit ich ihr eine Arznei eingeben kann. Bis dorthin würde ich gerne etwas essen. Ich habe seit meinem Frühstück in der *Krone* nichts mehr gegessen.«

»Oh Gott!«, rief Alika. »Kommt rasch mit! Ich werde der Wirtin sagen, dass sie etwas auftragen soll.«

Während Rasul Alika folgte, trat Michel zu Marie. »Der Orientale scheint ein guter Arzt zu sein«, sagte er anerkennend.

»Gebe Gott, dass er Fräulein Edda retten kann. Nach dem, was wir in der *Krone* erlebt haben, wäre sonst hier endgültig der Teufel los. Und wir steckten mittendrin!«

Marie klang besorgt, denn sie hatte nicht vergessen, wie Trudi, sie und die Nonne Ignatia in Thüringen in die Fehde zweier Grafengeschlechter verwickelt worden waren.

7.

Nachdem Rasul gegessen hatte, suchte er in der Schenke einen Raum, in dem er die Verletzte weiter versorgen konnte. Die Auswahl war nicht groß, dennoch lehnte er das Angebot des Wirtspaares ab, der jungen Frau ihr eigenes Bett zu überlassen.

»Es ist zu breit, und da kann ich sie schlecht behandeln«, erklärte er und wurde schließlich in der Kammer fündig, in der die Wirtin ihr Leinen und andere ihr wertvolle Dinge aufbewahrte. Dort befand sich ein Bett, das derzeit nicht benutzt wurde und seinen Vorstellungen entsprach.

»Hier ist es gut!«, sagte er. »Das Bett muss nun direkt ans Fenster gerückt werden, damit ich die Wunde bei Tageslicht ansehen kann. Für die Nacht brauche ich eine möglichst helle Laterne. Dazu benötige ich einen Stuhl und einen kleinen Tisch oder eine Anrichte, auf die ich meine Instrumente und meine Heilmittel legen kann.«

»Sehr wohl!«, antwortete der Wirt und eilte los, um das Verlangte zu besorgen.

Rasul verließ derweil das Haus und trat zu Marie und Michel. »Ich wäre Euch dankbar, wenn Eure Knechte die Verletzte ins Haus tragen könnten. Das muss sehr vorsichtig geschehen. Auch sollen sie sich vorher die Hände waschen. Ich will keinen Schmutz in der Nähe meiner Patientin sehen.«

»Es wird alles geschehen, wie Ihr es anordnet«, versprach Michel und winkte Gereon zu sich, um diesem die entsprechenden Befehle zu erteilen.

Gereon suchte drei Männer aus, die Edda von Löwenberg zusammen mit ihm tragen sollten, und befahl ihnen, äußerst vorsichtig zu sein. »Wenn dem Fräulein dabei auch nur das Geringste zustößt, reiße ich euch die Köpfe ab«, drohte er und prüfte nach, ob alle die Hände gewaschen hatten. Bei einem der Männer war er nicht zufrieden und schickte ihn noch einmal zum Brunnentrog.

Danach fassten die vier die Decke, hoben Edda auf und trugen sie hinter Rasul her. Dieser wies sie an, die junge Frau mit dem Kopf voran die Treppe hochzuschaffen, und atmete schließlich auf, als sie auf dem Bett lag und nichts darauf hindeutete, dass der Transport ihr geschadet haben könnte.

»Lebt sie überhaupt noch?«, fragte einer der Männer angesichts ihres bleichen Gesichtes.

Rasul zupfte eine Feder aus dem Kissen und hielt sie Edda unter die Nase. Nun konnten alle sehen, dass der Flaum sich unter ihren Atemzügen bewegte.

Marie und Michel waren ihnen gefolgt und ebenso erleichtert wie er, dass Edda noch am Leben war.

»Ich schlage vor, dass Alika und ich in der Nacht abwechselnd bei ihr wachen«, schlug Marie vor.

»Es ist bereits Nacht, und Karel und der Junge sind noch immer nicht hier«, sagte Michel besorgt.

»Vielleicht könnte einer Eurer Knechte den beiden mit einer Fackel entgegenreiten«, bat Rasul.

»Das soll Gereon übernehmen. Er hat neben Karel den hellsten Kopf auf den Schultern«, antwortete Michel und ging los, um dem Knecht diesen Befehl zu erteilen.

Unterdessen war auch Trudi in die Stube gekommen und sah ihre Mutter fragend an. »Ich könnte doch ebenfalls an ihrem Bett wachen. Immerhin habe ich es im letzten Jahr bei Ignatia doch auch getan.«

»Das sollst du auch, aber am Tag und nicht in der Nacht«, antwortete Marie lächelnd.

»Wir könnten die Nachtwache dritteln«, sagte Rasul. »Zuerst soll Eure Magd sie übernehmen, danach Ihr und gegen Morgen ich. Ich hoffe, dass die junge Frau dann endlich aus ihrer Bewusstlosigkeit erwacht. Wenn das nicht geschieht, werden wir ihr morgen trotz allem einen Trunk einflößen müssen, damit das Wundfieber nicht zu sehr steigt.«

»Gebe Gott, dass sie diese Verletzung übersteht! Wer kann nur so verderbt sein, eine junge Frau auf so heimtückische Art töten zu wollen?« Marie klang traurig, aber in ihrer Stimme schwang auch eine gehörige Wut auf diesen Schurken mit.

»Ich will mir morgen zusammen mit Karel die Stelle im Wald, an der wir Fräulein Edda gefunden haben, noch einmal anschauen. Vielleicht finden wir einen Hinweis, der uns weiterhelfen kann«, sagte Michel. »Gereon soll derweil nach Hettenheim reiten und dort Meldung machen. Wenn er sich beeilt und auch Herr Heinrich nicht zu sehr zaudert, könnten sie am Nachmittag hier sein. Dann ist es vielleicht noch möglich, die Verletzte nach Hettenheim zu schaffen. Ich glaube, dass sie dort doch besser versorgt werden kann als hier.«

»Das ist ein guter Vorschlag«, stimmte Marie ihm zu. »Uns bleibt jetzt nur, unsere Decken in der Wirtsstube auszubreiten und dort zu schlafen.«

»Der Wirt hat uns seinen Stall angeboten«, wandte Michel ein.

»Da ich Alika ablösen muss, geht das nicht!« Marie seufzte, denn ihr wäre das weiche Heu lieber gewesen als der harte Fußboden, doch war es zu umständlich, des Nachts von dort aus ins Haus zu gelangen.

Dies sah Michel ein und grinste verkniffen. »Unsere Knechte können im Stall schlafen. Wir bleiben im Haus.«

»Ich kann euch etwas Stroh aufschütten«, bot der Wirt an.

»Dagegen haben wir gewiss nichts«, antwortete Marie, da sie dann nicht ganz so hart liegen würde. Nun aber scheuchte sie alle bis auf den Arzt und Alika hinaus.

»Müssen wir etwas Besonderes beachten?«, fragte sie Rasul.

»Sobald sie unruhig wird oder es den Anschein hat, sie könnte erwachen, müsst Ihr mich holen. Außerdem brauchen wir in der Kammer eine Lampe und draußen auf dem Flur eine Laterne. Es bringt nichts, wenn einer von uns in der Dunkelheit die Treppe hinunterfällt und sich ein Bein oder gar das Genick bricht!«

»Das wäre mir äußerst unlieb«, antwortete Marie, und auch Alika schüttelte den Kopf.

»Ich zeige Euch noch, wo ich in der Stube schlafen werde, damit Ihr mich schnell finden könnt«, sagte Rasul noch.

Marie und Alika folgten ihm nach unten. Dort hatten die Knechte bereits die Tische und Stühle beiseitegeräumt, der Wirt brachte Stroh, damit seine Gäste es etwas bequemer hatten, und die Wirtin schenkte noch einmal Wein aus.

»Das ist unser Schlaftrunk«, meinte einer der Knechte grinsend, als Marie ihn mit einem strafenden Blick bedachte.

»Der vierte Schlaftrunk!«, berichtete Hildegard.

»Der Wein ist nicht stark und die Becher nicht groß«, versuchte der Knecht sich herauszureden.

Marie lag jedoch weniger daran, ob die Knechte nun einen Becher mehr oder weniger tranken, als vielmehr an Karel und Gereon, die draußen in der Nacht unterwegs waren, und wies den Wirt an, vor dem Haus eine Laterne anzuzünden, damit die beiden erkennen konnten, wo die Schenke zu finden war.

Die Knechte und Majid erschienen gerade noch rechtzeitig, bevor Marie sich zur Ruhe legte. Sie wirkten erleichtert, denn Karel und der Junge hatten sich in der Dunkelheit bereits verirrt und waren schließlich von Gereons Fackel angelockt worden.

»Es war gut, dass Ihr Gereon losgeschickt habt. Majid und ich hätten sonst im Freien übernachten müssen«, berichtete Karel und äugte zum Schanktisch. »Ob es möglich ist, hier noch einen Becher Wein und ein Stück Brot zu bekommen? Gegen eine kleine Wurst hätte ich auch nichts einzuwenden.«

»Das bekommt Ihr alles, mein Herr!«, rief die Wirtin und machte sich ans Werk.

»Ich könnte auch etwas vertragen und der Junge gleich gar. Der muss ja noch wachsen«, erklärte Gereon und setzte sich an einen der zusammengeschobenen Tische.

»Seid aber bitte leise. Ich will schlafen, denn ich muss später Alika als Wächterin bei der Verletzten ablösen«, sagte Marie und wickelte sich in ihre Decke.

8.

Marie erwachte, als jemand sie sanft an der Schulter berührte. Sie öffnete die Augen und sah Alika über sich gebeugt. Diese hielt ihre Laterne so, dass sie die anderen Schläfer nicht störte.

»Das Fräulein ist immer noch bewusstlos, atmet aber stärker. Ich habe es mittels einer Feder überprüft«, meldete Alika.

»Wollen wir hoffen, dass sie auch morgen noch lebt.« Marie fühlte sich müde, wusste aber, dass sie Alika nicht noch einmal zum Wachen schicken konnte. Sie stand auf, übernahm die Laterne und stieg nach oben.

Dort war alles so, wie Alika es gesagt hatte. Edda von Löwenberg lag bleich im Bett und rührte kein Glied. Dafür aber brauchte Marie keine Feder mehr, um zu erkennen, ob sie atmete, denn die Brust hob und senkte sich sichtbar. Marie nahm es als gutes Zeichen und sah nach, ob der Wasserkrug und der kleinere Weinkrug noch gefüllt waren, um Edda gegebenenfalls etwas zu trinken geben zu können. Danach hieß es für sie warten.

Die Zeit verging, und der einzige Anhaltspunkt war die Sanduhr, die ihr die Wirtin gegeben hatte, und die jede Stunde umgedreht werden musste. Alika hatte drei Stunden gewacht. Das Gleiche wollte auch Marie tun und den Rest der Nachtwache dem Arzt aus dem Orient überlassen.

Es war nicht leicht, bei dämmrigem Licht in der Kammer zu sitzen und nichts tun zu können. Marie war zudem von der Reise erschöpft, und ihr Körper sehnte sich nach Schlaf. Zunächst widerstand sie tapfer der Müdigkeit. Irgendwann aber dämmerte sie weg und schreckte nach einer Weile hoch. Ein Blick auf die Sanduhr zeigte ihr, dass diese abgelaufen war. Rasch wendete sie diese und überlegte, wie viel Zeit vergangen sein mochte. Als sie ans Fenster trat, war draußen noch dunkelste Nacht.

Marie wandte sich wieder der Patientin zu, doch deren Zustand schien unverändert zu sein. Noch immer war Edda sehr blass, atmete aber und bewegte sogar ein wenig die Lippen. Erleichtert setzte Marie sich wieder auf den Stuhl und fand ihn eigentlich viel zu unbequem, um darauf einschlafen zu können. Dennoch hatte sie es getan.

Mit einem leisen Fauchen verscheuchte sie diesen Gedanken und richtete ihr ganzes Sinnen und Trachten darauf, wach zu bleiben und die Verletzte im Auge zu behalten.

Diesmal gelang es ihr, und als die Sanduhr das nächste Mal durchgelaufen war, drehte sie diese rasch um. Die Verletzte lag ruhig, aber nun wurde ihre Stirn heiß, und das bedeutete Wundfieber. Marie wünschte sich daher, Edda würde erwachen, damit sie den Arzt holen und dieser der Verletzten ein Mittel eingeben konnte, welches das Fieber eindämmen konnte. Diesen Gefallen aber tat Edda von Löwenberg ihr nicht.

Die Sanduhr war etwas mehr als zur Hälfte abgelaufen, als die Tür geöffnet wurde und Rasul al Hakimi eintrat. »Ihr könnt Euch jetzt wieder schlafen legen«, sagte er zu Marie.

»Sie hat Fieber! Sonst ist ihr Zustand unverändert, seit ich die Wache von Alika übernommen habe«, berichtete Marie.

Rasul beugte sich über Edda und legte ihr die Hand auf die Stirn. »Noch ist das Wundfieber nicht so heftig, dass wir uns Sorgen machen müssen. Meiner Erfahrung zufolge hilft es im Gegenteil sogar, eine so schwere Verletzung wie diese zu überstehen. Auch erscheint sie mir kräftiger als am Abend«, sagte er mit einer gewissen Hoffnung. »Wie ich schon gestern erwähnte, führt der Schusskanal vom Eintreffpunkt aus schräg nach oben. Das kann ihre Rettung sein.«

»Ich bete zu Gott, dass er ihr hilft, und auch darum, dass er uns den Schurken finden lässt, der auf dieses arme Kind geschossen hat.« Marie hasste heimtückische Mörder und wünschte daher dem Schuldigen alles Schlechte an den Hals.

Rasul hob begütigend die Hand. »Lasst uns erst herausfinden, weshalb die Tat geschah, bevor Ihr ein Urteil fällt.«

»Ich glaube nicht, dass sich meine Meinung über den Schützen ändern wird. Doch nun gute Nacht!« Marie verließ die Kammer und war danach so angespannt, dass sie einige Zeit brauchte, um einschlafen zu können.

Unterdessen saß Rasul am Bett der Verletzten und betrachtete sie. Anders als Marie kam ihm ihre Blässe nicht unnatürlich vor. Er hatte im Harem eines Mameluckenfürsten in Kairo eine Odaliske behandelt, deren Haar und Haut ebenso weiß gewesen waren wie das von Edda. Unwillkürlich streckte er die Hand aus und ergriff eine der Haarsträhnen. Diese fühlte sich so gesund an, wie man es von einer Frau dieses Alters erwarten konnte. Auf jeden Fall hatte Edda längere und kräftigere Haare als jene Odaliske in Kairo. Er fand auch ihr Antlitz schöner. Es hatte einen seltsamen, wenn auch exotischen Reiz, und er dachte, wie schade es wäre, wenn sie hier wie eine Blume einging, die vor der Zeit gepflückt worden war.

Gelegentlich prüfte er ihren Puls. Er schlug schnell, doch dies war bei so einer schweren Verletzung zu erwarten. Vielleicht hätte er ein wenig kräftiger sein können, doch es war noch nicht besorgniserregend. Wichtig erschien Rasul jedoch, dass Edda bald zu sich kam, damit er mehr für sie tun konnte.

Nach einer Weile bemerkte er, wie ihre Lider flatterten, und strich ihr sanft über die Wange. Sie schien die Berührung zu bemerken, denn sie murmelte etwas, das er nicht verstand.

Bitte erwache, bat Rasul in Gedanken und beugte sich über sie.

9.

Das Erste, was Edda empfand, war Schmerz. Zuerst konnte sie ihn nicht einordnen, begriff aber dann, dass er von ihrer linken Brust kommen musste. Darüber verwundert, wollte sie die Augen öffnen, doch es dauerte eine Weile, bis ihr die Lider gehorchten. Sie sah zunächst nur tanzende Schatten vor sich, bis ihre Augen langsam Bilder formten. Mühsam stellte sie fest, dass sie in einem Raum lag, den sie nie zuvor gesehen hatte.

Dann bemerkte sie den Mann, der an ihrem Bett saß und recht wunderlich aussah. Zwar empfand sie seine Gesichtszüge als angenehm, doch er trug einen schwarzen Vollbart und hatte den Kopf mehrmals mit einem blauen Tuch umwickelt. Am eigenartigsten empfand sie sein Gewand. Es wirkte auf sie wie ein großer Sack mit drei gesäumten Löchern für den Kopf und die Hände.

»Wo bin ich hingeraten?«, wollte sie sagen, brachte aber nur ein Stöhnen heraus.

»Seid Ihr wach?«, fragte da der Mann.

Edda drehte mühsam den Kopf. Um zu nicken, besaß sie nicht die Kraft. »Wach? Ja! Wo …? Was ist …?«

Das Sprechen fiel ihr ungeheuer schwer, und sie wünschte sich, wieder einschlafen zu können, damit sie die Schmerzen in der Brust nicht mehr spüren musste.

»Ich werde Euch jetzt einen Trank bereiten, den Ihr unbedingt zu Euch nehmen müsst. Bleibt bitte so lange wach!«, sagte der Mann, von dem Edda ebenfalls sicher war, ihn noch niemals gesehen zu haben.

Rasul füllte Wasser und etwas Wein in einen Becher und gab mehrere Heilmittel hinzu, die das Fieber senken und die Wundheilung unterstützen sollten. Als er sich wieder ihr zuwandte, betrachtete er staunend ihre Augen. Die Pupillen der Frau in Alexandria waren rot gewesen, und die Iris rosa. Eddas Pupillen aber waren dunkel, während ihre Iris silbern schimmerte und einen zartblauen Rand aufwies.

»Ich werde Euch jetzt etwas aufrichten, damit Ihr trinken könnt. Sagt mir, wenn es schmerzt«, sagte er und schob die linke Hand unter ihre rechte Schulter.

Edda stieß einen leisen Schrei aus, als er sie anhob. Sofort hielt er inne und sah sie bittend an. »Geht es vielleicht noch ein Stück? Sonst habe ich Angst, Ihr könntet Euch verschlucken.«

»Es geht!«, sagte Edda keuchend und biss die Zähne zusammen.

Es war dann aber doch nicht ganz so schlimm, wie sie befürchtet hatte. Während der Fremde sie mit einer Hand stützte, führte er mit der anderen den Becher an ihre Lippen.

Ich kann doch selbst trinken, dachte Edda, brachte aber die rechte Hand kaum nach oben und ließ sie wieder sinken. Als sie zu trinken begann, bemerkte sie erst, wie quälend ihr Durst war. Sie störte sich nicht einmal an dem eigenartigen Nachgeschmack des Getränks, sondern sehnte sich, als der Becher leer war, nach mehr. Doch da ließ er sie bereits wieder auf das Bett zurücksinken.

»Will trinken!«, murmelte sie.

»Ihr erhaltet später noch einmal einen Becher. Nun solltet Ihr schlafen. Dies dient der Heilung am besten«, antwortete der Fremde.

Weshalb Heilung?, fragte Edda sich, doch der Schmerz, den sie verspürte, deutete darauf hin, dass sie tatsächlich verletzt war. Nur wo und wie war es geschehen? Bevor sie darüber nachzudenken vermochte, fielen ihr die Augen zu, und sie schlief ein.

10.

Als Edda das nächste Mal erwachte, saß ein noch fremdartigeres Geschöpf an ihrem Bett. Es sah aus wie eine junge Frau, hatte jedoch eine dunkle Hautfarbe und schwarzes, sich kräuselndes Haar. Kaum bemerkte das Wesen, dass sie die Augen geöffnet hatte, füllte es einen Becher und half ihr auf ähnliche Weise hoch, wie der Mann es in der Nacht getan hatte.

Diesmal enthielt der Becher nur ein Wasser-Wein-Gemisch ohne jeden Nachgeschmack. Edda hätte endlos trinken können, doch auch diesmal erhielt sie nur einen einzigen Becher. Ihr lagen tausend Fragen auf der Zunge, und sie nahm sich vor, wach zu bleiben. Noch während sie dies dachte, fiel sie in einen von seltsamen Träumen erfüllten Schlaf.

Beim nächsten Aufwachen saß eine Frau mittleren Alters neben ihrem Bett. Ihre Züge waren sanft, wiesen aber auch eine gewisse Strenge auf, die darauf hindeutete, dass sie gewohnt war, sich durchzusetzen.

»Hast du Durst?«, fragte sie und redete sie somit anders als der Mann und die wie verbrannt aussehende Frau nicht ehrenvoll an, sondern wie ein Kind oder eine Magd.

Edda war viel zu schwach, um sich darüber ärgern zu können. Stattdessen nickte sie vorsichtig.

»Du bekommst zuerst einen Becher mit Medizin und danach einen, in dem mit Wein vermischtes Wasser ist«, erklärte die Frau und schob die Hand unter Eddas rechte Schulter.

Es tat weh, als sie aufgerichtet wurde, doch die Gier nach etwas zu trinken ließ Edda es ertragen. Auch diesmal hatte das Wasser-Wein-Gemisch einen eigenartigen Nachgeschmack, der auf ein ihr unbekanntes Heilmittel hinwies. Sie trank alles aus und war daraufhin froh, noch einen weiteren Becher ohne diese Medizin zu erhalten.

»Du bist uns hoffentlich nicht böse, doch Alika und ich haben dir eine Windel angelegt, da wir nicht wissen, wie weit du dein Gedärm und deine Blase beherrschen kannst«, sagte die Frau, nachdem sie Edda wieder aufs Bett zurückgelegt hatte.

Weshalb muss ich eine Windel tragen?, fragte sie sich erschüttert und sah die Frau an. »Was ist geschehen? Wo bin ich, und weshalb bin ich hier?« Das Sprechen fiel Edda schwer, doch wenigstens schlief sie nicht sofort wieder ein.

»Was geschehen ist, hoffen wir eigentlich von dir zu erfahren.«

»Ich weiß nichts!« Edda sah die Fremde verwirrt an und brauchte ein paar Augenblicke, um sich überhaupt an ihren Namen zu erinnern. »Ich bin Edda von Löwenberg!«

»Dies wurde uns als dein Name genannt«, sagte die Frau an ihrem Bett.

»Wer bist du? Und wer sind die anderen, die ich glaube, gesehen zu haben. Gibt es sie überhaupt?«

»Wenn du den orientalischen Arzt und meine Freundin Alika meinst: Die gibt es. Ich selbst bin Marie Adler auf Kibitzstein.«

»Ich glaube, ich habe von Euch gehört. Euer Gemahl ist ein guter Freund von Herrn Heinrich von Hettenheim.« Edda wunderte sich, wieso ihr dies einfiel, während sie nicht die geringste Ahnung hatte, wie sie in diese Lage geraten war. Nun, da sie wusste, dass Marie die Ehefrau eines freien Reichsritters war, sprach sie diese ehrerbietig an.

»Das stimmt!«, erwiderte Marie. »Wir befanden uns auf dem Weg nach Hettenheim, als meine älteste Tochter dein Pferd entdeckte. Wir ritten hin, um zu sehen, was geschehen ist, und entdeckten das Blut am Sattel. Daraufhin machten wir uns auf die Suche nach der Reiterin.«

»Pferd? Blut?« Edda begriff überhaupt nichts mehr. Der Schmerz in ihrer Schulter zeugte davon, dass ihr etwas zugestoßen sein musste, doch es entzog sich ihrem Gedächtnis.

»Ich hole jetzt den Arzt. Er sagte, er wolle nach deinen Wunden sehen, sobald du wach geworden bist. Ich hoffe, du schläfst bis zu meiner Rückkehr nicht ein.« Marie lächelte Edda kurz zu und verließ dann die Kammer.

Als sie zurückkam, war die Verletzte noch wach. Edda musterte Rasul mit matten Blicken und sah dann zu, wie er mit Maries Hilfe ihren Verband löste. Da ihre linke Brust dabei bloß lag, hob sie mit einer gewissen Anstrengung die rechte Hand und bedeckte sie damit.

»Kommt mir ja nicht an die Wunde!«, mahnte Rasul sie und blickte dann ihr Kleid an. »Wir sollten es ausziehen, denn es ist schmutzig geworden. Auch das Hemd muss weg. Es ist voller Blut!«

»Ihr wollt mich nackt ausziehen?«, fragte Edda erschrocken.

»Es wäre besser«, antwortete Rasul.

»Zumindest mit dem Hemd sollten wir warten, bis Fräulein Edda nach Hettenheim geschafft worden ist. Dort gibt es gewiss ein passendes Hemd für sie. Beim Kleid aber habt Ihr recht. Das muss weg!« Marie ging es dabei weniger um den Schmutz, der teilweise daran haftete, denn das Kleid war von sehr schlichtem Schnitt und von einer trüben, braunen Farbe, die vielleicht eine alte Frau tragen konnte, aber keine von gerade einmal zwanzig Jahren.

Rasul suchte eines seiner Skalpelle heraus und begann, das Kleid zu zerschneiden. Dabei bat er Marie, Alika hinzuzuholen, da sie zu dritt Edda hochheben und das Kleid entfernen konnten.

Als Alika hereinkam, kniff Edda die Lider zusammen. Sie hatte also doch nicht geträumt, dachte sie. Die Frau mit der dunklen Gesichtsfarbe gab es tatsächlich. Auch die Hände, mit denen Alika sie nun ergriff, waren von einem dunklen Braun.

Da sich die drei alle Mühe gaben, Edda so sanft wie möglich aufzuheben, verspürte sie kaum Schmerzen. Dabei hatte es vorhin noch sehr wehgetan.

»Glaubt ihr, ihr könnt sie so stützen, dass sie aufrecht sitzen kann?«, fragte Rasul Marie und Alika.

Marie nickte. »Es müsste gehen!«

Mit aller Vorsicht richteten Alika und sie Edda auf, so dass Rasul auch die Wunde auf dem Rücken versorgen konnte. Er überprüfte den Faden, den er in den Wundkanal gesteckt hatte, und nickte zufrieden.

»Durch diesen Faden und den vorne an der Brust kann das Wundsekret austreten. Das soll eine Entzündung verhindern«, erklärte er den beiden Frauen.

»Meine Freundin Hiltrud nimmt dafür ausgekochte Schweineborsten«, berichtete Marie.

»Die sind vielleicht noch besser, da sie steifer sind, doch im Morgenland findet man kaum ein Schwein, das man zu diesem Zweck rasieren kann.« Rasul lächelte jungenhaft und setzte seine Arbeit fort.

Wenig später legten sie Edda wieder aufs Bett, und Marie zog eine saubere Decke über sie.

»Ich hoffe, wir erhalten bald Hilfe aus Hettenheim, denn ich würde ungern hier längere Zeit verweilen müssen. Die Wirtsleute sind zwar freundlich und hilfsbereit, aber auf Hettenheim wird Fräulein Edda gewiss bessere Pflege zuteil als hier.«

»Warum wollt Ihr sie nach Hettenheim bringen und nicht nach Löwenberg, wo sie hingehört?«, fragte Rasul erstaunt.

Marie zog ihn nach draußen, damit Edda sie nicht hören konnte. »Die Wirtin stammt von dort und erzählte, dass das Fräulein dort als spät geborene Schwester und Miterbin nur widerwillig geduldet werde. Ich will sie nirgends hinbringen lassen, wo ein Kissen oder eine zusammengefaltete Decke ausreicht, um es so aussehen zu lassen, als wäre sie ihrer Verletzung erlegen.«

Unterdessen fasste Edda nach Alikas Hand und sah sie mit einem schmerzlichen Lächeln an. »Du bist auch anders, ebenso wie ich.«

Dritter Teil

Auf Hettenheim

1.

Am nächsten Vormittag befahl Marie, mit dem Mittagessen zu warten, bis Michel und Karel von ihrer Suche nach den Spuren des Mörders zurückgekommen waren. Dabei hoffte sie, dass Heinrich von Hettenheim, den Gereon holen sollte, auch nicht allzu lange auf sich warten ließ. Ihr Pflegling schlief wieder und konnte Trudis Aufsicht überlassen werden. Dafür ärgerte Marie sich über die vier Knechte, die bei ihr zurückgeblieben waren. Diese hatten eine große Vorliebe für den Wein des Wirts gefasst und waren zu Mittag bereits so betrunken, dass sie über die eigenen Füße stolperten.

»Na wartet! Wenn mein Gemahl wiederkommt, wird er euch erzählen, was er davon hält«, schimpfte sie, erntete aber nur ein dummes Grinsen.

»Denen fehlt einfach genug Arbeit«, erklärte Alika.

»Ich würde eher sagen, es fehlt jemand, der auf sie achtgibt. Bei Gott, wie können Männer sich nur so sinnlos besaufen?«

Maries Miene verriet deutlich, dass den vier Helden ein kräftiges Donnerwetter drohte, wenn sie wieder nüchtern waren. Dann aber wandte sie sich Alika zu. »Warst du oben beim Fräulein?«

»Es schläft, und das Fieber hält sich in Grenzen. Die Arzneien des orientalischen Arztes bewirken wahre Wunder. Bevor Fräulein Edda eingeschlafen ist, sagte sie, sie würde kaum noch Schmerzen verspüren«, berichtete Alika.

Rasul war ebenfalls ins Freie getreten und hatte ihre Worte gehört. »Das wird nicht mehr lange der Fall sein. Ich kann ihr die Medizin, die die Schmerzen dämpft, nur noch ein Mal eingeben, dann muss es vorbei sein. Wenn sie zu oft verabreicht wird, entwickelt man eine Gier danach und will sie immer weiter haben. Auf die Dauer zerstört sie jedoch Körper und Geist.«

»Wenn es sich um Mohnsaft handelt, habt Ihr recht! Der Mohn

aus dem Orient soll noch weitaus stärker sein als der in unseren Landen. Warum muss nur alles, was hilft, einen Pferdefuß haben?« Marie seufzte und blickte in die Richtung, aus der Hettenheim kommen musste. »Hoffentlich erscheint Graf Heinrich bald. Ich würde Fräulein Edda gerne in seine Burg bringen lassen, solange dieser Mohnsaft wirkt.«

Rasul wunderte sich über Maries Kenntnisse in der Medizin. Die meisten Frauen kannten nur ein paar Hausmittel und wussten sie anzuwenden. Ihr aber hätte er sogar zugetraut, Eddas Verletzung notfalls selbst zu behandeln. Er atmete tief durch und blickte nach Westen, wo in einiger Entfernung eine Burg auf einem Hügel thronte. Löwenberg lag nicht viel weiter von hier entfernt als Hettenheim, und doch glaubte Marie Adler Edda dort weniger sicher als bei Menschen, die ihr fremd sein mussten.

»Ich glaube, Vater kommt!« Hildegard schoss wie ein Pfeil auf Marie zu, zupfte an ihrer Kleidung und wies in die Richtung, in der sie zwei Reiter entdeckt hatte.

Als Marie hinschaute, waren es tatsächlich ihr Mann und Karel. Diese wurden angesichts der Schenke schneller und stiegen kurz darauf aus den Sätteln. An ihren Mienen konnte Marie ablesen, dass ihnen der Erfolg versagt geblieben war.

»Wir sind zu dem Wald geritten, wo wir das Fräulein gefunden haben, und haben uns dort umgesehen. Zwar entdeckten wir die Stelle, von der aus der Schütze seinen Pfeil abgeschossen hat, und auch die, an der er sein Pferd zurückgelassen hatte. Es gelang uns jedoch nicht, seiner Spur zu folgen. Sie könnte vielleicht in diese Richtung geführt haben.« Er wies auf Löwenberg, die einzige Burg, die von hier aus zu sehen war.

»Das mag aber auch Absicht gewesen sein, um den Verdacht dorthin zu lenken«, wandte Rasul ein.

»Das kann sein – oder auch nicht. Der Schütze konnte nicht wissen, dass wir diesen Weg kommen und Eddas Pferd sehen würden«, sagte Marie und klatschte dann in die Hände.

Die Wirtin erschien so rasch, als hätte sie nur auf dieses Zeichen gewartet. »Ist es jetzt Zeit für das Mittagessen?«, fragte sie eifrig, da das Fleisch am Spieß fertig gebraten war.

»Das ist es«, antwortete Marie und musterte kurz die vier betrunkenen Knechte. »Für die Suffköpfe da würde Steckrübenbrei reichen!«

Nun nahm auch Karel wahr, dass sich seine Untergebenen kaum noch auf den Beinen halten konnten, und trat zornig auf sie zu. »Seid ihr denn von allen guten Geistern verlassen? Man muss sich ja eurer schämen. Wartet, bis wir wieder zu Hause sind. Dann werdet ihr die Ställe ausmisten und die Abtritte leeren.«

Wären die Knechte nüchtern gewesen, hätte die Drohung sie erschreckt. Eingelullt von dem süßen Wein, grinsten sie jedoch nur und suchten sich eine schattige Stelle, an der sie bald einschliefen.

»Wenn sie aufwachen, werden sie Hunger haben. Dann aber bekommen sie nur Brot und Wasser!«, erklärte Marie und setzte sich an den Tisch, auf dem das Wirtspaar eben das Mittagessen auftrug.

»Hebt etwas für Trudi auf! Ich werde sie später ablösen. Auch sollten wir überlegen, ob Fräulein Edda etwas zu sich nehmen darf.« Maries Frage galt Rasul, der sich eben mit seinem Begleiter an den Nebentisch setzen wollte.

»Die Wirtin soll eine Hühnerbrühe kochen, das Fleisch aber herausnehmen, bevor wir Fräulein von Löwenberg die Suppe einflößen«, antwortete der Arzt.

»Setzt Euch doch bitte zu uns!«, forderte Michel ihn auf. »Es ist mühsam, von Tisch zu Tisch zu sprechen. Oder verbietet Euch Eure Religion, dies zu tun?«

Ein eigenartiger Ausdruck erschien auf Rasuls Gesicht, dann schüttelte er den Kopf. »Ich bin auf Reisen durch dieses Land und habe mich an die hiesigen Gebräuche zu halten.«

»Auch an Schweinebraten?«, fragte Alika anzüglich.

»Bevor der Hunger einen umbringt, kann auch Fleisch vom Schwein gegessen werden.« Erneut lächelte Rasul auf eine seltsame Weise. Dabei wies er auf Majid. »Er ist ein christlicher Knabe, den ich seinem Herrn abgekauft habe. Dieser wollte, dass er als Muslim erzogen wird. Ich hingegen lasse ihm seinen Glauben.«

»Dann seid Ihr ein edler Mann«, sagte Michel, fand dann aber den Schweinebraten wichtiger als die Fortsetzung des Gesprächs und schnitt sich ein großes Stück ab.

»Das schmeckt wirklich vorzüglich«, lobte er die Wirtin.

Auch Marie hatte nichts am Essen auszusetzen, beeilte sich aber, um Trudi nicht zu lange warten zu lassen. Bevor sie wieder ins Haus trat, blickte sie noch einmal in die Richtung, aus der die Hettenheimer kommen sollten.

»Ich hoffe, Herr Heinrich erscheint bald, sonst müssen wir eine weitere Nacht hier verbringen.«

2.

Als Marie Trudi ablöste, wusste diese nichts Neues zu berichten. »Die Verletzte schläft tief und ist während meiner Wache nicht zu sich gekommen. Ich hätte ihr sonst etwas zu trinken gegeben«, sagte sie.

»Schon gut! Ihr Schlaf kommt von der Medizin, die ihr der Arzt gegeben hat.« Marie musterte Edda von Löwenberg nachdenklich. Im Grunde war sie ein hübsches Ding, das nur durch die wie frisch gefallener Schnee glänzenden Haare und die blasse Haut aus dem Rahmen fiel. Von der Wirtin hatte sie erfahren, dass Eddas Bruder die Schwester fast wie eine Gefangene gehalten hatte. Wieder stellte sie sich die Frage, wer auf Edda geschossen haben konnte. Nach dem, was sie in der *Krone* erlebt hatte, kamen die Gefolgsleute fast aller Herren in dieser Gegend infrage, der eigene Bruder eingeschlossen.

»Kann ich jetzt gehen, Mama? Ich habe Hunger.«

Trudis Frage riss Marie aus ihren Gedanken, und sie nickte. »Aber natürlich, mein Kind.«

Obwohl es ihre Tochter drängte, etwas zu essen, blieb sie an der Tür stehen. »Was glaubst du? Ob sie wieder gesund wird? Sie scheint mir schlimmer verletzt zu sein, als Schwester Ignatia es war.«

»Ignatia hatte nur dich und mich zur Pflege, während hier ein fähiger Arzt über Fräulein Edda wacht. Auch muss sie nicht in einem Versteck im Wald bleiben, wie es damals bei uns der Fall war, sondern wird bald zur Burg Hettenheim gebracht. Dort wird man gewiss alles tun, um sie am Leben zu erhalten.«

Marie lächelte, um der Tochter die Angst zu nehmen, ihr Pflegling könnte ihnen unter den Händen sterben.

»Auf Hettenheim kann Lisa uns bei der Pflege helfen«, erwiderte Trudi, die sich freute, ihre Pflegeschwester bald wiederzusehen.

»Das kann sie«, stimmte ihr Marie zu.

Auch sie freute sich auf Lisa und auf ihren Sohn Falko, der als Page auf Burg Hettenheim lebte, wo er von Graf Heinrich lernen sollte, wie sich ein Edelmann zu betragen hatte.

Bei Trudi siegte nun der Hunger, und sie verließ die Kammer. Dafür kam kurze Zeit später Rasul herein, um nach seiner Patientin zu sehen.

»Ich glaube, wir können Hoffnung schöpfen«, sagte er nach einer Weile.

»Das erleichtert mich! Ihr seid ein guter Arzt«, lobte Marie ihn.

»Auch wenn mir dieses Gewerbe nicht in die Wiege gelegt wurde, so habe ich es doch ein wenig gelernt«, antwortete Rasul mit einem verkniffenen Lächeln.

»So mancher steht irgendwann im Leben an einer anderen Stelle als der, die für ihn vorgesehen war«, erwiderte Marie und dachte an sich und Michel. Sie war die Tochter eines reichen Tuchhändlers, der durch üble Machenschaften um sein Vermögen und sein Leben gebracht worden war, und sie hatte mehrere Jahre ein Leben als Wanderhure führen müssen, wie sie es nicht einmal ihrer schlimmsten Feindin wünschte. Nur einem wohlgesinnten Schicksal hatte sie es zu verdanken, dass sie rehabilitiert worden war und den Besitz ihres Vaters zurückerhalten hatte. … und auch Michel, der nie aufgehört hatte, sie zu suchen, setzte sie in Gedanken hinzu.

Sein Aufstieg war fast noch fantastischer als der ihre. Als Sohn eines Bierschenks waren seine Aussichten gering gewesen. Ihm war es jedoch gelungen, die Aufmerksamkeit des Pfalzgrafen am Rhein zu erlangen und später Kaiser Sigismund das Leben zu retten. Der Lohn war der Ritterschlag gewesen und der freie Reichsbesitz Kibitzstein. Dort lebten sie nun schon seit etlichen Jahren und dachten nur noch selten an diese ferne Zeit. Doch wenn sie es taten, waren ihre Gedanken oft bitter.

Rasul ahnte, dass Marie in der Vergangenheit weilte, und störte sie nicht. Stattdessen fühlte er die Temperatur der Verletzten und fand, dass das Wundfieber in den letzten Stunden abgenommen hatte. Edda wachte nun auch auf und fuhr sich mit der Zunge über die trockenen Lippen.

»Durst!«

Es war nur ein Hauch, doch er vernahm ihn und goss etwas Wasser und Wein in einen Becher. »Hier, trinkt!«, sagte er und schob ihr den linken Arm unter den Rücken, um sie ein wenig aufzurichten.

Edda trank durstig, spürte aber gleichzeitig, dass ihr Körper Flüssigkeit von sich gab, und schämte sich fürchterlich. »Ich, ich …«, begann sie, doch da hob Rasul begütigend die Hand.

»Lasst der Natur ihren Lauf! Frau Marie und ihre Magd werden sich gleich um Euch kümmern.«

Edda sah ihm an, dass er begriffen hatte, was geschehen war, und schämte sich noch mehr. »Ich muss mein Hemd wechseln!«, flüsterte sie.

»Es wird gleich geschehen«, versprach Rasul und wandte sich Marie zu. »Ihr habt Fräulein Edda Windeln angelegt. Vielleicht wäre es Zeit, diese zu wechseln. Ich werde Eure Alika rufen, damit sie Euch hilft!«

»Dafür wäre ich Euch sehr verbunden!« Marie atmete kurz durch und sah Edda lächelnd an. »Hab keine Sorge! Es wird rasch geschehen.«

»Ich will nicht, dass …« Edda brach ab, doch der Blick, mit dem sie Rasul bedachte, sagte Marie genug.

»Ihr wollt nicht, dass ein Mann dabei zusieht. Das würde ich auch nicht wollen.«

Froh, bei ihr Verständnis zu finden, tastete Edda nach Maries Arm. »Habt Dank!«

»Danke mir, wenn du wieder gesund bist. Doch nun sollte der Herr Medicus sich beeilen. Er mag sich vielleicht nicht mehr daran erinnern, wie er als Kind Windeln getragen hat, doch wenn sie feucht sind, ist es äußerst unangenehm.«

»Ich bin ja schon fort«, meinte Rasul lächelnd und verließ die Kammer, um Alika zu holen.

3.

Marie und Alika hatten kaum Eddas Windel entfernt, als Trudis helle Stimme erscholl. »Falko kommt!«

Im ersten Moment schoss Marie hoch und wollte zur Tür hinaus, besann sich aber und wandte sich wieder ihrer Patientin zu.

»Geh ruhig!«, forderte Alika sie auf. »Das bisschen, das noch zu tun ist, kann ich auch allein machen.«

Obwohl Marie sich danach sehnte, ihren Sohn nach monatelanger Trennung in die Arme zu schließen, schüttelte sie den Kopf. »Bis jetzt habe ich noch jede Aufgabe erfüllt, die zu tun war, und werde das auch jetzt nicht ändern.«

»Dann sollten wir uns sputen, damit du nicht lange warten musst.« Alika lächelte und sagte sich, dass nur wenige Frauen die Selbstbeherrschung aufbrachten, die Marie auszeichnete. Doch auch sie drängte es, Falko wiederzusehen, und so beeilten sich beide, ohne die nötige Vorsicht außer Acht zu lassen.

Kurze Zeit später lag Edda mit trockenen Windeln unter ihrer Decke und schloss die Augen. Sie fühlte sich fürchterlich müde und schlief ein, noch bevor Marie und Alika ganz fertig waren.

»Geh du zuerst!«, forderte Alika Marie auf.

Diese zögerte. »Eigentlich sollte ich bei Fräulein Edda wachen.«

»Das übernehme ich!« Rasul hatte bemerkt, dass die Decke wieder hochgezogen worden war, und trat ein. »Ihr habt einen prachtvollen Sohn und dieser eine wundervolle Mutter!«

Es klang fast sehnsüchtig, und Marie ahnte, dass der Arzt aus dem Morgenland wohl schon früh die eigene Mutter verloren hatte.

»Falko ist ein braver Junge, meistens wenigstens«, sagte sie lächelnd und bedankte sich bei Rasul, weil er sie vor der Zeit ablöste. Dann lief sie aus dem Zimmer und musste sich an der Treppe zähmen, um nicht zwei Stufen auf einmal zu nehmen.

Alika folgte ihr etwas langsamer und mahnte sie, nicht zu hastig zu sein. »Keiner von uns hat etwas davon, wenn du dir das Genick brichst.«

Marie musste lachen. »Recht hast du – und ich bin eben sehr dumm gewesen.«

»Ich weiß nicht, ob es dumm ist, sich auf die Ankunft des Sohnes zu freuen«, gab Alika ebenfalls lachend zurück und musste an Hertha von Steinsfeld denken. Die Nachbarin hatte mit Hartwin ebenfalls nur einen Sohn und liebte ihn wahrscheinlich auch. Sie hätte sich aber nie vor anderen zu einer zärtlichen Geste hinreißen lassen, während Marie Falko förmlich entgegenflog und ihn umarmte.

»Lass dich anschauen!«, rief Marie und strich über Falkos Gesicht. »Bei Gott, du bist gewachsen! Als du Kibitzstein verlassen hast, warst du noch kleiner als ich. Nun aber überragst du mich um fast eine Handbreit.«

Ein gewisser Stolz sprach aus Maries Worten, weil der Sohn so gut geraten war. Sie umarmte ihn noch einmal und wandte sich dann Falkos Begleiter zu.

Hilbrecht von Hettenheim war im gleichen Alter wie ihr Sohn, aber etwas kleiner und stämmiger. Er grinste verlegen, als er sie begrüßte.

»Wir sind vorausgeritten. Vater wird bald kommen. Stimmt es, dass Ihr ein schwer verletztes Edelfräulein gefunden habt?«

»Gereon hat es berichtet, und das ist keiner, der lügt«, wandte Falko ein und äugte neugierig zum Haus hin.

Marie lachte darüber. »Schwer verletzt heißt, dass die entsprechende Person nicht aus dem Haus kommt, damit du sie betrachten kannst.«

»Mir geht es nicht um das verwundete Fräulein, sondern um diesen Arzt. Gereon sagte, es sei ein Orientale, und so einen habe ich noch nie gesehen«, erwiderte Falko neugierig.

»Ich auch nicht«, erklärte Hilbrecht nicht weniger aufgeregt als sein Freund.

»Ihr werdet enttäuscht sein, denn er sieht genauso aus wie ein ganz normaler Mensch mit zwei Beinen, zwei Armen, einem Körper und einem Kopf«, warf Alika ein. Doch auch sie musste angesichts der Ungeduld der beiden Knaben schmunzeln.

»Ich hätte gedacht, der Orientale hätte mindestens drei Köpfe!« Falko brachte es so ernsthaft vor, dass Trudi sich mit dem Zeigefinger an die Stirn tippte.

»Du bist wirklich dumm«, sagte sie. »Es mag vielleicht irgendwo Menschen mit zwei Köpfen geben, aber aus dem Morgenland hat man nichts dergleichen gehört.«

»Ich habe jedenfalls noch keinen Menschen mit zwei Köpfen gesehen, und ich bin weiß Gott weit herumgekommen.« Marie versetzte beiden einen leichten Knuff und blickte dann in die Richtung, aus der Falko und Hilbrecht gekommen waren. Dort tauchten nun weitere Reiter auf, und einer davon war Heinrich von Hettenheim. Neben ihm ritt Gereon, den sie als Boten zu ihm geschickt hatten, und gleich dahinter auf einer fast goldfarbenen Stute kam Lisa.

»Herr Heinrich ist gleich da!«, meldete Trudi. »Und Lisa!«

Falko grinste. »Also hat sie es doch geschafft, mitgenommen zu werden.«

»Ja, Lisa ist auch dabei!« Trudi winkte der Ziehschwester zu. Diese stand ihr im Alter näher als Hildegard und war auf Kibitzstein die Kameradin vieler kindlicher Abenteuer gewesen.

Lisa trabte nun den anderen voraus, ließ sich, als sie Marie erreichte, aus dem Sattel rutschen und umarmte sie stürmisch, ohne dabei auf ihre Stute zu achten, die einfach weiterlief und von Karel eingefangen werden musste.

»Da bist du ja, Mama!«, rief das Mädchen schluchzend vor Freude.

»Wir sind alle da«, mischte sich Trudi ein und kniff Lisa leicht in die Wange. »Es ist schön, dich zu sehen.«

»Ich freue mich auch, dass ihr alle gekommen seid!« Lisa umarmte nun in rascher Folge Trudi und Hildegard.

Währenddessen kam Heinrich von Hettenheim heran und verhielt sein Pferd vor Michel. »Seid mir willkommen, mein Freund! Euer Bote berichtete von einem Mordanschlag?«

Hettenheim klang neugierig, und er warf einen prüfenden Blick in die Runde.

»Der Anschlag galt keinem von uns, sondern Fräulein Edda von Löwenberg«, antwortete Michel.

Heinrich von Hettenheim zog überrascht die Augenbrauen hoch. »Der bleichen Edda? Wer sollte denn ihr etwas antun wollen?«

»Was dies betrifft, so hoffe ich, Ihr könnt uns raten, Herr Heinrich.« Marie war hinzugetreten und ließ sich deutlich anmerken, wie unzufrieden sie war.

»Ich! Wieso?«, stieß Herr Heinrich abwehrend hervor. »Also, ich wüsste niemanden, der Edda von Löwenberg Übles wollte.«

»Und doch wurde auf sie geschossen, und das mit einem Pfeil, der Udo von Hohenwald gehören soll.«

Hettenheim schüttelte ungläubig den Kopf. »Udo von Hohenwald soll es getan haben? Das ist doch Unsinn! Hohenwald und Löwenberg sind die besten Freunde. Die Herren Udalrich und Engelbrecht verhandeln bereits über die Mitgift, weil sie Engelbrechts Sohn Engelhard mit Fräulein Ursula von Hohenwald verheiraten wollen.«

»Vorgestern hatte ich nicht den Eindruck, als wenn die Freundschaft zwischen den beiden Burgen wirklich so eng wäre. Eigentlich haben sich alle gestritten, die Löwenberger und Hohenwalder ebenso wie die Drachensteiner und Bogenberger. Wir trafen Gruppen von ihnen in der *Krone* an. Die Herberge ist auch nicht mehr das, was sie einmal war.«

Marie fühlte sich durch Heinrich von Hettenheims Versicherung, in diesem Gau herrschten eitel Friede und Freundschaft, getäuscht und antwortete schroffer, als sie es sonst getan hätte.

Nun wirkte Hettenheim betroffen. »Ich weiß, dass es seit kurzer Zeit gewisse Zwistigkeiten gibt, habe diesen aber keine Bedeutung beigemessen. Immerhin waren sich die Herren des Kleeblattbunds, also Hohenwald, Bogenberg, Drachenstein und Löwenberg, in der

Vergangenheit stets einig. Zu hören, dass es Streit zwischen ihnen geben soll, verwundert mich.«

Er dachte noch einen Augenblick nach und schüttelte dann den Kopf. »Wenn ich es im Nachhinein bedenke, wundert es mich nicht, denn unterschwellige Spannungen gab es schon länger. Ich glaubte, diese seien ausgeräumt, doch da scheine ich mich geirrt zu haben.«

»Es sieht wohl so aus!« Marie wurde um keinen Deut verbindlicher.

Schließlich griff Michel ein. »Über das können wir auf Burg Hettenheim sprechen – mit einem Becher Wein in der Hand und in aller Ruhe. Zwischen Tür und Angel redet es sich schlecht.«

»Das stimmt! Außerdem haben wir an Fräulein Edda zu denken. Sie ist schwer verletzt, und ohne die Kunst des aus dem Orient stammenden Arztes Rasul al Hakimi wäre sie wohl bereits tot.«

»Ist es wirklich so schlimm?«, fragte Heinrich von Hettenheim betroffen. Er hätte sich einen Jagdunfall vorstellen können, einen fehlgeleiteten Pfeil, aber keinen gezielten Schuss auf die junge Frau, die kaum einmal in der Gesellschaft aufgetaucht war.

»Kommt mit!«, forderte Marie ihn auf und ging ihm voraus. Michel, Trudi, Falko, Lisa, Hildegard und Hilbrecht folgten ihr ebenfalls. Auf der Treppe kam ihnen Rasul entgegen und hob die Hand.

»Verzeiht, doch im Augenblick sollte nur Frau Marie zu der Verletzten gehen.«

»Ist etwas geschehen?«, fragte Marie besorgt.

Rasul schüttelte lächelnd den Kopf. »Nichts, was Euch Kummer bereiten sollte. Eure treue Dienerin wäre jedoch gewiss froh, wenn Ihr ihr beistehen könntet. Die anderen Herrschaften sollten unterdessen in der Wirtsstube warten, bis das Fräulein wieder präsentabel ist.«

Während die anderen verwirrt schauten, begriff Marie, dass wohl die Natur zu ihrem Recht hatte kommen wollen und es an der Zeit war, Eddas Windeln noch einmal zu wechseln.

»Tut, was der Arzt sagt, und wartet, bis ich euch rufe«, sagte sie zu ihrer Familie und stieg an Rasul vorbei die Treppe hoch. Als sie das Zimmer betrat, war es so, wie sie erwartet hatte. Eddas Darm hatte sich entleert, und Alika war gerade dabei, die Verletzte zu säubern.

»Es ist gut, dass du kommst«, meinte Alika, als sie Marie sah. »Sag diesem dummen Mädchen, dass es sich nicht schämen muss, weil ihm der Körper nicht gehorcht. Danach könnte ich sauberes Wasser und saubere Tücher brauchen.« Sie schwieg einen Augenblick und seufzte. »Am besten wäre es, Fräulein Edda hierzulassen. Auch wenn sie derzeit bei Bewusstsein ist, so ist sie doch sehr schwach, und der Arzt befürchtet, dass das Fieber seine Krallen noch heftig in sie hineinschlagen wird. Über den Berg ist sie noch lange nicht.«

»Wir müssen sie aber nach Hettenheim bringen. Der Gasthof ist nicht darauf eingerichtet, so viele Gäste zu beherbergen«, wandte Marie ein und fuhr dann mit verstimmter Miene fort: »Solange wir nicht wissen, wer den Pfeil auf sie abgeschossen ist, ist mir die Gefahr zu groß, es könnte sich jemand hier einschleichen und sie umbringen. Auf Hettenheim kann sie besser bewacht werden.«

»Bewacht werden könnte sie auch hier«, sagte Alika, verstand aber, dass es auf der Burg leichter sein würde.

Hier waren die Verhältnisse zu beengt, und es konnte jederzeit jemand heimlich in das Haus eindringen und auf günstige Gelegenheit warten, um sich Edda von Löwenbergs für immer zu entledigen.

4.

Michel musterte die vier Knechte und wünschte sich eine Rute, um sie einmal kräftig durchbläuen zu können. Während er und Karel unterwegs gewesen waren, hatten sie sich so betrunken, dass sie nicht mehr gerade stehen konnten. Ihnen Eddas Transport aus dem ersten Stock über die steile Treppe anzuvertrauen, hieß, sowohl die Verletzte wie auch die vier Kerle aufs Höchste zu gefährden.

Schließlich wandte er sich Hettenheim, Karel und Gereon zu. »Wir werden das Fräulein selbst tragen müssen. Diesen Narren traue ich zu, mit Edda zusammen die Treppe herabzustürzen.«

»Die Kerle werden es bereuen, dass sie sich so haben gehen lassen!«, rief Karel. Seine Wut auf die betrunkenen Knechte war fast noch größer als die von Michel. Immerhin hatte der Herr ihm diese Männer unterstellt, und so fühlte er sich durch ihren Unverstand selbst getroffen.

»Wir bringen Fräulein Edda herunter«, erklärte Heinrich von Hettenheim, denn er war neugierig auf die junge Frau, die er bislang nur wenige Male von der Ferne gesehen hatte. Hilbrecht und Falko hatten zwar schon von der bleichen Edda gehört, wagten aber nicht, mit nach oben zu gehen, sondern warteten, bis die vier Männer mit der Verletzten die Treppe herabkamen.

Rasul ging ihnen voraus und gab ihnen Anweisungen, wie sie Edda so sanft wie möglich ins Freie bringen konnten. Mangels einer Sänfte wurde Edda wieder auf eine zwischen zwei Pferden gespannte Decke gelegt. Falko und Hilbrecht erhielten die Anweisung, die Tiere zu führen.

»Haltet sie ganz kurz am Zügel«, riet Michel ihnen.

»Keine Sorge, Herr Michel, Gereon und ich geben auf die beiden acht«, versprach Karel und musterte die beiden Knaben mit einem strengen Blick. »Das Leben des Fräuleins ist euch anvertraut. Vergesst das nicht!«

»Das tun wir gewiss nicht!«

Falko zwinkerte Hilbrecht bei diesen Worten zu. Im Allgemeinen waren die beiden für so manchen Streich zu haben, doch sie wussten auch, welche Pflichten sie zu erfüllen hatten. Die Pferde zu führen, mit denen Edda transportiert wurde, zeugte von dem Vertrauen, das ihre Väter in sie legten, und sie hätten sich lieber grün und blau schlagen lassen, als es zu enttäuschen.

Trotzdem gaben nicht nur Karel und Gereon auf die Pferde acht, sondern auch Michel und Heinrich von Hettenheim. Rasul ritt neben den Pferden, die Edda trugen, und musterte seine Patientin besorgt. War Edda zuerst noch wach und ansprechbar gewesen, hatte mittlerweile die Ohnmacht ihren Schleier über sie gelegt. Sie war so blass, dass Rasul sich ins Gedächtnis rufen musste, dass dies ihre Natur war, sonst hätte er sich noch mehr Sorgen gemacht.

»Ich wollte, wir hätten das Fräulein dort lassen können, wo es war«, seufzte er.

»Das ging nicht!«, wandte Marie ein. »Sie war in der Gaststätte nicht sicher genug.«

»Ihr glaubt also, man trachtet ihr noch immer nach dem Leben?«, fragte der Arzt.

»Wenn jemand sie tot sehen will, wird er nicht zögern, es erneut zu versuchen. Wir müssen das Unsrige tun, damit es ihm nicht gelingt, und den Schurken dabei entlarven.«

Marie hatte schon zu viel erlebt, um sich vorstellen zu können, dass der Meuchelmörder seinen Fehlschlag so einfach hinnehmen würde. Daher wollte sie Edda in der Sicherheit der Burg wissen, wo man sie am besten beschützen konnte.

Während sie ritten, gab es hinter ihnen Streit zwischen den Knechten. Zwei von ihnen hatten ihre Pferde an Edda abtreten müssen und beschwerten sich, weil ihre Kameraden reiten konnten, während sie zu Fuß gehen mussten. Betrunken, wie sie waren, legten sie ihren Zungen keine Zügel an. Die beiden anderen antworteten entsprechend, und es fehlte nicht mehr viel, bis es zu einer Schlägerei kommen würde.

Schließlich wurde es Michel zu dumm. Er zügelte sein Pferd, bis die Knechte zu ihm aufgeholt hatten, und funkelte sie zornig an. »Entweder seid ihr jetzt ruhig, oder ihr werdet etwas erleben.«

»Es ist ungerecht, dass wir gehen müssen, während der Heinz und der Görch reiten können«, maulte einer der beiden, die ihre Pferde hatten opfern müssen.

»Das ist wirklich ungerecht«, fand Michel mit einem verkniffenen Grinsen. »Aus diesem Grund werdet ihr zwei jetzt ebenfalls absteigen und zu Fuß gehen. Das ist gerade das Richtige, um nach einem solchen Rausch den Kopf wieder klar zu bekommen.«

»Aber …«, setzte Heinz an, verstummte aber, als er Michels eisigen Blick auf sich gerichtet sah. Sofort stieg er ab und führte das Pferd am Zügel.

»Ist es so recht, Herr Michel?«, fragte er kleinlaut.

Sein Herr nickte. »Wenn jetzt auch noch der Görch absteigt, bin ich zufrieden. Sobald wir auf Hettenheim angekommen sind, lasst ihr euch ein Quartier zuweisen und schlaft euren Rausch aus. Morgen will ich euch dann wieder so sehen, wie es sich gehört.«

»Das werdet Ihr auch, Herr Michel, und wenn ich ein paar Eimer Wasser über die Kerle ausschütten muss«, versprach Karel und sah ganz so aus, als würde er darauf hoffen, es tun zu können.

Marie hingegen interessierte sich im Augenblick nicht für die Knechte. Ihr ging es allein um Edda von Löwenberg, die zu schwer verletzt war, als dass man sie hätte transportieren dürfen. Daher bedachte sie ihren Sohn und Hilbrecht mit einem prüfenden Blick. Die beiden Jungen nahmen ihre Aufgabe, sich um die Pferde zu kümmern, ernst und führten diese so vorsichtig, wie es nur ging.

Auch Rasul musterte Falko und Hilbrecht und nickte zufrieden. »Die Knaben sind sehr zuverlässig und geben gut acht. Bei erwachsenen Männern wäre ich mir nicht so sicher«, erklärte er.

»Es gibt auch Männer, auf die man sich verlassen kann«, widersprach Marie.

»Wie Eure vier Knechte?« Das Lächeln war aus Rasuls Gesicht verschwunden. »Sie waren nur wenige Stunden ohne Aufsicht und haben in der Zeit über die Stränge geschlagen. Wäre der Mörder uns gefolgt, hätten die vier uns nicht zu Hilfe kommen können.«

»Das hätten sie gewiss nicht«, gab Marie zu und nahm sich vor, Michel zu bitten, den vier Knechten zu Hause eine andere Arbeit zuweisen zu lassen. Als Begleiter auf Reisen wollte sie sie nicht mehr mitnehmen.

»Wir haben die Burg bald erreicht.«

Heinrich von Hettenheims Ausruf erleichterte Marie. Schon bald würde Edda von Löwenberg in einem richtigen Bett liegen und gut versorgt und beschützt sein. Dann konnte sie hoffentlich ihrer Genesung entgegenschlafen.

5.

Hettenheim war eine feste Burg mit einer hohen Mauer, einem mächtigen Bergfried und einem Palas, der für sich allein eine Festung darstellte. Wem dieser Besitz gehörte, der brauchte auch eine drei- oder vierfache Zahl an Feinden nicht zu fürchten. Dabei war dieses mächtige Bauwerk nur ein Teil des Besitzes, der zu Hettenheim zählte. Es kam noch ein gutes halbes Dutzend Burgen hinzu, zwei in der Nähe und der Rest über die halbe Pfalzgrafschaft verteilt. Herr Heinrich musste daher zu niemandem in weitem Umkreis aufschauen und im ganzen Land nur zu wenigen hohen Herren.

Selbst zusammengenommen reichte der Besitz der Bogenberger, Drachensteiner, Hohenwalder und Löwenberger nicht an die Größe von Hettenheim heran, und der Einfluss dieses Kleeblatts war weitaus geringer als der von Graf Heinrich. Kibitzstein war zwar freier Reichsbesitz, aber um etliches kleiner als Hettenheim. Dabei hätte die Grafschaft noch größer sein können, wäre Lisa statt eines Mädchens ein Junge geworden und hätte ihren Vater Falko von Hettenheim beerben können. Da ein männlicher Erbe fehlte, waren einige Herrschaften ihr und ihren Schwestern als Mitgift zugeschrieben worden, und sie würde als wohlhabende Erbin bei heiratswilligen Herren einmal sehr begehrt sein.

Marie wunderte sich über die Gedanken, die ihr durch den Kopf schossen, und verdrängte sie missgestimmt. Das letzte Stück Weges zur Burg war steil, und sie musste sich am Sattel festhalten, um nicht vom Pferd zu rutschen. Trudi, Lisa und Hildegard, die von Kind an gewohnt waren, zu reiten, taten sich leichter. Maries Augenmerk galt jedoch nicht den Töchtern, sondern Falko und Hilbrecht, die die Pferde eben um ein großes Loch im Weg herumführten, damit die Verletzte keinen Stoß erhielt, der verderblich für sie sein konnte.

»Ich sagte ja, die Knaben geben acht«, rief Rasul ihr zu.

Auch er hatte das Loch entdeckt und die Jungen davor warnen wollen, doch diese hatten bereits von sich aus gehandelt.

Es klang hohl, als die Pferde die Zugbrücke überquerten. Falko und Hilbrecht führten die Tiere über den Zwinger zum nächsten Tor und dann weiter in den inneren Hof, der vom Hauptgebäude der Burg begrenzt wurde.

Hier überraschte Heinrich von Hettenheim seine Untergebenen, indem er selbst mit anpackte, um Edda in den Palas zu tragen, anstatt dies seinen Knechten aufzutragen. Zusammen mit Michel, Karel und Gereon brachte er die Verletzte in eine Kammer, die nur über einen langen Gang zu erreichen war.

»Dort sollen Tag und Nacht zwei Mann Wache halten«, wies er seinen Haushofmeister an, der ihm gefolgt war.

»Ja, Herr Heinrich!«, antwortete der Mann verwirrt. Er wusste nicht einmal, wer in die Burg gebracht worden war, denn Rasul hatte zuletzt noch ein Tuch über Eddas Kopf gelegt, um deren blasse Haut und die schneeweißen Haare zu verbergen. Auf Dauer würden sie zwar nicht verhindern können, dass bekannt wurde, um wen es sich bei der Verletzten handelte. Ebenso wie Michel und Marie hoffte er jedoch, dies so lange hinauszögern zu können, bis Eddas Zustand stabil war und sie wach genug, um notfalls um Hilfe rufen zu können.

»Eine der Wachen sollte stets einer meiner Männer sein«, erklärte Michel, obwohl ihm derzeit nur Karel und Gereon zur Verfügung standen. Von den vier Knechten würde keiner vor dem nächsten Tag dazu in der Lage sein.

»Das ist wohl besser«, stimmte Heinrich von Hettenheim ihm zu und befahl Falko und Hilbrecht, die mitgekommen waren, die Tür der Kammer zu öffnen.

Als Marie hinter den Männern, die Edda trugen, den Raum betrat, lag eine nicht allzu große Kammer vor ihr, in der ein breites Bett und zwei Truhen standen. Eine der Truhen hatte einen flachen Deckel und konnte als Tisch oder Ablage benutzt werden. Zudem passten noch zwei Stühle herein, die Rasul denn auch gleich anforderte. Ebenso wichtig erschien Marie jedoch das einzige Fenster des Raumes. Es war vergittert, und als sie hinausschaute, führte es auf den inneren Burghof, und der lag tief genug darunter, so dass niemand heraufklettern konnte.

»Wenn das Fräulein im Bett liegt, sollten Eure Begleiterin und Ihr sie waschen und ihr saubere Sachen anziehen«, sagte Rasul zu Marie gewandt. »Ich werde unterdessen in der Kammer, die Herr Heinrich mir gewiss anweisen lassen wird, die Arzneien zusammenstellen, die dem Fräulein helfen sollen.«

Heinrich von Hettenheim legte zusammen mit Michel, Gereon und Karel die Verletzte aufs Bett und drehte sich dann zu Rasul um. »Freilich erhaltet Ihr eine Kammer, und zwar direkt neben der des Fräuleins. Sie soll sich ebenfalls hinter den Wachen befinden, damit sich niemand an Euren Arzneien zu schaffen macht.«

»Dies würde mich erleichtern. Majid wird bei mir bleiben und mir helfen. Er spricht u… Eure Sprache nicht sehr gut, obwohl ich sie ihn ein wenig gelehrt habe.«

»Dafür sprecht Ihr sie ausgezeichnet«, sagte Marie, die bei dem leichten Versprecher Rasuls aufmerksam geworden war.

Dieser lächelte etwas verlegen. »Der Arzt, der mich seine Kunst lehrte, besaß zehn Jahre lang einen Sklaven aus Euren Landen. Da dieser vor Heimweh fast verging, lehrte er mich seine Sprache, um deren Klang immer wieder zu hören.«

»Er war auf jeden Fall ein guter Lehrer – oder besser gesagt, Ihr seid ein guter Schüler gewesen. Ich habe etlichen Leuten zugehört, die fremde Sprachen gelernt hatten. Keiner war so gut wie Ihr. Es ist fast, als hättet Ihr unsere Sprache mit der Muttermilch eingesogen.«

Marie wollte ein wenig auf den Busch klopfen, doch Rasul reagierte nicht darauf, sondern wies auf Edda. »Kümmert Euch um sie!«

Es klang mehr wie ein Befehl denn wie eine Bitte, doch Marie war gerne bereit, mit anzupacken. Sie forderte Falko auf, Alika zu holen und Trudi aufzutragen, sie solle Herrn Heinrichs Ehefrau Hedwig um ein sauberes Hemd und frisch gewaschene Leintücher bitten und diese dann herbringen. »Du selbst, aber auch Hilbrecht und alle anderen, ihr werdet diese Kammer erst wieder betreten, wenn Herr Rasul es euch erlaubt.«

»Das Fräulein sollte so ungestört wie möglich ruhen können. Daher sollte außer seiner Pflegerin möglichst nur eine weitere Person im Raum sein«, bestätigte Rasul und verließ den Raum.

Alle folgten ihm bis auf Marie, die ihnen noch nachrief, mehrere Eimer frisches Wasser und ein Schaff mit warmem Wasser zu besorgen, damit Alika und sie die Verletzte richtig säubern konnten.

Wenig später kam Alika zusammen mit Graf Heinrichs Ehefrau herein. Hedwig von Hettenheim starrte Edda von Löwenberg verwundert an und ergriff sogar eine Strähne von deren Haar.

»Es ist wirklich so weiß, wie man es sagt«, rief sie verblüfft. »Ich habe zwar von der Bleichen von Löwenberg gehört, aber mir nie vorstellen können, wie sie wirklich aussieht.«

»Und wie sieht sie Eurer Meinung nach aus?«, fragte Marie mit einem Anflug von Ärger.

Frau Hedwig zögerte mit der Antwort. »Würde ich ihr im Wald begegnen, würde ich sie für eine Fee halten, doch hier auf dem Bett sieht sie aus wie ein ganz normales Menschenkind, nur eben sehr hell und – wie ich zugeben muss – auch recht hübsch. Herr Engelbrecht hat ihr unrecht getan, indem er sie seinen Nachbarn und Freunden vorenthielt.«

Da nun auch das Wasser kam, und da Trudi und Lisa frische Tücher und ein makellos gebleichtes Hemd brachten, konnten die Pflegerinnen darangehen, Edda zu waschen. Als die Verletzte schließlich mit nicht mehr als dem Verband am Leib auf dem Bett lag, wanderte Frau Hedwigs Blick zu deren Schoß.

»Ihre Scham ist ebenso weiß behaart wie ihr Haupt«, sagte sie verblüfft.

»Wir sollten ihr das Hemd überziehen«, antwortete Marie, der es nicht passte, dass Graf Heinrichs Ehefrau und auch ihre eigenen Töchter die Verletzte wie ein Wesen aus einer anderen Welt anstarrten.

Alika nickte und hob Eddas Oberkörper. Auch Hedwig von Hettenheim griff mit zu, und so steckte Edda schon bald in sauberem Leinen.

»Ich hoffe, Ihr verzeiht, wenn wir das Hemd etwas aufschneiden müssen, damit der Arzt die Wunde versorgen kann?«, fragte Marie ihre Gastgeberin.

Diese hob beschwichtigend die Hand. »Das ist doch selbstverständlich! Ich lasse Euch eine Schere bringen, damit Ihr es mühelos tun könnt.«

»Es soll der Arzt tun. Er weiß, worauf es ankommt!« Marie lächelte Hedwig von Hettenheim kurz zu und deutete dann auf ihre Töchter. »Ihr drei könnt jetzt gehen. Sagt Herrn Rasul, dass er hereinkommen kann. Wir sind fertig.«

»Ja, Mama«, antwortete Trudi, die genau wusste, dass ihre Mutter zu diesem Zeitpunkt keine Widerrede hören wollte. Sie hoffte jedoch, später einmal, wenn es Edda von Löwenberg besser ging, als deren Pflegerin hier sitzen und sich mit ihr unterhalten zu können.

6.

Rasul erschien nach kurzer Zeit mit einem Tablett, auf dem mehrere Tiegelchen und Fläschchen standen, und stellte diese auf der flachen Truhe ab. Danach prüfte er den Pulsschlag der Verletzten, hob kurz eines ihrer Lider hoch und verzog das Gesicht. »Wir hätten sie in der Herberge lassen sollen! Der Transport hierher hat ihr viel Kraft abgefordert. Ich hoffe, es war nicht zu viel.«

Rasul fasste sich wieder und löste mit Maries Hilfe den Verband. Danach sah er sich sowohl den Einschuss in der Brust wie auch die Wunde am Rücken an, roch daran und säuberte sie mit einer Essenz, die so scharf roch, dass Frau Hedwig einen Niesanfall erlitt. Auch Marie musste den Kopf abwenden. Als sie den Arzt wieder ansah, wirkte er erleichtert.

»Es ist mehr Kraft in ihr, als ich annahm. Die Wunde ist sauber und eitert auch nicht. So Gott will, wird sie es überstehen.«

»Betet ihr Morgenländer auch zu Gott?«, fragte Marie mit einer gewissen Spannung.

»Dort nennt man ihn Allah, doch ist er derselbe Gott Abrahams, Isaaks und Jakobs, zu dem auch ihr betet!« Noch während er es sagte, strich Rasul eine Salbe auf die Wunden und begann dann, Edda zu verbinden.

Zu ihrer Verwunderung bemerkte Marie, dass er deren Hemd so zerschnitten hatte, dass die Brüste größtenteils bedeckt blieben. Ein einheimischer Arzt, dachte sie, hätte sich die Gelegenheit, den Oberkörper der jungen Frau nackt zu sehen, wohl kaum entgehen lassen. Als er Edda in der Herberge verbunden hatte, war die linke Brust mehrmals entblößt gewesen, doch ihres Wissens hatte er kaum darauf geachtet. Dabei war Edda trotz ihres bleichen Aussehens ein ausgesprochen hübsches Mädchen. Mochte der Arzt etwa keine Frauen? War womöglich sein Begleiter mehr als ein Diener?

Marie schob diesen Gedanken beiseite, doch sie hatte in ihrem

Leben schon so viel erlebt, was als unwahrscheinlich gegolten hatte, so dass sie nichts ausschließen wollte.

»Da Fräulein Edda frisch verbunden ist und wohl so rasch nicht aufwachen wird, würde ich gern mit Herrn Heinrich und Michel sprechen. Alika, übernimmst du die erste Wache bei dem Fräulein?«

»Das werde ich! Hildegard kann mir helfen. Trudi wird zu viel mit Lisa zu schwatzen haben, als dass sie dazu bereit sein könnte.«

»Sie soll es nicht wagen, sich der Pflicht zu entziehen.«

Marie klang streng, doch galt es weniger der Tochter als den Umständen im Allgemeinen. Ihr Unmut hielt noch an, als sie sich zu Michel und ihrem Gastgeber gesellte, die in einem Erker zusammensaßen und sich bislang nur über König Friedrich III. unterhalten hatten. Beider Meinung von ihm war nicht gerade hoch, doch Michel brachte zu dessen Verteidigung vor, dass Friedrich sich nun einmal mit vielen Feinden auseinanderzusetzen hatte, darunter auch mit dem eigenen Bruder.

»Als König und vielleicht auch bald Kaiser sollte er mehr tun können, als sich nur mühsam gegen seine Feinde zu behaupten«, antwortete Hettenheim, für den der Herrscher des Reiches hoch über allen stand und der daher nicht begreifen wollte, dass Friedrichs Möglichkeiten weitaus beschränkter waren als die seines Vetters Albrecht und dessen Vorgängers Sigismund.

»Er muss auch auf Ladislaus Postumus Rücksicht nehmen, den Sohn von Albrecht und Sigismunds Enkel. Obwohl der König der Deutschen und Kaiser des Heiligen Römischen Reiches von den sieben Kurfürsten erwählt wird, so hat der Knabe, wenn er einmal sein Erbe in Österreich, Ungarn und Böhmen wird antreten können, ein höheres Anrecht auf die Nachfolge Karls des Großen und Ottos des Großen als Friedrich«, erklärte Michel seinem Gastgeber eben, als Marie eintrat.

Das Gespräch über Friedrich erlahmte und wurde auch nicht mehr aufgenommen. Stattdessen lenkte Marie die Rede auf Edda von Löwenberg.

»Ich würde von Euch gerne mehr über das wissen, was hier gespielt wird«, sagte sie in forderndem Ton zu Hettenheim.

»Das wäre auch in meinem Sinn«, stimmte Michel ihr zu. »Wir haben von Euch stets gehört, die Herren in diesem Gau wären ein Herz und eine Seele. Dabei haben sie sich in der *Krone* wie Marktweiber gestritten und einander zutiefst beleidigt.«

Heinrich von Hettenheim hob in einer verzweifelten Geste die Hände. »Wenn ich es wüsste, würde ich es Euch liebend gerne berichten. Für mich ist dieser Zank und Hader neu, denn früher waren Löwenberg, Hohenwald, Bogenberg und Drachenstein tatsächlich ein Herz und eine Seele. Für mich gab es in den letzten Jahren keinen Grund, an ihrer Freundschaft zu zweifeln. Mittlerweile aber fürchte ich, dass womöglich sogar ich selbst der Anlass bin, warum sie sich einander entzweit haben.«

»Ihr?«, rief Marie verblüfft. »Das kann ich nicht glauben!«

»Mir fällt kein anderer Grund ein«, antwortete Heinrich bedrückt. »Ich bin weniger lange Herr auf Hettenheim als Ihr auf Kibitzstein. Vor mir herrschte hier mein Vetter Falko, und das war keiner, den ein Mann gerne zum Nachbarn hatte. Er bedrängte jeden, um seinen eigenen Besitz zu vergrößern. Um nicht auf verlorenem Posten zu stehen, schlossen Rainald von Bogenberg, Otto von Drachenstein, Engelbrecht von Löwenberg und Udalrich von Hohenwald sich zum Kleeblattbund zusammen und waren gemeinsam so stark, dass mein Vetter Falko sich leichtere Gegner suchen musste, die vor ihm kuschten. Als Falko von Kaiser Sigismund der Untreue und des Verrats für schuldig befunden worden war und Ihr, Herr Michel, ihn im Zweikampf besiegtet, wurde ich der neue Herr auf Hettenheim.

Die Nachbarn waren zunächst misstrauisch. Als ich ihnen jedoch versicherte, anders als mein Vetter nichts gegen sie zu unternehmen, suchte jeder von ihnen meine Freundschaft. Darunter litt jedoch ihr Bündnis, da es niemanden mehr gab, gegen den sie zusammenstehen mussten. Viele Dinge, auf die über viele Jahre keiner geachtet hatte, erhielten plötzlich einen ganz anderen Wert. Die

Herren begannen, einander zu misstrauen, und bliesen Dinge, die sie früher nicht beachtet hatten, zu Problemen von immenser Wichtigkeit auf.«

»Das mag alles sein«, sagte Marie. »Dennoch ist dies für mich kein Grund, sich so aufzuführen, wie Udo von Hohenwald und die anderen es in der *Krone* getan haben. Selbst innerhalb der Familien herrscht Streit, zum Beispiel Fräulein Ursula und ihr Bruder erschienen mir zerstritten wie Hund und Katz.«

Darauf wusste Heinrich von Hettenheim nichts zu erwidern. Er bat Marie und Michel stattdessen, ihm genau zu berichten, was sie in der *Krone* erlebt hatten, und schüttelte, als sie es taten, ein ums andere Mal den Kopf.

Marie zuckte irgendwann die Achseln. »Im Grunde betrifft es Michel und mich nicht. Wir sind hier nur zu Gast und werden in wenigen Wochen wieder nach Hause zurückkehren.«

»Das mag stimmen. Aber seltsam ist es doch. Für Herrn Heinrich dürfte allerdings keine Gefahr bestehen, in einen Streit mit hineingezogen zu werden«, antwortete Michel nachdenklich.

»Ich werde mich hüten, Partei zu ergreifen«, erklärte Hettenheim und lenkte das Gespräch auf ein anderes Thema. »Herrn Engelbrecht werde ich Botschaft senden müssen, dass seine Schwester verletzt auf meiner Burg weilt.«

Marie nickte. »Das müsst Ihr.«

»Wenn er erfährt, dass der Pfeil, durch den Fräulein Edda verletzt worden ist, von Junker Udo von Hohenwald stammt, wird es Ärger geben!« Heinrich von Hettenheim schüttelte erneut den Kopf und fragte sich, wie er hatte übersehen können, dass diese vier Nachbarn sich so heftig zerstritten hatten.

»Ich habe Herrn Engelbrecht vor drei Jahren kennengelernt. Inzwischen dürfte er über fünfzig sein. Haben er und Edda wirklich dieselbe Mutter?« Michel konnte es nicht glauben.

Sein Gastgeber nickte. »Soviel ich weiß, war die Mutter der beiden siebzehn, als sie Herrn Engelbrecht gebar. Danach kam dreißig Jahre lang nichts mehr. Sie glaubte sich auch schon über das Alter hinaus, in dem sie noch ein Kind bekommen konnte, doch da wurde sie erneut schwanger. Sie soll dabei sehr gelitten haben, aber das weiß ich nur aus Erzählungen, denn zu jener Zeit weilte ich noch auf meinem Eigenbesitz auf der anderen Seite des Rheins. Doch nun werde ich den Boten losschicken. Sonst glaubt Herr Engelbrecht noch, ich wolle ihm verheimlichen, dass sich seine Schwester hier befindet.«

Er lachte, doch klang es nicht fröhlich. Als er aufgestanden und gegangen war, sah Marie Michel an. »Wir mögen uns über Fürstbischof Gottfried ärgern, doch ist mir dies immer noch lieber als das, was sich hier tut.«

»Da bin ich ganz deiner Meinung«, antwortete Michel und trank einen Schluck Wein. Aber der bittere Geschmack, der sich in seinem Mund breitgemacht hatte, verging nicht.

7.

An diesem Tag tat sich nichts mehr. Edda lag bewusstlos im Bett und wurde abwechselnd von Marie, Alika und Rasul bewacht. Frau Hedwig hatte sich erboten, ebenfalls bei der Verletzten zu weilen, doch angesichts der vielen Pflichten, die sie als Burgherrin erfüllen musste, hatte Marie es abgelehnt. Stattdessen stand Trudi bereit, ihnen zu helfen, wenn es notwendig sein sollte.

Am nächsten Vormittag prüfte Rasul die Verletzung und schien zufrieden. »Die Wunde heilt gut. Es gibt keinerlei Anzeichen, dass sie sich mehr als über das normale Maß hinaus entzünden könnte. Sorge bereitet mir hingegen die Tatsache, dass das Fräulein bereits über einen Tag lang nicht aus ihrer Ohnmacht erwacht ist. So ist es fast unmöglich, ihr die Arznei einzugeben, die sie dringend braucht.«

»Notfalls müssen wir es so versuchen«, schlug Marie vor.

Rasul nickte mit verkniffener Miene. »Damit will ich noch bis zum Nachmittag warten. Vielleicht wird sie bis dorthin von selbst wach.«

»Meine Freundin Hiltrud verbrennt eine Feder vor der Nase einer Ohnmächtigen. Vielleicht hilft das hier auch«, erklärte Marie.

»Es ist eine Methode, doch da weiß ich eine bessere. Der Geruch verschiedener Pflanzenöle hat eine ähnliche Wirkung, ohne dass man zu Feuer greifen muss.«

Rasul zählte Marie mehrere Pflanzen auf, die sich dafür eigneten. Da vernahmen sie unten im Hof Hufgetrappel und laute Rufe. Als Marie zum Fenster hinaussah, entdeckte sie den Löwenberger Bastard Esau, der mit zwei Begleitern nach Hettenheim gekommen war.

»Die müssen ebenso wie Herrn Heinrichs Bote geflogen sein, weil sie jetzt schon hier sind«, sagte Marie verwundert und bat Rasul, sie zu entschuldigen, da sie dabei sein wollte, wenn das Gespräch auf Fräulein Edda kam.

»Geht ruhig!«, antwortete Rasul und öffnete ihr die Tür.

Kaum war Marie verschwunden, rief er Alika herein und verließ ebenfalls die Kammer. Anders als Marie betrat er jedoch nicht die Halle, in die Esau eben geführt wurde, sondern blieb oben auf der Treppe stehen und wartete darauf, dass das Gespräch begann.

Esau war zwar ein Bastard des bereits vor Jahren verstorbenen Vaters von Engelbrecht von Löwenberg, aber er galt im Gau mehr als ein einfacher Knecht und wurde daher von Heinrich von Hettenheim freundlich begrüßt.

»Seid mir willkommen!«

»Ich danke Euch!«, antwortet Esau gepresst. »Verzeiht, wenn ich Euch so überfalle, doch vielleicht könnt Ihr mir helfen.«

»Helfen?«, fragte Heinrich verwundert.

»Herrn Engelbrechts Schwester Edda ist verschwunden. Ich war nicht zu Hause, als es geschah. Es heißt, sie hätte sich ihre Stute satteln lassen, um auszureiten, ist aber nicht zurückgekehrt. Bedauerlicherweise kümmerte sich niemand darum, so dass ihr Fehlen zunächst nicht auffiel. Erst als ich gestern Abend heimkam und mich wunderte, weshalb sie mich nicht begrüßte, erfuhr ich, dass sie den ganzen Tag von niemandem gesehen worden wäre. Durch Fragen fand ich heraus, dass sie bereits am Tag zuvor ausgeritten ist. Doch weder sie noch ihr Pferd kehrten zurück.«

Esau klang bedrückt und auch in gewisser Weise zornig, dennoch zwickte es Marie in den Fingern, ihm eine böse Antwort zu geben.

»Was ist das für ein Haushalt, in dem die Schwester des Herrn zwei Tage lang nicht vermisst wird? Ich würde bei Gott selbst bei einer Magd schon nach wenigen Stunden jemanden aussenden, um sie zu suchen.«

Esau sah sie mit verzweifelter Miene an. »Wäre ich zu Hause gewesen, hätte ich es auch getan. So aber war ich im Auftrag des Herrn unterwegs und kam erst gestern Abend zurück. Ich habe noch in der Nacht mit mehreren Knechten zusammen die Umgebung der Burg abgesucht. Heute hat Herr Engelbrecht Boten zu den anderen Burgen gesandt, ob sie dort gesehen worden sei. Ich bin hierhergekommen, weil Löwenberg Hettenheim am nächsten liegt und sie gerne in den Wäldern, die zwischen den beiden Herrschaften liegen, ausgeritten ist.«

Marie sah ihm an, wie sehr ihn die Unsicherheit über den Verbleib der jungen Frau quälte. Sie hatte ihn bereits in der *Krone* für einen der wenigen vernünftigen Männer gehalten und fand ihre Meinung über ihn bestätigt. Im Gegensatz zu seinem Halbbruder Engelbrecht schien ihm auch etwas an Edda zu liegen.

»Ich habe Euch noch etwas auszurichten, Herr Heinrich. Gleichgültig, was behauptet wird: Es waren nicht wir Löwenberger, die mehrere Eurer Schafe geraubt und getötet haben, auch wenn deren Felle in der Nähe unserer Burg aufgefunden worden sind.«

Zuerst wunderte Marie sich, weshalb er diese Sache so rasch auf den Tisch brachte, dann aber begriff sie, dass er Angst hatte, Heinrich von Hettenheim könnte sich Eddas als Geisel bemächtigt haben, um den Löwenberger zu zwingen, ihm die Schafe zu ersetzen.

Auch ihr Gastgeber schien dies zu glauben und verzog entrüstet das Gesicht. Immerhin befand Edda sich auf seiner Burg, und da konnte der eine oder andere ihm durchaus üble Absichten nachreden.

»Vielleicht solltet Ihr Esau berichten, was geschehen ist«, sagte er zu Marie und Michel gewandt.

»Übernimmst du es?« Michel war kein großer Redner und nickte daher seiner Frau auffordernd zu.

Marie trank einen Schluck Wein, um ihre Kehle zu befeuchten, und sah Esau durchdringend an. »Es ist nun mehr als zwei Tage her, dass wir auf dem Hof der *Krone* voneinander schieden!«

»Das stimmt«, sagte Esau verwundert.

»Ihr wisst noch, wer alles dort war?«, fragte Marie.

»Das tue ich!«

»Dann nennt mir die Anführer und Edelleute, denen wir dort begegnet sind.«

Nun wunderten sich auch Michel und Heinrich von Hettenheim.

Marie verfolgte jedoch einen Plan, um die Spannungen zwischen den einzelnen Herrschaften nicht noch zusätzlich anzuheizen.

»Da war Hugo, Otto von Drachensteins Haushofmeister, Radolf, Herrn Rainald von Bogenbergs Sohn, Udo und Ursula von Hohenwald sowie mehrere von uns Löwenbergern«, zählte Esau auf.

»Ihr habt Euch vergessen«, sagte Marie und zeigte dadurch, dass sie ihn ebenfalls nicht als Knecht ansah.

»Ja, ich war auch dort. Aber was soll das?« Esau wurde langsam ungehalten.

»Weil es wichtig ist!«, fuhr Marie ihm über den Mund. »Als unsere Reisegesellschaft abritt, war Junker Udos Hengst entlaufen.«

»Als wir aufgebrochen sind, wartete er immer noch darauf, dass jemand ihn zurückbringt«, antwortete Esau, verwundert über Maries seltsame Fragen.

»Wir haben die *Krone* vor Euch verlassen und sind wahrlich nicht langsam geritten. Kurz vor Mittag entdeckten wir ein lediges Pferd. Als wir nachschauten, was es damit auf sich hatte, fanden wir den Sattel und die Mähne blutverschmiert.«

»Nein, bei Gott – nur das nicht!«, unterbrach Esau Marie erschrocken.

»Es war so!«, erklärte Marie und fuhr fort: »Wir folgten den Spuren der Stute und erreichten nach einer Weile eine Stelle, wo eine junge Frau lag. Ein Pfeil steckte in ihrer Brust!«

»Herr im Himmel, lass es nicht sein. Edda darf nicht tot sein!«, stieß Esau verzweifelt hervor.

»Sie ist nicht tot«, erklärte Marie. »Aber noch ist ihr Überleben nicht gesichert. Fräulein Edda ist schwer verletzt, und nur die Kunst des orientalischen Arztes, den Ihr ebenfalls in der *Krone* gesehen habt, ist es zu verdanken, dass sie noch nicht in die Ewigkeit eingegangen ist.«

Esau saß da, als hätte ihn jemand vor den Kopf geschlagen. Erst nach einer Weile hatte er sich so weit beruhigt, dass er reden konnte. »Gott verdamme meinen Herrn und Bruder, weil er nicht auf unsere Schwester achtgegeben hat!«

»Auf jeden Fall ist es seltsam, dass Herr Engelbrecht sich nicht um Eddas Verschwinden gekümmert hat.« Michel fand so ein Verhalten unmöglich und legte sich daher keine Zügel an, um seine Verachtung für den Löwenberger zu verbergen. »Wir haben ihm trotzdem einen Boten geschickt, damit er weiß, was mit Edda geschehen ist«, fuhr er fort, während Marie sich kurz über die Stirn rieb und dann erneut zu sprechen begann.

»Noch seltsamer ist, dass der Pfeil, der Edda töten sollte, angeblich Udo von Hohenwald gehören soll. Aber der kann ihn unmöglich abgeschossen haben.«

Mit ihren Worten wollte sie verhindern, dass diese Tatsache einen Grund für eine Fehde lieferte. Wer auch immer auf Edda geschossen hatte, hatte es ihrer Meinung nach getan, um den Zwist zwischen Hohenwald und Löwenberg zu einem bewaffneten Streit anzufachen.

Auch Michel und Hettenheim dachten so, und Esaus Gedanken gingen in die gleiche Richtung. Trotzdem fluchte er leise. »Mein Herr und Bruder nimmt an, die Hohenwalder hätten Graf Heinrichs Schafe gestohlen und uns die Felle untergeschoben. Wenn er jetzt hört, dass ein Pfeil, der Udo von Hohenwald gehörte, Edda getroffen hat, wird er nicht davon abzuhalten sein, Genugtuung zu fordern.«

»Er muss einsehen, dass die Schuld der Hohenwalder nicht bewiesen ist!« Marie wurde scharf, doch Esau hob nur hilflos die Hände. »Herrn Engelbrecht geht es nicht darum, den Schuldigen zu finden, sondern einen Vorteil gegen die Hohenwalder zu erlangen. Es geht um ein Stück Land, das zwischen den beiden Besitzungen liegt und das er gerne in Besitz nehmen würde. Er wird es als Entschädigung fordern, und so er es nicht erhält, es sich mit Gewalt nehmen. Da er einen berechtigten Grund dafür zu haben scheint, werden Bogenberg und Drachenstein sich nicht einmischen.«

»Dieser Gau ist ja die reinste Schlangengrube!«, rief Michel entgeistert aus.

»Leider ist es so«, gab Esau zu. »Solange die Angst vor Falko von

Hettenheim die Herren einte, wurden interne Zwiste unter den Tisch gekehrt. Doch kaum wurde Graf Falko durch Herrn Heinrich ersetzt, brachen alle Probleme wieder auf. Nicht auf einmal, sondern schön hintereinander, dafür aber umso schärfer. Am schlimmsten ist es bei den jüngeren Familienmitgliedern. Könnt Ihr mir einen Grund nennen, warum Männer, die als Knaben miteinander gespielt haben und die besten Freunde waren, jetzt auf einmal bereit sind, einander mit dem Schwert den Schädel einzuschlagen?«

»Das ist ein Geheimnis, das Ihr möglichst bald ergründen solltet, bevor die Herren hier einander die Dörfer plündern und die Felder abbrennen«, sagte Marie mit Nachdruck.

»Ich rätsele schon seit Jahren daran herum«, berichtete Esau. »Eigentlich begann es bereits, als Herr Heinrich kurz zuvor der neue Herr auf Hettenheim geworden war. Damals wurde Rainald von Bogenbergs jüngerer Sohn Gunther in dem Ödgebiet, das zwischen den vier Herrschaften des Kleeblattbunds liegt, von einem Bären zerfleischt. Ritter Rainald beschuldigte daraufhin Engelhard von Löwenberg, mit seinem Sohn zusammen ausgeritten zu sein und diesen im Stich gelassen zu haben. Es herrschte damals ziemlicher Ärger, der jedoch unterdrückt wurde, da die Herren nicht wussten, ob Graf Heinrich in die Fußstapfen seines Vetters steigen und versuchen würde, seine Herrschaft auf ihre Kosten zu vergrößern.«

Marie sagte dieser Bericht wenig, doch der heimliche Lauscher oben auf dem Treppenabsatz zog die Stirn kraus. Rasul blieb jedoch nicht länger auf seinem Posten, da Marie eben erklärte, Esau zu Edda führen zu wollen.

8.

Als Marie, Esau, Michel und Hettenheim in Eddas Kammer traten, saß Rasul an deren Bett und legte ihr gerade ein mit angenehm duftenden Essenzen getränktes Tuch auf die Stirn.

»Ich habe Alika gebeten, frisches Wasser zu holen. Sobald das Fräulein aufwacht, muss es trinken«, sagte er zu Marie.

Esau trat neben seine Schwester und strich mit Tränen in den Augen über ihre Wange. »Möge unser Herr Jesus Christus über dich wachen und dir Genesung schenken!« Dann wandte er sich Rasul zu. »Du bist also der fremde Arzt!«

»Rasul al Hakimi, Arzt und Heiler aus Alexandria«, stellte dieser sich selbst vor.

»Also ein Heide«, meinte Esau abwehrend.

»Seine Heilkunst ist das, was wir brauchen, nicht seinen Gott!«, wies Marie ihn zurecht.

»Schon gut!«, wehrte Esau ab. »Er hat bereits in der *Krone* gezeigt, dass er sein Handwerk versteht. Mag er auch bei Edda segensreich wirken.«

»Ich tue mein Bestes, um sie am Leben zu erhalten.« Rasuls Stimme klang ernst, und er wirkte nachdenklich. »Wisst Ihr, ob es jemanden gibt, der dem Fräulein Übles will?«, fragte er Esau nach einer Weile.

Dieser schüttelte den Kopf. »Nicht, dass ich wüsste! Edda lebt sehr zurückgezogen und hat sich, dessen bin ich mir gewiss, niemals Feinde gemacht.«

»Vielleicht war es ein Fehler«, murmelte Marie.

»Was?«, fragte Esau verwirrt.

»Edda vor der Welt zu verstecken. Die Leute hätten sich an ihr Aussehen gewöhnen können, so wie es auf Kibitzstein mit Alika geschah. So aber rätselt man über sie und weiß nicht, was man von ihr zu halten hat.«

Maries Worte trafen Esau sichtlich. »Daran habe ich nie gedacht. Allerdings hätte ich es auch nicht ändern können. Es war Herrn Engelbrechts Wille, dass es so zu geschehen hatte.«

»Er hegt wohl wenig Liebe für seine Schwester«, schloss Marie daraus.

»Es ist nicht so, dass er sie hasst oder gar verabscheut. Nur war seine Mutter schon sehr alt, als die Kleine geboren wurde, und durchlebte eine beschwerliche Schwangerschaft. Da Herr Engelbrecht seine Mutter liebte, gab er der so unerwartet geborenen Schwester die Schuld daran, zumal …« Esau brach ab, als schäme er sich.

»Zumal sie anders aussah als andere Kinder«, vollendete Marie seinen Satz.

»Wäre es den Herrschaften genehm, Euer Gespräch draußen weiterzuführen. Meine Patientin ist zwar nicht bei sich, hört aber im Unterbewusstsein Eure Stimmen und wird dadurch unruhig«, mischte Rasul sich ein.

»Verzeiht, das haben wir nicht bedacht!« Marie sah Edda noch einmal an. Diese wirkte tatsächlich unruhiger als zuvor, und so bat sie Michel, Graf Heinrich und Esau, mit ihr die Kammer zu verlassen.

Wenig später saßen sie in der Halle und setzten die Unterhaltung fort, denn es gab vieles zu besprechen. So wollte Heinrich von Hettenheim, der sich bislang nur wenig um seine Nachbarn gekümmert hatte, mehr über diese erfahren. Marie hingegen interessierte hauptsächlich, wer auf Edda geschossen oder den Mordanschlag in Auftrag gegeben haben könnte. Ihrer Überlegung nach hatte der Anschlag nicht Edda im Besonderen gegolten, sondern nur deren Familie gegen die Hohenwalder aufbringen sollen. Auch wenn Engelbrecht von Löwenberg seine Schwester nicht schätzte, so konnte er einen mörderischen Angriff auf sie bei seiner Ehre nicht unbeantwortet lassen. Es sei denn, er hatte ihn selbst in Auftrag gegeben. In einem solchen Fall würde er jedoch besonders poltern, um keinen Verdacht gegen sich aufkommen zu lassen.

Auch sein Sohn Engelhard konnte der Täter oder Anstifter sein. Immerhin stand Edda ein gewisses Erbe als Mitgift zu, das ihm, wenn er seinem Vater nachfolgte, fehlen würde. Verwundert, wohin ihre Gedanken sich verirrten, beschloss Marie, erst einmal nach ihren Töchtern zu sehen und abzuwarten, was sich als Nächstes ereignen würde.

An diesem Tag blieb alles ruhig. Rasul konnte vermelden, dass es ihm gelungen war, Edda die Medizin einzuflößen, die sie dringend brauchte. Nun wachte Alika bei der Verletzten mit dem Auftrag, ihr etwas zu trinken zu geben, falls sie aus ihrer Bewusstlosigkeit erwachen sollte. Esau hatte sich lange mit Michel und Heinrich von Hettenheim unterhalten. Sie waren jedoch zu keinem Ergebnis gekommen, wer Edda hatte umbringen wollen. Zwar stritt Esau ab, dass sein Halbbruder dahinterstecken könnte, aber beschwören wollte er es nicht. Auch dessen Sohn vermochte er nicht völlig von dem Verdacht freizusprechen. Da der Mordbube immer noch darauf aus sein konnte, Edda zu töten, bat er, auf Hettenheim bleiben zu dürfen, um sie beschützen zu können.

Marie wusste nicht, was sie davon halten sollte. Irgendwie schienen alle verdächtig zu sein. Esau zwar am wenigsten, doch am liebsten hätte sie alle, die zu den vier Herrschaften des Kleeblattbunds zählten, von Edda ferngehalten. Sie schlief in dieser Nacht schlecht, und nur der Gedanke, dass Edda elend umgekommen wäre, wenn sie diese nicht gefunden hätten, verhinderte, dass sie die Reise nach Hettenheim bedauerte.

9.

Am nächsten Nachmittag erschien Engelbrecht von Löwenberg mit vier Begleitern. Er wirkte grimmig und beäugte Heinrich von Hettenheim misstrauisch.

»Euer Bote meldete, Ihr hättet meine … Schwester verletzt aufgefunden? War dies vielleicht auf Eurem Land?«

Als Marie ihn so reden hörte, fauchte sie leise. Der Löwenberger tat direkt so, als wäre ihr Gastgeber an Eddas Zustand schuld. Da erinnerte sie sich an die Schafe, die Herrn Heinrich gestohlen und deren Felle auf Löwenberger Grund gefunden worden waren. Wollte Engelbrecht etwa behaupten, Heinrich habe aus Rache dafür auf Edda schießen lassen? Sie trat vor und musterte den Mann mit kaltem Blick. »Ich glaube, Ihr habt das Ganze falsch verstanden! Fräulein Edda wurde nicht von Herrn Heinrich oder dessen Leuten gefunden, und auch nicht auf seinem Land, sondern noch auf Eurem eigenen, und zwar von mir und meinem Ehemann. Wir waren auf dem Weg nach Hettenheim, als wir sie entdeckten. In ihrer Brust steckte ein Pfeil, und es ist fast ein Wunder zu nennen, dass sie noch lebt!«

»Wer seid Ihr?«, fragte Engelbrecht von Löwenberg unfreundlich.

»Ich bin Marie, die Ehefrau von Michel Adler, Reichsritter auf Kibitzstein!«

»Das Weib das Kibitzsteiners!« Der Löwenberger richtete nun seinen Blick auf Michel, der mit vor der Brust verschränkten Armen seitlich hinter Heinrich von Hettenheim stand, und wirkte nicht gerade erfreut.

»Wir müssen Herrn Michel und Frau Marie dankbar sein, dass sie sich Eddas angenommen haben«, mischte Esau sich ein.

Die Miene seines Halbbruders wirkte jedoch alles andere als dankbar. Ritter Engelbrecht schnaubte und murmelte etwas vor sich hin, das Marie nicht verstand. Dann sah er Esau an. »Wie kommst du hierher?«

»Weil ich Edda gesucht habe, was andere nicht taten!«

Es war ein Stich gegen seinen Halbbruder, der diesen sichtlich wurmte.

»Wie ist es geschehen?«, fragte er.

»Das wissen wir nicht!«, antwortete Michel. »Wir haben Eure Schwester gefunden und ihr die Hilfe angedeihen lassen, die für einen Christenmenschen selbstverständlich ist.«

»Edda wurde durch einen Pfeil getroffen, wie Udo von Hohenwald sie verwendet. Er kann es jedoch nicht gewesen sein, denn er hat zusammen mit mir und einigen anderen in der *Krone* übernachtet und wäre niemals rechtzeitig an der Stelle gewesen, an der Edda verletzt worden ist«, berichtete Esau seinem Halbbruder.

»Einen Pfeil kann jeder abschießen, nicht nur der, dem er gehört«, antwortete Engelbrecht von Löwenberg grob. »Wahrscheinlich war es einer von Udalrich von Hohenwalds Mannen. Diese haben uns schon einiges angetan.«

»Herr Udalrich hätte gewiss nicht einen Pfeil seines Sohnes für einen Mordanschlag verwenden lassen«, wandte Esau ein.

Diese Bemerkung gab seinem Halbbruder zu denken. Dann aber hieb er mit der Rechten kurz durch die Luft. »Der Hohenwalder ist trotzdem schuld! Immerhin war es ein Pfeil seines Sohnes. Sollte ihm dieser gestohlen worden sein, hätte er besser darauf achtgeben müssen.«

Marie ahnte, dass Engelbrecht von Löwenberg einen Grund suchte, um eine Fehde mit seinem Nachbarn auf Hohenwald beginnen zu können, und sprach ihn mit scharfer Stimme an. »Einige Leute sagten zu mir, dass Euch der Tod Eurer Schwester sehr willkommen wäre. Sie trauen Euch sogar zu, diesen herbeiführen zu wollen, und wenn nicht Ihr, so doch Euer Sohn!«

Ihre Worte trafen Engelbrecht von Hohenwald wie ein Schlag. »Wer behauptet das?«

»Menschen, die Euch gut kennen und wissen, dass Ihr Fräulein Edda hasst und sie am liebsten tot sehen würdet.«

Marie war nicht bereit, auch nur ein Haarbreit zurückzuweichen.

Selbst wenn die Wirtin der Schenke, zu der sie Edda gebracht hatten, das eine oder andere übertrieben haben mochte, so hatte sie doch lange genug auf Löwenberg gelebt, um zu wissen, wie es dort zuging.

»Ich soll meine Schwester ermorden lassen? Das ist doch Unsinn!«, rief Engelbrecht von Löwenberg aufgebracht.

»Warum reden die Leute dann so?«, konterte Marie gelassen. »Immerhin habt Ihr Eure Schwester wie eine Aussätzige vor der Welt verborgen und Euch nie zu ihr als Bruder bekannt.«

»Ihr könnt nicht verleugnen, dass dieser Eindruck entstanden sein kann«, sagte Esau zu seinem Halbbruder.

»Es ist trotzdem Unsinn! Edda ist eine Löwenberg. In ihr fließt das gleiche Blut wie in meinen Adern«, antwortete Engelbrecht.

»Trotzdem habt Ihr sie wie eine Gefangene behandelt.«

Marie gab nicht nach, denn sie wollte herausfinden, wer für diesen Mordanschlag verantwortlich war. Auch wenn der Löwenberger tausendmal behauptete, unschuldig daran zu sein, so schaffte dies nicht die Tatsache aus der Welt, dass er Edda so schlecht behandelt hatte und die Leute sich darüber das Maul zerrissen.

»Was heißt hier Gefangene?«, rief Engelbrecht schnaubend. »Ich hielt meine Schwester zurück, um sie zu schützen. Die Leute redeten ihr wegen ihres seltsamen Aussehens allerlei nach.«

»Ihr habt den Menschen damit die Möglichkeit genommen, sich an Fräulein Edda zu gewöhnen, und ihnen Grund gegeben, zu glauben, dass Eure Schwester ein weiblicher Unhold wäre, vor dem man sich hüten müsse.« Marie trug extra dick auf, um den Löwenberger zu reizen. Ob er, wie behauptet, tatsächlich unschuldig war, musste er ihr erst noch beweisen.

»Frau Marie hat nicht unrecht«, sagte Esau nachdenklich. »Ihr hättet Edda den Nachbarn zeigen müssen. Was man kennt, an das gewöhnt man sich.«

Engelbrecht sah aus, als wolle er Marie und seinen Halbbruder auf einmal fressen. Zweimal öffnete er den Mund zu einer Gegenrede, schloss ihn jedoch wieder, bevor das erste Wort herauskommen konnte. Sein Verstand sagte ihm, dass die Kritik berechtigt war. Er hatte jedoch die Abscheu der Mutter gegen das spät geborene, weißhaarige Kind übernommen, das zudem bei der Geburt so klein und schwächlich gewesen war, dass keiner auch nur einen Pfennig darauf gegeben hätte, es könnte überleben. Trotzdem empörte es ihn, dass auf Edda geschossen worden war. Wer dies getan hatte, hatte ihn nicht nur herausgefordert, sondern auch seine Ehre beschmutzt, da es Menschen gab, die ihm den Mordanschlag an ihr zutrauten.

»Ich will meine Schwester sehen«, sagte er schließlich mühsam beherrscht.

»Aber nur kurz und unter Aufsicht«, erklärte Marie und stand auf. »Kommt mit! Auch Ihr, Graf Heinrich, und du, Michel, ebenfalls!«

Die drei Männer folgten ihr. Esau schloss sich ihnen an, obwohl er nicht namentlich genannt worden war. Er wollte jedoch das Gesicht seines Halbbruders sehen, wenn dieser vor Edda stand.

An der Schwelle zu Eddas Kammer trafen sie auf Rasul, der eben mit einem Becher Medizin aus der ihm zugewiesenen Stube herauskam.

»Das ist der Arzt, dessen Kunst bis jetzt den Tod von Fräulein Eddas Bett fernhielt«, erklärte Marie und wies auf den Löwenberger. »Herr Engelbrecht ist Eddas Bruder.«

Rasul musterte den Mann und deutete eine Verbeugung an. »Dann ist dies wohl auch der Herr, von dem ich meinen Lohn fordern kann?«

»Du wirst dein Geld schon erhalten, Heide«, antwortete der Löwenberger unfreundlich.

»Sollte man Euch je so etwas wie Höflichkeit gelehrt haben, so habt Ihr sie mittlerweile längst wieder vergessen«, schalt Marie ihn und öffnete die Tür zu der Kammer, in der Edda lag.

Alika wachte bei ihr. Bei deren Anblick fuhr Engelbrecht von Löwenberg mit einem Aufkeuchen zurück. »Bei Gott, wer ist das?«

»Das ist meine Freundin Alika! Hütet Euch davor, sie zu kränken. Ich würde es Euch eintränken«, warnte Marie ihn. »Sie lebt bei uns, und wir haben sie nie wegen ihres Aussehens vor den Leuten versteckt.«

Es war erneut ein Stich gegen den Löwenberger, den dieser mit zusammengekniffenen Lippen hinnahm. Er sah nun seine Schwester an, die matt in ihrem Bett lag, die Augen geschlossen, und bei der nur das leichte Heben und Senken der Brust zeigte, dass sie noch lebte. Plötzlich sah er nicht mehr ihr helles Haar, das ihn immer abgestoßen hatte, auch nicht die Blässe ihres Gesichts, sondern ein junges Mädchen von zwanzig Jahren, das zeit ihres Lebens als ungeliebter Gast auf seiner Burg gelebt hatte und von niemandem geachtet worden war.

Ganz stimmte es nicht, fiel ihm ein. Esau, sein wie auch ihr Halbbruder, hatte sie stets in Schutz genommen und dafür gesorgt, dass das Gesinde und auch sein Sohn ihr nicht allzu übel mitspielen konnten. Bei dem Gedanken an Engelhard zog sich sein Herz zusammen. Er selbst hatte Edda gewiss nicht umbringen lassen wollen, doch wie war es mit seinem Sohn? Zu seiner Schande musste er sich eingestehen, dass er seine Abscheu vor Edda niemals vor diesem verborgen hatte. Zudem besaß seine Schwester das Anrecht auf eine gewisse Mitgift, und er hatte auch nie verhehlt, wie sehr es ihn reuen würde, ihr diese geben zu müssen.

Sein wechselndes Mienenspiel fiel sowohl Esau und Rasul wie auch Marie auf, ohne dass einer von ihnen es ergründen konnte. Eines stand für alle drei fest: Herr Engelbrecht hatte ein schlechtes Gewissen. Für Marie hieß dies, Edda weiterhin von ihm und den Seinen fernzuhalten.

»Eure Schwester wird hier auf Hettenheim bleiben, bis der Schuldige an diesem Anschlag entlarvt und bestraft ist«, sagte sie mit eisiger Stimme.

»Einen Transport müsste ich auch streng verbieten«, mischte sich nun Rasul ein. »Fräulein Edda würde den Weg nach Löwenberg nicht überleben. Zudem erhält sie hier die beste Pflege und wird gut abgeschirmt.«

»Dann bleibt sie eben da«, schnaubte Engelbrecht von Löwenberg und wandte sich zum Gehen.

»Ihr seid mein Gast, so lange Ihr wollt«, bot Heinrich von Hettenheim ihm an, um den Eindruck zu vermeiden, er misstraue ihm.

»Esau soll bleiben! Ich muss heim«, antwortete der Löwenberger abwehrend. Er hatte die auf Hettenheim gestohlenen Schafe nicht vergessen und wollte nicht, dass Herr Heinrich ihn als Geisel zurückhielt, um Ersatz für die Tiere zu bekommen.

10.

Engelbrecht von Löwenberg verließ Hettenheim am nächsten Morgen noch vor Tau und Tag, und in seinem Herzen stritten die unterschiedlichsten Gefühle miteinander. So war er voller Zorn über die Tatsache, dass Menschen ihm zutrauten, den Tod der eigenen Schwester zu wünschen. Gleichzeitig wusste er jedoch, dass er durch die Art, wie er Edda behandelt hatte, selbst daran schuld war, dass man ihm dies unterstellen konnte.

Da seine Stimmung so schlecht wie selten war, hüteten sich seine Begleiter, ihn anzusprechen, sondern blieben mehrere Pferdelängen hinter ihm zurück. Auch sie hatten oft genug über Edda gespottet. Nun waren sie jedoch ebenfalls empört, weil auf das Fräulein geschossen worden war.

»Sie hätte nicht allein ausreiten dürfen!«, sagte einer der Männer zu seinen Kameraden ungeachtet der Tatsache, dass außer Esau keiner bereit gewesen wäre, Edda zu begleiten.

Sie hatten es weniger wegen des Zorns ihres Herrn getan, der es ihnen hätte übel nehmen können, sondern aus Angst vor den übernatürlichen Kräften, die dem Mädchen nachgesagt wurden. Hätten die Frauen, die bei Eddas Geburt dabei gewesen waren, nicht Stein und Bein geschworen, dass sie unmöglich ausgetauscht worden sein könnte, hätte man sie für einen Wechselbalg gehalten. Doch auch so mochte sie wegen ihres Feenhaares ein Wissen besitzen, mit dem sie anderen Menschen Schaden zufügen konnte.

Als Ritter Engelbrecht im inneren Hof der Burg Löwenberg aus dem Sattel stieg, trat sein Haushofmeister auf ihn zu.

»Ihr habt Gäste, gnädiger Herr!«

»Gäste? Wen?«, fragte der Ritter ungehalten.

»Junker Otfried von Drachenstein und Junker Radolf von Bogenberg. Sie hörten, dass Eure … die Bleiche verschwunden ist, und sind gekommen, um Euch bei der Suche zu helfen.«

Bislang hatte es Engelbrecht von Löwenberg geärgert, wenn Edda von seinen Leuten als seine Schwester bezeichnet worden war. Jetzt aber störte es ihn, dass sein Haushofmeister sie mit ihrem Spottnamen bezeichnete. Auch daran war er selbst schuld, dachte er und betrat den Palas.

Sein Missmut hielt an, während er die Halle betrat und die beiden jungen Männer dort sitzen sah. Ein Krug Wein und zwei Becher standen vor ihnen, und sie unterhielten sich leise. Als sie ihn eintreten hörten, standen sie auf und eilten ihm entgegen.

»Habt Ihr Eure … äh … gefunden?«, fragte Radolf von Bogenberg angespannt.

»Edda ist gefunden worden und befindet sich derzeit auf Burg Hettenheim«, gab Ritter Engelbrecht grimmig zurück.

»Auf Hettenheim! Aber wieso?«, fragte Otfried von Drachenstein verwirrt.

»Es ist ein Mordanschlag auf sie verübt worden, mit einem Pfeil, der Udo von Hohenwald gehört«, erklärte Ritter Engelbrecht.

Junker Radolf sah ihn erstaunt an. »Sollte sie als Tote nicht besser hier aufgebahrt werden als auf Hettenheim? Immerhin ist sie eine Löwenberg!«

»Edda ist nicht tot!«, antwortete Engelbrecht. »Sie wurde rechtzeitig gefunden und durch die Kunst eines heidnischen Arztes gerettet.«

»Sie lebt! Das ist … erfreulich!« Otfried brachte das letzte Wort nur mit Mühe heraus. Er sah den Ritter durchdringend an. »Wenn das so ist, wird sie gewiss den Mann nennen können, der auf sie geschossen hat.«

»Sie ist schwer verletzt und noch nicht bei Sinnen. Wenn sie erwacht, so wird sie mir hoffentlich den Schurken nennen können. Er und auch derjenige, der ihn geschickt hat, haben von mir nichts Gutes zu erwarten!«

Ritter Engelbrecht dachte zu sehr an seine Schwester und an die Rache, die er an den Schuldigen nehmen wollte, um auf die Gesichter seiner Besucher zu achten.

Radolf wirkte verwirrt und ein wenig hilflos, während sein Vetter die Zähne so fest zusammenpresste, dass sich die Haut über den Wangenknochen spannte. Es dauerte eine Weile, bis er wieder etwas sagte. »So wollen wir hoffen, dass Eure … äh, das Fräulein bald genesen wird.«

»Ich dachte, Euch wäre es nicht unlieb, wenn sie stirbt«, sagte Radolf. »Zumindest behauptete Engelhard dies im Lauf der Jahre mehrmals.«

»Wenn er das gesagt haben sollte, war es dummes Geschwätz«, erklärte Ritter Engelbrecht und begriff, dass man von allen, die für diesen Mordanschlag infrage kamen, ihn und seinen Sohn am meisten verdächtigen würde.

»Auf jeden Fall pflegt man sie auf Hettenheim gut und hofft, sie durchbringen zu können«, sagte er. »Gefunden wurde sie übrigens von Ritter Michel Adler auf Kibitzstein, der nach Hettenheim unterwegs war und sie dorthin gebracht hat.«

»Ich habe von einem Michel Adler gehört«, meinte Otfried nachdenklich. »Es soll sich um einen berühmten Ritter handeln, der für Kaiser Sigismund und König Friedrich bereits Schlachten gewonnen hat. Es muss schon ein älterer Mann sein.«

»Er ist noch ein Stück jünger als ich«, berichtete Ritter Engelbrecht, der sich mit seinen fünfzig Jahren nicht zu alt fühlte, um notfalls an der Spitze seiner Kriegsknechte in den Kampf zu ziehen.

»Wisst Ihr, was Michel Adler auf Hettenheim will?«, fragte Otfried.

»Gesagt hat er es mir nicht. Er hat sein Weib mitgebracht, die beiden sind wohl Freunde des Hettenheimers.« Engelbrecht interessierte sich im Augenblick mehr für sein Ansehen, das durch den Anschlag auf seine Schwester in Mitleidenschaft gezogen wurde, als für Michel Adler. Seine Besucher ließen jedoch nicht nach und fragten, welchen Eindruck er von Hettenheim und dessen Gast gewonnen habe.

»Mit Michel Adler habe ich nur wenige Worte gewechselt, und nur wenige mehr mit Hettenheim. Da es um meine Schwester ging und es an den Frauen ist, Kranke und Verletzte zu pflegen, sprach ich vor allem mit Michel Adlers Eheweib.«

»Die Besorgnis um Eure Schwester ehrt Euch«, antwortete Otfried. Dann aber hob er den Zeigefinger. »Ihr hättet trotzdem mehr auf Hettenheim und Michel Adler achten müssen. Ohne Grund ist dieser gewiss nicht nach Hettenheim gekommen. Wisst Ihr, ob er viele Begleiter hat?«

Engelbrecht von Löwenberg schüttelte den Kopf. »Nein! Viele sind es gewiss nicht. Ich habe vier oder fünf Männer mit seinem Wappen auf der Brust gesehen.«

»Wenn es gute Krieger sind, zählen diese Männer im Kampf doppelt und dreifach«, rief Otfried beschwörend.

»Weshalb sollte es zum Kampf kommen?«, fragte Engelbrecht verwundert.

»Habt Ihr die Schafe vergessen, die Eure Leute angeblich auf Hettenheim geraubt haben sollen?«, antwortete Otfried mit einer Gegenfrage. »Graf Heinrich ist ein Hettenheim, und wie die sind, haben wir bei seinem Vetter Falko erlebt.«

»Heinrich von Hettenheim hat bislang Frieden und gute Nachbarschaft mit uns gehalten«, wandte Engelbrecht von Löwenberg ein.

»Das mag eine List gewesen sein. Vielleicht bereitet er insgeheim einen Schlag gegen einen von uns vor. Wenn mich nicht alles täuscht, seid Ihr mit dem Hohenwalder so zerstritten, dass dieser sich freudig auf Hettenheims Seite stellen würde, um zusammen mit diesem gegen Euch vorzugehen.«

Otfried brachte es so schlüssig vor, dass Engelbrecht von Löwenberg erbleichte. »Daran habe ich nicht gedacht.« Dann aber schüttelte er den Kopf. »Heinrich von Hettenheim hätte es leichter haben und mich in seiner Burg festhalten können, als ich bei ihm war.«

»Das hätte ihn in ein schlechtes Licht gesetzt, zumal Ihr aus Sorge um Eure Schwester zu ihm gekommen seid«, gab Otfried zu bedenken.

»Vielleicht will er Euch auch in Sicherheit wiegen«, setzte Radolf hinzu.

»Nun, ich weiß nicht …« Engelbrecht von Löwenberg zögerte. Auf Hettenheim hatte man ihm zwar gezeigt, dass man ihm die Schuld an Eddas Verletzung gab, direkte Feindschaft aber hatte er bei Graf Heinrich nicht gespürt. Andererseits mochte dieser sich verstellt haben. Bei dem Gedanken wünschte er sich fast dessen Vetter Falko zurück. Dieser war zwar ein äußerst unangenehmer Nachbar gewesen, doch wenigstens hatte man bei ihm gewusst, woran man war.

»Auf jeden Fall seid Ihr jetzt in Sicherheit. Bezüglich Eurer Schwester bin ich mir nicht so sicher. Der Hettenheimer könnte sie als Druckmittel gegen Euch verwenden. Vielleicht will er sie sogar zu einer Heirat mit einem seiner Söhne zwingen, Euch befehden und Euren Besitz als Eddas Erbe einfordern.«

Otfrieds Worte waren nicht geeignet, Engelbrechts Besorgnis zu verringern. Trotzdem winkte der Burgherr ab. »Meine Schwester ist schwer verletzt, und es wird Wochen dauern, bis sie genesen ist! Bis dorthin weiß ich, wer auf sie geschossen hat, und dann gnade Gott diesem Meuchelmörder!«

»Wir werden für Eure Schwester beten und hoffen, dass sie Euch bald zurückgegeben wird«, sagte Otfried und blickte zum Fenster hinaus. Ein warmer Luftzug wehte durch die Öffnung und verriet, dass der Frühling dabei war, dem Sommer zu weichen.

»Wenn wir uns beeilen, können wir heute noch Drachenstein erreichen. Was Eure Schwester betrifft, so wissen wir nun, dass sie gefunden wurde, aber auf Hettenheim gefangen gehalten wird.«

»Es wäre in ihrem Zustand zu gefährlich, sie nach Löwenberg zu bringen, sonst hätte ich es getan.« Ritter Engelbrecht antwortete harsch, denn ihm gefiel das Gerede von einer möglichen Fehde mit Hettenheim wenig, und auch nicht, dass seine Besucher Edda als Faustpfand in Graf Heinrichs Hand ansahen. Obwohl er hoffte, sowohl Bogenberg wie auch Drachenstein als Verbündete zu gewinnen, war er froh, als die beiden Junker sich verabschiedeten und wenig später mit ihrer Begleitung aufbrachen.

Mittlerweile war auch sein Sohn zurückgekommen, der die Stelle aufgesucht hatte, von der aus auf seine Tante geschossen worden war.

»Es gibt nicht die geringste Spur oder einen Hinweis, wer auf die Bleiche geschossen hat«, berichtete er ärgerlich.

»Nenne sie Tante oder Edda, wie es sich gehört«, wies sein Vater ihn zurecht. »Man wirft uns bereits vor, den Mordanschlag auf sie selbst geplant oder gar ausgeführt zu haben.«

Engelbrecht von Löwenberg behielt bei diesen Worten seinen Sohn genau im Blick.

Der junge Mann erbleichte und ballte die Faust. »Wer wagt es, das zu behaupten?«

»Es gibt genug Leute, die uns nicht wohlgesinnt sind«, antwortete sein Vater.

»Ihr meint die Hohenwalder? Diesem Gesindel würde ich liebend gerne mit gewappneter Faust entgegentreten.«

»Narr!«, fuhr Engelbrecht seinen Sohn an. »Wenn du das offen sagst, treibst du Udalrich von Hohenwald auf schnellstem Weg in Hettenheims Arme. Weißt du, ob dieser nicht heimlich darauf sinnt, die Ländereien, die uns sein Vetter vor mehr als einem Dutzend Jahren abnehmen wollte, doch noch in seine Hand zu bekommen?«

»Verflucht soll er sein, und die Hohenwalder dazu!«, rief Engelhard unbeherrscht.

»Er mag sein, was er will, jedenfalls werden wir nichts tun, um ihn zu reizen, hast du verstanden?« Engelbrecht von Löwenberg wurde nun ebenfalls laut und packte seinen Sohn mit einem harten Griff. »Du wirst nichts tun, das uns Schaden bringen kann, hast du verstanden?«

Junker Engelhard stand kurz vor seinem dreißigsten Geburtstag und hatte gelernt, Männer anzuführen. Als er aber den Ernst in der Stimme seines Vaters vernahm, wusste er, dass er zu gehorchen hatte, wenn er ihn nicht erzürnen wollte.

»Ich werde nichts tun, was Euch missfällt, Herr Vater«, antwortete er und fragte dann, was mit seiner Tante Edda wäre.

11.

Zunächst ritten Otfried von Drachenstein und Radolf von Bogenberg in Richtung Drachenstein. Doch kaum konnten sie von Löwenberg aus nicht mehr gesehen werden, zog Otfried sein Pferd herum und lenkte es auf die Straße, die nach Hettenheim führte.

Radolf folgte ihm verwirrt. »Was tust du da?«

Mit einem leisen Schnauben gab Otfried Antwort. »Ich will nach Hettenheim, um in Erfahrung zu bringen, was Graf Heinrich vorhat. Auch will ich wissen, weshalb der Kibitzsteiner ausgerechnet jetzt dort zu Besuch weilt.«

Er schien noch etwas hinzufügen zu wollen, schwieg aber und musterte die acht Waffenknechte, die er als Begleitung mitgenommen hatte. Mit diesen auf Hettenheim anzukommen, würde die Frage aufwerfen, weshalb er mit so großem Geleit in bekanntem Gebiet reiste. Daher winkte er den Hauptmann der Männer zu sich. »Wähle vier Leute aus, die uns weiter begleiten sollen. Du kehrst mit den anderen nach Drachenstein zurück!«

»Wie Ihr befehlt, Herr!« Der Hauptmann rief drei Namen und wies diese Männer an, mit ihm zu kommen.

Otfried trieb seinen Hengst an, um noch vor der Nacht auf Hettenheim anzukommen. Unterwegs verzerrte sich sein Gesicht mehrmals, als würden ihn Sorgen plagen.

»Ist es wirklich so eilig, Hettenheim aufzusuchen? Das hätten wir doch auch morgen oder übermorgen tun können«, maulte Radolf.

»Wenn der Hohenwalder vor uns bei Graf Heinrich auftauchen sollte und ihn als Verbündeten gewinnt, wirst du anders reden, Vetter. Es gilt, rasch zu sein und niemandem einen Vorsprung zu lassen.«

»Glaubst du wirklich, dass Hettenheim seinen Besitz auf Löwenbergs Kosten vergrößern will?«

Otfried musterte Radolf mit einem spöttischen Blick. »Mit Glauben kommen wir nicht weiter. Wir müssen es in Erfahrung bringen! Frage dich mal, weshalb Graf Heinrich sich weigert, Löwenbergs Schwester herauszugeben.«

»Weil sie verletzt ist«, sagte Radolf.

»Mit einer Pferdesänfte und auf Polster gebettet hätte man sie sehr wohl nach Löwenberg bringen können«, entgegnete Otfried.

»Du glaubst also nicht, dass sie so schwer verletzt ist, wie Herr Engelbrecht behauptet?«, schloss Radolf aus seinen Worten.

Erneut zuckte es in Otfrieds Gesicht. Dann aber winkte er ab. »Ich sagte doch, dass es nicht ums Glauben, sondern ums Wissen geht. Die Entfernung zwischen Hettenheim und Löwenberg ist jedenfalls so klein, dass man eine schwer verletzte Frau hätte transportieren können.«

Radolf nickte, war aber nicht ganz überzeugt. Daher sah er sich um. Mit Löwenberg und Hohenwald waren zwei der Burgen von hier aus zu sehen. Seine eigene und die seines Vetters lagen jedoch etliche Stunden entfernt hinter dem Höhenzug verborgen, der die Grenze zwischen den zwei vorderen Herrschaften und den beiden hinteren bildete. Dort gab es auch die Schlucht, die per Pferd zu überwinden immer noch als Beweis von Mut und Männlichkeit galt.

»Weißt du, was seltsam ist, Otfried?«, sagte er nach einer Weile.

»Was denn?« Sein Vetter klang ungehalten.

»Letzte Nacht habe ich von Gunther geträumt. Es war so, als hätte er damals überlebt. Er war erwachsen und trat vor Vater, um sein Erbe zu fordern.«

»Was für ein Unsinn!«, rief Otfried kopfschüttelnd. »Dein Bruder ist tot. Du hast ihn doch mit eigenen Augen in die Schlucht stürzen sehen.«

»Das schon, aber …«

»Kein Aber!«, unterbrach Otfried seinen Vetter. »Gunther ist verunglückt, und damit hat es sich. Doch nun zu etwas anderem: Als dein Bruder starb, sah es so aus, als stünde auch das Ableben deines Vaters kurz bevor. Er war jedoch zäher, als alle erwartet hatten, und sitzt immer noch auf seinem Stuhl, während du nur der Sohn bist, der zu gehorchen hat.«

»Vater ist halb gelähmt und muss überallhin getragen werden. Er lässt mir auf jeden Fall mehr freie Hand als dein Vater dir.«

In Radolfs Stimme klang eine gewisse Zufriedenheit mit, denn Otfrieds Vater Otto galt als streng und scheute sich auch nicht, den Sohn vor anderen Leuten schroff zurechtzuweisen. Ihm hingegen redete der Vater kaum drein, und wenn doch, so ließ er sich leicht überzeugen, dass es anders besser war.

Otfried stieß einen Laut aus, der einem Lachen am nächsten kam. »Mein Vater ist ein starker Mann, aber auch alt. Dennoch wünsche ich ihm noch etliche Jahre. Er besitzt noch einen gewissen Einfluss auf Engelbrecht von Löwenberg und Udalrich von Bogenberg und kann zwischen ihnen vermitteln, sollte es wirklich auf eine Fehde hinauslaufen. Die darf erst beginnen, wenn wir beide unsere Väter beerbt haben. Bis dorthin müssen wir dafür sorgen, dass Hettenheim sich nicht zu unseren Ungunsten einmischt.«

Radolf nickte. »Das will ich auch nicht. Immerhin liegt Guntramsweil, das mein Bruder hätte erben sollen, jenseits von Bogenberg an Hettenheims Grenzen. Es wäre für mich unmöglich, es zu halten, wenn Graf Heinrich es besetzen wollte.«

»Aus diesem Grund reiten wir nach Hettenheim. Wir müssen Graf Heinrich zum Freund gewinnen! Da er beim Pfalzgrafen gut angeschrieben ist, würden sich weder dieser noch König Friedrich gegen ihn wenden, wenn er bei einer Fehde gegen Löwenberg unter dem Vorwand, Bogenberg würde Löwenberg helfen, Guntramsweil besetzt.«

Radolf sah ihn besorgt an. »Du glaubst, der Hettenheimer könnte versuchen, sich Guntramsweil unter den Nagel zu reißen?«

Otfried sah ihn kopfschüttelnd an. »Vetter, was ich glaube und was nicht, ist nicht von Belang. Wichtig ist allein, was Graf Heinrich plant, und um das herauszufinden, reiten wir zu ihm.«

»Aber wir müssen doch besprechen, was wir auf Hettenheim sagen wollen«, wandte Radolf ein.

»Am besten lässt du mich reden und stimmst mir zu, falls der Hettenheimer dich fragt. Wenn er begreift, dass Bogenberg und Drachenstein fest zueinanderstehen, wird er Vorsicht walten lassen, und wir können uns mit ihm einigen«, antwortete Otfried schroff und gab seinem Hengst die Sporen, da sie während ihres Gesprächs langsamer geworden waren. Ihn drängte es, Hettenheim rasch zu erreichen, um zu erfahren, weshalb Graf Heinrich einen so kriegserfahrenen Mann wie Michel Adler auf Kibitzstein zu sich gerufen hatte.

Vierter Teil

Nachbarschaftsbesuche

1.

Rasul legte die Hand auf Eddas Stirn, um zu prüfen, wie hoch das Fieber war, und drehte sich anschließend zu Marie um. »Die Arznei, zu der Ihr mir geraten habt, wirkt gut. Die Stirn ist nicht so heiß, als dass wir uns Sorgen machen müssten. Wenn das Fräulein endlich aufwachen würde, wäre ich noch zufriedener.«

»Das Mittel gegen Fieber hat meine Freundin Hiltrud aufgrund ihrer Erfahrungen aus verschiedenen Heilpflanzen gemischt«, antwortete Marie, froh darüber, einen gewissen Vorrat an Heilmitteln mitgenommen zu haben. Noch während sie das dachte, musterte sie Edda und sah, wie deren Lider flatterten.

»Es könnte sein, dass sie gleich wach wird«, raunte sie dem orientalischen Arzt zu.

Dieser wandte sich wieder der Verletzten zu und sprach sie an. »Könnt Ihr mich hören, Fräulein Edda? Sagt etwas! Ihr müsst trinken, sonst werdet Ihr nicht gesund.«

Zunächst sah es so aus, als sinke Edda erneut in die Bewusstlosigkeit zurück, dann aber riss sie die Augen auf und stieß einen leisen Schrei aus. »Bei Gott, er schießt auf mich!«

»Keine Sorge! Ihr seid hier in Sicherheit«, sagte Rasul und strich ihr über die Wange.

Edda starrte ihn an, ohne zu begreifen, wer er war und wo sie sich befand.

»Tut weh!«, sagte sie mit leiser Stimme.

»Ich habe Medizin vorbereitet, die Ihr jetzt nehmen müsst«, erklärte Rasul und bat Marie, die Verletzte aufzurichten.

»Trinkt!«, sagte er zu Edda und hielt ihr den Becher an den Mund.

Mit einem Mal verspürte Edda entsetzlichen Durst und begann hastig zu schlucken.

»Vorsicht! Nicht dass Ihr Euch verschluckt. Wenn Ihr husten

müsst, könnte die Wunde aufreißen, und das darf nicht sein«, mahnte Rasul sie und zog, da sie nicht darauf einging, den Becher zurück.

Edda hob mühsam die rechte Hand, um nach dem Becher zu greifen. »Durst! Trinken!«, flüsterte sie matt.

»Ihr könnt trinken, nur dürft Ihr nicht zu gierig sein. Ihr seid schwer verletzt, und es würde Euch schaden«, antwortete Rasul und hielt den Becher wieder an Eddas Lippen. Diese trank weiter, doch jedes Mal, wenn sie zu hastig schluckte, senkte er den Becher, so dass weniger in ihren Mund floss.

Schließlich war der Becher leer. Da Marie das Mittel probiert und den stechenden Beigeschmack bemerkt hatte, musste der Durst der Verletzten groß sein, um dieses Zeug so schnell trinken zu können. Rasul füllte nun den Becher mit Wasser, goss etwas Wein hinein und flößte es Edda vorsichtig ein. Die junge Frau beherrschte sich nun besser, sah aber flehentlich auf den Becher, als dieser erneut leer war.

»Mehr!«, bat sie.

»Ein wenig erhaltet Ihr noch. Zu viel auf einmal könnte Euch aber schaden«, sagte Rasul und füllte den Becher zur Hälfte.

Auch das trank Edda, dann legte Marie ihren Oberkörper wieder auf das Bett zurück. »Du sagtest, es hätte jemand auf dich geschossen. Kannst du den Namen nennen?«, fragte sie.

Edda deutete ein leichtes Kopfschütteln an. »Nein, aber ich würde ihn erkennen, wenn ich ihn sehe. Er trug ein Wams mit Hohenwalder Abzeichen, doch ich glaube nicht, dass er zu Herrn Udalrichs Leuten gehört.«

»Wie könnt Ihr das sagen? Ihr habt doch sehr zurückgezogen gelebt«, wandte Rasul ein.

»Ich weiß es nicht! Es ist nur ein Gefühl. Ich habe Hohenwalder gesehen, wenn sie mit ihrem Herrn, Junker Udo, oder Fräulein Ursula bei uns zu Besuch waren. Sie sahen anders aus.«

»Kannst du den Mann beschreiben?«, fragte Marie.

»Ja … vielleicht.« Noch während sie es sagte, sank Eddas Kopf zurück, und sie schlief ein.

Marie streckte schon die Hand aus, um sie zu wecken, doch da schüttelte Rasul den Kopf. »Lasst sie schlafen! Es tut ihr gut, und ihre Wunde wird schneller heilen.«

»Ich wüsste zu gern, wer auf sie geschossen hat und wer dahintersteckt«, sagte Marie angespannt.

»Das wollt nicht nur Ihr wissen!« Für einen Augenblick wirkte Rasuls Miene hart, dann lächelte er und strich Edda eine Haarsträhne aus dem Gesicht. »Wir werden es schon noch erfahren. Galt der Schuss ihr, wird der Mörder es noch einmal versuchen, und dann erwischen wir ihn. Ging es ihm nur darum, Aufruhr zu erzeugen, mag es sein, dass der Kerl und sein Auftraggeber nie entlarvt werden.«

»Mir wäre es so fast lieber, denn Edda wäre danach sicher«, sagte Marie leise.

Rasul schüttelte den Kopf. »Das ist sie nicht unbedingt. Solange wir nicht wissen, wer den Schuss befohlen hat, wird das Fräulein stets in der Furcht leben müssen, dass der Schurke ihr erneut auflauern könnte.«

Marie seufzte. »Ihr habt recht! Wir müssen herausfinden, wer dieses Verbrechen zu verantworten hat, und denjenigen zur Rechenschaft ziehen.«

»Dann wollen wir hoffen, dass Fräulein Edda in den nächsten Tagen wach genug ist, um uns den Schützen beschreiben zu können. Irgendjemand wird diesen Kerl kennen und ihn uns zeigen können.«

Rasuls helle Augen wirkten entschlossen, und Marie begriff, dass er für einen Feind ein harter Gegner sein konnte. Noch wusste sie den Orientalen nicht einzuschätzen. Er war ein guter Arzt, doch in der Art, wie er sich gab, hätte er auch ein Krieger sein können.

Mit einem Mal erklangen Hornstöße und kündigten Besuch an. Marie trat ans Fenster. Sechs Reiter trabten auf den Innenhof der Burg. Zwei mussten höheren Standes sein, die vier anderen wirkten wie Waffenknechte.

»Wer mag das sein?«, fragte sie.

Rasul trat ebenfalls ans Fenster. Seine Miene wurde düster, als er die beiden Herren entdeckte. »Einer der Junker war mit in der *Krone*. Ich glaube, er heißt Radolf.«

Marie glaubte, Hass in seiner Stimme zu vernehmen, und wunderte sich. Doch als sie sich zu Rasul umdrehte, trat dieser wieder ans Bett und prüfte, wie heiß Eddas Stirn war. »Wie es aussieht, scheint das Fieber zu schwinden. Das ist gut, denn es würde sie zusätzlich schwächen. Ihr Leib braucht alle Kraft, um diese Wunde zu überstehen.«

Nun klang seine Stimme wieder so wie immer, und Marie fragte sich, ob sie sich eben geirrt hatte. Da sie erfahren wollte, wer der andere Junker war, trat sie zur Tür und rief nach Alika. »Wärst du so gut, eine Stunde bei dem Fräulein zu wachen?«, fragte sie.

Ihre Freundin lachte leise auf. »Dich zwickt die Neugier, was? Aber geh ruhig. Ich bleibe bei Edda und gebe auf sie acht.«

»Hab Dank!« Marie lächelte ihr zu und eilte den Flur entlang. Sie bemerkte nicht, dass Rasul ihr nach einem letzten prüfenden Blick auf die Verwundete folgte.

2.

Heinrich von Hettenheim wunderte sich, in so kurzer Zeit nach Ritter Engelbrecht auch die Söhne und Erben der Herren auf Bogenberg und Drachenstein als Besucher zu sehen. Er begrüßte beide freundlich und bat sie in die Halle. Dort wurde gerade zum Abendbrot aufgetischt, und so lud er die späten Gäste ein, mitzuhalten.

»Habt Dank für Eure Gastfreundschaft, Graf Heinrich«, rief Otfried schmeichlerisch. »Mein Vetter Radolf und ich befanden uns zufällig auf Löwenberg, als Ritter Engelbrecht zurückkehrte und davon sprach, dass ein heimtückischer Mörder auf seine Schwester geschossen haben soll. Wir haben uns daraufhin auf den Weg gemacht, um dem Fräulein unsere herzlichsten Genesungswünsche zu überbringen.«

»Ich bin mir gewiss, Fräulein Edda weiß Euch Dank dafür. Im Augenblick aber hat der Arzt untersagt, dass jemand anderes als die Frauen, die sie pflegen, und er selbst zu ihr kommen darf. Frau Marie wird ihr Eure Anteilnahme übermitteln, sobald die Gelegenheit dazu gekommen ist!« Heinrich von Hettenheim wies auf Marie, die eben in die Halle kam.

Die beiden Besucher sahen eine Frau zwischen vierzig und fünfzig vor sich, die immer noch gut aussah und ihrer Kleidung nach gewiss keine einfache Magd war.

Otfried deutete daher eine leichte Verbeugung an. »Es wäre uns eine Freude, wenn Ihr Fräulein Edda mitteilen könntet, wie sehr uns ihr Befinden am Herzen liegt.«

»Ich werde es ihr ausrichten.«

Während sie es sagte, musterte Marie die beiden jungen Männer scharf. Beide hatten die dreißig wohl schon überschritten und wirkten hochgewachsen und kräftig. Während Radolf von Bogenberg einen gewissen Hochmut, aber auch einen Hauch von Stumpfsinnigkeit erkennen ließ, war sein Begleiter übertrieben freundlich und offenbar bemüht, einen guten Eindruck zu hinterlassen. Er wirkte auf sie wie ein Mann, bei dem man die Finger nachzählen sollte, wenn man ihm die Hand gegeben hatte. Sie setzte ein Lächeln auf. »Ich wäre den Herren verbunden, wenn sie mir ihre Namen nennen könnten, damit ich sie an Fräulein Edda weitergeben kann. Sie ist gewiss begierig zu erfahren, wer sich so um sie sorgt.«

Einen leichten Spott konnte Marie sich nicht verkneifen, denn so, wie Edda gelebt hatte, war ihr wenig Gelegenheit gegönnt gewesen, Leute kennenzulernen. Daher war sie selbst für die Nachbarn im Grunde eine Fremde. Warum also taten die beiden jungen Männer so, als wäre sie eine liebe Freundin?

»Ich bin Radolf, Sohn von Rainald, dem Herrn auf Bogenberg und auf Guntramsweil«, stellte Radolf sich vor, um deutlich zu machen, dass er nicht bereit war, auch nur auf einen Quadratfuß Land zu verzichten, auf das er Anspruch erhob.

»Und ich bin Otfried, Otto von Drachensteins Sohn«, setzte sein Vetter hinzu, und sein Blick verriet, dass nun er wissen wollte, wer ihm gegenüberstand.

»Mein Name ist Marie Adler, Ehefrau des Michel Adler, Reichsritter auf Kibitzstein«, erklärte Marie mit einem Stolz in der Stimme, den sie sonst niemals anklingen ließ. Hier schien es ihr erforderlich, mit entsprechendem Nachdruck aufzutreten. Sie machte damit Eindruck auf Otfried und Radolf. Während Ersterer überlegte, wie er weiter vorgehen sollte, verzog Radolf das Gesicht.

»Ihr seid hier aber weit von Eurer Heimat entfernt.«

»Ich bin schon weiter gereist als bis hierher«, antwortete Marie ungerührt. Noch während sie es sagte, entdeckte sie Rasul am Treppenabsatz und wies auf ihn.

»Dieser Mann ist der Arzt aus dem Orient, dem es gelungen ist, Fräulein Edda zu retten.«

»Rasul al Hakimi, zu Euren Diensten«, erklärte Rasul mit einer fremdartigen Verbeugung.

Zu Maries Verwunderung lag in seiner Stimme ein so starker

Akzent, wie sie in ihren Gesprächen mit ihm nie vernommen hatte. Er hielt den Kopf gesenkt und verdeckte Augen und Gesicht durch eine Geste der rechten Hand.

»Sagt, was fehlt dem Fräulein?«, forderte Otfried ihn auf.

»Das Fräulein wurde von einem Pfeil in die Brust getroffen, der von einem schlechten Schützen abgefeuert wurde.«

Erneut klang Rasuls Stimme kehlig, und er verwendete mehrere unbekannte Worte, so als kenne er die hier gebräuchlichen Begriffe nicht.

»Ein schlechter Schütze, sagt Ihr? Wie kommt Ihr darauf?«, fragte Otfried verwirrt.

»Ein guter Schütze hätte sie getötet. Wie ich von Herrn Michel erfuhr, kann der Mann keine zehn Schritte von ihr entfernt gewesen sein, als er seinen Pfeil abschoss. Er hätte sie daher mitten ins Herz treffen müssen. Vielleicht war er jedoch nicht gewohnt, mit diesem Pfeil zu schießen, denn er soll einem Nachbarn gehören. Der Name war …?«

Rasul wandte sich scheinbar Hilfe suchend an Heinrich von Hettenheim.

»Es war einer der Pfeile, die Junker Udo von Hohenwald zugeschrieben werden. Er kann ihn jedoch nicht abgeschossen haben, und es ist unwahrscheinlich, dass es einer seiner Männer war. Wie der Arzt bereits sagte, wären diese solche Pfeile gewohnt.«

Heinrich von Hettenheim passte es wenig, Udos Namen nennen zu müssen, da es die Spannungen in seiner Nachbarschaft verstärken konnte. Daher bat er Michel zu erzählen, wie dieser den Junker in der *Krone* erlebt hatte und dass es diesem unmöglich gewesen sei, den Pfeil abzuschießen.

Da Radolf Junker Udo in der *Krone* gesehen hatte, wusste er dies ebenfalls. Trotzdem hörten er und Otfried Michels Ausführungen aufmerksam zu und stellten gelegentlich Fragen. Dem orientalischen Arzt gönnte keiner von ihnen einen weiteren Blick.

Dafür ließ Marie Rasul nicht aus den Augen. Er zog sich nun in einen dunkleren Teil der Halle zurück und bemühte sich, eine unbefangene Miene zu zeigen. Trotzdem spürte sie seine Anspannung, und sie ahnte, dass sie mit einem der Neuankömmlinge oder sogar mit beiden zusammenhängen musste. Zwar wusste sie nicht, wieso ein Arzt aus Alexandria ein solches Interesse an zwei deutschen Junkern haben konnte, aber sie erinnerte sich daran, dass er im Gespräch mit ihr fast wie ein Einheimischer gesprochen hatte, während er eben so getan hatte, als wäre er des Deutschen nur in geringem Maße mächtig.

Es war nur ein Rätsel unter all jenen, die sich ihr hier stellten, dachte sie. Ein weiteres war der Schütze, der Edda verletzt hatte, und ein drittes die Frage, weshalb die Nachbarn, die einst einig gewesen waren, sich so zerstritten hatten. Auf jeden Fall ließ sich ihr Aufenthalt hier anders an, als sie es erwartet hatte, und sie beschloss, Trudi, Lisa und Hildegard, aber auch Falko zu ermahnen, vorsichtig zu sein. Schon Engelbrecht von Löwenberg hatte in ihr das Gefühl geweckt, dass Michel und sie hier nicht willkommen waren. Die gleiche Ablehnung glaubte sie auch bei Junker Radolf und Junker Otfried zu spüren.

3.

Da Otfried und Radolf erst kurz vor Anbruch der Nacht auf Hettenheim erschienen waren, lud Graf Heinrich sie ein, als Gäste zu bleiben. Nachdem sein Gespräch mit Engelbrecht von Löwenberg unergiebig geblieben war, hoffte er, von den beiden Junkern mehr darüber zu erfahren, weshalb bei seinen Nachbarn eine so feindselige Stimmung eingekehrt war.

Nach dem Mahl bat er sie und Michel, ihn in einen Turmerker zu begleiten, in dem sich angenehmer sitzen ließ als in der großen Halle, und befahl, Wein zu bringen.

»Es geht nichts über eine angeregte Unterhaltung, zumal wir uns wirklich besser kennenlernen sollten. Immerhin werdet ihr über kurz oder lang das Erbe eurer Väter antreten und eine bedeutende Stellung in unserem Gau einnehmen«, sagte er zu Radolf und Otfried.

Radolf lächelte geschmeichelt. »Das soll auch so sein. Immerhin ist Bogenberg nach Hettenheim die größte Herrschaft in dieser Gegend.«

»Aber nur, wenn du Guntramsweil hinzurechnest«, korrigierte ihn Otfried.

»Auch so«, erklärte Radolf selbstbewusst. »Wenn ich eine Ehe mit einer reichen Erbin eingehe, wird Bogenberg noch bedeutender werden.«

»Um welche Erbin willst du freien?«, stichelte Otfried. »Hier in dieser Gegend gibt es nur zwei Fräuleins, die auf eine brauchbare Mitgift hoffen können. Die eine ist Ursula von Hohenwald und die andere die Bleiche von Löwenberg, und die will wohl keiner zum Weib nehmen. Sie soll ja nicht einmal wie ein richtiger Mensch aussehen.«

So viel zu deinen aufrichtigen Genesungswünschen, dachte Marie, die sich ungefragt hinzugesellt hatte. Sie nahm Michels Becher zur Hand, trank einen Schluck Wein und musterte Otfried so durchdringend, als wolle sie die Gedanken hinter seiner Stirn lesen.

»Welches Fräulein wollt Ihr dann heiraten?«, fragte sie Otfried mit einem Mal.

Dieser überlegte kurz und wies in die Richtung, in der er Hohenwald wusste. »Fräulein Ursula! Sie hat als Mitgift viel Geld und mehrere Dörfer zu erwarten, die meinen Besitz abrunden würden. Zudem ist ihr Bruder ein sehr jähzorniger Mann. Trifft er einmal auf den Falschen, bevor er verheiratet ist und einen Sohn gezeugt hat, erbt seine Schwester im Falle seines Todes den gesamten Besitz.«

»Wenn es so käme, würde sie eher mich heiraten. Immerhin ist Bogenberg bedeutender als Drachenstein und hat eine gemeinsame Grenze mit Hohenwald, während zwischen diesem und Drachenstein das Ödgebiet liegt, auf das bis jetzt noch niemand Anspruch erhoben hat.« Radolf war nicht weniger hinter einer Ehe mit Ursula von Hohenwald her als sein Vetter und wollte diesem daher die Vorteile aufzeigen, die er ihm gegenüber besaß.

Einen Augenblick lang sah es nach Streit aus, doch dann lenkte Otfried lachend ein. »Wenn es so kommt, soll es so sein. Aber noch lebt Junker Udo, und ich vergönne es ihm, im Kreise seiner Söhne alt zu werden.«

»Zuerst muss er heiraten! Ein Bastard kann nämlich nicht erben.« Radolf grinste, denn es war bekannt, dass Udo von Hohenwald bereits der einen oder anderen Magd zu einem dicken Bauch verholfen hatte.

»Ja, das muss er, doch dafür muss er weit ausgreifen, denn in der näheren Umgebung gibt es kein heiratsfähiges Mädchen, dessen Mitgift einen reizen kann. Auch von uns beiden wird sich einer in der Ferne umsehen müssen, um ein passendes Weib zu finden. Graf Heinrichs Töchter sind noch zu jung.«

Otfried lächelte erneut, doch Marie hätte den Blick, mit dem er seinen Vetter bedachte, nicht freundlich genannt.

Das Gespräch ging weiter, berührte aber keine wichtigen Themen mehr. Marie beobachtete, dass sowohl Otfried wie auch Radolf alles taten, um sich bei Heinrich von Hettenheim einzuschmeicheln. Sie lobten seine Burg, die gut bestellten Felder seiner Bauern und auch ihn, der vor fünfzehn Jahren mit Kaiser Sigismund gegen die mörderischen Hussiten ausgezogen war. Auch musterten die beiden immer wieder Michel. Von ihm war ebenfalls bekannt, dass er an der Seite des Kaisers geritten war und großen Ruhm errungen hatte.

Schließlich sprach Otfried ihn darauf an. »Wart Ihr damals nicht ein Vasall des Pfalzgrafen?«

Michel nickte. »Ich war Burghauptmann von Rheinsobern und führte das Aufgebot unseres Gaus dem kaiserlichen Heer zu.«

»Es heißt, Ihr hättet den Kaiser damals aus höchster Gefahr gerettet und dafür die freie Reichsherrschaft Kibitzstein als Dank erhalten«, fuhr Otfried fort.

»Es muss wohl so gewesen sein, da Kibitzstein nun mir gehört.« Michel legte einen gewissen Stolz in seine Worte, den Marie von ihm nicht gewohnt war. Sollte er schon so viel getrunken haben, um seine übliche Zurückhaltung zu vergessen?, fragte sie sich.

Er zwinkerte ihr kurz zu. Offenbar hatte auch er begriffen, dass die beiden Junker Graf Heinrich und ihm um den Bart gehen wollten, und trieb nun sein eigenes Spiel mit ihnen. Dabei war er ein gradliniger Mann, der achtgeben musste, um nicht von anderen, weniger ehrenhaften Leuten überlistet zu werden. In der Hinsicht passten sie gut zusammen, denn als Tochter eines Tuchhändlers hatte sie gelernt, Geschäftspartner einzuschätzen und Betrug zu erkennen.

Graf Heinrich und Michel berichteten nun von ihren Kriegserlebnissen. Den Schmutz, das Elend und den Hunger auf den langen Feldzügen erwähnten sie allerdings nicht, sondern sie sprachen von großen Schlachten, die so nie stattgefunden hatten, und schufen für ihre Zuhörer das Bild zweier kampfgewohnter Ritter, die es mit jedem Feind aufzunehmen vermochten.

Ohne es zu ahnen, bestärkten sie Otfried und Radolf in deren

Meinung, dass Michel Adler von Graf Heinrich hierhergeholt worden war, um ihn bei seinen Plänen zu unterstützen. Otfried konnte noch halbwegs beruhigt sein, weil Hettenheim keine gemeinsame Grenze mit Drachenstein aufwies. Anders als er fürchtete Radolf um Guntramsweil, zumal er mit den früheren Besitzern dieser Herrschaft nicht verwandt war. Er stammte aus der ersten Ehe seines Vaters, und nur Gunther war der Sohn der dortigen Erbin gewesen.

Als Otfried und ihm später eine Kammer zugewiesen worden war und sie sich zum Schlafen fertig machten, fluchte er vor sich hin.

»Was hast du?«, fragte sein Vetter.

»Wir hätten den Kleeblattbund der vier Herrschaften so belassen sollen, wie er war. Gemeinsam könnten wir uns gegen Hettenheim behaupten. So aber wird er sich Guntramsweil und wohl auch den Löwenanteil von Löwenberg holen und dadurch so mächtig werden, dass wir nach seiner Pfeife tanzen müssen.«

»Dir hat der Wein nicht gutgetan, denn du siehst alles zu schwarz. Den Bund konnten wir, nachdem dein Vater mit dem Löwenberger aneinandergeraten ist, nicht beibehalten«, erklärte Otfried leise, aber mit Nachdruck.

»Ich weiß nicht, was Vater geritten hat, sich mit Ritter Engelbrecht zu zerstreiten«, antwortete Radolf, obwohl es ihm genau bekannt war.

»Du selbst hast berichtet, du hättest gesehen, dass dein Bruder sich Engelhard von Löwenberg angeschlossen hat und von diesem wohl zu dem Sprung über die Kapellenschlucht verleitet worden sei.«

Eigentlich war das Otfrieds Idee gewesen, doch in den knapp zwölf Jahren, die seitdem vergangen waren, war es ihm gelungen, seinem Vetter einzureden, er habe es selbst behauptet.

Radolf zog mit einem Knurren den Kopf ein. Längst hätte er nicht mehr zu sagen vermocht, weshalb er damals seinen Halbbruder so gehasst hatte, dass er ihn ums Leben hatte bringen wollen.

Wenn er gehofft hatte, durch diese Tat neben Bogenberg auch Guntramsweil für sich zu erringen, sahen seine Aussichten mittlerweile trübe aus. Graf Heinrich würde es ein Leichtes sein, diese Herrschaft zu besetzen. Würde Gunther noch leben, könnte er Guntramsweil mit aller Kraft verteidigen und sich dabei an den Pfalzgrafen als seinen Lehensherrn mit der Bitte um Unterstützung wenden. Als Sohn einer anderen Mutter war Radolfs Erbanspruch weit geringer, und er konnte nicht auf diese Hilfe hoffen.

»Lass dieses dumme Grübeln!«, wies Otfried ihn zurecht. »Solange wir beide zusammenhalten, kann uns keiner etwas anhaben.«

»Mag es so sein!«, antwortete Radolf und atmete tief durch. »Trotzdem sollten wir versuchen, das Bündnis mit Hohenwald und Löwenberg wiederzubeleben, um Hettenheim widerstehen zu können.«

»Das ist ein guter Gedanke«, lobte Otfried ihn. In seinem Innern wälzte er jedoch ganz andere Pläne. Für ihn war Radolf ein arger Gimpel, der sich vom Auftauchen eines einzigen Mannes davon abhalten lassen wollte, sich mit ihm zusammen der beiden Nachbarherrschaften zu bemächtigen.

4.

Die Nacht war bereits fortgeschritten, als die Tür der Kammer, in der die beiden Junker schlafen sollten, vorsichtig geöffnet wurde. Otfried spähte hinaus, und als er niemanden wahrnahm, trat er auf den Flur und blickte sich um. Eine einzige Laterne erhellte den Korridor, so dass Anfang und Ende in halber Dunkelheit lagen. Dennoch konnte Otfried feststellen, dass sich niemand darin befand.

Nun versuchte er, sich zu orientieren. Durch geschicktes Fragen hatte er am Abend von einem Knecht erfahren, wo sich Edda von Löwenberg aufhielt. Er musste zuerst nach links gehen, dann durch einen kurzen Quergang und schließlich die Treppe hoch zum nächsten Stockwerk. Kurz hinter der Treppe ging nach Auskunft des Knechtes der Flur zu der Kammer der Verletzten ab.

Otfried schlich den Korridor entlang, entdeckte den unbeleuchteten Quergang und musste sich dort an der Wand entlangtasten, bis er zur Treppe kam. Dort brannte zu seiner Erleichterung wieder eine Laterne. Nachdem er sich auch hier umgesehen und niemanden entdeckt hatte, stieg er vorsichtig die Stufen empor.

Oben angekommen, hielt er inne und lauschte, aber es war alles ruhig. Er sah niemanden und schlich daher weiter. Als er schon fast an dem Korridor angelangt war, der zu Eddas Kammer führte, nahm er einen Schatten auf dem Boden wahr, der sich bewegte. Wie erstarrt blieb er stehen. Erst nach einer Weile wagte er weiterzugehen und spähte vorsichtig ums Eck.

Zwei Wachen standen im Flur, und die Laterne, die hinter ihnen brannte, zeichnete ihre Umrisse auf die Steinplatten. Wäre Otfried nicht dadurch gewarnt worden, wäre er den Männern direkt in die Arme gelaufen.

Innerlich fluchend, fragte er sich, was er tun konnte. Die Antwort war erschreckend simpel, nämlich gar nichts. An den Wachen kam er nicht vorbei, ohne Aufsehen zu erregen, und das war das Letzte, was er beabsichtigte. Ihm blieb daher nichts anderes übrig, als den Rückweg anzutreten. Er überlegte, ob er untertags etwas erreichen konnte, verneinte dies aber sofort. Wenn er gesehen würde, käme sofort der Verdacht auf, er hätte den Mordanschlag auf Edda geplant und wolle sein Werk vollenden.

Damit fiel der Grund weg, aus dem er hierhergekommen war. Trotzdem sah er den Aufenthalt hier nicht als vergebens an. Er hatte sich am Abend lange mit Heinrich von Hettenheim und Michel Adler unterhalten und schätzte sie als raue und rücksichtslose Totschläger ein, die bereit waren, jeden Vorteil, der sich ihnen bot, mit blanker Waffe durchzusetzen.

»Der Teufel soll die beiden holen«, murmelte er und zuckte beim Klang der eigenen Stimme zusammen.

Narr, wenn dich jemand hört!, wies er sich zurecht und schlich zur Treppe zurück. Wenig später befand er sich wieder in seiner Kammer und hörte Radolf schnarchen.

Narr!, dachte er noch einmal, aber diesmal war es auf seinen Vetter gemünzt. Vorsichtig, um ihn nicht zu wecken, legte er sich neben ihn ins Bett. Radolf hatte am Abend genug Wein getrunken, so dass er nicht aufwachte. Obwohl Otfried die Ausrede, er wäre auf dem Abtritt gewesen, hätte benutzen können, atmete er erleichtert auf, denn nun konnte er in Ruhe seinen Überlegungen nachhängen. Eine Sache war wichtig, und die wollte er sofort nach seiner Rückkehr nach Drachenstein erledigen. Es galt aber auch, seine weiterreichenden Pläne zu überdenken, denn durch Michel Adlers Erscheinen auf Hettenheim drohten sie eine höchst unangenehme Wendung zu nehmen.

5.

Als Marie an diesem Morgen Eddas Kammer betrat, war die Verletzte wach, und Alika, die in der Nacht gewacht hatte, setzte ihr gerade einen vollen Becher an die Lippen.

»Ich weiß, Ihr würdet ihn gerne selbst in die Hand nehmen. Doch das geht nun einmal nicht. Rasul sagt, Ihr dürft den linken Arm nicht bewegen und müsst wegen der Wunde auf dem Rücken immer auf der rechten Seite liegen«, sagte Alika mit sanfter Stimme.

»Ich kann den rechten Arm bewegen«, antwortete Edda, da Alika sie mit der Linken stützte.

»Und würdet alles verschütten! Nein, da ist es so schon sicherer. Sobald es Euch besser geht, könnt Ihr getrost wieder mit den eigenen Händen essen und trinken.«

Alika klang wie eine Mutter, die einem kranken Kind erklärt, warum es so und nicht anders gemacht werden muss, dachte Marie und lächelte ihrer Freundin zu. »Wie war die Nacht?«

»Recht gut! Das Fräulein ist zweimal aufgewacht und wollte etwas trinken. Nach Rasuls Worten ist dies ein gutes Zeichen. Auch ist das Wundfieber gesunken, und ich würde behaupten, dass Fräulein Edda bald Appetit bekommen wird«, berichtete Alika.

»Jetzt, wo du es sagst, verspüre ich tatsächlich ein wenig Hunger«, gab die Verletzte zu.

»Ich werde den Arzt fragen, ob du etwas zu dir nehmen darfst«, versprach Marie und sah dann Alika an. »Du kannst dich nun hinlegen. Ich werde bis über Mittag hierbleiben, dann etwas ruhen und die nächste Nacht wachen. Den Nachmittag und Abend über reicht es, wenn Trudi hier ist.«

»Das Mädchen ist verständig«, erwiderte Alika lächelnd und überließ Marie den Becher. Bevor sie jedoch gehen konnte, kam Rasul herein.

»Es ist gut, dass ich euch beide antreffe. Ihr könnt mir helfen, Fräulein Edda frisch zu verbinden«, sagte er und stellte die Tasche mit dem Verbandszeug auf die Truhe.

»Glaubst du, du kannst dich aufsetzen?«, fragte Marie die Verletzte.

Edda zog ein zweifelndes Gesicht. »Allein gewiss nicht!«

»Keine Sorge, wir helfen dir.«

Marie und Alika fassten sie unter den Achseln und richteten ihren Oberkörper vorsichtig auf. Während Alika Edda festhielt, öffnete Marie die Schnüre von deren Hemd und zog es ihr über die Schultern. Da die linke Brust nun frei lag, griff Edda trotz ihrer Schmerzen nach ihrem Hemd und bedeckte sie wieder.

»Ich will nicht, dass jemand meine Brüste sieht«, sagte sie leise. »Sie sehen schlimm aus.«

»Wer behauptet das?«, fragte Rasul mit einer gewissen Schärfe.

»Die Mägde auf der Burg, die mir das Bad bereiten«, antwortete Edda, und ihr war anzusehen, wie sehr sie sich schämte.

»Diesen Weibern gehört mit dem Stock das Fell gegerbt«, rief Rasul zornig. »Ihr habt im Gegenteil wundervolle Brüste.«

»Ihr habt sie gesehen?«, fragte Edda erschrocken.

»Ihr seid an der Schwelle des Todes gewesen. Also musste ich rasch den Pfeil entfernen und Euch verbinden, und da blieb keine Zeit, auf irgendwelche Befindlichkeiten Rücksicht zu nehmen«, erklärte Rasul, während er den Verband vorsichtig entfernte.

»Das verstehe ich!« Edda stöhnte leise, als es ziepte, sah dann aber zu Rasul auf. »Ihr findet meine Brüste so, wie sie sein sollen, und nicht ungeheuerlich?«

»Ich finde die Weiber, die dies behauptet haben, ungeheuerlich!« Rasul beugte sich vor, und Edda sah verwirrt zu, wie er zuerst an ihrer Wunde auf der Brust und danach an der auf dem Rücken schnupperte.

»Was tut Ihr da?«

»Der Geruch der Wunde zeigt mir, ob sie richtig heilt oder sie sich zu entzünden beginnt. Ihr könnt jedoch unbesorgt sein. Es ist so, wie es sein soll! Nun müsst Ihr die Zähne zusammenbeißen. Die Tinktur, die ich auftragen muss, ist scharf und könnte brennen.«

Noch während er es sagte, träufelte Rasul das Mittel auf ein sauberes Leinentuch und betupfte damit die Brustwunde.

Edda sog scharf die Luft ein, beherrschte sich jedoch und gab keinen Laut von sich. Als Rasul auch mit der Wunde auf dem Rücken fertig war, rannen ihr jedoch Tränen über die Wangen.

»Oh Gott, das ist eine wahre Folter!«

»Die Essenz brennt alles weg, was verderblich ist, so dass die Verletzung besser heilen kann. Ich werde nun noch eine Salbe auftragen und Euch danach verbinden. Anschließend könnt Ihr eine Kleinigkeit essen. Etwas Haferschleim, mit Hühnerbrühe gekocht, ist gerade das Richtige für Euch.«

Edda sah Rasul enttäuscht an, da ihr Magen nun recht kräftig seine Ansprüche anmeldete. »Mehr nicht?«, fragte sie.

»Ihr müsst Euch erst daran gewöhnen, wieder Nahrung zu Euch zu nehmen. Dies muss vorsichtig geschehen, um Magen und Darm nicht zu überlasten. Ich sah Leute, die meinen Rat nicht beachteten und es mit langen Stunden auf dem Abtritt bezahlten.«

Rasuls Warnung vor Durchfall war berechtigt, fand Marie, denn ihre Freundin Hiltrud hätte nicht anders gehandelt. Sie sah zu, wie der Arzt Edda verband, und bemerkte, dass diese ihr Hemd losließ, so dass die linke Brust nun doch sichtbar wurde. Die Spitze mochte etwas heller sein als üblich, doch ebenso wie Rasul fand auch Marie nichts an dieser Brust auszusetzen. Sie war im Gegenteil recht wohlgestaltet, und so nahm sie an, dass der Neid die Mägde zu diesen bösen Worten verleitet hatte. Marie lächelte. Auch wenn Edda sehr zurückgezogen gelebt hatte, so war sie Evastochter genug, um ein wenig zu kokettieren. Erst als Rasuls Blick länger auf dem angenehm geformten Hügelchen haften blieb, hob sie die rechte Hand und legte sie darauf.

»Eure linke Brust ist sehr schön, und die andere dürfte es nicht minder sein«, sagte Rasul mit einem freundlichen Lächeln und strich Edda sanft über die Wange.

Marie zog nun wieder das Hemd hoch und band es am Hals zu. An Eddas Blick erkannte sie, dass dieser das Kompliment des Arztes gutgetan hatte. Auch sie ärgerte sich über die Mägde, die die Abneigung ihres Herrn gegen seine Schwester kannten und das Mädchen daher mit bösen Worten gequält hatten. Dabei war Edda ein hübsches Ding, und es gab keinen Grund, sie vor der Welt zu verbergen. Engelbrecht von Löwenberg hatte es jedoch getan, und so fragte Marie sich, ob er nicht doch heimlich den Tod seiner Schwester hatte herbeiführen wollen.

6.

Auf dem Weg in die Küche, in der sie den Haferschleim für Edda zubereiten wollte, kam Marie durch die Halle. Michel, Graf Heinrich und die beiden Junker saßen dort beim Frühstück. Radolf von Bogenberg wirkte mürrisch, während Otfried eben von seiner Verwandtschaft in anderen Teilen des Landes sprach. Sie fing nur ein paar Wortfetzen auf, und die klangen sehr angeberisch. Wie es aussah, wollte der junge Drachensteiner Eindruck schinden.

Da ihre Gedanken immer noch bei Ritter Engelbrecht weilten, achtete sie nicht weiter darauf, sondern sann darüber nach, wie wahrscheinlich es war, dass dieser oder auch sein Sohn Edda hatten ermorden wollen. Etliches sprach dafür und nur wenig dagegen. Einen Beweis aber, der Schuld und Unschuld eindeutig geklärt hätte, gab es nicht.

Als Marie in die Küche trat, fand sie dort Lisa vor.

»Ich dachte mir doch, dass du kommst«, sagte das Mädchen. »Willst du in der Halle frühstücken oder mit uns im Erkerkämmerchen? Dort zieht es jedenfalls nicht.«

»Weder noch«, antwortete Marie. »Ich will eine Schleimsuppe für Edda kochen. Sie ist wach, und der Arzt meint, sie könnte etwas zu sich nehmen.«

»Aber Herrin! Das kann ich doch für Euch übernehmen«, bot die Köchin an, die über ein halbes Dutzend Mägde und mehrere Knechte gebot.

Da eine Weigerung Misstrauen erregt hätte, stimmte Marie zu. »Tu das! Der Hafer muss fein zerstoßen sein und in Hühnerbrühe gekocht werden. Bevor der zerstoßene Hafer hinzugegeben wird, muss das Fleisch herausgeholt werden. Es würde den Magen des Fräuleins zu sehr belasten.«

Die Köchin nickte eifrig, füllte ihren kleinsten Kessel mit Wasser und hängte ihn übers Feuer. Dann suchte sie unter dem Geflügel, das in die Küche gebracht worden war, ein Suppenhuhn heraus, rupfte es eigenhändig und schnitt die besten Fleischstücke ab.

»Für das Fräulein sind die gerade richtig«, sagte sie, während sie das Fleisch in das langsam heiß werdende Wasser warf. »Es braucht Kraft, um so eine so schwere Wunde zu überwinden. Übrigens sieht sie wie ein richtiger Mensch aus. Dabei hörte man aus Löwenberg, sie wäre ein Wechselbalg.«

Marie sah ihr die Neugier an der Nase an. Viele Jahre lang hatten die Leute von der »Bleichen« von Löwenberg nur durch Gerüchte gehört und sich Wunder weiß was vorgestellt, wie hässlich sie wäre. Nun hatten wenigstens einige hier in der Burg gesehen, dass sich Edda, abgesehen von ihren weißen Haaren und der hellen Haut, nicht von anderen jungen Frauen unterschied. Bei dem Gedanken, wie begierig Edda Rasuls Bemerkung über ihre Brust aufgesogen hatte, fühlte Marie erneut Zorn auf den Löwenberger in sich aufsteigen, der seiner Schwester das Leben zur Hölle gemacht haben musste.

Schon bald darauf wurde die fertige Haferschleimsuppe in eine Schüssel gefüllt. Marie bedankte sich bei der Köchin, griff sich noch einen Löffel und verließ die Küche. Lisa kam mehrere Schritte weit mit.

»Kommst du dann zu uns in das Erkerzimmer?«, fragte sie.

Marie schüttelte den Kopf. »Ich werde bis zum Nachmittag bei Edda wachen. Du könntest mir aber ein wenig Brot und einen Napf Morgensuppe bringen.«

»Das mache ich gerne!«, antwortete Lisa und kehrte in die Küche zurück.

Auf ihrem Weg in Eddas Kammer durchquerte Marie erneut die Halle und sah die vier Männer noch immer zusammensitzen. Diesmal schien Radolf seine verwandtschaftlichen Bande darzustellen. Es war wie ein Wettstreit zwischen den beiden Vettern, wer von ihnen bedeutender war, dachte Marie kopfschüttelnd.

Sie traf Edda und Rasul im Gespräch an. Die junge Frau war besorgt und wollte wissen, ob entstellende Narben zurückblieben, doch der Arzt beruhigte sie. »Habt keine Sorge! Ich habe die beiden Wundöffnungen gut behandelt und hege große Hoffnung, dass sie keine Wülste bilden.«

»Ich habe gesehen, dass ein Faden heraushängt«, sagte Edda verwundert.

»Dies ist auch auf Eurem Rücken der Fall«, berichtete der Arzt.

»Geht dieser Faden durch meine ganze Brust?«, fragte Edda erschrocken.

»Natürlich nicht«, antwortete Rasul lächelnd. »Es ist auf beiden Seiten nur ein kurzes Stück, so dass ich die Fäden, wenn sie nicht mehr gebraucht werden, leicht herauszupfen kann.«

»Das tut doch gewiss sehr weh?«

Rasul strich ihr behutsam über die Wange. »Ihr seid bis jetzt so tapfer gewesen. Da wird Euch der kleine Schmerz, der dabei entsteht, auch nicht schrecken.«

So ganz überzeugt wirkte Edda nicht. Da jedoch Marie mit der Suppenschüssel in den Händen eingetreten war, machte Rasul ihr Platz und stopfte ein Kissen in Eddas Rücken, damit diese halbwegs aufgerichtet sitzen konnte.

»Ihr werdet das Fräulein füttern müssen wie ein kleines Kind«, sagte er zu Marie.

»Das habe ich mir schon gedacht. Auf jeden Fall ist das eine gute Suppe, die dir schmecken wird!« Der zweite Satz war an Edda gerichtet, die ihr misstrauisch entgegensah.

»Habt Ihr sie gekostet?«, fragte sie.

Marie schüttelte unwillkürlich den Kopf. »Nein, aber ich stand daneben, als die Köchin sie zubereitete, und bin überzeugt, dass sie gut ist.«

Um Edda zu beruhigen, nahm sie den Löffel und kostete. »Wirklich nicht schlecht!«, sagte sie und forderte Edda auf, den Mund zu öffnen.

Kaum hatte Edda den Inhalt des ersten Löffels geschluckt, sah sie Marie aus großen Augen an. »Es schmeckt sehr gut!«

Da Marie die Suppe ein wenig fad gefunden hatte, verriet ihr diese Bemerkung mehr als alles andere, wie schlecht Edda in Löwenberg behandelt worden war. Ihre Wut auf Ritter Engelbrecht stieg noch mehr und ebenso ihr Mitleid mit der jungen Frau, der offensichtlich alles vorenthalten worden war, was für ihren Stand selbstverständlich hätte sein müssen.

7.

An diesem Tag bedauerte Marie es fast, an Eddas Bett wachen zu müssen, denn sie hätte zu gerne dem Gespräch gelauscht, das Michel, ihr Gastgeber und die beiden Junker führten. Noch immer war ihr schleierhaft, weshalb zwischen den einzelnen Herrschaften so viel Hader herrschte. Am wenigsten war dies noch bei Bogenberg und Drachenstein der Fall, auch wenn Radolf und Otfried sich gelegentlich aneinander zu reiben schienen. Engelbrecht von Löwenberg hingegen hatte auf sie gewirkt, als wolle er am liebsten gleich am nächsten Tag Burg Hohenwald belagern. Nun fragte Marie sich, was Ritter Udalrich und sein unbeherrschter Sohn Udo daraufhin unternehmen würden.

Da Edda die meiste Zeit schlief, hatte Marie viel Zeit, ihren Gedanken nachzuhängen. Sie folgte mehreren Vermutungen, doch am wahrscheinlichsten erschien es ihr immer noch, dass der Mordanschlag auf die junge Frau aus der eigenen Familie heraus erfolgt war. Engelbrecht von Löwenberg hatte seine Schwester als hässliches Ungeheuer darstellen lassen. Aber wenn jemand kam und entdeckte, dass sie im Gegenteil eine sehr hübsche Jungfrau war, und um ihre Hand anhielt, müsste ihr Bruder die Mitgift für sie aufbringen und würde zusätzlich an Ansehen verlieren, weil er Edda mit der Ausrede, sie sei zu hässlich, vor der Welt verborgen hatte.

Da ihre Gedanken sich im Kreis drehten, war Marie froh, als Edda aufwachte und etwas zu trinken verlangte.

»Wie geht es dir?«, fragte sie, während sie den Becher mit Wasser und ein wenig Wein füllte.

»Es tut so weh, als würde mir eine Klinge die Brust durchbohren«, antwortete Edda mit einem missglückten Lächeln.

»Meine Freundin Hiltrud würde sagen, sei froh, dass die Wunde noch wehtut. Würde sie dies nicht, wärst du tot«, antwortete Marie, um Edda aufzumuntern.

»Eure Freundin hat wohl recht. Nur wäre es mir lieber, niemand hätte auf mich geschossen! Erlaubt Ihr mir, den Becher selbst zu halten?«

Marie musste schmunzeln. »Unser gestrenger Arzt sagt, das darfst du noch nicht. Erst muss die Wunde noch besser verheilt sein.«

Nach diesen Worten setzte sie den Becher an Eddas Lippen und gab acht, dass nicht zu viel von dem Getränk in deren Mund floss, damit sie sich nicht verschluckte. Als Marie den Becher weggestellt hatte, sah Edda sie fragend an. »Was haltet Ihr von dem Arzt? Er stammt aus dem Orient, nicht wahr?«

»So sagt er«, meinte Marie. »Seine Kleidung und auch seine Heilkunst stammen jedenfalls nicht aus unseren Landen.«

»Das stimmt!«, gab Edda zu. »Auch wenn er fremd aussieht, erscheint er mir doch seltsam vertraut, so als wenn ich ihm bereits begegnet wäre – vor sehr langer Zeit. Ist das nicht verwunderlich? Ich habe doch kaum Menschen gesehen, nur die Gäste, die nach Löwenberg gekommen sind, und die auch nur vom Fenster meiner Kammer aus.«

Marie wiegte unschlüssig den Kopf. »Dazu kann ich nichts sagen. Es ist allerdings so, dass man gelegentlich auf Menschen trifft, die man zu kennen glaubt. Dabei ist es nur eine gewisse Ähnlichkeit mit einem anderen, eine bestimmte Geste oder auch nur der Klang der Stimme, die einem Bekannten gleicht.«

»So muss es wohl sein«, erwiderte Edda seufzend. »Auf jeden Fall ist er ein sehr guter Arzt, da ich nur wenige Tage nach dieser schweren Verletzung auf dem Weg der Besserung bin. Dabei habe ich gehört, dass weniger schwer Verletzte als ich oft wochenlang dahinsiechen und schließlich sterben.«

»Ans Sterben solltet Ihr nicht denken, mein Fräulein. Auch danke ich Euch für Euer Lob. Ich hatte einen guten Lehrer und glaube, mich seiner würdig erwiesen zu haben«, sagte Rasul, der gerade eingetreten war. Seine Worte verrieten, dass er einen Augenblick vor der Tür gelauscht hatte. »Es trifft sich gut, dass Ihr wach seid.

Dann könnt Ihr Eure Arznei zu Euch nehmen!« Mit diesen Worten hielt er das Becherchen, das er mitgebracht hatte, an Eddas Mund.

Der Verletzten schlug der durchdringende Geruch des Mittels in die Nase, und sie stöhnte. »Oh Gott, das zu trinken ist fast noch schlimmer als der Schmerz, den ich empfinde!«

»Wenn Ihr es nicht trinkt, wird der Schmerz immer mehr zunehmen und sich Eure Wunde so entzünden, dass keine Rettung mehr möglich ist.«

Edda schauderte bei Rasuls Worten, und sie würgte das bittere Gebräu mit Todesverachtung hinab.

»So ist es gut!«, lobte der Arzt sie. »Ihr werdet sehen, dass Eure Wunde morgen bereits wieder ein Stück besser ist.«

»Darf ich dann den Becher endlich selbst halten?«, fragte Edda.

Rasul schüttelte lächelnd den Kopf. »Ihr würdet damit die Muskeln auf Brust und Rücken anspannen und damit der Wunde schaden. Wartet noch ein paar Tage! Oder ist es Euch so zuwider, von Frau Marie und Alika gepflegt zu werden?«

»Bei Gott, nein! Die beiden sind die liebsten Menschen, die ich kenne. Verzeiht, ich wollte Euch nicht kränken!« Edda sah Marie an.

Diese hob beschwichtigend die rechte Hand. »Du kränkst mich nicht. Ich weiß selbst, wie schwer es ist, bei allem, was zu tun ist, auf andere angewiesen zu sein. Ich würde mich ebenso wie du danach sehnen, wieder selbst zugreifen zu können.«

»Das werdet Ihr auch bald wieder!«, erklärte Rasul und tätschelte Eddas Wange. »Doch nun schlaft! Jede Stunde, die Ihr dies tut, bringt Euch der Genesung näher.«

»Vielleicht sollten wir Edda vorher fragen, ob sie sich an den Schützen erinnern kann?«, fragte Marie.

Rasul sah, wie Edda die Augen zufielen, und schüttelte den Kopf. »Um Fragen beantworten zu können, ist sie noch zu schwach. Zudem ist sie hier so gut geschützt, dass kein Meuchelmörder zu ihr gelangen kann.«

»Er müsste an den beiden Wachen vorbeikommen, und wie Ihr

seht, bin auch ich nicht unbewaffnet.« Marie beugte sich vor und zog unter Eddas Matratze ein Kurzschwert mit blanker Klinge hervor. »So ist das Fräulein doppelt beschützt!«

Rasul lächelte freundlich, nahm Marie aber nicht ganz ernst. Immerhin wurde auf Hettenheim genau darauf geachtet, wer in die Burg kam, und dieser Trakt wurde besonders gut bewacht. Die Aussicht, dass Marie oder Alika zum Schwert greifen mussten, war daher geringer als Schneefall im Juli.

8.

Da Rasul erklärte, bei Edda bleiben zu wollen, verließ Marie deren Kammer und ging nach unten. Sie erreichte gerade die Halle, als das Signal des Türmers erklang und anzeigte, dass sich Reiter der Burg näherten. Nur wenige Augenblicke später eilte eine der Wachen herein und verbeugte sich vor Graf Heinrich. »Es sind Herr Udalrich von Hohenwald samt Sohn, Tochter und drei Waffenknechten.«

»Der Hohenwalder?«, fragte Heinrich von Hettenheim erstaunt. Zwar hatte es in den letzten Jahren immer wieder Besuche der Nachbarn gegeben, aber dass von Löwenberg angefangen über Bogenberg und Drachenstein bis Hohenwald sich alle an drei aufeinanderfolgenden Tagen eingefunden hatten, war noch nie geschehen.

Michel hatte Udo von Hohenwalds unverschämtes Verhalten in der *Krone* nicht vergessen und verzog den Mund. »Sollte der Lümmel es auch diesmal an der gebotenen Höflichkeit fehlen lassen, werde ich ihn zurechtstutzen müssen«, sagte er missgelaunt.

Radolf und Otfried wechselten einen beredten Blick. Wie es aussah, war weniger Löwenberg als Hohenwald das Ziel, auf das Graf Heinrich aus war. Für sie änderte sich dadurch nichts, außer dass Guntramsweil ebenso an Hohenwald grenzte wie an Hettenheim und dadurch eine willkommene Abrundung des gräflichen Besitzes darstellen würde.

Wenig später wurden Udalrich von Hohenwald, sein Sohn und seine Tochter in den Raum geführt. Obwohl sie zu Pferd gekommen waren, trugen sie prachtvolle Kleidung und prunkten mit dem mit Goldfäden gestickten Wappenbaum auf grünem Grund. Udalrich, der dunkler gekleidet war als seine Kinder, trat auf Graf Heinrich zu und deutete eine Verbeugung an.

»Seid mir willkommen, Nachbar«, grüßte Heinrich ihn.

»Ich danke Euch, Herr Nachbar«, antwortete Udalrich von Hohenwald und bedachte dann Michel mit einem forschenden Blick.

Von seiner Tochter hatte er gehört, dass Udo mit diesem in der *Krone* aneinandergeraten war, und hatte den Sohn deswegen arg gescholten. Nun stand Udo drei Schritte hinter ihm, die Kiefer zusammengepresst, als hätte er ein Dutzend Kröten schlucken müssen. Ursula hingegen trat lächelnd auf Hedwig von Hettenheim zu und knickste. »Ich hoffe, Ihr verzeiht uns diesen überraschenden Besuch, doch es gab dringende Gründe für uns, zu kommen.«

»Die gibt es fürwahr!«, stimmte ihr Vater ihr zu. »Seit Monaten beleidigen und verleumden uns diese elenden Löwenberger aufs Übelste. Sie beschuldigten uns, Eure Schafe gestohlen und die Felle bei ihrem Meierhof versteckt zu haben. Doch das ist nicht wahr, das schwöre ich, so wahr mir Gott helfe!«

Ihm traute Marie es auch nicht zu, doch der Sohn schien ihr durchaus jemand zu sein, der zu einem solchen Streich fähig war. Unterdessen fuhr Udalrich von Hohenwald fort: »Von der größten Unverfrorenheit hörte ich erst gestern und war außer mir. Beschuldigt dieser Lump auf Löwenberg doch meinen Sohn und mich, einen Mordanschlag auf seine Schwester unternommen zu haben! Schwester! Wenn ich das schon höre. Seit ihrer Geburt war das Mädchen für Engelbrecht und dessen Sohn die ›Bleiche‹ oder das ›Ungeheuer‹. Sie haben es eingesperrt, als wäre es schwachsinnig, und anderen Menschen dürfe nicht zugemutet werden, das Mädchen zu schauen. Ich habe Edda nur einmal ganz kurz durch ein offenes Fenster gesehen. Dabei erschien sie mir wie ein ganz normales Kind, wenn auch mit schneeweißen Haaren. Ich habe mir jedoch sagen lassen, dass dies keine Krankheit ist und auch nur selten vererbt wird.«

Marie fragte sich, worauf Udalrich mit seinem Geschwätz hinauswollte. Da winkte dieser seinen Sohn zu sich und legte diesem die Hand auf die Schulter. »Ich hatte damals schon überlegt, für meinen Sohn um Engelbrechts Schwester anzuhalten. Ihre Mitgift würde die ersetzen, die ich Ursula einmal mitgeben muss. Daher wäre es mir sehr angenehm gewesen, wenn aus dieser Verbindung etwas hätte werden können. Um dies jedoch zu verhindern, hetzen Ritter Engelbrecht und dessen Sohn gegen uns und machen uns überall schlecht.«

Nach Udalrich von Hohenwalds Worten herrschte erst einmal Schweigen in der Halle. Marie begriff eines: Dem Mann ging es allein um Geld und Gut. Dafür würde er seinen Sohn mit jeder vermählen. Udo wirkte auf sie auch so, als wäre ihm dies bewusst. Doch auch für ihn ging es in erster Linie darum, die Verluste, die Hohenwald durch Ursulas Heirat entstehen würden, wieder hereinzubringen, und wenn er dafür die »Bleiche von Löwenberg« ehelichen musste.

»Bevor es zu einer Heirat kommt, wird Udo sich erst einmal mit mir auseinandersetzen müssen! Sollte es sich ergeben, werde ich mich ebenfalls um Fräulein Edda bewerben«, erklärte Otfried in scharfem Tonfall.

»Ich ebenfalls!«, stieß Radolf grimmig hervor, der weder hinter seinem Vetter noch hinter dem um etliche Jahre jüngeren Udo zurückstehen wollte.

»Dafür, dass das Mädchen bis vor wenigen Tagen für ein hässliches Ding gehalten worden ist, finden sich überraschend viele Freier für Edda ein«, raunte Heinrichs Gemahlin Marie ins Ohr.

Diese nickte mit ernster Miene. Wie es aussah, waren die Probleme in diesem Gau noch größer, als sie nach all den Vorfällen erwartet hatte. Gleichzeitig wuchs ihr Gefühl, dass tatsächlich der eigene Bruder hinter dem Mordanschlag auf Edda stecken musste – oder zumindest dessen Sohn. Wenn die Löwenberger ähnlich begierig auf Land und Gut waren wie ihre Nachbarn, war ihnen diese Schandtat zuzutrauen.

9.

Als Trudi klar wurde, dass ihre Mutter am liebsten bei der Gruppe um Michel und Graf Heinrich bleiben würde, lachte sie leise. »Wenn du willst, kann ich Alika ablösen und bis in die Nacht hinein bei Edda wachen, damit du das Gespräch weiter verfolgen kannst.«

Obwohl sie sich selten einer Pflicht entzog, willigte Marie ein. »Ich werde früh genug vor Mitternacht kommen, damit du genug Schlaf bekommst«, sagte sie zu ihrer Ältesten und fragte dann nach Hildegard, die sie untertags nur kurz gesehen hatte.

»Die isst mit Lisa in der Küche. Danach kommen beide zu mir. Wir können uns doch leise unterhalten, wenn ich bei Edda wache, oder …«

»Es wäre besser, ihr würdet es nicht tun. Frage den Arzt!«, antwortete Marie.

»Rasul wird es gewiss erlauben«, sagte Trudi überzeugt.

Allerdings wusste sie selbst, dass sie nicht zu laut werden durften. Da sie die Älteste war, würde es auf sie zurückfallen, und sie wollte ihre Mutter nicht enttäuschen.

Marie machte sich doch ein wenig Sorge wegen ihrer Rasselbande, sagte sich dann aber, dass der orientalische Arzt es Lisa und Hildegard verbieten würde, bei Trudi zu bleiben, wenn er Bedenken hätte. Daher ging sie mit ihnen hoch und ermahnte Trudi noch einmal, leise zu sein und darauf zu achten, dass ihre Schwestern es auch waren. Alika wies sie an, ihrer Tochter den Stuhl am Bett zu überlassen.

Als Marie zurück in die Halle kam, wurde dort gerade das Abendessen aufgetischt. Sie setzte sich zu Frau Hedwig, die sofort die Gelegenheit ergriff, mit ihr über einige Dinge zu sprechen, die ihr am Herzen lagen. Da sie nicht unhöflich sein wollte, ging Marie darauf ein und konnte dem Gespräch der Männer auf der anderen Seite der Tafel daher nicht so folgen, wie sie es gerne getan hätte.

Zu ihrer Erleichterung war ihre Gastgeberin nicht weniger neugierig als sie, und so lauschten beide schon bald dem, was die Männer einander zu sagen hatten. Eben berichtete Udalrich von Hohenwald von einigen Feldzügen gegen die Hussiten, an denen er teilgenommen hatte, um einem in der Oberen Pfalz nahe an der Grenze zu Böhmen wohnenden Verwandten beizustehen.

»Herr Wolfgang ist ein bekannter Krieger und hat diese Hussiten in mehreren Schlachten zu Paaren getrieben. Mein Udo hat bei ihm gelernt, mit Schwert und Lanze umzugehen und Kämpfer anzuführen. Mit ihm an meiner Seite fürchte ich keinen Feind.«

»Das tue ich auch nicht«, warf Radolf ein. »Mich hat mein Vater ausgebildet, und der war zu seiner Zeit ein berühmter Ritter, der in einem einzigen Jahr sechs Turniere gewonnen hat, und an denen haben Männer teilgenommen, vor deren Namen sich ihre Feinde heute noch fürchten.«

»Mein Vater hat den deinen aber bei jedem Lanzengang besiegt«, stichelte Otfried.

Das ließ Radolf nicht auf sich sitzen. »Bei jedem nicht, nur bei einigen, bei denen mein Vater am Abend vorher zu sehr dem Wein zugesprochen hatte.«

»Das ist nicht wahr!«, widersprach Otfried, während Udalrich von Hohenwald behauptete, auch in vollkommen betrunkenem Zustand jeden Gegner vom Pferd gestoßen zu haben.

Es entspann sich ein Wettstreit, wer tapferer war oder die bedeutenderen Verwandten besaß, die ihnen jederzeit beistehen konnten. Marie fühlte sich an das Spreizen von Pfauen erinnert. Am wenigsten sagte ihr Mann, während Graf Heinrich, von seinen Gästen verführt, ebenfalls fröhlich drauflosflunkerte.

Frau Hedwig seufzte leise. »Ich bin froh, dass Hilbrecht das nicht hört. Er würde es sonst als Aufforderung ansehen, möglichst jeden Unsinn mitzumachen.«

»Und Falko mit ihm!« Marie schüttelte den Kopf über die Männer, die nun von erschlagenen Feinden berichteten, als wären es Fische, die sie in unerreichbarer Größe gefangen hatten.

Graf Heinrich war es schließlich doch leid, den Heldengeschichten der anderen lauschen zu müssen, und stupste Michel an. »Ihr als der tapferste und berühmteste Ritter unter uns schweigt. So bescheiden solltet Ihr nicht sein. Immerhin habt Ihr im Dienste des Königs gegen Hussiten und Ungarn gekämpft und mehr von ihnen erschlagen als wir alle zusammen!«

»Ihr übertreibt!«, antwortete Michel. »Im Kampf hat man keine Zeit, die Feinde zu zählen, denen man Schwerthiebe verpasst. Da geht es darum, schneller zu sein und besser zu treffen als der Gegner.«

»Was Ihr ja ausgezeichnet könnt«, sagte Graf Heinrich anerkennend.

»Die Herren hier sind gewiss auch mutig und schwertgewandt!« Michel waren die Angebereien lästig, die die anderen von sich gegeben hatten und die sein Gastgeber nun durch eigene übertriebene Berichte übertreffen wollte.

»Ihr seid in Ungarn gewesen. Dort war ich noch nie«, gab Ritter Udalrich zu.

»Nur an den Grenzen! Wir haben für König Friedrich eine seiner Burgen gegen Fürst Ernös Heer gehalten«, antwortete Michel knapp.

»Aber Ihr hieltet sie, und das gegen einen weit überlegenen Feind!« Graf Heinrich forderte Michel auf, mehr zu erzählen, was dieser nach anfänglichem Zögern auch tat.

Anders als Ritter Udalrich und die beiden Junker hob Michel nicht seine Heldentaten heraus, sondern berichtete vor allem von dem Land, in dem er gekämpft hatte, und von den Ungarn, die sich in Aussehen und Ausrüstung stark von den Rittern und Kriegsknechten in deutschen Landen unterschieden. Darüber aber geriet er dann doch ins Erzählen, und der eine oder andere Becher Wein, den er einschenken ließ, schmierte seine Zunge.

Marie schüttelte nachsichtig den Kopf. Ihr Mann trank selten zu viel, doch wenn er an diesem Abend nicht achtgab, mochte es durchaus sein, dass er am nächsten Tag mit einem schweren Kopf erwachte. Auch Graf Heinrich ließ sich den Wein schmecken, ebenso Ritter Udalrich, dessen Sohn und Junker Radolf. Allein Otfried hielt sich beim Trinken zurück und sagte nun auch nicht mehr viel, sondern hörte den anderen zu.

Bisher hatte Ursula von Hohenwald den Aufschneidereien der Männer gelauscht. Nun aber wandte sie ihre Aufmerksamkeit Marie zu. »Euer Mann muss ein großer Krieger sein, da er so viele Schlachten siegreich geschlagen hat.«

Marie begriff es als das, was es war, nämlich der Versuch, sie auszuhorchen. Da Ursula ihr bei ihrem ersten Zusammentreffen in der *Krone* missfallen hatte, sah sie keinen Grund, mit dem Können ihres Mannes hinter dem Berg zu halten.

»Michel ist sehr tapfer und vor allem klug. Er weiß eine Schlacht zu lesen wie ein Priester sein Brevier.«

»Wie kann man eine Schlacht lesen?«, fragte Ursula verdattert.

»Ein guter Anführer muss wissen, was auf dem gesamten Schlachtfeld vor sich geht. Er muss, wie ich schon sagte, die Schlacht lesen, um bei unerwarteten Situationen handeln zu können.«

»Das sagt mein Vater auch immer«, behauptete Ursula eifrig.

Marie lächelte, denn sie hielt Udalrich von Hohenwald für einen Schlagetot, der nicht über die Spitze seiner Lanze oder seines Schwertes hinaus denken konnte. Der große Heerführer, als den er sich darzustellen versuchte, war er mit Sicherheit nicht. Dem Sohn traute Marie noch weniger zu, weil Udo sich mehr von seinen Leidenschaften beherrschen ließ als sein Vater. Radolf war in ihren Augen ebenfalls keiner, den Michel oder Graf Heinrich auf dem Schlachtfeld fürchten mussten. Bei Junker Otfried war sie nicht sicher, was sie von ihm halten sollte. Zu Beginn hatte auch er noch geprahlt, doch nun sagte er nichts mehr, sondern hörte zu. Er trank auch nicht so viel wie die anderen. Eben hielt er wieder die Hand über seinen Becher, um zu verhindern, dass ein Diener ihm nachschenkte. Sein Vetter Radolf kannte da keine Bedenken, denn er schob dem Knecht den Becher hin und forderte ihn auf, vollzuschenken.

Danach trank er und sah anschließend die anderen herausfordernd an. »Der Kriegsruhm vergangener Zeiten ist schön und gut, doch in unserem Gau gilt nur der als richtiger Mann, der die Kapellenschlucht zu Pferd überwunden hat.«

»Das ist richtig«, stimmte Otfried ihm zu. »Mein Vetter und ich waren die Jüngsten, die es getan haben.«

»Das aber habt ihr euch nur gegenseitig bestätigt. Kein anderer hat es gesehen!«, rief Udo dazwischen.

Radolf sprang auf und griff zum Schwert. »Wollt Ihr uns der Lüge bezichtigen?«

»Gewiss nicht!«, rief Udalrich dazwischen, bevor sein Sohn antworten konnte. Dessen Hand lag ebenfalls am Schwertgriff, doch er wagte es angesichts seines Vaters nicht, die Waffe zu ziehen.

»Bei mir waren zwanzig Zeugen zugegen«, sagte er stattdessen, ohne auf Radolfs Bemerkung einzugehen.

»Außerdem muss Euer Bruder Gunther zu der Zeit, als er den Sprung wagte, jünger gewesen sein als Ihr«, wandte nun Udalrich ein. »Die Überreste seines Pferdes wurden auf dieser Seite der Schlucht gefunden. Also muss er es geschafft haben.«

Radolf sah aus, als wolle er gleich platzen. Da griff Otfried ein.

»Das mag sein, doch hat keiner von uns es gesehen, und es braucht einen Zeugen, der es bestätigen kann. Gunther hatte keinen, und er selbst wurde danach nie wieder gesehen. Der Bär wird ihn geschlagen und seinen Leichnam in seine Höhle geschleift haben, um ihn an seine Jungen zu verfüttern«, erklärte er.

Als Marie sich umdrehte, sah sie Rasul oben am Treppenabsatz stehen. Wie lange er bereits gehorcht hatte, konnte sie nicht sagen. Seine Miene wirkte düster, und er ließ die Gruppe an der Tafel nicht aus den Augen. Irgendein Geheimnis umgab ihn, doch welches das war, hatte sie bislang nicht herausfinden können. Als sie erneut dem Gespräch lauschen wollte, wurde es draußen auf einmal laut.

»Du Hundsfott!«, schrie ein Mann voller Zorn. Das Geräusch von Schwerthieben folgte, begleitet von Anfeuerungsrufen und Flüchen.

»Was ist da im Gange?«, rief Graf Heinrich erbost.

Ein Diener eilte zur Tür und blickte hinaus. »Ein Gefolgsmann Ritter Udalrichs und einer von Junker Radolf sind in Streit geraten und haben die Schwerter gezogen«, meldete er.

»Da soll doch der Teufel dreinschlagen!« Heinrich von Hettenheim sprang auf und stürmte hinaus. Michel und die anderen folgten ihm ebenso wie Marie, Frau Hedwig und Ursula von Hohenwald.

Auf dem Flur hatten sich etliche Männer um zwei Waffenknechte geschart, die voller Wut aufeinander einschlugen. Auf Marie wirkten beide betrunken, und es war wohl vor allem dem Wein geschuldet, dass die Männer bislang nur aus leichten Wunden bluteten.

»Aufhören!«, brüllte Graf Heinrich.

Doch erst, als er seine Wachen rief und diese die beiden Streithähne mit vorgehaltenen Speeren trennten, kehrte Ruhe ein.

»Wer von euch beiden hat angefangen?«, fragte Graf Heinrich, bereit, den Schuldigen zu bestrafen, mochte es auch der Gefolgsmann eines anderen sein. Dies hier war seine Burg, und wer deren Frieden brach, musste dafür einstehen.

»Dieser Lumpenhund hat meinen Herrn beleidigt«, rief der Hohenwalder zornig.

»Und der Kerl den meinen!«, gab der Bogenberger nicht weniger aufgebracht zurück.

»Was es auch immer war: Dies hier ist meine Burg, und hier zieht niemand ohne meine Erlaubnis das Schwert. Werft die beiden Kerle in den Kerker. Wenn morgen früh die Sonne aufgeht, sollen sie die Burg verlassen und sich nie mehr auf meinem Land sehen lassen.« Graf Heinrichs Stimme ließ keinen Zweifel zu, dass es so zu geschehen hatte.

Die beiden Übeltäter sahen ihren jeweiligen Herrn an. Marie bemerkte, wie es in Radolf und auch in Ritter Udalrich wühlte. Hier in dieser Burg übte jedoch Graf Heinrich das Hausrecht aus, und er konnte seine Gäste hinausweisen, wenn sie sich nicht so benahmen, wie er es verlangte.

Aus diesem Grund lehnten sich weder Udalrich noch Radolf gegen dieses Urteil auf, sondern sahen schweigend zu, wie ihre Männer weggebracht wurden. Deren Kameraden waren empört, doch als sich Karel mit drei von Michels Knechten zu den Hettenheimern gesellte, wagte es keiner von ihnen, aufzumucken. Die Stimmung war jedoch schlecht, und Marie überkam das unangenehme Gefühl, als werde sie bald noch schlechter werden.

10.

Am nächsten Morgen brachen Radolf und Otfried auf. Radolfs Gefolgsmann war schon zwei Stunden früher zum Burgtor hinausgescheucht worden und hatte in der Zeit eine gute Meile zurückgelegt, da ihm angedroht worden war, wenn er in der Nähe der Burg blieb, würde er Schläge erhalten. Nicht anders erging es dem Hohenwalder Waffenknecht, der die Nacht in der Nebenzelle verbracht hatte. Dieser wanderte auf Hohenwald zu, musste aber den Heimweg zu Fuß bewältigen, da Ritter Udalrich nicht daran dachte, Hettenheim so rasch zu verlassen. Nun, da Otfried und Radolf fortgeritten waren, sah der Hohenwalder die Gelegenheit gekommen, mit Graf Heinrich offen zu sprechen und ihm Vorschläge zu unterbreiten.

All seine Überlegungen gingen jedoch zu Engelbrecht von Löwenbergs Lasten. Dabei sprach Udalrich auch immer wieder mit Michel und deutete eine Belohnung an, die dieser sich verdienen könne, wenn er sich auf die richtige Seite stellen würde.

Gewohnt, alles mit seiner Frau zu besprechen, was ihn bewegte, gesellte Michel sich am späten Abend, als die anderen zu Bett gegangen waren, zu Marie, die nun wieder die Nachtwache bei Edda übernommen hatte.

»Wie geht es ihr?«, fragte er.

»Eddas Zustand schwankt ein wenig. Mal wirkt sie frischer, dann ist sie wieder müde und will schlafen. Aber Rasul meint, dass es mit ihr aufwärtsgeht. Immerhin ist es eine Verletzung, die nicht innerhalb weniger Tage heilt.«

»Sie hätte tot sein können«, erwiderte Michel.

»Wäre der Pfeil gerade eingedrungen, wäre dies wohl auch der Fall gewesen. Doch der Meuchelmörder schoss schräg von unten und verfehlte so das Herz. Hätte er besser getroffen, wäre Edda sofort tot gewesen.« Marie zeigte ihm an sich selbst, wie das Ganze zustande gekommen sein musste.

Michel nickte bedrückt. »Der Kerl wollte sie wirklich tot sehen!«

»Ja, das wollte er! Es ist traurig, dass es ausgerechnet Edda treffen musste. Im Gegensatz zu Ursula von Hohenwald hatte sie noch nichts vom Leben. Nicht, dass ich Ursula wünschen würde, einem Meuchelmörder zu begegnen.«

»Wer kann es gewesen sein?«, fragte Michel, ohne auf die Bemerkung einzugehen.

»Am wahrscheinlichsten erscheinen mir immer noch Ritter Engelbrecht oder dessen Sohn. Sie haben Edda von den Nachbarn ferngehalten. Solange diese ein Kind war, war dies wohl nicht allzu schwer. Nun aber wird sie zur Frau und mag ihren eigenen Willen zeigen.«

Michel sah sie nachdenklich an. »Es kann so gewesen sein. Doch ich habe erhebliche Zweifel.«

»Die Anzeichen sind doch deutlich.«

»Es gibt sehr viele Anzeichen und keinen einzigen Beweis!«, wandte Michel ein. »Auch mag Ritter Engelbrecht ein sturer Bock sein, doch halte ich ihn für keinen, der das Blut der eigenen Sippe vergießt.«

»Und sein Sohn? Er hätte zu Eddas Gunsten auf einen Teil seines Erbes verzichten müssen.«

»Ich kenne ihn nicht und mag ihn nicht aus der Ferne verdammen«, erklärte Michel. »Doch selbst wenn, hätte er auf der eigenen Burg gewiss leichter eine Gelegenheit gefunden, Edda zu töten, als es auf diese Weise zu tun!«

»Nicht, wenn er Hohenwalder als die Schuldigen hinstellen wollte«, antwortete Marie. Wie auch Michel fand sie, dass die Situation in diesem Gau sehr verwickelt war.

»Mein ganzes Leben lang wusste ich, wer mein Feind ist und wer nicht. Hier jedoch hat man das Gefühl, in ein Dickicht zu schauen, in dem sich etwas tut, ohne erkennen zu können, was sich darin verbirgt. Ich fürchte mich fast vor dem, was noch kommen wird.« Michels Stimme klang düster. Aus Maries Erzählungen kannte er den blutigen Sippenstreit zwischen Herrenstein und Herrenroda, in den seine Frau und Trudi im letzten Jahr geraten waren. Damals war viel Blut geflossen, und er befürchtete, dass es hier ebenso sein könnte.

»Eines mag offenen Kampf verhindern«, sagte Marie leise. »All diese Herren, die sich in den letzten Tagen hier eingefunden haben, fürchten Graf Heinrich.«

»Der Hohenwalder und der Löwenberger wollen ihn jeweils als Verbündeten gegen den anderen gewinnen«, wandte Michel ein. »Sollten sie jedoch zu der Überzeugung gelangen, dass Graf Heinrich sich nicht einmischen wird, dürfte jeder von ihnen alles tun, um Bogenberg und Drachenstein auf ihre Seite zu ziehen, und dann angreifen.«

»Und wenn! Es ist nicht unser Kampf. Wir werden noch eine oder zwei Wochen bleiben und dann nach Hause zurückkehren.« Während Marie es sagte, streifte ihr Blick Edda. In einer Woche, auch in zwei Wochen würde diese nicht genesen sein. Sie fühlte sich jedoch verpflichtet, ihr zu helfen, und dies hieß, hierzubleiben, bis die junge Frau wieder gesund war und es geklärt war, wer auf sie geschossen hatte.

»Wollen wir hoffen, dass es trotz aller Anzeichen friedlich bleibt«, setzte sie seufzend hinzu.

Da die Verletzte unruhig wurde und im Halbschlaf den Kopf bewegte, verstummten sowohl Marie wie auch Michel. Sie saßen jedoch noch lange Hand in Hand neben Eddas Bett und ließen ihre Gedanken schweifen.

11.

Den gesamten Weg nach Drachenstein hatten Radolf und Otfried nur wenige Worte gewechselt, obwohl es in beiden brodelte.

»Wir werden heute noch einiges zu besprechen haben«, sagte Radolf grimmig, als sie den Weg zur Burg hinaufritten.

Es war bereits Nachmittag, und er hätte seinem Hengst die Sporen geben müssen, um noch vor der Nacht Bogenberg zu erreichen. Da er jedoch mit seinem Vetter reden wollte, hatte er beschlossen, bei ihm zu übernachten und erst am nächsten Tag nach Hause zu reiten.

»Gewiss, gewiss«, antwortete Otfried geistesabwesend, während er angespannt nach oben blickte. Das Banner mit dem roten Drachenkopf auf silbernem Tuch wehte nicht mehr an der Spitze des Fahnenmastes, sondern direkt über den Zinnen des Bergfrieds. Sein Vetter bemerkte es nicht, und so unterließ er jeden Hinweis darauf.

Wenig später erreichten sie das Tor und wurden eingelassen. Der Haushofmeister empfing sie mit ernster Miene. »Herr Otfried, ich habe Euch die traurige Mitteilung zu machen, dass Euer Vater Otto von Drachenstein sich in der vergangenen Nacht zu seinen Vätern begeben hat.«

»Bei Gott, nein!«, rief Otfried demonstrativ erschüttert. »Sagt, dass es nicht stimmt!«

»Bedauerlicherweise ist es so! Gestern Abend fühlte Herr Otto sich noch wohl und trank mehrere Becher Wein. Als sein Leibdiener ihn heute Morgen wecken wollte, war er tot.«

»Das ist eine schreckliche Nachricht!« Otfried senkte den Kopf und zwang sich, eine betrübte Miene aufzusetzen. Insgeheim aber jubelte er. Endlich war er den Vater los, der ihn in all den Jahren kurzgehalten und jeden Einfluss auf die Geschicke der Burg verhindert hatte. Er war nun selbst der Herr hier und konnte seinen eigenen Plänen folgen. Nicht ganz, korrigierte er sich. Bislang hatte er Heinrich von Hettenheim außer Acht gelassen. Dies aber war, wie sich jetzt zeigte, ein Fehler gewesen. Nun galt es, alles so zu betreiben, dass es für ihn zum Vorteil und nicht zum Schaden ausschlug. Mit diesem Gedanken atmete er tief durch und sah den Haushofmeister an.

»Kümmert Euch darum, dass mein Vater in allen Ehren zu Grabe getragen wird. Sendet Boten nach Hohenwald, Löwenberg, Hettenheim und zu den übrigen Nachbarn! Ich lade die Herrschaften ein, an der Beisetzung meines Vaters teilzunehmen. Möge der Anlass, so traurig er auch ist, dazu führen, dass wieder Frieden in unserem Gau einzieht.«

»Ich werde tun, was Ihr mir auftragt, mein Herr!« Der Haushofmeister verbeugte sich und zeigte damit an, dass zwar der alte Herr tot war, sein Sohn aber ansatzlos dessen Stelle eingenommen hatte.

Otfried und Radolf ritten weiter, bis sie im innersten Hof der Burg angelangt waren. Dort stiegen sie ab, übergaben ihre Pferde den Knechten und betraten das stattliche Wohngebäude der Burg, das mehr der Bequemlichkeit der Bewohner als zu Wehrzwecken diente.

Es kamen immer mehr Burgbewohner zusammen, um Otfried ihre Anteilnahme am Tod des Vaters zu bekunden. Dieser drückte etliche Hände, umarmte auch den einen oder anderen und befahl schließlich, Wein und Mahl in einer kleinen Kammer im obersten Stockwerk aufzutragen.

»Du wolltest doch mit mir sprechen. Dort oben können wir es ungestört tun«, sagte er dann zu Radolf.

Dieser nickte bedrückt. Otto von Drachenstein war der Bruder seiner Mutter gewesen, und er hatte ihn trotz dessen Strenge gemocht. »Es tut mir sehr leid um deinen Vater. Wir hätten seinen Rat in dieser Zeit gut brauchen können«, sagte er traurig.

»Das hätten wir gewiss«, antwortete Otfried und ging ihm voraus.

Wenig später saßen beide in der Kammer, die gerade groß genug für einen Tisch und vier Stühle war, und widmeten sich den aufgetragenen Speisen. Es war rasch zu erkennen, dass die Trauer um den Burgherrn ihren Appetit nicht geschmälert hatte. Ein paar Becher Wein taten bei Radolf das ihrige, um ihm den Verlust des Onkels erträglich erscheinen zu lassen.

»Nun bist du der Herr auf Drachenstein!«, sagte er nach einer Weile.

Otfried nickte. »So ist es! Aber ich hätte liebend gerne das eine oder andere Jahr gewartet.«

»Das verstehe ich. Onkel Otto war ein großer Mann! Ich wünschte, mein Vater hätte etwas von seiner Gesundheit. Stattdessen aber ist er kaum in der Lage, sich von einer Kammer zur anderen zu bewegen.«

Während Radolf das Schicksal seines Vaters beklagte, verzog Otfried spöttisch den Mund. Rainald von Bogenberg war ein alter, verbrauchter Mann, und niemand würde sich wundern, ihn am Morgen tot in seinem Bett aufzufinden. Sein Vetter brachte jedoch nicht den Mut auf, dies herbeizuführen. Er hingegen …

Zufrieden dachte Otfried an das langsam wirkende Gift, das er sich vor ein paar Monaten besorgt und mit dem er auf eine passende Gelegenheit gewartet hatte. Der Ritt nach Löwenberg war ihm gerade recht gekommen. Nun war er froh, von dort aus weiter nach Hettenheim geritten zu sein, denn das Gift hatte länger gebraucht, um zu wirken. So aber war nun alles in bester Ordnung.

»… muss ich dir sagen. Mir hat gar nicht gefallen, wie du mir auf Hettenheim immer wieder in die Parade gefahren bist. Du hast alles getan, damit ich schlecht aussehe.«

Die Beschwerde seines Vetters bewies Otfried, dass er nicht einfach seinen Gedanken nachhängen durfte. Radolf war für seine weiteren Pläne zu wichtig, um ihn zu verärgern. Daher legte er ihm den Arm um die Schulter und zog ihn auf sich zu.

»Ich dachte, du hättest begriffen, dass wir vor den anderen nicht als ein Herz und eine Seele erscheinen dürfen? Du hast so gut mitgespielt, dass ich mir Mühe geben musste, es dir gleichzutun.«

Radolf drehte den Kopf und sah ihn verwirrt an. »Du meinst, wir hätten die anderen damit getäuscht?«

»Und ob!«, antwortete Otfried mit einem Augenzwinkern. »Weder Graf Heinrich noch Udalrich von Hohenwald, noch Engelbrecht von Löwenberg können jetzt glauben, dass wir beide wie Pech und Schwefel zusammenhalten. Du kennst doch unser Ziel: Hohenwald für dich und Löwenberg für mich. Wenn wir das erreicht haben, sind wir gemeinsam auch in der Lage, uns gegen Heinrich von Hettenheim zu behaupten.«

»Aber wie es jetzt aussieht, wird der Hettenheimer sich mit Hohenwald verbünden und zusammen mit diesem gegen Löwenberg vorgehen. Die beiden teilen sich dann die Beute, und ich sehe mit Udalrich von Hohenwald einen Nachbarn an meiner Grenze, der mächtiger ist als ich und sich zudem Graf Heinrichs Freundschaft erfreut«, rief Radolf verbittert.

Otfried musterte seinen Vetter überheblich. »Noch stehen die Hettenheimer und Hohenwalder nicht vor den Mauern von Löwenberg. Und selbst dann wäre es noch möglich, die Angelegenheit in unserem Sinne zu lenken.«

»Und wie?«, fragte Radolf verdattert.

»Indem wir durchklingen lassen, Löwenberg beizustehen, sollte es angegriffen werden.«

Radolf verstand überhaupt nichts mehr. »Aber du willst es doch selbst haben.«

»Das werde ich auch, aber zu seiner Zeit! Ebenso ist es mit dir und Hohenwald. Etwas übers Knie zu brechen, bringt uns gar nichts. Diese Sache muss mit Verstand angegangen werden.«

»So ist das also«, sagte Radolf, der nicht klüger war als vorher.

»Genauso ist es!«

Otfried verbarg seine wahren Pläne hinter einem Lächeln, denn die durfte auch Radolf nicht kennen. Mit einigem Spott dachte er daran, dass der Vetter ihn erst auf diesen Gedanken gebracht hatte. Radolfs Hass auf seinen Halbbruder Gunther und der Neid auf dessen Erbanteil hatten sie beide dazu gebracht, den Jungen aus dem

Weg zu räumen. Zwar hatte Radolf, da er nicht blutsverwandt mit den früheren Herren auf Guntramsweil war, kein direktes Anrecht auf diesen Erbteil, doch bislang hatte noch kein Verwandter versucht, seinem Vater diesen Besitz streitig zu machen.

Da war es bei ihm und Radolf leichter. Er war nicht nur dessen Vetter, sondern durch weitere eheliche Verbindungen beider Sippen in früherer Zeit dessen nächster Verwandter und somit sein Erbe. Bis es einmal so weit war, hatte es aber noch Zeit. Jetzt galt es erst einmal, die Situation zu meistern, die sich durch Heinrich von Hettenheims Eingreifen verkompliziert hatte.

Nach längerem Nachdenken war Otfried zu der Überzeugung gelangt, dass Michel Adlers Anwesenheit auf Hettenheim nicht der Vorbereitung eines Kriegszugs diente. Wäre es so gewesen, hätte der Herr auf Kibitzstein nicht seine Familie mitgebracht. Dumm war nur, dass der Kibitzsteiner die verletzte Edda von Löwenberg gefunden und damit Graf Heinrich in diese Angelegenheit hineingezogen hatte.

12.

Während Radolf von Bogenberg am nächsten Morgen mit dem Versprechen, zwei Tage später zur Beisetzung seines Onkels zurückzukehren, nach Hause aufbrach und der Haushofmeister mit dem Burgkaplan zusammen das Begräbnis vorbereitete, hielt es Otfried nicht in der Burg. Er ließ sich seinen Hengst satteln und ritt allein los. Sein Ziel war weder eines der eigenen Dörfer noch eine der Nachbarburgen, sondern jene Ödnis, die zwischen den vier Herrschaften des Kleeblattbunds lag. Bislang war es nicht gelungen, dieses Gebiet aufzuteilen. Otfried hatte auch nicht vor, es dazu kommen zu lassen, denn er wollte den Landstrich für sich allein. Bevor er danach griff, musste er jedoch seine anderen Pläne verwirklichen. Aus diesem Grund ritt er auf dieses Gebiet zu. Den kürzesten Weg an der Kapelle vorbei und über die Schlucht mied er allerdings, sondern folgte einem Weg, an dem eine hölzerne Brücke den dort noch schmalen Bach überquerte.

Hinter der Brücke lag eine Weggabelung. Ein Weg führte um die Ödnis herum nach Hohenwald, der andere, weitaus schlechtere, endete nach einer halben Meile an einem ausgedehnten Waldstück. Früher hatten die Menschen dort Pilze und Beeren gesammelt und die Besitzer der vier Herrschaften Jagden veranstaltet. Seit jedoch die Gemeinschaft zwischen den vier Herrschaften Bogenberg, Drachenstein, Hohenwald und Löwenberg zerbrochen war, mied man diese Gegend. Der Grund dafür war, dass mehrfach Dorfbewohner, die den Wald betreten hatten, von angeblichen Knechten der Nachbarherrschaften abgefangen, verprügelt und ihrer Ausbeute beraubt worden waren. Otfried dachte zufrieden daran, wie leicht es ihm gelungen war, die Bewohner der drei anderen Herrschaften aus dem Ödwald zu vertreiben.

Zunächst folgte er noch einem schmalen Pfad, der jedoch nach einiger Zeit endete. Wegen der tief hängenden Äste musste er absteigen und sein Pferd führen. Es ging nun weiter zwischen eng stehenden Bäumen hindurch zu einem wahren Baumriesen, der sich mit seiner gewaltigen Krone Platz geschaffen hatte, so dass darunter nur niedriges Gesträuch wachsen konnte. Dort blieb Otfried stehen und band den Zügel seines Hengstes an einen Ast.

Danach drang er zu Fuß in das Gestrüpp ein und erreichte nach etwa zweihundert Schritten einen Pfad, dem nicht anzusehen war, ob er von Menschen geschaffen worden war oder ob es sich nur um einen Wildwechsel handelte. Es gab noch kürzere Wege zu seinem Ziel, doch Otfried zog diesen vor, da er der unauffälligste war und er von niemandem gesehen werden konnte.

Er folgte dem Pfad eine gute halbe Stunde, bog dann bei einem Baum, der sich geteilt und zwei Kronen ausgebildet hatte, davon ab und stand keine dreißig Schritte weiter auf einer künstlich geschaffenen Lichtung, auf der ein von einer doppelt mannshohen Palisade geschütztes Blockhaus stand.

Ein knappes Dutzend Männer saßen vor der Palisade und würfelten so eifrig, dass sie Otfried erst bemerkten, als dieser neben sie trat.

»Nennt ihr das wachen?«, fragte er streng.

Die Männer lachten. »Herr, wer sollte außer Euch schon hierherkommen?«, erwiderte ein Mann, dessen spitzes Gesicht an eine Maus erinnerte.

»Wenn ihr immer so denkt, seid ihr schneller umzingelt, gefangen und gehängt, als ihr aufschauen könnt.« Otfried zeigte seinen Ärger deutlich, und der Mann zog nun doch den Kopf ein.

»Wird nicht wieder vorkommen«, sagte er mürrisch, musste dann aber grinsen. »Doch Ihr müsst zugeben, dass ich gute Arbeit geleistet habe! Die Schwester des Löwenbergers ist mausetot.«

»Bedauerlicherweise ist sie das nicht, Freund Jochen«, antwortete Otfried bissig.

»Unmöglich! Ich habe sie genau in die Brust getroffen«, rief Mausgesicht.

»Und trotzdem lebt sie noch! Anscheinend bist du doch kein so guter Bogenschütze, wie du immer behauptest.«

»Es gibt keinen, der mich mit dem Bogen übertrifft. Ich werde es Euch beweisen!« Der Mann eilte durch das Tor der Palisade und kehrte wenig später mit einem Bogen und einem Köcher voller Pfeile zurück.

»Nennt mir ein Ziel«, forderte er Otfried auf.

»Ich sollte dich selbst nennen«, meinte dieser mit beißendem Spott. »Es ist gleichgültig, ob du jetzt einen Vogel oder einen Tannenzapfen triffst – Edda von Löwenberg bleibt trotzdem lebendig.«

»Ich weiß nicht, wie das geschehen konnte. Sie ritt nur wenige Schritte von mir entfernt vorbei – und das nicht einmal schnell. Ich hatte alle Zeit der Welt, um zu zielen, und mein Pfeil traf sie gut.«

»Nicht gut genug!«, konterte Otfried grimmig.

»Was wollt Ihr? Soll ich mich in Löwenberg einschleichen, um ihr endgültig den Garaus zu machen?«, fragte Mausgesicht.

»Sie befindet sich nicht auf Löwenberg, sondern auf Hettenheim und wird dort schärfer bewacht als die Goldtruhe des Königs. Du würdest nicht einmal in ihre Nähe gelangen. Ich habe es selbst versucht und musste aufgeben.« Otfried ärgerte sich noch immer darüber, gescheitert zu sein, und glaubte auch nicht, dass sein Handlanger erfolgreicher sein würde.

»Edda von Löwenberg ist vorläufig außerhalb unserer Reichweite. Das bedeutet für dich, dass du dich in der nächsten Zeit von den Leuten fernhalten musst. Wenn Edda sagt, ein Mann mit deinem unverwechselbaren Gesicht habe auf sie geschossen, hat dich der Richter schnell am Wickel.«

Am liebsten hätte Otfried den Mann fortgeschickt, doch er brauchte Jochen Mausgesicht und dessen Kumpane für seine Pläne.

»Ihr meint, die Löwenbergerin hätte mich gesehen?«

Mausgesichts Stimme riss Otfried aus seinen Gedanken, und er nickte. »Das halte ich für sehr wahrscheinlich! Du sagtest doch, du hättest alle Zeit der Welt zum Zielen gehabt. Da kann ihr Blick dich besser getroffen haben als dein Pfeil sie.«

Der Mann hatte an Otfrieds Hohn zu kauen. Allerdings begriff er noch immer nicht, wie Edda von Löwenberg überlebt haben konnte. »Vielleicht war es der ungewohnte Pfeil. Er war leichter als die, die ich sonst verwende«, meinte er nachdenklich und wusste selbst, dass dies keine Ausrede sein konnte. Er hatte den Auftrag erhalten, Ritter Engelbrechts Schwester zu töten, um die Spannungen zwischen Löwenberg und Hohenwald zu erhöhen, und versagt.

13.

Die Nachricht von Ritter Otto von Drachensteins Tod machte etliche betroffen, denn bei all den Streitigkeiten, die in letzter Zeit ausgebrochen waren, hatte er als Stimme der Vernunft gegolten. Nun fragten sich nicht nur die Besitzer der Nachbarherrschaften, sondern auch viele andere Menschen, welchen Weg der Sohn einschlagen würde.

Die Tatsache, dass Otfried alle Nachbarn ungeachtet der Person zur Beisetzung seines Vaters eingeladen hatte, weckte jedoch Hoffnung. Bisher hatten sie an den Grenzen immer damit rechnen müssen, dass man ihnen Vieh stahl und die Felder zertrampelte. Doch wenn die vier Nachbarn miteinander sprachen und das, was zwischen ihnen stand, ausräumten, mussten doch wieder friedlichere Zeiten kommen.

Dies dachte auch Rainald von Bogenberg, Radolfs Vater. Seit mehr als zehn Jahren litt er an einer halbseitigen Lähmung und war auf seinen Leibdiener und zwei Knechte angewiesen. Ohne deren Hilfe konnte er nicht einmal das Bett verlassen. An diesem Tag saß er auf einem bequemen Sessel und blickte durch das Fenster auf jenen Hügel, der sich in der Ferne abzeichnete und auf dem die Mauern und Gebäude von Burg Drachenstein zu erahnen waren.

»Mein Freund Otto hätte nicht sterben dürfen. Er stand noch voll im Saft, während ich …« Rainald von Bogenberg brach ab und sah seinen Sohn an. »Es wäre besser gewesen, ich wäre gestorben und meinen beiden Weibern und meinem armen Gunther ins Jenseits gefolgt und Otto würde weiterleben. Er wäre dir ein treuer Freund gewesen und hätte dir mit Rat und Tat zur Seite gestanden.«

Radolf hatte bei der Erwähnung seines Bruders den Kopf gesenkt, hob ihn nun wieder und sah seinen Vater an. »Wohl ist es schmerzlich, Onkel Otto in die Gruft legen zu müssen, doch ich hätte mir niemals gewünscht, er würde leben und Ihr sterben.«

»Ich weiß, mein Junge! Manch anderer Sohn hätte mich, lahm und hilflos, wie ich bin, in meiner Kammer verrotten lassen. Du aber sorgst dafür, dass ich treulich versorgt und gepflegt werde.« Der alte Mann blickte erneut zu Drachenstein hinüber, bevor er mühsam den Kopf zu seinem Sohn hindrehte. »Anders als Otto bin ich dir nur wenig nütze. Oh Gott, es ist so viel anders geworden, seit ich mich nicht mehr rühren kann. Warum hatte ich nicht die Kraft, einzugreifen und einigen den Kopf zurechtzurücken? Wir vom Kleeblattbund sind so viele Jahre gut miteinander ausgekommen, und nun, da mit Hettenheim endlich Frieden herrscht, fallen Löwenberg und Hohenwald übereinander her.«

»So gut auch wieder nicht! Erinnert Euch daran, wie Ihr Euch vor Jahren mit Engelbrecht von Löwenberg gestritten habt, weil dessen Sohn meinen Bruder ins Verderben reiten ließ.«

»Aber wir haben uns wieder zusammengerauft«, wandte Rainald von Bogenberg ein. »Warum können Herr Engelbrecht und Herr Udalrich das nicht auch tun?«

»Engelbrecht von Löwenberg beschuldigt die Hohenwalder, den Mordanschlag auf seine Schwester durchgeführt zu haben«, erklärte Radolf. »Das ist noch weitaus schlimmer als das, was Junker Engelhard getan hat.«

»Ich glaube es trotzdem nicht. Udalrich mag aufbrausend sein, aber er ist ein Mann von Ehre. Seinem Sohn traue ich es ebenfalls nicht zu. Udo ist jemand, der im Zorn die Waffe zieht, aber keiner, der einen solch hinterhältigen Plan entwerfen würde.«

»Da habt Ihr gewiss recht, Vater«, antwortete Radolf. »Es gilt auch als wahrscheinlicher, dass Ritter Engelbrecht selbst oder sein Sohn Engelhard dahinterstecken. Ihnen war Fräulein Edda immer ein Dorn im Auge.«

Rainald von Bogenberg wollte lachen, doch es wurde nur ein krampfhaftes Husten daraus. Als er sich davon erholt hatte, schüttelte er den Kopf. »Die beiden hätten unverfänglichere Wege gefunden, sich der Schwester und Tante zu entledigen, wenn sie es denn gewollt hätten. Ihr in der Nacht ein Kissen aufs Gesicht zu drücken, hätte ausgereicht.«

»Vielleicht wollten sie einen Grund haben, eine Fehde mit Hohenwald vom Zaun brechen zu können«, meinte Radolf.

»Ohne sich vorher um Verbündete zu kümmern? Das passt nicht zusammen, mein Sohn. Hier sind Dinge im Gange, die ich nicht durchschauen kann.«

Erneut senkte Radolf den Kopf, damit sein Vater sein Gesicht nicht sehen konnte. Jene Dinge, von denen dieser sprach, waren die Pläne, die Otfried und er schmiedeten und die sie mächtig genug machen sollten, um gleichberechtigt neben Graf Heinrich von Hettenheim stehen zu können.

»Gunther hätte niemals sterben dürfen«, klagte der alte Mann. »Er wäre jetzt alt genug, um die Herrschaft auf Guntramsweil antreten zu können, und wäre dir als Bruder ein guter Verbündeter. Solange ihr zusammengestanden hättet, wäre es anderen schwergefallen, sich gegen euch zu wenden. So aber stehst du allein.«

»Ihr vergesst Otfried, mein Vater. Wir sind Freunde von Kindheit an und haben uns geschworen, uns jederzeit beizustehen.« Radolf wurde lauter, denn er konnte die Klagen des Vaters wegen Gunthers Tod nicht mehr ertragen. Sein Bruder war vor fast zwölf Jahren ums Leben gekommen, doch der alte Mann tat so, als läge es erst wenige Wochen zurück.

»Ich vergesse Otfried nicht«, antwortete sein Vater. »Aber ich sage dir: Er ist nicht wie sein Vater! Otto war ein aufrechter Mann, und sein Wort stand eisenfest. Bei Otfried wäre ich vorsichtiger, denn er hat mir ein zu wandelbares Gemüt. Es mag dir nicht aufgefallen sein, doch ich halte meine Augen offen, auch wenn ich zwei Männer brauche, die mich von einer Kammer in die andere tragen.«

Es war ein Appell an seinen Sohn, dem Vetter nicht blind zu vertrauen. Radolf tat die Worte seines Vaters jedoch als die Befürchtungen eines alten Mannes ab, der die Welt seit einem Jahrzehnt nur mehr von diesem Fenster aus erlebte. Er kannte Otfried gewiss besser und wusste, dass er sich felsenfest auf ihn verlassen konnte. Zudem verfolgten sie ein gemeinsames Ziel, und von dem wollte er nicht lassen.

»Ich würde meinem alten Freund so gerne die letzte Ehre erweisen, doch ich bin nur noch ein mürbes Stück Holz«, klagte Rainald von Bogenberg.

»Ihr könntet eine Pferdesänfte benutzen«, schlug Radolf vor.

Sein Vater schüttelte den Kopf. »Damit alle sehen, wie gebrechlich ich geworden bin? Nein! Sie sollen dich sehen, einen jungen Mann in voller Kraft als kühnen Krieger. Das flößt ihnen mehr Achtung ein als ein verbrauchter Mann, der mit der linken Hand nicht einmal mehr ein Taschentuch festhalten kann. Sollen Engelbrecht von Löwenberg und Udalrich von Hohenwald etwa miterleben, wie man mir das Fleisch vorschneiden muss, damit ich es kauen kann?«

»Vater, bitte! Werdet nicht bitter!«, flehte Radolf.

»Wie soll ich nicht bitter werden, wenn um mich herum die Welt verrücktspielt und ich nicht das Geringste dagegen tun kann? Das ist nun deine Aufgabe! Verteidige den Frieden zwischen den vier Herrschaften, und wenn du damit drohen musst, dich gegen jeden zu wenden, der ihn bricht. Rede bei Ottos Beisetzung mit allen und beschwöre sie, einig zu sein. Nur so bleibt der Wohlstand in unserem Gau gewährt. Ich habe Landstriche gesehen, in denen die Gier und der Neid die Herren zu Kampf und Fehde aufgestachelt haben. Selbst die Sieger waren hernach ärmer als zuvor.«

Ritter Rainalds Worte gingen ins Leere. Sein Sohn hatte sich für seinen Weg entschieden, und der führte an Otfrieds Seite zu Macht und Ansehen. Der Frieden, so wie sein Vater ihn verstand, hatte darin keinen Platz. Dies offen zu sagen, wagte Radolf jedoch nicht.

»Ich werde in Eurem Sinne tätig sein, Herr Vater«, behauptete er, verbeugte sich und wies zur Tür. »Erlaubt Ihr mir, Euch zu verlassen? Es ist noch einiges vorzubereiten, wenn ich morgen nach Drachenstein reiten will.«

»Tu das, mein Sohn, und rede unseren Nachbarn ins Gewissen. Vereint konnten wir selbst einen Raubwolf wie Falko von Hettenheim in Schach halten. Warum also sollten wir diese Stärke aufgeben und uns selbst schwächen?«

Darauf gab Radolf keine Antwort mehr, sondern verbeugte sich noch einmal und verließ den Raum.

Fünfter Teil

Die Zusammenkunft

1.

Rasul wechselte Eddas Verband und musterte zufrieden die verheilenden Wunden. Der jungen Frau ging es mittlerweile deutlich besser. Als er fertig war, saß sie mit der rechten Schulter an die Stirnseite ihres Bettes gelehnt und krümmte spielerisch die Finger der linken Hand. Den Arm hatte Rasul mit einem Tuch an den Körper gebunden. Edda sollte ihn so wenig wie möglich bewegen, um die Wundheilung nicht zu verzögern.

Inzwischen hatten sich auch Michel und Heinrich von Hettenheim eingefunden und standen hinter Marie, während sich Alika, die an Eddas Bett Wache halten sollte, in eine Ecke zurückgezogen hatte.

»Ihr seht frischer aus als noch gestern«, sagte Graf Heinrich erleichtert.

»Ich fühle mich auch besser. Allerdings habe ich ja nichts anderes zu tun, als hier im Bett zu liegen und mich bedienen zu lassen. Auch nur einen Finger zu rühren, untersagt mir der gestrenge Arzt.« Eddas Blick streifte dabei Rasul, der an den Türstock gelehnt in die Kammer schaute und bei ihren Worten grinste.

»Ich gehorche nur meiner Heilkunst, die dies besagt.«

»Ich bin zwar kein Arzt, aber in der Heilkunst doch ein wenig bewandert und habe nichts bei Herrn Rasul gesehen, was mir missfallen könnte«, sagte Marie, um ihm beizuspringen.

»Das bestreite ich auch nicht. Es ist nur so ungewohnt, im Bett zu liegen und sich kaum rühren zu dürfen.« Edda seufzte und sah dann Michel und Graf Heinrich an. »Ich fühle mich nun wohl genug, um Auskunft über den Schützen geben zu können. Zwar ist er mir unbekannt, doch sobald ich ihm begegne, würde ich ihn auf Anhieb erkennen.«

»Er hat also ein herausstechendes Merkmal?«, fragte Graf Heinrich.

Edda deutete ein Kopfschütteln an. »Das nicht, doch sein Gesicht erinnert stark an eine Maus. Es ist spitz, dazu sind die Augen klein und stehen eng zusammen. Auch ist er bartlos bis auf ein paar Haare, die auf der Oberlippe wachsen.«

»Dafür, dass Ihr ihn nur einen Augenblick sehen konntet, könnt Ihr ihn gut beschreiben«, wunderte Graf Heinrich sich.

»Sein Bild hat sich in mein Gedächtnis eingebrannt. Ich ritt ziemlich langsam an jenem Gebüsch vorbei, als ich ihn an dessen Rand entdeckte. Er hielt den Bogen in der Hand und zielte auf mich. Augenblicke später traf mich sein Pfeil. Als ich wieder erwachte, war ich bereits in Frau Maries Obhut.«

»Ein Mann mit so auffälligen Gesichtszügen müsste doch zu finden sein«, sagte Michel nachdenklich.

»Es sei denn, er verbirgt sich gut, was ich an seiner Stelle tun würde, da sein Anschlag misslungen ist und Edda ihn beschreiben kann«, gab Marie zu bedenken.

»Ich werde nach ihm suchen lassen. Irgendjemand hat ihn gewiss gesehen und kann uns Bescheid geben, wo er zu finden ist.« Im Gegensatz zu Marie glaubte Graf Heinrich nicht daran, dass der Mörder so vorsichtig sein würde, sich zu verstecken.

»Vielleicht versucht er auch, sein Werk zu Ende zu bringen«, warf Alika ein.

Graf Heinrich tat diese Worte mit einer Geste ab. »Dafür wird das Fräulein zu gut bewacht.«

»Und doch sollte man mit allem rechnen«, gab Marie zu bedenken. »Wenn Ihr und Michel morgen früh nach Drachenstein aufbrecht, um an den Trauerfeierlichkeiten für Ritter Otto teilzunehmen, mag es sein, dass der Meuchelmörder versucht, dies auszunutzen. Mir wäre es daher lieb, wenn wenigstens mein Mann hierbleiben könnte.«

Michel schüttelte seufzend den Kopf. »Ich würde es gerne tun, doch Ottos Sohn und Erbe Otfried hat in der Einladung an Graf Heinrich auch meinen Namen erwähnt. Es würde ihn brüskieren, wenn ich nicht mitkäme.«

Ihm gefiel es ebenso wenig wie Marie, dass diese in Hettenheim zurückbleiben musste, während er nach Drachenstein ritt. Seine Ehre gebot es jedoch, der Einladung zu folgen, und so blieb ihm keine andere Wahl.

»Ich lasse Karel und Gereon hier. Sie sind zuverlässig und wissen, was zu tun ist, ohne dass man ihnen einen Befehl erteilen muss«, setzte er hinzu. »Die Mädchen bleiben ebenfalls hier und sollen dich unterstützen. Falko und Hilbrecht kommen mit uns. Ihre Begleitung soll unsere friedlichen Absichten bezeugen.«

»Außerdem sind es findige Burschen, sollte die Einladung sich als Falle herausstellen«, meinte Alika.

»Das kann Otfried von Drachenstein sich nicht erlauben, denn Pfalzgraf Ludwig würde ihn umgehend ächten. Außerdem hätte ich auf Löwenberg oder Hohenwald mehr Sorgen, verraten zu werden, als auf Drachenstein«, sagte Graf Heinrich. Er verzog das Gesicht zu etwas, das einem Grinsen gleichkommen sollte. Auch wenn zwischen seinen Nachbarn nicht gerade eitel Freude herrschte, so erschien ihm die Furcht vor einem möglichen Verrat übertrieben.

»Vielleicht gelingt es uns sogar, die Streithähne auf Hohenwald und Löwenberg zu versöhnen«, sagte er anschließend und nickte Edda zu. »Ihr erlaubt, dass ich mich verabschiede? Wir müssen morgen sehr früh aufbrechen, denn ich will nicht zu spät auf Drachenstein ankommen.«

»Ich wünschte, Ihr könntet wirklich Frieden schaffen. Als ich noch ein Kind war, kamen die Bogenberger, Drachensteiner und Hohenwalder oft zu uns zu Besuch. Seit ein paar Jahren erscheinen sie immer seltener, und seitdem gibt es auch immer wieder Streit und sogar Gewalttaten zwischen den einzelnen Herrschaften«, erklärte Edda traurig.

Auch wenn sie damals nicht zu den Mahlzeiten und Gesprächen mit den Besuchern hinzugeholt worden war, hatte das Erscheinen der Nachbarn für eine gewisse Abwechslung gesorgt, die es nun schon seit geraumer Zeit nicht mehr gab.

»Ich werde mein Bestes tun!«, sagte Graf Heinrich lächelnd.

»Wenn Ihr nach Drachenstein kommt und Esau ist dort, grüßt ihn von mir. Ich wünschte, ich hätte nur ihn als Bruder. Er hätte sich um mich gekümmert!« Eine Träne lief langsam über Eddas Wange.

»Ich werde Esau Euren Gruß ausrichten«, versprach Graf Heinrich und verließ den Raum.

Michel folgte ihm nach einem herzlichen Abschiedsgruß, und so blieben die Frauen allein mit Rasul zurück.

Marie wandte sich mit einem fragenden Blick an den Arzt. »Wie ist es in Eurer Heimat? Herrschen dort auch Misstrauen und Verrat?«

»Der eine oder andere im Orient ist ein Meister darin. Doch seid gewiss, die Menschen hier stehen diesen nur wenig nach, wenn überhaupt.«

Ein kurzer Schatten huschte über Rasuls Gesicht und verriet Marie, dass auch er erfahren haben musste, was Verrat war.

2.

Am nächsten Morgen brachen Michel und Heinrich von Hettenheim auf. Sie hatten zehn Mann bei sich, drei waren Kibitzsteiner, sieben stammten aus Hettenheim. Einen Knecht hatte Michel bei Gereon und Karel zurückgelassen, damit er diese unterstützen sollte.

Es wehte ein frischer Wind, doch es wurde rasch warm und versprach, ein schöner Tag zu werden. Ihr Weg führte durch ein gewelltes, grünes Land mit ansehnlichen Bauerndörfern und gut bestellten Feldern. An einigen Stellen, die von der Sonne bevorzugt wurden, wuchsen sogar Weinstöcke. Ein anderer hätte vielleicht auf Graf Heinrichs Besitztümer neidisch werden können, doch Michel fand, dass die Dörfer um Kibitzstein denen von Hettenheim in nichts nachstanden. Sein Gastgeber mochte mehr Land besitzen als er, aber das war nicht verwunderlich, denn Graf Heinrich stammte aus einer altadeligen Familie, während er in seiner Jugend noch die Bierkrüge in der Schenke seines Vaters ausgeteilt hatte. Von dort zu seinem jetzigen Stand lag eine weitaus größere Spanne als zwischen ihm als Reichsritter und einem Grafen von Hettenheim.

Nachdem sie eine Weile schweigend nebeneinander geritten waren, lachte Heinrich kurz auf. »Ich darf es zu Hause nicht sagen, aber ich bin ganz froh, ein paar Tage von dort wegzukommen. Wir waren doch nur noch mit Vermutungen und Befürchtungen beschäftigt.«

»Das mag sein«, antwortete Michel. »Ein Begräbnis ist allerdings auch kein erheiterndes Ereignis.«

»Uns betrifft Herrn Ottos Tod zum Glück nur wenig. Er war nicht einmal mein direkter Nachbar, denn sein Besitz liegt hinter dem des Löwenbergers. Wäre Ritter Rainald von Bogenberg gestorben und Junker Radolf der Erbe, müsste ich mich mehr damit befassen, denn der kleinere Teil seiner Besitzungen, der Guntramsweil genannt wird, grenzt direkt an Hettenheim. Ritter Rainald siecht nun schon seit Jahren dahin, aber sein Lebenswille ist ungebrochen.«

»Glaubt Ihr, dass alle Nachbarn nach Drachenstein kommen werden?«, fragte Michel.

»Und ob sie das tun werden! Da werden nicht nur Bogenberg, Hohenwald und Löwenberg erscheinen, sondern auch andere. Sie werden Junker Otfried wohl nur ihre Anteilnahme bekunden, sich aber nicht in die Streitigkeiten innerhalb des Kleeblattbunds einmischen. Dafür ist die Angst, dass dieser sich einigen und gegen sie wenden könnte, zu groß. Ich bin jedoch sicher, dass sowohl der Löwenberger wie auch der Hohenwalder mir Land und Beute anbieten werden, da sie mich auf die jeweilige Seite ziehen wollen.«

»Und? Wollt Ihr Euch mit einem von ihnen verbünden?«, fragte Michel weiter, da er wenig Lust hatte, sich in die Streitigkeiten dieser Gegend hineinziehen zu lassen.

»Natürlich nicht! Der Gau gedeiht am besten, wenn Frieden herrscht. Dies werde ich diesen Sturköpfen auch in die Schädel hämmern.«

Michel begriff, dass Graf Heinrich überzeugt war, sein Einfluss reiche aus, um die Kleeblättler zur Vernunft zu bringen. Er selbst zweifelte daran, hätte aber nicht zu sagen vermocht, woher sein Misstrauen rührte. Auf jeden Fall hatte irgendjemand in der Vergangenheit viel getan, um den Streit zwischen den einzelnen Herrschaften zu schüren, und das würde sich nicht von einem Tag auf den anderen legen.

Nach einigen Stunden erreichten sie die Grenze zu Löwenberg, und sofort stieg ihre Anspannung. Dabei schien es keinen Grund zu geben, denn die Landschaft sah nicht anders aus als um Hettenheim. Sanfte Hügel, die mit Wäldern, Feldern und Wiesen bedeckt waren, wechselten einander ab, und kleine Dörfer duckten sich in die Senken. Bei einigen waren Zäune aus Flechtwerk errichtet worden, um jeden daran zu hindern, unbemerkt in das Dorf einzudringen.

Michel wies auf einen solchen Zaun. »Im Falle einer Fehde bietet auch er keinen Schutz.«

»Aber er reicht aus, böse Buben daran zu hindern, hier etwas anzustellen«, antwortete Graf Heinrich.

»Man kann ihn übersteigen«, wandte Michel ein. »Allerdings ist er für den, der ins Dorf eingedrungen ist, ein Hindernis für eine rasche Flucht. Wenn ihn die Dörfler erwischen, ist es um ihn geschehen.«

»Soweit ich gehört habe, ist bis jetzt keiner dieser Kerle gefangen worden. Allerdings gab es meiner Kenntnis nach auch noch keine Angriffe auf ein Dorf, sondern nur auf einzelne Bewohner, und diese waren der jeweiligen Übermacht nicht gewachsen«, erwiderte Graf Heinrich. Er kniff verärgert die Lippen zusammen und sah Michel an. »Zum Glück hat es bis jetzt noch keine Toten gegeben, sondern nur ein paar gebrochene Knochen.«

»Wir sollten es nicht verschreien! Vom Verprügeln bis zum Erschlagen ist es nicht weit. Über kurz oder lang werden diese Schurken keine Grenzen mehr kennen.«

Bei diesen Worten blickte Michel sich aufmerksam um. Burg Löwenberg lag bereits ein Stück hinter ihnen. Dafür entdeckte er gegen Norden hin einen dicht bewaldeten Höhenrücken, der abweisend wirkte.

»Wem gehört dieses Gebiet dort?«, fragte er Graf Heinrich.

»Es ist ein Ödland, das die vier Herrschaften Drachenstein, Löwenberg, Hohenwald und Bogenberg bislang nicht unter sich aufgeteilt haben. Sollten sie es einmal tun, würden dort alle vier Herrschaften zusammenstoßen. Ich war nie in diesem Gebiet und kenne diese Gegend nicht. Es soll sich eine tiefe Schlucht hindurchziehen, und es ist von einer Kapelle die Rede, die es dort geben soll und bei der sich die Herren des Kleeblattbunds früher von Zeit zu Zeit getroffen haben, um ihren Bündnisschwur gegen meinen Vetter zu erneuern.«

Michel hörte Graf Heinrich aufmerksam zu und machte sich seine Gedanken. »So eignet sich das Gebiet ausgezeichnet für Räuber.

Die Besitzer der vier Herrschaften sollten Sorge tragen, dass nicht eine Bande Schurken die Streitigkeiten zu ihrem Vorteil nutzt. Wenn diese es geschickt anfangen, können sie die Spannungen zwischen Löwenberg und Hohenwald und mit den anderen ausnutzen und ungeschoren mit ihrer Beute abziehen, während hinter ihnen Dörfer und Burgen in Flammen aufgehen!«

Ohne es zu wissen, kam Michel der Wahrheit ziemlich nahe. Nur waren es keine gewöhnlichen Räuber, die vom Ödwald aus ihre Untaten verübten, sondern der mausgesichtige Jochen und dessen Bande, die in Otfrieds Sold standen.

Zur Mittagsstunde hielten sie in einem Dorf an, das bereits zu Drachenstein zählte. Graf Heinrich kannte dort eine Schenke, in der es einen trinkbaren Wein gab. Auch verkaufte der Wirt Brot, Würste und geräucherten Schinken, so dass Kehle und Magen gleichermaßen zu ihrem Recht kamen.

»Wir haben Zeit und können in aller Ruhe essen«, sagte Graf Heinrich zu Michel und winkte den Wirt zu sich. »Kannst du mir sagen, ob Herr Engelbrecht von Löwenberg nach Drachenstein geritten ist?«

»Sehr wohl, gnädiger Herr! Der ist vor einer Stunde hier durchgeritten, hat aber nicht angehalten, um einen Schluck Wein zu trinken, wie er es früher gemacht hat.«

»Udalrich von Hohenwald dürfte auch kommen und der Sohn des Bogenbergers sowieso. Damit hätten wir alle zusammen und können ihnen ins Gewissen reden«, meinte Graf Heinrich lächelnd.

»Droht ihnen, Euch auf die Seite dessen zu stellen, der von einem der anderen angegriffen wird, und sie werden Ruhe geben«, schlug Michel vor.

»Ein guter Gedanke, nur kann ich ihn nicht ausführen. Es würde die Herren nur dazu treiben, sich gegenseitig zu reizen, um dann zu behaupten, angegriffen worden zu sein.« Heinrich lachte bitter und trank einen Schluck Wein, bevor er weitersprach. »Ein Bäuerlein mit Mist zwischen den Zehen sieht bewundernd zu uns auf und wünscht sich, unsere Stelle einzunehmen. Dabei haben wir gewiss nicht weniger Sorgen als er – und weitaus mehr Probleme.«

»Denen wir aber auch die nötige Sorgfalt widmen sollten«, mahnte Michel, da Graf Heinrich die Angelegenheit nicht so wichtig zu nehmen schien, wie er es seiner Meinung nach tun sollte. »Wir dürfen nicht vergessen: Es wurde ein Mordanschlag auf Edda von Löwenberg verübt. Solange der Schuldige nicht gefunden ist, kann es jederzeit zu einer weiteren Tat kommen. Ich glaube nicht, dass Ihr den Hohenwalder zurückhalten könnt, sollte dessen Tochter oder der Sohn umgebracht werden«, setzte er eindringlich hinzu.

»Da habt Ihr wohl recht«, erwiderte Graf Heinrich nachdenklich. »Ich hoffe aber trotzdem, die Herrschaften zum Frieden bewegen zu können. Immerhin können wir ihnen den Mann beschreiben, der auf Fräulein Edda geschossen hat. Ein Gesicht wie dieses sollte im Gau bekannt sein und uns Hinweise auf den Schurken bringen.«

»Ich hoffe es!« Michel atmete tief durch und fand, dass er sich zu viele trübe Gedanken machte. Daher wechselte er das Thema und unterhielt sich mit seinem Freund über Dinge, die weniger bedrückend waren.

3.

Graf Heinrichs Schar erreichte Burg Drachenstein am späten Nachmittag. Zu ihrer Verwunderung sahen sie auf dem Anger unterhalb der Burg zwei Gruppen Zelte stehen, zwischen denen ein beträchtliches Stück frei geblieben war. Jeweils über dem größten Zelt flatterte ein Banner, über dem einen das von Löwenberg, über dem anderen das des Hohenwalders.

»Was ist denn hier los?«, fragte Heinrich von Hettenheim einen herbeieilenden Herold.

»Ritter Engelbrecht weigert sich, die Burg zu betreten, da er nicht mit Ritter Udalrich von Hohenwald unter einem Dach schlafen will«, antwortete der Mann.

»Und weshalb bleibt Ritter Udalrich im Freien?«, fragte Graf Heinrich weiter.

»Der traut Ritter Engelbrecht nicht und will ihn im Auge behalten.«

Michel fand die Haltung der beiden Nachbarn arg kindisch, doch wenn sie es so wollten, mussten sie damit leben. Unterdessen sah der Herold Graf Heinrich und ihn mit einer gewissen Besorgnis an.

»Ihr werdet aber doch gewiss in der Burg nächtigen?«

»Und ob wir das wollen!«, antwortete Graf Heinrich lachend. »Ritter Michel und ich haben auf unseren Feldzügen lange genug in feuchten, kalten Zelten geschlafen, um die Bequemlichkeit einer Kammer schätzen zu können.«

Unterdessen waren sowohl Gefolgsleute von Engelbrecht von Löwenberg wie auch von Udalrich von Hohenwald näher gekommen, um zu hören, was gesagt wurde. Als sie zu ihren Herren zurückkehrten, um es ihnen zu berichten, kam auch die Rede darauf, dass Graf Heinrich von gemeinsamen Feldzügen mit Michel gesprochen hatte. Beide Herren befürchteten nun, es wäre ein neuer Feldzug geplant, und sie könnten dessen Opfer sein. Gegen Graf

Heinrich und einen mit ihm verbündeten Nachbarn würden sie sich nicht behaupten können, vor allem, wenn der als Kriegsheld bekannte Kibitzsteiner deren Truppen anführte.

Ohne zu wissen, was er mit ein paar nebenbei gesprochenen Worten angerichtet hatte, ritt Graf Heinrich in die Burg und wurde von Otfried mit aller Höflichkeit empfangen.

»Seid mir tausend Mal willkommen!«, rief der neue Herr von Drachenstein und verbeugte sich sowohl vor Heinrich wie auch vor Michel. »Ich bin überglücklich, dass wenigstens Ihr meine Einladung so annehmt, wie sie gedacht war. Mein Haushofmeister wird Euch die beste Kammer zuweisen. Auch wird gleich Wasser gebracht, damit Ihr Euch vom Staub der Reise befreien könnt. Dann wird ein guter Tropfen auf Euch warten, der beste aus meinem Keller! Mein Vater hätte nicht gewollt, dass ich einen geringeren nehme.«

Otfried klang freundlich und so dankbar, als wäre er über die Weigerung Engelbrechts und Udalrichs erschrocken, nicht in seiner Burg übernachten zu wollen. Nun aber entschuldigte er sich mit dem Hinweis auf die vielen Pflichten, die er vor der feierlichen Beisetzung seines Vaters noch zu erfüllen habe, und erwähnte dabei, er habe den Bischof von Mainz gebeten, ihm einen würdigen Priester für die Trauerfeier zu schicken.

»Mein Burgkaplan vermag die Messe zu lesen und die Beichte abzunehmen, doch mein Vater hat es verdient, von einem besseren Mann in die Gruft gebracht zu werden«, sagte er noch, bevor er ging.

Michel, Graf Heinrich und deren Söhne folgten dem Herold zu der ihnen zugewiesenen Kammer, während ihre Begleitung im Erdgeschoss untergebracht wurde. Vor dem Raum prüfte Michel kurz die Tür. Außen gab es keinen Riegel und konnte daher nicht versperrt werden. Irgendwie beruhigte es ihn.

Die Kammer war wohnlich eingerichtet und verfügte sogar über einen Kamin. Jetzt im Sommer brannte kein Feuer darin, doch daneben an der Wand waren mehrere Scheite aufgestapelt, so dass man jederzeit eines entzünden konnte. Zudem gab es zwei breite Betten. Nachdem sie sich kurz ausgetauscht hatten, beschlossen Michel und Heinrich, dass jeder von ihnen eines mit seinem Sohn teilen sollte. Zwei Truhen standen für ihre Sachen bereit, dazu gab es etliche in die Wand geschlagene Holzpflöcke, an denen Mäntel und dergleichen aufgehängt werden konnten.

Der Wein stand in einem Zinnkrug auf einem kleinen Tisch, und das Wasser, mit dem sie sich waschen konnten, wurde eben hereingebracht.

»So lasse ich es mir gefallen!«, sagte Graf Heinrich und schenkte sich einen Becher ein. »Wollt Ihr auch einen?«, fragte er Michel.

»Gerne!«, antwortete dieser, denn der Ritt hatte ihm Durst gemacht. Er nahm den Becher von Heinrich entgegen und ließ es sich schmecken. »Junker Otfried hat nicht zu viel versprochen. Es ist ein ausgezeichneter Wein«, lobte er den Trunk, brachte dann aber einen Einwand. »Wir sollten uns aber nicht angewöhnen, zu viel davon zu trinken, denn er ist sehr stark.«

»Befürchtet Ihr Verrat?«, fragte Graf Heinrich mit leichtem Spott.

»Nicht so, wie Ihr es meint, sondern eher, dass wir, vom Wein beherrscht, Verträge schließen, die wir hinterher bereuen.«

Graf Heinrich musste lachen. »Ihr seid misstrauischer als ein Dachs, Freund Michel. Aber Ihr habt recht. Wir sollten uns beim Trinken zurückhalten. Das gilt auch für dich, Hilbrecht!«

»Und ebenso für dich!«, setzte Michel an seinen Sohn gemünzt hinzu. »Noch etwas! Streift nicht auf eigene Faust durch die Burg! Nicht, dass ihr euch verlauft und wir euch suchen müssen.«

Es war eine Warnung, dass der eine oder andere versuchen könnte, sich der Knaben zu bemächtigen, um die Väter erpressen zu können.

Das begriff auch Graf Heinrich und schärfte seinem Sohn ein, unter allen Umständen Vorsicht walten zu lassen.

»Das werden wir gewiss«, versprach der Junge. »Falko und ich haben Fräulein Edda gesehen und wollen nicht, dass es uns genauso ergeht. Diesmal könnte der Schütze besser treffen.«

»Wollen wir hoffen, dass es keinen solchen Schützen gibt. Immerhin sind wir hier zu einer Trauerfeier geladen worden und in keine Räuberhöhle geraten.«

Michels Ansicht nach nahm Graf Heinrich die Situation noch immer nicht ernst genug. Er hatte jedoch seine Bedenken bereits genannt und gab es daher auf, weiter auf seinen Freund einzureden. Wichtig war erst einmal, dass Falko und Hilbrecht sich nicht durch Übermut in Schwierigkeiten brachten und er selbst die Augen offen hielt.

4.

Zu Ritter Ottos Beisetzung waren nicht nur Michel, Graf Heinrich und die drei einstmals mit Drachenstein verbündeten Herren Engelbrecht von Löwenberg, Udalrich von Hohenwald und Radolf von Bogenberg als Vertreter seines Vaters erschienen, sondern auch Nachbarn aus einem Gau, die weniger mit Drachenstein verbunden waren.

Zur allgemeinen Erleichterung hatten sich der Löwenberger und der Hohenwalder zuletzt doch bereit erklärt, zum Bankett zu erscheinen. Die gestellte Bedingung, sie so weit wie möglich auseinanderzusetzen, wurde dadurch erfüllt, indem man sie würfeln ließ, wer von ihnen neben Otfried sitzen durfte, der als Gastgeber an der Stirnseite saß, während der andere neben Graf Heinrich zu sitzen kam, dem der Ehrenplatz auf der anderen Tafelseite zukam. Da Michels Platz ebenfalls neben Graf Heinrich war, saß er Engelbrecht von Löwenberg direkt gegenüber, während sich Radolf von Bogenberg und Udalrich von Hohenwald ins Gesicht sehen mussten.

Ob es den Herren so passte, konnte Michel nicht sagen. Engelbrecht von Löwenberg unterhielt sich zunächst mit seinem Nachbarn zur Rechten und sandte dabei immer wieder grimmige Blicke in Udalrichs Richtung, die dieser ebenso unfreundlich beantwortete.

Nach einigen Bechern Wein lockerte sich jedoch die Stimmung. Einige Nachbarn begannen, über den Toten zu reden, und waren voll des Lobes über ihn. Offenbar war Otto von Drachenstein auch im Nebengau bekannt und beliebt gewesen. Laut den Erzählungen hatte er sich auch dort mehrfach als Friedensstifter ausgezeichnet.

Schließlich stand Graf Heinrich auf und erhob seinen Becher. »Lasst uns auf Ritter Otto trinken, und dann soll jeder, der ihn kannte, eine Geschichte über ihn erzählen.«

»Ein guter Gedanke!«, stimmte ihm Udalrich von Hohenwald

zu. Ihn ärgerte die Tatsache, dass Graf Heinrich am anderen Ende der Tafel saß und er im Gegensatz zum Löwenberger nur über etliche Gäste hinweg mit ihm sprechen konnte. Dinge, die nicht jeder wissen sollte, konnten daher nicht einmal angedeutet werden.

»Fangt an!«, forderte Heinrich von Hettenheim ihn auf.

Der Hohenwalder nahm einen kräftigen Schluck und berichtete, wie es Ritter Otto mit seiner Unterstützung gelungen sei, einen von Graf Falkos Kriegshauptleuten gefangen zu nehmen und damit einen dreimonatigen Waffenstillstand zu erreichen.

»Die Zeit reichte aus, um unsere Freunde und Verwandte zusammenzurufen. Wir waren danach so stark, dass Graf Falko nichts anderes übrig blieb, als Frieden zu schließen«, setzte er selbstzufrieden hinzu.

»Unsinn!«, rief Engelbrecht von Löwenberg dazwischen. »Es wurde nur ein weiterer Waffenstillstand von drei Monaten erreicht. Danach rief Kaiser Sigismund seine Gefolgsleute zum Feldzug nach Böhmen zusammen, und Pfalzgraf Ludwig III. bestimmte Falko von Hettenheim zum Feldhauptmann des Pfälzer Aufgebots. Während des Krieges ist Graf Falko gefallen.«

»Das stimmt nicht ganz«, widersprach Heinrich von Hettenheim. »Mein Vetter hatte mehrere Verbrechen begangen und wurde deswegen zum Zweikampf gefordert. Herr Michel Adler auf Kibitzstein hat Falko besiegt.«

Selbst nicht mehr ganz nüchtern, klopfte er Michel auf die Schulter, und damit richtete sich nun aller Aufmerksamkeit auf diesen Gast.

»Ihr seid Michel Adler, der Kaiser Sigismund aus einer Schar von tausend Hussiten herausschlug?«, rief einer.

»Es waren ein paar weniger als tausend«, antwortete Michel.

»Aber Ihr habt sein Leben gerettet! Diese elenden Ketzer hätten ihn ohne Mitleid und Erbarmen umgebracht.«

Etliche Herren hatten Verwandtschaft in der Oberen Pfalz, die weiter im Osten zwischen Böhmen, Franken und Baiern lag und ebenfalls zum Herrschaftsgebiet des Pfalzgrafen am Rhein gehörte.

Daher wussten sie um die Grausamkeit, mit der die Hussiten gegen ihre Feinde vorgegangen waren. Michel hätte ihnen berichten können, dass auch die eigene Seite wenig Federlesens mit den Hussiten gemacht hatte. Er hielt jedoch den Mund, denn es gab genug Männer, die nun das Wort ergriffen.

Radolf von Bogenberg berichtete von einer Begebenheit, in der es Otto von Drachenstein gelungen war, sich der Hilfe Pfalzgraf Ludwigs III. gegen eine unberechtigte Forderung von Falko von Hettenheim zu versichern.

»Unsinn!«, rief Löwenberg dazwischen. »Die Sache hatte mit uns gar nichts zu tun. Es ging um eine Burg, die der Pfalzgraf einem seiner Vasallen überließ und die Falko von Hettenheim verwaltet hatte und nicht herausgeben wollte. Für uns war es sogar ein Schaden, denn kaum hatte Graf Falko die Burg räumen müssen, wandte er sich gegen uns, und es gelang uns nur mit Mühe, uns seiner zu erwehren.«

»Ich habe das anders in Erinnerung!«, brüllte Udalrich von Hohenwald los. »Graf Falko musste danach nicht nur Frieden mit uns halten, sondern mir auch noch ein Stück Land zurückgeben, das sein Vater meinem Vater abgepresst hatte.«

»Das war doch erst Jahre später!«, behauptete Engelbrecht von Löwenberg.

Innerhalb kürzester Zeit stritten er und Ritter Udalrich in einer Weise, dass die anderen froh waren, dass man die Schwerter vor Betreten der Halle auf Bitten des Gastgebers abgegeben hatte. Die beiden Herren hätten sonst wohl noch blankgezogen und wären aufeinander losgegangen.

Es dauerte eine Weile, bis die zwei endlich müde wurden, einander zu beschimpfen und zu beleidigen.

Seufzend sah Graf Heinrich Michel an, der zu ihm getreten war. »Ich glaube, Ihr hattet recht! Es wird schwieriger sein, als ich dachte, den Frieden im Gau zu bewahren, solange Löwenberg und Hohenwald bereits bei einer belanglosen Sache wie dieser so heftig aneinandergeraten.«

»Ihr seid höchstwahrscheinlich das Zünglein an der Waage«, meinte Michel. »Jeder der beiden wird versuchen, Euch für sich zu gewinnen, um dann über den anderen herfallen zu können.«

»Ich will keinen meiner Nachbarn angreifen, denn ich habe genug damit zu tun, zwei abgelegene Teile meines Besitzes unter meiner Herrschaft zu halten. Die Kastellane hat noch mein Vetter eingesetzt, und die haben sich beide seit einem guten Jahr angewöhnt, keine Abgaben mehr zu zahlen. Zugleich wollen sie beim Pfalzgrafen erreichen, dass er sie mit diesen Gebieten belehnt. Dabei sind die Burgen und Ländereien Eigenbesitz meiner Sippe und kein Lehen des Pfalzgrafen.«

Heinrich von Hettenheim klang verärgert. Da er diese Angelegenheit bald bereinigt sehen wollte, konnte er keine weiteren Schwierigkeiten brauchen.

Michel begriff nur zu gut, was in seinem Freund vorging, denn er musste sich selbst mit den Forderungen des Würzburger Fürstbischofs herumschlagen, der mehrere Verträge, die er mit dessen Vorgängern abgeschlossen hatte, nicht anerkennen wollte. Auch diese Sache harrte noch ihrer Lösung, und er wollte ebenso wenig wie Graf Heinrich in eine zweite ärgerliche Situation geraten.

Er fand, dass Otfried von Drachenstein als Gastgeber energischer hätte eingreifen und den Streit zwischen seinen Nachbarn beenden müssen. Nur war dieser erst seit wenigen Tagen der Herr dieses Besitzes und hatte noch nicht den Einfluss erworben, der seinem Vater zugeschrieben worden war. Im Lauf der Zeit mochte sich dies ändern. Im Augenblick aber war es fatal, dass er nicht in der Lage war, seine Gäste im Zaum zu halten.

5.

Der Abend endete spät, doch am nächsten Morgen hieß es früh aufstehen und sich für Ritter Otto von Drachensteins Totenfeier zurechtmachen. Michel, Graf Heinrich und ihre Söhne hatten angemessene Kleidung für diesen Anlass mitgenommen. Andere hingegen trugen dieselbe wie am Vortag, und wieder andere sahen aus wie bunte Pfauen. Eines aber einte die meisten, nämlich das Bedauern, dass ein so aufrechter und kluger Mann zu Grabe getragen werden musste.

Ottos Sohn hatte zwar das dreißigste Jahr erreicht, war aber für die meisten noch immer ein unbeschriebenes Blatt. Einige der Herren, die zu Hause heiratsfähige Töchter hatten, die sie an den Mann bringen wollten, suchten seine Nähe und wünschten ihm bei ihren Beileidsbekundungen besonders eindringlich Glück und Erfolg.

Bislang war Otfried mit dem Verlauf der Beisetzungsfeier sehr zufrieden. Seine Appelle an die Nachbarn, doch in Frieden und Freundschaft miteinander zu leben, hatten Eindruck gemacht. Zwar stichelte der Löwenberger gegen den Hohenwalder und umgekehrt, doch vorerst sah es so aus, als würde es zwischen ihnen bei einem Krieg der Worte bleiben und kein Schwert gezogen werden.

Es war Otfried auch gelungen, Graf Heinrich einzulullen. Um seinen eigenen Einfluss zu mehren, durfte dessen Geltung nicht weiter wachsen. Doch das waren Dinge, die mit Bedacht angegangen werden mussten. Vorerst galt es, den Schein zu wahren, er werde die Politik seines Vaters nahtlos weiterführen. Damit irritierte er Radolf, der gehofft hatte, ihr Bündnis würde nun rasch Erfolge zeigen.

Während sechs Männer den Leichnam seines Vaters in den Sarkophag in der Gruft legten, bedachte Otfried seinen Vetter mit einem spöttischen Blick. Radolf war zu dumm, um über seine Nasenspitze hinausschauen zu können, und er war einfach nur gierig.

Daher spielte er in seinen Plänen eine große Rolle, denn niemand eignete sich mehr zum Sündenbock für all die Streitigkeiten als er.

Otfried verbarg diesen Gedanken tief in sich und mimte den vom Tod des Vaters erschütterten Sohn. Das gelang ihm in so meisterhafter Weise, dass nicht der geringste Verdacht aufkam, dessen Hinscheiden könnte auf andere als natürliche Ursachen zurückzuführen sein.

Zwei Dutzend Knechte wuchteten den Deckel auf den Sarkophag. Sie waren in Rot und Weiß gekleidet und symbolisierten so die Drachensteiner Farben. Die Mägde in der Burg hatten eifrig nähen müssen, doch hatte es sich, wie Otfried fand, gelohnt. Auch die große Decke mit dem Drachensteiner Wappen, die nun über den Sarkophag gebreitet wurde, machte Eindruck. Hier wurde ein mächtiger Mann begraben, und sein Nachfolger stand bereit, ebenso mächtig zu werden.

Der Priester, der extra aus Mainz angereist war, pries Ritter Otto als edlen Menschen, der gewiss von Engeln ins Himmelreich geleitet und an die Seite Jesu Christi geführt werde. Otfried fragte sich, wie dies überhaupt möglich sein sollte. Mehr als einige wenige Männer konnten nicht an Christi Seite sitzen. Wo hatte man dann all den anderen ihre Plätze angewiesen, denen dies ebenfalls prophezeit oder gewünscht worden war? Er musste sich zusammennehmen, um nicht über diesen Gedanken zu lachen, und so war er froh, als der Pfaffe, wie er sich sagte, endlich das Maul hielt. Nun führte er seine Gäste in die Halle und ließ Wein auftragen. Alle Becher wurden gefüllt, und dann erhob er seinen Pokal.

»Ich danke euch allen, dass ihr gekommen seid, um meinem Vater die letzte Ehre zu erweisen. Er war ein großer Mann, in dessen Fußstapfen zu treten mir schwerfallen wird. Ich werde jedoch mein Bestes geben.«

Unterdrücktes Lachen antwortete ihm, doch Otfried spürte, dass es nicht spöttisch, sondern freundlich gemeint war. Seine Gäste wünschten ihm, die Rolle seines Vaters einnehmen zu können. Das würde er auch, sagte er sich, wenn auch nur für kurze Zeit. Erst einmal galt es, Graf Heinrich im Auge zu behalten und möglichst alles über dessen Ziele zu erfahren. Auch sollte der Kibitzsteiner bald wieder verschwinden, denn im Augenblick war Michel Adler ein Hindernis für seine Pläne. Es brachte nichts, eine Fehde anzuzetteln, wenn es dem, den er besiegt sehen wollte, gelang, Michel Adler als Anführer seiner Waffenknechte zu gewinnen.

Einen Augenblick dachte Otfried an Jochen Mausgesicht. Der Mann war ein guter Helfer, wegen seines markanten Gesichts derzeit jedoch eine Gefahr. Wurde der Kerl erkannt und gefangen genommen, war zu erwarten, dass dieser ihn als Preis für sein Leben an seine Feinde verriet. Er konnte ihn nicht einmal umbringen, um vor Verrat sicher zu sein, weil er danach auch dessen Bande vernichten musste, die sonst seinen Tod an ihm rächen würde. Entledigte er sich trotz dieser Bedenken seiner jetzigen Helfer, stand er aber wieder am Anfang. Es würde schwierig werden, sich erneut Handlanger zu suchen, die er gegen seine Nachbarn einsetzen konnte.

Otfried ärgerte sich noch immer, dass der Anschlag auf Edda von Löwenberg misslungen war. Auch wenn die Bedeutung des Mädchens im Gau gering war, hätte ihr Tod ausgereicht, um Löwenberg und Hohenwald so gegeneinander aufzuhetzen, dass sie die Waffen zogen. Andererseits waren Engelbrecht und Udalrich sich mittlerweile auch ohne Eddas Tod spinnefeind und würden über kurz oder lang übereinander herfallen. Sollte in dieser Fehde Löwenberg siegen, konnte er immer noch dafür Sorge tragen, dass Engelbrechts Sohn umkam und das Erbe an die Bleiche fiel. Dann würde er eben sie heiraten und sich damit zum Herrn aller vier Herrschaften des Kleeblattbunds machen. Hatte er dies geschafft, konnte er es auch mit Graf Heinrich aufnehmen.

In Otfrieds Gedanken hinein erscholl dessen Stimme.

»… werde ich dem Angedenken an Ritter Otto und dem Vorsatz seines Sohnes folgend alles tun, um den Frieden in unserem Gau zu erhalten. Wer diesen Frieden frevelhaft bricht, muss gewärtig sein, dass ich mich mit aller Macht auf die Seite des Angegriffenen stellen werde.«

Radolf fluchte bei Graf Heinrichs Worten innerlich, denn er sah keine Möglichkeit mehr, die Pläne, die er mit Otfried zusammen geschmiedet hatte, in die Tat umzusetzen. Sein Vetter hingegen lächelte nur. Er hatte Zeit, und irgendwann würde auch der Hettenheimer eine Schwäche zeigen.

6.

Ein Stück von Drachenstein entfernt ließ den mausgesichtigen Jochen der Gedanke, dass es ihm nicht gelungen war, Edda von Löwenberg zu töten, keine Ruhe. Otfried hatte leicht reden, wenn er ihm befahl, sich von niemandem sehen zu lassen. Solange er hier im Lager bleiben musste, konnte er nicht das Geringste tun, um seinen Fehler wiedergutzumachen.

Als er erfuhr, dass die Herren der umliegenden Besitztümer alle nach Drachenstein geritten waren, um dessen verstorbenen Herrn die letzte Ehre zu erweisen, wählte er zwei Männer aus, die ihn begleiten sollten, und verließ mit ihnen das Lager im Wald. Sie trugen zerlumpte Kleidung und hätten Bettler sein können. Unter den Fetzen, die sie am Leib trugen, waren jedoch Schwerter und Dolche verborgen, und bei dem Stab, auf den Mausgesicht sich stützte, musste er nur eine Kappe abziehen und hielt einen Spieß in der Hand.

Jochen Mausgesichts erstes Ziel war Burg Hettenheim. Um sie zu erreichen, durchquerten sie das Grenzgebiet zwischen Löwenberg und Hohenwald und erreichten schließlich das Hettenheimer Land. Zu Pferd wären sie schneller gewesen, aber auch aufgefallen. So gönnten die meisten, denen sie unterwegs begegneten, den drei Bettlern keinen zweiten Blick.

Als Mausgesicht und seine Begleiter Burg Hettenheim vor sich sahen, wurde ihnen rasch klar, wie scharf diese bewacht wurde. Es standen nicht nur doppelte Wachen vor dem Tor und auf dem großen Turm, sondern es patrouillierten auch noch Reiter in der Umgebung.

»Das ist dumm«, fluchte Mausgesicht leise, als ein Trupp von drei Reitern direkt auf sie zukam.

»Was sollen wir tun?«, fragte einer seiner Kumpane.

»Erst einmal weglaufen«, antwortete Mausgesicht und rannte los.

Der Wald war nicht weit, und er erreichte ihn vor seinen Verfolgern. Die beiden waren nur wenig hinter ihm, wurden dann aber von den Reitern eingeholt und mit vorgehaltenen Schwertern zum Stehen gebracht.

»Wer seid ihr und was wollt ihr hier?«, fragte der Anführer der Reiter streng.

Einer seiner Begleiter bedachte den Wald mit einem prüfenden Blick. »War da nicht noch einer dabei?«

»Ich habe nur zwei gezählt«, meinte der Dritte von Heinrichs Mannen.

»Ob zwei oder drei, bleibt sich gleich. Die zwei haben wir gestellt und werden sie befragen. Einen Dritten in diesem Unterholz zu suchen ist vergebene Liebesmühe. Dafür bräuchten wir Hunde«, erklärte der Anführer und vergab damit, ohne es zu ahnen, die Gelegenheit, Jochen Mausgesichts habhaft zu werden. Stattdessen wandte er sich den beiden Männern zu, die sie abgefangen hatten.

»Ich habe euch etwas gefragt und wiederhole es kein zweites Mal!«

»Wir sind arme Bettler, Herr, und wollten in der Burg um eine milde Gabe bitten«, antwortete einer der beiden Gefangenen und senkte den Kopf so tief, dass sein Kinn die Brust berührte.

»Und warum seid ihr dann vor uns davongelaufen, wenn ihr nur betteln wolltet?«, fragte der Hettenheimer weiter.

»Wir haben Angst bekommen, Herr, da wir schon bei so mancher Burg übel behandelt worden sind. Auch da ritt man auf uns zu und schlug uns mit den flachen Seiten der Klingen, und manchmal sogar mit der Schneide. Wir haben zwei Kameraden auf diese Weise verloren.«

Mausgesichts Männer waren mit allen Wassern gewaschen und wussten sich herauszureden. Auch war der Anführer der Patrouille zu jung und unerfahren, um sie zu durchschauen. Einen Augenblick lang überlegte er, die Kerle in die Burg zu bringen, fand dann aber, dass so schmutzig und verlaust aussehendes Gesindel darin nichts verloren hatte, und wies von der Burg weg.

»Verschwindet und lasst euch hier nicht mehr blicken!«

»Aber Herr, wir sind arm und hungrig. Wie sollen wir unseren nagenden Hunger stillen, wenn Ihr uns so grausam vertreibt?«

»So verhungert seht ihr nicht aus«, sagte der Reiter, der dem dritten Bettler hatte folgen wollen.

Sein Anführer zog jedoch seinen Beutel und warf den beiden Kerlen eine Münze zu. »Hier, das mag euch für heute genügen! Bettelt morgen woanders! Hier habt ihr nichts verloren.«

»Ja, Herr!«, antwortete einer der Bettler und verbeugte sich vor ihm, als wäre er Graf Heinrich persönlich. »Habt tausend Dank für den Groschen. Mag uns ein freundlicher Wirt dafür ein Mahl auftischen und vielleicht sogar einen Becher Wein kredenzen.«

»Wenn du uns verspotten willst, kannst du auch Schläge haben«, drohte der Reiter, der noch immer nach dem dritten Bettler Ausschau hielt.

»Verzeiht, Herr, ich wollte nur …« Was er wollte, sagte der Bettler nicht, sondern verbeugte sich erneut und steckte die Münze weg.

»Wenn Ihr erlaubt, werde ich in der nächsten Kirche ein Gebet für Euch sprechen«, sagte er zum Anführer der Patrouille, wandte sich ab und schlurfte davon. Sein Kamerad folgte ihm, nachdem er sich ebenfalls vor den drei Reitern verbeugt hatte.

Diese sahen ihnen nach, und der Jüngste stieß einen leisen Fluch aus. »Vorhin, als sie fliehen wollten, waren sie flinker!«

»Lass sie! Es sind arme Hunde, die nicht wissen, wo sie am Abend ihr Haupt betten sollen und wo ihnen eine mitleidige Hand etwas zu essen reicht«, sagte sein Anführer.

»Die Kerle sahen mir ganz so aus, als würden sie es nicht beim Betteln belassen, sondern auch lange Finger machen, wenn man ihnen nichts gibt.« Doch dann vergaß auch er die drei Kerle und ritt mit seinen beiden Kameraden weiter.

7.

Jochen Mausgesicht hatte in einem dichten Gebüsch versteckt abgewartet, ob sich seine Kumpane aus der Schlinge ziehen würden. Als die Reiter die beiden weitergehen ließen, gesellte er sich grinsend zu ihnen.

»Das ist ja gut gegangen«, meinte er zur Begrüßung.

»Der Patrouillenführer war ein simpler Tropf, dem jedermann um den Bart gehen kann«, antwortete einer der Männer lachend. »Ich musste ihm nur eine passende Geschichte erzählen, und schon steckte er mir ein Silberstück zu. Das behalte ich aber, verstanden?«

»Das wird dir schon keiner wegnehmen!«, erwiderte Mausgesicht und klopfte ihm auf die Schulter. »Das hast du gut gemacht, Mathis, und du ebenfalls, Sigo!«

Sigo erhielt ebenfalls ein anerkennendes Schulterklopfen, dann sah Mausgesicht in Richtung Burg Hettenheim, und der fröhliche Ausdruck auf seinem Gesicht verlor sich jäh.

»Wie es aussieht, ist es derzeit unmöglich, unauffällig in die Burg hineinzukommen. Dabei hatte ich gehofft, ich könnte der bleichen Edda endgültig den Garaus machen.«

»Wie konnte dir das passieren, Mausgesicht? Du bist doch sonst ein sicherer Schütze!«, sagte Mathis.

»Ich hätte Stein und Bein geschworen, dass mein Pfeil sie tödlich getroffen hat«, stieß Mausgesicht wütend hervor.

»Die Bleiche muss wohl doch eine Hexe sein, die mehrere Leben hat«, sagte Sigo mit ängstlicher Miene.

»Anders kann ich es mir nicht erklären«, stimmte ihm Mathis zu. »Wenn du deinen Pfeil von der Sehne schnellen lässt, trifft er auch, Mausgesicht.«

»Ich habe sie getroffen, aber dem Anschein zum Trotz nicht tödlich. Kommt, lasst uns weitergehen. Ich will keiner zweiten Patrouille begegnen. Die lassen uns vielleicht nicht mehr laufen.« Jochen Mausgesicht wandte sich zum Gehen und schritt wacker aus, aber in ihm tobten Ärger und Enttäuschung. Er hatte gehofft, Edda heimlich töten und sich Otfried damit verpflichten zu können. Stattdessen musste er von hier verschwinden, um nicht von Graf Heinrichs streifenden Reitern erwischt und erkannt zu werden.

Wenig später erreichten sie einen kleinen Fluss, an dem zwei Frauen Wäsche wuschen. Mausgesicht befahl seinen Männern mit Gesten, in Deckung zu bleiben, und beobachtete die Wäscherinnen. »Wie es aussieht, gehören die zur Burg.«

»Die dort anscheinend auch«, machte Mathis ihn auf mehrere Knechte aufmerksam, die ein Stück flussabwärts ihre Pferde tränkten.

»Was sollen wir tun? Wenn wir den Fluss überqueren, sehen sie uns«, fragte Sigo.

Mausgesicht wollte schon sagen, dass sie umkehren und die Burg umgehen mussten, als eine der beiden Wäscherinnen sich einen großen Korb auf den Kopf wuchtete.

»Ich gehe schon einmal vor. Komm nach, wenn du fertig bist«, sagte sie zu der anderen Magd.

Diese nickte und schrubbte eifrig weiter. Aber kaum war ihre Gefährtin gegangen, legte sie das Wäschestück beiseite, blickte sich kurz um und eilte dann zu den Pferdeknechten, um mit diesen zu schwatzen.

»Habt ihr gesehen, was dieses Weib gewaschen hat?«, fragte Mausgesicht seine Kumpane grinsend. Diese schüttelten den Kopf.

»Irgendein Wams halt!«, meinte einer.

»Das ist nicht irgendein Wams, sondern der Waffenrock eines Hettenheimer Kriegsknechts. Wartet hier, den hole ich mir!« Kaum hatte Mausgesicht es gesagt, schlich er tief gebückt auf die Stelle zu, an der die nun unbeaufsichtigte Wäsche lag. Ein Blick auf die Pferdeschwemme zeigte ihm, dass die dortigen Knechte und die Waschmagd in ein intensives Gespräch verwickelt waren und niemand zu ihm herüberschaute.

Rasch ergriff er den Waffenrock, entdeckte noch einen zweiten und nahm auch diesen an sich. Um zu verhindern, dass der Diebstahl zu rasch entdeckt wurde, schob er mehrere der anderen Kleidungsstücke ins Wasser und sah zu, wie sie von den Fluten davongetragen wurden. Es sollte so aussehen, als habe eine höhere Welle sie erfasst und mitgenommen. Die Frau würde daher suchen, bis sie nichts mehr fand, und den Verlust der beiden Waffenröcke weniger Dieben als dem Fluss zuschreiben.

Mit diesem Gedanken kehrte Mausgesicht zu seinen Kameraden zurück und winkte ihnen, mit ihm zu kommen. Um nicht gesehen zu werden, blieben sie im Wald, eilten aber, als sich die Abenddämmerung niedersenkte, so rasch wie möglich davon.

8.

Während der Beisetzungsfeierlichkeiten waren Falko und sein Freund Hilbrecht in der Nähe ihrer Väter geblieben und hatten die anderen Gäste nur in der Burgkapelle und bei den Banketten gesehen. Nachdem der Sarkophag geschlossen worden war und in der Halle die Gespräche begannen, wie der Friede in diesem und im Nachbargau bewahrt werden könnte, brach die Abenteuerlust bei ihnen durch. Ihr Ziel war es, den Mann zu finden, der auf Edda von Löwenberg geschossen hatte. Allerdings waren sie, was diesen betraf, unterschiedlicher Meinung.

Als sie an diesem Tag die Burg verließen und auf einen nahe gelegenen Hügel stiegen, von dem die Zelte der Löwenberger und Hohenwalder auf dem Anger gut zu sehen waren, schüttelte Hilbrecht den Kopf. »Ich weiß nicht, was du hast«, sagte er. »Ritter Engelbrecht ist für mich keiner, der der eigenen Schwester ans Leben will.«

»Dann war es eben sein Sohn Engelhard«, erklärte Falko, der fest an die Schuld der Löwenberger glaubte.

Hilbrecht schüttelte erneut den Kopf. »Das kann ich mir ebenso wenig vorstellen. Für mich kam der Anschlag von Hohenwalder Seite. Ritter Udalrich hat ein missgünstiges Gemüt und liegt nun schon seit Monaten mit Ritter Engelbrecht im Streit.«

»Ich habe Udalrichs Sohn und Tochter in der *Krone* erlebt. Junker Udo ist ein aufgeblasener Tölpel, der gewiss nicht den Verstand besitzt, einen solchen Anschlag zu planen«, widersprach Falko vehement.

»Fräulein Ursula wäre es sofort zuzutrauen«, sagte Hilbrecht. »Wenn es ihr auch noch gelingt, ihren Bruder beseitigen zu lassen, könnte sie entweder Junker Otfried oder Junker Radolf heiraten und wäre die Herrin eines Besitzes, der sich mit Hettenheim messen kann.«

»Das sind doch alles Vermutungen«, wandte Falko ein. »Fräulein

Ursula bräuchte Handlanger für solche Pläne, und da müsste sie sich mit einem der Junker zusammentun. Dieser wiederum müsste Knechte haben, die zu einem solchen Meuchelmord bereit sind.«

So ging es noch eine ganze Weile, ohne dass die zwei zu einer Einigung kamen. Schließlich stand Falko auf und wies auf die Zelte. »Mit Reden kommen wir nicht weiter. Wir sollten uns umsehen und unsere Ohren offen halten. Vielleicht erfahren wir etwas.«

»Unsere Väter haben uns gewarnt, etwas auf eigene Faust zu unternehmen«, gab Hilbrecht zu bedenken.

»Wir wollen doch auch nichts unternehmen, sondern nur durch die beiden Lager streifen, uns die Zelte ansehen und den Leuten zuhören. Keiner wird uns etwas tun. Vielleicht bekommen wir ein paar unfreundliche Worte zu hören, mehr aber auch nicht.«

In Falkos Stimme lag eine Aufforderung, der sich sein Freund nicht entziehen konnte. Auch wenn es Streit zwischen mehreren Nachbarn gab und Edda von Löwenberg von einem Pfeil getroffen worden war, so hielt auch er die Gefahr, dass Falko und ihm ausgerechnet hier etwas zustoßen könnte, für sehr gering. Daher nickte er und verzog das Gesicht zu einem Grinsen. »Worauf warten wir noch?«

Die beiden wanderten fröhlich auf das erste der beiden Zeltlager zu, erinnerten sich dann aber daran, dass sie zu einer Trauerfeierlichkeit gekommen waren, und wurden wieder ernst. Als sie zwischen die Zelte traten, traf sie zwar der eine oder andere Blick, doch niemand kümmerte sich um sie oder sprach sie an. Nicht weit entfernt entdeckten Falko und Hilbrecht Udalrich von Hohenwald auf einem Klappschemel sitzen. Dessen Sohn Udo und die Tochter Ursula standen vor ihm. Udos Miene wirkte verbiestert, während Ursula sichtbar erregt auf den Lippen herumkaute.

Da klang die Stimme des Vaters schneidend auf. »Ihr werdet mir bei Gott und eurer Seligkeit schwören, dass nicht ihr es gewesen seid, die den Pfeil auf Edda von Löwenberg abgeschossen oder jemanden damit beauftragt haben. Diesen Schwur werdet ihr später in einer Kirche vor einer geheiligten Reliquie wiederholen, und zwar vor allen bedeutenden Herren dieses Landstrichs!«

»Ich weiß nicht, was Ihr Euch denkt, Herr Vater. Ich könnte Engelbrechts Sohn Engelhard im Zorn zum Schwertkampf fordern, aber ich würde niemals eine solch ruchlose Tat begehen oder befehlen«, antwortete Udo.

Falko und Hilbrecht merkten ihm an, wie sehr er sich gekränkt fühlte, dass sein Vater es für möglich hielt, er könnte der Schuldige an dem Mordanschlag auf Edda sein.

»Wenn das so ist, kannst du schwören«, forderte Udalrich von Hohenwald ihn auf.

»Ich schwöre es, Herr Vater, bei meiner ewigen Seligkeit! Ihr mögt mich für unbeherrscht halten und für unbedacht. Doch ich weiß, was ich meiner Ehre und meinem Gewissen schuldig bin.«

»Dann ist es gut!« Udalrich wandte sich seiner Tochter zu. »Und was ist mit dir?«

Die junge Frau lachte bitter auf. »Wie es aussieht, haltet Ihr wenig von meinem Bruder und von mir. Keiner von uns kann den Pfeil abgeschossen haben, da wir zu der Zeit, da er Edda traf, noch in der *Krone* weilten und Udos Pferd ausgerissen war.«

»Das war nicht meine Frage!«, unterbrach ihr Vater sie harsch. »Dass du es selbst nicht getan haben kannst, weiß ich. Doch hast du je zu einem Mann gesagt, es wäre dir lieb, wenn die Schwester des Löwenbergers tot sein würde? Dies fragte ich auch dich!« Der letzte Satz galt Udo, der mit der Faust auf seinen Oberschenkel hieb.

»Einen Feind im ehrlichen Zweikampf töten – das würde ich jederzeit tun! Mir jedoch zu unterstellen, einen solchen Meuchelmord anzuzetteln, ist eine Beleidigung, die ich von keinem anderen Mann als von Euch hinnehmen würde, Herr Vater.«

»Ich glaube Udo«, raunte Hilbrecht Falko zu. »Er wird zwar schnell wütend, ist aber kein Heimtücker. Bei seiner Schwester würde ich da nicht darauf wetten.«

»Sei still!«, wies Falko ihn zurecht, da gerade Ursula von Hohenwald zu sprechen begann.

»Ich leiste diesen Eid gerne und mit reinem Gewissen. Was Edda von Löwenberg betrifft, so wusste ich kaum, dass es sie gibt, und es hätte mich auch nie gereizt, ihr Schaden zuzufügen. Engelhard von Löwenberg war einer der jungen Männer in unserer Umgebung, den ich bis vor Kurzem als einen möglichen Bewerber um meine Hand angesehen habe, allein daher habe ich ihn bestimmt nicht tot sehen wollen. Und bevor Ihr mich nach seinem Vater fragt, so ist es auch bei Ritter Engelbrecht so. Der Einzige, der mich durch seine Art und Verhalten dazu bringen könnte, ihm Übles zu wünschen, ist mein Herr Bruder.«

»Das ist ein schlimmes Verbrechen, den eigenen Bruder tot sehen zu wollen«, rief Ritter Udalrich grollend.

»Würde er sich mir gegenüber anders benehmen, würde ich es nicht tun.« Ursula klang ein wenig spöttisch, so als würde sie weder den Tadel des Vaters noch ihren Bruder ernst nehmen.

»Was ist mit unseren Männern? Könnte es einer von ihnen getan haben?«, fragte Udalrich, ohne auf die Bemerkung seiner Tochter einzugehen.

Udo schüttelte den Kopf. »Ich kann es mir bei keinem Einzigen vorstellen, Herr Vater.«

»Und doch muss man die Möglichkeit im Auge behalten. Es braucht nur eine unbedachte Bemerkung von dir oder Ursula, und einer, der euch treu ergeben ist, könnte geglaubt haben, euch damit einen Gefallen zu tun!« Udalrichs Blick schweifte über seine Männer, die ein Stück entfernt im Gras saßen und würfelten.

Bevor er auf Falko und Hilbrecht aufmerksam werden konnte, gingen die beiden rasch weiter. Auf dem Weg zum Lager der Löwenberger sahen sie einander an.

»Wie es aussieht, haben zumindest Ritter Udalrich, Udo und Ursula nichts mit dem Mordanschlag zu tun«, meinte Hilbrecht säuerlich, da er sie für die Schuldigen gehalten hatte.

»Dann bleiben eigentlich nur die Löwenberger übrig«, antwortete Falko mit einem überlegenen Grinsen. Er hatte Ritter Engelbrecht und dessen Sohn von Anfang an verdächtigt, und es sah ganz so aus, als würde er recht behalten.

9.

Das Lager der Löwenberger war weit genug von dem der Hohenwalder entfernt, um zu verhindern, dass die Knechte ungewollt aufeinandertrafen. Da Falko und Hilbrecht aus der Richtung der Hohenwalder kamen, sahen ihnen einige Männer neugierig entgegen. Auch Ritter Engelbrecht streifte sie mit einem Blick, winkte dann aber ab.

»Es sind die Söhne von Graf Heinrich und Michel von Kibitzstein. Denen ist es in der Burg wohl ein wenig langweilig geworden«, sagte er und schien sich an seine eigene Jugend zu erinnern.

Dann aber wandte er sich wieder seinem Sohn zu. »Es ist eine Schande, dass man uns zutraut, Eddas Tod zu wollen.«

»Das ist es!«, stimmte Engelhard ihm zu. Er verkniff es sich zu sagen, dass sein Vater mit der Behandlung, die er seiner weitaus jüngeren Schwester hatte zuteilwerden lassen, dazu beigetragen hatte, dass sie in Verdacht geraten waren.

»Du hättest dir etliche dumme Bemerkungen deiner Tante gegenüber verkneifen sollen«, fuhr Ritter Engelbrecht grollend fort.

»Ich habe nie gesagt, dass ich ihren Tod will«, verteidigte sich sein Sohn.

»Es war trotzdem dummes Zeug!« Engelbrecht klang brummig, denn er wusste selbst, welch schlechtes Beispiel er für seinen Sohn gewesen war.

»Jedenfalls kannst du nicht auf Edda geschossen haben, da du am Tag des Mordanschlags stets in meiner Nähe gewesen bist. Dies mag jedoch auch Absicht gewesen sein! Einige unserer Männer haben sich dir bereits angedient, weil sie hoffen, schneller aufzusteigen, wenn ich einmal tot bin und du das Erbe angetreten hast.«

»Ich bin bereit, mir die Hand abhacken zu lassen, wenn einer von ihnen der Schütze sein sollte. Es sind ehrenhafte Männer, deren

Treue in erster Linie immer noch Euch gilt. Eine solch heimtückische Tat traue ich keinem zu.«

»Behalte deine Hand! Du wirst sie nach meinem Tod brauchen. Ich schwöre dir jedoch: Wenn einer unserer Männer derjenige war, dann breche ich ihm eigenhändig das Rückgrat und stampfe ihn in den Mist.«

In den Ohren der beiden Jungen klang der Ritter aufrecht und ehrlich, und als sie weitergingen, schüttelten sie verwirrt den Kopf.

»Wer kann nun geschossen haben, da es anscheinend weder die Hohenwalder noch die Löwenberger getan haben?«, fragte Falko verwundert.

»Ich glaube immer noch, dass es einer der Hohenwalder Knechte oder Jagdgehilfen war, der glaubte, damit seinem Herrn, Junker Udo oder Fräulein Ursula einen Gefallen zu tun«, antwortete Hilbrecht.

Falko schüttelte den Kopf. »Genauso gut kann es einer der Löwenberger gewesen sein, der diesen Gefallen Ritter Engelbrecht oder Junker Engelhard erweisen wollte.«

Während sie zur Burg zurückkehrten, wogen sie das Für und Wider der beiden Meinungen gegeneinander ab und begriffen am Ende, dass sie nicht die geringste Spur eines Verdachts gefunden hatten. Das Einzige, was sie glaubten, ausschließen zu können, war, dass Ritter Udalrich und dessen Sohn und Tochter und auf der anderen Seite Ritter Engelbrecht und Junker Engelhard die Mordtat befohlen oder in die Wege geleitet hatten.

10.

Jochen Mausgesicht war nicht bereit, sich damit abzufinden, dass es ihm nicht gelungen war, seinen Auftrag zu erfüllen. Da er keine Möglichkeit sah, Edda von Löwenberg zu töten, überlegte er sich etwas anderes. »Wir sollten die schönen Hettenheimer Waffenröcke auch gebrauchen«, sagte er zu seinen beiden Kameraden, als sie die Grenze der Grafschaft glücklich hinter sich gebracht hatten und sich auf Löwenberger Gebiet aufhielten.

»Wie meinst du das?«, fragte Mathis.

»Nun, wir könnten als angebliche Hettenheimer einen Löwenberger Bauern erschlagen«, gab Mausgesicht zur Antwort.

»Junker Otfried sagte doch, dass wir nichts tun sollen, bevor er uns neue Befehle erteilt«, wandte Sigo ein.

Dies stimmte zwar, doch Mausgesichts Selbstwertgefühl ließ es nicht zu, abzuwarten, nachdem man ihn eines Fehlschlags bezichtigt hatte.

»Dann bringen wir ihn eben nicht um, sondern verprügeln ihn nur. Einem von uns muss scheinbar unbeabsichtigt herausrutschen, dass Junker Udo damit sehr zufrieden sein wird.«

»Du willst so tun, als wärt ihr Hohenwalder, die sich als Hettenheimer verkleidet haben?«, fragte Sigo.

»Das wird ein Spaß!«, rief Mathis lachend.

Sigo hingegen zog eine zweifelnde Miene. »Also, mir gefällt es nicht.«

»Ach, warum denn nicht«, meinte Mathis grinsend. »Nur in unserem Versteck herumzulungern und gelegentlich ein Schaf oder eine Kuh zu stehlen, ist auf die Dauer arg langweilig. Was Junker Otfried und dessen Befehle betrifft: Es ist gewiss weitaus harmloser, ein Bäuerlein zu verbläuen, als eine Jungfer von Stand abzumurksen, wie es bei Edda von Löwenberg geplant war.«

»So sehe ich es auch, und damit ist es beschlossen. Sigo, du kannst schon vorausgehen und den Kameraden im Ödwald sagen, dass wir bald nachkommen«, erklärte Jochen Mausgesicht zufrieden.

Dies gefiel Sigo auch nicht. »Ich bin kein Feigling, der sich drückt«, sagte er patzig.

»Wenn es hart auf hart kommt, kann man sich auf dich verlassen, das weiß ich«, lobte ihn Mausgesicht. »Hier aber können nur zwei von uns etwas tun, weil wir nicht mehr Hettenheimer Waffenröcke haben. Die sind an Mathis und mich vergeben.«

»Ich könnte anstelle von Mathis mitgehen«, schlug Sigo vor.

»Das würde ihn kränken, wenn ich zuerst sage, er soll mit, und dann dich mitnehme. Du bist das nächste Mal dran, Sigo.« Damit klopfte Mausgesicht seinem Kameraden auf die Schulter und zwinkerte dann Mathis zu. »Wie von Junker Otfried gefordert, werden wir das Bäuerlein pfleglich behandeln. Es muss hinterher ja noch sagen können, dass diese verdammten Hohenwalder sich als Hettenheimer verkleidet hätten.«

Mathis lachte. »Ich werde ihn schon nicht zu hart aufs Maul schlagen. Aber ein wenig Spaß sollte es schon machen. Wer weiß, vielleicht ist sogar sein Weib oder seine Tochter mit auf dem Feld. Mit denen könnten wir noch mehr anstellen.«

»Ich glaube nicht, dass dies Junker Otfried gefällt!«, rief Sigo aus. Er hatte die Hoffnung, später als geachteter Waffenknecht in dessen Dienste treten zu können, und wollte daher nicht gegen seine Anweisungen verstoßen.

»Wir sorgen schon dafür, dass er zufrieden sein wird. Wenn Löwenberg und Hohenwald aneinandergeraten, wird er seinen Vorteil daraus ziehen, und das heißt, er kann uns reich belohnen!« Jochen Mausgesicht grinste bei dem Gedanken an das Geld, das Otfried ihm und seinen Männern für ihre Dienste versprochen hatte. Bislang war die Arbeit leicht gewesen, denn sie hatten nur ein paar Leute aus dem Ödland verjagen sowie das eine oder andere Schaf wegtreiben oder einen Ochsen auf der Weide erschlagen müssen. Einen Bauern zu suchen und zu verprügeln, war auch nicht schlimmer.

»Ihr müsst vorsichtig sein!«, riet Sigo. »Es ist nicht gewiss, ob ihr ein einzelnes Bäuerlein findet. Wenn ihr Pech habt, befindet sich eine ganze Rotte in der Nähe, und ihr müsst die Beine in die Hand nehmen, um ihnen zu entkommen.«

»Deine Warnung ist gut, und wir sollten sie beherzigen. Weißt du was? Du wanderst als Bettler durch mehrere Dörfer und siehst dich um. Danach triffst du uns bei der dreigeteilten Birke und kannst uns sagen, ob es sich lohnt, die Hettenheimer Röcke anzulegen, oder ob wir damit noch warten sollen.«

Auch wenn Mausgesicht die Scharte auswetzen wollte, die ihm Edda von Löwenberg beigebracht hatte, indem sie überlebt hatte, so wollte er doch nicht zu viel riskieren. Er und Mathis hatten nichts davon, wenn sie von einer Rotte Bauern gefangen und aufgeknüpft wurden.

»Also gut, ich spiele den Bettler. Eines aber sage ich euch: Einen Mann, der mir ein gutes Almosen gibt, verrate ich nicht an euch.« Sigo überlegte, ob er Mausgesicht und Mathis, wenn sie sich trafen, sagen sollte, er hätte keinen einzelnen Bauern gesehen, so dass sie ihr Vorhaben aufgeben mussten. Andererseits war Jochen ihr Anführer, und er fühlte sich ihm verpflichtet.

»Dann bin ich unterwegs«, setzte er hinzu und humpelte in einer Weise davon, dass jeder ihn für einen halb verhungerten Bettler halten musste.

Mathis sah ihm kopfschüttelnd nach. »Wenn Sigo nicht schneller geht, ist es Nacht, bis er die Birke erreicht.«

»Keine Sorge, Sigo macht das schon richtig!«

Mausgesicht grinste erneut, denn je später es am Tag war, umso weniger Zeit blieb etwaigen Verfolgern, sie zu jagen. Die Hunde der Bauern waren nicht darauf abgerichtet, Spuren zu verfolgen, und solche, die es vermochten, gab es nur auf Löwenberg. Die aber konnten die Männer frühestens am nächsten Tag holen, und bis dorthin waren er, Mathis und Sigo über alle Berge.

11.

Auch wenn er nicht auf die Almosen angewiesen war, die er als Bettler verkleidet erhielt, wollte Sigo seine Rolle überzeugend spielen. Doch als er sich dem ersten Dorf näherte, erlebte er eine Enttäuschung.

»Verschwinde, du Lump!«, schrie ein Mann ihn an.

»Eine milde Gabe, Herr, für einen alten, kranken Mann! Gott wird es dir im Paradiese lohnen«, antwortete Sigo und humpelte auf den Mann zu.

Seinem Aussehen nach hielt er ihn für einen Bauern, der nicht allein von Kraut und Rüben lebte, sondern sich zumindest an Sonn- und Festtagen ein Huhn im Topf leisten konnte. Solche waren meist Geizkrägen. Daher wollte Sigo an ihm vorbeigehen.

In dem Augenblick schlug der Mann mit seinem Stock zu. Sigo keuchte vor Schmerz und war schon dabei, den Bauern zu packen und ihm den Hieb heimzuzahlen. Gerade noch rechtzeitig besann er sich darauf, dass er sich als alter, lahmer Bettler auf keine Rauferei mit einem voll im Saft stehenden Bauern einlassen durfte.

»Warum hast du das getan?«, sagte er jammernd. »Ich bitte doch nur um ein Stückchen Brot, um meinen Hunger zu stillen!«

»Bettle woanders! Weiß ich, ob du nicht ein Spion bist, der auskundschaften will, wie deine Spießgesellen uns den nächsten Schaden zufügen können? Also verschwinde, sonst hole ich die anderen.«

Sigo begriff, dass ihm nichts anderes übrig blieb, als zu gehorchen. Diesen Kerl, dachte er, würde er Mausgesicht und Mathis liebend gerne nennen, damit sie ihn verprügeln konnten. Während er weiterging, blickte er mehrmals zurück und sah den Bauern auf einen Teich zugehen, der ein Stück vom Dorf entfernt lag. Dort begann der Mann, Weidenruten zu schneiden.

Sigo wurde unwillkürlich schneller, mied die nächsten beiden

Dörfer und erreichte den Treffpunkt nur knapp hinter seinen Kameraden.

»Was ist mit dir los? Bist du geflogen?«, fragte Jochen Mausgesicht verwundert.

»Ich habe einen Bauern entdeckt, den zu stäupen sich lohnen würde. Am liebsten würde ich es sogar selbst übernehmen. Immerhin hat er es gewagt, mich mit dem Stock zu schlagen«, antwortete Sigo und erklärte, wo der Mann zu finden war.

Mausgesicht erahnte die Wut, die in Sigo brodelte, und war gerne bereit, ihm zur Rache an dem Bauern zu verhelfen.

»Komm, Mathis, ziehen wir das Hettenheimer Tuch über! Dann zeigen wir dem Bäuerlein, was es kostet, einen der Unsrigen zu schlagen«, forderte er seinen Kameraden auf.

Mathis nickte zufrieden. »Das machen wir! Sollen wir dir ein paar Zähne von dem Kerl mitbringen?«, fragte er Sigo.

Dieser überlegte kurz und schüttelte dann den Kopf. »Zieht ihn nackt aus und werft ihn in den Teich. Seine Kleider bringt mir als Andenken mit. Für einen Bauern war er nämlich recht gut gekleidet.«

Mausgesicht und Mathis lachten.

»Das machen wir!«, versprach Jochen. »Wenn wir später aber einmal Junker Udo oder Junker Engelhard Hemd und Hose ausziehen, will ich sie haben. Ich wollte schon immer einmal als Edelmann gehen.«

Nun lachte auch Sigo, und die kurze Missstimmung wegen seiner Mahnung, auf diesen Streich zu verzichten, war geschwunden.

12.

Obwohl Jochen Mausgesicht und Mathis sich beeilten, um den Bauern noch am Weiher zu erwischen, waren sie zu mehreren Umwegen gezwungen, um unterwegs nicht entdeckt zu werden.

Als sie ihr Ziel erreichten, war von dem Mann jedoch weit und breit nichts zu sehen.

»Wie es aussieht, ist der Kerl doch schon weg«, murmelte Mathis ärgerlich.

»Wird wohl so sein«, meinte Mausgesicht, als sie auf einmal das hastige Keuchen eines Mannes und einen trillernden Laut einer Frau hörten.

»Da ist doch was!«, sagte Mausgesicht grinsend und trat auf die Weide zu. Als er deren Zweige ein wenig hob, entdeckte er ein kopulierendes Paar. Mit einer Geste deutete er Mathis an, still zu sein, und winkte ihn zu sich.

Sein Kamerad gehorchte verwundert, musste aber, als er das Paar sah, schallend lachen. Bisher waren die beiden so miteinander beschäftigt gewesen, dass sie die Annäherung der beiden Männer nicht bemerkt hatten. Nun aber fuhr der Bauer mit einem erschreckten Ausruf hoch und wollte nach seiner Kleidung greifen.

Mathis war schneller als er und brachte die Sachen feixend an sich. »Hast sie vorhin nicht gebraucht, brauchst sie jetzt auch nicht, und du ebenso wenig«, sagte er zu der Frau und schnappte sich deren Hemd und Rock.

»Was soll das?«, fragte der Bauer besorgt.

»Wirst schon sehen!«, antwortete Mausgesicht, trat einen Schritt vor und rammte ihm die Faust mit aller Kraft in die Magengrube.

Der Mann krümmte sich vor Schmerz und wich zurück. Mausgesicht folgte ihm und versetzte ihm weitere Hiebe. Dann entdeckte er den Stock, mit dem der Mann Sigo geschlagen hatte. Er ergriff ihn grinsend, schwang ihn ein paarmal durch die Luft und ließ ihn dann mit voller Wucht auf den Bauern niedersausen. Der Mann versuchte zu fliehen, doch Mathis, der die Kleider des Paares schnell abgelegt hatte, trat ihm in den Weg und versetzte ihm einen Kinnhaken, der ihm fast den Kopf vom Hals riss. Mit verdrehten Augen sank der Bauer nieder und blieb bewusstlos liegen.

»Musstest du so hart zuschlagen?«, tadelte Mausgesicht seinen Begleiter. »Du hast mir damit den ganzen Spaß verdorben.«

»Steck seinen Kopf ins Wasser, dann wird er wieder wach. Vorher könnten wir uns ein bisschen mit der Schönen hier befassen. Da sie sich von dem Kerl hat rammeln lassen, hat sie gewiss nichts gegen zwei kräftige Prügel.«

Mathis trat einen Schritt auf die Frau zu. Diese hatte sich bislang entsetzensstarr nicht von der Stelle bewegt. Als er nun jedoch nach ihr griff, drehte sie sich mit einem schrillen Schrei um und rannte nackt, wie sie war, davon.

Mathis wollte ihr nach, doch da hielt ihn der Ruf seines Anführers zurück.

»Lass sie! Noch müssen wir uns zurückhalten. Aber wenn hier die Fehde richtig ausgebrochen ist, können wir mehr als einem Weib zwischen die Schenkel fahren. Jetzt kümmern wir uns um dieses Bäuerlein.«

Mit spöttischer Miene packte Mausgesicht den Bauern am Genick und schleifte ihn zum Teich. Als er dessen Kopf ins Wasser steckte, wurde der Mann wach und schlug aus Angst, zu ertrinken, um sich.

»Das lässt du lieber!«, rief Mausgesicht, zog den Bauern wieder aus dem Wasser und stieß ihn Mathis in die Arme.

»Halte ihn so, dass ich ihm den Arsch bläuen kann«, forderte er seinen Kumpan auf.

Der fasste nach den Handgelenken des Bauern, zog diesen auf sich zu und klemmte sich dessen Kopf zwischen die Schenkel.

»Jetzt kannst du zuschlagen«, erwiderte er, da ihr Gefangener Mausgesicht den Hintern zukehren musste.

Sein Anführer nahm Maß und setzte den ersten Schlag. Der Bauer versuchte, sich loszureißen, doch Mathis' Beine hielten seinen Kopf wie in einem Schraubstock fest. Schlag um Schlag erfolgte, und allmählich färbte sich das Hinterteil des Bauern rot. Erste Striemen wurden sichtbar, und an ein paar Stellen traten Blutstropfen aus der Haut.

»So mag ich es! Junker Udo wird zufrieden mit uns sein«, sagte Mathis mit einem wohligen Stöhnen.

»Narr!«, schnaubte Mausgesicht ihn an und zwinkerte ihm zu.

Es war ein Spaß, wie sie ihn liebten. Der Bauer war ihnen hilflos ausgeliefert und musste Hieb um Hieb hinnehmen. Die beiden behielten dabei stets das Dorf im Auge. Wäre die Frau sofort hingerannt und hätte die Bewohner dort alarmiert, hätten sie längst den Rückzug antreten müssen. Tatsächlich aber versteckte sie sich in einem Gebüsch und betete, ungesehen in ihr Haus zu kommen und sich dort etwas anziehen zu können. Ausbaden musste es ihr Galan, auf dessen Hintern der Stock tanzte und dessen Schreien längst zu einem Gurgeln erlahmt war.

»Ihr seid Teufel! Teufel!«, wimmerte er, als Jochen Mausgesicht endlich von ihm abließ.

»Was sagst du?«, fragte dieser höhnisch und schleifte ihn erneut zum Teich.

Der Bauer war mürbe geschlagen und nicht mehr fähig, auch nur den geringsten Widerstand zu leisten. Mausgesicht nahm kurz Maß, und Augenblicke später lag der Mann im Wasser.

»Ich glaube, das war ein Fehler, denn der Kerl kann nicht schwimmen«, wandte Mathis ein.

Mausgesicht sah zu dem Bauern, der mühsam versuchte, über Wasser zu bleiben, und winkte ab. »Der kann schwimmen!«

»Aber nicht mit lahm geschlagenem Arsch. Er kann die Beine nicht bewegen, ich glaube gar, jetzt geht er unter«, erklärte Mathis.

»Das darf er nicht! Er soll doch in seinem Dorf erzählen, dass wir zwei als Hettenheimer verkleidete Hohenwalder sind.«

»Das hätte ich beinahe vergessen! Wird das ein Heidenspaß, wenn die Löwenberger und Hohenwalder aufeinander losgehen.

Da gibt es gewiss auch für uns das eine oder andere zu plündern«, meinte Mathis lachend.

»Zuerst müssen wir diesen verdammten Kerl aus dem Wasser holen!« Mausgesicht stieg verärgert in den Teich, zog den schon untergegangenen Bauern ans Ufer und ließ ihn so dort liegen, dass das Wasser aus ihm herauslaufen konnte.

»Ich glaube, so reicht es«, meinte er dann und versetzte dem Mann noch einen Stockhieb auf den Rücken. Als dieser heftig zuckte, nickte er zufrieden. »Der wird schon wieder! Und jetzt nichts wie weg von hier, sonst kommen uns noch ein paar Bauern in die Quere. Ich will nicht vor diesem Gesindel davonlaufen müssen.«

»Ich auch nicht«, antwortete Mathis, und so machten sie sich auf den Weg. Der Bauer blieb so zerschlagen hinter ihnen zurück, dass er nur noch kriechen konnte. Eines aber hatte sich trotz aller Schmerzen in sein Gehirn eingebrannt. Einer der Schurken hatte sich versprochen und zugegeben, dass sie ihn im Auftrag Udo von Hohenwalds halb totgeschlagen hatten.

13.

Hilbrecht und Falko fanden zunächst keine Möglichkeit, das, was sie in Udalrich von Hohenwalds Lager und in dem von Engelbrecht von Löwenberg erfahren hatten, ihren Vätern mitzuteilen. Dafür saßen die beiden zu oft und zu lange mit den anderen Herren zusammen, die Otfried zur Beisetzung seines Vaters eingeladen hatte, und berieten mit ihnen, wie der Friede in diesem Gau bewahrt werden konnte. Hohenwald und Löwenberg hatten noch andere Nachbarn als Hettenheim, Drachenstein und Bogenberg, und diese waren über die Spannungen zwischen den beiden Herrschaften höchst besorgt.

Da Heinrich von Hettenheim als mächtigster Burgherr im weiten Umkreis galt, richteten sich aller Augen auf ihn. Wenn es jemanden gab, der die beiden Streithähne zur Vernunft bringen konnte, so war er es. Graf Heinrich tat daher alles, um Udalrich und Engelbrecht an einen Tisch zu bekommen. Mal aber sträubte sich der eine Herr und dann der andere, so dass selbst drei Tage nach Otto von Drachensteins Grablegung noch immer kein Treffen zustande gekommen war.

Eigentlich hatten Michel und Graf Heinrich schon am Vortag nach Hettenheim zurückkehren wollen. Doch die Situation erschien dem Grafen zu angespannt, um ohne eine Lösung von Drachenstein zu scheiden.

An diesem Abend gelang es ihnen erstmals, die beiden Herren in einer kleinen Kammer um sich zu versammeln.

»Meine Herren, sprecht nun offen aus, was euch bedrückt«, forderte Graf Heinrich die beiden auf.

Der Löwenberger bedachte Udalrich mit einem grimmigen Blick. »Die Hohenwalder haben vier Eurer Schafe gestohlen und getötet und die Vliese an den Zaun unseres Meierhofs gehängt, damit es so aussehen sollte, als wären wir die Schafdiebe gewesen. Dabei ist deren Fleisch in die Magen der Hohenwalder gewandert!«

»Das ist eine Lüge!«, rief Udalrich aufgebracht. »Kein Einziger von uns hat irgendwelche Schafe gestohlen oder gar getötet, und gewiss nicht auf Graf Heinrichs Land. Er ist viel zu mächtig, als dass Hohenwald es auf sich allein gestellt wagen dürfte, ihn auf eine solche Weise herauszufordern.«

»Löwenberg kann dies ebenso wenig«, erklärte Engelbrecht mit fest klingender Stimme. »Es ist jedoch so, dass Ihr ein Stück Land besetzt haltet, das zweifelsfrei zu Löwenberg gehört.«

»Das Feld und die Wiese sind Hohenwald als Pfand für die Mitgift meiner Großmutter übergeben worden, da deren Vater die vereinbarte Summe nicht zahlen konnte, und sie wurden nie ausgelöst.«

»Das wurden sie sehr wohl«, behauptete Ritter Engelbrecht.

In der Folge entwickelte sich ein hitziges Gespräch, bis Graf Heinrich schließlich Einhalt gebot.

»So kommen wir nicht weiter«, sagte er. »Von all diesen Heiraten und Verpfändungen müssen Urkunden vorhanden sein. Ich schlage daher vor, dass die Notare des Pfalzgrafen diese prüfen und zu einer Entscheidung kommen. Seid ihr damit einverstanden?«

Unwillkürlich sahen sich die beiden Kontrahenten an. Nach einer Weile nickte Udalrich von Hohenwald. »Ich bin es, denn ich weiß das Recht auf meiner Seite.«

Damit blieb dem Löwenberger nichts anderes übrig, als ebenfalls zuzustimmen. »Dann soll es in drei Teufels Namen so sein. Aber wenn diese Notare und Kanzleiknechte mich betrügen wollen, setzt es was!«, erklärte er grimmig.

Heinrich von Hettenheim atmete erleichtert auf. »Seid versichert, die Herren in der Kanzlei des Pfalzgrafen werden nach Recht und Gesetz entscheiden«, versprach er und rief nach einem Knecht.

Es dauerte eine Weile, bis jemand kam und sich vor ihm verneigte. »Ihr wünscht?«

»Wein, damit wir auf die Vereinbarung anstoßen können, die wir eben getroffen haben«, rief Graf Heinrich und dachte, dass er sich lieber einem wütenden Bären stellen würde, als weiterhin solche Verhandlungen zu führen.

Dabei hatte er seine Sache, wie Michel fand, ausgezeichnet gemacht. Einen ähnlichen Vermittler hätte er sich für seine Zwistigkeiten mit Gottfried Schenk zu Limpurg gewünscht. Der Fürstbischof wollte einfach nicht einsehen, dass die Urkunden, die seine Vorgänger ausgestellt hatten, Gültigkeit besaßen.

In einem kleinen Nebenraum, der durch ein Luftloch mit der Kammer verbunden war, in der Michel und die drei anderen Herren saßen, ballte Otfried von Drachenstein missmutig die Faust. Er hatte sich viel Mühe gegeben, um Engelbrecht von Löwenberg und Udalrich von Hohenwald gegeneinander aufzuhetzen. Nun kam auf einmal Graf Heinrich daher und vermittelte zwischen den beiden. Dabei hatte dieser sich bislang nie in die Belange der vier Herrschaften des Kleeblattbunds eingemischt.

»Der Teufel soll ihn holen!«, murmelte er und zuckte zusammen.

Ebenso wie er hören konnte, was in der anderen Kammer gesprochen wurde, drangen die Geräusche von hier auch dort hinein. Da er nicht glaubte, dass die vier noch etwas sagen würden, was für ihn von Belang war, verließ er den Raum und begab sich in seine Gemächer. Er brauchte Zeit, um seinen Zorn zu überwinden, denn so, wie er sich jetzt fühlte, wollte er keinem anderen Gast begegnen.

Nun bedauerte er, Jochen Mausgesicht befohlen zu haben, in nächster Zeit Ruhe zu geben, denn der Streit zwischen Löwenberg und Hohenwald musste am Kochen gehalten werden. Vielleicht könnte er auch Bogenberg mit hineinziehen, überlegte er. Sollte er sich dann, wenn es zur Fehde kam, auf die Seite seines Vetters stellen, so würde dies für alle selbstverständlich sein.

14.

Nachdem es Graf Heinrich gelungen war, Udalrich von Hohenwald und Engelbrecht von Löwenberg zum Einlenken zu bewegen, sah er keinen Sinn darin, länger auf Drachenstein zu verweilen. Er befahl daher, die Pferde für den nächsten Morgen bereitzustellen, und sagte zu Michel, wie froh er sei, wieder nach Hettenheim zu kommen.

»Dort muss ich mich nur mit meiner Gemahlin herumschlagen und nicht mit so störrischen Ochsen wie hier!«, setzte er mit einem missglückten Grinsen hinzu.

»Ihr habt Eure Sache gut gemacht!«, antwortete Michel. »Sollte ich je einen Vermittler zwischen dem Fürstbischof von Würzburg und mir brauchen, werde ich mich an Euch erinnern.«

»Ich hoffe, Ihr kommt auch ohne mich zu einer Einigung mit Gottfried Schenk zu Limpurg. Dessen Verwandte besitzen Ländereien, die an meine kleinste Herrschaft grenzen, und würden mir gewiss in aller Freundlichkeit raten, zugunsten ihres Verwandten zu entscheiden.« Heinrich von Hettenheim schüttelte in komischer Verzweiflung den Kopf. »Es heißt doch, Gott habe den Menschen, als er ihn schuf, mit Vernunft gesegnet. Die vermisse ich bei etlichen jedoch stark.«

»Menschen sind so unterschiedlich wie Pferde und Kühe! Obwohl die Tiere nicht über Vernunft verfügen, ist das eine zahm und das andere wild. Über einen Kamm scheren kann man sie daher ebenso wenig wie Menschen«, antwortete Michel. Auch er war froh, dass sie am nächsten Morgen nach Hettenheim aufbrechen würden. Er vermisste Marie und die Mädchen und fragte sich zudem, ob es dem orientalischen Arzt gelungen war, Edda von Löwenberg am Leben zu erhalten, oder ob es nach der Grablegung Otto von Drachensteins bald eine weitere Beisetzung auf einer der Burgen geben würde. Mit diesem Gedanken ging er schließlich zu Bett.

Falko legte sich neben ihn und überlegte, ob er seinem Vater nicht doch berichten sollte, was er und Hilbrecht bei den Löwenbergern und Hohensteinern erfahren hatte. Da aber Graf Heinrichs leises Schnarchen ertönte und er diesen nicht wecken wollte, hielt er den Mund.

Die Nacht verlief ruhig. Nach dem Frühstück verabschiedeten Graf Heinrich und Michel sich von Otfried und verließen zusammen mit ihren Söhnen den Palas. Ihr Gefolge wartete bereits draußen im Hof auf sie, und nach einem kurzen Gruß lenkte Michel seinen Hengst auf das innere Tor der Burg zu.

Graf Heinrich winkte Otfried noch einmal zu, der sie bis auf den Hof begleitet hatte, und folgte seinem Freund. Wenig später verließen sie Drachenstein durch das Haupttor und ritten den Hügel hinab.

Mit einem Mal hörten sie vor sich Lärm und sahen, wie Löwenberger und Hohenwalder einander wüst beschimpften.

»Was ist denn jetzt schon wieder vorgefallen?«, rief Graf Heinrich und lenkte sein Ross auf die Streitenden zu. Als sie näher kamen, konnten sie die Beschimpfungen, mit denen die Löwenberger und die Hohenwalder einander bedachten, auch verstehen. »Lumpenhunde!«, »Gesindel!«, »Feiges Pack!«, waren noch die harmlosesten. Die Lage war so angespannt, dass Michel befürchtete, es würden gleich die Schwerter gezogen.

Als einer seiner Gefolgsleute Ritter Engelbrecht darauf aufmerksam machte, dass Graf Heinrich erschienen war, drehte er sich zu diesem um.

»Es ist gut, dass Ihr kommt, mein Herr, damit Ihr erfahrt, was für eine ruchlose Tat dieser Abschaum der Menschheit begangen hat.«

»Euch gebe ich gleich einen Abschaum und stopfe Euch das Gesindel und all das andere ins Maul«, brüllte Udalrich von Hohenwald voller Wut.

»Was soll das?«, fragte Graf Heinrich streng.

Engelbrecht von Löwenberg wies mit einer Geste heftigsten Abscheus auf seinen Kontrahenten. »Während dieser Lump hier den Friedfertigen spielt, hat eine Rotte seiner Männer als Hettenheimer Waffenknechte verkleidet eines meiner Dörfer überfallen, meine Bauern zu Krüppeln geschlagen, die Weiber geschändet und sie dann nackt in die Wälder getrieben.«

»Lügen, nichts als Lügen!«, schäumte Ritter Udalrich. »Damit will dieser Lumpenhund nur verhindern, dass die Beamten des Pfalzgrafen mir das verpfändete Land zusprechen. Er ist auf eine Fehde aus, um es mir abzunehmen. Aber da wird er auf Eisen beißen, das schwöre ich!«

»Es waren Eure Leute! Sie sollen sich versprochen und Euren Sohn als Auftraggeber genannt haben«, beharrte Engelbrecht auf seiner Meinung.

»Es waren mit Gewissheit keine Hohenwalder!«, antwortete Ritter Udalrich giftig.

»Wie sagtet Ihr, diese Schurken sollen sich als meine Leute ausgegeben haben?«, fragte Graf Heinrich den Löwenberger.

Dieser nickte eifrig. »So ist es, Herr Heinrich. Diese Schufte trugen Eure Waffenröcke und gaben auch an, zu Euch zu gehören – bis auf den einen, der sich als Hohenwalder bekannte. Er glaubte, den Bauern, der es hörte, erschlagen zu haben, doch es war noch Leben in dem Mann, und dieser konnte meinem Kastellan vor seinem Tod noch sagen, was er gehört hatte.«

»Das ist eine elende Teufelei!«, murmelte Michel. Er war mit Marie und den Mädchen in der Hoffnung nach Hettenheim gekommen, hier einige unbeschwerte Tage verleben zu können. Doch gegen den Zwist, der hier herrschte, war die Lage in und um Kibitzstein direkt friedlich zu nennen.

»Ich werde nach Hause reiten und meine Leute befragen, ob sie etwas bemerkt haben. Auf jeden Fall sende ich Euch Boten, um zu erfahren, wie es Euren Bauern ergangen ist. Bis dorthin bitte ich alle, von überstürzten Handlungen abzusehen.«

Graf Heinrich glaubte Engelbrecht zwar den Überfall, hoffte aber, dass dieser ihn aufbauschte, um einen Vorteil gegenüber

Udalrich zu erlangen. Daher hielt er es trotzdem für möglich, den Frieden zwischen den beiden Herrschaften zu retten.

Nachdem er sich verabschiedet hatte, ritt Graf Heinrich weiter, holte aber bald Michel an seine Seite. »Was haltet Ihr von dieser Sache?«, fragte er.

»Es klingt zwar seltsam, mag aber so geschehen sein. Junker Udo ist ein unbeherrschter Mann und will vielleicht verhindern, dass sein Vater Frieden mit Löwenberg schließt«, antwortete Michel.

»Das klingt einleuchtend«, gab Graf Heinrich zu. »Nur ist es so, dass Engelbrecht von Löwenberg das verpfändete Land von Hohenwald zurückfordert. Es liegt daher in seinem Interesse, es auf einen Streit ankommen zu lassen, für den er Verbündete gewinnt, um Ritter Udalrich besiegen zu können.«

»Vielleicht spielen er oder sein Sohn ein falsches Spiel, um sich als die Angegriffenen hinstellen zu können. Ihr habt ja verkündet, denjenigen zu unterstützen, der sich verteidigen muss.« In Michels Augen war das die wahrscheinlichste Möglichkeit. Er sagte sich jedoch, dass er sich nicht von seiner Abneigung gegen Engelbrecht von Löwenberg leiten lassen durfte. Zwar hatte dieser seine Schwester schlecht behandelt, doch ob er so verschlagen war, ein so übles Spiel treiben zu können, stand auf einem anderen Blatt.

15.

Die Stimmung auf dem Heimritt war um einiges schlechter als auf ihrem Weg nach Drachenstein. Graf Heinrich hielt Udo von Hohenwald für den Schuldigen, denn dieser galt als reizbar und ließ in seinem Zorn oft Maß und Ziel vermissen. Obwohl Michel mit Junker Udo bereits aneinandergeraten war, zweifelte er daran, dass dieser genug Verstand besaß, um so knifflige Pläne schmieden und ausführen zu können. Ritter Udalrich war ebenfalls ein Mann, der eher offen zuschlug, als sich eine Hinterlist auszudenken.

Als er dies Graf Heinrich sagte, nickte dieser verbissen. »Für große Denker halte ich die Hohenwalder auch nicht. Man muss aber nicht mit einem Magister oder Doktor einen Disput ausfechten können, um sich einen so hinterhältigen Plan ausdenken zu können.«

Falko ritt hinter den beiden und lauschte mit gespitzten Ohren. Schließlich trieb er sein Pferd an und schloss zu seinem Vater auf. »Verzeiht, wenn ich mich einmische. Doch habt Ihr bereits bedacht, dass nicht die Löwenberger und Hohenwalder hinter alldem stecken könnten, sondern ein ganz anderer?«

»Wie kommst du auf diesen seltsamen Gedanken?«, fragte Michel.

»Nun, es ist so: Hilbrecht und ich haben uns in den beiden Lagern umgehört, und da waren sowohl Ritter Udalrich wie auch Ritter Engelbrecht ziemlich aufgebracht und haben von Udo und Ursula beziehungsweise von Engelhard Schwüre auf heilige Reliquien verlangt, dass sie nichts mit dem Mordanschlag auf Fräulein Edda zu tun haben.«

Graf Heinrich stieß einen kurzen Laut aus, der ein Lachen darstellen sollte, aber grässlich missriet. »Das wollt ihr beiden Lausebengel herausgefunden haben? Wahrscheinlich haben die Herren euch gesehen und es mit Absicht getan, damit ihr es uns berichten sollt.«

»Wir dürfen diese Möglichkeit nicht von vorneherein ausschließen«, wandte Michel ein. »Weder Hilbrecht noch Falko sind Burschen, die sich so leicht an der Nase herumführen lassen.«

»Das haben wir gewiss nicht«, sagte Falko. »Auch haben Ritter Udalrich und Ritter Engelbrecht bereits die Schwüre der drei gefordert, bevor sie auf uns aufmerksam geworden sind.«

»Es würde die Sache noch weitaus übler machen!« Graf Heinrich stöhnte und sah dann Michel an. »Was würdet Ihr an meiner Stelle tun?«

»Mich umsehen und umhören und dabei versuchen herauszufinden, was Wahrheit ist und was Schein.«

»Wer könnte ein Interesse daran haben, Engelbrecht und Udalrich gegeneinander aufzuhetzen?«, fragte Graf Heinrich kopfschüttelnd. »Junker Otfried ist gerade erst Nachfolger seines Vaters geworden und wird wohl kaum gleich eine Fehde anfangen wollen. Zudem hat er während der Tage auf Drachenstein alles getan, um den Frieden zu erhalten.«

»Was ist mit dem Bogenberger?«, wollte Michel wissen.

»Ritter Rainald ist seit vielen Jahren krank. Ich habe ihn schon lange nicht mehr gesehen. Es heißt aber, er halte die Zügel auf Bogenberg immer noch in der Hand und sei zudem stets für den Frieden. Was seinen Sohn betrifft, so halte ich Radolf nicht für so klug, einen solchen Plan ersinnen zu können.«

»Bei Junker Udo nehmt Ihr es aber an«, wies Michel seinen Gastgeber auf dessen eigene Worte hin.

Graf Heinrich hob mit einer hilflosen Geste die Hand. »Es ist nur mein Gefühl. Allerdings kenne ich Junker Udo, da Hohenwald an Hettenheim grenzt, besser als Radolf von Bogenberg.«

»Und könnt diesen daher vielleicht nicht so einschätzen, wie es sein sollte.«

»Da habt Ihr gewiss recht, Herr Michel. Würdet Ihr mir einen Gefallen tun?« Graf Heinrich sah Michel dabei so bittend an, dass dieser auf jeden Fall zugesagt hätte.

»Sehr gerne!«, antwortete Michel daher.

»Sucht für mich in den nächsten Tagen die drei anderen Burgen des Kleeblattbunds auf und seht Euch dort um.«

Michel atmete kurz durch. »Ihr wollt, dass ich nach Löwenberg, Hohenwald und Bogenberg reite und mit den Leuten dort spreche?«

»Es wäre mir eine große Hilfe. Ich weiß, dass ich Eurem Urteil vertrauen kann. Wenn einer herausfindet, wer hier das Feuer schürt, dann seid Ihr es«, sagte Graf Heinrich drängend.

»Nun, ich kann es tun. Löwenberg und Hohenwald haben aber noch mehr Nachbarn als Euch, Drachenstein und Bogenberg. Was ist, wenn einer davon hinter dem Ganzen steckt?«, fragte Michel.

Graf Heinrich verzog das Gesicht zu einem schiefen Grinsen. »Wenn es so ist, müssen wir es herausfinden. Wichtig ist, dass der Frieden in meinem Gau und auch in den angrenzenden Gauen erhalten bleibt.«

»Das wollen wir hoffen«, antwortete Michel und fand erneut, dass er sich seinen Besuch bei Heinrich von Hettenheim anders vorgestellt hatte.

Sechster Teil

Ein unwillkommener Gast

1.

Edda von Löwenberg ging es spürbar besser. Die Tage der Ruhe, die gute Pflege durch Marie, Alika und Trudi sowie Rasuls Heilkunst hatten schiere Wunder gewirkt. Nun saß sie mit bloßem Oberkörper auf ihrem Bett, hatte den Busen mit einem Tuch verhüllt und zuckte leicht zusammen, als Rasul die Fäden, mit denen er die Wunde auf dem Rücken vernäht hatte, vorsichtig mit einer kleinen Schere durchtrennte und mit einem kurzen Ruck entfernte.

»Wie sieht es aus?«, fragte sie mit der Besorgnis, es könnte eine dicke, hässliche Narbe zurückbleiben.

»Sehr gut!«, antwortete Marie an Rasuls Stelle. »Ich glaube nicht, dass man hinterher mehr sieht als eine fingernagelgroße, weiße Stelle. Aber das dürfte Euch nicht stören«, setzte sie angesichts der hellen Haut ihres Schützlings mit einem Lächeln hinzu.

»Hinten ist es nicht so schlimm, denn da sehe ich es nicht«, antwortete Edda, wirkte ihren Worten zum Trotz aber doch erleichtert. Dann wies sie mit der rechten Hand auf die Eintrittsstelle des Pfeils auf ihrer Brust.

»Hier wäre es wichtiger, dass die Narbe nicht auffallend groß würde.« Dann schüttelte sie über sich selbst den Kopf. »Ihr müsst mich für sehr eitel halten! Anstatt mir Sorgen über irgendwelche Narben zu machen, sollte ich Gott auf Knien danken, dass ich noch lebe.«

»Ich sehe es als gutes Zeichen, dass Ihr an Euer Aussehen denkt«, erklärte Rasul. »Es zeigt mehr als alles andere, dass Ihr dabei seid, gesund zu werden.«

»Das verdanke ich nur Euch!« Eddas Blick traf dabei Marie und den orientalischen Arzt gleichermaßen.

Dann blickte sie auf ihren linken Arm. Sonst musste sie diesen in einer Schlinge tragen und durfte ihn nicht gebrauchen. Nun aber hätte die Schlinge gestört und war entfernt worden.

»Wann darf ich ihn wieder bewegen?«, fragte sie Rasul.

Dieser beendete die Versorgung der Rückenwunde und prüfte nun die Narbe auf der Brust. »Ihr solltet Euren Arm mindestens noch zwei Wochen ruhig halten, denn das würde bei der Wundheilung in der Brust helfen. Ich gestatte Euch aber, ihn mehrmals täglich aus der Schlinge zu nehmen. Dabei dürft Ihr auch Dinge in die Hand nehmen, sofern sie nicht schwerer sind als eine Daunenfeder.«

»Aber das heißt, dass sie gar nichts wiegen dürfen«, rief Edda enttäuscht.

Rasul lachte leise. »Vielleicht auch ein bisschen mehr als eine Feder. Eines aber dürft Ihr auf keinen Fall tun, nämlich den Arm höher als die Schulter heben. Es könnte der Wunde schaden und dafür sorgen, dass eine hässliche Narbe auf Eurer Brust bleibt.«

Edda sah ihn an, als wüsste sie nicht, ob er es ernst oder im Spaß meinte. »Ich werde dir wohl gehorchen müssen, Heide«, sagte sie bissig und hörte, wie Marie warnend hüstelte.

»Verzeiht, ich wollte Euch nicht kränken, Herr Rasul. Nicht Euer Gott ist hier wichtig, sondern Eure Heilkunst, und ohne diese wäre ich jetzt tot.«

Ein Schatten zog über Eddas Gesicht, und sie wandte sich Marie zu. »Was meint Ihr? Wird der Meuchelmörder es ein zweites Mal versuchen?«

»Hier auf Burg Hettenheim bist du sicher.«

Da Edda ihre Schutzbefohlene war, nahm Marie sich immer noch das Recht heraus, auf eine höfliche Anrede zu verzichten. Diese hätte eine Barriere zwischen ihr und Edda errichtet, und das wollte sie nicht. Die junge Frau sollte sich in ihrer Obhut so geborgen fühlen, als wäre sie ihre Tochter.

»Auf Hettenheim vielleicht. Aber was ist danach?«

Sowohl Marie wie auch Rasul spürten die Angst, die Edda vor der Zukunft empfand. Einen Monat zuvor hätte die junge Frau bei diesem Gedanken nur mit den Achseln gezuckt. Als ungeliebte, ja verhasste Schwester und Tante auf Löwenberg zu leben, war so bedrückend gewesen, dass sie den Tod manchmal als Erlöser herbeigewünscht hätte. Doch nun, da sie auf Hettenheim wie ein Familienmitglied behandelt wurde und die Freundschaft von Marie, Alika und den Mädchen gewonnen hatte, sah die Sache anders aus. Am liebsten hätte sie Marie gebeten, sie mit nach Kibitzstein zu nehmen. Vielleicht würde sie es auch tun, dachte sie, denn zurück nach Löwenberg wollte sie unter keinen Umständen. Immerhin verdächtigte Marie ihre Verwandten, diese hätten sich ihrer auf diese Weise entledigen wollen.

»Ihr hegt zu trübe Gedanken«, sagte Rasul lächelnd und bat sie, sich ein bisschen zu drehen, damit er die Wundnähte auf der Brust entfernen könne.

»Tut das auch weh?«, fragte sie bang.

Rasul lachte erneut. »Ihr habt durch diese Verletzung so viel Schmerz ertragen müssen. Da werdet Ihr dieses leichte Ziepen wohl auch überstehen.«

»Verzeiht! Ihr müsst mich wirklich für dumm halten.« Edda senkte den Kopf, aber mehr, um sich die Narbe auf der Brust anzusehen. Diese war noch rot, sah aber bei Weitem nicht so schlimm aus, wie sie befürchtet hatte.

»Ihr habt wahrlich heilende Hände«, sagte sie achtungsvoll.

»Und Ihr eine gute Heilhaut!« Rasul lächelte und nahm die kleine Schere zur Hand.

Marie sah zu, wie er die Nähte vorsichtig durchschnitt und die Fäden entfernte. Er war ein guter Arzt, das war für sie deutlich zu erkennen. Wenn die Narben einmal verblasst waren, würden sie kaum noch zu sehen sein. Unwillkürlich griff sie sich mit der rechten Hand an den Rücken. Vor vielen Jahren hatte sie in Konstanz Rutenschläge erhalten. Ebenso wie Edda jetzt hatte auch sie damals Glück gehabt. Die wandernde Hure Hiltrud hatte sie gefunden und ihre Wunden versorgt. Zwar hatte Hiltrud die Narben nicht ganz beseitigen können, aber mit ihren Kenntnissen in der Heilkunst dafür gesorgt, dass sie kaum noch zu sehen waren. Gelegentlich zwickte es in ihrem Rücken, doch konnte das, wie Marie offen zugab, auch eine Folge des Alters sein, denn jung war sie wirklich nicht mehr. Immerhin hatte sie das vierzigste Lebensjahr bereits vor einiger Zeit überschritten, sich dafür aber, wie sie mit einer gewissen Eitelkeit fand, recht gut gehalten. Nun richtete sie ihre Aufmerksamkeit wieder auf Edda und Rasul.

»So ist es recht!«, lobte der Arzt seine Patientin. »Ich werde nun noch ein wenig Salbe auf die Narbe geben, damit sie abheilen kann, und Euch verbinden. Könnt Ihr Euch noch einmal ein wenig drehen?«

Edda wollte sich unwillkürlich mit der linken Hand abstützen, da sie mit der Rechten das Tuch vor die Brust hielt. Da fasste Rasul nach dem Arm und hielt ihn fest.

»Ich sagte, Ihr dürft damit nicht mehr tragen als eine Feder. Zwar seid Ihr ein schlankes und zierliches Ding, doch gewiss schwerer als eine solche. Ich werde Euch stützen.«

Er schob den linken Arm unter ihre rechte Schulter, fasste mit der Rechten unter ihren Hintern, und hob sie mit Leichtigkeit auf. Da Edda sich unsicher fühlte, stützte sie sich unwillkürlich mit der rechten Hand ab und konnte daher das Tuch vor ihrem Busen nicht mehr festhalten. Es glitt nach unten, und ihre Brüste wurden sichtbar.

Rasul setzte sie etwas anders hin und hob dann das Tuch auf, um ihre Brüste zu bedecken. Er tat es mit einer solchen Fürsorge, dass Marie anerkennend nickte, während Edda eine gewisse Enttäuschung zeigte. Immerhin war sie eine Frau und hatte erwartet, dass der Arzt dies erkennen würde. Stattdessen behandelte er sie wie ein Kind.

Nein, sagte etwas in ihr. Einem kleinen Mädchen würde er gewiss nicht das Tuch vor die Brüste halten. Sie griff nun selbst mit der Rechten zu und lächelte Rasul an.

»Habt Dank!«

»Wofür?«, fragte er und fuhr damit fort, die Wunden zu versorgen.

Marie beobachtete ihn, achtete aber weniger auf seine Heilkunst als auf das, was er sagte. Wenn er mit Edda sprach, war der kehlige Akzent, den er im Gespräch mit anderen verwendete, völlig verschwunden. Auch verwendete er Ausdrücke, die nur jemand kennen konnte, der sie mit der Muttermilch aufgesogen hatte. Sein kleiner Diener Majid konnte sich zwar auch auf Deutsch verständigen, doch bei ihm merkte man, dass es eine für ihn fremde Sprache war. Allerdings lernte der Junge rasch und würde in wenigen Monaten von seiner Aussprache her kaum mehr von einem Einheimischen zu unterscheiden sein. Bei einem Erwachsenen wie Rasul war dies jedoch unmöglich, es sei denn, er hätte die deutsche Sprache bereits als Kind erlernt.

Es war ein Rätsel, von dem Marie hoffte, es bald lösen zu können. Nun reichte sie Rasul die frisch gewaschenen Leinenbinden, die er Edda als Verband anlegte.

Er fragte, ob sie Hunger habe.

»Ja, doch schon ein wenig«, antwortete die junge Frau.

»Diesmal, so glaube ich, kann ich Euch das Fleisch eines gebratenen Hühnchens erlauben«, sagte Rasul.

Edda atmete sichtlich auf. »Endlich gibt es etwas anderes als Suppe und Brei!«

»Suppe und Brei haben Euch gutgetan. Verachtet sie also nicht«, mahnte Rasul sie und drehte sich zu Marie um. »Sorgt Ihr bitte dafür, dass sie ein Hühnchen bekommt. Schneidet ihr das Fleisch aber vor, denn ich will nicht, dass sie den linken Arm belastet!«

»Ich gebe darauf acht!«, versprach Marie.

»Ihr werdet mich aber nicht mehr füttern wie ein kleines Kind«, rief Edda rebellisch.

»Noch ein, zwei Tage lang werdet Ihr das zulassen müssen«, erklärte ihr Rasul. »Noch könnte es zu Problemen kommen, wenn Ihr nicht vernünftig seid.«

»Ich bin ja vernünftig«, stöhnte Edda und sehnte sich danach, endlich ihr Wundlager verlassen zu können.

Doch wie sie Rasul kannte, würde er es ihr erst erlauben, wenn er vollkommen sicher war, dass es ihr nicht mehr schadete.

2.

Während sie mit Eddas Genesung zufrieden sein konnte, machte Marie sich Sorgen, weil Michel und Graf Heinrich länger ausblieben, als sie es erwartet hatte. Zudem machte das Gerücht von einem Überfall auf eines der Löwenberg'schen Dörfer die Runde. Mehr als ein Mal sprach sie mit Frau Hedwig darüber, und sie kamen überein, einen Boten loszuschicken, um Nachrichten über den Verbleib ihrer Männer einzuholen.

Da Frau Hedwig nicht so recht wusste, wer dafür infrage kam, beschloss Marie, Gereon damit zu beauftragen. Dieser sollte am nächsten Morgen losreiten. Bevor es jedoch dazu kam, meldete der Türmer Michels und Graf Heinrichs Rückkehr.

Erleichtert eilte Marie auf den Torturm und sah dem kleinen Trupp entgegen. Selbst auf die Entfernung konnte sie erkennen, dass alle, die vor einer guten Woche losgeritten waren, auch zurückkehrten.

Trudi, Lisa und Hildegard waren ihr gefolgt und winkten den Männern. Zur Enttäuschung der Mädchen hob nur Falko kurz den Arm, während die anderen ihrem Gruß keine Beachtung schenkten. Marie wunderte sich darüber, und das tat sie noch mehr, als sie Michels und Heinrich von Hettenheims ernste Gesichter wahrnahm, als diese in die Burg einritten. Rasch eilte sie nach unten und erreichte den inneren Hof gerade, als die Reiter von ihren Pferden stiegen.

»Ist etwas vorgefallen?«, fragte sie besorgt.

Michel nickte mit verkniffener Miene. »Graf Heinrich hatte Udalrich von Hohenwald und Engelbrecht von Löwenberg gerade so weit, dass diese ihren Streit von den Notaren des Pfalzgrafen entscheiden lassen wollten, als die Nachricht von dem Überfall auf ein Dorf des Löwenbergers kam. Angeblich hätten Hohenwalder Kriegsknechte ihn verübt, aber als Hettenheimer verkleidet.«

»Von einem Überfall haben wir gehört, aber nicht, wer an ihm beteiligt war, und noch weniger, dass es Hettenheimer gewesen sein sollen.«

»Jedenfalls ist Engelbrecht von Löwenberg so aufgebracht, dass er dem Hohenwalder die Fehde antragen will«, mischte sich Graf Heinrich ein.

»Aber es muss doch eine andere Lösung geben!«, sagte Marie betroffen.

»Nicht bei diesen Sturköpfen! An deren harten Schädeln würde selbst ein Schmiedehammer zerbrechen.« Aus Graf Heinrich sprach seine ganze Enttäuschung, da sein Versuch, Frieden zwischen den streitenden Parteien zu schlichten, auf eine solche Weise gescheitert war.

»Herr Heinrich hat mich gebeten, Löwenberg und die anderen Burgen zu besuchen, um den Herrschaften ins Gewissen zu reden, dass eine friedliche Einigung auf jeden Fall besser ist als Kampf«, berichtete Michel.

Maries Miene wurde starr. Das wirst du nicht tun, denn es ist viel zu gefährlich, wollte sie schon sagen. Sie bezähmte sich jedoch, weil es so ausgesehen hätte, als hätte sie auf Kibitzstein die Hosen an. Auch konnte ihr Mann die Bitte ihres Gastgebers kaum ablehnen. Es hätte nicht nur diesen enttäuscht, sondern ihm auch noch den Ruch der Feigheit eingetragen. Das war jedoch das Letzte, was sie sich leisten konnten. Wenn das als Gerücht dem Würzburger Fürstbischof zu Ohren kam, würde dieser glauben, sich mit entsprechendem Nachdruck gegen sie und Michel durchsetzen zu können.

»Es sieht so aus, als müsste es sein«, sagte sie daher traurig.

Michel nickte. »Es gibt keine andere Lösung, sonst fließt noch mehr Blut, als bisher schon vergossen wurde.«

»Wo soll denn Blut geflossen sein?«, fragte Marie verwirrt.

»Nun denn, in dem Löwenberger Dorf, das von diesen Schurken überfallen worden ist. Sie sollen etliche Bauern umgebracht und Frauen geschändet sowie das ganze Dorf angezündet haben!«

»Das habe ich anders gehört«, entgegnete Marie. »Als die Nachricht kam, haben Frau Hedwig und ich jemanden dorthin geschickt. Der Mann berichtete bei seiner Rückkehr weder von Toten noch von niedergebrannten Häusern. Einer oder mehrere Bauern sollen auf dem Feld verprügelt worden sein, aber das war es auch schon.«

Graf Heinrich stieß einen Fluch aus, der alle in der Nähe zusammenzucken ließ. »Dann hat uns dieser verfluchte Löwenberger belogen!«

»Das muss nicht sein! Wer weiß, was man ihm erzählt hat«, sagte Marie beschwichtigend.

»Ich werde es mir trotzdem anschauen!«, rief Graf Heinrich, schüttelte dann aber den Kopf und sah Michel an. »Das werdet Ihr für mich tun. Ich will wissen, woran ich bin. Im Augenblick würde ich Hohenwald am liebsten gegen Ritter Engelbrecht beistehen.«

Da Graf Heinrich bisher Udalrich von Hohenwald als den Schuldigen angesehen hatte, war dies ein vollkommener Wechsel seiner Gesinnung. Um zu verhindern, dass sein Gastgeber voreilig handelte, mahnte Michel ihn zur Ruhe.

»Wir müssen erst wissen, was hier gespielt wird«, setzte er hinzu. »Aus diesem Grund werde ich bereits morgen nach Löwenberg reiten und mir dabei auch das angeblich niedergebrannte Dorf anschauen.«

»Wenn die Nachricht von dem Überfall falsch war, könnt Ihr gleich weiter nach Hohenwald reiten und Ritter Udalrich in meinem Namen ein Bündnisangebot machen.«

Graf Heinrich war äußerst verstimmt, weil Engelbrecht von Löwenberg ihn mit womöglich falschen Nachrichten auf seine Seite hatte ziehen wollen.

Nun mischte sich erneut Falko ein. »Müssen wirklich Ritter Udalrich oder Ritter Engelbrecht die Schuldigen sein?«

»Wie kommst du auf diesen Gedanken?«, fragte Marie.

»Weil Hilbrecht und ich uns doch in ihren jeweiligen Lagern umgehört hatten. Sie wirkten auf uns nicht wie Männer, die einander unbedingt an die Kehle gehen wollten.«

Michel hob die Hand. »Das alles kannst du uns drinnen in der

Halle vortragen, denn dort können wir unseren Ärger wenigstens mit einem Schluck Wein hinunterspülen.«

»Ein Schluck wird bei mir nicht reichen«, erklärte Graf Heinrich. Seine Bemerkung verriet jedoch, dass er seinen ersten Ärger überwunden hatte und nun wieder der Vernunft den Vorzug gab.

3.

In der Halle gesellte sich Rasul zu der Gruppe. »Trinkt Ihr Wein?«, fragte Graf Heinrich ihn. »Ich jedenfalls werde einige Becher brauchen, sonst liegen mir Ritter Engelbrechts Lügen zu schwer im Magen!«

»Ein Becher mit Maßen genossen ist der Gesundheit zuträglich«, antwortete Rasul und nahm den Becher, den ihm ein Diener reichte, mit lächelnder Miene entgegen. Anders als die Übrigen blieb er jedoch stehen.

Bevor Falko und Hilbrecht mit ihrem Bericht beginnen konnten, trat Esau ein. Wegen des Begräbnisses Otto von Drachensteins war er nach Löwenberg zurückgekehrt, um dort seinen Bruder und seinen Neffen zu vertreten, die ihrem Nachbarn das letzte Geleit hatten geben wollen. Nun aber war er wieder hier und wirkte ziemlich besorgt.

»Erlaubt Ihr mir zu sprechen, Graf Heinrich?«, bat er.

Heinrich von Hettenheim nickte. »Tut es!«

»Als ich von dem Überfall auf eines unserer Dörfer gehört habe, bin ich auf mein Pferd gestiegen und hingeritten, um mich selbst zu überzeugen und nicht nur auf das angewiesen zu sein, was man mir erzählt«, begann Esau.

»Das ist gut, denn wir brauchen einen ehrlichen Bericht«, wandte Michel ein. »Das, was man uns sagte, klang mir arg übertrieben.«

»Ich weiß nicht, was man Euch berichtet hat. Auf jeden Fall weiß ich nun, dass es diesen Überfall so nicht gegeben hat. Durch nachdrückliches Befragen fand ich heraus, dass einer der Bauern auf dem Feld von mehreren Männern verprügelt worden ist. Diese trugen Hettenheimer Waffenröcke, doch einer soll gesagt haben, Junker Udo würde mit ihnen zufrieden sein.«

»Das klingt mir doch sehr danach, als hätte man den jungen Hohenwalder zum Sündenbock machen wollen«, sagte Marie nachdenklich.

»Das denke ich auch«, stimmte ihr Esau zu. »Es waren weder Hohenwalder noch Hettenheimer. Ich kenne zwar nur einen Teil Eurer Männer, Graf Heinrich, glaube aber nicht, dass Ihr einen Waffenknecht in Euren Diensten habt, dessen Gesicht an das einer Maus erinnert!«

»Einer Maus?« Marie fuhr hoch. »Sagt das noch einmal!«

Esau sah sie verwirrt an. »So behauptete es der Bauer. Er wurde übel geschlagen, und es mag sein, dass er bleibende Schäden behalten wird.«

Marie ging es weniger um den Bauern, sondern um den Mann mit dem Mausgesicht. »Konnte dieser Bauer den Mann genauer beschreiben?«

»Er konnte es recht gut, aber noch besser hat es eine Frau getan, die Zeugin des Überfalls war. Sie behauptet, zufällig dort vorbeigekommen zu sein. Die Männer hätten sie gepackt und ihr die Kleider vom Leib gerissen, um sie zu vergewaltigen. Sie sei ihnen mit Mühe entkommen. Allerdings meinte eine andere Frau, dass sie wohl ein Stelldichein mit dem Bauern gehabt habe, der verprügelt worden ist, und sich deshalb freiwillig ausgezogen hätte.«

Dies interessierte Marie wenig. »Was ist mit dem Mausgesicht?«, fragte sie streng.

»Er soll etwas kleiner sein als ich, mager aussehen und ein spitzes Gesicht mit eng zusammenstehenden, kleinen Augen haben. Warum fragt Ihr nach ihm?« Esau sah Marie dabei neugierig an.

»Weil Fräulein Edda sagte, ein Mann mit einem Mausgesicht habe den Pfeil auf sie abgeschossen!«

Maries Worte trafen die anderen wie ein Schlag.

»Edda hat den Lumpenhund also gesehen und beschreiben können!«, rief Esau aus.

Marie nickte. »Das hat sie.«

»Es geht ihr also gut?« Esau atmete auf, denn wegen der Aufregung über den Überfall hätte er beinahe seine Halbschwester vergessen. »Darf ich zu ihr?«, fragte er Marie.

Diese wandte sich zu Rasul um. »Was meint Ihr?«

»Ich glaube, es wäre ganz gut, wenn Esau mit seiner Schwester sprechen könnte. Damit wüssten auch die Löwenberger, wer ihr aufgelauert hat.«

Da es so aussah, als wollte Marie Esau sofort zu Edda führen, winkte Falko mit der Hand. »Wir sollten doch alles berichten, was wir von den Löwenbergern und Hohenwaldern gehört und gesehen haben.«

»Die Zeit, den beiden zuzuhören, sollten wir uns nehmen«, antwortete Marie. »Es mag sein, dass auch Einzelheiten wichtig sind.«

»Ob viel dabei ist, was wichtig sein könnte, weiß ich nicht«, sagte Falko. »Es war so, dass Hilbrecht und ich Drachenstein verlassen haben, um draußen ein wenig umherzustreifen. Dabei kamen wir auch in die Zeltlager Udalrich von Hohenwalds und Engelbrecht von Löwenbergs.«

»Zeltlager?«, unterbrach Marie ihren Sohn verwundert.

»Es war so, dass die beiden Herren nicht bereit waren, unter demselben Dach zu schlafen wie der andere«, erklärte ihr Michel.

»Da haben sie unterhalb der Burg je ein Zeltlager errichtet, und das in einem Abstand von ein paar Bogenschussweiten«, berichtete Falko weiter. »Hilbrecht und ich wollten uns ein wenig umhören und sind hingegangen.«

Falko wiederholte das, was Hilbrecht und er bereits unterwegs Michel und Graf Heinrich berichtet hatten, um einiges eingehender und endete mit den Worten, dass beide Herren zwar sehr aufgebracht gewesen seien, er aber trotzdem nicht den Eindruck gewonnen habe, als wenn sie darauf aus seien, umgehend eine Fehde mit dem anderen zu beginnen.

»Herr Engelbrecht hat auch nie davon gesprochen, sich mit Hohenwald anlegen zu wollen«, warf Esau ein.

»Und doch fordert er mit aller Vehemenz ein Stück Land zurück, das einst als Pfand an Hohenwald übergeben worden sein soll«, sagte Graf Heinrich und musterte ihn scharf.

»Das ist eine alte Sache und längst vergessen«, erwiderte Esau. »Mein Vater hatte sich schon mit dem Vater Ritter Udalrichs darauf geeinigt, dass dieser die paar Morgen Land behalten könne, das dessen Mutter als Mitgift erhalten hatte. Es galt zwar damals als Pfand, aber kein Löwenberger war bereit, Geld dafür herzugeben, um es zurückzubekommen.«

»Ritter Engelbrecht hörte sich aber anders an«, erklärte Graf Heinrich, der es dem Herrn auf Löwenberg übel nahm, von niedergebrannten Bauernhöfen, erschlagenen Bauern und geschändeten Frauen gesprochen zu haben, obwohl nur ein einziger Mann zu Schaden gekommen war.

»Wer weiß, was man Ritter Engelbrecht berichtet hat«, gab Michel zu bedenken.

»Deshalb freut es mich auch, dass Ihr meiner Bitte nachkommen wollt, die drei Burgen in der Nachbarschaft aufzusuchen. Sprecht mit den Leuten dort und haltet die Ohren offen, um auch das zu hören, was man Euch verschweigen will.«

»Ich werde mein Bestes tun!«, versprach Michel und wandte sich Esau zu. »Werdet Ihr mich nach Löwenberg begleiten und dort einführen?«

»Das werde ich, Herr Michel! Auch werde ich Euch helfen, dort die Wahrheit herauszufinden. Ich möchte Eurem und Graf Heinrichs Sohn danken. Es erleichtert mich sehr zu hören, dass nicht Ritter Engelbrecht und Engelhard es sind, die Edda tot sehen wollten.« Esau zeigte damit, dass auch er an seinem Halbbruder und dessen Sohn gezweifelt hatte.

Für Marie, Michel und Graf Heinrich stellte sich damit aber die Frage, wer hinter den Unruhen und wilden Gerüchten steckte. Es wäre leicht gewesen, die Schuld auf Udalrich von Hohenwald oder Engelbrecht von Löwenberg zu schieben. Doch sosehr diese sich auch streiten mochten: Den Mordanschlag auf die junge Frau hatte nach Lage der Dinge keiner der beiden befohlen.

4.

Marie war gespannt auf Eddas Reaktion, wenn Esau sie besuchte. Zu ihrer Überraschung leuchteten die hellen Augen der jungen Frau auf, und sie streckte ihm die Rechte entgegen.

»Esau! Wie schön, dich zu sehen!«

»Ich bin überglücklich, dass es dir besser geht!« Esau wischte sich über die Augen, die verdächtig feucht schimmerten.

»Das ist nur der Kunst des guten Arztes Rasul und der sorgsamen Pflege von Frau Marie und Alika zu verdanken.«

Edda lächelte die drei an, die mit Esau, Michel und Graf Heinrich zusammen in die Kammer gekommen waren und diese ziemlich ausfüllten.

»Ich danke allen, die sich deiner so treu sorgend angenommen haben«, sagte Esau und verbeugte sich vor Marie, aber auch vor Alika und Rasul. Dann sah er den Arzt nachdenklich an. »Kenne ich Euch nicht von irgendwoher?«

»Ihr habt mich vor etlichen Tagen in der *Krone* gesehen – und auch schon einmal hier am Krankenbett«, antwortete Rasul freundlich.

»Das meine ich nicht. Es muss ein andermal gewesen sein!« Esau dachte angestrengt nach, doch wollte es ihm nicht einfallen.

»Das ist wohl kaum möglich, da ich aus dem Orient in dieses Land gekommen bin.«

Rasul lächelte noch immer, doch fehlte die Wärme, die Marie sonst immer bei ihm beobachtet hatte. Irgendetwas war mit ihm, doch dies war kein Geheimnis, dem sie ungesäumt nachspüren wollte, denn die Probleme in diesem Gau waren doch um einiges wichtiger als der Arzt aus dem Orient.

»Kannst du Esau berichten, wer auf dich geschossen hat«, bat sie Edda.

Diese tat es und fügte hinzu, dass sie diese Strecke fernab von allen menschlichen Siedlungen regelmäßig geritten war. »Wer auch immer mir aufgelauert hat, musste nicht oft warten«, setzte sie nachdenklich hinzu.

»Trotzdem musste er es erst einmal in Erfahrung bringen. Dies heißt, dass Burg Löwenberg und deren Umland von diesem Mann oder seinen Kumpanen längere Zeit überwacht worden sein muss«, wandte Rasul ein. Es war das erste Mal, dass er sich zu der Situation in dieser Gegend äußerte. Neugierig musterte Marie ihn. Doch es war, als wäre er der Ansicht, schon zu viel gesagt zu haben, denn er schwieg nun, während Graf Heinrich und Esau sich eifrig darüber unterhielten, wer hinter dem Ganzen stecken mochte. Zu einem Ergebnis kamen sie beide nicht. Das Einzige, was feststand, war, dass ein Mann mit einem Gesicht, das an eine Maus erinnerte, geschossen und derselbe Mann vor ein paar Tagen einen Löwenberger Bauern übel zugerichtet hatte.

Nach einer Weile forderte Rasul die Herren auf, wieder zu gehen, da Edda noch zu schwach sei, um lange Besuche ertragen zu können. Die junge Frau wirkte enttäuscht, da es ein wenig Abwechslung im immer gleichen Ablauf des Tages gebracht hatte. Sie schlief aber bald ein und würde Rasuls Meinung nach erst tief in der Nacht wieder erwachen.

»Sie glaubt, es ginge ihr wieder gut, doch die Verletzung hat sie sehr viel Kraft gekostet. Es wird noch einige Wochen dauern, bis sie so weit hergestellt ist, dass sie wieder unter Leute gehen kann«, erklärte Rasul Marie.

Diese musterte ihn durchdringend. »Wer oder was seid Ihr?«

Ein wehmütiges Lächeln erschien auf dem Gesicht des jungen Mannes. »Ich bin, wie Ihr es immer sagt, ein Arzt aus dem Orient!«

»Das seid Ihr aber nicht immer gewesen!«

»Vorher war ich Sklave! Doch nun erlaubt mir, nach meinem braven Majid zu sehen. Ihm fällt es schwer, sich in diesem Land einzuleben.«

»Im Gegensatz zu Euch«, bohrte Marie nach, erhielt aber keine Antwort mehr.

5.

Michel sprach an diesem Abend lange mit Marie, Graf Heinrich und Esau darüber, wie er bei seinen Besuchen auf Löwenberg, Hohenwald und Bogenberg vorgehen sollte. Esau schlug vor, noch zwei weitere Nachbarn aufzusuchen, die seit Generationen mit den vier Herrschaften des Kleeblattbunds in Frieden lebten, sich aber früher ebenso wie diese mit Graf Heinrichs Vetter und Vorgänger Falko von Hettenheim hatten auseinandersetzen müssen.

»Ich kann es mir zwar nicht vorstellen, doch es mag sein, dass einer von ihnen nun, da sie nicht mehr befürchten müssen, mit Euch, Graf Heinrich, aneinanderzugeraten, Pläne hegt, die zur Schwächung Löwenbergs oder Hohenwalds führen und ihm einen Teil von deren Besitzungen bringen würden«, begründete er seinen Vorschlag.

»Dann machen wir das!«, erwiderte Michel, der nicht die geringste Möglichkeit ausschließen wollte, um den Schuldigen an dem Mordanschlag und dem Überfall auf den Löwenberger Bauern zu finden.

Auch Graf Heinrich nickte. »Das ist ein guter Vorschlag, denn würde Herr Michel nur Löwenberg und Hohenwald aufsuchen, so sähe es so aus, als würden wir diesen beiden Nachbarn misstrauen.«

»Ihr habt Bogenberg vergessen«, wandte Marie ein.

Graf Heinrich winkte ab. »Ritter Rainald ist alt und krank und denkt vor allem an sein Seelenheil und nicht daran, seinem Sohn noch mehr Land vererben zu können. Zudem zählt die Herrschaft Guntramsweil mit zu seinem Besitz. Diese ist zwar nur halb so groß wie Bogenberg, wird aber gut verwaltet und Junker Radolf einmal nach mir zum zweitmächtigsten Burgherrn in diesem Gau machen.«

Unwillkürlich blickte Marie zum Treppenabsatz hoch. Erneut stand Rasul dort und hörte zu, was in der Halle gesprochen wurde. Die Vermutung, dass er mehr mit all dem, was hier geschah, zu tun hatte, verstärkte sich, und sie nahm sich vor, es herauszufinden. Da er jedoch selbst nichts sagte, musste sie in Erfahrung bringen, ob in den letzten Jahren hier irgendetwas geschehen war, das eine Verbindung zu ihm aufzeigte.

Michel beratschlagte mit Graf Heinrich, wie er bei seinen Besuchen in den anderen Burgen vorgehen sollte. »Ich habe mir gedacht, ich nehme Gereon und drei meiner Knechte mit«, sagte er.

»Glaubt Ihr, dass die Kerle sich diesmal vom Wein fernhalten können?«, wandte Karel ein, der den Männern ihren Rausch in der Schenke nicht verziehen hatte.

»Ich will es hoffen«, erklärte Michel. »Falko und Lisa sollen mich ebenfalls begleiten.«

»Warum nicht ich?«, fragte Trudi enttäuscht.

»Durch ihre Herkunft gilt Lisa als Mündel des Pfalzgrafen Ludwig. Zudem wird sie einmal eine Herrschaft in einem Nachbargau erben. Indem ich sie mitnehme, stelle ich sie den Herren vor, die hier von Bedeutung sind. Gleichzeitig darf es keiner wagen, etwas gegen sie und damit auch gegen mich und die anderen zu unternehmen, wenn er sich nicht den Zorn des Pfalzgrafen zuziehen will.«

»So sehe ich es auch«, stimmte Graf Heinrich Michel zu.

»Es muss wohl so sein!« Ganz wohl war Marie dabei nicht, doch sie sah die Notwendigkeit.

Nun meldete sich Esau zu Wort. »Ich werde Euch in Löwenberg einführen und Euch nach Bogenberg begleiten. Auch wenn Herr Heinrich meint, Rainald wäre zu alt, um noch etwas bewirken zu können, so gebe ich doch viel auf seinen Rat. Wir könnten dabei noch ein paar andere Nachbarn aufsuchen, um zu erkunden, was sie über diese Sache denken. Nach Hohenwald solltet Ihr besser ohne mich reiten, denn nach dem, was alles geschehen ist, möchte ich diesen Teil des einstigen Kleeblatts vorerst meiden.«

»Das dürfte wohl besser sein!« Michel lachte kurz, bevor er weitersprach. »Da wir morgen früh aufbrechen wollen, sollten wir nun zu Bett gehen.«

»Nach Löwenberg ist es nicht so weit wie nach Drachenstein«, sagte Heinrich von Hettenheim, den Michels Eile wunderte.

»Ich will mir vorher noch das angeblich überfallene Dorf ansehen und mit den Bewohnern reden.«

Michel stand auf. Als sein Blick Marie traf, begriff diese, dass sie mit ihm kommen sollte, damit sie sich unter vier Augen über alles unterhalten konnten, was hier geschehen war.

Marie überlegte, ob sie ihren Mann auch auf Rasul ansprechen sollte. Allerdings wusste er über diese Gegend kaum mehr als sie. Auch Graf Heinrich hatte sich nie viel um seine Nachbarn gekümmert, um ihr die Auskünfte geben zu können, die sie sich wünschte. Daher blieb ihr Blick schließlich auf Esau haften.

»Verzeih, mein Lieber«, sagte sie zu Michel. »Bevor ich zu Bett gehe, würde ich gerne von Esau erfahren, was in den vergangenen Jahren in dieser Gegend alles geschehen ist. Vielleicht finden wir dabei eine Lösung für all das, was uns nun beschäftigt.«

»Wenn ich das alles erzählen soll, würde es gewiss mehr als eine Stunde dauern«, wandte Esau ein.

»Es ist schon spät«, drängte Michel.

»Das ist es wohl. Also verschieben wir dieses Gespräch. Ich hoffe aber, dass wir es bald führen können. Ihr werdet doch gewiss wiederkommen, um nach Edda zu sehen?«

Die Frage galt Esau, der sie sogleich bejahte. Zwar wusste er nicht, was Marie im Sinn hatte. Einen Grund aber musste es geben, da sie Dinge erfahren wollte, die in den letzten Jahren vorgefallen waren.

6.

Obwohl Michel ihr versichert hatte, dass keiner der Burgherren es wagen würde, mit einem Anschlag auf ihn, Falko und Lisa den Zorn Pfalzgraf Ludwigs hervorzurufen, hatte Marie ein äußerst schlechtes Gefühl, als sie die drei mit ihren Begleitern wegreiten sah.

»Wie lange, Mama, glaubst du, werden sie unterwegs sein?«, fragte Trudi, während Hildegard sich so fest an Marie klammerte, dass es wehtat.

»Dein Vater will fünf Burgen aufsuchen. Er wird auf jeder von ihnen zwei oder drei Tage bleiben wollen. Rechne noch die Tage hinzu, die er jeweils braucht, um von Burg zu Burg zu reiten, so kommst du auf die Zeit, die es dauern wird, bis er wiederkommt«, antwortete Marie.

Trudi kniff die Augen zusammen und rechnete. »Fünf mal drei ist fünfzehn, und dann kommen noch fünf Tage Ritt hinzu …«

»Du hast den letzten Weg hierher nicht eingerechnet«, unterbrach Hildegard sie.

»Den wollte ich gerade noch dazurechnen«, redete Trudi sich heraus und sah dann ihre Mutter an. »Es können damit über zwanzig Tage werden. Das ist eine lange Zeit!«

»Jedenfalls wird sie uns lang vorkommen. Doch wolltest du nicht Alika bei Edda ablösen?«

Marie klang streng, denn sie wollte nicht, dass Trudi sich angewöhnte, ihre Pflichten nach Lust und Laune zu erledigen, sondern dann, wenn es an der Zeit war.

»Ich bin schon unterwegs, Mama«, erklärte Trudi, blieb aber nach dem ersten Schritt stehen und drehte sich zu ihrer Mutter um. »Weshalb müssen wir die ganze Zeit bei Fräulein Edda bleiben? Es geht ihr doch gut genug, dass sie auch einmal allein sein kann.«

»Willst du sie zwingen, aufzustehen, wenn sie den Nachttopf braucht?«

Maries tadelnder Blick hinderte ihre Tochter daran, zu sagen, dass Edda in dem Fall doch nach ihnen rufen könne. Wenn dann weder die Mutter, Alika noch sie in der Nähe waren, würde einer der Wachtposten kommen müssen. Edda zumuten, sich von diesem den Topf unterschieben und den Hintern abputzen zu lassen, wollte sie natürlich nicht.

»Kommst du mit?«, fragte sie Hildegard, die sogleich die Mutter losließ und ihr folgte.

»Seid aber leise und stört Edda nicht«, rief Marie den beiden nach. Dabei fand sie, dass es der Verletzten ganz guttun würde, mit den Mädchen zu reden. Auf Löwenberg hatte es außer Esau niemanden gegeben, der dies gerne getan hatte.

»Löwenberg!« Maries Stimme klang düster, als sie es aussprach. Auch wenn Ritter Engelbrecht und dessen Sohn tatsächlich nichts mit dem Mordanschlag auf Edda zu tun hatten, so hatten sie ihrer Ansicht nach übel genug an dem Mädchen gehandelt. Ausgerechnet dorthin war ihr Michel unterwegs. Um nicht vor Sorge zu vergehen, beschloss sie, mit dem zurückgebliebenen Hilbrecht zu reden und nochmals seine Eindrücke von Drachenstein und den Gästen der Trauerfeier zu erfragen.

Ohne von den Bedenken seiner Ehefrau etwas zu ahnen, trabte Michel durch das fruchtbare, grüne Land, und Falko und Lisa hielten sich dicht hinter ihm. Die beiden waren von ihrem Alter her nur wenige Tage auseinander und wurden daher von einigen Nachbarn der Kibitzsteiner sogar als Zwillinge angesehen. Dabei war Lisa die Tochter Falko von Hettenheims und dessen Ehefrau Hulda und damit eine enge Verwandte von Graf Heinrich. Selbst Michel vergaß das manchmal. Graf Falko war einst sein Todfeind gewesen, und dessen Ehefrau hatte ihren Mann mit ihrem Hass sogar noch übertroffen. Hulda hatte Marie gefangen gesetzt, ihr den neugeborenen Jungen abgenommen und sie mitsamt ihrer eigenen Tochter in die Sklaverei verkaufen lassen. Nachdem es Marie gelungen war, ihre Freiheit wiederzuerlangen und in die Heimat zurückzukehren, hatte sie Michel erklärt, dass nur die Sorge um die Kleine sie daran gehindert habe, zu verzweifeln. Sie liebte das Mädchen wie ein eigenes Kind.

Auch Michel mochte das Mädchen und hatte es nicht nur seiner Frau zuliebe abgelehnt, sie Heinrich von Hettenheim zur Erziehung zu überlassen. Daher bedrückte es ihn, dass er sie auf diesen Ritt mitnehmen musste, um den Anschein aufrechtzuerhalten, er wolle sie ihren späteren Nachbarn vorstellen.

Anders als Michel waren Falko und Lisa bester Dinge. Sie durften ein Abenteuer erleben, das ihrer älteren Schwester Trudi versagt blieb. Auch wenn Lisa bereits einige Monate auf Hettenheim verbracht hatte, war sie nicht vielen Nachbarn vorgestellt worden. Die vier Kleeblätter, wie Bogenberg, Drachenstein, Hohenwald und Löwenberg noch immer genannt wurden, kannte sie noch nicht und war neugierig auf diese. Zudem hoffte sie ebenso wie Falko, sie könnten herausfinden, wer für den Anschlag auf Edda von Löwenberg verantwortlich war.

»Schade, dass Hilbrecht nicht hat mitkommen dürfen«, sagte Falko bedauernd zu Lisa. »Mit ihm zusammen wäre es noch lustiger geworden.«

»Das wäre es gewiss!« Ihren Worten zum Trotz war Lisa froh, dass Graf Heinrichs Sohn hatte zu Hause bleiben müssen. Während ihres Aufenthalts auf Hettenheim war sie mehrmals das Opfer von Falkos und Hilbrechts Streichen geworden und hatte es nie geschafft, es den beiden heimzuzahlen. Damit war es für sie eine süße Rache, Hilbrecht in Hettenheim zu wissen, während sie wohlgemut auf Löwenberg zutraben durfte.

Esau hatte sich bisher hinter Michel und den beiden Kindern gehalten. Als sie die Grenze zur Löwenberger Herrschaft überschritten, schloss er zu Michel auf.

»Wir müssen ein Stück weiter vorne von der Straße nach Löwenberg abbiegen und den Weg zu dem Dorf einschlagen«, erklärte er.

»Dann tun wir das!« Michel nickte Esau kurz zu und forderte ihn auf, die Spitze zu übernehmen. »Ihr kennt hier den Weg und ich nicht«, setzte er hinzu.

»Die Abzweigung ist nicht zu übersehen«, erklärte Esau und blieb an seiner Seite. »Wisst Ihr«, meinte er dann, »ich habe mir den Kopf zerbrochen, wer uns Übles will, doch ich bin zu keinem Schluss gekommen.«

»Einen Feind muss es aber geben, denn Fräulein Edda hat sich den Pfeil nicht selbst in die Brust geschossen und der Bauer sich auch nicht selbst verprügelt«, sagte Michel.

»Vor allem nicht an der Stelle«, antwortete Esau und zeigte auf seinen Hintern. »Er ist wirklich übel zugerichtet worden. Selbst wenn er mit dem Weib seines Nachbarn tatsächlich Unzucht getrieben haben sollte, wäre diese Strafe zu hart gewesen.«

»Könnte es nicht doch der Nachbar gewesen sein?«, fragte Michel.

Esau überlegte kurz und schüttelte den Kopf. »Der ist schon älter und ein mageres Männchen. Außerdem vergesst Ihr die Beschreibung des Mannes mit dem Mausgesicht. Die können die Leute sich nicht aus den Fingern gesogen haben!«

Das musste Michel zugeben, und so war er gespannt, was er in dem Dorf alles erfahren würde.

7.

Schon auf den ersten Blick war zu erkennen, dass die Nachricht, das Dorf wäre bei dem Angriff abgebrannt worden, nicht stimmen konnte. Die Bauernhöfe lagen unversehrt um den Dorfplatz herum und wurden von einem hohen Zaun geschützt, den man nur an zwei Stellen passieren konnte.

»Hier sieht man, wie leicht aus einer Maus ein Löwe gemacht werden kann«, sagte Michel zu Esau. »Euer Bruder hätte nachsehen lassen müssen, anstatt irgendwelchem Geschwätz zu folgen, Udalrich von Hohenwald zu beschimpfen und Graf Heinrich, der mit Mühe einen Vergleich zwischen ihnen herbeigeführt hatte, vor den Kopf zu stoßen.«

Esau nickte bedrückt. Durch sein unbesonnenes Auftreten hatte sein Halbbruder sich um die mögliche Unterstützung durch Heinrich von Hettenheim gebracht.

»Ich verstehe das auch nicht«, bekannte er und ritt auf das größere der beiden Tore zu.

Im Dorf hatte man die Reitergruppe bereits bemerkt. Während die Frauen und Kinder in den Häusern verschwanden, rotteten sich die Männer mit Sensen und Gabeln bewaffnet zusammen und waren bereit, ihr Heim und ihre Familien gegen jeden Feind zu verteidigen. So viel Mut sie auch aufbrachten, so waren sie doch erleichtert, als sie Esau an der Spitze der Reiter erkannten. Der Dorfälteste reichte seinem Sohn die Gabel und trat auf den Halbbruder seines Herrn zu, der hier im Dorf beliebter war als dieser selbst.

»Gott zum Gruß, Herr Esau. Ihr kommt gewiss im Auftrag Ritter Engelbrechts. Seid uns willkommen!«

»Ich komme, um nachzusehen, welche Lügen von hier aus verbreitet wurden«, antwortete Esau im scharfen Tonfall.

Der Bauer zuckte leicht zusammen. »Welche Lügen, Herr Esau?«

Esau wies auf das Dorf. »Laut der Nachricht, die ihr Herrn Engelbrecht habt zukommen lassen, sind diese Hütten alle niedergebrannt, die Hälfte der Männer erschlagen und eure Frauen und Töchter vergewaltigt worden. Wenn es dadurch zu einer Fehde kommt, so ist euer Dorf, das schwöre ich euch, das erste, das in Flammen aufgeht.«

Der Dorfälteste wich erschrocken zurück und hob abwehrend beide Hände. »Herr, aber wir wurden überfallen. Zwar hat man die Höfe nicht angezündet …«

»Ebenso wenig einen Einzigen von euch erschlagen und kein einziges Weib geschändet. War es nicht so?«, unterbrach Esau den Mann zornig.

»Nun, Herr …«, begann der Mann, um erneut von Esau unterbrochen zu werden.

»Ich will keine Ausflüchte hören, sondern die reine Wahrheit – und nichts anderes! Sonst werde ich Herrn Engelbrecht raten, euch alle zu bestrafen, und so zornig, wie er ist, werdet ihr dann nicht einmal mehr Leibeigene sein, sondern hörige Knechte. Und nun will ich den Mann sehen, der das Ganze verursacht hat.«

»Ihr meint den Till? Der ist wirklich übel dran. Kommt mit!« Der Dorfälteste eilte voraus. Michel, Esau und ihre Begleiter folgten ihm und stiegen vor dem größten Hof im Dorf aus dem Sattel.

»Der gehört Till. Neben mir ist er der zweite Freibauer hier«, erklärte der Dorfälteste.

»Nach den Lügen, die von ihm kommen, wird er froh sein können, wenn er später noch ein Viertel seines Landes als höriger Bauer bestellen kann«, drohte Esau und trat ein.

»Ihr bleibt draußen!«, sagte Michel zu Falko, Lisa und den Knechten und folgte Esau ins Haus.

Der Flur war düster, und es gingen mehrere Türen davon ab. Eine davon wurde geöffnet, und eine Frau schaute heraus. Sie war noch nicht alt, wenn auch keine Schönheit. Tüchtig jedoch schien sie zu sein, denn ihr Kleid war sauber, und im Haus wirkte alles aufgeräumt, soweit Michel es erkennen konnte.

»Ihr seid es, Herr Esau! Schaut Euch nur meinen Lumpen von Mann an. Verprügelt haben sie ihn, dass er sich nicht mehr rühren kann. Sie hätten ihm den Schädel einschlagen sollen. Dann hätte ich einen neuen Mann heiraten können, einen, der mich in Ehren hält und sich nicht heimlich mit seiner Hure trifft.«

»Halt ein!«, befahl Esau, da die Frau aussah, als wäre dieser Wortschwall nur der Anfang gewesen.

»Ist doch wahr!«, sagte sie schnappig und wies auf eine Tür. »Dahinter liegt das Schwein. Ich wollte, sie hätten ihm den Zumpf abgeschnitten, damit er vom Rammeln nur noch träumen kann.«

Um dem Redefluss der Frau zu entkommen, trat Esau rasch zu der Tür und öffnete sie. Die Stube war erstaunlich groß und dank zwei Fenstern sehr hell. Im Hintergrund stand ein Bett, das breit genug war für beide Eheleute. Zwei Truhen befanden sich ebenfalls im Raum und dazu eine kleine Anrichte, auf der sich eine irdene Waschschüssel sowie ein Rasiermesser und mehrere kleine Tiegel befanden. Der Bauer lag bäuchlings im Bett und sah Esau und Michel mit Leidensmiene entgegen.

»Verzeiht mir, Herr Esau, dass ich Euch nicht so begrüßen kann, wie es sich gehört, doch diese Schurken haben mich so zerschlagen, dass ich mich nicht erheben kann.«

»Über diese Schurken will ich mit dir reden«, erklärte Esau und blieb neben dem Bett stehen. »Berichte jetzt wahrheitsgemäß, was geschehen ist, und füge nichts hinzu, was nicht der Wahrheit entspricht.«

»Es waren Dutzende, Herr Esau, die über mich herfielen. Ich habe mich verzweifelt gewehrt, aber es waren einfach zu viele!«

»Zu viele, sagst du. Wie viele?«

»Herr, ich habe sie doch nicht zählen können. Sie haben mich gepackt und nach Kräften auf mich eingeschlagen. Wenn Ihr die Decke heben wollt …«

Esau kam der Aufforderung nach und sah sich ebenso wie Michel das angeschwollene und blau angelaufene Hinterteil des Mannes an.

»Er muss wirklich schlimm geschlagen worden sein«, meinte Esau zu Michel.

Till nickte sofort. »Und wie sie mich geschlagen haben! Ich wäre dabei fast gestorben.«

»Wärst du es doch!«, giftete die Frau vom Flur aus herein. »Gib du zu, dass du mit deiner Hure zusammen warst, mit dieser Bathseba, die ihren Ehemann Uria betrogen hat und sich von König Saul schwängern hat lassen.«

Trotz der ernsten Situation musste Michel grinsen. »Euer Bruder sollte einen besseren Pfaffen hierherholen, denn so, wie die Bäuerin sich anhört, predigt der hiesige argen Unsinn.« Er wurde sogleich wieder ernst und packte den Bauern bei der Schulter. »Bei Christi Blut, du wirst jetzt die Wahrheit sagen, sonst sind die Schläge, die du erhalten hast, noch harmlos gegen das, was dir fürderhin droht.«

»Wenn du lügst, wird Herr Engelbrecht dich und dein Weib von Haus und Hof jagen, und ihr könnt als Bettler zusehen, wie ihr euer Leben fristet«, setzte Esau zornig hinzu.

»Der Hof ist mein Erbe und hat mit diesem Lumpenhund nichts zu tun. Jagt ihn fort! Ihr würdet mir damit einen Gefallen tun. Weiß der Teufel, was meinen Vater überkommen hat, mich mit diesem Kerl zu verheiraten, und der Pfaffe sagt auch noch, dies müsse so bleiben, bis einer von uns stirbt. Ich hoffe, er tut es – und zwar bald!«

Bevor die Bäuerin weiterschimpfen konnte, schloss Esau die Tür und trat an Michels Seite. »Los jetzt, raus mit der Wahrheit! So viele, wie du sagst, können es niemals gewesen sein, sonst hätten sie auch das Dorf angegriffen. Das haben sie nicht getan, so viel steht fest.«

Derart eingeschüchtert, gab Bauer Till zu, dass es vielleicht doch ein paar Männer weniger gewesen sein könnten.

»Wie viele waren es genau?«, wollte Michel wissen.

»Fünf oder sechs«, begann der Bauer und sagte dann seufzend: »Zwei!«

»Zwei Männer also, und daraus hast du ein ganzes Heer gemacht!

Du Lumpenhund! Wenn es wegen dir zu einer Fehde mit Hohenwald kommt, bist du die längste Zeit Freibauer gewesen«, schrie Esau ihn wutentbrannt an.

»Ich wäre gerne ein leibeigener Bauer, wenn ich nur diesen Weibsdrachen los wäre«, sagte Till leise.

»Es waren also zwei Männer in Hettenheimer Waffenröcken«, setzte Esau das Verhör fort.

»Ja, es waren zwei«, gab Till zu. »Zwar trugen sie die Röcke der Hettenheimer, aber einer von ihnen sagte, als sie mich ohnmächtig glaubten, dass Junker Udo sehr zufrieden mit ihnen sein würde. Könnt Ihr mir sagen, weshalb Junker Udo ausgerechnet mich verprügeln lassen wollte?«

Bei der Frage sahen Michel und Esau einander kurz an und schüttelten den Kopf. »Ich glaube, du misst dir zu viel Bedeutung bei, Bäuerlein«, sagte der Löwenberger. »Diese Kerle wollten irgendeinen Mann verprügeln und sind zufällig auf dich getroffen.«

»Dann hätten sie auch einen anderen als mich finden können«, sagte Bauer Till weinerlich. »Sie haben mich übel zugerichtet. Der Bader sagt, es wird noch einige Tage dauern, bis ich wieder gehen kann. Mein Weib, dieser Drachen, schreit mich an, weil ich nicht in der Lage bin, zu arbeiten. Dabei würde ich es so gerne tun, wenn ich nur könnte.«

»Das tut jetzt nichts zur Sache. Es war auch von einem Weib die Rede, die diesen beiden Männern zum Opfer gefallen sein soll.«

»Ihr meint die Lina. Ja, das ist sie, man hat ihr die Kleider vom Leib gerissen …«

»… und fein säuberlich zusammengefaltet und unter die bis zum Boden hängenden Zweige gelegt. So habe ich die Kleider dieser Hure gefunden!«

Die Bäuerin hatte die Tür geöffnet und die letzten Sätze ihres Mannes gehört. Da sie so aussah, als würde sie am liebsten mit dem keulenartigen Kochlöffel in ihrer Hand auf ihren Mann losgehen, schob Esau sie zur Tür hinaus, schloss diese erneut und verriegelte sie.

»Das klingt allerdings eher danach, als wenn man dieser Frau die Kleider nicht vom Leib gerissen, sondern diese sie freiwillig abgelegt hat«, sagte er zu Till.

Dieser wand sich noch einen Moment, gab dann aber zu, sich mit der Frau seines Nachbarn getroffen zu haben. »Ihr müsst mich verstehen«, jammerte er. »Mein Weib hat wenig Freude daran, beschlafen zu werden. Ich bin nun einmal ein Mann, und ich brauche es.«

»Ich glaube, die Schläge haben den Richtigen getroffen«, erklärte Esau. »Dieser Kerl betrügt sein eheliches Weib und setzt seinem Nachbarn Hörner auf. Manchen hat man schon für weniger aus seinem Dorf verbannt. Dazu kommen die ganzen Lügen, mit denen er Herrn Engelbrecht gegen Hohenwald aufgebracht hat. Man sollte ihn zur Abschreckung am nächsten Baum aufhängen.«

Der Bauer wurde kreidebleich. »Nein, tut das nicht!«, rief er. »Ich schwöre, ich werde mein Weib von nun an stets in Ehren halten und meinem Nachbarn eine Kuh schenken, damit er mir und seinem Weib verzeiht und …«

Michel stupste Esau an. »Ich glaube, wir haben alles gehört, was wir hören wollten, und können gehen.«

»Der Meinung bin ich auch«, antwortete Esau, zog den Riegel zurück und öffnete die Tür.

Die Bäuerin stand draußen und hielt den Kopf so, als hätte sie ihr Ohr an das Türblatt gelegt. Sie wartete gerade so lange, bis Michel und Esau die Kammer verlassen hatten, dann trat sie ein.

»Du willst mich also in Zukunft in Ehren halten. Das will ich dir auch geraten haben. Was aber Lina, dieses Miststück, angeht, so wirst du deren Mann keine Kuh geben ja, nicht einmal ein Huhn. Er hätte nur besser auf sein Weib achtgeben müssen. Und nun …«, hörten Michel und Esau noch, dann verließen sie das Haus.

Draußen atmete Esau kräftig durch. »Wenn es nicht so ernst wäre, würde ich darüber lachen!«, meinte er dann.

Michel nickte bedrückt. »Leider ist es bitterernst. Euer Bruder ist ein Narr, weil er es auf diese Lügen hin zum Krach mit Ritter Udalrich und Graf Heinrich hat kommen lassen.«

»Jetzt hören wir uns noch dieses Weib an. Danach reiten wir nach Löwenberg und lesen Herrn Engelbrecht die Leviten.«

Nach diesen Worten winkte Esau den Dorfältesten zu sich und fragte ihn nach dem Hof, auf dem diese Lina zu finden war.

8.

Die Frau war noch jung und ansehnlich, ihr Mann hingegen um etliches älter und mit einer kleinen, mageren Gestalt geschlagen, die niemandem Achtung einflößen konnte. Er saß mit griesgrämiger Miene in der Küche und sah seiner Frau zu, die am Herd stand.

»Hast du nichts draußen zu tun?«, fragte ihn Esau.

Noch missmutiger wirkend, trollte sich der Bauer, während Lina Michel und Esau zunächst nicht beachtete. Schließlich sprach Esau sie an.

»Du hast die Kerle gesehen, die euren Nachbarn so zugerichtet haben?«

Jetzt ließ die Frau ihren Topf stehen und drehte sich zu ihm um. »Ja, das habe ich. Es waren sehr viele. Bauer Till kämpfte mit ihnen, um mich zu schützen.«

»Laut Bauer Till, von dem wir eben kommen, waren es genau zwei Kerle, die ihn überfallen haben!«

Etwas in Esaus Stimme warnte Lina davor, weiterhin Märchen zu erzählen. Sie senkte den Kopf und deutete ein Nicken an. »Es war wohl so! Sie waren bewaffnet und haben Bauer Till bedroht. Mich wollten sie schänden und haben mir die Kleider vom Leib …«

»… gewiss nicht gerissen!«, unterbrach Esau sie. »Laut Bauer Tills Ehefrau lagen diese sorgsam zusammengelegt unter der Weide verborgen! Außerdem hat Till zugegeben, mit dir Unzucht getrieben zu haben.«

»Dieser jämmerliche Kerl!«, entfuhr es Lina, dann sah sie Esau ängstlich an. »Was werdet Ihr jetzt mit mir tun?«

»Zum Gaudium der anderen Dorfbewohner eine Rute auf deinem Rücken tanzen lassen, wenn du weiterhin Lügen erzählst«, drohte Esau ihr an.

»Ich lüge gewiss nicht!«, rief die Frau erschrocken. »Es ist so, wie Ihr sagt, Herr. Bauer Till hatte mich überredet, zu der Weide zu kommen. Die liegt weit genug vom Dorf entfernt, so dass keiner zufällig dort vorbeikommt. Er drohte mir, sonst meinem Mann zu sagen, dass ich schon öfter unter ihm gelegen wäre. Bevor es jedoch dazu kam, erschienen diese beiden Kerle und überwältigten ihn. Ich nahm meine Beine in die Hand und entfloh, nackt, da ich auf Bauer Tills Geheiß mein Kleid und mein Hemd hatte ausziehen müssen. Mehr kann ich Euch nicht sagen.«

»Ich glaube doch. Wie sahen die Kerle aus?«, fragte Esau weiter.

»Nun, einer sah aus, wie viele Männer aussehen. Der andere erinnerte mich an eine Maus. Er hatte vorstehende Schneidezähne und einen seltsamen Bart, wie Mäuse oder Katzen ihn haben.«

»Hast du gehört, was die Männer sagten?«, wollte Esau nun wissen.

Die Frau schüttelte den Kopf. »Nein, Herr! Als mich einer packen wollte, bin ich gerannt. Zum Glück hat er mich nicht verfolgt. Ich habe mich in einem Gestrüpp versteckt, bis sie wieder fort waren.«

»Du hättest Hilfe holen können«, tadelte Michel sie.

»Das habe ich zuletzt auch getan. Besser wäre es gewesen, zuvor meine Kleider zu holen, doch die Kerle hätten noch in der Nähe sein können, und da habe ich mich nicht getraut, zur Weide zurückzulaufen!« Diesmal klang die Frau aufrichtig.

Esau stellte ihr noch einige Fragen, die jedoch keine neuen Erkenntnisse brachten, und verließ dann mit Michel zusammen den Hof.

»Was haltet Ihr von dem Ganzen?«, fragte er, während sie zu ihren Pferden zurückkehrten.

»Das Weib hat zunächst gelogen, doch glaube ich, dass sie uns zuletzt die Wahrheit sagte. Zwei Männer, darunter einer mit einem Mausgesicht, haben den Bauern verprügelt und ihm weismachen wollen, es würde sich bei ihnen um als Hettenheimer verkleidete Hohenwalder handeln.«

Sie wollten bereits auf die Pferde steigen, als Tills Ehefrau heraneilte.

»Verzeiht, meine Herren! Meinem Mann ist noch etwas eingefallen.«

»Was?«, fragte Michel, da jede Einzelheit wichtig sein konnte.

»Mein Mann erzählte, dass er, kurz bevor er überfallen worden war, einem aufdringlichen Bettler begegnet sei.«

Während Michel von dieser Nachricht wenig hielt, hob Esau interessiert den Kopf. »Ein Bettler, sagst du?«

Die Frau nickte eifrig. »So ist es, Herr. Er soll ganz zerlumpt gewesen sein und nach Auskunft meines Mannes so gerochen haben, als würde er sich meistens im Wald aufhalten. Bei den beiden Schuften, von denen er überfallen worden ist, war es genauso.«

»Hab Dank!«, antwortete Esau und drehte sich zu Michel um. »Ich hatte es vergessen, doch vor ein paar Tagen meldete einer von Graf Heinrichs Patrouillenreitern, er und seine Kameraden hätten zwei Bettler gestellt und verjagt. Ein Dritter hätte sich in die Büsche gemacht und wäre ihnen entkommen.«

»Das mag sein«, meinte Michel, der den Sinn des Ganzen nicht begriff.

»Am selben Tag bekam ich zufällig mit, wie die Beschließerin der Burg eine Magd schalt, weil diese zwei Waffenröcke zu wenig vom Waschen zurückbrachte. Die Bettler sollen übrigens in die Richtung des Waschplatzes weitergezogen sein.«

»Ihr glaubt, sie haben die Waffenröcke geraubt?«, fragte Michel.

»Ich würde eher sagen: gestohlen, denn die Magd musste zugeben, ihren Platz verlassen zu haben, um mit den Knechten zu sprechen, die ein Stück bachabwärts die Pferde tränkten. Wenn ich mich recht erinnere, muss es an dem Tag vor jenem gewesen sein, an dem Till überfallen wurde. Es passt alles zusammen. Zunächst drei Bettler und dann einer, dafür aber zwei Kerle in Hettenheimer Waffenröcken!« Esau hätte darauf geschworen, dass es so abgelaufen sein musste.

Auch Michel nickte unwillkürlich. »Wenn Eure Annahme

stimmt, heißt dies, dass diese Schurken die Gegend als Bettler verkleidet auskundschaften und die Stellen auswählen, an denen sie ihre Schurkereien ausüben können.«

»Davon bin ich fest überzeugt«, erklärte Esau.

»Wir müssen unbedingt in Erfahrung bringen, wer dahintersteckt!« Für Michel schien dies das Schwierigste an dem Ganzen.

Da immer wieder Bettler durchs Land zogen, war es unmöglich, sie alle gefangen zu setzen und zu verhören. Auch brauchten die Männer, auf die sie es abgesehen hatten, nur zu behaupten, einfache Bettler zu sein. Ihnen das Gegenteil zu beweisen, war unmöglich.

Esau war zuversichtlicher. Er schwang sich aufs Pferd, wartete, bis auch Michel im Sattel saß, und ritt eilig in Richtung Burg Löwenberg los. Es drängte ihn, so rasch wie möglich mit seinem Halbbruder und dessen Sohn zu sprechen, um sie vor übereilten Handlungen zurückzuhalten.

Während Lisa hinter Michel blieb, schloss Falko zu diesem auf. »Was habt Ihr erfahren, Vater? Soweit ich das sehe, haben die Leute in dem Dorf fürchterlich gelogen, und es hat gar keinen Überfall gegeben.«

»Ein Mann wurde überfallen und verprügelt. Da haben die Dörfler aus einer Mücke einen Elefanten gemacht, und ich weiß nicht, ob wir den noch einfangen können«, antwortete Michel.

Falko musste lachen. »Einen Elefanten zu jagen, das würde mir gefallen!«

»Aber gewiss nicht, wenn er dich mit seinem Rüssel zu Boden schleudert und zertrampelt!« Michel fluchte leise, denn durch diese Lügen war die Lage in dieser Gegend noch schlimmer geworden.

9.

Als Michel mit den Seinen Löwenberg erreichte, begrüßten Engelbrecht von Löwenberg und sein Sohn ihn höflich, aber mit säuerlichen Mienen.

Noch bevor Michel antworten konnte, stieg Esau aus dem Sattel und blieb vor seinem Halbbruder stehen. »Wir kommen aus dem überfallenen Dorf.«

Ritter Engelbrecht zog den Kopf ein. Mittlerweile wusste er, dass die Nachrichten, die man ihm von dort überbracht hatte, weit übertrieben gewesen waren. So war kein einziger Bauernhof niedergebrannt worden, noch hatte es Tote gegeben.

»Kommt in die Halle!« Er wollte dieses Thema nicht vor seinen Leuten besprechen, die neugierig näher gekommen waren.

Esau, Michel, Falko und Lisa folgten ihm und seinem Sohn, während Karel draußen blieb und fragte, wo er und die mitgekommenen Knechte untergebracht werden konnten.

In der Halle ließ Engelbrecht von Löwenberg Wein auftischen und schickte dann die Diener hinaus. Sein Gesicht wirkte angespannt wie von mühsam unterdrückter Wut, dennoch überließ er es Esau, das Gespräch zu eröffnen.

»War ein einzelner, verprügelter Bauer es wert, sich Udalrich von Hohenwald zum Feind zu machen und Graf Heinrich so vor den Kopf zu stoßen, dass er sich nicht mehr für Löwenberg verwenden wird?«, fragte Esau schonungslos.

Engelbrechts Miene wurde noch abweisender, während sein Sohn zornig auf den Tisch schlug. »Wir erhielten die Nachricht, die Hohenwalder hätten das Dorf überfallen und niedergebrannt. Wir waren es unserer Ehre schuldig, Ritter Udalrich deswegen anzuklagen.«

»Auf die Lügen eines Mannes hin, der nicht zugeben wollte, von zwei Männern Prügel kassiert zu haben?«, fragte Michel mit einer gewissen Verachtung, die sowohl dem Bauern Till wie auch den beiden Löwenbergern galt.

»Nicht nur dieser Mann hat gelogen, sondern auch der Dorfälteste und der Bote, den dieser geschickt hat. Man sollte sie alle drei in einen Sack stecken und draufschlagen! Wenn es hart auf hart kommt, haben diese drei Kerle den Untergang von Löwenberg verschuldet.« Esau war nicht bereit, seinen Halbbruder und dessen Sohn zu schonen.

»Löwenberg wird nicht untergehen!«, rief Engelhard. Sein Blick verriet jedoch Angst. Ebenso wie sein Vater hatte er auf die Nachricht von dem Überfall vertraut und das mühsam erreichte Übereinkommen mit Hohenwald verworfen. Nun sah es für alle Nachbarn so aus, als hätten sie diesen Zwischenfall aufgebauscht und zum Vorwand genommen, sich nicht an den Vermittlungsvorschlag des Hettenheimers halten zu müssen. »Was wirklich geschehen ist, wird die Runde machen und Löwenberg in ein schlechtes Licht setzen«, sagte Michel. Auch er sah keinen Grund, Ritter Engelbrecht und dessen Sohn zu schonen. Der verächtliche Zug auf seinem Gesicht verstärkte sich noch, als er weitersprach. »Auch hätte ich erwartet, dass man hier um Fräulein Edda besorgt ist und nach ihr fragt.«

Diese Worte trafen die beiden Löwenberger wie ein Schlag. Da sie mit ihren eigenen Problemen beschäftigt waren, hatten sie Schwester und Tante völlig vergessen. Ritter Engelbrecht griff zum Becher und trank einen Schluck, während er seine Gedanken zu ordnen versuchte.

»Es geht ihr hoffentlich gut?«, fragte er dann.

»Auf jeden Fall besser, als wenn sie hier gepflegt würde!«, antwortete Michel in Anspielung darauf, wie schlecht Edda in der Vergangenheit behandelt worden war.

Ritter Engelbrecht musste den Vorwurf schlucken. Schon auf Drachenstein hatte er begriffen, dass ihn seine Haltung der Schwester gegenüber die Achtung seiner Nachbarn gekostet hatte. Zumindest um seines Rufes willen hätte er Edda mehr Achtung entgegenbringen müssen. Stattdessen hatte er sie in den hintersten Winkel der Burg verbannt und nicht einmal an seine Tafel geholt, wenn keine Gäste anwesend gewesen waren.

»Wann kann sie wieder nach Hause kommen?«, fragte er, da es ihm nun wichtig erschien, sie wieder unter seinem Dach zu wissen. Dann, so sagte er sich, würde er auch dafür Sorge tragen, dass sie als Mitglied der Familie anerkannt wurde.

»Wohl kaum so rasch«, entgegnete Michel. »Noch ist sie zu schwach, um reisen zu können, und es ist zudem fraglich, ob sie noch einmal hierher zurückkehren will.«

»Sie gehört zu unserer Sippe, und unsere Burg ist ihre Heimat«, fuhr Engelhard auf.

»Etwas, was Ihr das Mädchen fast zwanzig Jahre lang deutlich habt fühlen lassen!« Michel lächelte, doch der kalte Blick, mit dem er seine Gastgeber musterte, verriet deutlich, was er von ihnen hielt.

»Verflucht noch mal, müssen wir uns das gefallen lassen?«, rief Engelhard voller Zorn.

»So, wie Ihr Edda behandelt habt, und mit Euren Lügen über das angeblich niedergebrannte Dorf habt Ihr den Leuten wahrlich Grund genug gegeben, Euch zu misstrauen«, sprang Esau Michel bei.

Als Engelhard aufspringen wollte, packte sein Vater ihn und stieß ihn auf seinen Stuhl zurück. »Willst du auch noch Esau gegen uns aufbringen?«, fragte Engelbrecht mit rauer Stimme.

»Er spielt sich für mein Empfinden zu sehr auf. Dabei ist er nur ein Bastard und damit nicht mehr wert als ein Knecht!« Engelhard war zu wütend, um noch Maß und Ziel zu kennen.

»Wenn es Euer Wunsch ist, Junker Engelhard, werde ich Löwenberg verlassen und anderenorts mein Auskommen suchen.«

Esau hatte stets alles getan, um seinem Halbbruder und dessen Sohn die Achtung entgegenzubringen, die ihnen als Herren der Burg gebührte, und hatte dabei von Engelhard so manche Kröte schlucken müssen. Dazu war er nun nicht mehr bereit.

Ritter Engelbrecht begriff, dass er kurz davor war, Esau zu verlieren, der nicht nur bei den Männern auf der Burg beliebt war, sondern auch ein sehr fähiger Unteranführer.

Verärgert hieb er auf den Tisch. »Beherrsche deine Zunge, Sohn, sonst stehst du irgendwann allein gegen eine Welt von Feinden.«

»Das hättet Ihr schon früher sagen sollen, Herr Engelbrecht, und es auch selbst berücksichtigen müssen.«

Bislang hatte Esau immer treu zu Löwenberg gestanden. Nun aber spürte er, dass Ritter Engelbrecht und dessen Sohn ihn ebenso wenig als Verwandten anerkannt hatten wie Edda. Zumindest für Engelhard war er stets nur ein schlichter Knecht gewesen.

Derselbe Gedanke ging Engelbrecht durch den Kopf. Aber er war nicht bereit, seine Schuld zuzugeben. Es musste genügen, wenn er Edda nach ihrer Rückkehr als Familienmitglied empfing und Esau fühlen ließ, wie sehr ihm dessen Rat willkommen war. Er brachte daher das Gespräch auf Michel und dessen Aufenthalt auf Hettenheim.

Michel gab so Auskunft, wie es ihm ratsam erschien, und stellte Lisa als Graf Heinrichs Verwandte vor, die ihm und Marie zur Erziehung übergeben worden war.

Das Mädchen interessierte Ritter Engelbrecht jedoch wenig, denn es war noch viel zu jung, um als Braut für seinen Sohn infrage zu kommen. Bei dem Gedanken fragte der Ritter sich, weshalb er nicht schon längst eine Braut für Engelhard gesucht hatte. Immerhin stand dieser kurz vor seinem dreißigsten Jahr, und er selbst war knapp zwanzig gewesen, als sein Sohn geboren worden war. Bei Ritter Rainald und dessen Sohn Radolf war es dasselbe, und auch Otfried von Drachenstein hatte bis heute noch um kein Weib gefreit.

Einer der Gründe war wohl, dass alle drei hatten warten wollen, bis Ursula von Hohenwald alt genug war, um als Braut infrage zu kommen. Vor ein paar Jahren hätte Ritter Engelbrecht sie als Schwiegertochter mit offenen Armen empfangen, denn sie hätte jene Grundstücke, um die er sich mit ihrem Vater stritt, als Mitgift erhalten und so wieder zu Löwenberg gebracht.

Da er seinen Überlegungen nachhing und sein Sohn beleidigt schwieg, unterhielt Michel sich mit Esau. Gelegentlich warf auch Falko ein Wort ein, doch sie begriffen ebenso wie Lisa, wie wenig sie hier auf Löwenberg willkommen waren. Dabei, so sagte Michel sich, hätte ihr Gastgeber allen Grund gehabt, gut Wetter zu machen. Die dunklen Wolken, die am Horizont aufzogen, bedrohten Löwenberg am meisten, und nach der falschen Nachricht von dem niedergebrannten Dorf würde es Ritter Engelbrecht schwerfallen, bei einer möglichen Fehde mit Hohenwald Verbündete zu finden.

10.

Als Otfried von Drachenstein von dem angeblichen Überfall auf das Löwenberger Dorf erfuhr, dachte er zunächst, Junker Udo von Hohenwald hätte diesen tatsächlich befohlen. Obwohl er ursprünglich hatte abwarten wollen, was Graf Heinrich vorhatte, rieb er sich die Hände. Wenn es hier zur großen Fehde kam, konnte er diese ausnutzen, um mächtiger zu werden.

Zunächst überlegte er, mit Ritter Engelbrecht zu sprechen und diesem ein Bündnis gegen Hohenwald anzutragen. Zu seinem Missvergnügen reiste dieser jedoch nach dem Affront gegen Udalrich und Graf Heinrich ab, ohne sich von ihm zu verabschieden. Bevor er sich zu einem Besuch auf Löwenberg aufmachen konnte, sickerten weitere Nachrichten durch, die die Behauptungen der Löwenberger in einem anderen Licht erscheinen ließen. Wie es aussah, hatte der Überfall gar nicht stattgefunden, sondern war von Ritter Engelbrecht nur vorgeschoben worden, um die Vereinbarung, die dieser auf Graf Heinrichs Vermittlung mit dem Hohenwalder getroffen hatte, verwerfen zu können.

Otfrieds nächste Überlegung war, sich Ritter Udalrich als Verbündeten anzudienen. Wenn er es jedoch zu früh tat, würde dieser versuchen, ihn billig abzuspeisen. Da war es klüger, abzuwarten und zuletzt das Zünglein an der Waage zu spielen. Dann konnte er selbst bestimmen, zu welchem Preis dies geschehen sollte.

Als ein paar Tage später ein von ihm nach Löwenberg ausgesandter Bote zurückkehrte und berichtete, ein mausgesichtiger Mann habe einen Löwenberger Bauern verprügelt, dankte Otfried dem Himmel, sich zurückgehalten zu haben. Es hätte kein gutes Licht auf ihn geworfen, wenn er auf einen Kampf gedrängt hätte, obwohl ein offensichtlich Fremder die ganze Sache ausgelöst hatte.

Am nächsten Morgen ritt er los, um Jochen Mausgesicht zur Rede zu stellen. Wenn dieser auf eigene Faust handelte, gefährdete er seine Pläne. Schließlich musste jede Aktion sorgsam überdacht werden, um zu verhindern, dass Graf Heinrich sich in eine Fehde zwischen Hohenwald und Löwenberg einmischte.

Otfrieds Laune war daher schlecht, als er auf das Versteck der Bande zuritt und den Zügel seines Pferdes am Rand des Unterholzes an einen Ast band. Diesmal hatte Mausgesicht eine Wache aufgestellt. Der Mann grinste, als er Otfried sah.

»Seid uns willkommen, Herr. Ihr habt gewiss einen neuen Auftrag für uns. Hier ist es arg langweilig, denn wir haben kaum noch Wein – und Weiber sind auch keine vorhanden.«

»Wo ist Jochen?«, fragte Otfried, ohne darauf einzugehen.

»In unserer Burg! Er ist durch Euch ein echter Burgherr geworden«, sagte der Mann und feixte, da die sogenannte Burg nur aus einer Blockhütte und einem Palisadenwall bestand.

Auch diese Bemerkung beachtete Otfried nicht, sondern ging weiter, bis er zur Lichtung kam. Dort fand er Mausgesicht vor, der eben mit Pfeil und Bogen übte. Als dieser ihn sah, legte er den Bogen weg und kam mit einer angedeuteten Verbeugung auf ihn zu.

»Gott zum Gruße, edler Herr! Ich dachte schon, Ihr hättet uns ganz vergessen.«

»Ich habe eher das Gefühl, als hättest du etwas vergessen! Sagte ich dir nicht, du sollst hierbleiben und Ruhe geben? Stattdessen hast du dich blicken lassen und bist als der Mann erkannt worden, der sowohl auf Edda von Löwenberg geschossen wie auch diesen elenden Löwenberger Bauern verprügelt hat«, fuhr Otfried ihn zornig an.

»Hat dieses Weibsstück mich also doch gesehen?«, rief Mausgesicht fluchend.

»Der Bauer konnte dich ebenfalls beschreiben! Nun fragen sich alle in der Gegend, wer dich geschickt haben mag, um hier Unfrieden zu stiften.«

»Aber das sollte ich doch – Unfrieden stiften!«, antwortete Mausgesicht grinsend.

»Ja, aber auf eine Weise, dass jeder seinen Nachbarn verdächtigt und keinen fremden, mausgesichtigen Mann, den niemand kennt.«

Otfried war so wütend, dass er am liebsten sein Schwert gezogen und Jochen erschlagen hätte. Der Gedanke an dessen Kumpane hielt ihn jedoch davon ab. Gegen die Bande kam er allein nicht an. Er konnte auch nicht seine Waffenknechte holen, um diesem Gesindel den Garaus zu machen, denn danach würden sich zu viele fragen, ob es nicht doch eine Verbindung zwischen ihm und den Unruhestiftern gab.

Jochen Mausgesicht sah, wie es in Otfried arbeitete, gab aber wenig drauf. Im Augenblick hielt er die Trümpfe in der Hand, und das sollte so bleiben. »Dieser Bauer hat einen meiner Kameraden beleidigt und geschlagen. Dies erforderte Rache«, erklärte er mit einem höhnischen Grinsen.

»Du hättest ihn erschlagen sollen, um zu verhindern, dass er dich beschreiben kann«, antwortete Otfried grollend.

»Jemanden umzubringen hattet Ihr uns verboten!« Mausgesicht genoss es zu sehen, wie Otfried sich wand. Allerdings war ihm bewusst, dass er ihn nicht zu sehr verärgern durfte. »In der nächsten Zeit werden wir hier in unserem Versteck bleiben und auf Eure Befehle warten. Allerdings brauchen wir frische Vorräte. Mit hungrigem Bauch wartet es sich schlecht. Ein Fässchen Wein wäre auch nicht von Übel. Es vertreibt die Langeweile.«

»Ihr werdet alles erhalten, aber nicht von Drachenstein aus, sondern aus der Stadt. Drei deiner Männer sollen sich anziehen, wie es sich für Knechte eines hohen Herrn geziemt, und dort einkaufen. Hier habt ihr Geld!«

Otfried löste seine Börse vom Gürtel und drückte Mausgesicht mehrere Gulden in die Hand. Dafür, so sagte er sich, würden diese Kerle einiges tun müssen. Vorerst hieß es jedoch, zu beobachten, wie sich die Situation entwickeln würde. Daher erteilte er Jochen Mausgesicht noch einige Anweisungen und forderte ihn auf, Löwenberg und Hohenwald überwachen zu lassen.

»Das machen wir, Herr«, versprach dieser. Er wusste nun, dass er sich selbst dort keinesfalls mehr sehen lassen durfte, aber seine Männer würde er schicken können.

»Dann ist es gut«, erklärte Otfried und machte sich auf den Heimweg.

Unterwegs überlegte er, wie er seinen Nutzen aus dieser verfahrenen Situation ziehen konnte. Aber für fast alles, was ihm einfiel, würde er wiederum auf Mausgesicht und dessen Bande zurückgreifen müssen. Eines erschien ihm nun unabdingbar: Sobald er sein Ziel erreicht hatte, mussten diese Kerle über die Klinge springen.

Otfried zügelte sein Pferd und fluchte leise. Er durfte sich nicht allein auf Mausgesicht verlassen, sonst lief er Gefahr, dass dieser seinen kunstvoll erdachten Plan durch eine unbedachte Handlung zu Fall brachte. Er musste selbst handeln, und zwar rasch, damit er sein Ziel so bald wie möglich erreichte und Mausgesicht den Garaus machen konnte. War dessen Bande erst einmal vernichtet, konnte ihm niemand mehr nachweisen, dass seine Macht auf Hinterlist und Verrat fußte.

Sein Blick glitt in die Richtung, in der er Bogenberg wusste. Vor einem Dutzend Jahren hatte er Radolf geholfen, dessen Halbbruder Gunther zu beseitigen. Nun war es an der Zeit, Radolf Gunther hinterherzuschicken. Halt, rief er sich zur Ordnung. Noch lebte sein Oheim, und der konnte immer noch einen anderen Verwandten als seinen Nachfolger benennen. Also musste Radolfs Vater dem Sohn vorausgehen. Die Frage war, wie er das bewerkstelligen konnte. Gewalt war ausgeschlossen, und den beiden Gift beizubringen, wie er es bei seinem eigenen Vater getan hatte, würde schwierig werden.

»Schwierigkeiten sind dazu da, überwunden zu werden«, stieß er erregt hervor.

Hatte er sich erst einmal Bogenberg angeeignet, sah die Sache schon anders aus. Mit diesem Gedanken ritt er weiter und kam in weit besserer Stimmung auf Drachenstein an, als er von dort aufgebrochen war.

11.

An diesem Tag hatte Rasul Edda zum ersten Mal erlaubt, aufzustehen. Marie und Alika halfen ihr hoch und hielten sie fest, als sie sich auf die eigenen Füße stellte. Rasul beobachtete, dass sie leicht schwankte und sich unsicher bewegte.

»Lasst sie um Himmels willen nicht los. Wenn sie fällt, könnten die Wunden aufplatzen, und das wäre ihr Tod.«

»Vielleicht sollte ich doch besser im Bett bleiben«, sagte Edda, obwohl sie sich danach sehnte, es endlich verlassen zu dürfen.

»Um Eurer Gesundheit willen ist es besser, wenn Ihr ein paar Schritte geht. Haltet sie gut fest!« Das Letzte galt wieder Marie und Alika, die Edda sanft stützten.

»Und nun hebt den rechten Fuß und setzt ihn ein Stück vor den anderen!« Es fiel Edda schwer, den Fuß zu heben, und ihren ersten Schritt hätte jedes dreijährige Kind übertroffen.

»Und nun den linken Fuß!«, forderte Rasul sie auf.

Edda versuchte es, hatte aber das Gefühl, als hingen schwere Gewichte an ihren Beinen. Tränen traten ihr aus den Augen, und sie schüttelte mühsam den Kopf. »Es geht nicht! Ich fühle mich, als beständen meine Knochen aus Wasser.«

»Eher die Muskeln«, korrigierte Rasul sie und rief Majid herein. »Hole deine Flöte und spiele ein Lied. Vielleicht geht es dann besser.«

»Sehr wohl, Sidi!« Der Junge verschwand und kehrte kurz darauf mit einer Flöte aus Elfenbein zurück. Als er zu spielen begann, hob nicht nur Edda den Kopf. Auch Marie und Alika sahen den Spieler verwundert an.

»Das ist wunderschön!«, sagte Edda.

»Wenn es Euch gefällt, kann Majid von Zeit zu Zeit für Euch spielen. Doch nun macht noch einen Schritt – und nun den nächsten!«

Rasul lächelte, denn während Edda dem Flötenspiel lauschte, wurden ihre Schritte sicherer, und es hätte Maries und Alikas Hilfe zuletzt nicht mehr bedurft. Da er jedoch nichts riskieren wollte, bat er die beiden, der Verletzten weiterhin beizustehen, und brachte diese dazu, mehrmals in ihrer Kammer hin und her zu gehen.

»Wenn es Euch morgen besser geht, könnt Ihr sogar draußen auf dem Flur lustwandeln«, erklärte er.

»Es wird mir besser gehen«, antwortete Edda voller Überzeugung. Obwohl es ihr zu Anfang schwergefallen war, auch nur einen Fuß zu heben, war sie enttäuscht, als Rasul ihr befahl, sich wieder ins Bett zu legen.

Majids Flötenspiel übte jedoch eine beruhigende Wirkung auf sie aus, und ehe sie sichs versah, war sie eingeschlafen. Alika strich ihr sanft übers Haar und wies auf das fein gezeichnete Gesicht mit den blassen Lippen, die zum ersten Mal einen Hauch Rosa aufwiesen.

»Sie ist wunderschön, doch die Leute auf Burg Löwenberg haben nur gesehen, dass sie anders ist als sie, und sie deswegen verachtet.«

Marie nickte. »Ritter Engelbrecht gehört geprügelt, weil er sie so schlecht behandelt hat. Jedenfalls werde ich nicht zulassen, dass sie noch einmal in seine Gewalt kommt. Eher nehme ich sie mit nach Kibitzstein.«

»Sie wäre dort gewiss glücklicher als auf Löwenberg«, sagte Rasul nachdenklich und gebot Majid, mit dem Musizieren aufzuhören.

»Es ist jetzt nicht mehr nötig, dass die ganze Zeit über jemand bei ihr wacht«, sagte er zu Marie.

»Wenn, sollten wir ihr dies vorher sagen! Nicht dass sie aufwacht und erschrickt, weil sie niemanden sieht«, wandte Marie ein.

»Das meine ich auch«, meldete sich Alika. »Es mag sein, dass sie den Nachttopf benötigt. Es wäre nicht gut, wenn sie versucht, allein aufzustehen.«

»Das stimmt«, gab Rasul zu. »Daher sollte doch jemand bei ihr bleiben. Allerdings können das auch Eure Töchter oder Majid sein. Diese können Euch und Alika holen, wenn Ihr benötigt werdet.«

»Glaubt Ihr, dass das reicht?«, fragte Marie.

»Fräulein Edda ist über den Berg, wie man in Euren Landen sagt. Zwar muss sie sich noch ein paar Wochen schonen, doch wird sie in fünf, sechs Tagen in der Lage sein, im Freien spazieren zu gehen. Man sollte ein Stück Zelttuch als Sonnenschutz für sie aufspannen und ihr einen bequemen Stuhl hinstellen, damit sie ruhen kann. Luft und Licht sind wichtig für ihre weitere Genesung.«

»An Licht mangelt es hier tatsächlich, und auch die Luft könnte frischer sein – obwohl es hier leicht zieht«, sagte Marie und zog Eddas Decke zurecht.

»Dann sind wir uns einig!« Rasul lächelte ihr zu und verließ den Raum.

Marie sah ihm nach und machte sich ihre Gedanken. Noch war sie seinem Geheimnis um keinen Fußbreit näher gekommen, doch sie hätte viel Geld darauf gewettet, dass es mit dieser Gegend zu tun hatte.

»Es ist schade, dass Esau mit Michel geritten ist. Ich hätte mich gerne mit ihm unterhalten«, sagte sie zu Alika.

»Mich würde interessieren, weshalb Esau glaubt, den orientalischen Arzt zu kennen. Auch Edda sagte so etwas«, antwortete ihre Freundin nachdenklich.

Marie nickte und wandte sich Majid zu, der noch an der Wand lehnte, die Flöte mit beiden Händen umklammernd.

»Du bist Rasuls Knecht. Wie lange dienst du ihm schon?«

Der Junge brauchte einen Augenblick, bis er ihre Frage begriff. »Zwei Jahre, Herrin. Davor ich waren fünf Jahre Sklave bei unserem Herrn.«

»Bei Gott, damals warst du doch höchstens vier oder fünf Jahre alt«, rief Alika mitleidig.

Marie hörte jedoch etwas anderes aus Majids Worten heraus. »Soll das heißen, dass Rasul ebenfalls Sklave oder Knecht gewesen ist?«

Majid nickte. »Rasul war Sklave, aber auch Schüler von Ibrahim al Hakimi. Als dieser tot, sagen, Rasul frei sein soll. Rasul sagen, ich auch frei, aber bleiben bei ihm.«

»Magst du ihn?«, fragte Alika.

»Sehr!« Majid lächelte und nickte.

»Dann ist es gut.« Marie klopfte dem Jungen auf die Schulter, während ihre Gedanken in eine ganz andere Richtung gingen.

»Ihr beide bleibt bei Edda!«, sagte sie zu Alika und dem Jungen und verließ den Raum.

Unterwegs sah sie in die Kammer, die Rasul zugeteilt worden war, fand sie aber leer. Eine Magd, die sie nach ihm fragte, berichtete ihr, dass der Heide, wie sie ihn nannte, auf den höchsten Turm der Burg gestiegen sei.

Marie machte sich auf den Weg dorthin. Als sie die Treppe erstiegen hatte, war sie außer Atem. Wie es aussieht, habe ich, während ich mich mit Alika bei Eddas Pflege abgewechselt habe, zu wenig getan, um meine Glieder geschmeidig zu halten, dachte sie bekümmert. Sie schob diesen Gedanken beiseite und trat neben Rasul, der unverwandt nach Osten schaute.

»Ihr seid ein bemerkenswerter Mann«, sagte sie.

Rasul schüttelte den Kopf. »Gewiss nicht!«

»Ich denke doch. Majid sagte, Ihr wärt Sklave gewesen und von Eurem Herrn bei dessen Tod freigelassen worden?«

»So ist es! Doch war meine Sklaverei nicht so schlimm, wie Ihr Euch das vermutlich vorstellt. Mein Herr behandelte mich mehr wie einen Sohn, und er lehrte mich die Kunst des Heilens.«

»Ihr habt in Alexandria gelebt. Was hat Euch in unser Land getrieben?«, fragte Marie weiter.

»Es wurde nach einem Arzt gefragt, und da kein anderer gehen wollte, machte ich mich auf den Weg.«

»Von wem wurdest du gerufen, und wo hat er dich erreicht?«, fragte Marie.

Um Rasuls Lippen spielte ein eigenartiges Lächeln. »Wer es ist, darf ich nicht enthüllen, und sein Ruf erreichte mich dort, wo ich war!«

Marie begriff, dass Rasul von sich aus nichts preisgeben würde. Weiterzufragen erschien ihr daher sinnlos. Es war wohl das Beste, wenn sie sich etwas mehr mit Majid unterhielt und diesen um Auskunft bat.

»Auf jeden Fall seid Ihr jetzt hier und gerade zur rechten Zeit gekommen«, sagte sie lächelnd.

Rasul sah sie erstaunt an. »Wie meint Ihr das?«

»Nun, um Eddas Leben zu retten. Keiner der hiesigen Ärzte hätte es ihr erhalten können.« Marie sah, wie sich Rasuls Miene entspannte. Es gelang ihm sogar, ihr Lächeln zu erwidern.

»Wenn Ihr das meint, so war es Kismet oder, wie Ihr sagen würdet, Geschick, das mich an diesen Ort führte.«

»Das war es gewiss«, sagte Marie, denn sie wusste genau, dass bei Eddas Tod die jetzt nur schwelende Fehde ausgebrochen wäre. Engelbrecht von Löwenberg mochte seine Schwester verachten oder sogar hassen, doch allein um seiner Ehre willen wäre er gezwungen gewesen, das Schwert in die Hand zu nehmen, um Rache zu üben.

»Ihr habt den Herrn auf Löwenberg und dessen Sohn kennengelernt. Was haltet Ihr von ihnen?«, setzte sie das Gespräch fort.

Rasul überlegte kurz und zuckte dann die Achseln. »Ich kenne beide zu wenig, um mir eine Meinung bilden zu können.«

So leicht gab Marie nicht auf. »Ihr habt gehört, wie er seine Schwester behandelt hat!«, bohrte sie weiter.

»Es war starrsinnig, dumm und grausam«, entfuhr es Rasul. »Sie war ein kleines Kind, hilflos und dürstend nach Liebe. Er hat sie von sich gestoßen wie einen räudigen Hund.«

Marie lächelte zufrieden, weil es ihr endlich gelungen war, den stets so beherrschten Arzt aus der Reserve zu locken.

»Ja«, sagte sie. »Ritter Engelbrechts Verhalten war dumm und eines Edelmanns unwürdig.«

»Ist es nicht so, dass die schlimmsten Feinde des Menschen diejenigen sind, von denen man es nicht erwartet und denen man sogar vertraut?«, fuhr Rasul mit trauriger Stimme fort. »Einen fremden Feind braucht man nicht zu fürchten, denn man kann ihm entgegentreten. Auf Verrat in der eigenen Familie ist jedoch keiner vorbereitet, und so fällt man ihm arglos zum Opfer.«

Marie ahnte, dass er damit weniger Edda meinte als sich selbst. Sie lenkte das Gespräch wieder auf Edda und deren Verwandte. »Man muss Ritter Engelbrecht und dessen Sohn dafür verachten, was sie diesem Kind angetan haben.«

»Ja, das muss man. Man sollte ihr einen Bräutigam wünschen, der über genug Macht verfügt, Ritter Engelbrecht zwingen zu können, ihm ihre Mitgift bis auf den letzten Heller auf den Tisch zu legen.«

In Rasuls Gesicht arbeitete es stark, und Marie wurde klar, dass die junge Frau großen Eindruck auf ihn gemacht hatte. Da auch Edda ihn mit leuchtenden Augen ansah, fragte sie sich, wie das noch enden sollte. Eine geborene von Löwenberg und ein Arzt aus dem Orient war keine Verbindung, die zusammenkommen konnte.

12.

Michel empfand den Aufenthalt auf Löwenberg als quälend. Zwar behandelten Ritter Engelbrecht und dessen Sohn Engelhard ihn höflich, doch konnte er ihr Misstrauen förmlich mit Händen greifen. Jeder seiner Schritte in der Burg wurde überwacht, und Lisa und Falko wurden mehrfach aus Gängen verscheucht, in denen die Löwenberger sie nicht sehen wollten.

»Ich bin mir sicher, dass in jenem Gang die Kammer liegt, in der Edda hausen musste«, erklärte Lisa am Abend, als sie drei mit Karel allein waren.

»Das glaube ich auch«, erwiderte Karel. »Ich habe versucht, mit den hiesigen Knechten und Mägden zu sprechen. Doch ich habe nur dumme Antworten erhalten, die ich zu Hause mit ein paar Rutenhieben beantworten würde. Eines aber ist ganz klar: Die meisten hier haben Angst vor Edda, da ihr übernatürliche Kräfte nachgesagt werden. Dafür habe sie dem Teufel ihre rosige Haut und die Farbe ihres Haares geopfert, heißt es.«

»Was für ein Unsinn!«, rief Michel kopfschüttelnd. »Erinnert ihr euch noch an das weiße Kalb, das vor ein paar Jahren in Dohlenheim zur Welt gekommen ist?«

Lisa und Falko nickten eifrig. »Es sah aus wie alle anderen Kälber, nur war sein Fell weiß, und es hatte rote Augen«, rief das Mädchen.

»Trotz dieses Fells ist es ganz normal aufgewachsen und hat bereits zwei Kälbchen geboren, und die sind braun wie alle anderen auch«, berichtete Karel.

»Genauso ist es mit Fräulein Edda. Sie kann heiraten und Kinder bekommen, die so sind, wie es sich gehört!« Im nächsten Moment hob Michel beschwichtigend die Hand. »Ich will damit nichts gegen das Fräulein sagen. Es kann nichts für seine helle Haut und die weißen Haare.«

»Ich finde sie zwar ungewöhnlich, aber auch schön«, behauptete Falko.

»Hässlich ist sie gewiss nicht«, stimmte Karel ihm zu. »Ich kann mir vorstellen, dass sie einem Mann als Ehefrau gefallen könnte.«

»Der Löwenberger ist ein Narr, denn er hätte durch sie einen Schwager als Verbündeten gewinnen können. Sollte das Fräulein nun heiraten, wird sie sich nicht gerade mit Freude an ihre Familie erinnern.« Michel schüttelte den Kopf über Engelbrecht von Löwenbergs Unvernunft und atmete dann tief durch.

»Hier hält mich nichts mehr. Daher werden wir morgen aufbrechen.«

»Das ist mir sehr recht«, sagte Falko, »denn ich habe an diesem Ort das Gefühl, unter Feinden zu sein.«

»Eher unter verschreckten Hühnern, die wissen, dass sie den Habicht erzürnt haben, und nun von Angst erfüllt darauf warten, dass er zustößt.«

Damit, so fand Michel, hatte Karel die Situation auf der Burg treffend beschrieben. Auf Löwenberg wusste man, dass sie sich mit ihrem Verhalten nach dem angeblichen Überfall auf ihr Dorf die Hohenwalder endgültig zum Feind gemacht und bei Graf Heinrich jedes Wohlwollen verscherzt hatten.

»Wird Esau uns weiter begleiten?«, fragte Falko. »Er ist als Einziger auf Löwenberg ein ehrenhafter Mann.«

»Er will nach Rippersweil und nach Bogenberg mitkommen«, erklärte Michel. »Rippersweil grenzt an Hettenheim und Löwenberg, hat aber mit beiden wenig zu schaffen, da es ein direktes Lehen des Pfalzgrafen ist und unter dessen Schutz steht. Graf Heinrichs Vetter hat es daher im Gegensatz zu Löwenberg und Hohenwald in Ruhe gelassen. Aber Bogenberg wurde von ihm bedroht, da dessen Besitz Guntramsweil an Hettenheims Grenzen liegt. Nach Hohenwald hingegen wird Esau uns nicht begleiten. Dies ist auch in meinem Sinn, denn wie ich Junker Udo kenne, würde er die Gelegenheit ergreifen, sich an ihm zu reiben, bis das Schwert zwischen ihnen entscheiden muss.«

»Die Situation hier ist ziemlich verworren. Man sieht förmlich den Krieg zwischen den einzelnen Herrschaften heraufziehen, kann aber nicht erkennen, wer ihn anheizt und warum dies geschieht«, sagte Karel nachdenklich.

»Hier ist die Antwort darauf jedenfalls nicht zu finden! Wir müssen aber dem Verursacher auf die Spur kommen, bevor wir nach Hettenheim zurückkehren«, erwiderte Michel. Dabei war er weit weniger zuversichtlich, als er sich gab. Bislang wusste er noch kaum Bescheid über das, was hier vorging, und diejenigen, die hinter den Unruhen steckten, würden alles tun, damit sie auch weiterhin im Dunklen blieben.

13.

Der Abschied von den Löwenbergern war kühl, und Michel hatte keinen Zweifel daran, dass Ritter Engelbrecht und sein Sohn ihn dorthin wünschten, wo der Pfeffer wächst. In ihren Augen war er ein möglicher Feind. Wahrscheinlich hätten sie ihn am liebsten festgesetzt. Doch als Graf Heinrichs Gast stand er unter dessen Schutz, und sie hätten es sich mit dem Hettenheimer endgültig verscherzt. Auch ging es um Lisa, deren Freiheit im Falle einer Gefangennahme von Pfalzgraf Ludwig mit aller Macht gefordert worden wäre.

Esau wirkte noch immer angespannt, und er schüttelte noch nach ihrem Aufbruch ein ums andere Mal den Kopf. Als Löwenberg ein Stück hinter ihnen lag, wandte er sich Michel zu. »Herr Engelbrecht hätte seinen Fehler einsehen und Graf Heinrich um Verständnis bitten sollen. Stattdessen lässt er die Mauern seiner Burg verstärken und glaubt sich in Feindschaft mit der ganzen Welt.«

»Mit der ganzen Welt wohl nicht, aber gewiss mit Hohenwald«, antwortete Michel.

»Auch mit Hettenheim! Er ist ein Narr, der sehenden Auges in sein Verderben rennt«, rief Esau erbittert.

Michel lag wenig an Fehde und Kampf, und vor allem wollte er nicht allzu lange in dieser Gegend bleiben. Für ihn galt es, bald nach Kibitzstein zurückzukehren, um dem Würzburger Fürstbischof auf die Finger schauen zu können.

»Es muss doch eine Möglichkeit geben, den Frieden hier zu erhalten«, sagte er.

»Ich würde es mir wünschen, doch ich glaube nicht daran. Herr Engelbrecht hat durch die schlechte Behandlung, die er Edda hat angedeihen lassen, viel an Ansehen eingebüßt. Auch gilt er nach dem aufgebauschten Überfall als jemand, dem man keinen Glauben schenken kann.« Esau klang traurig. Jahrelang hatte er es auf Löwenberg ausgehalten, nicht zuletzt Eddas wegen, die ansonsten vollkommen allein gewesen wäre. Dank dafür hatte er wenig erhalten.

»Engelhard hat mir sogar vorgeworfen, es mehr mit den Feinden Löwenbergs zu halten als mit der Sippe, deren Blut auch in meinen Adern rinnt!«, rief er aufgebracht. »Dabei versuche ich doch nur, das Schlimmste für Löwenberg zu verhindern.«

»So Gott will, wird uns das auch gelingen«, antwortete Michel und stellte dann die Frage, die ihn im Augenblick mehr beschäftigte als Ritter Engelbrecht und dessen Sohn.

»Wie wird man uns auf Rippersweil empfangen? Kennt Ihr Ritter Emelrich und könnt mir erzählen, wie er ist?«

»Das kann ich, auch wenn ich ihn höchstens zwei- oder dreimal im Jahr getroffen habe. Er hat sich von den Entwicklungen in diesem Gau ferngehalten, um Graf Falko nicht zu reizen. Auch jetzt kümmert er sich wenig um das, was hier vorgeht. Ich vermute aber, dass er nichts dagegen hätte, sich bei einer großen Fehde ein paar Löwenberger Dörfer anzueignen, um dadurch zu eigenem Besitz zu kommen. Er würde damit seinen Stand in dem Lehen stärken, das der Pfalzgraf seinem Vater verliehen hat und das er nun führt.«

»Wenn ich es recht bedenke, könnte also auch Emelrich von Rippersweil hinter den Schwierigkeiten stecken, mit denen wir uns herumschlagen müssen«, meinte Michel nachdenklich.

Esau schüttelte den Kopf. »Ritter Emelrich? Das glaube ich nicht. Er ist ein geradliniger Mann und greift gewiss nicht zu solch üblen Schlichen.«

»Das wird mir hier von zu vielen Leuten behauptet!« Michel kniff die Lippen zusammen und ritt weiter.

Da Löwenberg kleiner war als Hettenheim und Rippersweil noch kleiner, benötigten sie nur einen halben Tag bis zu dieser Burg. Auf den ersten Blick war zu erkennen, dass Ritter Emelrich eine geringere Rolle in dieser Gegend spielte als die vier einst so eng verbundenen Herrschaften des Kleeblattbunds.

Esau bemerkte Michels verwunderten Blick und wies auf die Burg. »Herr Emelrich würde sie gerne besser befestigen, doch das duldet der Pfalzgraf nicht. Er befürchtet, stärkere Mauern würden dazu führen, dass der Ritter die Burg und das dazugehörige Land nicht mehr als Lehen ansieht, sondern ihn dazu bringen will, sie ihm als Eigenbesitz zu überlassen.«

Da Michel wusste, wie der Würzburger Fürstbischof versuchte, die von seinen Vorgängern verliehenen und verschenkten Besitztümer wieder an sich zu bringen, nickte er mit missmutiger Miene. »Reiten wir hin und machen Ritter Emelrich unsere Aufwartung«, sagte er und trabte an.

Falko zwinkerte Lisa grinsend zu. »Wir kommen zwar ein bisschen spät zum Mittagessen, aber der Ritter auf Ripperswеil muss uns dennoch etwas auftischen lassen.«

»Ich hoffe es, denn ich habe Hunger«, antwortete Lisa und wurde ebenfalls schneller.

Als sie vor der Burg ankamen, war das Fallgitter herabgelassen. Der Ritter, den Michel bei der Beisetzung Otto von Drachensteins kennengelernt hatte, stand oben auf dem Turm. Auf Rüstung und Schwert hatte er verzichtet, dafür schwenkte er eine Pergamentrolle. »Auf Geheiß des durchlauchtigsten Kurfürsten Ludwig, des vierten seines Namens als Pfalzgraf bei Rhein, ist es mir untersagt, mich in fremde Fehden einzumischen und mich mit anderen Herren zu verbünden als mit jenen, die mein Lehensherr mir nennt.

Daher muss ich euch die Erlaubnis versagen, meine Burg zu betreten. Kehrt um und verkündet in den einstigen vier Kleeblättern, dass Ripperswеil keinen Anteil an ihren Streitigkeiten zu nehmen gedenkt. Sagt auch, wer immer als Bote aus Hettenheim, Löwenberg, Drachenstein, Bogenberg und Hohenwald zu mir zu kommen gedenkt, wird keinen Einlass in meine Burg erhalten. Damit Gott befohlen!«

»Aber Ihr könnt uns nicht einfach vor dem Tor stehen lassen«, rief Lisa empört. »Wir haben Hunger und Durst! Sollen wir etwa im Wald übernachten?«

»Diese Gefahr besteht nicht, da nur zwei Stunden Weges weiter auf jener Straße dort eine Schenke liegt, in der man euch gerne empfangen wird«, antwortete Emelrich von Rippersweil und verließ den Turm.

»So ein Ungut!«, schimpfte Lisa, deren Magen knurrte. Auch Falko zog ein Gesicht, als wolle er am liebsten Burg Rippersweil anzünden. Michel hingegen wendete mit einer verächtlichen Handbewegung sein Pferd.

»Lasst es gut sein! Es wird uns in jener Schenke schmecken, und ich liege lieber dort auf Stroh als auf den verflohten und verwanzten Betten dieser Burg. Eines aber schwöre ich euch: Sollte es zur Fehde kommen, und ich sehe auch nur einen einzigen Rippersweiler Waffenknecht dabei, wird auch dieses Fallgitter mich nicht daran hindern können, mich bei Ritter Emelrich für seine Gastfreundschaft zu bedanken.«

Siebter Teil

Hinterlist

1.

Otfried von Drachenstein ritt so rasch, als würde er verfolgt, denn er wollte Burg Bogenberg noch vor dem Mittag erreichen. Zu dieser Zeit sah er die beste Möglichkeit, seinen Plan umzusetzen. Noch wusste er nicht genau, wie er vorgehen sollte. Eines war jedoch unabdingbar: Auf ihn durfte nicht der Hauch eines Verdachts fallen.

Mit diesem Gedanken trabte er den Weg hoch und sah zu seiner Zufriedenheit, dass ihm das Tor sofort geöffnet wurde. Freundlich grüßte er die Wachen. Immerhin sollten sie in absehbarer Zeit zu seinen eigenen Männern gehören. Kurz darauf sah er Radolf vor sich, der ihm besorgt entgegeneilte.

»Endlich kommst du! Ich war schon so weit, nach Drachenstein zu reiten. Wir müssen unbedingt miteinander reden!«

»Zum Reden bin ich gekommen«, antwortete Otfried mit einem gekünstelten Lachen.

»Mein Vater ist sehr besorgt über den Zwist zwischen Löwenberg und Hohenwald. Er will die beiden Ritter einladen, um sie zum Friedensschluss zu bewegen.«

»Das ist ein kluger Gedanke, denn der Streit der Nachbarn bereitet auch mir Sorgen«, antwortete Otfried laut genug, dass die Umstehenden es hörten, und schwang sich im inneren Hof aus dem Sattel. Dann fasste er Radolf unter und führte ihn auf den Palas zu.

»Es steht alles bestens«, raunte er ihm ins Ohr.

»Wirklich?« So ganz vermochte Radolf dies nicht zu glauben.

»Wenn ich es doch sage! Löwenberg und Hohenwald haben sich so entzweit, dass die Schwerter zwischen ihnen entscheiden müssen. Zudem hat Ritter Engelbrecht Graf Heinrich arg vor den Kopf gestoßen! Der Hettenheimer wird nicht mehr das Geringste tun, um Löwenberg gegen Hohenwald zu unterstützen.« Mehr wollte Otfried hier unter freiem Himmel nicht sagen.

Radolf ballte die Faust. »Wenn Löwenberg besiegt und zerteilt wird, werden sich Hohenwald und du den Löwenanteil aneignen. Für mich selbst bleibt nicht viel übrig, höchstens ein Teil des Ödlands.«

Damit hatte Radolf zwar recht, doch war das nichts, was Otfried bestätigen wollte. »Das sollte dich nicht bekümmern. Für unsere Waffenhilfe wird Udalrich von Hohenwald dich mit einem Teil seines bisherigen Besitzes entschädigen müssen, so dass es genau so kommt, als würden wir Löwenberg durch drei teilen.«

»Ein Drittel ist aber weniger als die Hälfte dessen, was du mir versprochen hast!«, antwortete Radolf enttäuscht.

Otfried ärgerte sich über die ungezügelte Gier seines Vetters und fand, dass es an der Zeit war, sich seiner zu entledigen. Im Augenblick aber brauchte er ihn noch, weil Radolf seinen Vater beerben musste.

Daher hob er beschwichtigend die Hand. »Wir werden in der Erkerkammer darüber sprechen, und zwar ohne Zeugen. Nur so viel: Wir können nicht alles auf einmal erreichen, sondern müssen es in vorsichtigen Schritten tun. Sobald wir Junker Udo zu seinen Ahnen geschickt haben, wirst du um Fräulein Ursula freien und damit auch den Rest von Hohenwald erhalten. Ich übernehme dann Löwenberg zur Gänze.«

So hatten sie es bereits vor mehreren Jahren vereinbart. Dennoch wirkte Radolf unzufrieden. »Löwenberg ist größer als Hohenwald!«

»Bei Gott, du hast dann durch Hohenwald auch Guntramsweil mit deinem Besitz vereint und bist nach Hettenheim der mit Abstand größte Landbesitzer in diesem und den angrenzenden Gauen!« Nun schwang auch in Otfrieds Stimme eine gewisse Schärfe mit. Er zog seinen Vetter noch näher an sich heran. »Hast du vergessen, dass ich es war, der dir Guntramsweil verschafft hat – und das ohne Lohn?«

»Sei still!«, antwortete Radolf und sah sich erschrocken um. Zu seiner Erleichterung befand sich niemand in der Nähe.

»Wir reden in der Kammer weiter«, setzte er hinzu und beschleunigte seine Schritte.

Otfried folgte ihm mit einer Mischung aus Verachtung und Wut. Sein Vetter war zu gierig geworden, um ihn am Leben lassen zu können. Während sie zum Turmerker gingen, der mit seinen dicken Mauern Schutz vor unliebsamen Lauschern bot, überlegte er, wie er Radolfs Vater und zugleich auch diesem das Gift beibringen sollte, das er in einer kleinen Flasche unter seinem Wams verborgen hatte. Vor allem würde es auffallen, wenn Rainald von Bogenberg und sein Sohn zur gleichen Zeit starben, insbesondere, nachdem er kurz zuvor hier zu Gast gewesen war. Verärgert, weil ihm das erst jetzt bewusst wurde, überließ er zunächst Radolf das Wort. Dieser schien mittlerweile eingesehen zu haben, dass er vorerst nicht zu viel fordern durfte, und fragte, wie Otfried Löwenberg und Hohenwald so gegeneinanderhetzen wollte, dass Graf Heinrich von Hettenheim keine Gelegenheit blieb, in die Fehde einzugreifen. »Tut er das nämlich, wird er den Hauptteil der Beute für sich fordern, und für uns bleiben nur Brosamen«, setzte er grimmig hinzu.

»Gemach! Der Löwenberger hat es sich mit ihm bereits verdorben. Dem wird er gewiss nicht helfen«, antwortete Otfried.

»Dafür aber Hohenwald!« Dies hielt Radolf für die größere Gefahr.

Otfried lachte leise. »Hältst du mich für so dumm, keinen Weg zu finden, damit der Hettenheimer sich nicht einmischt?«

»Nun, das nicht, aber …«

»Kein Aber, Vetter! Jetzt heißt es, wachsam zu sein und genau zu dem Zeitpunkt zuzuschlagen, an dem es sein muss. Unternimm nichts auf eigene Faust! Ich gebe dir Bescheid, wann du handeln musst.«

Otfried tat so, als wolle er das Bündnis mit Radolf bis ans Ende aller Zeiten fortführen. Mit klug gesetzten Worten gelang es ihm, dessen Unmut zu zerstreuen und ihm die Zukunft in prächtigsten Farben auszumalen.

»Soll ich wirklich um Ursula von Hohenwald werben? Wir können deren Vater als Landstörzer bezeichnen und gemeinsam niederringen! Dann wäre es mir möglich, eine andere Erbin zu freien. Du wirst dies ja auch tun!« Radolf ging es darum, dass sein Vetter nicht durch eine passende Heirat mächtiger wurde als er.

Otfried hob beschwichtigend die Hand. »Welche Erbinnen siehst du hier in der Gegend, die zum einen Gold als Mitgift und auch noch Land in die Ehe mitbringen? Wenn es dir zuwider ist, Fräulein Ursula zu heiraten, so bin ich gerne bereit, sie selbst zu nehmen. Allerdings will ich dann auch ihr Erbe, soweit es ihr dann zufällt, für mich haben!«

»Nein, so war das nicht gemeint!«, rief Radolf. »Ich dachte nur, wir könnten Hohenwald ebenso erobern wie Löwenberg und danach für uns vorteilhafte Ehen eingehen.«

»Ein kühner Plan, nur zu unbedacht. Eine Fehde mit Löwenberg wird Hettenheim nicht stören. Greifen wir danach aber auch noch Hohenwald an, besteht die Gefahr, dass Graf Heinrich uns als Landstörzer bezeichnet und Hohenwald beispringt.« Otfried schüttelte den Kopf angesichts der dummen Vorstellungen seines Vetters. Gunther war da von anderem Kaliber gewesen, allerdings auch zu vertrauensselig, und das hatte sein Ende herbeigeführt. Wäre es anders gekommen und Radolf statt seiner gestorben, hätte dieser längst Graf Heinrichs Nähe gesucht und Otfried damit gezwungen, sich mit dem zufriedenzugeben, was er von seinem Vater geerbt hatte. Ein mächtiger Herr, so wie er es sich wünschte, wäre er in einem solchen Fall niemals geworden.

Er war froh, dass es nicht so gekommen war, und erklärte Radolf seine angeblichen Pläne, in denen er diesen immer ein Stück größer und einflussreicher darstellte als sich, um seiner Eitelkeit zu schmeicheln. Gleichzeitig überlegte er, wie es ihm gelingen konnte, zuerst den Vater und bald darauf den Sohn umzubringen, ohne sich verdächtig zu machen.

2.

Otfried blieb über Nacht auf Bogenberg und setzte sich mit dem festen Vorsatz, den Inhalt seines Giftfläschchens an diesem Tag zu benutzen, zu Radolf an den Frühstückstisch. Es gab ein kräftiges Mahl, bestehend aus Bier, einem Morgenbrei, bei dem an Fleisch wahrlich nicht gespart worden war, Brot, Butter und Schinken. Mit dem, was Radolf zu dieser einen Mahlzeit verschlang, dachte Otfried, würden drei durchschnittliche Männer einen ganzen Tag auskommen. Wenn sein Vetter so weitermachte, würde er in ein paar Jahren so feist sein wie ein gemästetes Schwein und das Füllen des Magens seine höchste Begier.

»Hast du meinem Vater schon das Frühstück gebracht?«, fragte Radolf einen Knecht.

»Nein, Herr! Aber ich werde es gleich tun.«

»Bringe mir vorher noch ein paar Blutwürste. Mich gelüstet danach!«, wies Radolf ihn an.

Der Mann verschwand und kehrte kurz darauf mit einem Tablett zurück, auf dem ein Krug Bier, eine Schale mit dem Morgenbrei und ein Holzbrettchen mit etwas Schinken lag. Das stellte er neben Otfried auf den freien Teil des Tisches und reichte danach Radolf drei handspannenlange, geräucherte Blutwürste.

Radolf schnitt eine an und verzehrte sie mit Genuss. »So ist es recht!«, sagte er mit vollem Mund.

Weder er noch sein Knecht achteten in diesem Moment auf ihren Gast. So schnell Otfried es vermochte, zog er die kleine Flasche hervor, öffnete sie und goss den Inhalt vorsichtig in den Bierkrug, der für Ritter Rainald gedacht war. Er schaffte es gerade noch rechtzeitig, die Flasche wieder zu verstecken, bevor der Diener das Tablett an sich nahm und damit in Richtung der Gemächer des Burgherrn verschwand.

Otfried musste sich beherrschen, um sich nichts anmerken zu

lassen. Lag Rainald von Bogenberg erst einmal in seiner Gruft, würde er eine passende Gelegenheit abwarten, um sich auch des Sohnes zu entledigen. Dies musste in einem gewissen Abstand zum Tod des Vaters erfolgen und durfte vor allem nicht mit ihm in Verbindung gebracht werden. Er schob die Gedanken an die Zukunft zunächst beiseite und unterhielt sich während des Frühstücks mit seinem Vetter über die allgemeine Lage. Dabei schönte er einiges, damit Radolf keine Einwände brachte, und verabschiedete sich schließlich von ihm mit dem guten Gefühl, den halben Weg zur Herrschaft über Bogenberg und Guntramsweil geschafft zu haben.

Nachdem Otfried aufgebrochen war, sinnierte Radolf noch eine Zeit lang darüber, dass sein Vetter einen klugen Kopf besaß. Gemeinsam, so sagte er sich, konnten sie es noch weit bringen. Er wusch sich die fettigen Hände und trat in seine Gemächer. Dort zog er die Karte der Gegend heraus, die sein Vater von einem kundigen Scholaren hatte anfertigen lassen. Damals hatte er darüber gespottet, nun aber fand er, dass die Karte sehr wertvoll für ihn war. Er breitete sie auf dem Tisch aus und zeichnete die Grenzen von Bogenberg mit dem rechten Zeigefinger nach. Schon hier sah die Herrschaft seiner Familie etwas größer aus als Drachenstein, Hohenwald oder Löwenberg. Damit stand es ihm zu, in diesem Gau das Wort zu führen.

Bisher hatte er stets darüber nachgedacht, wie er einen möglichen Löwenberger Beuteanteil mit seinem Besitz vereinigen könnte. Es wäre nur über das Ödland gegangen, somit hätte er unweit der Stelle, an der Gunther gestorben war, eine Brücke über die Schlucht errichten lassen müssen.

Radolf empfand eine gewisse Scheu davor, dies in der Nähe der Kapelle und der Stelle zu tun, an der sein Bruder ums Leben gekommen war.

Wenn er nun Udalrichs Tochter Ursula heiratete und deren Bruder einem von Otfried herbeigeführten Unfall zum Opfer fiel, war dies nicht mehr nötig. Darin lag sogar ein weiterer Vorteil. Sein Blick glitt nun zu Guntramsweil, das jenseits von Hohenwald lag.

Es war etwa halb so groß wie Bogenberg und damit noch ein stattlicher Besitz. Er maß die Größe des Gebiets aus, das er einmal sein Eigen nennen wollte, und fand, dass dieses Gebiet Hettenheim kaum mehr nachstehen würde. Wohl besaß Graf Heinrich zusätzlich einige kleinere Herrschaften, doch die lagen verstreut und waren nicht von Belang. Einen Teil des Besitzes seines Vetters hatte Heinrich dessen Töchtern als Mitgift überlassen müssen, weswegen er im Vergleich zu Falko von Hettenheim etwas an Bedeutung verloren hatte.

Damit stieg sein eigener Einfluss, dachte Radolf und betrachtete erneut das kleine Reich, das er sich mit Otfrieds Hilfe schaffen wollte. Burg Bogenberg würde etwas am Rand liegen, während Hohenwald genau in der Mitte saß.

»Ich werde meinen Hauptsitz dorthin verlegen und die Burg und die Herrschaft in Radolfsburg umbenennen«, sagte er zu sich selbst, als er seine Zukunftsträume weiterspann.

Nach einer Weile verstaute er die Karte wieder in der Truhe und suchte wie jeden Morgen seinen Vater auf.

Ritter Rainald lag im Bett, neben ihm lagen auf einem kleinen Tisch die Reste des Frühstücks. Nun sah er seinem Sohn mit sichtlichem Ärger entgegen. »Ich habe gehört, dass Otfried hier sein soll?«

»Er war hier, Vater! Aber er ist gerade wieder aufgebrochen.«

Rainald von Bogenberg schnaubte. »Er glaubt wohl, es nicht mehr nötig zu haben, mich aufzusuchen.«

»Jetzt erregt Euch nicht, Vater. Otfried hat derzeit an viel zu denken, da …«

»Trotzdem müsste er wissen, was er seinem Onkel schuldig ist!« Ritter Rainald stemmte sich mühsam hoch, griff nach seinem Bierkrug und spülte seinen Ärger mit einem kräftigen Schluck hinunter. »Ich habe nie viel von Otfried gehalten«, fuhr er fort, als er den Krug wieder abgesetzt hatte. »Er ist ein Heimtücker, der einem nach dem Mund redet, aber ganz anders denkt. Du solltest nicht zu sehr seine Nähe suchen! Auf Dauer wird es dir schaden.«

»Vater, so dürft Ihr nicht über Otfried sprechen. Er ist mein Vetter und …«

»Ich würde dasselbe von ihm sagen, wenn er dein Bruder wäre«, fiel Ritter Rainald seinem Sohn ins Wort. »Gunther war da ganz anders. Er wäre dir eine Stütze geworden. Ich glaube immer noch, dass Otfried es war, der ihn zu diesem Sprung über die Schlucht überredet hat. Du hättest deinen Bruder damals nicht allein lassen dürfen! Wärst du ebenfalls über die Schlucht gesprungen, hättet ihr gemeinsam den Bären abwehren und wahrscheinlich auch töten können. So aber stand er dem Untier allein gegenüber. Gunther wäre dir beigesprungen, aber Otfried wird so etwas niemals tun.«

Ritter Rainald redete sich in Rage und verfluchte seinen Neffen bis hin zu der Drohung, dass er diesem den Aufenthalt auf Bogenberg verbieten würde. »Noch bin ich hier der Herr und bestimme, was zu geschehen hat.«

Eben hatte Radolf sich bereits als Herr einer Grafschaft Radolfsburg gesehen. Nun von seinem Vater zu hören, dass dieser kein Bündnis mit Otfried dulden wollte, brachte ihn in Rage. Als der Vater dann auch noch erklärte, dass Gunther an seiner Stelle gewiss verständiger wäre und klüger handeln würde, stieg rote Wut in ihm auf. Ohne richtig zu begreifen, was er tat, trat Radolf ans Bett, ergriff ein Kissen und presste es seinem Vater mit aller Kraft aufs Gesicht.

Rainald von Bogenberg war durch Krankheit und Alter zu sehr geschwächt, um sich ernsthaft zur Wehr setzen zu können. Zwar fasste er noch nach den Armen seines Sohnes, doch nach kurzer Zeit erschlafften seine Hände, und wenig später lag er starr auf dem Bett. Nun erst zog Radolf das Kissen zurück. Er brauchte keinen zweiten Blick, um zu erkennen, dass sein Vater tot war.

Im ersten Moment packte ihn das Entsetzen. »Bei Gott, was habe ich getan?«, stöhnte er und wich zurück.

Eine leise innere Stimme jedoch flüsterte ihm zu, dass es nötig gewesen war. Sein Vater hätte sonst das Bündnis mit Otfried zerstört und es ihm damit unmöglich gemacht, jene Stellung im Gau einzunehmen, die er für sich als angebracht erachtete.

Noch während er auf den Leichnam niederblickte, begriff er, dass man ihn nicht mit dem Kissen hier in der Hand antreffen durfte. Rasch stopfte er es in den Rücken seines Vaters, wandte sich ab und verließ dessen Schlafgemach. An der Tür drehte er sich noch einmal um, ohne den Toten dabei anzublicken.

»Es soll so sein, wie Ihr es wünscht, Vater!«, rief er laut genug, damit ein paar Bedienstete es hören konnten. Danach begab er sich nach draußen, ließ seinen Hengst satteln und ritt los.

Zuerst überlegte er, Otfried zu folgen und diesem zu berichten, dass sein Vater tot wäre. Dann aber erinnerte er sich an dessen Worte, er dürfte seinem Vetter nicht trauen, und beließ es bei einem Ausritt, der ihn noch vor der Mittagszeit wieder nach Bogenberg zurückbrachte.

Als er dort eintraf, wurde er von den Bewohnern mit betrübten Mienen empfangen. »Herr!«, rief ihm der Torwächter zu. »Es gibt eine schlimme Nachricht für Euch. Euer Herr Vater hat den Weg in die Ewigkeit angetreten.«

»Was sagst du?«, fragte Radolf und versuchte, ein erschrockenes Gesicht zu machen.

Obwohl er seinen Vater auf seine Art geliebt hatte, empfand er diese Nachricht wie eine Befreiung. Endlich war er selbst der Herr auf Bogenberg und die ewigen Erinnerungen an seinen Halbbruder los, die sein Vater immer wieder von sich gegeben hatte. Er atmete tief durch, nickte dem Türmer zu und ritt weiter.

Auf dem inneren Hof angekommen, trat er mit gesenktem Kopf auf den Haushofmeister seines Vaters zu. Eigentlich war es nun seiner, dachte er und bemühte sich erneut, erschüttert auszusehen.

»Was ist geschehen?«, fragte er.

»Der Herr! Er wurde vorhin, als sein Leibdiener nach ihm sehen wollte, tot aufgefunden.«

»Wie schrecklich! Als ich heute Morgen von ihm schied, wirkte er recht munter. Er hatte mir sogar noch einen Auftrag erteilt.«

Obwohl Radolf nicht über das schauspielerische Talent seines Vetters Otfried verfügte, der bei der Beisetzung seines Vaters allen Gästen den vor Trauer zerfließenden Sohn vorgegaukelt hatte, nahmen seine Leute ihm seine offenbar zwiespältige Haltung nicht übel.

Ein Knecht stieß den anderen an. »Auch wenn unser Junker Trauer fühlt, so ist er doch in gewissem Maße auch erleichtert, weil sein Vater nicht noch länger leiden musste.«

»Es war auch ein hartes Leben für Ritter Rainald. Fast ein Dutzend Jahre wie ein lebender Leichnam in seiner Kammer zu liegen und sie nur verlassen zu können, wenn mehrere Männer zugegriffen haben. Er wird gewiss froh sein, dass er dieses irdische Jammertal hinter sich hat lassen können«, antwortete sein Kamerad, und an diesen Worten hatte auf Bogenberg keiner etwas auszusetzen.

3.

Gerade als Michel und seine Begleiter auf Burg Bogenberg zutrabten, wurde auf dem Bergfried die Fahne der Bogenberger nach unten gezogen. Es war so auffällig, dass Michel sich an Esau wandte.

»Was mag da geschehen sein? Nicht, dass das Mausgesicht und sein Gesindel nun auch auf Bogenberger Land ihr Unwesen treiben.«

»Wenn wir am Tor sind, wird man es uns wohl sagen«, sagte Esau angespannt.

Sie ritten unwillkürlich schneller und erreichten nach kurzer Zeit das Tor. Es war geschlossen, und der Türmer rief sie von oben an. »Wer sucht an einem so traurigen Tag wie heute nach Bogenberg zu gelangen?«

»Ich bin es, Esau aus Löwenberg. Ich begleite Ritter Michel, der auf Bitten Graf Heinrich von Hettenheims die Nachbarn aufsucht, um mit ihnen zu sprechen und zu beraten, wie Frieden im Gau erhalten werden kann«, antwortete Esau.

»Ich werde es melden«, sagte der Türmer und rief das, was er gehört hatte, einem Kameraden zu, damit dieser es Radolf mitteilen konnte.

Michel wechselte einen kurzen Blick mit Esau und sah dann zum Turm hoch. »Was ist hier geschehen?«

»Ritter Rainald von Bogenberg wurde durch Gottes unerforschlichen Ratschluss zu seinen Ahnen gerufen. Meine Herren, Ihr kommt wahrlich zu einer schlechten Stunde!«, rief der Türmer von oben herab.

»Wenn wir deswegen nicht eingelassen werden, müssen wir diesmal wirklich im Wald übernachten«, sagte Falko leise.

»Auch das würden wir überleben«, wies Michel ihn zurecht, während Esau neben ihm leise fluchte.

»Was ist mit Euch?«, fragte er.

»Es ist bedauerlich, dass nun so knapp nach Ritter Ottos Tod auch Ritter Rainald sterben musste. Wir werden das Ableben der beiden noch sehr bedauern, denn sie waren die Vernünftigsten unter den Herren des Kleeblattbunds. Mit ihrer Unterstützung hätte es gelingen können, den Streit zwischen Hohenwald und Löwenberg zu schlichten. Nun sind ihre Söhne an der Macht, und die besitzen weder das Ansehen noch die Erfahrung, diese Streithähne zur Vernunft zu bringen.«

Michel sah Esau die Enttäuschung an. Während des Ritts hatte der Löwenberger Bastard immer wieder erklärt, wie sehr er auf Ritter Rainalds Verstand baue. Auch wenn er die eigene Burg nicht mehr hatte verlassen können, hätte er die anderen zu sich rufen und überzeugen können. Diese Hoffnung hatte sich nun zerschlagen.

Unterdessen erhielt Radolf die Nachricht von Michels und Esaus Ankunft. Im ersten Augenblick erschrak er und wollte schon befehlen, sie fortzuschicken. Dann aber sagte er sich, dass zu viel Heimlichkeit Gerede hervorrufen könnte, und erteilte die Anweisung, das Tor zu öffnen und den so unvermittelt erschienenen Gästen ein Quartier zuzuweisen.

»Sagt ihnen, dass ich mich erst am Abend zu ihnen gesellen kann, und dann auch nur für kurze Zeit, weil ich bei meinem Vater Totenwache halten will!«, setzte er hinzu und empfand es als guten Kompromiss.

Auf die Weise zeigte er seine Trauer um den Vater ebenso wie seine Bereitschaft, den Besuchern eine gewisse Gastfreundschaft zu erweisen. Während er in der Kammer seines Vaters auf den Abend wartete, zermarterte er sich allerdings den Kopf darüber, weshalb Michel Adler auf Kibitzstein ausgerechnet zu dieser Zeit in ihrem Gau aufgetaucht war. Wollte Graf Heinrich sich etwa an der Aufteilung von Löwenberg beteiligen – und das Otfrieds Beteuerungen zum Trotz? Das, so sagte er sich, musste er unbedingt herausfinden.

Als der Abend kam, hielt er es in der Kammer nicht mehr aus, daher befahl er zwei seiner Männer, von nun an die Totenwache zu halten, und wies das Gesinde an, in der Halle aufzutragen und den Gästen mitzuteilen, dass es Essenszeit sei.

Radolf war denn auch der Erste, der die Halle betrat und sich an die Tafel setzte. Ein Diener goss ihm Wein ein, den er gierig trank. Doch rasch rief er sich selbst zur Ordnung. Wenn er mit dem Löwenberger Bastard und mit Michel Adler sprach, durfte er um Gottes willen nicht betrunken sein. In Gedanken forderte er die beiden auf, schneller zu erscheinen, und sah dann verwundert zu, wie außer den beiden auch Falko und Lisa die Halle betraten.

»Gott zum Gruß, Herr Radolf. Erlaubt mir, Euch meiner Anteilnahme am Ableben Eures Vaters zu versichern«, sagte Michel.

»Auch ich trauere um Euren Vater. Er war ein großer Mann, der eine schmerzliche Lücke hinterlassen wird«, sagte Esau und verbeugte sich vor Radolf, um anzuzeigen, dass dieser nicht mehr nur der Sohn des Burgherrn war, sondern diese Stelle nun selbst eingenommen hatte.

Wäre Rainald von Bogenberg eines natürlichen Todes gestorben, so hätte Radolf die Anerkennung für seinen Vater, die Esau damit zeigte, gefallen können. So aber rieben dessen Worte wie eine Raspel über seine Nerven.

»Ich danke dir, doch ich glaube, meinen Besitz ebenso gut führen zu können, wie mein Vater es tat«, antwortete er harsch. »Auf jeden Fall werde ich alles dafür tun, dass die Schwierigkeiten, die es derzeit in den vier Herrschaften des Kleeblattbunds gibt, von uns selbst gelöst werden und sich kein Fremder einzumischen hat.«

Michel nahm es als Drohung gegen Graf Heinrich wahr und hielt Radolfs Haltung für abwegig. Falko von Hettenheim mochte auf Landgewinn bei den vieren gehofft haben, dessen Vetter hingegen wollte Frieden. Allerdings sollte dieser auch unter den früher verbündeten Burgherren gewahrt bleiben.

Als er das laut aussprach, zuckte es auf Radolfs Gesicht. »Frieden ist schön und gut. Es gilt jedoch auch, sein Recht zu verteidigen.«

»Das ist das Recht eines jeden«, sagte Michel mit nachdenklicher

Miene. »Nur sollte man dieses Recht auf rechtmäßigem Weg erstreiten – und nicht mit dem Schwert in der Faust.«

Es sollte eine Warnung sein, doch sie drang nicht durch Radolfs dickes Fell. Dieser erklärte noch einmal, dass Bogenberg, Drachenstein, Hohenwald und Löwenberg ihre Angelegenheiten unter sich aushandelten.

»Sollte sich jemand Fremdes einmischen wollen, so werden wir uns gemeinsam gegen ihn stellen«, setzte er hinzu und stand auf. »Und nun verzeiht, wenn ich Euch verlasse. Ich will wieder die Totenwache bei meinem Vater aufnehmen.«

Kaum war Radolf die Treppe hochgeeilt und seine Schritte verhallt, schüttelte Esau traurig den Kopf. »Ich glaube, wir haben uns in Radolf getäuscht. Er ist ganz anders als sein Vater.«

»Ich kannte Ritter Rainald nicht und kann daher nichts dazu sagen«, antwortete Michel, dem Radolfs Auftritt ebenso wenig gefallen hatte wie Esau.

»Ritter Rainald hat sich immer für den Frieden ausgesprochen. Da Radolf dies in der Vergangenheit ebenfalls tat, glaubte ich, er werde die Nachfolge im Sinne seines Vaters antreten. Doch eben klang das ganz anders.«

»Den Eindruck hatte ich auch«, mischte sich Falko ein. »Er sagte, gleichgültig, was in den vier Kleeblattherrschaften auch geschehen mag, sollen sich alle anderen heraushalten. Meiner Ansicht nach will er den Streit zwischen Hohenwald und Löwenberg ausnutzen, um von beiden Land zu erpressen.«

Für einen Jungen in Falkos Alter war es kühn, solche Behauptungen aufzustellen. Doch sowohl sein Vater wie auch Esau nickten dazu.

»Junker Radolf hörte sich wirklich so an«, erklärte Esau.

Falko wandte sich an seinen Vater. »Was machen wir jetzt? Bleiben wir bis zu Ritter Rainalds Beisetzung?«

»Er hat uns nicht dazu eingeladen!« Michel klang fest, war aber unsicher, denn ein zweites Treffen innerhalb kurzer Zeit könnte vielleicht helfen, die größten Streitpunkte im Gespräch auszuräumen. Noch während er diesem Gedanken nachhing, trat Radolfs Haushofmeister ein und verbeugte sich knapp, aber noch höflich.

»Ich soll Euch im Namen meines Herrn mitteilen, dass Ihr morgen nach dem Frühstück aufbrechen sollt. Eine Teilnahme an Ritter Rainalds Grablegung ist weder für Euch noch für Graf Heinrich notwendig.«

»Also nicht erwünscht«, schloss Michel aus diesen Worten und stand auf. »Kommt, wir gehen zu Bett und brechen morgen in aller Frühe auf. Frühstücken werden wir unterwegs in einer Schenke, denn wir wollen Junker Radolfs Gastfreundschaft nicht über Gebühr beanspruchen.«

Weder Esau noch Lisa und Falko hatten etwas dagegen einzuwenden. Dem Bogenberger Haushofmeister war jedoch anzumerken, dass ihn die harte Antwort traf. Radolfs Vater hatte die Gastfreundschaft für heilig gehalten und in früheren Zeiten selbst Falko von Hettenheim auftischen lassen, obwohl er diesen als Feind ansehen musste. Jemanden auf diese Art aus der Burg zu weisen, wie der Sohn es tat, wäre dem Vater niemals in den Sinn gekommen.

»Wohin reiten wir nun?«, fragte Falko, als sie ihrer Kammer zustrebten.

»Darüber sprechen wir morgen, wenn diese Burg hinter uns liegt«, antwortete Michel, da er Radolf zutraute, sie belauschen zu lassen. Insgeheim hatte er mit Hohenwald ihr nächstes Ziel bereits bestimmt.

4.

Am Morgen brachen Michel und seine Begleiter noch vor Tau und Tag auf. Zu einer ähnlich frühen Zeit verließ Otfried Drachenstein und ritt in Richtung Ödwald. Er hatte seine Pläne überdacht und befunden, dass er den mausgesichtigen Jochen und dessen Männer dringend brauchte.

Als er das unbewohnte Gebiet erreichte, dachte er daran, dass es einmal im Zentrum seines geplanten Herrschaftsgebiets liegen würde. Nachdenklich sah er sich um. Die Gegend war nicht viel rauer als das umgebende Land. Man konnte die Wälder roden und Dörfer anlegen. Vielleicht, so sagte er sich, würde er hier sogar eine neue Burg als Stammsitz errichten lassen. Die vier Kleeblattburgen lagen seiner Meinung nach zu abseits in seinem geplanten Reich.

»Erst muss ich Bogenberg, Löwenberg und Hohenwald in meine Gewalt bekommen«, sagte er zu sich selbst und erreichte bald die Stelle, wo er wie immer seinen Hengst zurückließ.

Nicht viel später betrat er die Lichtung, auf der seine Handlanger eine primitive Festung errichtet hatten, und stand Mausgesicht gegenüber.

Wenn Jochen sich wunderte, ihn so schnell wiederzusehen, so zeigte er es nicht. »Seid mir willkommen, hoher Herr!«, grüßte er mit übertriebener Freundlichkeit.

»Es wird Zeit, dass du und deine Männer etwas für euer Geld tut«, antwortete Otfried.

Jochen Mausgesicht sah ihn erstaunt an. »Haben wir denn nicht schon einiges für Euch geleistet, mein Herr?«

»Das mag sein, doch ihr habt auch Fehler gemacht, die ich nur mühsam ausbügeln kann.«

Mausgesicht wusste genau, dass Otfried zur Durchsetzung seiner Pläne auf ihn und seine Männer angewiesen war, und grinste.

»Wenn Ihr dieses Löwenberger Bäuerlein meint? Nun, das musste sein!«

»Es sollte euch nicht einfallen, noch einmal etwas ohne meine Anweisung zu tun. Ihr würdet mich sehr erzürnen!« In Otfrieds Stimme schwang eine Drohung mit, die das Mausgesicht jedoch nicht ernst nahm. Wenn es hart auf hart kam, konnte er mit seinen Männern schnell genug die Gegend verlassen, und Otfrieds Zorn würde nur ein leeres Lager treffen.

»Da es Euer Wille ist, werden wir gehorchen, hoher Herr«, antwortete er, ohne die Absicht zu haben, sich an seine Worte zu halten.

»So soll es sein! Nun, ich habe zwei Aufgaben für euch.«

»Gleich zwei? Da haben wir aber viel zu tun«, sagte Mausgesicht in der Absicht, die Belohnung dafür so hoch zu schrauben, wie es nur ging.

»So ist es«, erklärte Otfried. »Zum einen werdet ihr Radolf von Bogenberg auflauern und ihn töten.«

Nun schluckte Mausgesicht doch. Immerhin war Radolf Otfrieds Vetter, und er hatte gedacht, die beiden wären engste Verbündete. Doch wie es aussah, war Radolf Otfried nun im Weg.

»Das wird nicht einfach sein«, antwortete er und sagte sich, dass er und seine Männer für den Mord an einem von Otfrieds Verwandten eine höhere Belohnung fordern würden als für jedes andere Opfer.

»Ich dachte, du wärst ein Meister in der Kunst, Hindernisse aus dem Weg zu räumen«, spottete Otfried. »Doch wenn es dir nur um Geld geht, so wirst du am Ende genug erhalten, um dich in jeder Stadt als geachteter Bürger niederlassen zu können.«

Die Summe, die dafür gebraucht wurde, war nicht gerade gering. Mausgesicht beschloss trotzdem, Otfried auch über das hinaus zu melken.

»Darüber können wir reden«, antwortete er. »Ihr solltet beim nächsten Mal trotzdem ein paar Gulden mitbringen. Meine Leute vergessen sonst noch ganz, wie diese aussehen.«

»Wenn ihr gute Arbeit leistet, werden es mehr als nur ein paar Gulden sein«, versprach Otfried. »Nun zu eurem zweiten Auftrag. Seht zu, dass ihr Udo von Hohenwald abpasst …«

»… und ihn abmurkst«, fiel Mausgesicht ihm feixend ins Wort.

»Nein!« Otfrieds Stimme klang scharf. »Junker Udo soll am Leben bleiben und auch keine Wunden davontragen. Aber er soll in seinem Stolz verletzt werden.«

Jochen Mausgesicht starrte ihn verwirrt an. »Das begreife ich nicht!«

»Was ist daran nicht zu verstehen? Ihr seht zu, dass ihr ihn irgendwo erwischt. Dann zieht ihr ihn nackt aus und lasst ihn so laufen. Wichtig ist, dass er von möglichst vielen Leuten gesehen wird und die Sache die Runde macht.«

Diesmal war Otfrieds Anweisung klar und deutlich, auch wenn Jochen Mausgesicht nicht begriff, weshalb dieser seinen Vetter tot sehen wollte, Junker Udo von Hohenwald hingegen nicht. Doch wenn er gut zahlte, sollte ihm das gleichgültig sein.

»Also gut, wir machen es so, wie Ihr wollt«, sagte Mausgesicht. »Ihr solltet beim nächsten Mal aber wirklich einige Gulden mitbringen. Mit leeren Händen fällt es einem schwer, gewisse Dinge zu tun!«

»Ihr werdet nicht zu kurz kommen«, antwortete Otfried und wandte sich zum Gehen. Nach ein paar Schritten blieb er stehen und drehte sich noch einmal um. »Vergiss es nicht! Radolf muss sterben, Udo von Hohenwald hingegen nur zutiefst in seinem Stolz gekränkt werden, und nicht umgekehrt!«

»Wir sind ja nicht in Tölpelheim geboren worden«, antwortete das Mausgesicht spöttisch und deutete eine Verbeugung an.

»Und noch etwas: Binde dir ein Tuch vors Gesicht, damit dich nicht jeder beschreiben kann.«

Als Otfried wenig später in Richtung Drachenstein ritt, fand er, dass ihn weder Graf Heinrich noch Michel Adler daran würden hindern können, das zu erreichen, was er sich vorgenommen hatte.

5.

Zum ersten Mal seit ihrer Verletzung durfte Edda den Bereich um ihre Kammer verlassen und in den Garten gehen. Marie und Alika halfen ihr die Treppe hinunter und führten sie durch mehrere Innenhöfe zur Gartenpforte. Dort wartete Gereon auf sie.

»Wir haben die gesamte Umgebung abgesucht, Herrin. Es ist niemand zu sehen.«

»Hab Dank!« Marie hatte noch immer Sorge, der Meuchelmörder könnte versuchen, seine Tat zu vollenden. Daher war sie mit Rasuls Entscheidung, Edda ins Freie zu bringen, nicht einverstanden gewesen. Nun sah sie zu dem Arzt hinüber, der nachdenklich wirkte und ihren Blick erst nach einer gewissen Zeit bemerkte.

»Oh verzeiht! Habt Ihr mich etwas gefragt?«

»Nein, aber ich wollte eine Frage stellen. Wäre es nicht sicherer, wenn Edda sich in einem der Innenhöfe in den Schatten setzen würde?«

»Es wäre aber ihrer Gesundheit nicht so zuträglich wie der Aufenthalt im Freien«, antwortete Rasul. »Hier im Grünen kann sie sich erholen. Es gibt sogar reife Kirschen an den Bäumen. Ich werde ein paar für sie pflücken.«

Er setzte seine Worte in die Tat um und brachte Edda kurz darauf zwei Hände voll herrlicher Kirschen.

»Sind die alle für mich?«, fragte sie mit leuchtenden Augen.

»Gewiss! Wir anderen können uns die Kirschen selbst pflücken.«

»Was ich jetzt auch tue«, sagte Alika und trat an den Baum.

Die Kirschen lockten auch Marie. Ehe sie sichs versah, stand sie neben ihrer Freundin. Trudi und Hildegard gesellten sich zu ihnen und ließen sich die Kirschen ebenfalls schmecken.

»Zu viel solltet ihr nicht essen«, mahnte Rasul. »In diesen Landen bekommt man leicht Bauchgrummeln, wenn man sich nicht beherrschen kann.«

Woher weiß er das?, fragte Marie sich. Rasul schien über diese Lande, wie er sie nannte, weitaus besser Bescheid zu wissen, als man es von einem Fremden aus Alexandria erwarten durfte.

»Wart Ihr schon einmal in Heidelberg?«, fragte sie ihn.

»N… nein«, klang es etwas zögerlich, so als habe er eigentlich etwas anderes sagen wollen.

»Ich dachte, weil Ihr doch als Arzt zu einem hohen Herrn gerufen worden seid. Könnt Ihr mir sagen, wer es war?«, bohrte Marie nach.

»Verzeiht, doch in diesem Fall müssen meine Lippen verschlossen bleiben. Es wurde mir streng untersagt, den Namen zu nennen«, antwortete Rasul mit einer leichten Verbeugung.

Die Erfahrung, die Marie im Lauf der Jahre gewonnen hatte, sagte ihr, dass es sich um eine Ausrede handelte. Rasul mochte jemanden behandelt haben, aber er war gewiss nicht aus dem Morgenland dafür gerufen worden, sondern aus freien Stücken gekommen. Außerdem musste es etwas mit dieser Gegend zu tun haben. Das verriet allein die Tatsache, dass Rasul immer wieder versuchte, Gespräche zu belauschen.

Wieder bedauerte Marie, dass Esau mit Michel geritten war. Von ihm hätte sie mehr über dieses Gebiet erfahren können als von der Ehefrau ihres Gastgebers. Diese erzählte ihr zwar viel, aber nichts, was auf Rasul hindeuten konnte.

Die Stimme des Arztes holte Marie aus ihren Gedanken. »Könntet Ihr und Alika dem Fräulein beistehen, ein paar Schritte im Garten zu machen? Der Boden ist ein wenig uneben, und Edda darf auf keinen Fall stürzen.«

»Gerne«, sagte sie. »Wie weit darf sie gehen?«

»Zwanzig Schritte in diese Richtung und zwanzig wieder zurück. Danach sollte sie ein wenig in ihrem Sessel schlafen.«

»Wir werden den Sessel zurechtrücken müssen, damit er im Schatten steht«, wandte Alika ein.

»Das machen wir«, rief Trudi und winkte Hildegard, ihr zu helfen.

Es war ein schwerer Sessel, und als Marie und Alika Edda aufgeholfen hatten, mussten die beiden ganz schön zerren. Rasul kam ihnen zu Hilfe, lächelnd wie meistens, doch Marie ahnte, dass es hinter seiner Stirn arbeitete. Hier vor den anderen wollte sie ihn nicht darauf ansprechen, nahm sich aber vor, eine Gelegenheit herbeizuführen. Nun führte sie zusammen mit Alika Edda ein wenig tiefer in den Garten hinein und machte auf einen Ruf Rasuls wieder kehrt.

Wenig später saß Edda erneut in dem Sessel, der diesmal von einem Leinwandhimmel beschattet wurde, und schlief tatsächlich bald ein.

»Dies sollten wir jeden Tag tun, denn dadurch werden ihre Kräfte geweckt, und sie kann wieder richtig gesund werden«, erklärte Rasul.

»Ich bin sehr froh darüber«, antwortete Marie. »Es war ein übles Schurkenstück, das auf Edda verübt worden ist. Man müsste den, der dafür verantwortlich ist, ausfindig machen und bestrafen.«

»Ja, das müsste man«, sagte Rasul, und es klang nicht gerade freundlich.

War er gekommen, um hier an jemandem Rache zu üben?, fragte Marie sich und fand, dass das Rätsel um ihn immer verworrener wurde.

6.

Bald werden wir Burg Hohenwald erreicht haben. Ich frage mich, ob man uns dort ähnlich freundlich empfangen wird wie auf Löwenberg, Ripperswell und Bogenberg«, sagte Michel mit einer gewissen Anspannung zu Esau, der sich zuletzt entschlossen hatte, ihn auch dorthin zu begleiten.

»Ich will es nicht hoffen. Sonst lernen wir in diesen Tagen fast alle Schenken kennen, die es in den vier Kleeblattherrschaften gibt«, antwortete Esau mit einem missglückten Lachen.

»Ich hätte Lisa nicht mitnehmen sollen. Jetzt sitzt sie tagelang auf ihrem Pferd, und Essen erhält sie zumeist nur in Gasthäusern, die gerade gut genug sind für Bauern.«

In Michels Jugend war die Schenke seines Vaters nichts Besseres gewesen, und er selbst hätte sich nicht beklagt. Für das Mädchen tat es ihm jedoch leid.

»Sowohl auf Löwenberg wie auch auf Bogenberg musste sie in einem Raum mit uns schlafen«, setzte er verärgert hinzu.

»Ihr habt nicht allzu laut geschnarcht. Deshalb hat es mich nicht gestört«, antwortete Lisa, die wusste, dass ihr Ziehvater und auch die Gefährten alles getan hatten, um ihr den Aufenthalt zu erleichtern.

»Trotzdem hätte es nicht sein dürfen!«

Michels schlechte Laune hielt an, als Burg Hohenwald vor ihnen auftauchte. Diese stand auf einem niedrigen Hügel, der an den Flanken dicht bewaldet war, und es war wohl diese Lage gewesen, die zu ihrem Namen beigetragen hatte. Oben waren die Bäume so weit gerodet worden, dass sich kein feindlicher Bogenschütze zwischen ihnen verbergen konnte, falls die Burg belagert werden sollte. Eine Zugbrücke sorgte für weitere Sicherheit, und das Tor dahinter war mit Eisen verstärkt. Damit konnte es zumindest einem kleineren Rammbock widerstehen.

Im Moment aber stand das Tor offen, und auch das Fallgitter war hochgezogen. In der Torhalle stand Ritter Udalrich und eilte ihnen freudestrahlend entgegen. »Seid mir willkommen, Herr Michel, und auch Ihr, Herr Esau! Wir wissen, dass Ihr ein gerechter Mann seid und nichts für die Feindseligkeiten könnt, mit denen Löwenberg uns verfolgt.«

Michel musste sich trotz seiner trüben Stimmung das Grinsen verkneifen. In der *Krone* hatten die Hohenwalder alles getan, um Esau und die anderen Löwenberger zu reizen. Hier aber wurde der Bastard von Löwenberg begrüßt wie ein lange vermisster Freund.

»Ich hoffe, Ihr gewährt uns Obdach und könnt uns ein Mahl auftischen lassen«, antwortete er und erwiderte dann den Gruß.

»Tretet ein! Es soll weder an Braten noch an Wein fehlen, und sollte Euer Bett in der Nacht nicht so sein, wie es soll, werde ich ein ernstes Wort mit meiner Tochter reden, damit sie die verantwortlichen Mägde entsprechend maßregelt«, erklärte Udalrich von Hohenwald freundlich und fasste nach dem Zügel von Michels Hengst, um diesen in die Burg hineinzuführen.

Michel wechselte einen Blick mit Esau. Dieser schien über den freundlichen Empfang kaum weniger überrascht zu sein als er. Doch schon bei den nächsten Worten Ritter Udalrichs wurde beiden klar, weshalb das so war.

»Ich bin froh, dass Graf Heinrich sich eingemischt hat, um diesem elenden Engelbrecht von Löwenberg seine Grenzen aufzuzeigen. Welch eine Frechheit, uns Hohenwalder des Überfalls auf eines seiner Dörfer zu bezichtigen! Dabei haben nur ein paar Wanderer eines seiner Bäuerlein verbläut. Das wird ihn einiges kosten, sage ich Euch. Mit dem bisschen Land, das als Mitgift meiner Großmutter an Hohenwald gefallen ist, werde ich mich nicht zufriedengeben. Engelbrecht wird mir dazu noch etliche Hufe Land als Entschädigung abtreten müssen, und was Graf Heinrich betrifft, so stellen die drei westlichsten Dörfer Löwenbergs eine Abrundung seines Besitzes dar.«

Michel begriff, dass Udalrich von Hohenwald ihn als Heinrichs

Boten ansah, der für diesen ein Bündnis mit ihm schmieden sollte. Dies war allerdings weder sein Auftrag, noch war es in Heinrich von Hettenheims Sinn, dass es hier zu einer Fehde kommen sollte. Daher konnte er die Hoffnungen, die Ritter Udalrich hegte, niemals erfüllen.

Vorerst aber sagte er nichts, sondern ließ sich von dem Burgherrn in den innersten Hof geleiten. Dort stiegen er und seine Begleiter von den Pferden und betraten das Wohngebäude. Es wirkte wehrhaft und zeigte an, dass die Hohenwalder stets auf der Hut vor Falko von Hettenheim gewesen waren.

Fräulein Ursula erschien und knickste höflich. Lächelnd trat sie auf Lisa zu. »Sei mir willkommen, mein Kind! Stört es dich, wenn wir zwei in der Nacht in meiner Kammer schlafen? Mein Bett ist breit genug für uns beide.«

Lisa warf einen kurzen Blick auf Michel, sah diesen nicken und lächelte. »Ich danke Euch für Eure Freundlichkeit, Fräulein Ursula, und nehme Euer Angebot gerne an.«

»Mein Sohn ist noch unterwegs, um die Grenzen abzureiten. Man weiß ja nie, welche Gemeinheiten die Löwenberger aushecken. Da heißt es wachsam sein«, erklärte Ritter Udalrich und befahl seinen Knechten, rasch ein Mahl für seine Gäste aufzutischen.

7.

Michel hatte Junker Udo als einen unangenehmen, sehr von sich eingenommenen Burschen kennengelernt und war daher gespannt, wie sich dieser hier in der eigenen Burg benehmen würde. Vorerst aber blieb der Junker aus. Ritter Udalrich blickte immer wieder verärgert zur Tür, doch durch diese kamen nur Knechte, die ihnen auftrugen. Sein Sohn ließ sich nicht blicken.

»Weiß jemand, wo Udo bleibt? Er müsste doch längst wieder hier sein«, fragte er gegen Abend sein Gesinde.

»Junker Udo ist, als es hieß, Ritter Michel und seine Begleitung seien erschienen, noch einmal losgeritten und seitdem nicht wiedergekommen«, antwortete ein Knecht. »Er sagte, er wollte diesen – Verzeihung! – Kerl nicht sehen.«

»Wo könnte er jetzt sein?«, fragte Udalrich verärgert.

Betretenes Schweigen antwortete ihm. Schließlich ermannte sich einer seiner Knechte zu einer Antwort. »Soweit ich gehört habe, wollte er nach Karlbach, um dort nach dem Rechten zu sehen, weil das Dorf am nächsten zur Grenze zu Löwenberg liegt.«

Ritter Udalrich verzog das Gesicht auf eine Weise, die Michel vermuten ließ, dass seinem Gastgeber das Ziel seines Sohnes wenig passte.

»Der Teufel soll ihn holen!«, murmelte Udalrich und griff zum Weinbecher, um seinen Ärger herunterzuspülen. Dann lachte er gezwungen auf. »Mein Sohn wird wohl erst morgen wiederkommen. Er hat dort zu tun.«

»Ja, der Tochter des Dorfschulzen die Röcke heben«, fauchte Ursula wenig damenhaft und wurde dann lauter. »Udo sollte nicht zu oft zu diesem Mädchen gehen. Womöglich glaubt es noch, er wolle es heiraten.«

»Heiraten? Die Tochter eines Dorfschulzen? Wenn er mir damit kommt, schlage ich ihm von beiden Seiten auf die Ohren, dass sie ihm ein ganzes Jahr lang gellen«, rief Udalrich erbost und wandte sich Michel zu. »Seid froh, dass Euer Sohn noch zu jung ist, als dass ihn der Hafer stechen könnte. Man hat dann nichts als Ärger mit den Lümmeln.«

Michel nickte. So, wie Junker Udo sich in der *Krone* aufgeführt hatte, konnte er sich gut vorstellen, dass er seinem Vater Ärger bereitete. Daher war er nicht böse darum, dass Udo nicht anwesend war, und hoffte, dieser würde auch über Nacht ausbleiben.

Genau das war Junker Udos Absicht. Er lag in Karlbach auf weichem Heu und hatte neben sich das Mädchen, das ihm seit einigen Wochen nicht aus dem Kopf ging. Gerade musterte er es mit dem Blick eines Eroberers. Elsi war hübsch, leicht füllig mit großen Brüsten und breiten Hüften, so wie er es liebte. Vor allem aber war sie willig und verschwand mit ihm jedes Mal, wenn er nach Karlbach kam, in der großen Zehntscheune.

Vor dem Morgen, so sagte Udo sich, würden sie diese auch nicht verlassen. Er berührte Elsis Brüste, spürte, wie seine Lust wieder erwachte, und schob sich zwischen ihre Schenkel.

»Ihr habt heute zu Mittag wohl Stierbeutel gegessen, weil Ihr schon wieder wollt?«, sagte das Mädchen kichernd und spreizte die Beine. Augenblicke später keuchte sie auf, denn Udo drang in sie ein, ohne viel Rücksicht zu nehmen.

»Bei Gott, seid Ihr heute gierig! Es waren wohl etliche Stierhoden.«

Ihre Lust stieg jedoch ebenfalls, und schon bald stöhnte sie unter seinen harten Stößen und krallte die Fingernägel in seine Haut. Das spornte Udo nur noch mehr an, und er dachte noch, dass dies doch etwas anderes war, als vor dem lumpigen Kibitzsteiner den Rücken krümmen zu müssen. Dann aber galten seine Gedanken nur noch der Lust. Als er schließlich erschöpft über Elsi zusammensank, rang er keuchend nach Atem.

»So wie heute habt Ihr es mir noch nie besorgt«, strahlte die junge Frau. Ihr gefiel es, dass ein Edelmann sie begehrte und sie nicht irgendeinem Bauern, den ihr Vater als Ehemann für sie bestimmte, die Schenkel öffnen musste. Ein wenig hoffte sie sogar, Udo könne sie heiraten. Auch ihr Vater träumte davon, während die Mutter ihr riet, von dieser Liebschaft zu lassen und sich mit dem Stand zufriedenzugeben, in den sie hineingeboren worden war.

Elsi lächelte. Selbst wenn der Junker sie nicht heiratete, sondern nur eine gewisse Zeit als Mätresse behielt, so würde er mögliche Kinder als die seinen anerkennen. Vielleicht konnte ein Sohn sogar der Erbe von Hohenwald werden. Auf jeden Fall aber würde der Junker die Kinder gut versorgen und sie, wenn er ihrer einmal müde war, mit einem seiner Gefolgsleute verheiraten, so dass sie später nicht unter einem Mann liegen musste, zwischen dessen Zehen noch Mist klebte.

8.

Es gab nichts Schöneres, dachte Junker Udo, als den Morgen mit einem scharfen Ritt zwischen zwei weichen Frauenschenkeln zu beginnen. Als er schließlich von Elsi abließ, hatte er Hunger. Er stand auf und schlüpfte in seine Kleidung. »Hoffentlich tischt deine Mutter mir ein stärkendes Frühstück auf. Du hast mich diese Nacht einiges an Kraft gekostet.«

»Ihr seid aber auch wild gewesen, Herr Junker, und stark wie ein Stier.«

Tatsächlich schmerzte es sogar ein wenig, und Elsi wünschte sich, Udo würde etwas mehr Rücksicht auf sie nehmen. Auszusprechen wagte sie das jedoch nicht. Zum einen war er ein Edelmann, dem kein anderer, außer vielleicht sein Vater und der im fernen Heidelberg residierende Kurfürst, etwas zu sagen hatte. Zum Zweiten ahnte sie, dass ihn gerade die Art, wie er sie nehmen konnte, immer wieder zu ihr zurückführte. Das, so beschloss sie, war mit einem leichten Brennen beim Wasserlassen nach einer Liebesnacht billig bezahlt. Würde sie klagen, mochte er sich von ihr abwenden und sich ein anderes Mädchen suchen, das sich ihm williger hingab.

»Du bist aber auch eine Stute, wie es keine Zweite gibt!«, erklärte Udo grinsend und reichte ihr das Kleid. »Zieh dich an! Mich hungert!«

»Diesmal aber nicht nach mir?«, meinte sie kokett.

»Vielleicht später noch einmal. Nun fordert mein Magen sein Recht.« Der Junker stieg die Leiter nach unten und ging zum Tor der Zehntscheune, ohne auf Elsi zu warten oder ihr gar zu helfen, die Schlaufen ihres Kleides zu schließen.

Elsi war es nicht anders gewohnt und zudem erfahren genug, es allein zu tun. Daher hatte sie Udo bereits eingeholt, als dieser ins Freie trat. Ihr war klar, dass sie von etlichen Augenpaaren beobachtet wurden und einige Dorfmädchen schier vor Neid vergingen, weil der Junker ihr seine Gunst schenkte und nicht ihnen. Um es diesen neidischen Biestern zu zeigen, hängte sie sich lächelnd bei Udo ein.

Kurz darauf erreichten sie den Schulzenhof, den größten im Dorf. Das Amt des Dorfoberhaupts war erblich, so hielt sich Elsis Vater für etwas Besseres als die anderen Bauern und schloss daher nicht aus, dass der Junker seine Tochter womöglich doch zum Traualtar führen könnte. Daher begrüßte er ihn so freundlich, wie es wohl selten ein Vater tat, dessen unverheiratete Tochter gerade von einem Mann bestiegen worden war. Er rückte seinem Gast sogar eigenhändig einen Stuhl in der guten Stube zurecht.

Am Frühstück hatte Udo nichts auszusetzen, außer, dass die Hausherrin eine säuerliche Miene aufgesetzt hatte. Elsis Mutter passte es gar nicht, dass Mann und Tochter sich so bereitwillig dem Willen des Junkers unterwarfen. Was dieser mit Elsi tat, war eine Sünde und würde den Worten des Pfarrers nach dem Mädchen etliche Hundert Jahre Fegefeuer eintragen. Junker Udo hingegen konnte sich mit einer Spende an die heilige Kirche von fast allen Sünden freisprechen, die er begangen hatte und noch begehen würde.

Nach dem Frühstück, das außer der üblichen Morgensuppe auch aus einem Stück Schinken, mehreren gebratenen Eiern und Brot bestand, überlegte Udo, wohin er sich nun wenden sollte. Am liebsten wäre er im Dorf geblieben und hätte den Dorfbewohnern bei der Arbeit zugesehen, um sich dann am Abend im Zehntschuppen erneut an Elsi zu erfreuen. Sein Vater würde jedoch wollen, dass er nach Hause kam und diesem Kibitzsteiner um den Bart ging. Dabei war der Kerl, wie er erfahren hatte, der lumpige Sohn eines noch lumpigeren Bierschenks. Selbst die Tatsache, dass Michel Adler einst Kaiser Sigismund das Leben gerettet hatte, hätte diesen niemals dazu bringen dürfen, ihn in den Adelsstand zu erheben. Es war nun einmal schlechtes Blut und würde im Lauf der Zeit über seine Kinder in etliche adelige Familien niederen Ranges einfließen. Selbst er war davor nicht gefeit. Sollte es dem Vater gefallen, ihn mit der ältesten Tochter des Kibitzsteiners zu verheiraten, würde er in diesen sauren Apfel beißen müssen.

Nach diesen Überlegungen fand Udo, dass ein Ritt entlang der Grenze zu Löwenberg genau das war, was er nun brauchte. Dabei konnte er sich darüber Gedanken machen, wie sie Ritter Engelbrecht besiegen und den Löwenbergern ein schönes Stück Land abpressen konnten. Bereits als Knabe hatte es ihn gewurmt, dass Bogenberg größer war als Hohenwald. Mit einem Drittel oder der Hälfte Löwenbergs würde er dies ausgleichen können. Dafür aber durfte sich kein Fremder einmischen, am wenigsten Heinrich von Hettenheim. Wenn dieser sich an der Fehde beteiligte, würde er den größten Teil der Löwenberger Beute für sich fordern und damit in diesem Gau übermächtig werden. Das musste man unter allen Umständen verhindern.

Udo befahl den Knechten, sein Pferd zu satteln, stieg auf und ritt los. Unterwegs dachte er mit Wut im Bauch an seinen Vater, der sich Graf Heinrich andienen wollte, um ein paar Brosamen aus dem Löwenberger Besitz zu erhalten. Diese Sache musste ganz anders angegangen werden, doch wenn er davon zu reden begann, wurde ihm vom Vater der Mund verboten.

»Der Teufel soll Graf Heinrich holen – und diesen Michel Adler auf Kibitzstein gleich dazu«, stieß er erregt hervor und gab seinem Hengst die Sporen.

9.

Junker Udo ahnte nicht, dass er beobachtet wurde. Bereits am Tag zuvor hatte Mausgesicht von einem seiner Spione erfahren, dass Ritter Udalrichs Sohn nach Karlbach geritten war und das Dorf nicht mehr verlassen hatte. Nun lagen sie auf der Lauer, um ihn abzufangen. Eigentlich hatten sie erwartet, er würde wieder nach Hause reiten. Stattdessen trabte er an der Grenze zu Löwenberg entlang und machte ihnen ihr Vorhaben dadurch noch leichter.

Jochen Mausgesicht ließ den Blick über seine Männer schweifen. Zwei trugen die gestohlenen Hettenheimer Waffenröcke, zwei weitere eine Tracht, in der sie für Löwenberger Kriegsknechte gehalten werden konnten, und Mathis, der an Größe und Gestalt Junker Engelhard ähnelte, hatte die Kleidung eines Edelmanns angezogen. Er selbst trug das Zeug eines einfachen Knechts. Nun zog er ein Tuch unter seinem Hemd hervor und wedelte damit.

»Ihr wisst, was ihr mit euren Tüchern tun müsst!«, rief er seinen Gefährten zu.

»Ich soll es mir vor die Schnauze binden, damit der Trottel von Junker glaubt, ich wäre der junge Löwenberger«, erwiderte der als Engelhard verkleidete Mathis grinsend.

»Jeder von uns bindet sich ein Tuch vors Gesicht. Was dich betrifft, so stopfe dir eins ins Maul. Wenn du auch nur ein Wort sagst, wird dich der Hohenwalder Junker gewiss nicht für den Junker von Löwenberg halten.«

Jochen Mausgesicht grinste breit, denn das alles versprach einen Heidenspaß. Er legte das Tuch um und band es im Nacken fest. Nachdem er geprüft hatte, ob es auch hielt, ritt er los. Seine Männer schwärmten aus, um Junker Udo in die Zange zu nehmen.

Udo von Hohenwald achtete zu sehr darauf, was sich drüben in Löwenberg tat, als dass ihm die sechs Reiter aufgefallen wären, die sich ihm näherten. Kaum hatte er sie bemerkt, war es schon zu spät.

Er griff noch zum Schwert, ließ den Griff aber wieder los, denn sechs Mann waren zu viel, um sich mit ihnen zu schlagen. Er musste hoffen, eine Lücke zu finden, um ihnen durch die Schnelligkeit seines Hengstes entkommen zu können.

Ihm standen jedoch keine heurigen Hasen gegenüber, sondern Männer, die ihre Erfahrung bei vielen gleichartigen Aktionen gesammelt hatten. Bevor der Junker sichs versah, hatte einer ihm den Zügel aus der Hand gerissen. Ein Zweiter zog ihm das Schwert aus der Scheide und hielt es ihm vor die Nase. »Nun, wen haben wir denn da? Wenn das nicht das Junkerlein von Hohenwald ist, will ich Rudi heißen«, rief Mausgesicht und grinste unter seiner Maske.

»Wer seid ihr und was wollt ihr?«, fragte Udo gepresst.

Nun ärgerte er sich doch, dass er einem Kampf aus dem Weg gegangen war. Kurz überlegte er, wie es ihm gelingen könnte, wieder in den Besitz seiner Zügel zu gelangen. Angesichts des auf ihn gerichteten Schwertes resignierte er jedoch. Wenn es wenigstens nicht seine eigene Waffe gewesen wäre, dachte er wutentbrannt. So aber war er blamiert bis auf die Knochen.

»Wer seid ihr?«, fragte er erneut.

»Geht dich gar nichts an!«, antwortete Mausgesicht und übernahm die Zügel von Udos Pferd.

»Aber …« Udos Stimme erstarb, als sich das Schwert seiner Kehle näherte.

Eigentlich hatte das Mausgesicht vorgehabt, den Junker auf offenem Feld nackt auszuziehen und dann laufen zu lassen. Allerdings wäre das nur ein halber Spaß. Daher bedeutete er Mathis, ihnen voraus in Richtung Karlbach zu reiten, um es so aussehen zu lassen, als sei dieser der Anführer, wolle aber nicht sprechen, um nicht erkannt zu werden.

Mathis begriff zwar nicht, was sein Anführer bezweckte, ritt aber los. Noch verblüffter war Udo, in dem sich die Hoffnung regte, in Karlbach Hilfe zu erhalten. Immerhin lebten dort mehrere Dutzend erwachsene Männer, die mit Sensen und Gabeln bewaffnet mit diesen Kerlen fertigwerden konnten.

Gerade weit genug von Karlbach entfernt, dass ein Schrei nur schwach dorthin dringen würde, hielt Mausgesicht sein Pferd an und winkte seinen Komplizen, es ihm gleichzutun. Auf ein weiteres Zeichen von ihm packten drei Männer den Junker und zerrten ihn aus dem Sattel.

»Was soll das?«, beschwerte Udo von Hohenwald sich.

Da schlitzte ihm Sigo die Kleidung auf.

»Es geht doch nichts über ein scharfes Schwert«, meinte er grinsend. »Der Junker hat es wohl extra schärfen lassen, um den Bauernmägden die Kleider vom Leib schneiden zu können, wenn er sie ein wenig rammeln will.«

»Sag das nicht, denn damit beleidigst du ihn«, entgegnete das Mausgesicht. »So schmuck, wie der Junker aussieht, raffen alle von selbst die Röcke, damit er in sie hineinfahren kann.«

Die Männer lachten wiehernd, während Udo sich vergebens gegen die Angreifer stemmte, die ihn festhielten. Sein Wams fiel zu Boden, das Hemd folgte der Hose, und zuletzt stand er nackt bis auf die Stiefel vor seinen Peinigern.

Sigo stupste Udos arg zusammengeschrumpften Penis mit der Schwertspitze an. »Ich weiß nicht, ob die Mägdelein viel von diesem Zwergenzumpf haben«, meinte er spöttisch.

»Du sollst ihn doch nicht beleidigen! Er kann ja nichts dafür, dass der liebe Herrgott ihn an dieser Stelle so jämmerlich ausgestattet hat«, antwortete Mausgesicht spöttisch.

Junker Udo starb fast vor Wut und Scham. Gleichzeitig packte ihn eine fürchterliche Angst, die Kerle könnten ihn doch umbringen – oder ihn an der Stelle verletzen, mit der sie ihn verspotteten. Aber das gesamte Ausmaß der Demütigung, die auf ihn wartete, konnte er nicht einmal erahnen.

Jochen Mausgesicht winkte Mathis zu sich und zwinkerte ihm zu. »Siehst du das Dorf dort?«, fragte er leise und zeigte auf Karlbach.

»Sehe ich, ja!«

»Traust du dir zu, mit mir durch das Tor in der Umzäunung zu reiten, den Junker auf den nächsten Misthaufen zu werfen und wieder herauszukommen, bevor uns das Bauerngesindel gefährlich werden kann?«

Mathis musste lachen. »Natürlich! Das ist doch kinderleicht. Auch wäre es eine Sache, für die sich noch die Enkel des Junkers schämen müssten.«

»Dann machen wir zwei das! Die anderen sollen schon vorausreiten.«

Nach diesen Worten lenkte Mausgesicht sein Pferd neben Udo und wartete, bis Mathis ebenfalls bereit war. Dann griffen sie beide zu und packten den Junker bei den Oberarmen.

»Wir treffen uns dort, wo unser Herr es uns gesagt hat«, erklärte Mausgesicht seinen Männern und trabte mit Mathis zusammen an, so dass Junker Udo zwischen ihren Pferden in der Luft schwebte. Dieser sah verwirrt von einem seiner Peiniger zum anderen.

»Was habt ihr vor?«, fragte er, als er Karlbach näher kommen sah.

Er erhielt keine Antwort. Stattdessen spornten Mausgesicht und Mathis ihre Pferde an und preschten durch das Tor des Schutzzauns. Ein paar Hühner rannten gackernd davon, und eine Frau wich erschrocken zurück. Schon waren die beiden Reiter am ersten Bauernhof, ritten halb um ihn herum, bis sie den Misthaufen erreichten, und nutzten den Schwung aus, um den Junker mitten darauf zu werfen. Danach rissen sie die Pferde herum, ritten einen Mann, der sie aufhalten wollte, über den Haufen und waren zum Dorf hinaus, bevor die Dörfler begriffen, was geschehen war.

Junker Udo landete zwar weich, klatschte aber mit dem Kopf voraus in die breiige Masse und kämpfte für Augenblicke gegen das Gefühl an, ersticken zu müssen. Endlich kam er hoch, spie stinkenden Mist aus und schnäuzte wild, um die Mistbrühe loszuwerden, die ihm in die Nasenlöcher gedrungen war. Danach versuchte er, sich den Dreck von den Augen zu wischen. Da seine Hände jedoch vor Mist strotzten, war es ein vergebenes Unterfangen.

Halb erstickt und blind stapfte er auf dem Misthaufen herum.

Dabei glitt er aus und landete erneut in der breiigen Masse. Erst nach einer ganzen Weile ertastete er den Rand des Haufens und konnte sich auf festen Boden hieven. Da seine Ohren ebenfalls voll Dreck waren, hörte er zunächst nichts. Irgendwann aber drangen Stimmen bis zu ihm durch, und er begriff, dass sich fast das ganze Dorf um ihn und den Misthaufen versammelt hatte.

»Wer mag das sein?«, fragte ein Mann mit leichtem Grausen.

Die Frau, die vor den anpreschenden Reitern zurückgewichen war, starrte Udo an und schien nicht so recht zu wissen, ob sie jetzt reden sollte oder nicht. »Also«, begann sie. »Als ich die Reiter kommen sah, dachte ich, es könnte Junker Udo sein.«

»Unmöglich!«, rief der Dorfschulze.

Unterdessen hatten mehrere junge Männer in Eimern Wasser gebracht und schütteten es über dem Junker aus. Nach kurzer Zeit konnten alle sehen, wer unter dem Mist verborgen gewesen war.

Einige Dörfler lachten, verstummten jedoch, als der Dorfschulze sie zornig anfuhr. Andere schüttelten den Kopf, während Elsi ungeachtet des Gestanks, den Udo verströmte, dessen Hand ergriff und schluchzend fragte, was geschehen sei.

»Diese dreimal verfluchten Löwenberger haben mich überfallen, und der neunmal verfluchte Engelhard führte sie an! Ich habe mich verzweifelt zur Wehr gesetzt, doch es waren einfach zu viele«, stieß Udo voller Wut hervor und versuchte, mit seiner Version der Geschichte zumindest einen Rest Würde zu bewahren.

»Die Löwenberger waren es? Bei Gott, wie schrecklich!« Der Schulze sah erschrocken in die Richtung der Nachbarherrschaft, als erwarte er, Ritter Engelbrechts Waffenknechte würden jeden Augenblick auftauchen und sie alle erschlagen.

»Das war gewiss die Rache für den Überfall auf jenes Dorf drüben!«

Auch wenn Michel und Heinrich von Hettenheim alles getan hatten, um klarzustellen, dass nur der Bauer Till verprügelt worden war und es keinen Überfall der Hohenwalder auf das Dorf gegeben hatte, so hielten die einfachen Leute das Gerücht weiterhin für wahr. Die Karlbacher hatten nun Angst um ihre Höfe und ihre Familien, daher rannten die Männer los, um sich zu bewaffnen, während die Frauen ihre Kinder zu sich riefen und mit ihnen in den Häusern verschwanden.

Auch Elsi wollte zunächst fort, hielt aber nach mehreren Schritten inne und kehrte zu dem Junker zurück. »Bei Gott, wie schrecklich ist das alles«, jammerte sie.

Scham, Wut und Vergeltungssucht schwemmten den letzten Rest an Vernunft aus Udos Kopf. Er war zutiefst gedemütigt worden – und das hier vor den eigenen Bauern, denen gegenüber er sich stets als mutigen und unbesiegbaren Beschützer dargestellt hatte. Von nun an würden sie bei seinem Anblick immer daran denken, wie er nackt und mit Mist bedeckt vor ihnen gestanden hatte.

»Bring mir etwas zum Anziehen«, herrschte er Elsi an.

Die junge Frau schnupperte hörbar. »Ich glaube, Ihr benötigt erst einmal ein heißes Bad. Ich werde Heu und Kräuter mit hineingeben. Vielleicht hilft das.«

»Gegen was?«, fragte der Junker schnappig.

»Ihr stinkt, mit Verlaub, nach Mist, hoher Herr, und zwar nach Schweinemist, und der ist besonders schlimm«, antwortete das Mädchen.

»Weshalb hat dieser elende Bauer seine Schweine nicht im Wald, wie es sich gehört? Ich werde ihm dafür ein paar mit der Reitpeitsche überziehen!«, fuhr Udo auf.

»Aber Herr, Linus muss doch die Schweine hier halten. Sie gehören zu den Abgaben, die wir Eurem Herrn Vater bezahlen müssen.«

Kritik von dem Mädchen, das am Morgen noch unter ihm gestöhnt hatte, war das Letzte, was der Junker dulden wollte. Doch bevor er etwas entgegnen konnte, eilte Elsi los. »Ich setze gleich Wasser auf, damit Ihr in den Zuber steigen könnt. Danach besorge ich Kleidung für Euch.«

»Warum nicht gleich?«, fragte er ärgerlich.

»Weil sie dann stinken würde und gewaschen werden müsste, bevor Ihr sie wieder anziehen könnt«, rief Elsi und war fort.

Udo begriff, dass sie von ihm erwartete, nackt, wie er war, zum Hof ihres Vaters zu gehen, und drehte ihr in Gedanken den Hals um. Als er mit hängenden Schultern auf das Anwesen des Schulzen zuschlurfte und die verwunderten Blicke der Dörfler auf sich gerichtet sah, hasste er die Bewohner hier fast noch mehr als die Männer, die ihm dies angetan hatten.

10.

Das heiße Bad hatte zwar den Schmutz abgewaschen, nicht aber das tiefe Gefühl der Demütigung und der Schande, das in Junker Udo brannte. Die Schurken hatten ihn vor den Untertanen seines Vaters lächerlich gemacht und dafür gesorgt, dass diese Begebenheit nicht so schnell in Vergessenheit geriet. Am liebsten hätte Udo Karlbachs Bewohnern verboten, darüber zu reden. Seinen Feinden konnte er jedoch kaum das Maul verbieten. Selbst wenn er behauptete, es wäre nicht wahr, was diese erzählten, so besaßen sie sein Schwert und seine zerschnittene Kleidung als Beweis.

Den Verlust von Hosen, Hemd und Wams kreidete er ihnen doppelt an. Elsi hatte sich zwar Mühe gegeben, etwas Passendes für ihn zu finden. Ihr Vater war jedoch um einen halben Kopf kleiner als er und um die Leibesmitte doppelt so breit. Daher reichten ihm die Hosen gerade bis zu den Waden, während Hemd und Überrock um die Taille schlotterten.

Als Udo angekleidet war, kam der Schulze freudestrahlend herein. »Wir haben Euren Hengst gefunden, Herr Junker! Er graste friedlich auf dem Anger.«

Eigentlich war es eine gute Nachricht, aber sie besserte Udos Laune nicht. Die Banditen hatten gewusst, dass sie sich mit diesem Pferd besser nicht sehen lassen sollten. Verkaufen konnten sie es nicht, denn jeder in dieser Gegend hätte es als seines erkannt.

Der Junker nahm es mit einem Brummen zur Kenntnis und fragte nach einer Waffe. Sofort eilte Elsi los und kehrte mit einem in einer schäbigen Scheide steckenden Kurzschwert zurück.

Udo starrte es an und schnaubte. »Dieses rostige Ding ist etwas für einen Bauern, aber nicht für einen Edelmann!«

»Etwas anderes haben wir nicht«, antwortete das Mädchen enttäuscht.

Am liebsten hätte der Junker die Waffe zurückgewiesen. Um jedoch nicht wehrlos zu sein, wenn er noch einmal auf diese Kerle traf, nahm er es und verließ das Haus.

Sein Hengst stand vor der Tür. Er schwang sich in den Sattel und ritt ohne Abschied fort. Seine Wut brachte ihn dazu, das Tier zum schärfsten Galopp anzutreiben, denn er wollte so rasch wie möglich nach Hause, um dort seinen Vater zur Rache an den Löwenbergern zu drängen.

Schon bald schnaufte der Hengst schwer, doch jedes Mal, wenn er langsamer wurde, stieß der Junker ihm die Sporen in die Weichen. Seine Stiefel waren nass von Elsis gründlicher Wäsche und hatten jede Form verloren, aber sie waren das Einzige, was ihm die Schurken gelassen hatten, sonst hätte er barfuß in die Steigbügel steigen müssen. Es war ohnehin beschämend genug, am frühen Nachmittag in geborgten Kleidern in Hohenwald einreiten zu müssen.

Der Türmer erkannte ihn zunächst nicht, sondern glaubte, ein Bauer hätte den Hengst des Junkers gefunden und hierhergebracht. Da das Tier öfters ausriss, war dies verständlich. Es brachte dem Mann, nachdem er Udo erkannt hatte, etliche Beschimpfungen des Junkers ein.

Wenig später stürmte Udo in die Halle. »Vater!«, rief er. »Vater, es gilt, Vergeltung an diesem elenden Engelhard von Löwenberg zu üben! Hat dieses Schwein es doch gewagt, mich mit etlichen seiner Mordgesellen zu überfallen und übelst zu beleidigen.«

Ritter Udalrich saß gerade mit Michel und Esau in der Halle und starrte seinen Sohn noch verwirrt an, als Esau bereits erregt den Kopf schüttelte.

»Das glaube ich nicht!«, rief er, da er seinen Neffen gut genug zu kennen glaubte, um eine solche Tat ausschließen zu können.

»Ich habe ihn erkannt!«, trumpfte Udo auf und funkelte Esau voller Hass an. »Was tut ein Löwenberger Schwein in unserer Halle! Es muss geschlachtet werden!«

Ungeachtet der Tatsache, dass Esau seine eigene Waffe in der Kammer gelassen hatte, zog er das von Elsi erhaltene Kurzschwert aus der Scheide und stürmte auf den Löwenberger Bastard zu.

Michel sprang auf und rempelte Udo mit voller Wucht an. Der junge Mann flog zur Seite und stürzte. Das Schwert entfiel ihm, und bevor er danach greifen konnte, stieß Michel es mit dem Fuß weg.

»Jetzt reißt Euch zusammen!«, brüllte er den Junker an.

Doch in seinem Hass kannte Udo kein Halten mehr. Mit zwei Schritten war er an der Wand, riss eines der Schwerter, die als Trophäen dort hingen, an sich und griff Michel an. Bevor er zuschlagen konnte, packte dieser seinen Stuhl, schwang ihn und traf den Junker mit vollem Schwung.

Udo stürzte erneut, erhob sich schwankend und fasste nach seiner Schulter, gegen die der Stuhl gekracht war. Es tat weh, und er fürchtete, sich etwas gebrochen zu haben. Seine Wut flammte noch stärker auf.

»Wachen!«, schrie er. »Nehmt diese Schweine gefangen! Den Löwenberger Bastard könnt ihr gleich erschlagen, und den Kibitzsteiner samt seiner Brut behalten wir als Geisel. Wenn Graf Heinrich es wagen sollte, sich in unseren Kampf gegen Löwenberg einzumischen, schicken wir ihm ihre Köpfe!«

Falko und Lisa hatten sich in der Halle im Hintergrund gehalten. Dies nutzte Falko nun aus und rannte in die Kammer, die er mit seinem Vater und Esau teilte. Dort raffte er deren Schwerter an sich und kehrte damit zurück.

Sein Vater und Esau waren noch frei, doch eilten immer mehr Hohenwalder Knechte hinein, um sie in eine Ecke zu drängen.

»Hier, Vater!«, rief Falko, um Michel auf sich aufmerksam zu machen, und warf diesem, als er sich zu ihm umdrehte, das Schwert zu.

Michel fing es auf und zog es aus der Scheide. Augenblicke später hielt auch Esau seine Waffe in der Hand, und sie stellten sich Rücken an Rücken auf, um sich zu verteidigen.

»Fangt den Bengel! Dann müssen sie aufgeben«, rief Junker Udo seinen Männern zu.

Als Falko das hörte, nahm er die Beine in die Hand.

Unterdessen war Lisa zu Karel und den eigenen Knechten geeilt und berichtete ihnen keuchend, was sich in der Halle tat.

»Was sagst du? Der Hohenwalder will Herrn Michel gefangen setzen? Nicht mit uns! Schwerter heraus, Männer, und kräftig zugeschlagen. Wir zahlen diesem Gesindel seine Hinterlist heim.«

Einigen Männern lag auf der Zunge, dass Udalrich von Hohenwalds Männer ihnen um ein Vielfaches überlegen waren, aber sie verkniffen es sich und folgten Karel mit den Schwertern in der Hand.

In der Halle spitzte sich die Situation zu. Michel war über Udos heimtückischen Angriff zu wütend, um sich kampflos ergeben zu wollen. Zudem ging es um Esaus Leben, denn der Junker forderte seine Männer erneut auf, diesen zu erschlagen.

»Der Erste, der herankommt, wird es bereuen, und etliche andere ebenfalls«, erklärte Michel mit fester Stimme.

»Greift endlich an!«, schrie Udo außer sich vor Wut.

»Tut es nicht!«, klang da Fräulein Ursulas Stimme auf. »Vater, haltet diesen Narren auf! Ritter Michel ist ein hochgeschätzter Gast von Graf Heinrich. Wenn Ihr ihn als Geisel gefangen nehmt, macht Ihr Euch den Hettenheimer zum Todfeind. Er wird mit seiner gesamten Kriegsmacht vor unserer Burg erscheinen, und niemand wird ihn daran hindern, sie auch einzunehmen. Ist dann Herrn Michel, dessen Sohn, dem Fräulein Lisa oder einem der anderen auch nur ein Haar gekrümmt, wird Graf Heinrich keine Gnade kennen und Euch und Udo als Landstörzer an den Zinnen unserer Burg aufhängen.«

Und ich muss als Bettlerin fortziehen und zusehen, dass ich nicht verhungere, setzte Ursula für sich hinzu.

Bisher hatte Ritter Udalrich dem Treiben seines Sohnes verwirrt zugesehen. Nun aber schlug er mit der Faust auf den Tisch, dass es nur so krachte. »Ich befehle euch, Ruhe zu geben! Und du, Udo, berichtest erst einmal, was geschehen ist, bevor du meine Gäste mit Tod und Kerker bedrohst.«

Die Männer gehorchten und wichen ein Stück zurück. Auch Udo begriff, dass er gegen den Willen des Vaters nichts erreichen konnte. Mühsam seine Wut unterdrückend, erstattete er nun Bericht, behauptete aber, Engelhard von Löwenberg zweifelsfrei erkannt zu haben.

»Ich kann mir das nicht vorstellen«, raunte Esau Michel zu. »Würde man es mir von dem Hohenwalder Junker berichten, so wäre es etwas anderes. Dieser neigt im Zorn zu Dingen, die sich hinterher als verderblich erweisen könnten. Junker Engelhard aber hätte niemals einen anderen nackt ausziehen und auf einen Misthaufen werfen lassen, sondern ihn entweder gleich erschlagen oder gefangen genommen und ihn gezwungen, auf seine Bedingungen einzugehen.«

Da Esau seinen Neffen von Kindheit an kannte, hatte sein Wort bei Michel Gewicht. Auch war ihm Udo von Hohenwalds Verhalten bereits in der *Krone* sauer aufgestoßen, und er traute ihm alles Üble zu.

Udalrich von Hohenwald überlegte mit zusammengebissenen Zähnen. Wenn er Michel und dessen Begleitung gefangen nahm, machte er sich Graf Heinrich zum Feind, und wahrscheinlich sogar Pfalzgraf Ludwig. Immerhin war Lisa dessen Mündel, und wer ihr etwas antat, musste mit der Strafe des Kurfürsten rechnen. Als Geiseln waren sowohl Michel wie auch Lisa damit wertlos, sondern würden bewirken, dass ihre Feinde rasch und ohne Gnade gegen Hohenwald vorgingen.

»Steckt die Waffen weg! Du auch!«, sagte er an seinen Sohn gewandt. »Noch nie ist ein Gast, der offen nach Hohenwald gekommen ist, mit dem Schwert bedroht oder gar gefangen, verletzt oder getötet worden. Dies wird auch jetzt nicht geschehen.«

»Ich will Rache!«, schrie sein Sohn unbeherrscht.

»Du wirst deine Genugtuung erhalten. Doch es muss alles nach Recht und Gesetz geschehen. Wir werden die Verbrechen der Löwenberger all unseren Nachbarn und dem Pfalzgrafen mitteilen und danach den Fehdebrief übersenden.«

Ritter Udalrich ging es vor allem darum, zu verhindern, dass Michel Adler und Graf Heinrich sich der gegnerischen Seite anschlossen. Daher musste er alles tun, um den Löwenbergern die Schuld an dieser Fehde zuzuschreiben.

Dies wollte auch seine Tochter, während Udo sich am liebsten gegen den Willen des Vaters aufgelehnt und Esaus Hinrichtung und die Gefangennahme von Michels Reisetrupp weiter betrieben hätte. Dabei wusste der Junker nur zu gut, dass die Männer seinem Vater gehorchen würden. Daher schleuderte er das Schwert, das er in der Hand hielt, mit einem Fluch durch die Halle, drängte sich rüde durch die eigenen Männer und verschwand ohne ein weiteres Wort.

Nun kamen auch Karel und die Kibitzsteiner Knechte herein. Als sie feststellten, dass die Situation sich bereits entspannt hatte, schoben sie die Schwerter zurück in die Scheiden, gruppierten sich jedoch um Michel und Esau, so dass sie diese notfalls verteidigen konnten.

Michels Sorge galt Lisa und Falko, und er atmete auf, als das Mädchen in die Halle schlüpfte. Nur wenig später eilte auch Falko die Treppe herab.

»Was für eine Gemeinheit, uns umbringen und dann gefangen nehmen zu wollen!«, schimpfte der Junge empört.

»Du hast etwas durcheinandergebracht. Einen Toten kann man nicht mehr gefangen nehmen!« Ein wenig schwarzer Humor sprach aus Michels Worten, doch er wurde rasch ernst und wandte sich an den Burgherrn. »Ihr werdet verstehen, Ritter Udalrich, dass wir nach diesem Zwischenfall nicht länger auf Eurer Burg bleiben können.«

Dieser begriff es so, wie es gemeint war. Michel sah seine Sicherheit und die seiner Begleitung nicht mehr gewährleistet, und Udalrich konnte Michel diese Einschätzung nicht verübeln. Doch nicht er handelte, sondern seine Tochter. Diese trat auf Michel zu und knickste.

»Ich gebe mich als Geisel in Eure Hand, auf dass Ihr die Burg ungehindert verlassen und sicher über die Grenzen Hohenwalds gelangen könnt.«

Sie tat es weniger aus Edelmut denn aus Berechnung. Denn was auch immer geschehen mochte: Graf Heinrich, der Pfalzgraf und auch Michel Adler auf Kibitzstein sollten sich immer daran erinnern, dass es eine Hohenwald gab, die ehrenvoll handelte. Das mochte gegebenenfalls den Unterschied zwischen dem Verlust der Heimat und der Einsetzung als Erbin ihres Vaters bedeuten.

Michel nickte und deutete eine Verbeugung an. »Wir danken Euch, Fräulein Ursula, und nehmen Euer Angebot insoweit an, dass wir in Eurer Begleitung die Burg verlassen. Sobald wir die Burg hinter uns gelassen haben, werden wir Euch verabschieden, damit Ihr wieder heimreiten könnt.«

»Ihr seid ein wahrer Edelmann«, antwortete Ursula lächelnd und sagte sich, dass sie damit den Unterschied zwischen sich und ihrem unbeherrschten Bruder vor allen Anwesenden sehr deutlich klargestellt hatte.

11.

Junker Udo war weit davon entfernt, sich mit der Entscheidung seines Vaters zufriedenzugeben. Für sein Gefühl war dieser viel zu nachsichtig mit diesem Hettenheimer Gesindel. Mit Michel Adler, dessen Sohn und seiner Ziehtochter als Geisel hätte Graf Heinrich sich brav zurückhalten müssen, während er an der Spitze der eigenen Waffenknechte die Löwenberger zu Paaren hätte treiben können. So aber konnten Heinrich von Hettenheim und Michel Adler sich jederzeit mit Engelbrecht von Löwenberg zusammentun und gegen Hohenwald vorgehen. Dieser Macht hatten sie nichts entgegenzusetzen.

Für Junker Udo galt es daher, selbst Verbündete zu finden, die ihnen beistehen konnten. Dafür kamen aus seiner Sicht nur zwei Männer infrage, nämlich Rainald von Bogenberg und Otfried von Drachenstein. Da Rainald zu krank war, um selbst das Schwert in die Hand nehmen zu können, würde Radolf es tun. Der jedoch würde Forderungen stellen, die Udo nicht erfüllen konnte.

Ich muss Otfried aufsuchen, sagte er sich, nachdem er in seiner Kammer lange über alles nachgedacht hatte. Als er durch das Fenster schaute, sah er seine Schwester zurückkehren. Offenbar hatte sie Michel länger begleitet, als dieser gefordert hatte, um mit ihm zu sprechen und ihn für sich einzunehmen.

Junker Udo fluchte, als er Ursula auf die Burg zureiten sah. Wäre sie ein Junge, hätte sie sich als harter Konkurrent um das Erbe erwiesen. Doch auch so tat sie alles, um ihn auszustechen und als jemanden hinzustellen, dem man einen Besitz wie Hohenwald nicht anvertrauen konnte.

»Ich werde es euch zeigen!«, sagte er zornig und schmiedete weiter an seinen Plänen.

Da er sich am Abend nicht zum Mahl in die Halle setzen wollte, befahl er einem Knecht, ihm Wein, Brot und Braten zu bringen. Als das Essen vor ihm auf dem Tisch stand, trieb er sein Messer in das Fleisch, als wäre es ein Feind, den es zu erstechen galt. Dabei fluchte er immer wieder auf die Löwenberger, den Kibitzsteiner, Graf Heinrich, aber auch auf seine Schwester und seinen Vater, die sich immer, wenn es galt, gegen ihn stellten. Was hätte es schon ausgemacht, den Löwenberger Bastard Esau zu erschlagen? Es wäre sogar klug gewesen, denn Esau war ein besserer Anführer als Ritter Engelbrecht oder dessen Sohn. Durch die Dummheit seines Vaters und seiner nutzlosen Schwester konnte der Bastard bei der kommenden Fehde die Löwenberger Waffenknechte befehligen und würde der Hohenwalder Seite großen Schaden zufügen können.

Ebenso war es mit Ritter Michel. Dieser bekannte Kriegsheld kannte gewiss alle Listen, mit deren Hilfe man einen Feind besiegen konnte. Auch Graf Heinrich galt als erfahrener Kämpfer, und gegen diese stand er allein, da sein Vater nicht die Fähigkeiten dazu hatte und die Schwester den Feinden am liebsten das Tor öffnen würde, um durch sie die Herrin hier zu werden.

Wenn ich diese Fehde gewonnen habe, werde ich dafür Sorge tragen, dass du ins hinterste Preußenland verheiratet wirst, drohte er Ursula in Gedanken an. Eine gewisse Zeit berauschte er sich an dem Gedanken, wie es sein würde, wenn er hier der Herr war und neben Hohenwald auch noch über eine Hälfte von Löwenberg herrschte. Für Otfried und Radolf, so sie ihm beistehen würden, hielt er je ein Viertel für ausreichend. Er war sogar bereit, auf einen Teil seiner Löwenberger Beute zu Radolfs Gunsten zu verzichten, wenn dieser ihm im Gegenzug Guntramsweil überließ.

Mit dieser Überlegung beendete er sein Abendessen und machte sich für die Nacht zurecht. Trotz allem, was ihm durch den Kopf geschossen war, schlief er rasch ein und wachte am nächsten Tag vor Vater und Schwester auf.

Als Frühstück genügten ihm ein Becher Bier und ein Stück kalten Bratens, dann befahl er, seinen Hengst zu satteln, und verließ Burg Hohenwald just zu dem Augenblick, in dem sein Vater aufstand, durch das Fenster schaute und ihn davonreiten sah.

12.

Obwohl sie Hohenwald erst am Nachmittag verlassen hatten, wollten Michel und die Seinen erst die Grenze hinter sich bringen, bevor sie sich ein Nachtquartier suchen mussten. Den Vorsatz, noch einen weiteren Nachbarn aufzusuchen, gab Michel auf. Graf Heinrich musste das, was er gehört und erlebt hatte, so schnell wie möglich erfahren.

Es dunkelte bereits, als sie Hettenheimer Grund erreichten, und sie kehrten in der ersten Schenke ein. Anders als in der Nähe der Burg oder an einer Handelsstraße kamen hier nur selten Fremde vorbei. Daher war das Angebot an Getränken und Speisen mager. Es gab nur Bier, wie die Bauern es tranken und das den Gaumen der Gäste, die an gute Kibitzsteiner Weine gewöhnt waren, einiges abverlangte. Was das Mahl betraf, so mussten sie sich mit einer dünnen Suppe und ein paar geräucherten Leber- und Blutwürsten begnügen. Selbst vom Brot blieb für jeden nur ein Bissen.

»Dieses großartige Mahl trage ich den Hohenwaldern nach«, stöhnte Falko, der noch im Wachsen begriffen und bei Weitem nicht satt geworden war.

»Morgen sind wir in Hettenheim und futtern uns in der dortigen Vorratskammer durch!«, sagte Lisa, um ihn zu trösten, obwohl auch in ihr der Hunger wühlte.

»Seid Ihr mir böse, wenn ich Euch morgen früh verlasse und nach Löwenberg reite? Ich muss wissen, ob die Meinen wirklich dieses Schurkenstück durchgeführt haben«, fragte Esau.

Michel nickte. »Es wird das Beste sein. Kommt aber bitte so bald wie möglich wieder nach Hettenheim. Graf Heinrich soll den Bericht über das Geschehen nicht allein von meiner Warte aus erfahren.«

»Ihr meint, er könnte sonst glauben, es wäre tatsächlich Engelhards Absicht gewesen, Junker Udo bis aufs Blut zu beleidigen?«

»Es war wohl noch ein wenig mehr als nur ein paar Beleidigungen. Auch wenn der Junker nur wenig über das erzählt hat, was mit ihm geschehen ist, so habe ich doch verstanden, dass er nackt ausgezogen und auf einen Misthaufen geworfen worden ist. In der Hinsicht kann ich seinen Zorn sogar verstehen. Ich trage ihm allerdings nach, dass er sich von seiner Wut beherrschen ließ und gegen jede Höflichkeit, Gastfreundschaft und Vernunft gehandelt hat.«

»Ihr haltet nicht viel von ihm«, stellte Esau fest.

»Wahrlich nicht. Seine Schwester mag nicht viel besser sein, doch sie gehorcht wenigstens der Vernunft«, erklärte Michel.

Esau stieß einen Laut aus, der ein Lachen sein sollte, aber völlig missriet. »Fräulein Ursula ist ein berechnendes Biest und versucht alles, um ihrem Bruder das Erbe abspenstig zu machen. Die würde über seine Leiche gehen, wenn sie sicher sein könnte, dass kein Verdacht auf sie fällt.«

In ein ganz so schwarzes Licht wollte Michel Ursula von Hohenwald nicht rücken. Wie wollte er beurteilen, ob Ursula bei einem überraschenden Ableben ihres Bruders nur dicke Tränen weinen und sich insgeheim die Hände reiben würde, nun doch die Herrin auf Hohenwald zu werden?

»Könnte Fräulein Ursula hinter alldem stecken, was hier geschieht?«, fragte Falko.

Esau schien zunächst unschlüssig, schüttelte dann aber den Kopf. »Es rumort hier schon seit einigen Jahren. Das Fräulein hätte schon als dreizehn- oder vierzehnjähriges Mädchen damit beginnen müssen, und das halte ich für unwahrscheinlich.«

»Das ist auch meine Meinung«, stimmte Michel ihm zu. »Aber es scheint da jemanden zu geben, der mit aller Macht für Unfrieden sorgt. Wer kann das sein? Die Hohenwalder schließe ich aus. Junker Udo hat sich gewiss nicht selbst im Misthaufen gesuhlt.«

»Ich kann mir nicht vorstellen, dass Junker Engelhard so verrückt war, es zu tun«, erklärte Esau verzweifelt. »Wäre Falko von

Hettenheim noch unser Nachbar, würde ich es ihm am ehesten zutrauen. Doch der ist seit vielen Jahren tot, und sein Vetter Heinrich bemüht sich um gute Nachbarschaft. Oder ist das nur gespielt?« So ganz war die Angst vor Hettenheim auch bei Esau nicht gewichen.

»Ich halte das für ausgeschlossen, denn ich kenne Graf Heinrich als ehrenhaften Mann, dem solches Tun fremd ist.«

Diese Angelegenheit drohte immer übler zu werden. Löwenberg und Hohenwald standen kurz vor einer kriegerischen Auseinandersetzung, und Radolf von Bogenberg hatte bereits erklärt, sich einmischen zu wollen. Damit gehörte auch er zu den Verdächtigen.

»Was haltet Ihr von Junker Radolf?«, fragte Michel.

Esau überlegte lange. »Hinter dessen Stirn lässt sich schlecht schauen. Es hieß bisher, er wolle den Vorstellungen seines Vaters folgen, und für Ritter Rainald war das Bündnis der vier Kleeblattherrschaften äußerst wichtig, weil er sich nur so gegenüber Hettenheim hatte halten können. Das Verhalten, das Radolf gezeigt hat, als wir nach Bogenberg kamen, deutet jedoch darauf hin, dass der junge Bogenberger womöglich mittlerweile andere Pläne hegt, als sein Vater für gutgeheißen hätte.«

»Wir sollten ihn auf der Liste der Verdächtigen weit nach oben setzen!«, sagte Michel nachdenklich.

Als Nächstes kam ihm Otfried in den Sinn. Dieser hatte jedoch bei der Beisetzung seines Vaters alles getan, um die Gäste zum Frieden zu bewegen.

»Radolf also …«, sagte er mehr für sich gedacht hinzu. Nach Lage der Dinge war der Bogenberger der Mann, auf den der Verdacht als Ersten fallen musste.

»Graf Heinrich wird Radolf im Auge behalten müssen. Es mag sein, dass er auf eine Niederlage von Hohenwald hinarbeitet, um von Ritter Udalrich genug Land erpressen zu können, damit er seine beiden Herrschaften Bogenberg und Guntramsweil miteinander verbinden kann.«

Das, fand Michel, mochte ein Motiv für Radolf von Bogenberg sein, für Zwist und Hader zu sorgen. Wäre Graf Heinrichs Vorgänger Falko noch Herr auf Hettenheim, hätte Radolf es nicht wagen können, so vorzugehen. Graf Heinrich aber hatte deutlich erklärt, gute Nachbarschaft anzustreben, so dass Radolf den Kleeblattbund für überflüssig halten und seinen eigenen Plänen folgen konnte.

13.

Während Michel Adler am nächsten Vormittag nach Hettenheim weiterritt und Esau Löwenberg zustrebte, schlug Udo von Hohenwald den Weg nach Drachenstein ein. Seine größte Wut war mittlerweile der puren Rachsucht gewichen. Für das, was man ihm angetan hatte, mussten die Löwenberger mit Blut und Leben bezahlen. Er würde auch die »Bleiche« nicht verschonen, allein schon, weil man ihr Zauberkräfte nachsagte und sie damit Vergeltung für die Vernichtung ihrer Sippe üben mochte.

Während er in Gedanken bereits den kommenden Triumph genoss, erreichte er Drachenstein und wurde vom Türmer angekündigt. Obwohl Otfried sich wunderte, ihn zu sehen, empfing er ihn freundlich und ließ ihm ein großzügiges Mahl vorsetzen.

Otfried hatte tags zuvor vom Tod seines Onkels Rainald erfahren und sich gewundert, wieso das Gift so rasch hatte wirken können, hatte sein eigener Vater doch noch mehrere Tage gelebt, bis er ihm erlegen war. Auch hatte er vergebens auf eine Einladung zu Rainald von Bogenbergs Beisetzung gewartet und fragte sich daher, was sein Vetter vorhatte. Vielleicht wusste sein überraschender Gast mehr, sagte er sich und wartete, bis Udo seinen Hunger gestillt hatte und zum Reden bereit war.

»Auch wenn Ihr noch in tiefster Trauer um Euren Vater seid, musste ich Euch aufsuchen«, begann Udo schließlich seine Rede.

»Auch wenn mein Vater sich zu unseren Ahnen begeben hat, sind Gäste auf Drachenstein willkommen«, antwortete Otfried mit einer einladenden Geste.

»Euer Vater ist stets ein guter Freund von Hohenwald gewesen, und ich hege die Hoffnung, dass auch Ihr es sein werdet«, fuhr Udo mit einer gewissen Anspannung fort.

Komm endlich zum Ziel, schalt Otfried ihn in Gedanken, ohne sich jedoch seine Ungeduld anmerken zu lassen. Stattdessen schenkte er Udo eigenhändig Wein nach. Wie bei anderen Dingen kannte sein Gast auch beim Trinken kein Maß. Udo saugte den Wein geradezu in sich hinein und schmierte damit seine Zunge. Schon bald hatte er vergessen, dass er seine Rolle nicht ganz so übel darstellen wollte, sondern verfluchte die elenden Löwenberger, die ihn mit mehr als einem Dutzend Männer überfallen und niedergerungen hätten. Er verschwieg auch nicht, dass sie ihn nackt ausgezogen und auf einem Misthaufen liegend zurückgelassen hatten.

Otfried fragte sich, wie es Mausgesicht so schnell gelungen war, seinen Auftrag auszuführen. Auf jeden Fall hatte er es offenbar geschickt angefangen, da Junker Udo so sicher schien, dass Engelhard von Löwenberg ihn so schimpflich behandelt hatte.

»Ihr sagt, Ritter Engelbrechts Sohn hätte es getan?«, fragte er angespannt.

»Ich bin bereit, jeden Eid darauf zu leisten! Zwar hat dieses Schwein das Gesicht hinter einem Tuch verborgen, doch ich habe ihn zweifelsfrei erkannt«, tönte Junker Udo und setzte etliche Verwünschungen hinzu.

»Es waren also Löwenberger Waffenknechte, die Euch das angetan haben«, bohrte Otfried weiter.

»Auch wenn sie die Gesichter ebenfalls hinter Tüchern verborgen hatten, so waren sie es doch!« Udo hieb bei der Erinnerung an die Erniedrigung, die er erlitten hatte, so wuchtig auf den Tisch, dass sein Weinbecher hüpfte.

Sogleich schenkte Otfried ihm nach. Inzwischen war er sicher, dass Engelhard von Löwenberg nichts mit dieser Sache zu tun hatte. Wohl sprach Udo von einem guten Dutzend Männern, mit denen er sich hatte auseinandersetzen müssen, aber er war für seine Aufschneidereien bekannt. Es mussten also tatsächlich Mausgesicht und seine Kumpane hinter dieser Aktion stecken. Während Otfried Udos Ausführungen lauschte, wünschte er sich, er hätte dabei sein können, wie dieser nackt auf den Misthaufen geworfen worden war. Er äußerte jedoch Bedauern und bestärkte Udo, als dieser davon sprach, sich blutig an den Löwenbergern rächen zu wollen.

»Je rascher Ihr sie angreift, umso weniger Zeit haben die Löwenberger, sich darauf vorzubereiten«, drängte er schließlich.

Trotz des mittlerweile genossenen Weines begriff Udo, dass nicht er einen Angriff befehlen konnte. Dies musste sein Vater tun, und dem lag wenig daran, den Kampf mit den Löwenbergern zu beginnen. »Wir würden es gerne tun, nur wissen wir nicht, wie Graf Heinrich darauf reagieren wird«, wandte er ein.

»Ich glaube nicht, dass er sich einmischt«, meinte Otfried zuversichtlich.

»Vielleicht doch, wenn ihn dieser elende Kibitzsteiner dazu drängt!« Udo seufzte und gönnte sich einen weiteren Schluck Wein zur Kräftigung seiner Nerven.

Durch geschicktes Nachfragen gelang es Otfried zu erfahren, dass sein Gast Michel Adler und dessen Begleitung hatte gefangen nehmen wollen. Am liebsten hätte er Udo für diese Dummheit erschlagen, denn dieser Narr hatte Graf Heinrich tatsächlich einen Grund gegeben, sich in die sich anbahnende Fehde einzumischen. Nun würde er sich etwas einfallen lassen müssen, um genau das zu verhindern.

Vorerst aber galt es, Udos Zorn zu schüren, damit die Fehde zwischen Hohenwald und Löwenberg endlich begann. »Es war klug von Euch zu versuchen, Euch des Kibitzsteiners und der beiden Kinder zu versichern. Eurem Vater gebühren Schläge, weil er das verhindert hat«, sagte er daher.

»Ursula, diese dumme Kuh, hat ihn dazu gebracht!«, stieß Udo hervor. »Sollte sie einmal am Ertrinken sein und es mich nur einen Handgriff kosten, sie zu retten, würde ich es unterlassen.«

»Das kann ich verstehen«, antwortete Otfried lächelnd, während seine Gedanken rasten. Hätte Udo nicht Michel Adler und dessen Begleitung auf Hohenwald bedroht, wäre es ihm ein Leichtes gewesen, Graf Heinrichs Eingreifen zu verhindern. Nun aber war das deutlich komplizierter. »Man bräuchte wirklich Geiseln, damit der Hettenheimer stillhält«, sagte er mit verkniffener Miene.

»Ich werde mir welche holen«, rief sein Gast voller Tatendrang.

Otfried hob abwehrend die Hand. »Ihr solltet dies besser mir überlassen. Scheitert Ihr, gäbe es für Graf Heinrich einen doppelten Grund, gegen Hohenwald vorzugehen.«

»Glaubt Ihr etwa, dass Ihr es besser könnt als ich?«, fragte Junker Udo beleidigt.

»Seht es nicht als Herabwürdigung Eurer Person an, doch in dem Fall muss ich sagen: Ja! Immerhin bin ich mehrere Jahre älter als Ihr und damit auch erfahrener. Zudem kann ich mich im Gegensatz zu Euch nach Hettenheim begeben, mich dort umsehen und eine Geisel aussuchen.«

Gegen diesen Punkt konnte Junker Udo nichts einwenden. Er freute sich im Gegenteil über Otfrieds Worte und fasste nach dessen Händen. »Ihr werdet mir in dieser Fehde also beistehen!«

»Die Schmach, die Euch angetan wurde, muss gesühnt werden«, antwortete Otfried schwülstig und sagte sich, dass er auch diese Klippe umschiffen würde. Er brauchte nur eine passende Geisel und musste die Schuld für deren Raub entweder den Hohenwaldern oder den Löwenbergern in die Schuhe schieben. Da diese die Geisel jedoch nicht zurückgeben konnten, würde Graf Heinrich sich fein säuberlich still verhalten müssen, bis er all seine Ziele erreicht hatte.

»Was ist mit Eurem Vetter? Wird er uns auch helfen?«, fragte Udo, der auf weitere Verbündete hoffte.

»Radolf wird diese Beleidigung eines guten Freundes niemals hinnehmen. Ihr könnt mit ihm und seinen Mannen rechnen«, versprach Otfried, ohne zu ahnen, dass Michel Adler ausgerechnet Radolf für denjenigen hielt, der hier im Gau die Feindschaft schürte.

Achter Teil

Seltsame Wege

1.

Junker Otfried kann zufrieden sein, dachte Jochen Mausgesicht, denn er hatte seinen Auftrag, Junker Udo von Hohenwald abzufangen und der Schande preiszugeben, besser erfüllen können, als er es erwartet hatte. Seine Zuträger meldeten ihm zudem, dass seine List, Mathis als Junker Engelhard auftreten zu lassen, ebenfalls gelungen war. In Hohenwald kochte es, und es hieß, Ritter Udalrich lauere nur darauf, gegen Löwenberg loszuschlagen.

Eine ganz andere Sache hingegen war es, Radolf von Bogenberg umzubringen. Mausgesicht zerbrach sich den Kopf darüber, wie er dies erreichen sollte. Er ließ Burg Bogenberg Tag und Nacht überwachen und war froh, dass es nicht Hettenheim war. Dort hätten Graf Heinrichs Patrouillenreiter seine Männer rasch entdeckt und gejagt. In dieser Herrschaft aber blieben sie unbehelligt. Sein Spießgeselle Hasso wagte sich als Bettler verkleidet sogar bis zur Burg.

Der Türmer sah ihn kommen und rief den Torwachen zu, dass ein einzelner, in Lumpen gekleideter Mann käme.

»Ist wohl wieder so ein Landstreicher, der an der Bahre unseres Herrn ein Gebet sprechen und dafür ein Almosen haben will. Das Gesindel behauptet, seine Gebete würden Ritter Rainald den Weg ins Himmelreich ebnen«, setzte er voller Verachtung hinzu.

»Sollen wir den Kerl überhaupt hereinlassen?«, fragte ein Wachtposten.

»Wenn's nach mir ginge, würde ich ihm einen Arschtritt verpassen. Das kann sich Herr Radolf aber nicht leisten. Es geht immerhin um das Seelenheil seines Vaters. Wenn diese Lumpen für ihn beten wollen, mag das bei unserem Herrgott nicht viel ausmachen. Die Almosen, die Herr Radolf ihnen zukommen lässt, zählen dafür doppelt und dreifach«, antwortete der zweite Wächter und öffnete die Pforte, um den Bettler einzulassen.

»Wenn du für Ritter Rainald beten willst, so geh in die Kapelle.

Sie ist an den Palas angebaut und durch ein kleines Türmchen erkennbar«, rief er Hasso zu.

»Hab Dank!«, antwortete dieser. »Ich will sehr wohl für den seligen Herrn Ritter beten, bitte aber dafür um ein kleines Almosen.«

»Das wird dir der Haushofmeister hinterher geben. Bete jedoch fromm und gut, sonst besteht dieses Almosen aus etlichen Hieben mit seinem Stock!« Der Torwächter lachte dabei, erinnerte sich dann aber daran, dass ja sein Herr verstorben war, und verstummte.

Hasso neigte den Kopf und ging schwer auf seinen Stock gestützt weiter. Auch wenn es ihm nicht passte, in der Kapelle beten zu müssen, anstatt durch die Burg streifen und das Gesinde belauschen zu können, so hoffte er, womöglich auch dort Wichtiges zu erfahren.

Die Kapelle befand sich im innersten Hof der Burg. Als er auf sie zutrat, wurde er von niemandem beachtet. In der Kapelle jedoch sprach ihn eine alte Frau an, die dort Totenwache hielt.

»Kannst du nicht deinen Hut abnehmen, wie es sich gehört, wenn du vor einen Toten trittst?«

»Verzeih!«, rief er und zog den ausgebleichten Filzhut vom Kopf. »Hasso ist mein Name. Wenn es erlaubt ist, würde ich gerne ein Gebet für Ritter Rainald sprechen, auf dass seine Seele leichter wird und zum Himmel schweben kann.«

»Bist wohl ein davongelaufener Mönch, weil du so schön predigen kannst«, antwortete die Alte bissig.

»Das Gebet gebe ich vor, und wage nicht, die falschen Worte zu wählen, sonst rufe ich den Haushofmeister, damit er dich von den Knechten zum Tor hinauswerfen lässt«, fuhr die Frau fort. »Ich bin die Anne und schon seit vielen Jahren hier auf dieser Burg.« Sie sah es als ihr Vorrecht an, an Ritter Rainalds Bahre zu beten. Bettler, die hereinkamen, um es für einen Bissen Brot und einen Schluck Wein zu tun, waren in ihren Augen Lumpen, die auch für einen Hund oder Pferd beten würden, wenn ihnen dafür Lohn versprochen wurde.

»Das wäre auf jeden Fall besser als beim letzten Mal, als mir so etwas passiert ist«, erwiderte Hasso und erregte damit Annes Neugier.

»Wieso? Was ist dir da zugestoßen?«

»Da hat mich der Burgherr von der Mauer in den Burggraben werfen lassen. Er war voller Frösche und Schlamm!« Er schüttelte sich wie bei einer üblen Erinnerung und meinte dann, es habe sich trotzdem gelohnt.

»Wieso? Was hast du dort getan?«, wollte Anne wissen.

»Ich habe mit der Frau des Burgherrn in deren Kemenate gebetet. Ihr Mann sollte erst am nächsten Tag wiederkommen, kehrte aber weitaus früher zurück. Hätte nicht rasch die Leibmagd der Herrin ihre Röcke geschürzt und sich rücklings auf das Bett gelegt, während die Dame sich in einer Truhe verbarg, wäre es mir wohl noch übler ergangen.«

»Das kannst du laut sagen!«, meinte Anne kichernd. »Er hätte deinen Stängel samt dem Beutelchen, das dahinter hängt, abschneiden und dir als Henkersmahlzeit auftischen lassen. Anschließend hätte er sich davon überzeugt, wie gut seine Knechte darin sind, einen Mann auf möglichst üble Weise aus dem Leben scheiden zu lassen.«

»Was meinst du, was für eine Angst ich damals ausgestanden habe!«, sagte Hasso und brachte sie damit zum Lachen.

»Bist wohl einer, der keinen Weiberrock in Ruhe lassen kann.«

»Meinen Mann stehe ich jedes Mal – und meistens auch besser als die Männer, die von der Kirche das Recht zugesprochen erhielten, jene Pforte zu benutzen.«

»Du bist wohl sehr von dir überzeugt. Aber wir sollten hier nicht solche Reden halten, sondern beten, wie es sich gehört.«

»Dem Ritter kann es gleichgültig sein, ob wir es tun oder nicht. Oder willst du aus einem gewissen Grund beten, weil er dir einmal die Röcke gehoben hat?«

»So war es nicht!«, sagte Anne, wurde aber rot.

»Also doch!«, meinte Hasso und lachte, als sie es erneut abstritt. Er erzählte eine weitere Geschichte dieser Art und brachte die Alte auf die Weise doch dazu, das Beten aufzugeben.

»Du warst früher gewiss auch keine, die sich ein wenig Spaß missgönnt hat. Unter uns gesagt, du siehst immer noch recht manierlich aus. Mein Stängelchen hätte da schon Lust, dir zum Tanz aufzuspielen! Beten können wir hinterher immer noch.« Es war nicht einmal gelogen. Durch das Leben im Wald fand Hasso selten Gelegenheit, gewisse Dinge mit einer Frau zu tun, und durch sein anzügliches Gerede war er selbst in Hitze geraten.

Er hätte sie auch hier direkt neben dem Toten bestiegen, begriff aber, dass er dann mit Gegenwehr rechnen musste.

Er deutete auf eine Tür. »Wo führt die hin?«

»Zu einem Nebenraum, in dem alter Kram aufbewahrt wird«, antwortete Anne.

»Dann könnten wir doch dort schnell …?« Hasso war gespannt, ob sie darauf eingehen würde.

Anne erkannte, dass sie nicht mehr zum Beten kommen würde, solange der Bursche solche Reden schwang. Auch fühlte sie sich geschmeichelt, weil er so augenscheinliches Interesse an ihr zeigte. So alt, dachte sie, war sie ja noch nicht, um nicht noch einmal die Freuden der Jugend zu erleben.

»Also gut, aber danach beten wir, hast du verstanden?«, sagte sie schließlich.

»Und wie ich dann beten werde!«, meinte Hasso feixend, fasste sie bei der Hand und zog sie in die Kammer. Eine alte Decke reichte aus, damit Anne sich hinlegen konnte. Er selbst löste rasch den Hosenlatz und holte ein recht kräftiges Knüppelchen heraus.

»Bei einem solchen Riemen glaube ich gerne, dass ihn so manche Edeldame dem ihres Ehemanns vorzieht!«, rief Anne beeindruckt.

»Nicht nur Edeldamen!«, meinte der Spion grinsend und nahm Maß.

Anne keuchte erschrocken, als er die volle Länge seines Penis in sie hineinschob, und für Augenblicke sah es so aus, als wolle sie ihn von sich wegschieben.

»Ich dachte, du willst es!«, sagte er.

»Du gehst zu rau mit mir um. Es tut weh!«

»Das vergeht gleich!«, versprach er, nahm aber doch ein wenig mehr Rücksicht auf sie und brachte sie geschickt dazu, sich ihm vollends hinzugeben.

2.

Hassos Plan ging auf. Da er Anne hatte befriedigen können, waren sie danach ein Herz und eine Seele. Allerdings bestand sie darauf, dass sie immer wieder ein Gebet für den verstorbenen Burgherrn sprachen. Er tat ihr den Gefallen, stellte ihr jedoch zwischendurch geschickt seine Fragen.

»Das Begräbnis des Burgherrn wird gewiss ein großes Fest?«

Anne schüttelte den Kopf. »Junker Radolf will seinen Vater in aller Stille und in Ehren in die Gruft betten, und nicht mit einem solchen Tumult und Aufruhr, wie sie bei Ritter Ottos Beisetzung auf Drachenstein geherrscht haben!«

»Aber wenn der Junker nicht all seine Nachbarn zum Begräbnis seines Vaters einlädt, stößt er sie doch vor den Kopf!«

Anne winkte ab. »Es ist klüger, die Herren, die ihm wichtig sind, hinterher aufzusuchen. Hätte er sie hierher eingeladen, hätte er Udalrich von Hohenwald und Engelbrecht von Löwenberg nicht außen vor lassen können. Und wie die zueinander stehen, pfeifen doch die Spatzen vom Dach.«

»Das weiß ich nicht. Ich bin fremd in dieser Gegend und weiß nur die Namen mehrerer Herrschaften, die es hier geben soll«, log der Spion.

»Löwenberg und Hohenwald liegen in Fehde miteinander. Die Hohenwalder haben eines der Löwenberger Dörfer überfallen und niedergebrannt. Es soll sogar Tote gegeben haben. Aus Rache hat Engelhard von Löwenberg Junker Udo von Hohenwald überfallen, ihn von seinen Knechten nackt ausziehen und auf einen Misthaufen werfen lassen.«

»Wer weiß, was sie vorher noch mit ihm getan haben«, meinte der Spion mit einem zweideutigen Grinsen.

»Du meinst, sie hätten ihn von hinten …?« Anne bewegte das Becken vor und zurück und kicherte. »Vergönnen würde ich es dem Hohenwalder Junker. Der ist ein unguter Kerl, sage ich dir! Wenn unsereins nicht schnell genug aus dem Weg geht, schlägt der glatt mit der Reitpeitsche zu.«

»Hohenwald und Löwenberg liegen in Fehde miteinander? Das ist gar nicht gut! Ich wollte doch nach Hettenheim weiter, und der Weg dorthin führt durch beide Herrschaften. Dabei ist Hettenheim ein Grafensitz, und ich hätte dort gewiss ein gutes Almosen erhalten«, rief Hasso scheinbar erschrocken.

»Du solltest nicht nur Hohenwald und Löwenberg, sondern auch Hettenheim meiden. Wie es heißt, sind Fremde dort derzeit alles andere als willkommen. Es gab nämlich einen Mordanschlag auf Fräulein Edda von Löwenberg. Die befindet sich jetzt dort und wird besser bewacht als die Kronjuwelen des Kaisers. Immerhin ist sie, wenn ihr Bruder Engelbrecht und ihr Neffe Engelhard im Kampf fallen sollten, die Erbin von Löwenberg. Sie soll allerdings eine Hexe sein und ganz grässlich aussehen. Daher nimmt man an, dass Graf Heinrich sie mit einem seiner Gefolgsmänner verheiraten will, um sich auf diese Weise in den Besitz von Löwenberg zu setzen, welches dann eines seiner Lehen würde.«

Hasso konnte mit dem, was er hier hörte, zufrieden sein. Auch wenn Marie, Michel, Graf Heinrich und auch Esau alles taten, um den wild wuchernden Gerüchten entgegenzutreten, wurden diese fleißig weitergetragen und von Mal zu Mal stärker aufgebauscht.

»Oh Gott, das ist ja schrecklich!«, rief er mit sichtbarem Schaudern.

»Man sagt, Junker Udo hätte den Pfeil auf die Jungfer abgeschossen, weil sie sich geweigert hat, die Ehe mit ihm einzugehen«, fabulierte die Alte weiter.

»Dann hätte ihm ein Strick gebührt, und nicht der Misthaufen!«, erklärte Hasso mit düsterer Stimme, um dann das Thema zu wechseln. »Was sagt eigentlich Junker Radolf zu dem Ganzen? Oder bekommst du das nicht mit?«

»Und ob ich das mitbekomme!«, prahlte Anne. »Ich habe gestern gehört, wie er dem Haushofmeister Anweisungen erteilt hat. Wie es aussieht, will er zu Löwenberg halten, da er Hohenwald für die Schuldigen hält. Vorher aber möchte er sich noch mit seinem Vetter Otfried von Drachenstein bereden. Übermorgen wird er zu ihm reiten. Morgen muss er zunächst seinen Vater begraben.«

Damit hatte Hasso alles erfahren, was ihn interessierte. Am liebsten wäre er sofort aufgebrochen, um seinem Anführer die Nachricht zu überbringen. Da dies die Alte hätte misstrauisch machen können, musste er bleiben und weiter mit ihr zusammen beten.

Kurze Zeit später trat der Haushofmeister herein, hörte den beiden kurz zu und nickte zufrieden. »Bist lange geblieben, um Ritter Rainald die letzte Ehre zu erweisen, Bettler. Soll dir auch gelohnt werden. Dir auch, Anne! Ihr werdet gleich abgelöst und könnt in der Küche essen. Du«, sein Zeigefinger wies auf Hasso, »kannst diese Nacht hier in der Burg bleiben. Morgen erhältst du einen Zehrpfennig und kannst deiner Wege gehen.«

»Ich danke Euch, hoher Herr!«, antwortete der Spion mit einer Verbeugung. Auch wenn er dadurch später von hier fortkam, als er es geplant hatte, durfte er das Angebot nicht ablehnen, denn das hätte kein normaler Bettler getan.

3.

Michel atmete auf, als er Burg Hettenheim vor sich liegen sah. Dort hatte man seine Reisegesellschaft bereits bemerkt, und so kamen Graf Heinrich und Marie ihm bis zum vordersten Tor entgegen.

»Ihr seid schneller zurück, als wir erwartet hatten«, sagte Marie besorgt, obwohl sie sich freute, ihren Mann, ihren Sohn und Lisa wiederzusehen.

»Ich wäre gerne länger ausgeblieben und mit besseren Nachrichten zurückgekommen«, antwortete Michel bedrückt.

»Ihr hattet also keinen Erfolg«, schloss Graf Heinrich aus diesen Worten.

Michel schüttelte den Kopf. »Wir begannen in Löwenberg. Dort empfing man uns kühl und ließ uns wissen, dass sie den Zwist mit Hohenwald bis zum Letzten ausfechten werden. Emelrich von Ripperswei l verschloss uns seine Burgtore und erklärte, er wolle sich nicht in die Streitigkeiten in diesem Gau hineinziehen lassen. Auf Bogenberg blieben wir nur eine Nacht. Ritter Rainald ist verschieden, und sein Sohn Radolf warnte uns unmissverständlich, in die inneren Belange der vier Kleeblattherrschaften einzugreifen. Er war überhaupt alles andere als freundlich. Drachenstein mieden wir, da wir erst letztens dort waren und mit Otfried sprechen konnten. Stattdessen suchten wir Hohenwald auf.«

»Ritter Rainald ist tot?«

Für Graf Heinrich war dies die schlechteste Nachricht von allen, denn er hatte gehofft, der Herr auf Bogenberg könne seine Nachbarn zur Vernunft bringen.

»Ja, so ist es leider«, sagte Michel. »Was uns auf Hohenwald zugestoßen ist, will ich lieber in der Halle berichten, wenn Brot und Braten aufgetragen sind und guter Wein in den Bechern funkelt.«

Marie und Graf Heinrich begriffen, dass etwas äußerst Unangenehmes vorgefallen sein musste, und begleiteten Michel und seine Reisebegleiter in die Burg. Da Marie Esau vermisste, sprach sie ihren Mann auf diesen an.

»Esau hat sich heute Morgen von uns getrennt, um nach Löwenberg zu reiten. Er will in Erfahrung bringen, ob die letzte Untat, die Ritter Udalrich und Junker Udo seinen Verwandten vorwerfen, der Wahrheit entspricht oder gelogen ist.«

Ein Freund der Hohenwalder schien Michel bei seinem Aufenthalt dort nicht geworden zu sein, fand Marie. Sie bedauerte Esaus Fehlen. Sie hätte mit ihm gerne über Rasul gesprochen, um herauszufinden, ob es in der Vergangenheit irgendetwas gab, was mit ihm in Verbindung gebracht werden konnte.

Michel wollte sich Lisas und Falkos wegen, die am Morgen nur ein wenig dünne Suppe und ein winziges Stück Brot erhalten hatten, rasch an die Tafel setzen, damit sie sich endlich satt essen konnten. Auch er hatte Hunger, und Karel und den Knechten ging es gewiss nicht anders.

»Beherrscht euch beim Trinken!«, mahnte er die Männer, bevor er sich von ihnen trennte und den Palas betrat.

Marie war vorausgeeilt, um Mägde in die Küche zu schicken, damit sie noch rasch ein Mahl auftrugen, auch wenn es nur aus Wurst, Käse und Schinken bestand. Auch Wein wurde geholt, doch sie sorgte dafür, dass er für Lisa und Falko mit Wasser vermischt wurde.

»Ihr habt wohl einiges erlebt?«, fragte Trudi mit einem gewissen Neid in der Stimme. Hier in der Burg hatte sie nichts anderes zu tun gehabt, als bei Edda zu sitzen und sich mit ihr und Majid zu unterhalten.

»Allerdings!«, antwortete Falko grinsend.

»Beinahe wäre es uns an den Kragen gegangen«, setzte Lisa ernsthaft hinzu.

»War es so schlimm?«, fragte Hildegard erschrocken.

»Das war es! Vater wird es gleich erzählen. Aber erst wollen wir etwas essen. Unterwegs ist uns nämlich nur sehr karg aufgetischt worden.« Falko griff nach dem Brot, das eben gereicht wurde, und steckte nach dem letzten Wort einen kräftigen Bissen in den Mund.

Unterdessen kam Rasul hinzu. Marie wunderte dies ebenso wenig wie seine angespannte Miene. Während Michel aß und danach berichtete, was ihm und seinen Begleitern widerfahren war, ließ sie den orientalischen Arzt nicht aus den Augen. Er schien alles, was er hörte, förmlich in sich aufzusaugen. Als Michel den Tod Rainald von Bogenbergs erwähnte, zuckte Rasul zusammen.

»Was sagt Ihr, mei… Ritter Rainald ist tot?«

Der schmerzhafte Ton in seiner Stimme ließ auch Michel aufhorchen. »So ist es. Kanntet Ihr ihn?«

Rasul schüttelte rasch den Kopf. »Nein! Wie sollte ich, da ich noch nie in dieser Gegend war.«

»Ich glaube Euch viel, aber das nicht«, sagte Marie scharf.

Für einen Augenblick hoffte sie, Rasul so weit zu haben, dass er sein Geheimnis preisgab. Dann aber wurde sein Gesicht verschlossen, und er lehnte sich gegen die Wand. »Sprecht weiter, Ritter Michel! Es ist für jemanden wie mich sehr lehrreich zu hören, zu welchen Schlichen man in diesen Landen neigt.«

Marie überlegte, weiter in ihn zu dringen, verwarf das jedoch zunächst, sondern bat Michel, seinen Bericht fortzusetzen. Dieser kam nun auf Radolfs Drohungen zu sprechen.

Ein Zug, der ebenso Zorn wie Verachtung ausdrücken konnte, erschien auf Rasuls Gesicht. Marie hatte nun keinen Zweifel mehr daran, dass er sowohl Rainald von Bogenberg wie auch dessen Sohn kannte.

Als Michel über die Ereignisse auf Hohenwald und Junker Udos unwürdiges Verhalten sprach, schlug Graf Heinrich mit der Faust auf den Tisch. »Der Teufel soll den Burschen holen! Wäre Euch durch ihn etwas geschehen, hätte ich Hohenwald gestürmt und keinen Stein auf dem anderen gelassen!«

Rasul hingegen schien sich wieder beruhigt zu haben, denn er zeigte wieder die vertraute freundliche, aber auch etwas nichtssagende Miene. Doch Marie ahnte, dass es hinter seiner Stirn arbeitete.

»Glaubt Ihr wirklich, dass Engelhard von Löwenberg dem Hohenwalder Junker aufgelauert und ihn so behandelt hat, wie dieser es behauptet?«, fragte Graf Heinrich mühsam beherrscht.

»Esau glaubt es nicht, ist aber nach Löwenberg geritten, um seine Verwandten zur Rede zu stellen«, antwortete Michel. »In jedem Fall muss Junker Udo so etwas zugestoßen sein, denn er kehrte in Hosen und Hemd zurück, die ihm nicht gepasst haben, und sein Schwert fehlte! Ich hoffe, Esau kommt, wie versprochen, morgen oder übermorgen nach Hettenheim, um uns mehr berichten zu können.«

Maries Blick streifte Rasul erneut, und sie sehnte Esaus Rückkehr herbei. Mit seiner Hilfe hoffte sie das Geheimnis, das sie hinter dem Arzt aus dem Orient vermutete, endlich aufdecken zu können.

Michel berichtete nun von seinem Verdacht, dass Radolf von Bogenberg derjenige sein könnte, der in aller Heimlichkeit die Streitigkeiten zwischen Hohenwald und Löwenberg angezettelt hatte. Zwar besaß er keinen Beweis dafür, doch erschienen seine Ausführungen so treffend, dass Graf Heinrich nickte. »Wir werden den Bogenberger im Auge behalten! Ist er der Schurke, wird er dafür bezahlen.«

Marie blickte kurz zu Rasul hin und sah es in dessen Augen aufblitzen. Es musste eine Verbindung zwischen Radolf von Bogenberg und ihm geben, und das Wissen darüber konnte in dieser unguten Situation, in der sie sich wiederfanden, entscheidend sein.

4.

Die Nachricht, die ihm sein nach Bogenberg entsandter Spion Hasso überbrachte, stellte Jochen Mausgesicht zufrieden. Da Junker Radolf am nächsten Tag nach Drachenstein reiten wollte, bot sich gewiss die Gelegenheit, ihn auf diesem Weg abzupassen.

Mit einem spöttischen Grinsen betrat er seinen Palas, wie er die Blockhütte im Wald nannte, und kramte dort in einer kleinen Truhe, die früher einem jungen Edelmann gehört hatte. Dieser war zu seinem Unglück vor die Schwerter und Spieße seiner Bande geraten. Nun ruhte er im Schatten einer Tanne in kühler Erde und brauchte die Truhe nicht mehr.

Da immer die Gefahr bestand, die Gegend Hals über Kopf verlassen zu müssen, hatten Mausgesicht und seine Bande außer gemünztem Gold und Silber nur wenige Besitztümer angesammelt. Die Truhe gehörte dazu, und Mausgesicht wollte sie behalten, denn sie enthielt auch Messer und Dolche, die deren frühere Besitzer ihm hatten überlassen müssen, sowie ein Bündel Pfeile unterschiedlichster Herkunft.

Schon einige Zeit, bevor er seine ersten Aktionen in diesem Landstrich durchgeführt hatte, waren seine Männer von ihm als Spione in die verschiedenen Burgen geschickt worden. Dabei war es ihnen immer wieder gelungen, Pfeile und Messer an sich zu bringen, die einer gewissen Burg oder sogar einem bestimmten Ritter zugeordnet werden konnten.

Mausgesicht schwankte zwischen einem Pfeil aus Hohenwald und einem Dolch, der Esau aus Löwenberg gehört hatte. Schließlich nahm er beides mit, um vor Ort entscheiden zu können.

Zu seinen Begleitern bestimmte er Mathis, Sigo, Hasso und einen vierten Mann, falls Radolf von Bogenberg sich von mehreren Bewaffneten begleiten ließ. Wie schon bei anderen Aktionen wählten sie Kleidung und Waffenröcke der umliegenden Burgen. Mausgesicht hielt es für einen besonderen Scherz, Sigo als einen Drachensteiner verkleiden zu lassen. Vor seinem Tod, so beschloss er, sollte Radolf noch erfahren, wer ihn in die Ewigkeit schicken wollte.

Um den Bogenberger nicht zu verpassen, ritten sie am Nachmittag los, verbrachten die Nacht in der Nähe der Grenze zwischen Bogenberg und Drachenstein im Wald und harrten am Morgen auf Radolfs Erscheinen.

Sie mussten länger warten, als sie angenommen hatten, denn Radolf hatte noch einige Befehle erteilt, bevor er aufbrach. Er ritt auch nur in gemütlichem Trab, um nicht den Anschein der Ungeduld zu erwecken. Schließlich war er der Herr auf Bogenberg und auf Guntramsweil und damit ein einflussreicher Mann. Mit diesem Gedanken ritt er an dem Wald vorbei, in dem Mausgesicht und seine Kumpane lauerten. Zwei Waffenknechte ritten hinter ihm, wirkten aber nicht allzu besorgt. Noch waren sie auf ihrem eigenen Land, und ein Stück weiter lag die Grenze zu Drachenstein, das von Radolfs engstem Verwandten und Verbündeten beherrscht wurde.

Mausgesicht musterte die Gruppe, als sie in der Ferne auftauchte, und verbarg sich dann wieder zwischen den Bäumen. »Es darf keiner entkommen!«, erklärte er seinen Männern.

»Das wird auch keiner.« Grinsend streichelte Mathis die Klinge seines Schwertes.

»Haltet euch bereit! Nicht, dass es einem von denen gelingt, durchzubrechen!«, mahnte Mausgesicht trotzdem und legte einen Pfeil auf die Sehne.

Er überlegte, ob er auf Radolf oder einen von dessen Begleitern schießen sollte, entschied sich dann für den Bogenberger, denn der durfte auf keinen Fall entkommen.

Als der Bogenberger noch etwa einhundert Schritte entfernt war, zogen auch die anderen Wegelagerer ihre Waffen. Zwei fassten nach einem Seil, das sie jenseits des Weges an einen Baum gebunden und über den Weg gelegt hatten. Darüber geworfener Staub würde verhindern, dass ihre Opfer vorzeitig auf den Strick aufmerksam wurden. Er sollte, wenn diese nahe genug waren, gespannt werden und

Mausgesichts Überlegungen zufolge mindestens ein Pferd, vielleicht sogar auch alle drei ins Straucheln bringen.

»Abwarten!«, raunte Mausgesicht Sigo zu, der zur Seilmannschaft gehörte, und schätzte die Geschwindigkeit, mit der Radolf und seine Männer ritten. Langsam hob er den Bogen, spannte ihn und zielte auf Radolf. Kurz bevor dieser das Seil erreichte, ließ er den Pfeil von der Sehne.

Aus geringer Entfernung auf einen näher kommenden Mann abgeschossen, schlug dieser mit großer Wucht in Radolfs Brust ein. Gleichzeitig zogen Sigo und sein Kamerad das Seil stramm, so dass es Radolfs Pferd zwischen die Vorderbeine geriet. Das Tier stürzte, der Reiter flog aus dem Sattel und blieb reglos liegen.

Ein weiteres Pferd kam zu Fall und quetschte das linke Bein seines Reiters ein, so dass dieser einige Augenblicke lang wehrlos war. Mathis' Schwert sauste herab und traf den Unterleib des Mannes. Bevor der Wegelagerer ein zweites Mal zuschlagen konnte, wälzte sich das Pferd herum und schlug mit den Hufen aus.

Mathis sprang gerade noch rechtzeitig zurück, sah dann, dass der Reiter zur Seite ausbrechen wollte, und führte einen raschen Hieb gegen dessen Wallach. Das Tier brach vor Schmerz wiehernd aus und geriet in den Bach, der an dieser Stelle den Weg flankierte. Bevor es ans Ufer gelangen konnte, waren Mathis und Sigo bei ihm. Mathis' Schwert traf die Kehle des Tieres, während Sigo dem Reiter den Spieß in den Leib rammte.

Augenblicke später war alles vorbei, und neben Radolf lagen seine beiden Waffenknechte am Boden. Um sicher zu sein, dass diese nie mehr aufstehen würden, stachen Mausgesichts Männer noch mehrmals auf sie ein und trennten ihnen zu guter Letzt die Kehlen durch.

Ein Pferd war ebenfalls tot, während Radolfs Hengst sich einen Vorderlauf gebrochen hatte und taumelnd umherhumpelte. Das dritte Pferd hatte den Überfall schadlos überstanden.

»Den Gaul könnten wir doch behalten«, meinte Mathis.

Mausgesicht musterte das Tier und schüttelte den Kopf. »Der ist zu langsam für uns. Also lassen wir ihn hier zurück.«

Er wies auf Radolfs Hengst, der seinen Schmerz hinausschrie. »Bringt das Vieh zum Schweigen!«

Mathis nahm Maß und schlug zu. Es kostete ihn ein halbes Dutzend Hiebe, das Tier zu töten. Danach drehte er sich zu Radolf um, der auf dem Rücken liegend den Pfeil mit der rechten Hand umklammert hielt, als wolle er ihn aus der Wunde ziehen.

»Ist noch Leben in ihm?«, fragte er.

»Das will ich hoffen«, antwortete Mausgesicht. »Er soll erfahren, wer uns beauftragt hat, ihn umzubringen! Hörst du mich?« Der letzte Satz galt Radolf, der ganz langsam den Kopf in seine Richtung drehte.

»Ich soll dir einen schönen Gruß von deinem Vetter Otfried ausrichten, der nun als dein nächster Verwandter dein Erbe antreten kann und uns fürstlich belohnen wird!«

»Lüge!«, kam es kaum verständlich von Radolfs Lippen. »Otfried ist wie ein Bruder für mich.« Kaum hatte er es gesagt, da erinnerte Radolf sich an seinen Bruder Gunther, den er mit Otfrieds Hilfe aus dem Weg geräumt hatte, und an die Warnungen seines Vaters. Tränen traten ihm aus den Augen, und er empfand Scham und Verzweiflung.

»Gunther wäre der Bruder für mich gewesen, auf den ich hätte bauen können«, sagte er leise und sah, wie Mausgesicht das Schwert hob. Als die Klinge blitzend auf ihn niederfuhr, bat er Vater und Bruder in Gedanken noch um Verzeihung. Dann war es vorbei.

5.

Der Überfall war nicht unbemerkt geblieben. Ein paar Frauen, die im Wald Tannenzapfen sammelten, waren auf das Geschehen aufmerksam geworden, hatten sich aus Angst versteckt und gewartet, bis die Räuber wieder verschwunden waren.

Schließlich wagten sie sich aus dem Gebüsch, in dem sie Schutz gesucht hatten, und näherten sich vorsichtig der Stelle des Überfalls. Drei Tote lagen auf der Straße und zwei erschlagene Pferde. Voller Grauen starrten die drei Frauen auf die Folgen des Gemetzels, bei dem die beiden Bogenberger Waffenknechte förmlich in Stücke gehauen worden waren.

Auch an den Pferdekadavern klafften unzählige Wunden. Noch während die Älteste der drei sich fragte, was das für Menschen sein mochten, die ein solches Verbrechen begingen, beugte sie sich über den dritten Leichnam, sah in das Gesicht ihres Burgherrn und kreischte lauthals auf.

Da Radolf von Bogenberg erkannt werden sollte, wies er nur zwei Wunden in der Brust auf. Eine hatte der Pfeil geschlagen, die andere hatte ihm Mausgesichts Schwert zugefügt, um seinen Lebensfaden endgültig durchzutrennen.

»Heilige Maria, Muttergottes, beschütze uns in der Not!«, betete die Frau und sah sich angsterfüllt um.

Die Räuber blieben jedoch verschwunden, nur der Wind rauschte in den Wäldern. Sogar dieses Geräusch erschreckte die Frauen, und sie wichen von dem Ort des Grauens zurück. Eine der Frauen wies in die Richtung ihres Dorfes. »Wir müssen es dem Dorfältesten mitteilen, damit er einen Boten zur Burg schickt. Was den Junker betrifft, so werden wir Hilfe holen und seinen Leichnam bergen.«

»Ich gehe nicht mehr dorthin«, rief ihre Gefährtin abwehrend. »Der Anblick ist zu schrecklich! Ich werde jede Nacht von unserem toten Herrn träumen.«

»Gottes Vorsehung war nicht gnädig mit Junker Radolf, denn sie hat ihm nur wenige Tage Zeit gelassen, Herr auf Bogenberg zu sein. Dies ist ein schlimmer Tag für uns alle.«

»Wer wird nun Junker Radolfs Nachfolger werden?«, fragte die Jüngste der drei.

»Wohl Otfried von Drachenstein als sein nächster Verwandter.«

Die Älteste seufzte und schüttelte den Kopf. »Bei dem werden wir kein gutes Leben haben. Radolfs Bruder Gunther hätte nicht sterben dürfen. Er war ein so freundlicher Junge und hatte immer ein gutes Wort für uns. Junker Otfried sieht unsereins nicht einmal mit dem Hinterteil an. Dafür wird er seine Vögte schicken, um uns die letzte Kuh als Steuer aus den Ställen zu holen.«

»So schlimm wird es hoffentlich nicht werden.«

Die Jüngste sah ihre beiden Gefährtinnen verwundert an: »Ich wusste gar nicht, dass Junker Radolf einen Bruder hatte.«

»Doch, du kanntest ihn! Aber du hast ihn in der Zwischenzeit vergessen. Ist ja auch schon viele Jahre her.«

»Nun erinnere ich mich! Ein hübscher Junge, der mit Graf Rainald, als dieser noch zu Pferd sitzen konnte, und Junker Radolf durch unser Dorf geritten ist. Er ist damals im Ödland umgekommen!«

»Ein Bär hat ihn getötet«, antwortete die Älteste der drei traurig. Sie sah ihre beiden Gefährtinnen auffordernd an. »Kommt jetzt! Wir müssen so rasch wie möglich ins Dorf, um Junker Radolfs Tod zu melden. Danach bleibt uns nur noch zu beten, dass es doch nicht so schlimm kommt, wie ich befürchte.«

6.

Esau hielt Wort und traf zwei Tage später in Hettenheim ein. Als er zu Marie, Michel und Graf Heinrich geführt wurde, wirkte er besorgt. Wie zufällig kam auch Rasul des Weges und blieb in ihrer Nähe stehen, während Esau zu sprechen begann.

»Ich grüße Euch, Frau Marie, und auch Euch, meine Herren, und soll Euch ebenfalls von Ritter Engelbrecht grüßen. Er und sein Sohn waren entsetzt über das, was mit Junker Udo geschehen ist, und sie sind bereit, auf sämtliche Reliquien der Christenheit zu schwören, dass sie diese Schandtat weder befohlen noch selbst durchgeführt haben.«

»Das habe ich mir schon gedacht«, antwortete Michel. »Nach allem, was ich bisher gehört und gesehen habe, glaube ich, dass Radolf von Bogenberg derjenige ist, der Löwenberg und Hohenwald gegeneinanderhetzen will.«

Esau kniff verwundert die Augen zusammen. »Radolf, meint Ihr? Ich weiß nicht! Meiner Ansicht nach fehlt ihm der nötige Verstand für einen solch hinterhältigen Plan. Da würde ich eher noch Junker Otfried verdächtigen, obwohl dieser bei der Beisetzung seines Vaters auf Drachenstein alles getan hat, um die Ritter auf Löwenberg und Hohenwald zum Frieden zu bewegen.«

»Ich dachte, es wäre Graf Heinrich gewesen, der den Herren gut zugeredet hatte«, wandte Marie ein, die die Zusammenkunft auf Drachenstein nur aus den Erzählungen ihres Mannes, Graf Heinrichs und Falkos kannte.

Michel rieb sich übers Kinn. »Tatsächlich war Graf Heinrich derjenige, der die beiden Herren am meisten drängte, ihren Zwist friedlich beizulegen. Otfried von Drachenstein stimmte ihm zwar zu, doch ob er selbst versucht hat, Ritter Udalrich und Ritter Engelbrecht zur Vernunft zu bringen, kann ich nicht sagen.«

»Mein Bruder hat mir berichtet, der Junker habe es bei ein paar knappen Worten belassen«, erklärte Esau, schüttelte dann aber den Kopf. »Ich kann mir dennoch nicht vorstellen, dass Otfried derjenige ist, der in unserem Gau Unfrieden säen will. Ebenso ist es mit Radolf von Bogenberg. Der ist noch weniger der Mann, der sich einen so üblen Plan ausdenken kann.«

»Irgendeiner muss es aber sein«, antwortete Marie herb. »Fräulein Edda hat sich den Pfeil in ihrer Brust gewiss nicht eingeredet, und Junker Udo ist wohl auch kaum selbst auf den Misthaufen gesprungen.«

»Der Teufel soll denjenigen holen, der das zu verantworten hat!«, stieß Graf Heinrich zornig hervor.

»Wenn Ihr wisst, wo der Teufel wohnt, könnt Ihr ihm ja einen Boten schicken«, spottete Marie. Sie hatte in ihrem Leben gelernt, dass weder die himmlischen noch die höllischen Mächte so leicht bereit waren, sich in die Belange der Sterblichen einzumischen. Was Menschen angetan wurde, geschah durch andere Menschen, ohne dass der Dreigeschwänzte diese dazu aufgefordert oder ihnen gar dabei geholfen hätte. Auch erschien nie ein rettender Engel, wenn er am meisten gebraucht wurde. Dies offen auszusprechen, hätte ihr jedoch eine schwere Buße durch den Burgkaplan eingetragen, und so hielt sie meistens den Mund. Gelegentlich aber, so wie jetzt, konnte sie nicht an sich halten.

Graf Heinrich lachte bitter auf. »Ihr habt recht, Frau Marie! Wir müssen uns diesen Schurken selbst schnappen.«

»Zuerst aber müssen wir herausfinden, wer es ist. Bis jetzt höre ich nur immer, wer es nicht sein könnte«, sagte Michel. Er war etwas verärgert, weil sein Verdacht gegen Radolf von Esau nicht geteilt wurde.

»Vielleicht gehen wir von falschen Voraussetzungen aus«, erwiderte Marie. »Daher sollten wir einen Fremden fragen, der nicht durch irgendein Ereignis voreingenommen ist. Was meint Ihr, Herr Rasul, zu dieser Angelegenheit? Ihr weilt jetzt lange genug auf Hettenheim und habt viel gehört.«

Sie sah Rasul auffordernd an, doch dieser hob lächelnd die Hände. »Ich weiß zu wenig über diese Lande, um ein Urteil fällen zu können.«

»Ihr könntet uns aber raten«, drängte Marie.

»Und Euch dabei auf eine Spur bringen, die sich hinterher als falsch erweist? Das solltet Ihr mir ersparen, Frau Marie.«

»Mit Reden allein kommen wir nicht weiter«, grollte Michel, obwohl er genau wusste, dass sie ohne einen Anhaltspunkt nur im Nebel herumstochern konnten.

»Kann ich Edda sehen?«, fragte Esau. »Ich würde gerne schauen, wie es ihr geht, und ich habe ihr eine Botschaft ihres Bruders zu überbringen.«

»Dann bin ich wirklich neugierig, was er zu sagen weiß«, murmelte Michel, der in Gedanken wieder auf seinen ersten Verdacht gegen die Löwenberger zurückkam. Deren Versprechen, auf heilige Reliquien zu schwören, mochte eine List sein, um die anderen einzulullen. Und selbst wenn sie schworen, konnten sie hoffen, die heilige Kirche durch eine angemessene Spende gnädig zu stimmen, so dass sie die Absolution für ihre Taten erhielten.

Marie musterte unterdessen Rasul. Er musste ein Teil dieses Geheimnisses sein. Doch auf welcher Seite? Er war gewiss keiner, der Nachbarn gegeneinanderhetzte, doch ob er Partei für die Betroffenen ergreifen würde, musste sich noch zeigen. Entschlossen trank sie ihren Becher aus und erhob sich. »Ihr wollt Eure Schwester sehen? Dann kommt mit!«, sagte sie zu Esau.

»Es geht ihr hoffentlich besser?«, fragte Esau bang.

»Seht selbst!«, antwortete Marie und ging ihm voraus.

Sie wunderte sich nicht, dass Rasul sich ihnen anschloss. Seiner Miene zufolge schien er schwere Gedanken zu wälzen. Sie hoffte, dass er sich endlich besinnen und offen mit ihr reden würde. Vielleicht konnten Esau und Edda ihr dabei eine Hilfe sein.

7.

Zu Esaus Erstaunen wurde er nicht in jene Kammer geführt, in der Edda gelegen hatte, sondern nach draußen in einen von der äußeren Wehrmauer der Burg umschlossenen Garten. Dieser war nicht allzu groß, und im überwiegenden Teil zog die Köchin dort Gemüse. An einer Stelle aber war ein kleines Zeltdach gespannt. Darunter stand ein bequemer Stuhl, und auf diesem saß Edda, die den linken Arm immer noch in einer Schlinge trug. Trudi, Lisa und Hildegard leisteten ihr Gesellschaft.

»Bei Gott, welche Freude!«, rief Esau und eilte auf Edda zu. »Es geht Euch wieder gut, mein Fräulein?«, sprach er sie an.

Edda musterte ihn kurz und zeigte dabei leichten Missmut. »Früher hast du immer Du zu mir gesagt und mich beim Namen genannt.«

»Damals warst du noch ein Kind, doch nun seid Ihr eine junge Dame und damit heiratsfähig. Als Bastard steht es mir nicht mehr zu, Du zu Euch zu sagen. Ich nenne meinen Bruder auch Ritter Engelbrecht«, antwortete Esau.

»Ich werde zu Ritter Engelbrecht niemals Bruder sagen«, stieß Edda hervor.

»Urteilt nicht vorschnell!«, bat Esau. »Euer Bruder hat eingesehen, wie schlecht er an Euch gehandelt hat, und will dies wiedergutmachen. So will er zusehen, einen guten Ehemann für Euch zu finden, damit Ihr Herrin in einer eigenen Burg werdet.«

Das war mehr, als Edda je hatte erwarten können. Trotzdem schüttelte sie den Kopf. »Ich werde nie einen Mann heiraten, den Ritter Engelbrecht für mich bestimmt.«

»Er ist Euer Vormund«, wandte Esau ein.

»Ich weigere mich!«

»Er will Euch eine angenehme Mitgift zuschreiben, so dass Ihr als reiche Braut in ein neues Heim einziehen könnt.«

Doch auch mit diesem Argument gelang es Esau nicht, Edda umzustimmen.

Sie verzog das Gesicht und sah Marie an. »Ihr seht es doch gewiss ebenso wie ich. Ritter Engelbrecht will durch mich nur einen Verbündeten gegen Hohenwald gewinnen.«

Marie sah, wie Esau betroffen den Kopf senkte. Hatte er wirklich geglaubt, sein Halbbruder habe seine Fehler eingesehen?, fragte sie sich. In ihren Augen war es reines Kalkül, dass Engelbrecht von Löwenberg eine Heirat für seine bisher so missachtete Schwester ins Auge fasste.

»Ich finde, Ritter Engelbrecht hat in den nicht ganz zwanzig Jahren, die Edda bereits auf dieser Welt weilt, jedes Anrecht darauf verloren, als Vormund über sie zu bestimmen«, sagte sie.

»Warum sollte es keine Versöhnung geben?«, fragte Esau in der Hoffnung, wenigstens sie zu überzeugen.

»Eine Versöhnung zu Ritter Engelbrechts Bedingungen ist für Edda unzumutbar.« Marie wollte nicht mit sich handeln lassen, dafür hatte der Löwenberger seine Schwester zu schlecht behandelt.

»Mein Bruder wird vor Gericht gehen!«, rief Esau verzweifelt.

»Ich gehe eher ins Kloster, als dass ich mir durch Ritter Engelbrecht einen Ehemann aufnötigen lasse«, erklärte Edda mit Nachdruck. Es klang wie eine Drohung. Bei einem Eintritt ins Kloster musste Engelbrecht von Löwenberg ihr die gleiche Mitgift überlassen wie bei einer Heirat, würde dafür aber außer ein paar Gebeten keinerlei Gegenwert erhalten.

Esau begriff, dass er auf Granit biss, und wechselte das Thema. So wollte er wissen, wie weit Eddas Genesung fortgeschritten sei, und sprach dann Rasul an, um dessen Meinung zu erfahren.

»Fräulein Edda wird sich noch zwei bis drei Wochen strengste Schonung auferlegen müssen, danach kann sie langsam wieder ihr gewohntes Leben aufnehmen. Doch …«

»Nicht auf Löwenberg!«, unterbrach Edda ihn erregt.

»Doch auch dann sollte sie noch einige Zeit lang anstrengende Arbeiten und dergleichen meiden. Dies verbietet auch längere Reisen. So ist es dem Fräulein derzeit nicht zuzumuten, sich wieder nach Löwenberg zu begeben«, setzte Rasul seinen Satz fort, ohne sich von ihrem Einwand beirren zu lassen.

»Wann wird das möglich sein?«, fragte Esau in der Hoffnung, Edda doch dazu bewegen zu können, wieder in ihre Heimat zurückzukehren.

»Nie!«, erklärte Edda sofort.

»Da die Wunde schwerwiegend ist und durch die Brust hindurch heilen muss, sollte sie noch mehrere Wochen auf Hettenheim bleiben.«

Edda atmete sichtlich auf, während Marie sich Esau zuwandte. »Ich hege die Hoffnung, dass Ihr in der Lage seid, mir ein paar Fragen zu beantworten, auf die ich gerne eine Antwort hätte.«

»Sprecht!«

»Viele Dinge, wie sie auch hier geschehen, haben ihre Wurzeln in der Vergangenheit. Könnt Ihr mir außergewöhnliche Ereignisse in diesen Landen der letzten zehn oder auch zwanzig Jahre nennen? Gab es dabei vielleicht einmal Streit zwischen einzelnen Mitgliedern des Kleeblattbunds?«

Esau wollte schon den Kopf schütteln, rieb sich dann über die Stirn und überlegte. »Auch wenn die vier Herrschaften Hohenwald, Bogenberg, Drachenstein und Löwenberg gegen Falko von Hettenheim zusammenhielten, waren sie nicht immer ein Herz und eine Seele. Der Streit um die Mitgift einer meiner Großmütter zwischen Löwenberg und Hohenwald ist bis heute noch nicht beigelegt. Was es sonst gab … Rainald von Bogenberg zürnte eine gewisse Weile lang Engelhard von Löwenberg, weil dieser seinen jüngeren Sohn dazu verleitet haben soll, die Kapellenschlucht mit seinem Hengst zu überspringen. Der Knabe wagte sich nicht mehr zurück und wurde im Ödwald von einem Bären getötet.«

»War Junker Engelhard damals tatsächlich schuld?«, fragte Rasul plötzlich.

»Sowohl Gunthers Bruder Radolf wie auch Otfried von Drachenstein behaupteten damals, gesehen zu haben, wie Gunther mit

Engelhard wegritt. Engelhard stritt es energisch ab, und er kann es auch nicht gewesen sein, da er an jenem Tag zusammen mit mir in Speyer war. Zuletzt wurde angenommen, dass es ein Fremder gewesen sei, dem Gunther den Weg weisen wollte und sein Bruder und Otfried diesen aus der Entfernung für Junker Engelhard gehalten hätten.«

Esau wusste zwar nicht, was Marie mit ihren Fragen bezweckte, beantwortete diese, so gut er es vermochte.

»Wie alt war Gunther von Bogenberg damals?«, wollte Marie wissen.

»Sechzehn«, antwortete Esau. »Sein Bruder war drei Jahre älter als er und von der ersten Frau ihres Vaters geboren worden. Ritter Rainald heiratete nach deren Tod Frau Guntraud, die Erbin von Guntramsweil, das später an Gunther fallen sollte. Nach dessen Tod blieb es im Besitz von Bogenberg.«

»Und dieser Junge, Gunther … wurden seine Überreste zweifelsfrei erkannt?«, fragte Marie weiter.

»Es gab keine Überreste! Der Bär hat den Jungen verschleppt und wahrscheinlich in seiner Höhle aufgefressen. Aber man fand Gunthers Pferd. Der Bär hatte es geschlagen und übel zugerichtet.«

Maries Blick blieb die ganze Zeit auf Rasul haften. Obwohl dieser sich bemühte, unbeteiligt zu wirken, arbeitete es in seinem Gesicht.

»Wie alt seid Ihr?«, fragte sie ihn.

Von der Frage überrumpelt, antwortete Rasul, ohne nachzudenken. »Ich habe vor Kurzem das achtundzwanzigste Jahr vollendet.«

»Und wann soll Ritter Rainalds Sohn dem Bären zum Opfer gefallen sein?« Maries Frage galt wieder Esau, der sich zunächst im Genick kratzte, bevor er Antwort gab.

»Das muss jetzt zehn … nein, zwölf Jahre her sein.«

»Sechzehn und zwölf ergibt achtundzwanzig. Was für ein seltsamer Zufall, mein Herr aus dem Orient!«

Marie hoffte, Rasul damit aus der Reserve locken zu können, doch dieser hatte sich mittlerweile wieder gefangen.

»Wie Ihr selbst sagt, ist es ein Zufall«, antwortete er mit einer

Verbeugung und bat dann Edda, wieder in ihre Kammer zurückzukehren.

»Ich will mir die Wunde ansehen, um bestimmen zu können, was ich noch tun muss«, setzte er lächelnd hinzu.

Edda erhob sich, stützte sich auf seinen Arm und ließ sich von ihm in das Wohngebäude führen.

Marie und Esau sahen hinter den beiden her. Schließlich schüttelte Esau den Kopf und wandte sich Marie zu. »Habe ich das gerade richtig verstanden? Haltet Ihr es tatsächlich für möglich, dass dieser orientalische Arzt Gunther von Bogenberg sein könnte?«

»Im Augenblick wissen dies nur er selbst und Gott. Ich werde aber dafür sorgen, dass ich es ebenfalls bald weiß«, antwortete Marie.

»Es würde mich freuen«, bekannte Esau. »Auch wegen des Zutrauens, das Edda zu ihm zeigte. Er wäre ihr gewiss ein besserer Mann als derjenige, den mein Bruder für sie auswählen würde.«

»Noch ist es nicht so weit. Bevor derjenige, der diese Unruhen entfacht hat, nicht entlarvt und bestraft ist, sollten wir das, was wir hier gehört haben, für uns behalten. Das gilt auch für euch drei«, sagte Marie zu ihren Töchtern, die das Geschehen höchst interessiert verfolgt hatten.

8.

Als Otfried von Drachenstein nach Bogenberg kam, bewies er erneut sein schauspielerisches Talent und brach an Radolfs Bahre weinend zusammen. »Wir waren wie Brüder!«, rief er scheinbar verzweifelt. »Wie konnte das nur geschehen? Ich werde diejenigen, die den Tod meines Vetters verschuldet haben, bis ans Ende der Welt jagen und sie dafür bezahlen lassen.«

»Junker Radolf starb durch eine üble Tat, wird aber deshalb von einem Engel ins Paradies geführt und zur Rechten Jesu geleitet«, sagte der Burgkaplan von Bogenberg, um ihn zu trösten.

Zusammen mit Marie, die Eddas Pflege mittlerweile ihren Töchtern überlassen konnte, und Michel war Graf Heinrich nach Bogenberg gekommen. Nun legte er Otfried die Hand auf die Schulter. »Wir bedauern Herrn Radolfs Ableben ebenso wie Ihr, Herr Otfried. Auch wir werden alles tun, um diese ruchlosen Mörder ausfindig zu machen und zu bestrafen.«

»Ich danke Euch!«, antwortete Otfried und erhob sich. Insgeheim jubelte er. Es war ihm gelungen, nach Radolfs Bruder auch diesen zu beseitigen, und nun stand ihm beider Erbe zu. Mit Drachenstein, Bogenberg und Guntramsweil in seinem Besitz konnte er sich beinahe schon mit dem Hauptsitz der Hettenheimer messen. Wenn er dazu noch Hohenwald und Löwenberg an sich brachte, war er mächtiger als Graf Heinrich und würde der bestimmende Mann weit über diesen Gau hinaus sein.

Während Otfried insgeheim triumphierte, schüttelte Michel ein ums andere Mal den Kopf. In seinen Augen war Radolf von Bogenberg am meisten verdächtig gewesen, die Unruhen in dieser Gegend anzuheizen. Doch nun war der Junker tot, und sie mussten sich erneut auf die Suche machen.

Unterdessen musterte Marie Radolfs Leichnam, der aufgebahrt vor ihnen lag. Das Gesicht war bleich und wächsern, und es wirkte so, als habe Radolf im Tod seinen Hochmut abgelegt. Zuerst erschien es Marie nur eine entfernte Ähnlichkeit zu sein, doch je länger sie ihn betrachtete, umso mehr Übereinstimmungen entdeckte sie mit dem Mann, der sich Rasul nannte und sich als Arzt aus dem Orient ausgab. Sollte Gunther von Bogenberg doch keinem Bären zum Opfer gefallen sein? Vermutet hatte sie es bereits, doch nun wurde es fast zur Gewissheit. Doch warum verbarg Gunther von Bogenberg sich also hinter einer solchen Maske? Warum trat er nicht offen auf? Immerhin war er der Erbe von Bogenberg und nicht Otfried, der für ihr Gefühl seine Trauer um den Vetter arg übertrieb.

Um Marie und ihre Begleiter standen die übrigen Trauergäste, doch zwei Burgherren fehlten. Um seine Neutralität in dem Streit zwischen Löwenberg und Hohenwald zu zeigen, hatte Otfried darauf verzichtet, deren Hausherren einzuladen. Emelrich von Ripersweil war hingegen gekommen, hielt sich aber von Michel fern, da er ihm die Gastfreundschaft verweigert hatte. Zudem erwiesen Nachbarn, die nicht zum Kleeblattbund gehört hatten, Radolf von Bogenberg die letzte Ehre.

Eine weitere Gruppe kam herein. Ein Herr um die vierzig führte eine vom Alter gekrümmte Frau. Deren Augen blitzten hell, und sie musterte alles mit einem wachen Blick. Vier Krieger in Rüstung begleiteten die beiden und blieben auch bei ihnen, als die Greisin ihren Begleiter aufforderte, sie zu Radolfs Bahre zu bringen.

Auffällig war, dass weder die Frau noch der Mann auf Otfried zutraten, um ihm zu kondolieren. Marie schien es so, als schnitten sie ihn. Auch Otfried wirkte nicht so, als seien ihm diese Trauergäste willkommen. Er sah mehrmals zu ihnen hin, und für einige Augenblicke zeichnete sich Ärger auf seinem Gesicht ab.

»Kennt Ihr die Dame?«, fragte Marie leise Graf Heinrich.

Dieser schüttelte den Kopf. »Sie nicht, aber ihren Begleiter. Das ist Robert von Rehlingen, dessen Besitzungen auf der anderen Seite des Rheins liegen. Ich wusste nicht, dass er mit Bogenberg verwandt sein könnte.«

Marie bedauerte, dass Esau als Löwenberger nicht hatte mitkommen können, denn von ihm hätte sie gewiss mehr erfahren. So blieb ihr nur, abzuwarten. Einander freund aber waren die alte Frau, deren Begleiter und Otfried gewiss nicht.

9.

Radolf wurde mit Gebeten, Weihrauchduft und reichlich Weihwasser zu Grabe getragen. Nachdem der Sarkophag über seinen sterblichen Überresten geschlossen worden war, bat der Haushofmeister von Bogenberg die Gäste in die Halle zum Totenmahl. Anders als Graf Heinrich schien er die alte Dame zu kennen, denn er verneigte sich ehrerbietig vor ihr und bestimmte einen jungen, kräftig aussehenden Diener dazu, sie in die Halle zu geleiten.

Dort war alles für die Gäste vorbereitet. Diener trugen große Schüsseln gebratenen Fleisches auf, brachten Brot in Körben und schenkten Wein aus, der sich trinken ließ, wie Michel bemerkte. Dieser war immer noch ratlos, weil sein Verdacht ins Leere gegangen war. Da er nicht aufgeben wollte, musterte er die Gäste und fand in Emelrich von Rippersweil den nächsten Kandidaten. Da dieser Ritter Rippersweil nur für den Pfalzgrafen verwaltete, war es durchaus möglich, dass er den Streit zwischen den Herrschaften des Kleeblattbunds anheizte, um auf diese Weise zu eigenem Besitz zu kommen.

Marie hingegen ließ Otfried nicht aus den Augen, denn der Drachensteiner sah immer wieder zu der so überraschend aufgetauchten Greisin hin. Da der Haushofmeister dieser den Ehrensitz am anderen Ende der Tafel zugewiesen hatte, musste sie eine große Bedeutung für Bogenberg besitzen, und das schien Otfried überhaupt nicht zu behagen.

Schließlich nahm Maries Neugier überhand, und sie winkte einen Diener zu sich. »Wer ist die Dame an der Stirnseite der Tafel?«

»Das ist Frau Mildburg von Brandis. Sie ist die Tante von Herrn Rainalds zweiter Ehefrau.«

»Ist der seit zwölf Jahren vermisste Gunther nicht der Sohn dieser zweiten Frau?«, fragte Marie weiter.

Der Diener nickte. »So ist es.«

»Dann wäre Gunther, würde er noch leben, der eigentliche Erbe von Bogenberg.« Marie sagte es mehr für sich als für jemand anderen gedacht und blickte noch einmal zu Otfried hin. Dabei erinnerte sie sich an Esaus Bemerkung, dass dieser behauptet hatte, Gunther wäre mit Engelhard von Löwenberg zusammen in das Ödland geritten. Doch das hatte nicht gestimmt.

Maries Gedanken wirbelten in einem wilden Tanz. Sie war nun davon überzeugt, dass die damaligen Ereignisse einen unmittelbaren Einfluss auf alles haben mussten, was seither geschehen war. Ich muss Rasul oder Gunther, wie er wohl richtig heißt, unbedingt zum Reden bringen, dachte sie, schob dann aber ihre Überlegungen zurück, weil Otfried eben den Pokal erhob, um seinen verstorbenen Vetter mit einem Trinkspruch zu ehren.

Otfried und der Rippersweiler nach ihm zeichneten Radolfs Bild in glühenden Farben, und auch jene, die den Toten womöglich nicht besonders geschätzt hatten, rangen sich ein paar anerkennende Worte ab. Dabei wurde geschmaust und getrunken, und die zunächst noch bedrückte Stimmung lockerte rasch auf. Die ersten Gäste lachten über witzige Bemerkungen, andere berichteten Anekdoten über Radolf, bei denen er nicht immer eine glänzende Figur gemacht hatte, und einer der Nachbarn, ein bereits älterer Herr, schüttelte den Kopf. »Es ist wirklich ein Unglück, dass mit dem Knaben Gunther, Ritter Rainald und Junker Radolf das gesamte Geschlecht derer auf Bogenberg ausgestorben ist.«

»Es schmerzt mich in der Seele, auf dem Platz sitzen zu müssen, der doch meinem Vetter gebührt hat«, sagte Otfried seufzend und übertrieb es nach Maries Gefühl ein weiteres Mal.

Da erhob sich Mildburg von Brandis und hob die Hand. »Es ist gut, dass Ihr Gunther von Bogenberg erwähnt habt, mein Herr. Auch seinetwegen bin ich gekommen.«

»Wegen Gunther? Der ist doch schon seit einem Dutzend Jahren tot«, stieß Otfried verärgert aus.

»Sein Leichnam wurde niemals gefunden«, antwortete Mildburg

mit Schärfe. »Auch gibt es Aussagen zu seinem Tod, die nicht zusammenpassen.«

»Welche denn?«, blaffte Otfried sie an.

»So diese, dass Gunther mit Engelhard von Löwenberg geritten sein soll. Dieser befand sich jedoch an diesem Tag in Speyer. Das haben zuverlässige Zeugen bekundet! Es gibt zudem Zeugen, die gesehen haben, dass Gunther mit Euch und Radolf losgeritten ist.«

»Das habe ich nie bestritten. Doch er hat sich von uns getrennt«, rief Otfried für Marie etwas zu schrill.

»Dafür steht, nachdem Radolf von Bogenberg ermordet worden ist, nur noch Euer Wort«, antwortete Mildburg mühsam beherrscht.

»Wollt Ihr mein Wort infrage stellen und damit meine Ehre angreifen?«, rief Otfried zornig.

»Ihr habt erklärt, Gunther an jenem Tag mit Engelhard von Löwenberg gesehen zu haben, obwohl dies nicht sein konnte. Daher müsst Ihr zulassen, dass man an Euren Worten zweifelt.«

Marie ahnte, dass Mildburg von Brandis Otfried mit Absicht in die Enge trieb. Von dessen früherer Gelassenheit war nun wenig übrig geblieben. Er wurde laut und schien kurz davor, vor Wut zu platzen. »Weshalb seid Ihr überhaupt gekommen? Ihr wurdet nicht eingeladen«, schrie er und bedachte die Greisin mit einem hasserfüllten Blick.

»Ich kam nicht hierher, um Euch, sondern um Graf Heinrich von Hettenheim zu treffen. Er ist der Erste in diesem Gau und der Mann, der das Ohr des Kurfürsten Ludwig besitzt.« Nach diesen Worten wandte Mildburg sich dem Hettenheimer zu und musterte ihn scharf. »Ich hörte, mit Euch kann man reden. Mit Eurem Vetter und Vorgänger Falko von Hettenheim wäre dies unmöglich gewesen. Der bedrängte meinen Vetter wegen Guntramsweil so sehr, dass dieser seine Erbtochter mit Ritter Rainald von Bogenberg verheiratet hat, dessen erste Gemahlin kurz zuvor verstorben war. Damit wollte er Guntramsweil unter den Schutz des Kleeblattbunds stellen. Es wurde jedoch vereinbart, dass es nicht mit Bogenberg vereinigt, sondern an einen Sohn aus Ritter Rainalds zweiter Ehe gehen sollte. Dieser Sohn war Gunther. Er hätte noch einen Bruder haben können, doch zum großen Unglück kam Guntraud zwei Jahre später mit einem tot geborenen Kind nieder und starb selbst dabei.«

Mildburg von Brandis wurde von Otfried unterbrochen. »Nach Gunthers Tod ist Radolf sein Erbe, und nach dessen Tod fällt der gesamte Bogenberger Besitz an mich! So ist es doch, Graf Heinrich?«

»Das ist keine Angelegenheit, die ich entscheiden kann. Diese Aufgabe müssen wir den Notaren des Pfalzgrafen überlassen. Nur sie kennen all die Regeln und Gesetze, die für diesen Sachverhalt von Bedeutung sind«, antwortete Heinrich von Hettenheim ausweichend.

»Genauso sehen ich und meine Verwandten es auch«, erklärte Mildburg mit einem dankbaren Blick auf Graf Heinrich. »Darum haben wir bereits Botschaft nach Heidelberg gesandt, um unseren Anspruch auf Guntramsweil zu erheben. Da diese Herrschaft nie ein Teil von Bogenberg war, sondern einen eigenen Besitz darstellt, muss sie in der Familie bleiben, in der dasselbe Blut wie in den Adern von Gunthers Mutter und den seinen fließt.«

»Das ist doch völliger Unsinn!«, schäumte Otfried auf. »Ich werde Guntramsweil niemals aufgeben, sondern es mit Bogenberg vereinen.«

Michel hatte den Streit bei der Beisetzung von Otfrieds Vater miterlebt und missbilligt, doch das hier übertraf jenen noch. Er verstand Mildburg von Brandis' Forderung, Guntramsweil für ihre Familie zu erhalten, zumal Otfried nicht mit dieser blutsverwandt war. Bei Otfried verwunderte ihn dessen unbeherrschtes Auftreten. Bisher hatte er ihn für einen vernünftigen jungen Mann gehalten und erwartet, er werde sich damit zufriedengeben, Bogenberg zu erhalten. Bis zu Radolfs Tod hatte er nie damit rechnen können, diesen einmal zu beerben. Wenn Guntramsweil an Mildburgs Verwandten ging, war dies für Otfried kein Verlust, da sein Gewinn durch Bogenberg weitaus größer und vor allem überraschend gekommen war.

Otfried merkte nun selbst, dass er dabei war, zu überziehen, und hob mit einem verkrampften Lächeln die Hand. »Meine Gäste, wir betrauern hier meinen geliebten Vetter Radolf von Bogenberg. Wir sollten es daher nicht zu Streit und Hader kommen lassen.«

Das war wieder Otfried, wie Michel ihn auf Drachenstein erlebt hatte. Trotzdem blieb ein gewisses Unbehagen bei ihm zurück. Wie es aussah, war Otfried fast noch gieriger nach Land und Besitz, als Radolf es gewesen war. Konnte doch er derjenige sein, der hier alles in Aufruhr brachte?

Als Emelrich von Rippersweil Otfried noch einmal auf Gunthers Begleiter vor dessen Tod ansprach, wand er sich geschickt aus der Klemme.

»Der Reiter traf ein ganzes Stück von uns entfernt auf Gunther. Radolf glaubte, Junker Engelhard erkannt zu haben, und ich hatte keinen Grund, an seinen Worten zu zweifeln, zumal der Mann ein ähnliches Pferd ritt und in Blau und Gold gewandet war, so, wie es bei den Löwenbergern Sitte ist. Nachdem ich erfahren habe, dass Junker Engelhard sich zu der Zeit in Speyer aufgehalten haben sollte, nahm ich an, dass es ein anderer Löwenberger gewesen sein könnte, so zum Beispiel der Bastard Esau.«

»Der allerdings mit in Speyer war«, wandte Marie ein.

Otfried bedachte sie mit einem gereizten Blick. »Ich sagte, dass ich den Mann für einen Löwenberger gehalten habe. Es könnte jeder andere Gefolgsmann von Ritter Engelbrecht gewesen sein.«

»Was dieser abstreitet!« Mildburg von Brandis mischte sich erneut ein und bedachte Otfried mit einem misstrauischen Blick.

»War es kein Löwenberger, muss es ein Fremder gewesen sein, der ein Pferd ritt, das Junker Engelhards damaligem Lieblingshengst glich und der in einem ähnlichen Blau gekleidet war«, antwortete Otfried. »Doch sollten wir diese alten Ereignisse ruhen lassen. Gunther war auch mein Vetter und …«

»War er nicht!«, fiel Mildburg ihm ins Wort. »Radolf war durch seine Mutter dein Vetter. Gunther ist jedoch der Sohn meiner Nichte.«

»Wir aus dem Kleeblattbund haben uns immer wieder durch Heirat miteinander verschwägert, so dass Gunther durch seinen Vater trotzdem mein Verwandter ist!« Erneut war Otfried etwas lauter geworden, beherrschte sich dann und erhob seinen Pokal. »Trinken wir auf zwei Brüder, die Großes hätten vollbringen können, wenn unser Herr im Himmel es nicht anders bestimmt hätte.«

Bei diesem Trinkspruch wollte sich keiner ausschließen, und so ergriffen alle ihre Becher.

Allerdings lag Graf Heinrich noch eine Frage auf der Zunge. »Verzeiht, Frau Mildburg! Weshalb erhebt Ihr erst jetzt Anspruch auf Guntramsweil und habt es nicht bereits nach Gunthers Tod getan?«

»Wir taten es nicht, weil Gunthers Tod nicht zweifelsfrei bewiesen werden konnte. Daher haben wir mit Ritter Rainald die Vereinbarung getroffen, dass er Guntramsweil bis zu seinem Tod für seinen Sohn verwalten solle. Wäre Gunther bis dorthin zurückgekehrt, hätte er sein Erbe übernehmen können, wenn nicht, sollte es an unsere Sippe zurückfallen.«

»Das ist gelogen!«, rief Otfried zornig.

»Die entsprechende Urkunde können wir den Notaren des Pfalzgrafen jederzeit vorlegen«, antwortete Mildburg von Brandis in verächtlichem Ton.

Um dem Streit die Spitze zu nehmen, hob Graf Heinrich die Hand. »Lasst uns heute Junker Radolf betrauern. Was Guntramsweil betrifft, so werden Kurfürst Ludwigs Beamte eine gerechte Entscheidung treffen.«

Seine Worte wirkten wie eine Warnung, denn danach wurde das Streitgespräch nicht mehr aufgenommen. Während Otfried von da an alles tat, um einen vorteilhaften Eindruck auf Graf Heinrich zu machen, sprach Mildburg von Brandis Marie an und wollte von ihr wissen, wer sie sei und in welchem Verhältnis zu den hiesigen Herren sie stände.

Marie berichtete ihr, als Gast auf Hettenheim zu weilen und die Ziehmutter von Lisa zu sein, die mit Graf Heinrich verwandt war.

Da Mildburgs Familie sich etliche Jahre lang gegen Falko von Hettenheims Zugriffe hatte wehren müssen, berichtete die alte Dame von jenen Tagen, und so verging der Tag für Marie in einem anregenden Gespräch. An das, was sonst noch vorgefallen war, erinnerte sie sich erst wieder, als sie zu Bett ging, und sie überlegte, ob sie der alten Dame von ihrer Vermutung berichten sollte, Rasul könnte der vermisste Gunther sein.

Um keine Hoffnungen zu erwecken, die sich vielleicht doch nicht bewahrheiteten, verkniff sie es sich, hörte aber am nächsten Morgen zufrieden, dass Frau Mildburg Graf Heinrich darum bat, ihr und ihren Begleitern für mehrere Tage Obdach zu gewähren. Welche Absicht die Greisin damit verfolgte, wusste Marie nicht. Eines aber erschien ihr gewiss: Freiwillig würden weder Mildburg noch deren Verwandte Otfried Guntramsweil überlassen.

10.

Am nächsten Tag tat Otfried alles, um sich als guter Gastgeber zu beweisen. Er sprach längere Zeit mit Graf Heinrich über die hiesigen Probleme und deutete an, dass er bereit sei, zwischen Löwenberg und Hohenwald zu vermitteln. Er brachte auch das Gespräch auf mögliche Über-Kreuz-Heiraten der beiden verfeindeten Sippen. So sollte Udo von Hohenwald sich um Edda von Löwenberg bemühen und Engelhard von Löwenberg um Ursula von Hohenwald. »Damit«, so sagte er, »wäre dieser Zwist am besten zu beenden. Die beiden Junker sind stattliche Männer, Fräulein Ursula eine Schönheit und Fräulein Edda trotz ihrer weißen Haut und weißen Haare ein angenehmer Anblick.«

Da Graf Heinrich Edda kannte, nickte er und hinterfragte nicht, weshalb Otfried sie für hübsch hielt. Dies tat Marie, als er ihr und Michel von diesem Gespräch berichtete.

»Ich dachte, Ritter Engelbrecht hätte seine Schwester vor allen Nachbarn verborgen gehalten«, meinte sie nachdenklich.

»Vielleicht hat Otfried bei einem Besuch auf Löwenberg einen Blick auf sie erhascht«, sagte Graf Heinrich.

»Trotzdem ist es seltsam«, fand Marie, um dann die Frage zu stellen, wann Heinrich von Hettenheim wieder nach Hause zurückzukehren gedenke.

»Es geht mir weniger um uns als vielmehr um Frau Mildburg, die hier äußerst unwillkommen ist«, setzte sie mit einem Lächeln hinzu.

»Vorhin hat Junker Otfried sich auf das Artigste mit ihr unterhalten. Er hat wohl eingesehen, dass Streit ihm nichts bringt. Vielleicht heiratet er sogar ein Mädchen aus Frau Mildburgs Sippe und erhält Guntramsweil als deren Mitgift zugesprochen.« Graf Heinrich hielt dies für eine gute Lösung, die beide Parteien zufriedenstellen konnte.

Anders als er zweifelte Marie zunehmend an Otfrieds ehrlichen Absichten, und sie wünschte sich, möglichst bald nach Hettenheim zurückzukehren, um mit Esau über das Gehörte sprechen zu können. Sollte Rasul wirklich Gunther sein, so erschien es Marie am besten, ihm eine Heirat mit Edda anzuraten. Er schien sie zu mögen, und sie glaubte, dass die junge Frau in ihm mehr als nur ihren Lebensretter sah.

Michel bemerkte, dass seine Frau etwas ausbrütete, und wünschte sich, mit ihr allein zu sein. Auch er traute Otfried nicht mehr über den Weg, während Graf Heinrich sich von dessen eifrig vorgetragenen Friedensbekundungen täuschen ließ.

Als Marie am Abend zu der Kammer ging, die ihnen zugewiesen worden war, kam einer von Otfrieds Drachensteiner Knechten aus einem Raum unweit davon heraus. Bei ihrem Anblick zuckte er zusammen und stieß rasch die schmale Tür zu, ohne den Schlüssel, den er in der Hand hielt, zu benutzen. Danach entfernte er sich so hastig in Richtung Abtritt, als triebe ihn nicht nur ein voller Darm oder eine volle Blase, sondern auch ein schlechtes Gewissen.

Marie sah ihm verwundert nach, öffnete aus einem gewissen Misstrauen heraus die Nebenkammer und sah sich darin um. Sie war sehr klein und besaß nur ein Fenster, das eher einer Schießscharte glich. Dazu war sie arg verstaubt, und es hingen dichte Spinnweben unter der Decke. Auch passte kaum mehr als der einzelne Hocker in das Gelass. Marie legte die Hand auf das Holz und fand die Sitzfläche noch warm. Verwundert sah sie sich um, ob es hier noch etwas anderes gab, entdeckte aber nichts außer einem Riegel, mit dem man die Tür von innen versperren konnte. Da vernahm sie Stimmen, die aus ihrer eigenen Kammer dringen mussten.

»Hast du Waschwasser und frische Laken gebracht, Anne?«, fragte eine Frau, die Marie anhand ihrer Stimme als Beschließerin der Burg erkannte.

Eine ihr unbekannte Frau antwortete. »Das Wasser muss ich noch holen, aber die Laken sind schon hier.«

»Dann beeile dich! Frau Marie wird bald kommen, und ich will, dass sie alles aufs Beste angerichtet vorfindet«, sagte die Beschließerin noch. Dann hörte Marie, wie die Tür geöffnet und wieder geschlossen wurde, und stand erst einmal starr da.

Sie hatte die Stimmen so deutlich gehört, als wäre sie selbst drüben im Raum gewesen. Damit musste es hier eine Vorrichtung geben, über die man belauschen konnte, was drüben gesprochen wurde. Hier einen Knecht zu platzieren, war eine solche Unverschämtheit, dass sie Otfried am liebsten zur Rede gestellt hätte. Nun erinnerte sie sich, dass Hilbrecht ihr von zwei ähnlichen Kammern auf Drachenstein berichtet hatte, die Falko und er entdeckt hatten. Nun gab es eine solche Kammer auch hier. Wie es aussah, war man sowohl auf Drachenstein wie auch auf Bogenberg etwas zu neugierig auf das, was die Gäste sich so erzählten.

Marie verließ kopfschüttelnd das Gelass und fragte sich, was sie tun konnte. Otfried zur Rede zu stellen, schien sinnlos, denn der würde gewiss alles abstreiten, zumal dieses Gemäuer hier nicht seine heimatliche Burg war.

Da erschien es ihr klüger, ihn erst einmal in Sicherheit zu wiegen. Sie überlegte, ob sie Graf Heinrich warnen sollte, dass es vielleicht auch bei ihm einen heimlichen Lauscher gab. Doch wenn dieser sich das anmerken ließe, konnte Otfried Verdacht schöpfen. Daher ging sie zu der Kammer, die Mildburg von Brandis zugeteilt worden war, und bemerkte in der Nähe einen ähnlichen schmalen Zugang wie bei ihrem Schlafraum. Dieser war allerdings versperrt. Mit einem leisen Schnauben klopfte sie an Frau Mildreds Kammertür. Diese wurde geöffnet, und sie sah deren Leibmagd vor sich.

»Es ist Frau von Kibitzstein, Herrin«, rief diese ins Zimmer hinein.

»Soll hereinkommen!«, klang es zurück.

Marie trat ein und sah Mildburg mit nacktem Oberkörper auf einem Stuhl sitzen. Wie es aussah, hatte ihr die Magd eben den Rücken mit einer Salbe eingeschmiert. Bereits der Geruch verriet Marie, dass dieses Mittel nicht allzu wirksam sein konnte. Sie war zwar nicht gekommen, um der alten Dame Arzneien zu empfehlen, sondern sie zu warnen. Als Ausrede aber konnten ihr die Heilmittel gute Dienste erweisen. »Verzeiht, wenn ich Euch noch einmal störe. Ich habe eben nachgesehen, doch leider habe ich die Salbe, die ich Euch empfohlen habe, nicht bei mir, sondern sie auf Burg Hettenheim zurückgelassen. Ihr werdet Euch daher gedulden müssen, bis wir dort angekommen sind.«

Die alte Dame sah sie verwirrt an, kniff dann aber die Augen zusammen und winkte sie näher zu sich heran. »Gibt es etwas Besonderes?«, fragte sie flüsternd.

Marie nickte und beugte den Kopf so weit vor, dass ihre Lippen Mildburgs rechtes Ohr beinahe berührten. »Ich hege den Verdacht, dass die Gespräche, die wir in unseren Kammern führen, belauscht werden.«

Die Augen der Greisin weiteten sich kurz, dann nickte sie mit verkniffener Miene. »Ich bedauere, dass Ihr die Salbe nicht bei Euch habt. Es zwickt und zwackt arg in meinem Rücken. Aber so ist es eben, wenn man alt wird. Manchmal wünschte man sich, es wäre nicht so, da man nur hilflos zusehen kann, wie die eigenen Kinder, Verwandten und Bekannten ins Grab sinken.«

»Das Einzige, was gegen das Alter hilft, ist eher sterben. Doch weiß ich nicht, ob dies so erstrebenswert ist.«

Mildburg lachte auf. »Da habt Ihr auch wieder recht. Doch lasst Euch dafür danken, dass Ihr mir die Salbe geben wollt. Vielleicht tut sie meinen alten Knochen besser als dieses Zeug, das der Apotheker in Speyer nach dem Rezept meines Arztes angerührt hat.« Sie zwinkerte Marie zu und tätschelte ihr die Wange. »Ihr seid ein gutes Kind!«

»Kind! So jung bin ich auch nicht mehr. Ich habe nicht mehr lange bis zu meinem fünfzigsten Lebensjahr.«

»Im Vergleich zu mir seid Ihr noch ein Kind. Ich gehe auf die neunzig zu und könnte daher Eure Großmutter sein.« Mildburg seufzte und wischte sich eine Träne aus den Augen. »Nur wurde ich nie Großmutter, da all die Kinder, die ich geboren habe, verstarben, bevor sie selbst Kinder bekommen konnten. Daher kümmere ich mich um die Nachkommen meiner Schwestern und meines Bruders.«

Marie kannte Mildburgs Familie zu wenig, um zu wissen, dass der einzige Nachkomme, den ihr Bruder vor einem Dutzend Jahren noch gehabt hatte, Gunther gewesen war. Auch wenn es hieß, dieser wäre einem Bären zum Opfer gefallen, so klammerte die alte Dame sich an die Hoffnung, dass er vielleicht doch überlebt haben könnte. Weshalb er dann aber nicht mehr nach Hause zurückgekehrt war, konnte auch sie sich nicht erklären.

»Ich werde nun wieder gehen und wünsche Euch eine gute Nacht«, sagte Marie.

»Ich Euch auch«, antwortete die alte Dame und wies ihre Magd an, mit dem Einschmieren ihres Rückens fortzufahren.

11.

Marie warnte als Nächstes Michel, der fast noch zorniger wurde als sie, sich aber auf ihre Mahnung hin nichts anmerken ließ. Beiden war klar, dass während der letzten Tage etliches erlauscht worden sein konnte, das Otfried besser nicht zu Ohren gekommen wäre. So wussten sie nun, wie es ihm immer besser gelungen war, Graf Heinrich zu umgarnen. Da Otfried erfahren hatte, welche Vorstellungen dieser hegte, hatte er leicht darauf eingehen können.

Zu Maries und Michels Erleichterung war die Abreise für den nächsten Morgen festgesetzt worden. Sie standen früh auf, frühstückten mit Graf Heinrich, Otfried und Mildburgs Neffen Robert von Rehlingen und warteten anschließend, bis die alte Dame zum Aufbruch bereit war.

Graf Heinrich hatte zeitig aufbrechen wollen, um zu Mittag eine Rast einlegen zu können und trotzdem noch vor der Nacht in Hettenheim anzukommen. Die Zeit verging jedoch, ohne dass Mildburg erschien.

»Könnt Ihr nicht nach Eurer Tante schauen?«, forderte Graf Heinrich den Rehlinger schließlich auf. »Wenn wir noch länger warten, werden wir Hettenheim heute nicht mehr erreichen. Auf Hohenwald oder Löwenberg um Obdach anzusuchen, halte ich in dieser Zeit für verfehlt. Uns bliebe daher nur die Übernachtung in einer einfachen Schenke, und die will ich einer betagten Dame nicht zumuten.«

Robert von Rehlingen ging und kehrte kurz darauf mit der Nachricht zurück, dass seine Tante bald abreisen könne.

Es dauerte trotzdem noch mehr als eine Stunde, bis Mildburg von Brandis endlich erschien. Sie zeigte nicht das geringste Schuldbewusstsein, sondern forderte Graf Heinrich freundlich lächelnd auf, sie nach draußen zu führen.

Heinrich von Hettenheim schluckte alles, was er der alten Dame sagen hatte wollen, hinunter und ergriff stattdessen nach einer Verbeugung ihren Arm.

»Wir sollten rasch noch einmal den Abtritt aufsuchen, sonst müssen wir zu früh anhalten und uns einen passenden Busch suchen«, riet Marie Michel.

Beide beeilten sich, um nicht zu spät auf den Burghof zu kommen. Doch als sie diesen erreichten, wurden gerade erst die Pferde mit Mildburgs Reisesänfte herangeführt. Es dauerte noch eine Weile, bis die Dame eingestiegen war. Als ihre Leibdienerin ihr folgen wollte, hob Mildburg abwehrend die Hand. »Frau Marie soll bei mir in der Sänfte Platz nehmen. Du kannst dich hinter einen der Knechte auf den Pferderücken setzen.«

Marie seufzte, denn eine Reise in der engen Sänfte war nicht gerade das, was sie sich ersehnte. Auch Mildburgs Leibmagd sah nicht gerade glücklich aus. Dem Willen ihrer Herrin konnte sie sich jedoch nicht entziehen, und so ließ sie sich von Karel auf eines der Pferde heben.

»Gib gut auf die Frau acht«, mahnte Karel noch den Reiter, dann schwang er sich aufs Pferd und wartete, bis Marie in Mildburgs Sänfte saß.

»Wir sind bereit, Graf Heinrich, Herr Michel«, sagte er dann.

»Sehr gut! Habt Dank für Eure Gastfreundschaft, Junker Otfried. Lasst mich hören, was Eure Boten in Hohenwald und Löwenberg ausrichten konnten«, rief Heinrich von Hettenheim ihrem Gastgeber noch zu, dann lenkte er seinen Hengst Richtung Burgtor.

Mildburg von Brandis wartete, bis die Burg hinter ihnen lag, dann sprach sie Marie an: »Mir ist, als hätten wir eben ein Schlangennest verlassen. Otfried von Drachenstein ist ein Meister an Verlogenheit. Dabei war sein Vater ein edler und ehrenhafter Mann.«

»Ich kannte Otto von Drachenstein zu wenig, um mir ein Urteil über ihn erlauben zu können«, antwortete Marie. »Was seinen Sohn betrifft, traue ich diesem nicht über den Weg.«

»Ich ebenso wenig, auch wenn er davon spricht, den Streit um Guntramsweil in aller Freundschaft mit uns lösen zu wollen!«

»Bisher stand er außerhalb jeden Verdachts, die Unruhen zwischen den vier Mitgliedern des Kleeblattbunds geschürt zu haben. Wir haben abwechselnd Udalrich von Hohenwald, Engelbrecht von Löwenberg und zuletzt Radolf von Bogenberg verdächtigt. Hohenwald und Löwenberg sind mittlerweile so verfeindet, dass selbst ein Schiedsspruch von Pfalzgraf Ludwig die offene Fehde nicht mehr verhindern könnte, und Junker Radolf ist tot«, sagte Marie nachdenklich.

»Erzählt mir alles, was hier vorgefallen ist«, bat Mildburg.

»Das tue ich gerne!«, erwiderte Marie und begann ihren Bericht. »Eines zeigt sich deutlich: Während der Zwist zwischen Hohenwald und Löwenberg ein Verlust für beide ist und Radolf sein Leben verloren hat, zieht Otfried von Drachenstein aus allen Ereignissen einen Vorteil. Da die beiden Nachbarn im Streit miteinander liegen, können sie es nicht wagen, eigene Ansprüche auf Bogenberg zu erheben, obwohl sie durch ihre Verwandtschaft zu dieser Sippe dazu in der Lage wären. Es wird daher auch nicht geteilt, sondern fällt alles an Otfried. Auch kann er seine Ansprüche auf Guntramsweil ohne Einflussnahme aus Hohenwald durchsetzen, obwohl diese gewiss einen Anteil daran als Ersatz für Bogenberg für sich gefordert hätten.«

»Aber nicht gegen unseren Willen!«, wandte Mildburg ein.

»Das ist wahrscheinlich etwas, das Otfried nicht bedacht hat. Vielleicht hilft uns diese Tatsache, ihn zu einem Fehler zu verleiten, und einen solchen Fehler brauchen wir, um ihn als den Aufrührer entlarven zu können, der hinter allem steckt.«

Marie ärgerte sich darüber, dass sie zwar Vermutungen vorbringen konnte, aber keine Beweise. Der einzige Hebel, den sie gegen Otfried womöglich verwenden konnten, war jener Mann, der sich Rasul al Hakimi nannte und behauptete, ein Arzt aus dem Orient zu sein.

Auch aus diesem Grund war sie froh um Mildburgs Begleitung.

Diese kannte Gunther von Bogenberg aus früheren Zeiten. Auch wenn er damals noch ein Knabe gewesen war, war es durchaus möglich, dass die alte Dame ihn erkannte. Sie erwog erneut, ob sie Mildburg von Rasul berichten sollte, hielt es aber für besser, wenn diese unvorbereitet auf ihn traf.

12.

Um an einem Tag nach Hettenheim zu gelangen, hätten sie mehrmals flott traben müssen. Mit Mildburgs Sänfte belastet aber, war dies nicht möglich. Die Sänfte wurde von zwei braven Stuten getragen, die ein gemütliches Tempo einschlugen und dabei so ruhig und sicher gingen, dass Mildburg und Marie weder durch Stöße noch durch das Schwanken der Sänfte gestört wurden.

Da sich alle an die Geschwindigkeit der Sänfte anpassen mussten, kamen sie nur langsam vorwärts. Die Mittagsstunde war längst vorbei, als sie die Grenze zu Hohenwald erreichten. Mehrere Reiter patrouillierten dort, und zwei von diesen kamen auf sie zu.

»Wer seid ihr und was wollt ihr?«, fragte einer schroff, obwohl er sowohl Graf Heinrich wie auch Michel kennen musste.

»Wer ich bin, du Hund? Du kennst mich als Heinrich von Hettenheim!«, fuhr Graf Heinrich ihn an.

Bei dieser Beleidigung griff der Mann zum Schwert. Bevor er es jedoch ziehen konnte, hielt Michel das seine bereits in der Hand. »Wage es nicht, die Hand gegen Graf Heinrich zu erheben. Dein Kamerad müsste sonst einen Einarmigen nach Hohenwald bringen!«

»Gib Ruhe!«, rief der Reiter seinem Kameraden zu. »Oder willst du Graf Heinrich so beleidigen, dass auch er sich gegen uns stellt und uns die Fehde erklärt?«

»Und das würde ich am liebsten tun!«, erklärte Graf Heinrich erbost. »Dies hier ist eine Handelsstraße und steht unter dem Schutz des Reiches beziehungsweise des Kurfürsten Ludwig von der Pfalz. Hohenwald hat weder das Recht, Zölle zu verlangen, noch, Reisende aufzuhalten. Wer dies versucht, wird als Strauchdieb angesehen und als solcher behandelt.«

Nun wurden die beiden Hohenwalder Grenzreiter kleinlaut.

»Ich habe doch gesagt, wir sollten Graf Heinrich nicht behelligen. Wenn wir ihn uns nun durch unsere Dummheit zum Feind gemacht haben, wird Ritter Udalrich uns arg schelten«, schimpfte der eine.

»Ich wollte doch nur nachsehen, ob sich ein Löwenberger bei der Gruppe befindet«, verteidigte sich der Grenzreiter. »Dem hätte ich die Weiterreise untersagt. Da wir mit den Löwenbergern in Fehde liegen, hätte auch Graf Heinrich nichts dagegen sagen können.«

Frau Mildburg streckte den Kopf zur Sänfte hinaus. »Was ist, sollen wir hier anwachsen?«, fragte sie harsch, so als wären nicht sie und ihre Sänfte daran schuld, dass man so langsam vorwärtskam.

Graf Heinrich lenkte sein Pferd an den beiden Grenzreitern vorbei und winkte den Begleitern, zu folgen. Michel behielt das Schwert in der Hand, bis sie so weit vorangekommen waren, dass sie die Grenzwachen nicht mehr sehen konnten.

»Ich traue hier nichts und niemandem mehr, außer Euch natürlich.« Letzteres setzte er rasch hinzu, um Heinrich von Hettenheim nicht zu verärgern.

»Mir geht es ebenso«, antwortete sein Freund. »Da glaubt man, eine Spur zu haben, und schon führt sie ins Leere. Dann sucht man die nächste Spur, und es ergeht einem nicht anders. Das Dumme ist nur, dass Verdächtigungen allein uns nicht weiterbringen. Wir brauchen einen Beweis, um den Schurken stellen zu können. Solange wir nichts in der Hand haben, kann er sich an den Pfalzgrafen wenden, und wir sind gezwungen, ihn in Ruhe zu lassen.«

»Dann sollte Pfalzgraf Ludwig dafür sorgen, dass dieser Schurke gefunden wird«, antwortete Michel gereizt.

»Manchmal habe ich das Gefühl, man sollte alle vier Herrschaften des alten Kleeblattbunds neu vergeben!« Heinrich von Hettenheim klang bedrückt. Ihm war vom Pfalzgrafen zwar die Oberaufsicht in diesem Gau übertragen worden, und doch war es ihm nicht gelungen, bei den anderen Herren jenes Ansehen zu gewinnen, welches dafür nötig wäre.

Bei einer kleinen Dorfschenke hielten sie Rast. Zu Graf Heinrichs Erleichterung schenkte der Wirt einen brauchbaren Wein aus.

Auch an seinen Würsten und dem Schinken war nichts auszusetzen.

Als sie wieder aufbrachen, waren alle halbwegs versöhnt. Marie unterhielt sich mit Mildburg und Michel mit Graf Heinrich, doch ging es jetzt um andere Dinge als um den Mann, der dabei war, hier alles umzustürzen.

Mit ihrem Übernachtungsplatz hatten sie weniger Glück. Dort gab es nur eine dünne Suppe und altbackenes Brot. Über Betten verfügte lediglich das Wirtspaar selbst, und deren Bedienstete mussten auf muffigen Strohsäcken schlafen. Genau diese Schlafstätten wurden Marie und ihren Begleitern angeboten, doch die Reisenden zogen die Streu im Stall vor.

Das Beste, was sie am nächsten Morgen über das Frühstück sagen konnten, war, dass es überhaupt eines gab. Die dünne Suppe wärmte den Magen, und das einfache, mit Spelzen vermischte Schwarzbrot stillte den ärgsten Hunger.

Marie vermutete, dass Mildburg von Brandis wohl noch nie so schlicht genächtigt hatte wie hier. Einige gewohnte Dinge wollte die Dame jedoch auch hier nicht missen. So brauchte sie lange für ihre Morgentoilette und bestand darauf, hinterher von ihrer Leibmagd massiert zu werden.

Bei einem guten Frühstück hätte die restliche Reisegruppe gerne gewartet. Nun aber schüttelte Graf Heinrich ein ums andere Mal den Kopf.

»Wenigstens haben wir gestern etwas mehr als die Hälfte unseres Weges zurückgelegt, sonst wäre zu befürchten, dass wir kurz vor Hettenheim noch eine weitere Nachtrast einlegen müssten«, meinte er schließlich und trank das dünne, säuerliche Bier.

Marie wandte sich an Graf Heinrich. »Ihr nehmt es mir hoffentlich nicht übel, wenn ich es so deutlich ausspreche. Aber ich bin mir mittlerweile sicher, dass Otfried von Drachenstein derjenige ist, der für die Unruhen hier verantwortlich ist. Doch wenn er sich von nun an ruhig verhält, können wir ihm nicht das Geringste nachweisen.«

Graf Heinrich lachte kurz auf. »Otfried soll der Schurke sein? Meine Liebe, Euer Verdacht ist völlig aus der Luft gegriffen. Otfried liebt den Frieden in diesem Gau ebenso wie ich.«

»Er ist derjenige, der bislang am meisten gewonnen hat. Da ist es wohl erlaubt, ihn in den Kreis der Verdächtigen aufzunehmen«, warf Michel ein.

»Na ja, er hat Bogenberg zu seinem Drachenstein hinzugewonnen«, gab Graf Heinrich zu.

»Und legt die Hand auf Guntramsweil, obwohl er nicht das geringste Anrecht darauf hat«, erklärte Marie.

»Verzeiht, wenn ich Euch hier widerspreche. Frau Mildburg und ihre Verwandtschaft hätten Gunthers Erbe bereits nach dem Tod des jüngeren Sohnes von Ritter Rainald zurückfordern müssen«, widersprach ihr Graf Heinrich.

So einfach aber gab Marie nicht nach. »Frau Mildburg sagte doch, dass Guntramsweil wegen einer Vereinbarung von Ritter Rainald verwaltet werden und nach seinem Tod an ihre Familie zurückfallen sollte.«

»Wenn das so ist, muss sie den Notaren des Pfalzgrafen die entsprechenden Urkunden vorlegen und Zeugen benennen!« Graf Heinrich war anzumerken, dass er nicht an diese Abmachung glaubte. Immerhin war Guntramsweil als Mitgift der zweiten Frau an Ritter Rainald gegangen, und dieser konnte weder etwas dafür, dass seine zweite Frau gestorben war, ohne mehr als einen Sohn zu gebären, noch für den Tod seines jüngeren Sohnes. Zwar wurde gelegentlich als Mitgift gegebenes Land zurückgefordert, doch dies war nicht die Regel.

»Frau Mildburg wird das tun und sich dabei für Junker Otfried als härterer Gegner erweisen, als er jetzt noch denken mag«, antwortete Marie lächelnd.

Graf Heinrich wollte Otfried verteidigen, dachte dann aber daran, dass dieser schon jetzt der zweitmächtigste Burgherr im Gau war und tatsächlich nicht den Eindruck erweckte, als sei er mit dem, was er jetzt hatte, zufrieden.

13.

Obwohl ihn alle als neuen Herrn von Bogenberg anerkannt hatten, war Otfried froh, als sein letzter Nachbar die Burg verließ. Er hatte Frieden und Freundschaft heucheln müssen, um sein unbeherrschtes Auftreten bei Mildburg von Brandis' Erscheinen vergessen zu machen. Bei den meisten war es ihm gelungen, doch ein paar Gäste, vor allem Michel Adler und dessen Eheweib, schienen misstrauisch geworden zu sein.

Nun verfügte Michel Adler in dieser Gegend über kein Land, und er zählte auch nicht zu den Hohen im Reich. Dennoch besaß er großen Einfluss auf Graf Heinrich und konnte diesen dazu bewegen, persönlich in die Fehde zwischen Löwenberg und Hohenwald einzugreifen und beide zum Frieden zu zwingen. Um das zu verhindern, ließ Otfried am nächsten Morgen seinen Hengst satteln.

Auf Drachenstein war man es gewohnt, dass er allein ausreiten wollte. Auf Bogenberg aber zog der Haushofmeister eine besorgte Miene. »Verzeiht, Herr Otfried, doch haltet Ihr es nicht für zu gefährlich, die Burg ohne eine Eskorte zu verlassen? Ihr wisst doch, was Herrn Radolf zugestoßen ist.«

Otfried schluckte die bissige Bemerkung, die ihm auf der Zunge lag, wieder hinunter. Der Mann hatte bereits Rainald von Bogenberg gedient und war seinem Herrn stets treu ergeben gewesen. Sollte er auch nur den Hauch eines Verdachts schöpfen, wer an Radolfs Tod schuld war, würde er sich mit aller Kraft gegen ihn wenden. Noch war seine Stellung auf Bogenberg nicht so gesichert, dass man es nicht wagen würde, die Tore vor ihm zu versperren.

»Ich danke dir für deine Warnung, doch die Schurken, die meinen geliebten Vetter ermordeten, haben diese Gegend gewiss verlassen. Schließlich wissen sie, dass sie mit aller Macht gejagt werden.«

Die Miene des Haushofmeisters erhellte sich jedoch nicht. »Darüber wollte ich mit Euch sprechen. Ihr habt bisher noch keine Patrouillen ausgesandt, um diese Schurken zu suchen. Solange Herr Radolf nicht in seiner Gruft lag, wollte ich Euch damit nicht behelligen. Doch nun erscheint es mir an der Zeit, es zu tun.«

Otfried fluchte innerlich. Er mochte keine Bediensteten, die ihn auf angebliche Versäumnisse hinwiesen. Zudem war es zu gefährlich, von Bogenberg aus Streifscharen loszuschicken, denn hier kannte man den Ödwald ebenso wie in Drachenstein. Mausgesichts kleine Festung lag zwar gut versteckt, dennoch konnte sie entdeckt werden. Wenn dies auf Hohenwald, Löwenberg und vor allem Hettenheim bekannt wurde, konnten einige auf den Gedanken kommen, dass er hinter allem steckte.

»Keine Sorge! Diese Halunken entkommen uns nicht. Ich habe bereits von Drachenstein aus Patrouillen losgeschickt. Deshalb bin ich mir auch gewiss, dass keine Gefahr droht. Ich will mit einigen meiner Männer sprechen und sie anweisen, wo sie weitersuchen sollen.« Otfried hasste es, offen lügen zu müssen, denn er hatte weder Patrouillen ausgesandt noch die Absicht, sich mit eigenen Männern zu treffen. Aber der Haushofmeister schien halbwegs zufrieden zu sein.

»Falls Eure Reiter Verstärkung brauchen, ist hier auf Bogenberg jeder bereit, sich an der Suche nach diesen Mördern zu beteiligen.«

»Das weiß ich und werde auch zu gegebener Zeit darauf zurückgreifen«, sagte Otfried und trabte nach einem kurzen Abschied an.

Kurze Zeit später hatte er die Burg verlassen und ritt in Richtung des Ödlands. Eigentlich war es kein richtiges Ödland, dachte er, sondern konnte jederzeit unter den Pflug genommen werden. Dafür musste es jedoch fest zu einer Herrschaft gehören und nicht wie jetzt als Gebiet gelten, das von allen vier Kleeblattherrschaften gleichermaßen als Jagdrevier, Waldweide für Schweine und zum Harzsammeln verwendet werden konnte. Das Ödland war neben Guntramsweil das zweite Gebiet, das er an sich zu bringen gedachte. Danach war die Hälfte von Löwenberg an der Reihe. Deren zweite Hälfte würde anschließend zusammen mit Hohenwald bei seiner

Heirat mit Ursula von Hohenwald an ihn fallen. Diesem Ziel stand nur noch deren Bruder im Weg, aber das würde nicht mehr lange so sein.

Otfrieds Stimmung stieg wieder, und er überlegte, welche Schritte er als Nächstes unternehmen sollte. Wenn der offene Kampf zwischen Hohenwald und Löwenberg begann, würde er sich erst einmal zurückhalten, bis Ritter Udalrich auf all seine Bedingungen einging, und dann erst zu dessen Gunsten eingreifen. Seine Gedanken griffen weit voraus, und er merkte erst nach einer Weile, dass er jenem Pfad folgte, den er vor zwölf Jahren mit Radolf und Gunther geritten war. Ein seltsames Gefühl überkam ihn, und er überlegte, ob er eine andere Strecke wählen sollte. Das verneinte er jedoch mit einem Fluch. Wer war er, dass er sich von der Erinnerung an einen vor vielen Jahren verstorbenen Knaben erschrecken ließ?

Aus Trotz blieb er auf seinem Weg und erreichte schließlich die Kapelle an der Schlucht. Rainald von Bogenberg hatte sie nach Gunthers Tod neu errichten lassen. Daher hatte sie nun feste Wände aus dicken Holzbalken und eine kräftige Eichentür mit einem darauf genagelten Kreuz aus Bronze. Zudem konnte sie von außen mit Riegel und Schloss versperrt werden, um Diebe daran zu hindern, das Silberkreuz zu entwenden, das Ritter Rainald vor vielen Jahren aus Rom mitgebracht hatte und das nun in der Kapelle Gunthers Seelenheil dienen sollte.

Spöttisch dachte Otfried daran, dass die Schlüssel zu dieser Kapelle mit das Erste gewesen waren, was man ihm auf Bogenberg ausgehändigt hatte. Einen der Schlüssel trug er sogar bei sich, und er überlegte, ob er die Kapelle betreten sollte.

Dann aber winkte er ab und ritt weiter. Nun kam die Stelle in Sicht, an der Gunther in die Schlucht gestürzt war, und erneut überkam ihn dieses seltsame Gefühl. Hier hat es damals begonnen, dachte er. Radolfs Hass auf Gunther hatte ihn dazu gebracht, dem Vetter zuzureden, sich seines Bruders zu entledigen. Zu jenen Zeiten hatte er selbst noch nicht an seinen eigenen Vorteil gedacht. Erst Jahre später, als abzusehen gewesen war, dass Heinrich von

Hettenheim im Gegensatz zu dessen Vetter keine Gefahr für den Kleeblattbund darstellte, hatte er begonnen, Pläne zu schmieden, und wenig später mit Jochen Mausgesicht den Mann gefunden, der ihm dabei gute Dienste leisten konnte.

Otfried hielt den Hengst bei der Schlucht an und spuckte hinein. »So viel gebe ich auf Gunthers Seelenheil und das seines Vaters und seines Bruders«, sagte er lachend und ritt am Rand der Schlucht entlang, bis er auf die primitive Brücke traf, die Mausgesichts Männer errichtet hatten.

Diesmal erreichte er den Wald mit Mausgesichts Versteck von der anderen Seite und musste sich erst einmal orientieren, auf welchem Weg er das Blockhaus erreichen konnte. Als er langsam ärgerlich wurde, vernahm er auf einmal eine Stimme.

»Gott zum Gruße, Herr Otfried! Ihr habt Euch doch nicht etwa verirrt?« Es war Mathis, Mausgesichts rechte Hand. Grinsend kam er auf Otfried zu und wies auf einen Wildwechsel. »Ihr müsst hier entlang, wenn Ihr uns besuchen wollt.«

»Führe mich!«, forderte Otfried ihn auf.

»Wenn es Euer Wunsch ist, soll es geschehen!« Mathis machte eine übertriebene Verbeugung und ging voraus.

Sie mussten nicht mehr als fünfhundert Schritte zurücklegen, dennoch begriff Otfried, dass er bis zum Abend hätte suchen können, ohne das Versteck zu finden.

»Ihr werdet mir den Weg zeigen müssen, auf dem ich von Bogenberg aus am besten hierherkomme«, sagte er zu Mathis, als sie die kleine Lichtung erreichten.

»Verzeiht, ich vergaß, dass Ihr ja nicht mehr allein Herr auf Drachenstein seid, sondern seit Junker Radolfs betrüblichem Ableben auch dessen Erbe auf Bogenberg.« Mathis grinste noch breiter, denn je mehr Land Otfried an sich raffen konnte, umso üppiger würde die Belohnung werden, die er und seine Kameraden von ihm erhalten würden.

Mausgesicht trat aus der Blockhütte, erblickte Otfried und kam mit fröhlicher Miene auf ihn zu. »Seid mir willkommen, mein

Herr! Wie Ihr sehen konntet, haben wir gute Arbeit geleistet und Euch den Weg nach Bogenberg geebnet.«

Otfried erkannte es als Forderung nach einer entsprechenden Belohnung. Da er bereits Pläne schmiedete, was mit Mausgesicht und dessen Spießgesellen am Ende geschehen sollte, konnte er diesem goldene Berge versprechen.

»Du wirst nicht zu kurz kommen, mein Freund, und deine wackeren Burschen auch nicht. Aber noch sind wir nicht am Ziel.«

»Gibt es für uns etwas zu tun?«, fragte Mausgesicht lauernd.

»Das will ich meinen! Du und deine Männer, ihr werdet so rasch wie möglich Udo von Hohenwald umbringen, und zwar so, dass es aussieht, als hätten die Löwenberger es getan.«

Mausgesicht verzog das Gesicht. »Junker Udo könnte längst tot sein! Doch damals habt Ihr uns befohlen, ihn am Leben zu lassen.«

»Zu dem Zeitpunkt passte sein Tod noch nicht in meine Pläne. Das hat sich nun geändert«, gab Otfried kurz angebunden zurück.

»Wir hatten ihn bereits in der Hand, und es wäre uns ein Leichtes gewesen, ihn in die Hölle zu schicken. Nun aber traut sich der Junker nur noch mit fünf, sechs Leibwächtern aus der Burg.«

Mausgesicht ärgerte sich, denn in letzter Zeit wurden Otfrieds Anweisungen sprunghaft, und er forderte Dinge von ihnen, die nur mühsam auszuführen waren.

»Ich habe noch einen Auftrag für euch: Wie gut könnt ihr Burg Hettenheim überwachen?«, fragte Otfried.

»Eigentlich gar nicht. Aber Sigo hat seine Schwester geholt, und die konnte als Magd im Meierdorf von Hettenheim unterkommen. Von ihr erfahren wir nun, was dort geschieht. Sie tut es aber nur, weil wir ihr versprochen haben, Ihr würdet sie großzügig dafür belohnen«, antwortete Mausgesicht.

Gieriges Gesindel, dachte Otfried, ließ sich aber nichts anmerken, sondern verzog das Gesicht zu einem Grinsen. »Sag der Frau, dass sie mit der Belohnung, die sie erhält, zufrieden sein wird. Diese wird noch größer als erwartet ausfallen, wenn es ihr gelingt, Michel Adlers Weib oder wenigstens eine seiner Töchter in die Falle zu locken, so dass das Weib oder eines ihrer Bälger uns als Geisel dienen kann.«

»Sigos Schwester Thea hat einen findigen Kopf und wird gewiss eine Gelegenheit herbeiführen«, versprach Mausgesicht. »Ich würde die Geisel allerdings ungern hier haben. Es gibt keinen Raum, in dem wir sie einsperren könnten, und wir müssten sie entweder die ganze Zeit fesseln oder scharf bewachen. Das wäre von Nachteil, denn meine Männer kommen hier schlecht an Weiber. Ob ich sie daher von einer Geisel abhalten kann, bezweifle ich.«

Otfried griff in die Tasche und holte den Schlüssel zur Kapelle heraus. »Hier! Nehmt die Kapelle an der Schlucht. Die ist fest gebaut, und dort entkommt euch niemand. Solange du den Schlüssel bei dir trägst, kann auch keiner deiner Männer über die Geisel herfallen.«

»Es sei, wie Ihr es sagt«, antwortete Mausgesicht mit einer Verbeugung, um den Spott auf seinem Gesicht zu verbergen. Wenn Otfried so weitermachte, würde dieser noch eine seiner Herrschaften verkaufen müssen, um ihm die Belohnung zahlen zu können, die er am Ende von ihm fordern würde, dachte er und stellte sich die glänzenden Gulden vor, die einer nach dem anderen in seinen Beutel wandern würden.

Neunter Teil

Rasul

1.

Aufgrund der geringen Reisegeschwindigkeit, zu der sie aus Rücksicht auf Mildburg von Brandis gezwungen waren, erreichten Marie, Michel, Graf Heinrich und ihre Begleiter Burg Hettenheim erst bei Einbruch der Nacht. Alle hatten Hunger, und es fiel ihnen schwer, ihre schlechte Laune im Zaum zu halten.

Obwohl man ihretwegen so langsam vorwärtsgekommen war, klagte Mildburg am meisten. Leidtragende war Marie, die sich arg zusammennehmen musste, um nicht mit gleicher Münze herauszugeben. Die alte Dame hatte nämlich auf einer langen Mittagspause bestanden und dabei ein Schläfchen gehalten, während die ganze Reisegruppe untätig herumgesessen und gewartet hatte, bis sie gnädigerweise wieder aufgewacht und zur Weiterreise bereit gewesen war.

»Gleich sind wir da! Da könnt Ihr etwas essen und Euch ausruhen«, sagte Marie in dem Versuch, die Greisin zu beschwichtigen.

»Ich bezweifle, dass ich heute noch etwas über die Lippen bringe«, jammerte Mildburg. Heftig schüttelte sie den Kopf ungeachtet der Tatsache, dass sie nur kurz vorher über stechende Schmerzen hinter den Schläfen geklagt hatte. »Ich finde es unvernünftig von Graf Heinrich, nicht dafür zu sorgen, dass es mehr brauchbare Gasthäuser auf seinen Besitzungen gibt! So gab es zu Mittag nur einen Bissen Brot und zum Trinken Wasser aus einer Quelle.« Die alte Dame sagte es in einem Ton, als hätte sie Angst, von diesem Wasser vergiftet worden zu sein.

In den Zeiten ihrer Wanderungen hatte Marie frisches Quellwasser als willkommene Labe betrachtet. Doch anders als sie schien Mildburg nur die guten Seiten des Lebens kennengelernt zu haben. Sofort schalt Marie sich in Gedanken. Immerhin hatte Mildburg ihre Kinder sterben sehen und auf Enkel verzichten müssen.

»Ich werde Graf Heinrich raten, sich besser darum zu kümmern«, sagte sie und richtete dann ihre Gedanken auf das, was sie sich vorgenommen hatte.

Zunächst aber machte Mildburg ihr einen Strich durch die Rechnung. Kaum war sie auf dem Burghof aus ihrer Sänfte gestiegen, forderte sie, in die Kammer gebracht zu werden, in der sie schlafen sollte.

»Geh du in die Küche und lass mir ein wenig Hühnersuppe machen. Schlage ein Ei hinein, aber rühre es gut um. Ich mag es nicht, wenn ganze Batzen in der Suppe schwimmen«, befahl sie ihrer Leibdienerin und folgte dann Hedwig von Hettenheim, die den unerwarteten Gast verwundert musterte, in den Palas.

Marie musste ihren Plan, Mildburg und Rasul zusammenzubringen, auf den nächsten Tag verschieben. Zunächst ärgerte sie sich darüber, sagte sich aber dann, dass die alte Dame viel zu erschöpft war, um noch Familienähnlichkeiten bei dem jungen Mann zu bemerken. Auch hatte sie selbst Hunger und drängte darauf, dass bald aufgetragen werden sollte.

Vorher reinigte sie sich vom Staub der Reise und zog sich um, während Trudi, Lisa, Hildegard und Edda sie neugierig beäugten.

»Wie war es auf Bogenberg? Waren meine Verwandten auch dort?«, wollte Edda wissen.

Marie schüttelte den Kopf. »Bedauerlicherweise ebenso wenig wie die Hohenwalder.«

»Vielleicht war es ganz gut, dass sie nicht dort waren. Sie hätten sich womöglich gegenseitig die Köpfe eingeschlagen«, wandte Trudi ein. Sie war ein wenig gekränkt, weil sie auch diesmal nicht hatte mitkommen dürfen.

»Vermutlich hast du recht«, meinte Marie und sah Edda an. »Ist Esau noch hier?«

»Er ist nach Löwenberg geritten, um Ritter Engelbrecht davon zu überzeugen, alles zu unterlassen, was die Hohenwalder provozieren könnte. Aber er wollte morgen zurückkehren.«

»Das freut mich. Und was ist mit unserem orientalischen Arzt?«

»Dieser wurde gebeten, in das Meierdorf zu kommen, da dort

eine Frau niederkommen soll. Es ist eine so schwere Geburt, dass die Hebamme sich nicht mehr anders zu helfen wusste, als nach Herrn Rasul zu rufen.«

Marie atmete auf. Damit hätte sie Mildburg deren wahrscheinlichen Großneffen an diesem Abend gar nicht vorstellen können. Am nächsten Tag würde die alte Dame sich ein wenig erholt haben und … Marie brach den Gedankengang ab und bog die Lippen zu einem Lächeln. Mildburg von Brandis hatte unterwegs so oft von den Beschwernissen des Alters gesprochen, dass sie bereit sein würde, sich von einem guten Arzt behandeln zu lassen.

»Sagt mir, wenn Rasul zurückkommt«, wies sie ihre Töchter an und stand dann auf. »Auch wenn ihr alle neugierig seid und wissen wollt, was auf Bogenberg geschehen ist, so fordert mein Magen sein Recht.«

»Habt ihr in derselben Schenke übernachtet wie wir?«, fragte Lisa, die bei Michels Reise zu den Nachbarburgen auch nicht satt geworden war.

»Ob es dieselbe war, vermag ich nicht zu sagen. Besser war sie jedenfalls nicht. Und jetzt lasst ihr Plagegeister mich gehen, sonst suche ich mir eine von euch aus und verschlinge sie!«

»Roh oder gebraten?«, fragte Trudi übermütig.

»Wenn man richtig Hunger hat, spielt das keine Rolle.« Marie klang bedrückt, denn sie erinnerte sich an das letzte Jahr, als sie mit Trudi und der Nonne Ignatia durch die Wälder Thüringens geirrt war und sie selbst die Nüsse, die ein Eichhörnchen im Herbst davor vergraben hatte, als köstlichen Leckerbissen betrachtet hatte.

Auch Trudi erinnerte sich daran und wurde ernst. »Komm, Mama! Ich will nicht, dass du unseretwegen noch länger hungern musst.«

»Und dann womöglich eine von uns anknabberst«, setzte Lisa feixend hinzu.

»Lausebande!«, rief Marie mit zuckenden Lippen und machte, dass sie fortkam.

Das Mahl, das Graf Heinrichs Ehefrau auftragen ließ, hätte eine dreimal so große Schar gesättigt. Allerdings griffen auch alle zu, so als hätten sie drei Tage lang hungern müssen. Graf Heinrich dachte auch an die Knechte, die sie begleitet hatten, und befahl, jedem ein Stück Braten und mehrere Becher Wein zukommen zu lassen. Er trank einen Schluck und lehnte sich auf seinem Stuhl zurück. »Ich will hoffen, dass nun keiner unserer Nachbarn mehr stirbt. Ich war jetzt auf zwei Beisetzungen, und keine davon hat mir gefallen.«

»Begräbnisse sind nun einmal eine traurige Angelegenheit«, sagte Marie, die sich langsam wohler fühlte.

»Das mag stimmen! Doch bei Ritter Ottos Beisetzung haben sich die Ritter auf Hohenwald und Löwenberg gestritten wie Marktweiber, und auf Bogenberg war mir der neue Herr etwas zu wendig in seinen Ansichten.« Michels Stimme klang scharf, denn er ärgerte sich immer noch maßlos darüber, dass Otfried seine Gäste hatte belauschen lassen.

»Nun ja, er versucht eben, mit allen Nachbarn im Guten auszukommen«, verteidigte Graf Heinrich Otfried, wenn auch ohne großen Nachdruck. Auch er musste sich sagen, dass dieser sich bei seinen Äußerungen als sehr anpassungsfähig erwiesen hatte. »Wenn man einen Standpunkt eingenommen hat, muss man diesen auch verteidigen und darf nicht anderen nach dem Mund reden, selbst wenn man dabei das genaue Gegenteil von dem sagt, was man noch Stunden vorher von sich gegeben hat.«

»Wir sollten lieber dem schönen Braten und dem guten Wein Ehre erweisen und nicht über den neuen Herrn auf Bogenberg reden. Das verdirbt mir den Appetit«, erklärte Marie und fragte die Hausherrin nach dem Tuchhändler, von dem diese den Stoff für ihr Kleid erworben hatte.

2.

Am nächsten Tag erschien als Erstes Rasul. Er wirkte übernächtigt, aber zufrieden. Während er einen Becher Wein trank, streichelte er mit der anderen Hand Majid über den Schopf.

»Das hast du gut gemacht, mein Junge«, lobte er ihn.

Marie trat neugierig näher. »Ihr seid bei einer Gebärenden gewesen?«

»So ist es, Frau Marie. Es war hart, und beinahe hätten wir Mutter und Kind verloren, denn es hatte die falsche Lage. Doch Majid gelang es, mit seinen kleinen Händen hineinzugreifen und das Kind zu drehen.«

»Du hast mir gesagt, was ich tun muss, Sidi«, antwortete der Junge. Trotzdem war er sichtlich stolz auf das, was er getan hatte.

»Du wirst einmal ein ausgezeichneter Arzt werden. Wahrscheinlich sogar ein besserer als ich«, sagte Rasul.

»Das werde ich gewiss nicht«, widersprach der Junge.

Marie spürte, dass Rasul Majids Idol war, das zu erreichen er niemals erwartete. Auch sie strich dem Jungen über den Kopf und sah ihn lächelnd an. »Du wirst gewiss einmal ein guter Arzt. Ich wünschte, alle Ärzte in unseren Landen hätten jemanden wie Herrn Rasul zum Lehrmeister gehabt.«

»Ihr stellt mich auf ein Podest, das zu hoch für mich ist«, wehrte Rasul ab.

Da kam Edda die Treppe herab und eilte auf ihn zu. »Ihr seid wieder hier!«

Rasul bedachte sie mit einem tadelnden Blick. »Was habe ich Euch gesagt, mein Fräulein? Ihr dürft weder rennen noch springen, damit Eure Wunde nicht zu Schaden kommt. Und kaum bin ich einmal außer Haus, habt Ihr meine Mahnungen bereits vergessen.«

»Ich habe mich so gefreut, Euch wiederzusehen!« Über Eddas Wange lief eine Träne.

Als Rasul sie sah, wischte er sie sanft mit dem Zeigefinger weg. »Es entzückt mich, dass Ihr Euch freut! Dennoch muss ich als Euer Arzt darauf bestehen, dass Ihr meine Anordnungen befolgt. Ich will Euch wieder gesund sehen, und nicht geschlagen von den Folgen einer schlecht verheilten Verletzung.«

»Ich werde Euch gehorchen«, antwortete Edda lächelnd und wandte sich an Marie. »Glaubt Ihr, dass ich noch etwas zu essen bekommen kann? Ich habe Hunger wie ein Wolf!«

»Dies zeigt, dass der Heilungsprozess Eurer Wunde gut fortschreitet, und Euer Körper dafür Kraft benötigt. Also esst! Ich werde mich in meine Kammer begeben, um mich dort zu waschen und umzuziehen.« Rasul deutete eine Verbeugung an und verschwand.

Marie fasste Edda bei der rechten Hand und lächelte. »Dann wollen wir zusehen, dass dir ein Mahl aufgetischt wird, das dir die Kraft bringt, die laut unserem Orientalen dein Körper braucht.«

»Haltet Ihr ihn wirklich für jemanden aus dem Morgenland?«, fragte Edda nachdenklich. »Wenn ich mit ihm spreche, habe ich das Gefühl, als wäre er von hier. Er benutzt teilweise Ausdrücke, die nicht einmal Ihr kennt, weil sie nur in dieser Gegend geläufig sind.«

»Wir werden schon noch erfahren, wer er ist«, sagte Marie und dachte sich, wie vertraut Rasul-Gunther mit Edda mittlerweile geworden war, so dass er offenbar zwischendurch vergaß, den kehligen Akzent beizubehalten, den er sonst bei Fremden verwendete.

Ein Diener kam auf Maries Wink herbei und verbeugte sich. »Ihr wünscht?«

»Etwas zu essen für Fräulein Edda. Der Arzt sagt, sie braucht es, um die Kraft wiederzugewinnen. Ach ja, sollte es in der Burgküche Bratwürste geben, könnte die Köchin mir zwei oder drei braten!«

»Mir auch!«, rief Edda.

»Ich werde es ausrichten«, versprach der Diener und fragte, was die Damen zu trinken wünschten.

»Wein, zur Hälfte mit Wasser vermischt«, erklärte ihm Marie. Da auch Edda nickte, verschwand der Mann, und die beiden nahmen Platz.

Nicht lange, dann standen ein Krug Wein, einer mit sauberem Wasser sowie zwei Becher vor ihnen. Marie mischte die beiden Getränke. »Ich werde Euch nur einen Teil Wein und zwei Teile Wasser einschenken«, sagte sie zu Edda. »Es wäre gewiss nicht gut, wenn Ihr zu viel Wein trinkt und dadurch berauscht würdet.«

»Dann würde Herr Rasul mir gewiss den Kopf abreißen!«, rief Edda.

»Und ihn gleich wieder annähen«, setzte Marie den Satz fort, und beide mussten lachen.

»Was findet Ihr an diesem elenden Tag so lustig?«, klang da Mildburg von Brandis' Stimme mürrisch auf.

Marie drehte sich um und stellte fest, dass es der Dame besser zu gehen schien als am Vortag. Sie stützte sich zwar auf einen Stock, doch als nicht gleich ein Diener erschien, hieb sie damit auf den Tisch. »Was ist hier los? Will man die Gäste etwa verhungern lassen?«

»Ich glaube, daran sind wir schuld, da wir jemanden in die Küche geschickt haben, damit er uns eine Kleinigkeit zum Essen besorgt. Fräulein Eddas Arzt besteht darauf, dass sie etwas zu sich nehmen soll, und ich wollte ihr Gesellschaft leisten«, erklärte Marie.

»Dann wird hoffentlich bald jemand kommen!« Mildburg schnaubte vernehmlich und musterte dann Edda mit scharfen Blicken. »Du siehst zwar ungewöhnlich aus, bist aber recht hübsch!« Sie trat näher, strich über Eddas Gesicht und fasste in ihre Haare. »Ich würde fast sagen, du bist eine Schönheit. So mancher König oder Herzog wäre stolz, ein Mädchen wie dich als Geliebte zu bekommen.«

Es war gut, dass zwei Diener mit einem großen Tablett erschienen, auf dem Schüsseln und Teller standen. Es war mehr, als zwei Frauen essen konnten, und so wies Mildburg die Diener an, ihr ebenfalls einen Teller und einen Becher zu bringen. Mildburg verfolgte interessiert, wie Marie Edda das Essen klein schnitt, und wies auf deren linken Arm, den diese in der Schlinge trug. »Ist das die Folge einer Verletzung? Kannst du den Arm noch bewegen?«

Edda sah kurz Marie an, dann zog sie den Arm vorsichtig aus der Schlinge. »Wie Ihr seht, kann ich ihn bewegen. Der Arzt hat mir jedoch verboten, ihn derzeit zu benutzen, damit die Wunde in meiner Schulter ganz ausheilen kann.«

»Du wurdest verletzt?«

»Ein Meuchelmörder hat ihr einen Pfeil in die Brust geschossen. Es ist ein Wunder, dass Fräulein Edda diese fürchterliche Verletzung überlebt hat«, berichtete Marie.

Mildburg von Brandis zog die Stirn kraus. »Ich hörte schon, dass es hier in diesem Gau zu Mord und Totschlag gekommen sei. Wurde nicht auch Junker Radolf durch einen Pfeilschuss getötet?«

»Ob nun der Pfeil oder der Schwertstich ihn tötete, hätte uns höchstens unser Orientale sagen können«, sagte Marie. »Verwunderlich ist es trotzdem, dass sowohl auf Fräulein Edda wie auch auf Junker Radolf geschossen wurde.«

»Ich hatte mehr Glück als der arme Junker«, wandte Edda bedrückt ein.

»Zeig mir, wie gut du den Arm bewegen kannst!« Mildburgs Anteilnahme an Radolfs Tod war gering, stattdessen richtete sie ihre Aufmerksamkeit sogleich wieder auf Edda. Diese gehorchte unwillkürlich und streckte den Arm aus.

Im selben Augenblick erscholl ein zorniger Ruf. »So haltet Ihr Euer Versprechen! Dabei habt Ihr mir vorhin geschworen, Euch strikt an meine Anweisungen zu halten. Ihr seid nicht anders als andere Frauen, mit mehr Haaren auf dem Kopf als Verstand in demselben. Ihr …« Da entdeckte Rasul die alte Dame und verstummte jäh.

Marie sah, wie es hinter seiner Stirn arbeitete. Er hatte sich jedoch selbst in einer Falle gefangen. Da er Edda in der hier gebräuchlichen Mundart angesprochen hatte, konnte er nun nicht mehr in jenes gebrochene Deutsch verfallen, das er bei Graf Heinrichs Gästen und auch bei diesem selbst verwendete.

Die alte Dame schüttelte verwundert den Kopf und wies mit ihrem Stock auf ihn. »Wer bist du?«

»Das ist Herr Rasul, der Arzt aus dem Orient, dem ich mein Leben verdanke und der mich nun zu Recht schilt!« Edda kämpfte mit den Tränen, während sie dies sagte, und versuchte, den linken Arm wieder in die Schlinge zu schieben.

Rasul trat zu ihr hin und half ihr. »Versprecht mir, dass Ihr in Zukunft vernünftig seid«, bat er.

»Das werde ich, wenn Ihr mir nicht mehr böse seid!«

Eddas Augen strahlten Rasul bei diesen Worten in einer Weise an, so dass Marie nur hoffen konnte, er war wirklich Gunther von Bogenberg. Als solcher konnte er um sie werben. Einem Arzt oder Salbenschmierer, wie sie ihn nennen würden, würden Engelbrecht und Engelhard von Löwenberg die junge Frau niemals überlassen. Vor dem Gesetz war ihr Bruder nun einmal ihr Vormund und damit derjenige, der über sie zu bestimmen hatte.

Unterdessen ließ Mildburg von Brandis Rasul nicht aus den Augen. Seine Kleidung war fremdartig, sein Bart auf eine ungewohnte Weise geschnitten, und doch entdeckte sie Vertrautes an ihm.

»Dich habe ich schon einmal gesehen!«, stieß sie erregt hervor.

Rasul hatte unterdessen Eddas Arm wieder in der Schlinge geborgen und sah dann das Essen auf dem Tisch. »Glaubt Ihr, ich könnte um diese Zeit auch etwas erhalten? Bis Mittag sind es noch ein paar Stunden, und ich habe gestern Abend nur ein Stück Brot zu mir genommen.«

Mit einem gewissen Vergnügen bemerkte Marie, wie er versuchte, seine Aussprache wieder kehliger klingen zu lassen, ohne dass der Unterschied zu sehr auffiel.

»Das wird sich gewiss machen lassen. Frau Mildburg will ebenfalls etwas essen.«

»Es ist mein Frühstück, mein Kind, und du, Orientale, komm her zu mir!« Ein energischer Wink folgte, und Rasul trat einen Schritt auf sie zu.

»Herr Rasul ist ein ausgezeichneter Arzt. Ihr solltet Euch von ihm untersuchen lassen«, riet Marie, um den beiden die Gelegenheit zu geben, ungestört miteinander reden zu können. Vor anderen, so viel glaubte sie sagen zu können, würde Gunther niemals seine wahre Identität preisgeben.

Mildburg überlegte kurz, nickte dann und erklärte, dass Rasul sie nach dem Frühstück in ihre Kammer begleiten solle. »Jetzt«, fuhr sie fort, »würde ich gerne mehr darüber erfahren, wie Fräulein Edda verwundet worden ist.«

3.

Sonst hatte Mildburg sich beim Essen Zeit gelassen und damit Michels und Graf Heinrichs Geduld strapaziert. Diesmal aber brauchte sie nicht länger als Edda und trank schließlich den letzten Schluck Wein aus ihrem Becher.

»Du solltest dich hinlegen, mein Kind. Dies hilft der Heilung«, riet sie Edda und sah dann Marie an. »Ihr werdet jetzt gewiss nach Euren Kindern sehen wollen, und Ihr«, ihr rechter Zeigefinger stach auf Rasul zu, »werdet mich jetzt in meine Kammer begleiten. Vielleicht kennt Ihr ein Mittel, das dem Magen und dem Gedärm einer alten Frau guttut. So quält es mich immer wieder.«

»Dafür muss ich wissen, welcher Art die Qual ist«, antwortete Rasul. Mittlerweile hatte er seine Ruhe wiedergewonnen und half der alten Frau beim Aufstehen.

»Ihr solltet mich stützen, wenn wir in meine Kammer gehen, denn so sicher bin ich nicht mehr auf den Beinen, und alte Knochen wachsen, wenn sie einmal gebrochen sind, nur noch schlecht zusammen«, erklärte Mildburg und fasste nach Rasuls linkem Arm.

Dieser hielt ihn so, dass sie sich darauf stützen konnte, und legte seine rechte Hand in einer zärtlichen Geste auf die ihre. Ein kurzes Zucken erschien auf Mildburgs Gesicht, dann atmete sie tief durch und setzte sich in Bewegung. Während sie sonst bei ihren Begleitern nur Halt gesucht hatte, hing sie diesmal mit ziemlichem Gewicht an Rasuls Arm.

Marie sah den beiden nach und bedauerte, nicht bei ihnen bleiben zu können. Der Dachs musste jedoch aus seinem Bau gelockt werden, und dies gelang nur mit dem richtigen Köder. Als Gunthers Großtante konnte Mildburg von Brandis dieser Köder sein.

Rasul führte die alte Dame in deren Kammer. Es war eine der besten in der Burg, denn sie verfügte über einen Kachelofen. Ein breites Bett stand für Mildburg bereit, und ein etwas schmaleres für ihre Leibmagd, die, als ihre Herrin mit Rasul eintrat, diesen fremdartig gekleideten Mann misstrauisch beäugte.

»Das ist der Arzt, den Frau Marie mir empfohlen hat. Ich hoffe, er besitzt die richtige Medizin für mich«, erklärte Mildburg und setzte hinzu, dass ihre Magd nach unten gehen und sich ein wenig in die Küche setzen solle.

Verwundert und ein wenig gekränkt, weil ihre Herrin sie bei der Untersuchung durch den Arzt nicht dabeihaben wollte, verließ diese das Zimmer. Nun fragte Rasul nach Mildburgs Beschwerden und nannte ihr ein paar Mittel, mit denen diese sie abmildern konnte. »Ganz«, sagte er, »werdet Ihr sie nie mehr los. Das ist nun einmal der Preis des Alters. Doch ob es sich wegen ein paar Schmerzen lohnt, früher zu sterben, glaube ich nicht. Zumindest würden das die meisten alten Menschen verneinen. Wohl gibt es den einen oder anderen, für den der Tod die Erlösung wäre, doch im Großen und Ganzen kann ein Mensch in Würde alt werden.«

»Ihr scheint tatsächlich etwas von Medizin zu verstehen«, sagte die alte Dame verwundert.

Rasul nickte etwas schmerzlich. »Ich hatte zehn Jahre lang einen sehr guten Lehrer.«

»Aber keinen Arzt von hier?«

»Nein, Ibrahim al Hakimi stammte aus Alexandria. Dort habe ich den größten Teil dieser zehn Jahre verbracht.«

»Es muss eine lange Reise gewesen sein, um dorthin zu kommen«, sagte Mildburg leise, nahm mit einem Mal Rasul seinen Turban ab und musterte seine Haare. »Wenn du sie dir das nächste Mal schwarz färben willst, so denke daran, dass sie rasch nachwachsen und schon bald die wirkliche Farbe wieder zu erkennen ist, Gunther!«

Rasul zuckte zusammen. »Wieso …«

»Du siehst deinem Großvater sehr ähnlich. Überzeugt hat mich jedoch die Art, wie du mich geführt hast. Weißt du noch, wie du damals als Knabe gesagt hast, ich solle mich ruhig auf dich stützen, du wärest stark genug? Dann hast du deine Hand genauso auf die meine gelegt wie eben.« Mildburg schwankte, und sie konnte ihre Gefühle kaum mehr beherrschen. »Ich habe immer gehofft, dass du zurückkommen würdest. Aber du bist so lange ausgeblieben!«

Rasul begriff, dass er von diesem Augenblick wieder Gunther von Bogenberg sein würde, und sah sie traurig an. »Das, Großtante Mildburg, ist eine sehr lange Geschichte, die sich nicht zwischen Tür und Angel erzählen lässt.«

»Das habe ich mir schon gedacht. Du musst sie allerdings nicht mir allein erzählen, sondern auch Frau Marie, Herrn Michel und Graf Heinrich. Sie müssen wissen, dass der wahre Erbe von Bogenberg und Guntramsweil zurückgekehrt ist!«

»Otfried von Drachenstein wird behaupten, Ihr würdet einen Eurer Verwandten, vielleicht auch einen Bastard, für mich ausgeben, um ihn um sein ihm zustehendes Erbe zu bringen, und viele werden ihm glauben«, wandte Gunther ein.

Die Gefahr war nicht von der Hand zu weisen, dies wusste auch Mildburg. Dennoch war sie nicht bereit, auf diesen Trumpf zu verzichten. Bei einigen wichtigen Leuten würde er stechen, und das konnte ausschlaggebend sein. Trotzdem fragte sie, ob Gunther nicht etwas bei sich habe, das als Beweis dienen könnte.

Gunther griff unter sein Hemd und brachte ein Medaillon zum Vorschein. Als er es öffnete, war darin das Bildnis einer jungen Frau.

»Das ist Guntraud, deine Mutter!« Eine Träne lief über Mildburgs Gesicht, als sie an ihre viel zu früh verstorbene Nichte dachte. Dann aber musterte sie ihren Großneffen mit schief gehaltenem Kopf.

»Dieses Medaillon kann Otfried nicht verleugnen«, erklärte Gunther. »Jeder auf Bogenberg wusste, dass es mir gehört und ich es stets getragen habe.«

»Das wird uns helfen«, erklärte die alte Dame zufrieden. »Als Erstes wirst du dich wieder anziehen, wie es einem Christenmenschen gebührt. Auch wirst du dich rasieren. So muss man dich wirklich für einen Heiden halten. Du bist doch Gott in diesen Jahren nicht untreu geworden?« Es klang streng, und sie nickte zufrieden, als Gunther verneinte.

»Mein Herr und Lehrer Ibrahim al Hakimi hätte es gerne gesehen, wenn ich Moslem geworden wäre, doch er drängte mich nicht und gab sich damit zufrieden, dass ich vor anderen nicht als Christ auftrat.«

»Das lasse ich gelten«, sagte Mildburg und zerzauste ihm das Haar. »Du weißt gar nicht, was für eine Freude es für mich ist, dich wiederzusehen, und das nicht nur, um Otfried Guntramsweil und Bogenberg abspenstig machen zu können. Ich würde zu gerne meinem Neffen Robert berichten, dass du hier bist, doch er soll dich erst heute Abend beim Mahl sehen, und zwar so, wie es sich gehört.«

Gunther begriff, dass er der Tatkraft der alten Dame nichts entgegenzusetzen hatte, und nickte. »Es soll alles so sein, wie Ihr es Euch wünscht, Großtante Mildburg!«

»Das will ich meinen!« Mildburg versetzte ihm einen leichten Klaps und deutete dann auf ihren Rücken »Solange du noch der Arzt Rasul bist, kannst du dir meinen Rücken ansehen und mir raten, was ich gegen meine Schmerzen tun kann.«

»Sehr gerne, Großtante! Ich bin aber auch bereit, es dann noch zu tun, wenn mein Bart geschoren ist und ich die hier gebräuchlichen Gewänder trage.«

»Ein Burgherr, der als Quacksalber wirkt? Das wäre noch was!«, antwortete Mildburg abwehrend, war aber bereit, eine Ausnahme zu machen, wenn sich Gunthers Medizin als nützlich erweisen sollte.

4.

Den ganzen Tag über wurde Marie das Gefühl nicht los, dass sich etwas ereignen würde, ohne es festmachen zu können. Michel besprach unterdessen mit Graf Heinrich die Situation bei den Nachbarherrschaften. Sie nahm zwar nicht am Gespräch teil, wusste aber, dass Otfried von Drachenstein durch die Vereinigung seines Besitzes mit Bogenberg zu einem starken Konkurrenten von Hettenheim heranwuchs. Bei einem anderen Nachbarn hätte dies den Grafen nicht gestört, doch Otfried erschien zu ehrgeizig, um sich mit dem jetzigen Stand zufriedenzugeben. Er konnte noch die Hälfte Löwenbergs oder Hohenwalds für sich gewinnen, wenn er sich auf die jeweils andere Seite stellte und die angegriffene Herrschaft dadurch unterging.

Marie zuckte zusammen. Wenn es nach der Fehde sowohl bei Löwenberg wie auch bei Hohenwald keinen männlichen Erben mehr gab, traute sie Otfried zu, je nach Situation um Ursula von Hohenwald oder Edda von Löwenberg zu freien, um damit alle vier ehemaligen Herrschaften des Kleeblattbunds an sich zu bringen.

Dieser Gedanke bestätigte sie in ihrem Verdacht, dass Otfried hinter all den Unruhen in dieser Gegend steckte. Noch konnte sie es nicht beweisen, aber sie hoffte, dass er schon bald einen entscheidenden Fehler beging, der ihn entlarvte. Doch falls er weiterhin vorsichtig blieb und seine Schläge aus dem Dunklen heraus führte, musste sie ihn aufhalten. Und dafür brauchte es einen gewichtigen Grund. Diesen, so hoffte sie, würden Rasul-Gunther und Mildburg ihr liefern.

Wie gerufen trat Gunther auf sie zu und deutete eine Verbeugung an. »Verzeiht mir, meine Dame, doch ich wäre Euch dankbar, wenn Ihr mir Hilfe angedeihen lassen könntet.«

»Dazu bin ich gerne bereit«, antwortete Marie.

»Frau Mildburg missfällt meine Tracht, und sie will, dass ich wie einer der hiesigen Herren gekleidet bei Tisch erscheine. Es wäre mir eine Freude, wenn Ihr mir sagen könntet, wie ich an ein solches Gewand gelangen kann«, sagte er mit einem verlegenen Lächeln.

Marie musterte ihn mit den Augen einer Frau, die zeitlebens mit Nadel und Faden umzugehen verstand. »Ihr seid etwa so groß wie Graf Heinrich, aber um einiges schmaler. Seine Gewänder werden Euch daher nicht passen. Auch die meines Ehemanns nicht. Ich werde daher die Beschließerin bitten, in den Truhen nachzusehen, ob nicht etwas darin liegt, das Ihr verwenden könnt.«

»Ich wäre Euch sehr dankbar!«

Gunther wusste nicht so recht, ob er sich nur deshalb nach der Mode dieses Landes kleiden wollte, um den Wunsch Mildburgs zu erfüllen. Immerhin war er mit der Absicht zurückgekommen, Rache an Radolf und Otfried zu nehmen. Wie oft hatte er sich vorgestellt, deren hinterhältigen Mordanschlag mit Gift zu beantworten. Nun war sein Bruder tot und hatte somit für seinen Verrat und seine Gier bezahlt. Zu seiner Verwunderung verspürte Gunther sogar eine gewisse Trauer um Radolf. Auch wenn dieser ihm zuletzt nach dem Leben getrachtet hatte, so hatten sie doch denselben Vater, um den er noch weit mehr trauerte. Zudem war Radolf früher anders gewesen. Wie es aussah, hatte Otfried dessen Gedanken immer mehr vergiftet, um seine eigenen, verderblichen Pläne voranzutreiben.

Gunther hätte jeden Eid geleistet, dass Otfried derjenige war, der für Radolfs Ableben gesorgt hatte. Wenn es ihm jetzt gelang, Otfried unauffällig auszuschalten, ersparte dies dem Land viel Blutvergießen und Not. Allerdings würde durch einen Giftmord womöglich ein schlechtes Licht auf ihn fallen, und es erschien ihm unsicher, ob die anderen Herren ihn dann noch als Radolfs Nachfolger anerkennen würden.

Während er sich mit zwiespältigen Gedanken herumschlug, folgte er Marie, die sich auf die Suche nach der Burgbeschließerin machte und diese schließlich in einer der Kammern fand.

»Gut, dass ich dich treffe«, sagte Marie lächelnd. »Frau Mildburg wünscht, dass der Arzt aus dem Orient auf hiesige Weise gekleidet an der Tafel sitzen soll. Dazu aber braucht er ein passendes Gewand.«

»Daran soll's nicht fehlen. Wenn ich nichts finde, das der Hei… äh, der Herr auf Anhieb anziehen kann, werde ich ein paar Mägde daransetzen, dass sie ihm etwas nähen!« Beinahe hätte die Frau Heide gesagt, da sie Gunther für einen solchen hielt, sich aber noch rechtzeitig daran erinnert, dass er als geachteter Gast auf der Burg weilte.

Marie war froh, Rasul-Gunther der Beschließerin überlassen zu können, und begab sich in die Kammer, in der Michel und Graf Heinrich noch immer zusammensaßen und die aktuelle Situation berieten. Da von den beiden Männern nichts Neues kam, hörte sie nur zu und überließ sich ihren eigenen Gedanken.

5.

Etwa zu der Zeit, in der Marie Rasul-Gunther zur Beschließerin auf Hettenheim brachte, schritt eine Magd von einem Hof des Meierdorfs zum Wald hinüber. In der Hand hielt sie einen großen Spankorb, in dem sie Tannenzapfen sammeln sollte, die zum Anschüren des Herdfeuers gebraucht wurden. Wegen des langen Weges und der mühsamen Suche nach den Zapfen war dies eine Arbeit, die gerne der zuletzt in Dienst genommenen Magd überlassen wurde. So war es auch hier.

Sigos Schwester Thea war froh über diesen Auftrag, denn er bot ihr die Gelegenheit, sich heimlich mit ihrem Bruder zu treffen. Sie war nicht mehr ganz jung, hatte sich aber gut gehalten und war erfahren darin, Männer unterschiedlichsten Alters zu erfreuen und sie dabei um ihre Börsen zu erleichtern. Der Auftrag hier war jedoch anders gelagert. Sie sollte Augen und Ohren offen halten, um so viel wie möglich von dem zu erfahren, was sich auf Burg Hettenheim tat.

Als sie den Treffpunkt erreichte, wartete dort nicht nur Sigo auf sie, sondern auch dessen Anführer Jochen. Sie hielt dies für kühn, denn wenn ihn jemand sah, würde er sofort Alarm auf der Burg schlagen und Graf Heinrich seine Reiter aussenden, um ihn zu fangen. Thea schloss daraus, dass es um etwas sehr Wichtiges gehen musste.

»Du kommst spät!«, tadelte Sigo sie, da Mausgesicht und er mehr als zwei Stunden hatten warten müssen.

»Wenn mir Arbeit aufgetragen wird, muss ich sie erledigen, sonst schickt man mich weg, ohne mir auch nur einen Zehrpfennig zu geben. Ihr werdet mir auch beim Sammeln der Zapfen helfen müssen, sonst komme ich zu spät zurück und werde gescholten.«

»Das soll nicht sein«, sagte Mausgesicht und legte zwei Tannenzapfen in ihren Korb.

»Es müssen schon ein paar mehr sein, je nachdem, wie lange wir hier reden«, forderte die Frau.

»Wir tun alles, damit du rechtzeitig fertig wirst«, versprach Mausgesicht und beugte sich vor. »Du wirst in den nächsten Tagen deine Findigkeit beweisen müssen. Wir wollen nämlich Frau Marie entführen.«

»Das wird schwer werden!«, stieß Sigos Schwester hervor. »Sie verlässt die Burg nur selten, und falls doch, mit einem Gefolge aus vier oder fünf Waffenknechten.«

»Mit denen könnten wir fertigwerden«, befand Sigo, doch Mausgesicht hob die Hand.

»Ein solcher Überfall würde nicht unbemerkt bleiben, und wir hätten rasch Verfolger am Hals. Diese Sache muss heimlich stattfinden, so dass wir Graf Hettenheims Besitz bereits verlassen haben, bevor es bekannt wird.«

»Das verstehe ich nicht!«, rief Sigos Schwester verwirrt.

»Das musst du auch nicht. Wichtig ist nur, dass es dir gelingt, diese Frau aus der Burg zu locken.« Mausgesicht grinste, doch sein Gesicht wirkte angespannt und nicht freundlich.

»Ich muss überlegen! Vielleicht …« Thea brach ab und machte eine ärgerliche Handbewegung. »So geht es nicht! Sammelt ihr schon mal Tannenzapfen. Vielleicht fällt mir in der Zwischenzeit etwas ein.«

Mausgesicht und Sigo machten sich ans Werk, und es gelang ihnen, den Korb in kurzer Zeit zu füllen. Als Mausgesicht zu Thea zurückkehrte, verriet seine Miene deutlich, dass er nun Vorschläge von ihr erwartete.

»Weißt du jetzt, wie du diese Frau oder ihre Bälger aus der Burg locken kannst?«

»Ich glaube, ich weiß, wie ich das schaffe«, antwortete Thea mit einem zufriedenen Lächeln. »Wenn es so weit ist, werde ich Sigo Bescheid geben. Allerdings werde ich danach diese Gegend schleunigst verlassen müssen. Sonst wird man mich als die Schuldige am Verschwinden der Dame ausmachen und hinrichten.«

»Du kannst mit uns kommen! Wir werden uns Pferde stehlen, damit wir schnell verschwinden können«, versprach Mausgesicht.

»Wir haben doch unsere eigenen Gäule«, wandte Sigo ein.

Sein Anführer lachte. »Die bleiben brav in unserem Versteck. Es würde auffallen, wenn wir hoch zu Ross aus dem Ödland herauskommen. Ich will nicht, dass man uns dort ausräuchert. Auch macht es mehr Spaß, auf Hohenwalder Land Pferde zu stehlen und sie nahe Löwenberg wieder freizulassen. Doch nun solltest du zurückgehen, sonst wird deine Herrin sich wundern, wo du so lange bleibst!« Mausgesicht kniff Thea leicht in die Wange und sah sich grinsend zu Sigo um. »Du bleibst hier in der Gegend und gibst es mir sofort weiter, wenn deine Schwester dir meldet, wie wir uns der Kibitzsteinerin bemächtigen können.«

»Ich weiß nicht, ob das so klug ist. Immerhin treiben sich hier Graf Heinrichs Patrouillenreiter herum«, gab Sigo zu bedenken.

»Denen wirst du ja wohl ausweichen können!« Mausgesicht sah zu, wie Sigos Schwester den Korb mit den Tannenzapfen aufhob und Richtung Dorf ging. Thea war ein verteufelt kluges Frauenzimmer, und er überlegte, ob er sie nicht ganz bei sich behalten sollte. Dann aber dachte er daran, dass er mit der Belohnung, die Otfried ihm zahlen musste, sich eine eigene, kleine Herrschaft kaufen wollte, und da wollte er sich die Gelegenheit für eine passende Heirat nicht durch so ein Weibsstück verderben lassen.

Allerdings würde er sich sehr weit von hier entfernt ansiedeln müssen, um der Gefahr aus dem Weg zu gehen, auf einen der hier lebenden Herren zu treffen und von diesem als derjenige beschuldigt zu werden, der auf Edda von Löwenberg geschossen und noch viele andere üble Dinge getan hatte. Mit diesem Gedanken klopfte er Sigo auf die Schulter und eilte ebenfalls davon.

6.

Am Abend forderte Mildburg von Brandis eine neue Sitzordnung an der Tafel. Graf Heinrichs Ehefrau Hedwig und die Beschließerin hatten einiges zu tun, bis alles nach dem Sinn der alten Dame geordnet war. Danach saß diese ebenso wie Marie mit dem Gesicht zum Eingang, während ihr Neffe Robert von Rehlingen mit dem Rücken dazu sitzen musste und eintretende Personen nicht sofort sehen konnte. Edda saß Mildburg gegenüber, während der Platz neben der alten Dame frei zu bleiben hatte.

Michel warf Marie einen genervten Blick zu, beruhigte sich aber, als er sie lächeln sah. Anders als er sahen Graf Heinrich und dessen Gemahlin so aus, als wünschten sie sich, dieser schwierige Gast würde ihre Burg möglichst bald wieder verlassen.

Obwohl auch Marie Mildburg von Brandis als anstrengend empfand, so war sie doch neugierig darauf, was die Greisin vorhatte. Inzwischen waren alle Gäste bis auf Rasul-Gunther eingetroffen. Zu Maries Verwunderung galt die Aufmerksamkeit Mildburgs diesmal nicht ihr, sondern Edda. Diese sah nun endlich so aus, wie es sich für eine junge Dame höheren Standes gehörte. So trug sie ein langes, grünes Kleid mit rotem Futter, Schleppärmeln und Pelzbesatz. Ihre Haare waren sorgfältig gekämmt und wurden durch eine Kette aus Rubinen zusammengehalten, die Frau Hedwig ihr geliehen hatte. Der Farbkontrast zwischen dem weißen Haarschopf und den roten Edelsteinen fiel allen auf, und selbst Graf Heinrich lächelte, als er die junge Frau betrachtete.

»Ich wollte, Ritter Engelbrecht könnte seine Schwester jetzt sehen. Bei Gott, wären wir hier auf einem Turnier, würden hundert Ritter ihn und seinen Sohn dafür, wie sie Fräulein Edda behandelt haben, zum Zweikampf fordern«, rief er anerkennend.

Eine sanfte Röte überhauchte Eddas Gesicht, während Mildburg zu Graf Heinrichs Worten eifrig nickte. »Du bist wirklich schön, mein Kind, und man sollte langsam an eine Ehe für dich denken.«

»Ich will nicht heiraten«, antwortete Edda rasch und blickte die Treppe hoch, die Gunther-Rasul sonst immer herabgestiegen war. An diesem Tag aber ließ er auf sich warten. Nicht länger warten wollte hingegen Graf Heinrich und ergriff seinen Becher.

»Lasst uns mit dem Mahl beginnen. Trinken wir auf Fräulein Edda und darauf, dass ihr Aufenthalt hier auf Hettenheim für sie den Umschwung zum Besseren bringt!«

»Darauf trinke ich gerne«, antwortete Mildburg und erhob ebenfalls ihren Becher. »Auf Edda von Löwenberg! Möge ihr weiteres Leben vom Glück gesegnet sein.«

»Auf Edda und darauf, dass sie, wann immer sie Hilfe braucht, uns Kibitzsteiner bereit finden wird, ihr beizustehen«, stimmte Marie in den Trinkspruch mit ein.

Michel schloss sich dem Wunsch an, und nachdem auch Graf Heinrichs Ehefrau ein paar freundliche Worte gefunden hatte, war es an Robert von Rehlingen, dies ebenfalls zu tun. Er lobte Eddas Schönheit und ihr Elfenhaar, schien aber verwirrt darüber, weshalb seine Tante ein ihr fremdes Mädchen so zu bevorzugen schien.

Aus dem Augenwinkel bemerkte Marie eine Bewegung. Es vergingen einige Augenblicke, bis sie in dem herannahenden Mann Gunther erkannte, der kaum noch Ähnlichkeit mit Rasul hatte. Von einem Orientalen war nichts mehr geblieben. Er trug enge, schwarze Strümpfe und ein schwarzes Wams, das vorne weit genug offen war, um ein weißes, silbern besticktes Hemd sehen zu lassen. Dazu saß ein schwarz und silbern gewürfeltes Barett auf seinem Kopf. Schwarz und Silber waren die Wappenfarben der Bogenberger. Dies war ein klares Signal, dass es Mildburg von Brandis nicht allein um Guntramsweil ging, sondern sie Otfried auch Bogenberg streitig machen wollte.

Noch hatte außer ihr und der alten Dame niemand Gunther bemerkt. Nun trat er näher und rief die Aufmerksamkeit der anderen hervor. Sein Kinn war rasiert und stach mit seiner Blässe gegen das restliche Gesicht ab. Dennoch war zu erkennen, dass er ein schlanker, gut aussehender Mann war. Nun fehlte ihm auch jener sanfte Ausdruck, den er als Rasul stets wie eine Maske getragen hatte. Stattdessen stand hier ein junger Edelmann, der nach langen Jahren in die Heimat zurückgefunden hatte und sein Recht fordern wollte.

»Wer seid Ihr?«, fragte Graf Heinrich und funkelte seinen Haushofmeister zornig an, weil dieser den Gast nicht angekündigt hatte.

Auch Robert von Rehlingen schüttelte verwundert den Kopf. »Von Eurem Aussehen könntet Ihr jemand aus unserer Sippe sein, doch die kenne ich alle. Euch hingegen habe ich noch nie gesehen!«

»Dein Gedächtnis ist schlechter als das meine, Vetter, denn ich habe Guntrauds Sohn sofort erkannt«, sagte Mildburg mit einem nachsichtigen Lächeln.

»Guntrauds Sohn! Dann müsste es ja Gunther von Bogenberg sein. Das ist unmöglich!«, stieß von Rehlingen hervor.

»Weshalb soll das unmöglich sein?«, fragte Mildburg scharf. »Immerhin wurde Gunthers Leichnam niemals gefunden!«

Graf Heinrich und Michel starrten Gunther an, als wäre er ein Wundertier mit zwei Köpfen. »Aber wie ist das zugegangen? Und weshalb seid Ihr damals nicht nach Hause zurückgekehrt?«, fragte Heinrich von Hettenheim.

»Das«, antwortete Gunther, »ist eine traurige Geschichte! Ich würde sie gerne zu einer Zeit erzählen, in der uns nur der Weinbecher stört, den wir zum Mund führen, und nicht ein ganzes Mahl.«

»Ihr wollt das ganze Mahl hier alleine essen? Pfui, Herr Junker, lasst uns doch ein wenig übrig!« Es waren die ersten Worte, die Edda sprach, und sie lösten ein wenig die Spannung. Mildburg von Brandis, aber auch Marie und Michel lachten leise darüber, und nach einigen Augenblicken fiel auch Gunther darin ein.

»Verzeiht, mein Fräulein! Es wäre übel an Euch gehandelt, Euch hungern zu lassen, wo Ihr doch Eure ganze Kraft braucht, damit Eure Verletzung ganz heilen kann!«

»Ihr bleibt doch jetzt, da Ihr Junker Gunther von Bogenberg seid, weiterhin mein Arzt?« Eine kaum verhohlene Angst sprach aus Eddas Worten.

Gunther verbeugte sich lächelnd vor ihr. »Euch jetzt im Stich zu lassen, wäre übel gehandelt. Ich werde Euer Arzt sein, solange Ihr es benötigt.«

»Ich glaube, das wird noch eine gewisse Zeit dauern, denn ich fühle mich gar nicht so gut!« Auch wenn sie einsam aufgewachsen war, so verstand Edda sich doch ein wenig auf Koketterie.

Heinrich von Hettenheim hingegen starrte Gunther aus großen Augen an. »Er soll Euer Arzt bleiben? Aber das ist doch Rasul!« Noch während er es sagte, entdeckte er bekannte Züge an Gunther und schüttelte irritiert den Kopf. »Ihr könnt doch nicht der Orientale sein?«

»Und wenn er es doch ist?«, sagte Edda lächelnd und fasste nach Gunthers Hand.

Marie sah Mildburg zufrieden nicken und hätte sich nicht gewundert, wenn sich die alte Dame bereits Gedanken über ein Hochzeitsgeschenk machte. Noch aber saß Otfried von Drachenstein in Bogenberg, und es erschien Marie unwahrscheinlich, dass er Gunther dessen Tore öffnen würde, nur weil dieser behauptete, Ritter Rainalds jüngerer Sohn zu sein, der aus der Ferne zurückgekehrt war.

Graf Heinrich kämpfte noch immer mit seiner Überraschung, dass der orientalische Arzt Rasul sich als Erbe von Bogenberg entpuppt hatte. »Weshalb musstet Ihr Euch verkleiden?«, fragte er. »Ihr hättet doch auch als Junker Gunther kommen können. Ich hätte Euch gewiss unterstützt.«

»Ich kannte Euch nicht und konnte nicht wissen, dass Ihr ein Ehrenmann seid. Euer Vetter war es jedenfalls nicht, und ich hatte Angst, Ihr könntet ihm ähnlich sein. Bei den anderen befürchtete ich, sie würden sich von vorneherein auf Radolfs und Otfrieds Seite schlagen.«

»Jedenfalls habt Ihr klug gehandelt und konntet als Arzt Fräulein

Eddas Leben retten«, sagte Marie mit einem anerkennenden Lächeln.

»Dafür danke ich Gott!« Auch Gunther lächelte und hob dann die Hand. »Ich hoffe, man verzeiht es mir, doch ich werde Majid im Lauf der Zeit alles an Heilkunst lehren, was mein Lehrer mir beigebracht hat.«

»Wenn es dir wichtig ist, Großneffe, dann soll es so sein«, antwortete Mildburg in einem Tonfall, dem nicht zu entnehmen war, ob dies auch in ihrem Sinne war.

Graf Heinrich wies auf die Tafel, die sich unter der Last der Speisen zu biegen schien, und holte sich das erste Stück Braten auf den Teller. »Lasst uns essen, bevor noch jemand erscheint und wir weiter hungern müssen.«

Diesmal lachten alle und griffen zu. Edda versuchte, ihre linke Hand aus der Schlinge zu ziehen, ließ es dann aber sein, als sie Gunthers mahnendes Hüsteln hörte. Stattdessen schob sie ihm ihren Teller hin und bat ihn, ihr das Fleisch in mundgerechte Bissen zu schneiden.

7.

Obwohl es alle drängte, Gunthers Geschichte zu erfahren, verlief das Mahl ruhig und gesittet. Graf Heinrichs Gemahlin Hedwig achtete darauf, dass jeder an der Tafel satt wurde, und räusperte sich mahnend, wenn die Diener nicht rasch genug nachschenkten.

Nach einer Weile schoben alle die Zinnteller zurück, wischten ihre Messer ab und steckten diese in die Futterale. Gunther begriff, dass nun die Zeit gekommen war, in der er Licht in die letzten zwölf Jahre seines Lebens bringen musste. Er bewaffnete sich mit einem vollen Weinbecher, wartete, bis die Knechte die Tafel abgetragen hatten, und fand sich im Zentrum neugieriger Blicke wieder. Da er nicht so recht zu wissen schien, wie er beginnen sollte, sprach Mildburg ihn an: »Es heißt, du wärst damals als Knabe mit deinem Pferd über eine Schlucht gesprungen und hättest den Sprung zurück nicht mehr gewagt?«

»So war es nicht! Das haben Radolf und Otfried sich ausgedacht«, antwortete Gunther bedrückt.

Es fiel ihm nicht leicht, von jenen schlimmen Stunden zu berichten, in denen sein Bruder und dessen Vetter ihn hatten umbringen wollen. »Beinahe wäre es ihnen auch gelungen«, setzte er leise hinzu. »Hätte ich mich nicht unwillkürlich an dem dünnen Gestrüpp der Schluchtenwand festgekrallt, wäre ich wohl tot. So aber konnte ich meinen Sturz abbremsen. Ich war allerdings verletzt und glaubte zunächst noch, Radolf und Otfried würden mich retten. Stattdessen haben sie über mich gespottet und sich gerühmt, wie leicht es ihnen gefallen wäre, mich beseitigt zu haben. Hätten sie es nicht getan, hätte ich um Hilfe gerufen und ihnen damit die Gelegenheit geboten, mich doch noch umzubringen.«

»Dies mit anzuhören muss schlimm für Euch gewesen sein«, sagte Marie mitfühlend.

»Das war es!«, gab Gunther zu. »Ich glaubte mich verloren, denn mir tat alles weh, und ich vermochte kaum einen Arm zu rühren. So fragte ich mich, wie ich aus der Schlucht wieder herauskommen sollte. Den Bach abwärts verlegten mir Felsen den Weg, und aufwärts wurde die Schlucht so eng, dass ich nicht weitergekommen wäre.«

»Du bist aber herausgekommen«, wandte Mildburg ein.

Gunther nickte. »Irgendwie gelang es mir, mich an dem dünnen Gestrüpp der Schluchtenwand hochzuziehen und nach oben zu klettern. Danach aber befand ich mich auf der anderen Seite der Schlucht. Selbst im Vollbesitz meiner Kräfte hätte ich den Sprung darüber nicht gewagt. In dieser Hinsicht haben Radolf und Otfried nicht gelogen.«

»Haben sie doch!«, rief Edda zornig. »Sie wussten ja nicht, dass du noch lebtest, aber dein Pferd verloren hattest. Es sind üble Schurken gewesen, und Otfried ist immer noch einer.«

Es war deutlich zu erkennen, dass sie kein gutes Wort über jene Männer hören wollte, die Gunther damals verraten hatten.

»Ich habe mein Pferd am nächsten Tag gefunden. Doch es war bereits von einem Bären geschlagen worden«, setzte Gunther seinen Bericht fort, ohne auf Eddas Einwand einzugehen.

»Du hättest nach Hohenwald oder Löwenberg gehen können. Dort wäre dir gewiss Hilfe zuteilgeworden«, erklärte Mildburg mit einem gewissen Tadel.

Gunther schüttelte den Kopf. »Zu jenem Zeitpunkt waren die vier Herren des Kleeblattbunds noch ein Herz und eine Seele. Keiner hätte sich gegen meinen Vater gestellt oder gegen den von Otfried. Es wäre meinem Halbbruder und dessen Vetter ein Leichtes gewesen, meine Anklagen zu entkräften. Sie waren zu zweit, und Radolf hatte nie vorher Anzeichen gezeigt, dass ich ihm lästig sein könnte.«

»Da muss ich Junker Gunther zustimmen«, meldete sich Esau zu Wort. »Niemand hätte ihm damals geglaubt, sondern seine Worte dem Schrecken zugeschrieben, den er erlitten hatte, oder noch schlimmer, als den Versuch, das eigene Versagen zu verschleiern.«

»Es hätte auffallen müssen, dass sein Bericht sich von dem der beiden anderen unterscheidet. Außerdem hättest du zu mir kommen können!«, rief Mildburg und sah beim zweiten Satz Gunther streng an.

»Hättet Ihr mir geglaubt, Großtante?«, fragte dieser sanft.

»Gewiss … wahrscheinlich … Ich weiß es nicht!« Mildburg senkte den Kopf. »Knaben in dem Alter, wie Gunther es damals war, sind manchmal recht eigenartig, und so wäre es durchaus möglich gewesen, dass ich deine Worte für Übertreibung gehalten und nicht ernst genommen hätte. Es wäre sogar möglich gewesen, dass ich dich nach Bogenberg hätte zurückbringen lassen. Wahrscheinlich hätte ich dich damit dem sicheren Tod ausgeliefert.«

Die alte Dame schauderte es bei diesem Gedanken, und ihr kamen die Tränen.

»Wie schrecklich, dass Gunther sich selbst vor denen fürchten musste, die ihm eigentlich wohlwollten«, sagte Edda, die nun ebenfalls die Tränen nicht mehr zurückhalten konnte.

»Ihr sagtet, Ihr wärt auf einen Mönch gestoßen«, sagte Marie zu Gunther, um diesen zum Weitererzählen zu bewegen. Auch sie verspürte einen gewissen Druck in der Brust und sah, wie ihre drei Töchter sich die nassen Augen rieben. Sogar Falko und Hilbrecht schienen gerührt, und die Gräfin brauchte ein Tuch, um ihre feuchten Wangen zu trocknen.

»Ihr meint Vigilius! Er war sowohl mein Retter wie auch mein Fluch. Es ist ungewiss, ob ich die nächsten Tage im Ödwald überlebt hätte. Mich anderen Menschen zu nähern hätte ich wohl nicht gewagt«, gab Gunther zu. »Vigilius aber bot mir die Gelegenheit, die Lande, in denen ich mein Leben bedroht sah, zu verlassen. Für mich zählte dies zunächst am meisten. Später stellte ich mir vor, ich könnte in fernen Ländern ein großer Krieger werden, der an Radolf und Otfried einmal Rache nehmen würde.«

Gunther lachte bitter, trank einen Schluck Wein und sah die anderen nachdenklich an. »Die meisten Edelknaben träumen davon, einmal ein großer Held zu werden, auf den der Vater und die ganze

Sippe stolz sein können. Ich habe damals an unseren nächtlichen Lagerfeuern viel mit Vigilius darüber gesprochen, und er hat mir zugestimmt. Er schien mir der Freund zu sein, den ich nie hatte, denn Otfried war in Radolfs Alter, und das war auch Engelhard von Löwenberg, während Udo vier Jahre jünger war als ich.«

Gunther lachte leise. »Zunächst aber wurde aus dem Edelknaben ein Betteljunge. Vigilius erklärte, dies wäre wichtig. Da mein Leichnam nicht gefunden werden könne, sei es möglich, dass mein Bruder mich verfolgen lasse. Ich habe ihm geglaubt. Dabei ging es Vigilius nur um die paar Schillinge, die er für mein Wams bei einem Altkleiderhändler erstehen konnte. Ich will ihn deswegen nicht tadeln, denn ich besaß keine einzige Münze, und wir erhielten nicht immer etwas zu essen für Gottes Lohn und ein Nachtlager.«

»Euer Ziel war Jerusalem! Weshalb wolltet Ihr so weit von hier fort?«

»Die Stadt war Vigilius' Ziel, und ich bin ihm eben gefolgt«, antwortete Gunther. »Ich kam mir sehr mutig und tapfer vor, zu den Heiden zu reisen und meine Hand auf die Stelle zu legen, an der unser Herr Jesus Christus einst begraben worden ist. Daher war ich Vigilius dankbar. Heute weiß ich, dass er mich zum Betteln brauchte, gelegentlich auch zum Stehlen.«

»Du hast gestohlen?«, rief Mildburg erschrocken.

»Hier und da eine Frucht, dort ein Stück Brot, anderswo haben wir rasch einem Huhn den Kragen umgedreht und es unter unserer Kleidung verborgen«, gab Gunther zu. »Es kam damals zu etlichen lustigen, aber auch weniger lustigen Zwischenfällen. Einmal wurde Vigilius erwischt und in einem Ziegenstall eingesperrt, damit er am nächsten Tag dem Vogt übereignet werden sollte. Ich habe ihn in der Nacht befreit, obwohl einige Männer dort gewacht haben.«

Es klang ein wenig Stolz mit, und Gunther fand, dass Vigilius ihm im Grunde mehr Dankbarkeit schuldete als er diesem.

»Auch hohe Herren stehlen, wenn der Hunger sie treibt, oder sie zwingen einfache Leute, ihnen zu gehorchen und ihnen zu essen und zu trinken zu geben, auch wenn diese hernach hungern müssen«, erklärte Marie, um diese Diskussion zu beenden.

»Es war der Not geschuldet!« Auch Edda stellte sich auf Gunthers Seite, und so gab dessen Großtante nach.

»Man darf nicht dich als den Schuldigen sehen, sondern jene, die dich zu diesem Leben gezwungen haben, sprich Radolf und Otfried.«

»Das sagte ich auch«, stimmte Graf Heinrich ihr zu und forderte Gunther auf, weiter zu berichten.

»Vigilius musste Jerusalem erreichen, um das Schreiben eines alten Freundes seines Vaters zu erlangen, der dort Mönch ist. Nur so konnte er sich Hoffnungen auf sein Erbe machen. Sein Vater zwang ihn jedoch, diese Reise wegen etlicher Verfehlungen bettelnd zurückzulegen.«

»Und du warst sein Gefährte bei dieser Reise«, warf Mildburg ein.

»Man kann es so nennen!« Gunther hob die rechte Hand. »Er war ein geschickter Schwindler, ein ganz passabler Dieb, auch wenn ich flinkere Finger hatte als er, und er hatte ein Gefühl von Ehre, das wohl jeden Reisegefährten zum Weinen bringen würde – es sei denn, dieser wäre selbst ein Schuft. Doch gemach! Noch sind wir nicht so weit. Obwohl wir kein Geld hatten, strebte Vigilius Venedig zu, und so erreichten wir nach einem mühseligen Marsch über die Alpen die Lagunenstadt. Sie war ein Anblick, sage ich euch! Wie ein Bild aus Gold und Silber!«

Marie nickte, denn sie war bereits selbst in Venedig gewesen. Eines aber musste sie einwerfen. »Vom Ansehen her mag Venedig schön sein, vom Geruch her weniger.«

»Ihr kennt die Stadt?«, rief Gunther überrascht. »Nun, so wisst Ihr auch, dass von dort Schiffe in den Orient und ins Heilige Land fahren. Allerdings kostet eine solche Passage Geld, und das hatten wir nicht.«

»Ihr werdet doch hoffentlich nicht die Opferstöcke in den Kirchen aufgebrochen haben, um an Reisegeld zu kommen!«, rief Mildburg in drohendem Ton.

Gunther schüttelte den Kopf. »Das hätte ich niemals zugelassen. Vigilius gab sich große Mühe, auf andere Weise an Geld zu kommen. Unterkunft erhielten wir für Gottes Lohn im Campo Santo Teutonico. Dort gelang es ihm, von den Pilgern, die dort hinkamen, kleinere Summen als Spenden für unsere Reise zu erhalten. Er versprach, dafür in Jerusalem ein Gebet für jeden Geber zu sprechen. Auch suchte er den Fondaco dei Tedesci auf und bot den Kaufleuten deutscher Zunge an, in Jerusalem für sie zu beten.

In drei Wochen hatten wir genug Geld für die Reise und für Vorräte zusammen und darüber hinaus noch eine gewisse Summe, die uns helfen sollte, uns im Heiligen Land zurechtzufinden. Ich gebe zu, ich habe Vigilius damals für seine Findigkeit bewundert. Denen, die uns Geld gaben, entstand kein Schaden, denn die einzelnen Summen waren gering, und da wir nach Jerusalem wollten, war es auch kein Betrug, da wir dort für unsere Spender beten konnten.«

»So etwas machen etliche Pilger«, stimmte Marie Gunther zu.

»Jedenfalls hatten wir Geld. Vigilius wurde mit einem Schiffer handelseinig, und wir konnten Venedig in Richtung Jaffa verlassen«, erzählte Gunther weiter. »Wir kamen, von einem leichten Sturm abgesehen, gut im Heiligen Land an und fanden rasch eine Gruppe, mit der wir nach Jerusalem ziehen konnten. Dort eilte Vigilius zum Freund seines Vaters, erhielt den ersehnten Brief und hatte damit sein Ziel erreicht.«

»Weshalb bist du dann nicht mit ihm zurückgekehrt?«, wollte Mildburg wissen.

»Weil ich nicht konnte!« Gunthers Lächeln wurde schmerzlich. »Wir beteten in der Grabeskirche und in anderen Kirchen Jerusalems, bestiegen den Ölberg und knieten im Garten Gethsemane. Vigilius hatte vorgeschlagen, uns mehrere Wochen im Heiligen Land aufzuhalten, um dort all die wundersamen Stellen zu sehen, über die unser Herr Jesus Christus gewandelt ist. An dem Tag, bevor wir von Jerusalem aus nach Nazareth aufbrechen wollten, lud Vigilius mich in eine Schenke bei den Armeniern ein, ließ Wein auf den Tisch stellen und stieß mit mir immer wieder auf unsere Reise an. Er schien zutiefst ergriffen, und ich muss zugeben, ich war es auch. Vor allem aber war ich schließlich sehr betrunken.

Als ich am nächsten Morgen aufwachte, war Vigilius verschwunden. Ich lag auch nicht in unserer Herberge, sondern mit etlichen anderen jungen Männern in einem besseren Stall, und wir alle waren angekettet wie Vieh.«

»Wie das?«, entfuhr es Mildburg verwundert.

»Von dem vierschrötigen Mann, der uns bewachte, erfuhr ich, dass Vigilius mich an einen Sklavenhändler verkauft hatte, um das Reisegeld für die Rückfahrt zu erlangen.«

»Welch ein Schuft!«, stieß Edda voller Zorn hervor.

Gunther hob beschwichtigend die Hände. »Es war das Beste, was Euch geschehen konnte. Denn ohne Vigilius' Verrat wärt Ihr mittlerweile höchstwahrscheinlich tot.«

»Wie das?«, fragte Edda verwirrt.

»Ich wäre niemals Arzt geworden, sondern Söldner, Schreiber, Mönch oder was auch immer – wahrscheinlich nur ein Vagabund ohne Heim.«

Da Marie nicht wollte, dass sich das Gespräch in Nebensächlichkeiten verlor, ergriff sie das Wort. »Ihr seid also ein Sklave geworden, und das in Jerusalem, der Stadt der Liebe!«

Gunther lachte kurz auf. »Von Liebe habe ich dort wenig gespürt. Außerdem war ich wie von Sinnen. Ich schrie vor Wut, riss an meinen Ketten und verfluchte Vigilius. Da mich selbst Peitschenhiebe nicht zur Ruhe zwangen, ließ der Sklavenhändler mich hungern und dürsten, bis ich so matt war, dass mir der Tod als Erlöser willkommen gewesen wäre. Dann erklärte mir der Mann, dass ich mich von nun an manierlich zu benehmen habe. Wenn nicht, gäbe es eine einfache Möglichkeit, widerspenstige Hengste in lahme Wallache zu verwandeln. Da sein Aufseher mir in den Schritt griff und mir grinsend ein Messer zeigte, wusste ich trotz meiner Schwäche, was gemeint war.«

»Was?«, fragte Edda unsicher.

»Erinnere dich daran, was mit den meisten der Ferkel geschieht, die zu Ebern geworden wären, hätte man ihnen nicht bald nach der Geburt etwas weggeschnitten«, erklärte Mildburg ihr mit schonungsloser Offenheit.

Edda starrte Gunther entsetzt an. »Das hat man Euch angedroht?«

»Sie hätten die Drohung auch in die Tat umgesetzt. Zuerst wollte ich Speis und Trank verweigern und heldenhaft verhungern, um als Märtyrer zu Christus aufzufahren. Das Fladenbrot und das gebratene Hähnchen, das sie vor mich hinstellten, rochen jedoch zu gut. Ich aß etwas davon, griff dann stärker zu und trank von dem Dattelsaft, den der Aufseher mir reichte. Dieser grinste nur und zeigte mir sein Messer! Sein Herr hingegen brachte einen Eunuchen mit, den ich mir anschauen sollte. Dieser war fett und wabbelig, und wie er unten aussah, will ich euch lieber nicht beschreiben!« Gunther schüttelte es bei dieser Erinnerung.

»Man mag es Feigheit nennen, doch von jenem Augenblick an war ich sanft wie ein Lamm. Auch bemühte ich mich, rasch die Sprache der Muselmanen zu erlernen, und hoffte auf einen Herrn, dem ich später leicht entkommen konnte. Es waren nun einmal die Vorstellungen eines Knaben, der zwar bereits etwas von der Welt gesehen, aber nur sehr wenig von ihr begriffen hatte.«

»Und wer hat Euch nun gekauft?«, fragte Edda, bereit, den Mann zu preisen, wenn er sich als guter Herr erwiesen hatte, oder ihn beim Gegenteil zu verdammen.

»Es war der Arzt Ibrahim al Hakimi. Er suchte einen Helfer, nachdem ihn der vorige verlassen hatte. Weshalb er auf mich verfiel, weiß ich nicht, denn ich war eigentlich schon zu alt und er auf einen jüngeren Knaben aus. Doch er kaufte mich und nahm mich mit. Was danach geschah, will ich zu einer anderen Zeit berichten, denn es ist schon spät, und Fräulein Edda sollte zu Bett gehen.«

»Nur eine Frage noch«, klang Mildburgs Stimme auf. »Dieser Vigilius! Weißt du, wo er zu finden ist, damit er die Strafe erhält, die er verdient?«

»Auch wenn er sonst ein großer Lügner war, so hat er, glaube ich, bezüglich seiner Herkunft die Wahrheit gesagt«, antwortete Gunther und wollte noch mehr berichten, doch da schlug Marie mit der flachen Hand auf den Tisch.

»Wir haben im Augenblick an anderes zu denken als an einen betrügerischen Mönch, der vor mehr als zehn Jahren verschwunden ist. So, wie Junker Gunther ihn beschrieben hat, kann er längst verdorben oder tot sein. Zudem ist es wirklich spät geworden. Wir sollten zu Bett gehen.«

Die Tischgäste nickten und erhoben sich, noch ganz im Banne von Gunthers fantastischer Geschichte.

Später, als Marie mit ihrem Mann, ihren Töchtern und Falko allein war, zupfte Hildegard zaghaft an ihrem Ärmel. »Verschneiden die Heiden tatsächlich Knaben ebenso wie männliche Ferkel? Wozu soll das gut sein?«

»Nicht nur die Heiden tun es«, antwortete Falko. »Erinnert ihr euch an den hübschen Chorknaben aus Würzburg, der so gut singen konnte? Einer der Prälaten aus Rom, der bei Gottfried Schenk zu Limpurgs Einsetzung als Fürstbischof anwesend war, hat diesen mit in seine Heimat mitgenommen, um seine Stimme für den Rest seines Lebens zu bewahren! Nun ist der Knabe ein Kastrat und singt für Seine Heiligkeit, den Papst.«

»Das ist immer noch ein schöneres Leben, als wenn er im Morgenland die Weiber seines Herrn bewachen müsste und seiner Natur damit vollkommen Hohn gesprochen wird«, murmelte Michel und zog Maries tadelnden Blick auf sich.

Sie sorgte dafür, dass dieses Thema nicht weiter vertieft wurde, und war froh, als alle in ihren Betten lagen.

8.

Während Maries Gedanken noch im fernen Jerusalem und bei dem Schicksal des jungen Gunther weilten, heckte Sigos Schwester Thea einen Plan aus, um ihrer habhaft zu werden. Mausgesicht hatte Thea zwar erklärt, sich auch mit einer der Töchter zufriedenzugeben. An die aber käme Thea niemals nahe genug heran, um sie aus der Burg locken zu können. Bei der Mutter hingegen mochte es gelingen. Beim Gang durch das Meierdorf blieb ihr Blick an der Hütte des Bauern hängen, dessen Frau vor wenigen Tagen niedergekommen war. Bei dieser hatte der orientalische Arzt förmlich Wunderdinge geleistet.

In Thea reifte ein Plan, und sie suchte am Ende des Tages wieder den Treffpunkt auf, den sie mit ihrem Bruder vereinbart hatte. Dort erklärte sie Sigo, wie sie sich das Schurkenstück vorstellen konnte. »Es wird nicht leicht werden, aber eine andere Möglichkeit sehe ich nicht«, setzte sie hinzu, um Nachfragen und Änderungswünsche von vorneherein auszuschließen.

»Wird wohl so sein müssen«, brummte Sigo. »Wir sind auf jeden Fall bereit. Wann willst du loslegen?«

»Morgen früh! Dann haben wir länger Zeit, Hettenheim zu verlassen.«

Sigo zog eine zweifelnde Miene. »Aber dann müssen wir die Gefangene untertags durch das Land schaffen! Das könnte Ärger geben.«

»Man wird Frau Marie nicht so schnell vermissen. Würden wir sie hingegen am Abend fangen, hätten wir rasch die Verfolger am Hals.«

Seine Schwester hatte recht, trotzdem war Sigo noch nicht überzeugt. »Wir könnten auf Graf Heinrichs Landreiter treffen.«

»Wenn es euch nicht passt, müsst ihr selbst zusehen, wie ihr an dieses Weibsstück kommt!«, rief Thea verärgert.

Sigo hob beschwichtigend die rechte Hand. »Jetzt werde nicht gleich so harsch. Wir werden einen Weg finden. Sorge du dafür, dass uns die Kibitzsteinerin in die Arme läuft!«

»Das wird sie! Jochen Mausgesicht sollte jedoch wissen, dass gute Arbeit auch guten Lohn bedeutet.«

»Du wirst schon nicht zu kurz kommen«, versprach Sigo und klopfte ihr auf die Schulter. »Für das, was wir hier alles tun, bekommen wir genug Geld, um uns irgendwo ansiedeln und unser elendes Landstreicherleben aufgeben zu können.«

»Von was wollen wir dort leben? Du hast kein Handwerk gelernt, und es wird dich auch keine Zunft aufnehmen.«

Sigo lachte nur. »Da fällt mir schon was ein. Ich könnte es mit Handel versuchen.«

»Man nimmt dich höchstens irgendwo als Abdecker oder Henkersknecht, vielleicht gleich als Henker selbst!«

Theas Meinung nach griffen die Überlegungen ihres Bruders zu weit voraus. Erst einmal musste Marie Adlerin gefangen werden und sie und ihr Bruder später die versprochene Belohnung erhalten. Andererseits hatte Sigo gar nicht so unrecht. Auch wenn er keinen zünftigen Beruf ausüben konnte, blieben genug Möglichkeiten, die er ergreifen konnte. Ihr selbst war, wenn sie genügend Gulden als Mitgift vorweisen konnte, sogar eine Heirat mit einem angesehenen Bürger möglich.

»Dann würde ich von einer Hure zur Ehefrau eines Ratsherrn«, sagte sie mit einem leisen Spott, und doch gefiel ihr dieser Gedanke.

»Was meinst du?«, fragte ihr Bruder.

»Nur, dass wir es versuchen sollten. Es ist gewiss angenehmer, als Herrin in einem Bürgerhaus zu leben, denn als Magd, die dem alten Großvater zuerst den Hintern abwischen, weil er es selbst nicht mehr kann, und dann seinen Zipfel in die Hand nehmen muss, damit er noch einmal ein wenig von dem fühlt, was ihm in seiner Jugend so gefallen hat.«

Die Frau spie aus, verabschiedete sich von ihrem Bruder und

kehrte auf einem Umweg zu dem Hof zurück, auf dem sie arbeitete. Einen Vorteil, so dachte sie unterwegs, hatte sie. Sowohl dieser Heide Rasul wie auch Marie Adler hatten sie bereits gesehen und wussten, dass sie zu den Mägden des Meierhofs zählte. Das war wichtig für ihren Plan.

9.

Am nächsten Morgen musste Gunther sich zunächst um Majid kümmern, der mit seiner Verwandlung von dem Arzt Rasul zum deutschen Junker nicht zurechtkam.

»Was soll das Geflenne?«, fragte er den Jungen. »Du bist doch kein kleines Kind mehr!«

»Was soll aus mir werden, da du kein Arzt mehr bist?«, wandte Majid ein.

»Ich habe dir versprochen, dich meine Heilkunst zu lehren, und das tue ich auch. Was macht es, wenn ich nun anstatt des Kaftans diese Kleidung trage? Meine Hände haben ihre Fertigkeiten nicht verloren.«

Er wollte noch mehr sagen, doch da trat eine der Torwachen auf ihn zu. »Verzeiht, Herr, doch draußen steht eine Magd, die unbedingt zu Euch will! Sie sagt, es geht um das Weib, dem Ihr bei der Geburt ihres Kindes beigestanden habt.«

»Ich komme!« Gunther versetzte Majid einen leichten Klaps. »Wir sprechen später weiter. Du musst dir keine Sorgen machen!«

Er folgte dem Mann zum Tor. Als er hinaustrat, stand dort eine gut aussehende Frau, die er auf etwa dreißig Jahre schätzte. Diese starrte ihn verwundert an.

»Ich will mit dem Orientalen sprechen, dem heidnischen Arzt, nicht mit irgendeinem Herrn!«

»Ich bin der Arzt und habe mich nur der hier gebräuchlichen Kleidung angepasst«, versicherte ihr Gunther.

»Seid Ihr es wirklich?« So ganz war Thea nicht überzeugt. Als sie ihn jedoch genauer musterte, erkannte sie, dass es Ähnlichkeiten gab.

»Jetzt trödle nicht, sondern sag, was mit der Frau ist!«, sagte Gunther drängend.

»Nun, es geht Gisela nicht gut. Unten kommt Blut heraus und

will nicht aufhören. Ach ja, sie ist aber nicht auf dem Hof, denn sie ist auf das Feld gegangen, um ihrem Mann etwas zu bringen. Dabei ist es passiert. Ich habe sie in die kleine Hütte am Wald geschafft, da ich sie nicht einfach neben der Straße sitzen lassen konnte. Ich …«, sprudelte die Frau heraus, doch da hob Gunther die Hand.

»Das reicht! Ich hole rasch meine Tasche und bin gleich wieder hier. Brauchen wir ein Pferd?«

»Nein, brauchen wir nicht«, sagte die Frau, da ein Pferd schlechter zu verstecken war als ein Mann.

»Gut!« Mit diesem Wort wandte Gunther sich um und rannte los.

Es dauerte nicht lange, da kehrte er mit seiner Tasche am Schulterriemen zurück.

»Nun führe mich!«, forderte er Thea auf.

»Folgt mir!« Die Frau eilte los, und nach einer Weile verzog Gunther das Gesicht.

»Wenn ich ein Pferd hätte satteln lassen, wären wir schneller bei der Frau.«

Wegen seiner Sorge um die Patientin trieb er Sigos Schwester zu größerer Eile an. Diese keuchte schließlich wie ein abgetriebener Gaul und blieb zutiefst erschöpft vor der Hütte stehen. Es war ein sehr einfacher Bau aus ein paar Balken und Rohholzstangen mit einem Dach aus schlichten Holzschindeln. Die Felder lagen ein Stück vom Dorf entfernt, und so hatte man diese Hütte errichtet, damit die hier arbeitenden Knechte und Mägde sich bei Unwettern unterstellen konnten.

Als Gunther eintrat, war es stockdunkel darin. Verärgert wandte er sich Thea zu. »Weshalb hast du die Fensterläden nicht geöffnet. Die Verletzte braucht …« Da hörte er hinter sich ein Geräusch und brach ab. Bevor er auch nur einen klaren Gedanken fassen konnte, traf ihn etwas am Kopf, und er stürzte vornüber auf die Frau zu. Diese fasste nach seinem Oberkörper und forderte die Männer in der Hütte auf, den Arzt hineinzuziehen.

»Macht schnell! Sollte ihn jemand sehen, ist mein schöner Plan beim Teufel«, mahnte sie.

Augenblicke später lag Gunther in der Hütte. Mausgesicht blickte auf ihn hinab und schüttelte verwundert den Kopf. »Das soll ein orientalischer Arzt sein?«

»Er hat sich nur anders angezogen. Aber der Arzt ist er. Ich habe ihn selbst bei Gisela gesehen«, berichtete Sigos Schwester.

»Was machen wir mit ihm? Wollen wir ihn auch mitnehmen?«, fragte Mathis.

»Vielleicht ist er auch tot, so toll, wie ihr zugeschlagen habt«, wandte Thea ein.

»Ein wenig streicheln mussten wir ihn schon. Sonst würde er zu früh aufwachen. Und wenn er es nicht mehr tut, werden mir die Tränen auch nicht gerade kübelweise aus den Augen rinnen!« Mausgesicht versetzte dem leblos daliegenden Gunther einen Fußtritt und sah dann Sigos Schwester auffordernd an. »Und jetzt holst du die Adlerin!«

»Lasst mich wenigstens ein wenig verschnaufen. Der Kerl ist gerannt, als wäre der Teufel hinter ihm her«, rief Thea ärgerlich.

»Trotzdem solltest du jetzt gehen«, forderte ihr Bruder sie auf. »Du kannst ja unterwegs ein wenig verschnaufen.«

»Das muss ich auch, sonst verlassen mich die Kräfte, bevor ich mit der Edeldame wieder hier bin«, antwortete die Schwester und ging.

Ihr Bruder sah ihr nach, bis sie hinter einer Kuppe verschwunden war, und stellte Mausgesicht dieselbe Frage wie vorhin Mathis. »Was machen wir mit dem Kerl?«

»Ein Stück tiefer im Wald liegt eine alte Sandgrube. Bringt ihn dorthin, werft ihn hinein und tretet ein wenig Sand los, damit er bedeckt wird. Dort mag man ihn irgendwann finden. Ach ja, nehmt diese verdammte Tasche mit und werft sie mit hinein. Ich will nicht, dass jemand sie findet und sich fragt, wo der Arzt abgeblieben ist.«

Mausgesicht liebte es, Herr über Leben und Tod anderer zu sein. Leute zu verprügeln und Schafe zu stehlen machten zwar auch Freude, aber das hier war etwas Besonderes.

Mathis und Sigo bückten sich über Gunther, zerrten ihn hoch und wollten die Hütte verlassen.

»Wartet, bis wir die Laterne abgeblendet haben. Nicht, dass irgendein Narr den Schein sieht und glaubt, er müsse nachsehen, was hier los ist«, tadelte Mausgesicht sie und schaute, als dies geschehen war, den Weg entlang, den schon bald Marie Adler herankommen würde.

10.

Marie musste sich bereits kurz nach dem Aufstehen um ihre Töchter kümmern. Gunthers Bericht hatte die Mädchen arg mitgenommen und Hildegard einen schlimmen Albtraum beschert. Das Leben war nun einmal nicht leicht, und Marie war es lieber, wenn die Mädchen sich eine gewisse Robustheit aneigneten, auch wenn diese bei einer Dame von Stand nicht zu den bevorzugten Tugenden zählte. Allerdings zeichnete sich auch ihre Nachbarin Hertha von Steinsfeld durch ein robustes Gemüt aus, und Mildburg von Brandis sah nicht so aus, als falle sie beim Anblick von ein paar Blutstropfen in Ohnmacht.

Nachdem es ihr gelungen war, Hildegard zu beruhigen, machte Marie sich für den Tag zurecht und wollte frühstücken. Mildburg war noch nicht unten, doch da diese immer spät aufstand, beachtete dies keiner. Marie fand es jedoch seltsam, dass Gunther fehlte, und sprach einen Diener an.

»Der Junker Arzt ist zu der Frau gerufen worden, die vor Kurzem geboren hat.«

»Hoffentlich ist es nichts Schlimmes!«

»Das kann ich nicht sagen«, antwortete der Mann und trat zu Edda, um deren Becher zu füllen.

Marie aß weiter und dachte dabei an Gunther, der als Burgherr nicht mehr so segensreich würde wirken können wie als Arzt. Es war jedoch sein Schicksal, Bogenberg und Guntramsweil zu übernehmen. Sie glaubte aber nicht, dass er seine Arzttasche ganz in die Ecke stellen würde. Zumindest im engeren Umfeld würde er auch weiterhin der Heiler sein, den die Menschen brauchten.

Da Edda sie etwas fragte, brach Marie diesen Gedankengang ab und unterhielt sich mit ihr. Nach dem Frühstück wollte Falko mit Hilbrecht ausreiten. Trudi schloss sich ihnen an, und zuletzt erklärten auch Lisa und Hildegard, mitkommen zu wollen.

»Gebt acht! Und ihr beide sorgt dafür, dass euch mindestens vier Waffenknechte begleiten«, erklärte Marie Falko und Hilbrecht eindringlich.

Falko schob verärgert die Unterlippe vor. »Wir sind doch keine kleinen Kinder mehr!«

»Solange in dieser Gegend auf Menschen geschossen und sonst noch Übles getan wird, wirst du mir gehorchen. Oder ihr bleibt in der Burg«, antwortete Marie streng, denn sie war nicht bereit, die nötige Vorsicht hintenanzustellen.

Dies sahen schließlich auch ihre Kinder ein. Während Hilbrecht vorauseilte, um die Bewaffneten zu besorgen, schimpfte Falko leise vor sich hin. »Und das alles wegen diesem verfluchten Otfried! Graf Heinrich sollte seine Männer sammeln und dessen Burg belagern, damit hier endlich Frieden einzieht.«

»Eine Fehde ohne Kurfürst Ludwigs Erlaubnis zu beginnen, wäre ein großer Fehler«, antwortete seine Mutter. »Dessen Berater werden die Beweise, die wir ihnen vorlegen, prüfen und danach die Entscheidung treffen, wie wir gegen Otfried von Drachenstein vorgehen dürfen.«

»Das dauert doch ewig!«, maulte Trudi, die sich in der Burg eingesperrt vorkam.

»Es ist aber der richtige Weg«, erklärte Marie und tätschelte Trudis Wange. »Auch wenn Otfried gegen Recht und Gesetz verstoßen hat, so dürfen wir es nicht tun.«

»Das verstehe ich ja, aber …«

»Trudi, wir können los!«, unterbrach Falko sie und zerrte sie, als sie nicht sofort mitkam, am Ärmel hinter sich her.

Marie sah ihnen nach und wünschte sich, sie wären in friedlicheren Zeiten hierhergekommen. Dann hätten die jungen Leute nach Herzenslust ausreiten können. So aber mussten vier bewaffnete Reiter sie begleiten, und sie durften auch nicht über das Meierdorf hinaus reiten, selbst wenn sie es wollten.

Nun fragte sie sich, was sie selbst tun sollte. Sie konnte sich entweder mit Frau Hedwig zusammensetzen oder sich zu Edda in den

Garten gesellen. Da sie das Gefühl hatte, dass der jungen Frau viele Gedanken im Kopf umgingen, die diese gerne mit ihr teilen wollte, strebte sie dem Garten zu.

Doch ein Knecht eilte ihr nach und rief schon von Weitem: »Frau Marie, bleibt stehen, bitte! Es ist ein Weib draußen, das mit Euch reden will.«

Marie hielt an und drehte sich zu dem Mann um. »Mit mir? Hat sie gesagt, weshalb?«

»Nein, aber da sie vor einer gewissen Zeit den orientalischen Arzt – verzeiht, ich meine Junker Gunther – zu der Frau geholt hat, die so schwer niedergekommen ist, ist es gewiss wegen dieser.«

»Ich komme!«, antwortete Marie.

Sie fand, dass es eilig genug war, um darauf verzichten zu können, ein anderes Kleid anzuziehen, und folgte dem Mann. Draußen vor dem Tor stand eine Magd, die wie auf heißen Kohlen zu warten schien.

Als diese Marie sah, eilte sie sofort auf sie zu. »Gott sei Dank! Endlich kommt Ihr!«

»Was ist geschehen?«, fragte Marie.

»Der Herr Rasul bittet Euch inständig, sofort zu kommen und ihm zu helfen. Es geht um Gisela, die vor Kurzem niedergekommen ist.«

»Dann komm!«, forderte Marie Thea auf.

»Solltet Euch nicht ein paar Waffenknechte begleiten?«, fragte der Hauptmann der Torwache.

Marie schüttelte den Kopf. »Bis zum Dorf ist es nicht weit, und dort sind Patrouillenreiter in der Nähe.«

Thea hütete sich, ihr zu sagen, dass ihr Ziel nicht das nahe Dorf war, sondern jene ferne Feldhütte, zu der sie mehr als viermal so weit laufen mussten wie bis zu Giselas Hof. Als sie am Fuß des Burghangs angekommen waren, wunderte Marie sich, weshalb die Magd nicht den Weg zum Dorf einschlug. »Was soll das?«

»Die Kranke befindet sich in der Hütte am Wald. Sie war unvernünftig und wollte ihrem Mann etwas aufs Feld bringen. Dabei hat sie zu bluten begonnen.«

In ihrer Sorge um die angeblich mit dem Tod kämpfende Frau folgte Marie Sigos Schwester ohne Arg. Doch als sich der Weg zur Hütte immer länger zog, schalt sie die Frau, weil sie das in der Burg nicht gesagt hatte. »Ich hätte sonst ein Pferd genommen und wäre eher hier gewesen«, setzte sie ärgerlich hinzu, als sie die Hütte endlich erreicht hatten.

Marie trat ein und fand das Innere arg düster. Bevor sich ihre Augen an das schlechte Licht gewöhnen konnten, trat ein Mann auf sie zu und richtete sein Schwert auf ihre Kehle.

»Ihr solltet nichts tun, was Eure Gesundheit gefährden könnte. Um Hilfe zu rufen und zu fliehen versuchen, gehört dazu!«, sagte er und schien sich an der Situation zu freuen.

Marie starrte auf sein an eine Maus erinnerndes Gesicht, und ihr wurde klar, dass sie alle Otfried unterschätzt hatten. Nun befand sie sich in der Gewalt seiner Handlanger und hatte nicht die geringste Ahnung, was geschehen würde.

11.

Jochen Mausgesicht hätte sich selbst auf die Schulter klopfen können. Hatte er zuerst befürchtet, es wäre zu schwierig, der Marie Adlerin habhaft zu werden, entpuppte es sich nun fast als ein Kinderspiel. Die Frau steckte gefesselt und geknebelt in einem Sack und lag bäuchlings auf einem Esel, den er am Vortag von einer Weide in Hohenwald gestohlen hatte. Er führte das Tier und trug dabei die Kleidung eines Bauern, der Mehl vom Müller holt. Sein schlichtes Hemd, das Gesicht und auch der Sack mit Marie waren mit Mehl bestäubt. Solange ihnen niemand zu nahe kam, würde keiner erkennen, dass sich in dem einen Sack kein Mehl, sondern eine Frau befand.

Sigo und Mathis folgten ihm mit je einem weiteren Esel. Einer war ebenfalls mit einem großen Sack beladen, der tatsächlich mit Mehl gefüllt war. Auf dem dritten Esel saß Sigos Schwester, die erklärt hatte, an dem Tag bereits genug gelaufen zu sein, um auch noch den Weg in ihr Versteck zu Fuß zurücklegen zu können. Ein etwas kleinerer Sack mit Mehl, der hinter ihr auf dem Eselsrücken lag, vollendete die Verkleidung.

»Beim Blute Christi, wenn das kein glorreicher Streich war, dürft ihr mich so nackt auf den Misthaufen werfen, wie wir es mit dem bedauernswerten Junker Udo gemacht haben«, rief Mathis lachend.

»Halt's Maul!«, schnaubte Mausgesicht ihn an. Er befürchtete, sein Stellvertreter könnte Dinge ausplaudern, die Marie Adlerin nicht erfahren durfte. Auch deshalb wollte er sie nicht in seinem Lager behalten. Sie könnte dort Junker Otfried erkennen, wenn er zu ihm kam. Was auch immer geschah – Otfrieds Name durfte niemals mit ihnen in Verbindung gebracht werden.

Dies begriff nun auch Mathis, und er nickte mit einem verlegenen Grinsen. »Keine Sorge, mein Mund bleibt verschlossen!«

»Dann kannst du aber auch nichts essen und trinken«, spottete Thea.

Mathis zog es vor, nicht darauf zu antworten, sondern blickte nach vorne. »Was meinst du? Wie lange wird es dauern, bis man das Verschwinden des Heiden und der Frau bemerkt?«

Der Heide, das musste Rasul sein oder – besser gesagt – Gunther. In ihrem ersten Schrecken, von Mausgesicht gefangen genommen worden zu sein, hatte Marie nicht mehr an ihn gedacht. Wo war er jetzt? Befand er sich ebenfalls in einem Sack auf einem der anderen Esel? In der Hütte, in die man sie gelockt hatte, hatte sie ihn jedenfalls nicht gesehen.

»Bis das geschieht, sind wir weit genug weg«, antwortete Mausgesicht lachend. »Außerdem gibt es auch in der Grafschaft Hettenheim auf Löwenberg einige hübsche Verstecke, und die Reiter des Herrn Grafen sind viel zu dumm, sie zu finden.«

Insgeheim klopfte er sich erneut auf die Schulter. Eigentlich hatte er Pferde stehlen und mit ihnen die Frau so rasch wie möglich über die Grenze nach Löwenberg bringen wollen. Doch mit rasch trabenden Pferden hätten sie auffallen können. Ein paar Bäuerlein mit Eseln hingegen schenkte niemand einen zweiten Blick.

Trotzdem zuckte Mausgesicht zusammen, als ihnen Reiter entgegenkamen, die in Graf Heinrichs Auftrag die Gegend überwachten.

»Was machen wir jetzt?«, fragte Thea besorgt.

»Wir gehen ganz normal weiter, und du winkst den Kerlen zu«, antwortete Mausgesicht und rieb sich noch ein wenig Mehlstaub ins Gesicht.

Marie hörte Hufschläge und begriff, dass ihnen Reiter entgegenkamen. Auch wenn sie geknebelt und straff gefesselt war, hoffte sie doch, diese auf sich aufmerksam machen zu können. Sie lauschte angespannt und stöhnte, als die Reiter ihrer Ansicht nach nahe genug waren, so laut, wie sie nur konnte. Gleichzeitig wand sie sich trotz der Fesseln, damit der Sack sich bewegte. Das mussten die Männer doch hören und sehen, dachte sie. Doch da schrie einer der

Esel durchdringend, und als er kurz darauf verstummt war, klangen die Hufschläge der Reiter bereits weit entfernt.

»Was für Tölpel!«, rief Mausgesicht lachend. »Die haben nur auf Theas Brüste gestarrt und den Sack mit dem Weib nicht beachtet!«

Mit dem Begriff Tölpel hätte Marie die Reiter ebenfalls bezeichnet. Diese hatten den Auftrag, auf mögliche Feinde zu achten, und hätten die Gruppe anhalten und durchsuchen müssen. Auch verstand sie nicht, weshalb sie Mausgesicht nicht erkannt hatten. Auf viele Meilen lief nur ein Mann mit einem solch ungewöhnlichen Gesicht herum.

Noch während Marie mit den Reitern haderte, erhielt sie einen so scharfen Hieb auf den Hintern, dass ihr die Tränen in die Augen schossen. Zwei weitere, nicht minder harte Hiebe folgten, dann vernahm sie Mausgesichts wütende Stimme. »Das ist die Strafe dafür, dass du versucht hast, die Aufmerksamkeit dieser Narren auf dich zu lenken! Tust du es noch einmal, erhältst du mehr Schläge, als dein Mann dir in eurer gesamten Ehe verabreicht hat.«

Das war leicht, dachte Marie, da Michel sie niemals geschlagen hatte. Sie biss die Zähne zusammen, denn ihre Oberschenkel taten ziemlich weh. Eines aber wusste sie genau: Sie würde alles versuchen, den Kerlen zu entkommen.

Die Nacht wollte Mausgesicht in einem Versteck verbringen, das er und seine Männer schon mehrmals verwendet hatten. Dort durfte Marie, die zuletzt arg die Beine hatte zusammenkneifen müssen, sich endlich erleichtern. Eine Gelegenheit zur Flucht bot sich ihr jedoch nicht, denn die drei Kerle blieben in der Nähe, und Thea hielt ihr den Dolch an den Hals.

»Wenn du schreist, schneide ich dir die Kehle durch«, warnte sie Marie mit einem boshaften Grinsen. Sonst hatte sie immer vor Adelsdamen knicksen müssen und oft genug eins übergezogen bekommen, wenn sie nicht schnell genug gewesen war. Daher genoss sie es, eine dieser hochwohlgeborenen Frauen als hilfloses Opfer vor sich zu sehen.

Marie nickte und raffte ihre Röcke. Dabei achtete sie darauf, dass der kleine Dolch, den sie stets auf Reisen an ihrem Oberschenkel gebunden mit sich trug, nicht zu sehen war. Solange sie im Besitz dieser Waffe blieb, gab es Hoffnung für sie.

Weder Thea noch die anderen ahnten, dass ihre Gefangene etwas anderes sein könnte als ein in eine Ritterfamilie hineingeborenes Burgfräulein. Dabei hatte Marie in ihrem Leben etliche Listen und Schliche des fahrenden Volkes gelernt, die selbst Mausgesicht nicht kannte.

Marie ließ ihren Rock wieder sinken und ging zum Bach, um sich die Hände zu waschen. Thea folgte ihr mit stoßbereitem Dolch.

»Nicht, dass du mir abhandenkommst«, sagte sie drohend.

Durch die straffe Fesselung waren Maries Beine eingeschlafen, und sie konnte nur mühsam und unter Schmerzen gehen. Vielleicht, dachte sie, hatten die Reiter doch etwas bemerkt und meldeten es weiter. Zu Pferd waren Michel, Karel und die anderen ein Vielfaches schneller als diese Kerle hier und würden sie bald einholen.

In der Nacht jedoch drohte sie der Mut zu verlassen. Mausgesicht hatte sie wieder fesseln lassen und ihr einen Knebel in den Mund gesteckt. Zu allem Überfluss musste auch noch Thea die Decke mit ihr teilen. Jetzt lag die verräterische Magd eng an sie geschmiegt und machte sich einen Spaß daraus, sie in den Hintern oder in die Seiten zu kneifen.

Da Marie wegen des Knebels nur schlecht Luft bekam, war an Schlafen kaum zu denken. Erst spät in der Nacht dämmerte sie weg und wachte am Morgen wie zerschlagen auf. Zeit, sich zu waschen, gaben die Entführer ihr nicht. Mausgesicht ließ ihr zwar Knebel und Fesseln abnehmen, damit sie einen Bissen Brot essen und sich danach erleichtern konnte. Anschließend wurde sie erneut gefesselt, der Sack über sie gestülpt und dieser wieder auf den Esel gewuchtet.

Dann ging es weiter. Wo genau sie sich befanden, konnte Marie nicht sagen, schätzte aber, dass sie die Grenze von Hettenheim noch an diesem Vormittag überschreiten würden. Michel, beeile dich!, flehte sie in Gedanken. Mittlerweile musste doch jedem auf Burg Hettenheim bewusst sein, dass ihr und Gunther etwas zugestoßen war. Was den jungen Mann betraf, so war sie in großer Sorge. Er war nicht bei ihnen, und sie konnte nur hoffen, dass er keinem Unheil zum Opfer gefallen war.

12.

Als Marie das nächste Mal aus dem Sack geholt wurde, befanden sie sich wieder in einem Versteck. Die Bande hatte sich um drei Männer vergrößert, und in der Nähe standen zwei Pferde. Einer der Neuankömmlinge sprach eifrig auf Mausgesicht ein. »Mehr Gäule haben wir nicht erwischt. Die Leute passen derzeit höllisch auf ihre Tiere auf.«

»Zwei müssen reichen«, antwortete Mausgesicht mit einer wegwerfenden Handbewegung. »Wir beide«, er deutete auf Hasso, »bringen das Weib zu ihrem Gefängnis. Die anderen sollen zu Fuß in unser Lager zurückkehren. Gebt acht, dass euch keiner sieht oder gar folgt!«

»Wir sind doch keine heurigen Hasen«, antwortete Mathis, der beleidigt war, weil Hasso Mausgesicht begleiten durfte und er nicht.

»Erfahrene Hasen geben doppelt acht«, sagte Mausgesicht spöttisch. »Lasst auf jeden Fall die Esel hier laufen. Ritter Udalrich wird sich freuen, wenn ihm gemeldet wird, dass seine Grautiere gemütlich auf Löwenberger Flur grasen.«

»Das glaube ich auch!« Hasso lachte, während Mathis säuerlich das Gesicht verzog. Bis jetzt galt er als Mausgesichts Stellvertreter, doch ihm wurde klar, dass Hasso nur darauf lauerte, ihn abzulösen. Er durfte auch Sigo nicht vergessen. Jetzt, da dessen Schwester bei ihnen war, konnte diese ihren Anführer mit einer gewissen Nachgiebigkeit dazu bringen, ihren Bruder an seine Stelle zu setzen.

»Was ist mit dem Junker von Hohenwald? Der sollte doch ein baldiges Ende finden!«, fragte er Mausgesicht.

Dieser drehte sich grinsend zu ihm um. »Gut, dass du mich daran erinnerst! Sobald ich wieder in der Festung bin, werden wir uns für diese Aufgabe rüsten. Ich spiele wieder einen der Hettenheimer.« Erst danach erinnerte er sich daran, dass seine Gefangene mithören konnte. Einen Augenblick lang ärgerte er sich, weil er unvorsichtig gewesen war, tat dies dann aber mit einer kurzen Geste ab. Bis diese freikam, waren er und seine Kumpane längst über alle Berge.

Mit wachsendem Entsetzen hörte Marie ihm zu. Sie hielt Mausgesicht und dessen Bande für jene Art von Gesindel, dem Hiltrud, sie und andere des fahrenden Volkes stets im weiten Bogen aus dem Weg gegangen waren. Allerdings waren es genau die Schurken, die Otfried für seine finsteren Pläne benutzen mochte. Ihr Anführer hatte mit dem Pfeilschuss auf Edda bereits bewiesen, wie weit er zu gehen bereit war.

Auch bei dieser Rast ließ ihr die Bande nicht die geringste Möglichkeit zur Flucht. Sie erhielt etwas zu essen und einen Schluck Wein. Da ihr Thea ständig den Dolch vor die Nase hielt, schmeckte es nicht besonders. Marie ahnte, dass diese Frau sie liebend gerne quälen würde, sich aber wegen Mausgesicht nicht traute. Dankbar war sie ihm trotzdem nicht.

Die unbequeme Lage auf dem Eselsrücken hatte Marie nach der fast durchwachten Nacht all ihre Kraft gekostet, und so fiel sie in einen Schlaf, der einer Ohnmacht glich. Am nächsten Morgen ließ man ihr gerade genug Zeit, sich hinter einen Busch zu hocken, sich Hände und Gesicht am Bach zu waschen und einen Bissen zu essen. Danach wurde sie wieder gefesselt und geknebelt in den stinkenden Sack gesteckt. Um die Gefahr zu vermindern, dass ihr versteckter Dolch entdeckt wurde, leistete sie auch diesmal keinen Widerstand.

Da Mausgesicht nun reiten wollte, schwang er sich in den Sattel. Der Sack mit Marie wurde hinter ihm auf dem Pferderücken festgeschnallt, und dann ging es los. Diese Gegend kannten Hasso und er besser als das Land um Hettenheim und wussten, wie sie ungesehen durchkamen. Nun fühlte er sich durch den Erfolg wie berauscht. Sie mussten nur noch den Zwist zwischen Löwenberg und Hohenwald bis zur Weißglut anheizen, dann war der Auftrag, den Otfried ihnen erteilt hatte, erfüllt.

Dieser musste ihm schon jetzt etliche Gulden zahlen. Wenn Otfried erst einmal alle vier Kleeblattherrschaften innehatte, würde er ihn melken wie eine Kuh. Er wollte mindestens den Gegenwert eines Viertels dessen, was Otfried bis dorthin eingesackt hatte, denn damit konnte er sich am anderen Ende des Heiligen Römischen Reiches eine stattliche Herrschaft kaufen. Den dafür benötigten Adelsbrief besaß er längst. Zwar waren die darauf genannten Vorfahren zumeist erfunden, doch ihre feudalen Namen würden jeden Wappenmeister überzeugen.

Während Mausgesicht erfreulichen Gedanken nachhing, waren die von Marie umso trüber. Einer ihrer Entführer hatte nebenbei erwähnt, dass sie den orientalischen Arzt umgebracht hätten. Nun trauerte sie um Gunther, dem das Leben so übel mitgespielt hatte und der ausgerechnet jetzt, da sein Schicksal dabei war, sich zu wandeln, ermordet worden war.

13.

Mausgesicht wurde umso vorsichtiger, je näher sie dem Ödwald kamen. Gut vier Meilen lang und drei breit, hatte er die Größe einer kleineren Herrschaft. Nicht überall stand dichter Wald, einige Hügel waren sogar kahl. Es war ein Land, in dem man einiges hätte tun müssen, bevor man es unter den Pflug nehmen konnte. Einst war es ein Streitpunkt zwischen den vier Herrschaften gewesen, doch diese waren nach der Gründung des Kleeblattbunds übereingekommen, das Gebiet unberührt zu lassen und es hauptsächlich als Weide für die Schweine zu verwenden.

Mausgesicht grinste bei dem Gedanken. Hätten die Herren das Gebiet aufgeteilt und ihren Part wenigstens als Jagdrevier benutzt, wäre es ihm und seinen Gefährten fast unmöglich gewesen, von hier aus ihre Aktionen durchzuführen. Mit dem Gedanken ritt er eine knappe Viertelmeile entfernt an seinem Versteck vorbei und erreichte am Nachmittag die primitive Brücke über die Schlucht. Außer seiner Bande und Otfried wusste niemand, dass es sie gab.

»Wir haben alles so vorbereitet, wie du es wolltest«, erklärte Hasso, als die Kapelle in Sicht kam.

»Das Weib wird hier einige Tage, vielleicht sogar ein paar Wochen bleiben müssen«, antwortete Mausgesicht.

»Wenn es so lange dauert, werden wir sie zwischendurch versorgen müssen. Aber ein paar Tage hält sie schon durch«, meinte sein Kumpan und stieg ab.

Auch Mausgesicht sprang zu Boden, während Marie sich fragte, wo die Kerle sie einsperren wollten. Nach einer Burg klang das nicht, eher nach einer Höhle. Sie hoffte nur, dass sie Gelegenheit zur Flucht fand. Dann aber, das schwor sie sich, würde sie alles tun, damit dieses Gesindel seine gerechte Strafe ereilte.

Kurz darauf wurde sie vom Pferd gehoben. Als man sie wieder

absetzte, spürte sie glatten, harten Boden unter sich. Ein Höhlenboden müsste uneben sein, dachte sie noch. Da öffnete jemand den Sack und zog sie heraus.

Marie riss verwundert die Augen auf, denn sie befand sich in einer Kapelle mit vier Stühlen und einem kleinen Altar, über dem ein großes Silberkreuz hing. Die Fenster waren winzig und zudem vergittert, draußen gab es Läden, die geschlossen waren. Obwohl sie sich nicht zu auffällig umsehen wollte, wagte sie einen Blick zum Dach. Eigentlich hätte es aus Balken bestehen sollen, auf die die Sparren genagelt und die Schindeln gelegt worden waren. Hier aber schloss eine festgefügte Decke aus Brettern den Innenraum der Kapelle ab, und das Dach befand sich darüber.

»Wir nehmen dir jetzt Fesseln und Knebel ab. Versuche ja nicht, uns zu entwischen. Wir kennen diese Gegend besser als du!« Mausgesicht grinste, doch in seinen Worten schwang eine unverhohlene Warnung mit.

Während Mausgesicht sie mit dem Schwert in Schach hielt, schnitt Hasso ihre Fesseln durch.

»Du wirst jetzt diesen Brief abschreiben, um den Deinen zu zeigen, dass du noch lebst und es dir gut geht. Danach hast du genug Zeit für Gebete.« Mausgesicht wieherte vor Lachen.

Unterdessen holte sein Kumpan aus einer Ecke ein kleines, bereits vergilbtes Blatt Papier, Tintenfass und Feder. Er legte alles auf einen Stuhl und reichte Marie einen Zettel, auf dem mit unbeholfen wirkenden Buchstaben mehrere Sätze geschrieben waren. Sie enthielten die Warnung an Michel und an Graf Heinrich, nicht in die Fehde zwischen Hohenwald und Löwenberg einzugreifen, falls sie nicht wollten, dass Michels Eheweib etwas zustieß.

Marie rieb sich die durch die Fesseln in Mitleidenschaft gezogenen Handgelenke, nahm Feder und Papier und schrieb das Ganze auf Mausgesichts Anweisung in sehr kleiner Schrift ab.

Kaum war sie damit fertig, nahm Jochen Mausgesicht das Blatt an sich, während Hasso das Schreibzeug beiseiteräumte. Er wies auf einen Korb und einen Krug.

»Dort ist Wasser und etwas zu essen für dich. Teile es dir gut ein, denn es kann dauern, bis wir wiederkommen«, erklärte er.

Bis dann bin ich hoffentlich nicht mehr da, dachte Marie. Unterdessen zeigte Hasso ihr einen Eimer hinter dem kleinen Altar. »Den solltest du benutzen, wenn du nicht auf den Boden der Kapelle machen willst.«

Der Teufel soll euch alle holen, dachte Marie voller Wut. Es gelang ihr jedoch, sich zu beherrschen. Sie setzte sich scheinbar gefasst auf einen der Stühle und sah zu, wie Mausgesicht und sein Kumpan die Kapelle verließen. Das Geräusch eines Riegels und dann eines sich im Schloss drehenden Schlüssels erklang, dazu das höhnische Gelächter ihrer Entführer. Kurz darauf vernahm sie Hufgetrappel, das sich in der Ferne verlor.

Mit einer geschmeidigen Bewegung stand sie auf und sah sich nun gründlich um. Ihre anfängliche Zuversicht erlosch jedoch bald. Die Kapelle war massiv und aus sehr hartem Holz errichtet worden, gegen das sie mit ihrem kleinen Messer nur schwer ankommen würde. Das Türschloss auszuschneiden schien unmöglich, denn es wurde durch einen Bronzebeschlag geschützt.

Maries Blick glitt erneut zur Decke. Wie dick deren Balken waren, konnte sie nicht sagen. Doch selbst wenn sie sich auf einen der Stühle stellte, erschien es ihr ausgeschlossen, ein Loch von der Größe hineinzuschneiden, durch das sie hindurchpasste. Auch bei den Fenstern war es aussichtslos, denn sie würde wochenlang an ihnen herumschnitzen müssen, bis diese groß genug für sie waren, und sie musste überdies noch die Gitter überwinden. So viel Zeit würden die Schurken ihr niemals lassen. War es da nicht besser, abzuwarten, bis diese wiederkamen, und ihren Dolch gegen sie einzusetzen?, fragte sich Marie. Sie wusste nicht, was sie tun sollte, und fühlte sich so hilflos wie selten zuvor in ihrem Leben.

Zehnter Teil

Die Suche

1.

Falko und Hilbrecht waren mit den Mädchen ausgeritten. Um ihrer aller Sicherheit willen mussten sie nicht nur Waffenknechte als Schutz mitnehmen, sondern auch in der Nähe der Burg bleiben und konnten nicht einfach lospreschen, wie sie es am liebsten getan hätten. Den beiden Jungen wurde es bald zu langweilig, den Anger auf und ab zu reiten. Daher führten sie den Mädchen einige Kunststücke vor, die sie ihren Hengsten bereits beigebracht hatten. Sie waren sehr stolz darauf und gaben entsprechend an.

»Auf diese Weise wird auch ein Ross zur Waffe«, erklärte Falko, nachdem er seinen Hengst mit voller Hinterhand hatte ausschlagen lassen.

»Sollte ein Feind versuchen, sich von hinten zu nähern, wird ihm dies durch die Wucht der Pferdehufe unmöglich gemacht«, setzte Hilbrecht hinzu und brachte seinen Hengst dazu, sich auf die Hinterbeine aufzurichten und mehrmals mit den Vorderhufen zu schlagen.

»Dieses Kunststück wendet man an, wenn man von zu vielen Fußknechten bedrängt wird«, sagte er, als der Hengst wieder auf vier Beinen stand.

»Das kann man aber nur machen, wenn man so wie ihr zu Pferd sitzt, und nicht so, wie es die Sitte uns Frauen vorschreibt, also mit beiden Beinen auf einer Seite«, antwortete Trudi, die zu Hause auf Kibitzstein durchaus das eine oder andere Mal einen im Schritt geteilten Rock anzog, um einen Männersattel benutzen zu können.

»Ich habe meiner Stute auch ein paar Kunststücke beigebracht«, mischte sich Lisa ein und ließ das Tier mit gezierten Schritten auf der Stelle tanzen. Danach drehte die Stute noch eine Pirouette und trabte dann fast schwebend über die Wiese.

»Das gefällt mir besser, als die Pferde ausschlagen und sich aufbäumen zu lassen«, rief Hildegard und versuchte sofort, ihre Stute dazu zu bringen, wenigstens eines der Kunststücke nachzuahmen, die Lisa vorgeführt hatte.

Die beiden stolzen Krieger Falko und Hilbrecht fühlten sich nicht richtig gewürdigt und sahen den Mädchen verächtlich zu. »Kannst du mir sagen, wozu es gut sein soll, wenn ein Gaul auf der Stelle hopst?«, fragte Falko Hilbrecht.

Dieser schüttelte mit bedenklicher Miene den Kopf. »Das kann ich nicht. Ich finde es ja auch nicht gerade klug, so etwas ein Pferd zu lehren, mag es auch eine Stute sein. Was ist, wenn man fliehen muss, und dem Biest fällt es ein, auf der Stelle zu traben?«

»Man wird auf jeden Fall sehr schnell eingeholt!« Obwohl Falko sich mit seinen Schwestern ausgezeichnet verstand, fand er doch, dass Mädchen manchmal höchst merkwürdig waren.

Schließlich drängten die beiden Jungen darauf, zur Burg zurückzukehren, und die Mädchen hatten nichts dagegen. Es war nicht mehr weit bis Mittag, und sie wollten Edda vorher noch ein wenig Gesellschaft leisten.

Der kleine Reitertrupp trabte daher frohgemut nach Hettenheim zurück. Dort ließen die Mädchen sich von den Pferden heben und eilten lachend davon. Hilbrecht sah ihnen mit gekrauster Nase nach. »Ein wenig mehr Ernsthaftigkeit sollten Mädchen doch an den Tag legen. Deine Schwestern gehen ja noch, aber die meinen empfinde ich als äußerst albern.« Er brummte vor sich hin und schüttelte den Kopf. »Gott hat es eben so gewollt, um uns Männer daran zu erinnern, dass die Menschen nicht vollkommen sind.«

»Wir Männer sind es! Immerhin hat Gott uns nach seinem Ebenbild geschaffen. Das Weib wurde uns hinzugesellt, und es kann, da es nun einmal anders gestaltet ist, nicht Gottes Ebenbild sein«, behauptete Falko. Er wollte noch mehr sagen, hörte dann aber Alika lachen.

»Du solltest Priester werden wie dein Freund Giso, da du so hochtrabende Gespräche über Religion zu führen gedenkst. Eines aber hast du vergessen: Gott hat den Menschen verschiedene Farben verliehen. Deine Haut ist hell, die der Männer aus meiner Heimat dunkel. Wie soll Gott nun deiner Ansicht nach sein, dunkel, hell oder gescheckt?«

An diesen Worten hatten die beiden Jungen zu kauen. Alikas Bemerkung konnte man zwar als Häresie auffassen, da Gott dem Willen der heiligen Kirche nach von heller Haut war und diese seinen auserwählten Völkern verliehen hatte, während Menschen mit dunkler Haut als minderwertig galten. Andererseits wussten sowohl Falko wie auch Hilbrecht, wie klug Alika war, und würden jedem an die Kehle gehen, der sie beleidigen oder schlecht behandeln würde.

»Vielleicht sollten wir solche Überlegungen wirklich den Priestern überlassen«, sagte Hilbrecht schließlich.

»Das solltet ihr nicht tun. Wer sich nicht eigene Gedanken macht, kaut nur das nach, was andere ihm vorsetzen, mag es noch so dumm sein«, erklärte Alika und fragte dann, ob die beiden im Dorf gewesen seien.

»Nein«, sagte Falko.

»Deine Mutter ist dort, zusammen mit dem orientalischen Arzt oder Junker Gunther, wie wir jetzt zu ihm sagen müssen. Sie kümmern sich um die Frau, der der Junker Arzt letztens bei der Geburt geholfen hat. Die beiden sind allerdings schon ziemlich lange ausgeblieben.«

Noch galt Alikas Sorge weniger Marie und Gunther als vielmehr der Frau, zu der diese gerufen worden waren. Um diese musste es schlecht stehen, weil Marie und Gunther nun schon etliche Stunden bei ihr weilten.

Falko sah Hilbrecht auffordernd an. »Was hältst du davon, wenn wir ins Dorf reiten? Vielleicht brauchen Mutter und der Junker etwas. Das könnten wir dann für sie holen!«

Der Vorschlag kam Hilbrecht wie gerufen. Auf dieser Strecke brauchten sie keine Rücksicht auf die Mädchen mehr zu nehmen, sondern konnten reiten, wie sie wollten.

»Lass uns in die Sättel steigen!«, rief er und winkte die Knechte mit ihren Hengsten zurück.

»Seid aber zum Mittagessen wieder hier«, mahnte Alika sie, da sie ihnen zutraute, kurz zu Marie zu schauen und dann weiterzureiten, ohne die Zeit zu beachten.

»Das sind wir ganz sicher! Ich habe nämlich Hunger wie ein Wolf«, antwortete Hilbrecht grinsend und trabte an.

Falko folgte ihm, doch als sie das Tor passieren wollten, hielt die Wache sie an. »Habt ihr vergessen, dass ihr die Burg nicht ohne Eskorte verlassen dürft?«, fragte einer der Männer grinsend.

»Wir wollen nur ins Meierdorf«, gab Hilbrecht Antwort.

»Meine Mutter ist dort, und wir wollen nachschauen, ob sie etwas braucht«, setzte Falko hinzu.

Der Wächter überlegte kurz. Die Waffenknechte, die die Jungen und Mädchen vorhin begleitet hatten, hatten ihre Pferde bereits abgesattelt und waren verschwunden, und andere waren nicht zum Ausritt bereit. Daher sah er Hilbrecht und Falko streng an. »Also gut, ihr könnt reiten, aber nur bis zum Meierdorf und keinen Schritt weiter. Habt ihr verstanden?«

»Das haben wir«, antwortete Hilbrecht und lenkte, da ihnen der Weg freigegeben wurde, seinen Hengst zum Tor hinaus.

»Was hältst du davon, wenn wir einmal um den Burgberg herumreiten?«, fragte Hilbrecht. »Das ist doch etwas weiter, als wenn wir sofort zum Dorf reiten würden!«

»Wir würden damit nur die Torwache verärgern, so dass sie uns beim nächsten Mal nicht mehr aus der Burg lässt. Außerdem möchte ich meine Mutter lieber gleich aufsuchen. Vielleicht erteilt sie uns einen Auftrag«, antwortete Falko und überholte seinen Freund.

2.

Als sie im Dorf ankamen, winkten ihnen die Bewohner freundlich zu. Auch wenn Falko und Hilbrecht den einen oder anderen Schabernack anstellten, so wurden sie doch geschätzt. Die beiden winkten zurück und erreichten schließlich das Haus der jungen Mutter. Als sie sich aus den Sätteln schwangen, trat Gisela noch ein wenig blass, aber sichtbar erholt aus dem Haus.

»Guten Tag! Bringt Ihr Nachricht von Herrn Rasul? Er wollte mir noch ein Mittel schicken, das mich stärken soll. Aber das, glaube ich, brauche ich nicht mehr.«

Falko kniff verwirrt die Augen zusammen. Nach Alikas Worten sollte die Frau krank sein. Doch so sah sie nicht aus. »Wir wollten zu meiner Mutter und zu Junker Gu… Rasul. Sie sollen hier bei dir sein«, antwortete Falko.

Er verwendete Gunthers orientalischen Namen, da dieser der Frau ein Begriff war. Von der Rückkehr des Erben von Bogenberg wussten bislang nur wenige, und es sollte auch nicht so rasch bekannt werden.

Verwundert sah ihn die Frau an. »Verzeiht, aber weder Frau Marie noch der Arzt waren hier.«

Falko wechselte einen raschen Blick mit Hilbrecht. Beide konnten sich nicht erklären, wie Alika darauf gekommen war, sie würden Falkos Mutter und den Arzt hier vorfinden.

»Ich hoffe, es steckt nichts Übles dahinter«, murmelte Hilbrecht, während Falko die Frau fragte, ob jemand anderes im Dorf krank geworden sei. Womöglich hatte der Wächter oder Knecht den Namen falsch verstanden.

Die Bäuerin schüttelte den Kopf. »Nicht, dass ich wüsste!«

»Der Arzt ist schon vor dem Frühstück gerufen worden und meine Mutter kurz danach«, sagte Falko, während hinter seiner Stirn die Gedanken tobten.

»Von mir nicht, und ich glaube auch nicht, dass ein anderer es getan hat«, antwortete die Frau und winkte eine Nachbarin zu sich. Diese hatte Marie ebenfalls nicht gesehen, holte aber mehrere andere Frauen herbei und redete eifrig auf diese ein.

Plötzlich spitzte Falko die Ohren, da eine der Frauen den Namen seiner Mutter erwähnte.

»Die Frau Marie? Ja, die habe ich in der Früh gesehen. Sie ist mit der neuen Magd des Schulzen zum Dorf hinausgegangen. Ich glaube, sie wollten zu der Hütte am Wald. Sagen kann ich das aber nicht, da ich nicht mehr nach ihnen geschaut habe.«

»Holt diese Magd! Sie muss wissen, wo meine Mutter ist«, forderte Falko die Frauen auf.

Sofort eilten zwei Dörflerinnen in Richtung des Schulzenhofs los. Falko war zu angespannt, um warten zu können, und folgte ihnen zu Pferd. Gerade als er den Hof erreichte, trat die Frau des Schulzen heraus.

»Was ist mit meiner Magd?«, fragte sie. »Das dumme Ding hat sich seit dem Morgen nicht mehr blicken lassen. Dabei habe ich ihr gestern Abend extra einige Arbeiten angeschafft, die dringend erledigt werden müssen.«

Mittlerweile war auch Hilbrecht hinzugekommen, und die beiden Jungen sahen einander alarmiert an.

»Da stimmt etwas nicht!«, stieß Falko besorgt aus. »Komm, wir reiten zu dieser Hütte. Vielleicht ist dort jemand verletzt.«

Unterwegs befragten sie mehrere Feldarbeiter, doch die konnten ihnen nicht mehr berichten, als dass sie nichts bei der Hütte bemerkt hätten.

»Vielleicht sind sie gar nicht dorthin gegangen«, meinte Hilbrecht.

»Das werden wir sehen, wenn wir dort sind!« Falko kitzelte seinen Hengst leicht mit dem Sporn und gewann einen gewissen Vorsprung vor seinem Freund.

Bei der Hütte sprang er aus dem Sattel, ließ den Hengst los und stürmte zur Tür. Diese hing nur an ledernen Angeln und ließ sich öffnen. Als Falko eintrat, war um ihn herum zunächst nur Schwärze. Als er ein wenig mehr sehen konnte, öffnete er die Fensterläden und sah sich um. Die Hütte war schlicht eingerichtet, trotzdem hatte er das Gefühl, als wäre vor Kurzem noch jemand hier gewesen.

Da stutzte er, denn vor ihm auf dem Boden lag ein Tuch. Als er es aufhob, erkannte er es als Eigentum seiner Mutter. Also hatte diese die Hütte betreten. Doch was war geschehen?, fragte er sich.

Hilbrecht ging unterdessen um die Hütte herum. Mit einem Mal schoss er auf Falko zu und packte ihn am Ärmel. »Komm, ich habe etwas entdeckt!«

Falko eilte ihm nach und fand hinter der Hütte eine kaum sichtbare Spur. »Das sieht aus, als wäre hier jemand geschleift worden«, meinte er zu Hilbrecht.

Dieser nickte mit einem verkniffenen Grinsen. »Ich sehe das genauso. Wir sollten der Spur folgen.«

»Bin schon dabei«, stieß Falko hervor und holte seinen Hengst. Er musste ihn führen, da sie der Spur vom Sattel aus nicht hätten folgen können.

Hilbrecht vergewisserte sich, dass er sein Schwert rasch ziehen konnte, und eilte hinter Falko her. Es ging ein ganzes Stück durch den Wald. Einmal befürchtete Falko bereits, die Spur verloren zu haben, entdeckte aber ein paar Schritte weiter eine Stelle, an der ein länglicher Gegenstand aufs Moos gelegt worden war.

»Es muss Gunther gewesen sein. Siehst du die Haare dort in der Sonne glänzen? Sie sind zu kurz und nicht blond genug für deine Mutter«, rief Hilbrecht und hob das Haarbüschel auf.

Falko nickte. »Es sieht so aus. Komm weiter! Weißt du, was in der Richtung liegen kann?«

»Eigentlich nur die alte Sandgrube. Die wird kaum noch benutzt, denn man hat an einer anderen Stelle feineren Sand gefunden und holt ihn nun von dort«, erklärte Hilbrecht.

»Schwatz nicht, sondern komm mit!«, forderte Falko ihn auf, den bei dem Wort Grube eine böse Ahnung überkam.

3.

Die Sandgrube befand sich in einem abgelegenen Teil des Waldes, und wenn es je einen Weg dorthin gegeben hatte, so war dieser mittlerweile zugewachsen. Ohne die Spur, der er folgte, wäre Falko daran vorbeigelaufen. Zwar blickte er sich aufmerksam um, und doch hätte er den Rand der Sandgrube beinahe übersehen, denn der Boden gab schon unter den Füßen nach. Er wich gerade noch rechtzeitig zurück und starrte in die mehr als zwei Mannslängen tiefe Grube hinab. Dort wuchs dichtes Gestrüpp. Dennoch musste erst vor Kurzem Sand am Rand abgebrochen und nach unten gerutscht sein.

Falko überlief es heiß und kalt. Rasch band er sein Pferd in sicherem Abstand zur Grube an einen Baum und suchte sich einen Weg nach unten. Dornen und Gebüsch behinderten ihn, doch er biss die Zähne zusammen und ließ sich nicht aufhalten. Schließlich hatte er den Grund erreicht und suchte nach der Stelle, wo der Sand in die Tiefe gerutscht war. Kaum hatte er sie entdeckt, sah er einen Arm aus einem Sandhügel herausragen.

»Mein Gott!«, rief er erschrocken und eilte hin.

Nun entdeckte er auch einen halb mit Sand bedeckten Kopf. Es war Gunther. Er kniete sich neben ihn, befreite erst einmal den Kopf vom Sand und begann dann mit den Händen zu graben. Eine dicke Schicht Sand lag über Gunther, und während Falko eifrig grub, rutschte weiterer Sand nach.

»Hilf mir!«, rief Falko Hilbrecht zu.

»Ist er tot?«, fragte sein Freund entsetzt.

»Das weiß ich nicht! Es erscheint mir wichtiger, ihn hier herauszuholen, als seinem Atem zu lauschen«, gab Falko entrüstet zurück.

Da nun auch Hilbrecht mit anpackte, gelang es ihnen, Gunther so weit auszugraben, dass sie ihn ganz aus dem Sand ziehen konnten. Falko zog Gunther ein paar Schritte beiseite und legte dann den Kopf auf dessen Brust, um nach dem Schlag seines Herzens zu lauschen. Einige Augenblicke lang hörte er nur das Blut in seinen Ohren rauschen. Dann aber vernahm er einen zwar langsamen, aber steten Herzschlag und atmete auf.

»Er lebt, ist jedoch bewusstlos«, rief er Hilbrecht zu und grub weiter.

»Du meinst, deine Mutter könnte auch hier sein?« Hilbrecht klang besorgt. Immerhin war Gunther nur teilweise von Sand bedeckt gewesen und hatte daher überlebt. Marie aber musste ganz verschüttet worden sein. Er half nun Falko, doch obwohl sie wie Dachse wühlten, fanden sie nicht die geringste Spur. Zuletzt wurde der Sand fester, und sie begriffen, dass hier nichts mehr von oben herabgekommen war.

»Vielleicht liegt sie woanders«, rief Falko und lief suchend hin und her. Seine Mutter aber war nirgends zu finden.

»Was sollen wir nur tun?«, rief er verzweifelt.

»Hier ist deine Mutter jedenfalls nicht, es sei denn in einem Mauseloch«, meinte Hilbrecht verkniffen. »Man wird sie wohl mit Hunden suchen müssen!«

Falko nickte. »Etwas anderes bleibt uns nicht übrig. Komm, wir schaffen Gunther zur Burg. Dort werden Alika und Majid ihm hoffentlich helfen können.«

Hilbrecht nickte und wollte mit anpacken, als er ein Stück entfernt Gunthers Arzttasche entdeckte, die offenbar einfach in die Grube geworfen worden war.

»Die nehme ich mit«, sagte er, holte die Tasche und hängte sie sich über die Schulter.

Gemeinsam schleppten sie Gunther keuchend nach oben und wuchteten ihn auf Falkos Hengst. Falko schwang sich hinter dem Regungslosen in den Sattel und hielt ihn mit einem Arm fest. Mit der anderen Hand führte er den Zügel.

Es war nicht einfach, durch den dichten Wald zu reiten. Hilbrecht kannte jedoch die Gegend und führte sie zu einem Pfad, den sie schon öfter benutzt hatten. Dort kamen sie schneller vorwärts.

Als sie den Waldrand erreicht hatten, schickte Falko seinen Freund voraus.

»Sag ihnen, dass ein übles Schurkenstück verübt worden und meine Mutter verschwunden ist«, rief er ihm noch zu, dann trabte er, so schnell er es zu verantworten glaubte, hinter seinem Freund her.

Als Falko wenig später die Burg erreichte, warteten sein Vater, Graf Heinrich, Esau, Karel, Gereon und weitere Waffenknechte bereits am Tor auf ihn. Mehrere Männer hoben Gunther vom Pferd und trugen den Bewusstlosen in den Palas. Michel fasste unterdessen nach Falkos Bein.

»Weißt du etwas von deiner Mutter?«

Der Junge schüttelte den Kopf. »Nur, dass sie in dieser Hütte gewesen ist. Gewiss hat sie dieses Tuch fallen gelassen, um uns einen Anhaltspunkt zu geben.«

»Wo kann sie sein?«, fragte Michel verzweifelt und sah Marie in seinen Gedanken bereits irgendwo ermordet liegen.

»Vielleicht kann Junker Gunther uns weiterhelfen. Dafür aber müsste er aus seiner Ohnmacht erwachen«, sagte Falko.

»Notfalls leere ich so viele Wassereimer über ihn aus, bis er wach wird«, stieß Michel entschlossen hervor.

Alika und Majid kümmerten sich um den Bewusstlosen. Auch Edda eilte herbei und stieß einen gellenden Schrei aus, als sie Gunther bleich und reglos liegen sah.

»Noch lebt er!«, fuhr Alika sie an und wandte sich an die Knechte. »Und ihr bringt ihn in die Halle. Ich will versuchen, ihn mit der scharfen Essenz der Ziegenbäuerin wach zu bekommen. Bei den Nonnen in Hilgertshausen, die bei heftigem Fasten das eine oder andere Mal ohnmächtig werden, hat es bis jetzt immer geholfen.«

Karel und Gereon trugen Gunther hinter Alika her, die ihnen mit raschen Schritten vorauseilte. Alika schickte Trudi los, den Beutel mit den Arzneien zu holen, die ihre Mutter immer auf Reisen mitnahm. Kaum war das Mädchen zurück, suchte sie das entsprechende Mittel, öffnete den Stopfen und hielt die Flasche unter Gunthers Nase.

Die Flasche verströmte einen scharfen Geruch, und Hilbrecht schüttelte sich. »Wer das Zeug richtig in die Nase bekommt, dem hebt es die Schädeldecke ab«, meinte er schaudernd.

»Rede keinen Unsinn!«, tadelte Alika ihn. »Das Mittel hilft, die Lebensgeister aufzuwecken. Hoffentlich gelingt es uns auch hier.«

Noch während sie es sagte, regte Gunther sich. Er keuchte, begann zu husten und spie Sand aus. Seine Umgebung aber schien er noch nicht wahrzunehmen, und so nutzte Alika die Gelegenheit, nach Verletzungen zu suchen. Wie es aussah, hatte Gunther sich nichts gebrochen. Als sie ihm über den Kopf strich, ertastete sie eine dicke Beule.

Im selben Augenblick stieß Gunther einen Schrei aus, öffnete die Augen und starrte sie an. »In die Hölle bin ich anscheinend noch nicht geraten, es sei denn, du bist mir bis dorthin gefolgt«, sagte er mit erstaunlich kräftiger Stimme.

»Wenn, ziehe ich das Himmelreich vor«, antwortete Alika und hielt ihm die Flasche noch einmal vors Gesicht.

Gunther atmete den scharfen Duft ein und verzog das Gesicht. »Bei Gott, das ist ja noch entsetzlicher als das Zeug, das ich bei mir habe!«

»Was wisst Ihr von meiner Frau?«, fragte Michel drängend.

»Frau Marie? Ist sie denn nicht hier?«, antwortete Gunther verwundert.

»Sie wurde nach Euch von derselben Magd geholt. Habt ihr sie schon gefunden?« Graf Heinrichs zweiter Satz galt zweien seiner Männer, die eben in die Halle traten. Beide schüttelten den Kopf.

»Die Dame ist seit dem Morgen nicht mehr gesehen worden«, berichtete einer.

»Gibt es irgendetwas, das uns weiterhelfen kann?« Michel sah Gunther an. Dieser konnte jedoch nur berichten, dass er von einer Magd geholt worden und zu der Hütte am Wald geführt worden war.

»Als ich eingetreten bin, hat man mich sofort niedergeschlagen. Ich habe nicht einmal gesehen, wer es war«, setzte er hilflos hinzu.

»Ihr könnt froh sein, dass Falko und Hilbrecht Euch rechtzeitig gefunden haben. Wie lange Ihr noch am Leben geblieben wärt, wage ich nicht zu sagen«, mischte sich Alika in das Gespräch mit ein.

»Ich bin so froh, dass Ihr am Leben seid«, rief Edda erleichtert. Doch dann verschattete sich ihr Gesicht. »Wo kann man Marie hingebracht haben?«, fragte sie.

»Das werden wir herausfinden«, rief Graf Heinrich voller Zorn. »Wer auch immer das war, wird es bitter bereuen! Holt alle zusammen, die Frau Marie gesehen haben könnten. Irgendeinen Hinweis muss es doch geben.«

Sofort eilten einige seiner Männer los, um diesem Befehl Folge zu leisten. Edda legte derweil Gunther die Hand auf die Schulter. »Ihr habt gewiss starke Kopfschmerzen. Daher solltet Ihr Euch hinlegen und versuchen zu schlafen. Vielleicht habt Ihr auch ein Mittel, das Euch dabei hilft!«

»Ich habe viele Mittel bei mir, doch das, was mir den Aufenthalt Frau Maries offenbaren könnte, ist bedauerlicherweise nicht dabei«, antwortete Gunther mit einem schmerzhaften Lächeln.

»Wir werden sie finden und denjenigen bestrafen, der sie entführt hat«, erklärte Edda und fasste nach seiner Hand. »Kommt! Ich bringe Euch in Eure Kammer. Es wird einige Zeit dauern, bis Graf Heinrich alle befragt hat. Ihr solltet diese Zeit nutzen, um Euch auszuruhen.«

4.

Die Anhörung zog sich über Stunden hin, ohne dass die Dorfbewohner auch nur das Geringste über Maries Schicksal zu berichten wussten. Schließlich wurde ein Mädchen hereingeführt, barfuß und in einem schlichten Kleid. Es knickste unbeholfen vor Graf Heinrich und sah ihn ängstlich an.

»Wer bist du?«, fragte der Graf.

»Die Elga bin ich und hüte die Gänse drüben in Wenzdorf«, antwortete die Kleine, die noch keine zehn Jahre alt sein konnte.

»Hast du heute etwas bemerkt, das ungewöhnlich war?«, fragte Graf Heinrich ungeduldig. Ebenso wenig wie Michel glaubte er, dass sie von dem Kind einen Hinweis erhalten würden.

Elga schüttelte zunächst auch den Kopf. »Nein, Herr, habe ich nicht. Nur …« Sie stockte kurz, fuhr dann aber fort: »Drei Bauern habe ich gesehen und eine Frau. Sie kamen mit Mehlsäcken. Das weiß ich genau, weil auch die Kleidung der Männer mit Mehl bedeckt war.«

Graf Heinrich wollte ihr schon sagen, sie könne gehen, als sie weitersprach. »Ich habe mich über die Leute gewundert, denn da, wo sie herkamen, gibt es gar keine Mühle. Auf ihren Eseln lagen aber zwei große Säcke und ein kleinerer.«

»Die Frau!«, rief da Falko dazwischen. »Wie sah sie aus?«

Die Gänsehirtin überlegte. »Sie war noch nicht alt, aber auch nicht mehr ganz jung. Wenn ich mich recht entsinne, hatte sie einen braunen Rock und ein dunkles Mieder an. Ich …«

Da hob Michel die Hand. »Ich glaube, das reicht. Das muss diese falsche Magd sein!«

»Du meinst, sie haben Mama in einen der Säcke gesteckt?«, fragte Falko.

»Der Sack auf dem zweiten Esel war sehr groß. Darüber habe ich mich auch gewundert«, sagte Elga ganz aufgeregt.

»Sie haben sich als Bauern mit Eseln verkleidet. Weshalb sind sie keiner unserer Patrouillen aufgefallen?«, rief Graf Heinrich zornig aus.

Er bedankte sich bei dem Mädchen und wies seinen Haushofmeister an, die Reiter zu holen, die bereits in die Burg zurückgekehrt waren. Von den zuerst befragten Reitern hatte keiner die Gruppe gesehen. Als Graf Heinrich jedoch die vierte Gruppe darauf ansprach, nickte einer von ihnen eifrig.

»Die sind uns begegnet!«

»Habt ihr sie aufgehalten und befragt, wer sie sind und woher sie kommen?«, fragte Graf Heinrich weiter.

Diesmal schüttelte der Jüngste der Gruppe den Kopf. »Warum sollten wir? Es waren Bauern, die von der Mühle kamen, und eine Magd, die auf dem letzten Esel geritten ist.«

»Wo hat man das schon gesehen? Ein Bauer, der eine Magd reiten lässt, während er zu Fuß daneben hergeht? Das hätte euch auffallen müssen!«, rief Michel zornig.

Die Patrouillenreiter starrten ihn verwirrt an. »Es kann auch das Weib eines der Bauern gewesen sein«, versuchte sich einer zu verteidigen.

»Es war diese falsche Magd, und es würde mich nicht wundern, wenn einer der Kerle der Mann mit dem Mausgesicht gewesen ist«, sagte Michel an Graf Heinrich gewandt und stellte danach den Reitern die Frage, ob sie sich die Bauern genauer angesehen hätten.

»Wir haben schon darauf geachtet«, antwortete der eine ausweichend.

Nachfragen erbrachten, dass die Männer auch noch das letzte Muttermal im Gesicht der Magd beschreiben, aber sich nicht einmal an die Kleidung der Bauern erinnern konnten. Deren Beschreibung blieb so ungenau, dass kein Einziger von ihnen hätte erkannt werden können.

»Die Strafe für eure Nachlässigkeit werdet ihr noch erhalten. Jetzt aber zeigt mir auf der Karte, wo ihr auf die Gruppe getroffen seid«, erklärte Graf Heinrich und ließ den Männern die Karte vorlegen. Zunächst waren diese sich nicht ganz einig, doch dann zeigten sie auf eine Stelle, die auf Löwenberg zu lag.

»Es muss hier gewesen sein, Herr Heinrich«, sagte der Wortführer bedrückt.

»Wir sollten einen Boten zu Herrn Engelbrecht senden und fragen lassen, ob man dort etwas bemerkt hat«, schlug Michel Graf Heinrich vor.

Dieser nickte zuerst, schlug dann aber mit der Faust auf den Tisch. »Das wäre nur eine weitere Verzögerung. Ich habe schon viel lange gezaudert! Ich hätte gleich zu Beginn eingreifen und Otfried zur Räson zwingen sollen.«

Heinrich von Hettenheim vergaß ganz, dass er zunächst die Hohenwalder und danach Radolf von Bogenberg als Schuldige angesehen hatte. Die Wut darüber, dass Gunther und Marie einem Anschlag zum Opfer gefallen waren, obwohl er geglaubt hatte, alle Maßnahmen getroffen zu haben, um so etwas zu verhindern, brachte ihn jedoch in Rage.

Michel war nicht weniger aufgebracht als er und machte sich zudem große Sorgen um Marie. Dennoch bemühte er sich, einen kühlen Kopf zu bewahren. »Bei dem Weg, den diese Schurken eingeschlagen haben, kann nur noch Otfried von Drachenstein dahinterstecken. Wir haben zwar noch keinen endgültigen Beweis, doch wegen der Gefahr für Leib und Leben meiner Ehefrau haben wir das Recht zu handeln. Daran kann uns auch der Pfalzgraf nicht hindern. Was wollt Ihr tun?«, fragte er Graf Heinrich drängend.

»Ich werde mit allen Waffenknechten, die mir zur Verfügung stehen, auf Drachenstein oder Bogenberg vorrücken, je nachdem, wo Otfried sich aufhält, und die entsprechende Burg belagern.«

Michel wiegte unschlüssig den Kopf. »Aber was ist mit Marie? Wahrscheinlich befindet sie sich in der Hand dieses Schurken.«

»Wenn Eurer Gemahlin auch nur ein Haar gekrümmt wird, wird dieser Hund auf eine Weise sterben, die ihn dazu bringt, seine Mutter zu verfluchen, weil sie ihn geboren hat!«

Im Allgemeinen war Graf Heinrich ein besonnener Mann, doch

Maries Entführung ließ ihn rotsehen. Sie war sein Gast, und er hätte ihr Schutz bieten müssen. Stattdessen war sie in eine Falle gelockt worden, und seine eigenen Reiter waren zu dumm gewesen, ihre Entführer aufzuhalten und sie zu befreien.

»Wir sollten uns beeilen, um Marie zu befreien, lange will ich sie nicht in der Gewalt dieses Schurken lassen«, sagte Michel mit grimmiger Miene. Am meisten ärgerte ihn jedoch, dass sie Otfried von Drachenstein etliche Zugeständnisse machen würden müssen, wenn er seine Frau unversehrt wiederhaben wollte.

5.

Während Graf Heinrich in aller Eile seine Kriegsknechte sammelte und mit ihnen aufbrach, kehrte Jochen Mausgesicht in seine kleine Festung im Ödwald zurück. Den Auftrag, das Weib des Kibitzsteiners zu entführen, hatte er ausgeführt. Mit dem zweiten Auftrag aber haderte er. Es lag noch nicht lange zurück, da hatten sie Junker Udo in ihrer Hand gehabt und hätten ihn ohne Probleme umbringen können. Ihm nun noch einmal auflauern zu müssen, bedeutete Mühe und Gefahr. Die Belohnung, die er sich von Otfried erhoffte, wie auch sein eigener Ehrgeiz, seine Auftraggeber zufriedenzustellen, ließen ihn jedoch seinen Spion Hasso losschicken, damit dieser ihm Nachricht über Udo von Hohenwald bringen konnte. Er selbst brach mit dem größten Teil seiner Männer einen Tag später auf.

Sie waren zu zehnt und jeder gut bewaffnet. Dazu steckten alle in Waffenröcken, die unterschiedlichen Nachbarn zugeordnet werden konnten. Mathis trug wieder die Rüstung und die Kleidung, in der man ihn zumindest auf eine gewisse Entfernung für Engelhard von Löwenberg halten konnte. Doch auch er äußerte Zweifel, ob ihnen dieser Auftrag gelingen würde.

»Otfried hätte uns den Junker erschlagen lassen sollen, anstatt ihn auf den Misthaufen zu werfen. Jetzt müssen wir zusehen, ob wir überhaupt noch an ihn herankommen«, sagte er mürrisch, als die Gruppe am Rande des Ödwalds ihr Lager bezog.

»Uns wird schon etwas einfallen«, antwortete Mausgesicht selbstbewusst.

»Wann sollen wir die Botschaft nach Hettenheim bringen, dass der Graf und der Kibitzsteiner sich aus der sich abzeichnenden Fehde heraushalten sollen? Und wie sollen wir sie übergeben?«, fragte Sigo.

Mausgesicht grinste. »Das werde ich selbst in die Hand nehmen!

Und zwar werde ich in der Nacht einen Pfeil mit dem darum gewickelten Brief über die Mauer schießen. Am Tag werden sie diesen finden und wissen dann, was sie zu tun haben, oder, besser gesagt, was nicht!«

Alle lachten. Es waren raue Kerle, die einem Mann oder einer Frau mit derselben Gemütsruhe den Beutel vom Gürtel schnitten, wie sie ihnen die Kehle aufschlitzten. Bislang hatten sie sich auf Otfrieds Geheiß zurückhalten müssen. Nun aber sah es so aus, als könnten sie beweisen, dass man sie wahrlich zu fürchten hatte.

»Hast du den Brief schon?«, wollte Mathis wissen.

Mausgesicht schlug gegen seinen Waffenrock. »Darunter habe ich ihn, von Frau Marie selbst schön und in so kleiner Schrift geschrieben, wie es nur wenige können! Die Botschaft muss ja an einen Pfeilschaft passen.«

»Was machen wir, wenn Junker Udo sich nicht aus der Burg heraustraut?«, fragte Sigo, der sich ebenso wie Mathis darüber ärgerte, dass sie die gute Gelegenheit, Ritter Udalrichs Sohn zu töten, nicht hatten nutzen dürfen.

»Ewig kann er sich nicht verkriechen. Notfalls zünden wir ein paar Dörfer an. Spätestens dann muss er aus seinem Loch kommen«, erklärte Mausgesicht.

»Und wir haben die gesamten Hohenwalder Kriegsknechte am Hals!«, rief Mathis verärgert. »Junker Otfried hätte das Ganze besser planen müssen.«

Das fand Mausgesicht zwar auch, dennoch winkte er ab. »Dem ist Michel Adler in die Quere gekommen. Hätte der Mann das Kommando über die Löwenberger oder Hohenwalder Kriegsknechte übernommen, hätte er auch gewonnen. Daher musste Junker Otfried erst überlegen, wie er dies verhindern kann.«

»Auf jeden Fall muss er jetzt mehr zahlen, als wenn Michel von Kibitzstein nicht gekommen wäre«, erklärte Sigo und überlegte, wie viel er benötigte, um sich in der Ferne mit Thea zusammen das Bürgerrecht kaufen und sich dort niederlassen zu können.

Mausgesichts Hoffnungen reichten weiter, und er sann darüber nach, ob er sich nun Jochen von Mausheim nennen oder jegliche Anspielung auf seinen Kampfnamen unterlassen sollte. Doch zuvor musste er diesen und wahrscheinlich noch einige weitere Aufträge für Otfried ausführen.

Weder Mausgesicht noch seine Männer ahnten, dass Graf Heinrich inzwischen mit mehr als einhundert Bewaffneten auf dem Weg war, um die Burg zu belagern, in der Otfried sich aufhielt. Da er erst ganz zuletzt entscheiden wollte, auf welche der beiden Burgen er zumarschieren sollte, zog er in der Nähe der Grenze zwischen Hohenwald und Löwenberg entlang und erschreckte sowohl Ritter Engelbrecht wie auch dessen Feind Udalrich. Keiner der beiden begriff, was Graf Heinrich vorhatte, doch jeder fürchtete, dieser könnte sich gegen ihn wenden.

Ritter Udalrich befahl daher seinen Männern, die Burg nicht zu verlassen, damit sie diese im Notfall verteidigen konnten. Einigen seiner jüngeren Gefolgsleute – allen voran seinem Sohn – passte diese Anweisung überhaupt nicht. Udo wollte die Schmach wettmachen, die ihm seiner Meinung nach von Engelhard von Löwenberg zugefügt worden war. Daher sammelte er heimlich seine Freunde um sich und sah sie auffordernd an. »Sollen wir uns auf ewig in der Burg verbergen, nur weil es heißt, Graf Heinrich ziehe seine Waffenknechte zusammen?«

Vier junge Krieger schüttelten den Kopf. »Nein! Das sollten wir nicht!«

Zwei jedoch zogen abwehrende Gesichter, blieben aber trotzdem bei Udo. Wenn dieser einmal seinem Vater nachfolgte, wollten sie zu jenen gehören, die in Hohenwald etwas zu sagen hatten. Ließen sie ihn jetzt im Stich, würden sie in Zukunft nur schlichte Knechte sein.

Udo erklärte den sechs, dass er noch vor Tau und Tag die Burg verlassen wollte. »Am Vormittag sind wir an der Grenze und sehen zu, was wir tun können!«

»Was habt Ihr vor?«

Udo verzog sein Gesicht zu einer wilden Grimasse. »Wenn wir

den Junker von Löwenberg erwischen, ist es sein Ende. Sollte er sich aber nicht aus der Burg heraustrauen, zünden wir ein paar Höfe an. Dann bleibt ihm nichts anderes übrig, als sich meinem Schwert zu stellen.«

Die Männer begriffen, dass Udo auf einen Zweikampf aus war. Zwar folgten Fehden anderen Gesetzen, dennoch wagte keiner von ihnen einen Einwand. Sie waren mit Udo zusammen zu siebt, und das sollte ihrer Ansicht nach reichen, um mit einer etwa gleich starken Schar Löwenberger fertigzuwerden. Waren es mehr Löwenberger, so konnten sie immer noch ihren Pferden die Sporen geben. Sobald man auf Hohenwald bemerkte, dass sie verfolgt wurden, würden ihre Kameraden ihnen zu Hilfe eilen.

Mit diesem Gedanken standen sie am nächsten Morgen gut eine Stunde vor Sonnenaufgang auf und verließen heimlich ihre Quartiere. Die Pferdeknechte hatte Udo nicht einzuweihen gewagt, und so musste jeder sein Pferd selbst satteln – selbst Udo, der sich als guter Kamerad geben wollte.

Die Torwache war überrascht, als die Gruppe auf sie zukam, um die Burg zu verlassen. Es dachte jedoch keiner daran, es ihnen zu verbieten, und es lief auch niemand zu Ritter Udalrich, um ihm zu berichten, dass sein Sohn einen Streifzug unternehmen wollte.

Keiner der jungen Männer, die die Burg verließen, ahnte, dass scharfe Augen auf sie gerichtet waren. Mausgesichts Spion Hasso versuchte in der Dunkelheit zu erkennen, wer die Reiter waren. Rasch eilte er an den Straßenrand und versteckte sich dort hinter einem Busch. Damit ihre Pferde nicht in der Dunkelheit strauchelten, hatten Udos Gefolgsleute zwei Blendlaternen mitgenommen. Als der Schein einer der Laternen Udos Gesicht streifte, jubelte Hasso innerlich. Wie es aussah, wollte der Junker von Hohenwald in Richtung Löwenberg reiten.

Hasso zählte die Reiter und kam auf sieben Bewaffnete. Damit war Mausgesichts Trupp ihnen überlegen. Wenn es ihnen gelang, die Reiter zu überraschen, mussten sie nicht einmal mit großen Verlusten rechnen. Er folgte Udo und dessen Männern etliche

Hundert Schritt bis zur nächsten Weggabelung, wo er darauf achtete, welche Straße sie nahmen, dann eilte er auf den kleinen Wald zu, in dem er sein Pferd versteckt hatte. Kurz darauf schob er dem Wallach die Trense ins Maul und band ihn los. Mit einer geschmeidigen Bewegung schwang er sich in den Sattel und ritt los. Das Pferd war es gewohnt, bei Dunkelheit geritten zu werden, und trabte, ohne zu zögern, in die Richtung, in der Hasso seine Kumpane wusste. Bei Anbruch der Dämmerung wurde die Sicht besser, und er konnte schneller reiten. Dabei scherte er sich nicht um die Bauern, die auf ihren Feldern arbeiteten und verwundert hinter ihm herschauten.

Erst als er den westlichen Rand des Ödwalds erreichte, wurde er notgedrungen langsamer. Zu dem Platz, an dem Mausgesicht und seine Männer auf ihn warteten, war es jedoch nicht weit, und so konnte er seinem Anführer schon bald Bericht erstatten.

»Der Hohenwalder Junker ist mit sechs Begleitern noch vor Sonnenaufgang in Richtung Löwenberg aufgebrochen. Das sah mir ganz nach einer heimlichen Aktion aus. Wenn wir uns beeilen, können wir ihn vielleicht abfangen.«

»Sie sind zu siebt, sagst du?« Das war ein härterer Brocken, als Mausgesicht es sich erhofft hatte. Andererseits war es womöglich die einzige Möglichkeit, Udo von Hohenwald zu stellen.

»Los, ihr faulen Hunde! Macht, dass ihr in die Sättel kommt! Oder glaubt ihr etwa, Junker Udo würde uns die Freude machen, hierherzukommen, damit wir es nicht zu weit haben, um ihn erschlagen zu können?«

Die Männer lachten, zogen die Sattelgurte stramm und saßen auf. Mausgesicht trieb seinen Hengst so hart an, dass seine Männer Mühe hatten, ihm zu folgen.

6.

Junker Udo verfolgte keinen konkreten Plan, sondern ließ sich vom Zufall leiten. Die erste Enttäuschung erlebte er kurz hinter der Grenze. Die Löwenberger Wachen, die sonst immer hier patrouilliert hatten, waren zurückgezogen worden. Dabei hatte er gehofft, ein paar abfangen, nackt ausziehen und ein Stück hinter den Pferden herschleifen lassen zu können, bevor seine Männer sie auf den nächsten Misthaufen werfen sollten.

Auch seine Hoffnung, Engelhard von Löwenberg könnte sich in der Gegend aufhalten, erfüllte sich nicht. Nachdem sie eine gute Stunde umhergeritten waren, wies Udo auf das Dorf, in dem der von Mausgesicht verprügelte Bauer Till lebte.

»Wir reiten dorthin und zünden ein paar Hütten an. Wenn die Bewohner fliehen wollen …«

»… machen wir sie nieder«, fiel ihm einer der Männer ins Wort.

»Narr! Wenn wir Löwenberg erobern, brauchen wir Bauern und Knechte, die unser neu erworbenes Land bearbeiten. Wir treiben sie zusammen auf den größten Misthaufen und lassen sie nur nackt wieder herunter!« Udo lachte, denn je mehr Menschen so behandelt wurden, umso weniger fiel das, was ihm angetan worden war, ins Gewicht.

Die Dörfler hatten die Reiter jedoch längst bemerkt und beobachteten sie. Zuerst hofften sie, diese würden weiterreiten, schickten aber dennoch die Frauen mit den Kindern in den Wald und bewaffneten sich.

Als Udos Trupp das Dorf erreichte, traf er daher nicht wie erwartet auf zu Tode erschrockene Bewohner, sondern auf gut zwei Dutzend Männer, die mit Sensen, Mistgabeln und Dreschflegeln bewaffnet auf sie zustürmten. Auch wenn die Bauern keine gleichwertigen Gegner für die sieben Reiter waren, so machte ihre Zahl dies wett. Zudem kämpften sie um ihre Heimat. Innerhalb kurzer Zeit war daher abzusehen, dass der geplante Überfall schrecklich zu scheitern drohte.

Udo hieb mit dem Schwert voller Wut um sich und konnte sich die Bauern zunächst vom Hals halten. Zwei seiner Männer hatten weniger Glück, und sie wurden mit Dreschflegeln aus den Sätteln geschlagen. Als nun Till und zwei andere Bauern auf den Junker zukamen, begriff dieser mit entsetzlicher Klarheit, dass ihm nur die Flucht blieb, wenn er nicht gefangen genommen oder gar erschlagen werden wollte.

»Zurück!«, schrie er seinen Männern zu und ließ sein Pferd sich um die eigene Achse drehen. Mehrere Angreifer wurden umgeworfen, und für einen Augenblick hatte er freie Bahn. Er gab seinem Hengst die Sporen und galoppierte davon. Flüche und Verwünschungen folgten ihm, doch selbst die besten Pferde im Dorf wären nicht in der Lage gewesen, seinem Streitross zu folgen.

Er war entkommen. Freuen aber konnte Udo sich darüber nicht, denn nun würde sein Ruf entsetzlich schlecht sein, der Vater ihn verfluchen und seine Schwester spotten, er sei nicht in der Lage, die Herrschaft Hohenwald so zu führen, wie es nötig sei.

Als Udo sich umdrehte, sah er, dass es drei seiner Männer gelungen war, sich von dem Bauernhaufen zu lösen. Die anderen waren diesem Gesindel zum Opfer gefallen. Udo dachte sich grässliche Strafe für die Dörfler aus, die er nach dem Sieg über Löwenberg verhängen würde, und achtete dabei auf das, was hinter ihm lag, und nicht auf das, was sich vor ihm tat.

7.

Die Kampfgeräusche im Dorf waren an mehreren Stellen gehört worden. Etwas weiter im Westen erteilte Graf Heinrich den zwanzig Reitern, die zu seinem Aufgebot zählten, den Befehl, schneller zu reiten. Michel kam mit Karel und vier Knechten ebenfalls mit, während Falko und Hilbrecht die Anweisung erhielten, bei den Fußknechten zu bleiben. Im Gegensatz zu ihnen schloss Gunther, der mittlerweile wieder auf die Beine gekommen war, sich den Reitern an.

Mausgesicht und dessen Männer waren dem Geschehen jedoch näher, und Junker Udo ritt geradewegs auf sie zu. Daher entdeckte Mausgesicht ihn als Erster und konnte sein Glück kaum fassen. Mit einer raschen Bewegung zog er sein Schwert und galoppierte los. Seine Komplizen folgten ihm und schwärmten aus, um dem Junker jede Rückzugsmöglichkeit abzuschneiden.

Zunächst hielt Udo die Reiter für eigene Leute, die sein Vater geschickt hatte, um ihn zu unterstützen. Mit ihnen zusammen würde er es diesem Bauerngesindel zeigen, dachte er und zügelte sein Pferd, um auf sie zu warten.

Als er seinen Irrtum erkannte, war es zu spät. Zwar wendete er noch, um zu fliehen, doch Mausgesicht war schneller. Sein Schwert blitzte auf, und der Junker auf Hohenwald sank mit einem verwehenden Laut vom Pferd. Mausgesicht hielt an und stieg aus dem Sattel. Mit vorgestrecktem Schwert näherte er sich Udo. Dieser starrte ihn aus großen Augen an. Tausend Fragen schossen ihm durch den Kopf, doch auf keine wusste er eine Antwort.

»Lass mich leben!«, flehte er. »Du wirst viel Silber dafür bekommen.«

Mausgesicht verzog höhnisch den Mund. »Fahr zur Hölle!«, sagte er. »Ach ja, damit du es noch erfährst, bevor du das tust: Ich erschlage dich in Otfried von Drachensteins Auftrag. Der ist der

Mann, der hinter allem steckt. Die Löwenberger sind viel zu dumm, um so etwas durchzuziehen.« Kaum, dass er das letzte Wort gesprochen hatte, versetzte er Udo den Todesstoß. Danach sah er sich um und stellte fest, dass seine Männer die übrigen Hohenwalder erwischt und niedergemacht hatten.

»Das ging leichter als gedacht!«, rief ihm Mathis lachend zu.

»Das ging es wohl«, antwortete Mausgesicht, dem ein Felsbrocken vom Herzen gefallen war.

In das Gefühl seines Triumphs mischte sich das Geräusch von Pferdehufen. Bislang hatten sie es wegen der Kampfgeräusche nicht bemerkt. Doch nun, da der letzte Hohenwalder tot am Boden lag, war es deutlich zu hören und kam näher.

»Wir sollten verschwinden!«, rief Sigo.

Auch er war abgestiegen, um die erschlagenen Hohenwalder auszuplündern. Nun schwang er sich schnell wieder in den Sattel, und Mausgesicht tat es ihm gleich. Noch ritt er nicht los, sondern lauschte. »Wer kann das sein?«, fragte er Hasso in der Hoffnung, dieser hätte etwas in Erfahrung bringen können.

Sein Spion zuckte jedoch mit den Achseln. »Ich weiß es nicht! Es hört sich aber nicht an, als wenn es nur zwei oder drei Reiter wären.« Hasso klang besorgt und drängte darauf, rasch zu verschwinden.

Mausgesicht war unsicher. Sie mussten damit rechnen, dass ihnen hinterhergeritten wurde. Dies aber brachte die Gefahr mit sich, dass ihre Verfolger in den Ödwald eindrangen und ihr Versteck entdeckten.

»Das müssen wir anders machen«, murmelte er und wies in die Richtung, in der Burg Hohenwald lag. »Folgt mir!«

»Dorthin?«, fragte Mathis verdattert. »Was ist, wenn wir auf Ritter Udalrichs Männer treffen?«

»Willst du vielleicht auf die dort treffen?«, fragte Mausgesicht bissig und wies mit dem Daumen nach hinten, wo eben eine Schar von etwa dreißig Reitern auftauchte und rasch näher kam.

8.

Kurz zuvor hatten Michel und Graf Heinrich das überfallene Dorf erreicht und die Bewohner zu Tode erschreckt. Gegen Udo und seine sechs Männer hatten Till und dessen Nachbarn sich behaupten können. Mehr als dreißig Reiter aber waren für sie zu viel.

Als Till Michel erkannte, schöpfte er jedoch Hoffnung und legte seinen Dreschflegel nieder. Vorsichtig trat er auf die Reiter zu. »Wir sind aus heiterem Himmel überfallen worden«, erklärte er.

»So ganz aus heiterem Himmel wohl nicht, sonst hättet ihr euch nicht bewaffnen und zusammenrotten können«, antwortete Graf Heinrich grimmig.

»Wir hatten den Hohenwalder Junker erkannt und uns vorbereitet«, gab Till zu. »Drei seiner Lumpen haben wir erwischt. Sie sind verletzt, leben aber noch. Wir werden sie Ritter Engelbrecht übergeben, damit dieser einen Beweis gegen diese hinterhältigen Hohenwalder in Händen hat.«

»Du sagst, Junker Udo hätte die Reiter angeführt?«, unterbrach Michel den Redeschwall des Bauern.

Till nickte. »Das hat er! Jeder hier ist bereit, dies zu beschwören!«

Bevor Michel oder Graf Heinrich darauf eingehen konnten, meldete sich Gunther zu Wort. »Verzeiht, doch ich habe das Gefühl, als würde vor uns gekämpft. Kann es sein, dass Ritter Engelbrecht den Hohenwalder Junker abfangen will?«

»Weiter!«, befahl Graf Heinrich und ritt eilig los.

Michel und die anderen Reiter folgten ihm so schnell, dass sie notfalls noch eingreifen konnten. Dennoch kamen sie zu spät. Junker Udo und die drei mit ihm entkommenen Reiter lagen am Boden, und ein Reitertrupp von zehn Mann ritt im raschen Tempo in Richtung Hohenwald.

»Hinterher! Diese Hunde holen wir uns!«, rief Graf Heinrich und trieb seinen Hengst in den Galopp.

Michel zeigte auf Gunther. »Ihr bleibt mit fünf Mann hier und kümmert Euch um die Hohenwalder. Wir anderen folgen diesen Schuften«, rief er, dann ließ auch er seinem Hengst die Zügel.

Während Michel und Graf Heinrich mit den meisten Reitern Mausgesichts Bande verfolgten, zügelte Gunther sein Pferd und stieg ab. Er brauchte jeweils nur einen Blick, um zu erkennen, dass Junker Udo und seine drei Gefährten tatsächlich tot waren.

»Wir können für die armen Kerle nicht mehr tun, als sie nach Hause zu bringen. Fangt ihre Pferde ein, damit wir sie auf die Tiere legen können«, sagte er bedrückt zu den fünf Männern, die bei ihm geblieben waren. Nach Radolf war mit Udo auch der Erbe von Hohenwald tot. Noch sah er keinen Sinn dahinter, begriff aber, dass Otfried einen Plan verfolgte, der ebenso verschlagen wie verbrecherisch war.

9.

Die Verfolgung zog sich hin, denn die Pferde der Mausgesichtsbande waren im Schnitt besser als die ihrer Verfolger. Doch diese blieben ihnen wie ein Verhängnis auf den Fersen. Mausgesicht begriff, dass ihm bald eine Finte einfallen musste, um sie abzuschütteln, und blickte mit einem verkniffenen Grinsen auf ein größeres Waldstück, dem sie sich näherten.

Auch Michel sah den Wald vor sich und sagte sich, dass es dort Möglichkeiten für die Verfolgten gab, sich zu verstecken oder einen heimlichen Pfad einzuschlagen. Viel länger konnte die Bande auch nicht auf Hohenwald zuhalten, denn schon bald würde man sie von der Burg aus entdecken und ausschwärmen, um sie abzufangen. Nur in welche Richtung würden die Schufte sich wenden?

Michel entschied aus dem Bauch heraus und winkte Karel heran. »Lass dich mit einem Drittel der Männer zurückfallen, als wenn ihr uns nicht mehr folgen könntet. Sobald die Kerle dort vorne den Wald erreicht haben, reitet ihr über die Felder nach Osten. Auf die Weise seid ihr schneller als sie und könnt sie abfangen, sobald sie den Wald verlassen. Wir kommen euch dann zu Hilfe.«

»Ich habe verstanden«, antwortete Karel und zügelte seinen Hengst. Zehn Reiter, deren Pferde kaum noch mithalten konnten, folgten seinem Beispiel, und es schien, als würde sich die Linie der Verfolger immer weiter auseinanderziehen.

Mausgesicht sah es mit Erleichterung. Auf Dauer würden ihnen immer weniger Feinde folgen können. Wenn die Zahl gering genug war, konnten sie ihre Pferde wenden und die Kerle niederkämpfen. Wahrscheinlicher aber erschien ihm, dass diese die Verfolgung aufgeben mussten.

Wenig später erreichten sie den Waldrand und verschwanden darin. Bis Michel und seine Truppe herankamen, waren Mausgesicht und die Seinen bereits abgestiegen und führten ihre Pferde durch dichtes Gestrüpp zu einem verborgenen Pfad. Zwar hörten Mausgesicht und seine Komplizen den Hufschlag der anderen Pferde zuerst in der Nähe, aber diese Geräusche entfernten sich bald, und es war nur mehr das Rauschen des Windes in den Kronen der Bäume zu vernehmen.

Zufrieden grinsend führten Mausgesicht und seine Männer ihre Pferde ein Stück tiefer in den Wald hinein, stiegen dann wieder auf und ritten langsam weiter.

»Die haben wir ganz schön an der Nase herumgeführt«, spottete Mathis.

»Es sieht so aus!«, erwiderte Mausgesicht, sagte sich aber gleichzeitig, dass wohl nicht alles so lief, wie Junker Otfried es geplant hatte. Dreißig Reiter waren eine hübsche Streitmacht in dieser Gegend, und er hätte seine bisherige Beute dafür verwettet, dass ihnen mindestens die doppelte Anzahl an Fußknechten folgte. Nun überlegte er, ob er es nicht gut sein lassen und mit dem Geld, das er bisher von Otfried erhalten hatte, aus dieser Gegend verschwinden sollte. Zwar konnte er seine Träume mit dieser Summe noch nicht verwirklichen. Aber es erschien ihm nun zu unsicher, ob Otfried wie erhofft Sieger in diesem Spiel sein würde.

Auch wenn Michel die direkte Spur der Banditen verloren hatte, strebte er instinktiv in die Richtung, in die er Karel und dessen Männer geschickt hatte.

»Glaubt Ihr wirklich, dass wir die Kerle noch finden?«, fragte Graf Heinrich erregt.

»Ich hoffe es zumindest«, antwortete Michel.

»Was ist, wenn sie sich irgendwo versteckt halten und warten, bis wir aufgeben?«, fragte Heinrich von Hettenheim weiter.

»Die Zeit haben sie nicht. Sobald Ritter Udalrich erfährt, dass sie seinen Sohn erschlagen haben, wird er diesen Wald in einer Art durchsuchen lassen, dass seinen Männern nicht einmal ein Wiesel entgeht, geschweige denn zehn Reiter mit ihren Pferden.«

»Ihr glaubt, Junker Udo sei tot?« Ritter Heinrich hoffte, dass es nicht so war, doch Michel nickte.

»Ich habe die Wunde in seiner Brust gesehen. Das überlebt niemand. Wer auch immer ihn abgefangen hat, wollte ihn tot sehen«, antwortete Michel bedrückt.

Ein kurzes Pferdewiehern etwas östlich von ihnen ließ ihn aufmerken. Kam es von einem Pferd aus Karels Gruppe, waren ihre Feinde gewarnt. Aber wenn eines von deren Pferden gewiehert hatte, bot ihnen dies einen Anhaltspunkt, wohin sie sich wenden mussten. Kurz entschlossen wies Michel in die Richtung. »Hier lang geht es! Seid leise, aber auch bereit, sofort anreiten zu können, wenn es sein muss.«

Mausgesicht sah bereits den Waldrand vor sich und lauschte nun sorgfältig. Aber es war nicht das Geringste von ihren Verfolgern zu vernehmen. Nun schaute er vorsichtig ins Freie und war erleichtert, auch dort niemanden zu sehen. Das nächste Waldstück lag nur wenige Hundert Schritte entfernt. Hatten sie dieses erreicht, mussten die Männer hinter ihnen aufgeben.

»Mir nach, aber langsam! Ich will nicht, dass die Hufe der Gäule in den Boden einsinken und diesen Schurken einen Anhaltspunkt geben können, wohin wir verschwunden sind«, mahnte er seine Männer.

Sigo machte eine besorgte Miene. »Wenn wir zu lange brauchen, könnten die Leute den Waldrand erreichen und uns noch sehen.«

Dies war tatsächlich eine Gefahr. Mausgesicht vertraute jedoch darauf, dass ihre Verfolger noch eine Weile im Wald nach ihren Spuren suchen würden. Trotzdem wollte auch er nicht zu lange im Freien bleiben.

»Trabt an!«, befahl er und ritt als Erster los.

Die Gruppe kam etwa fünfzig Schritte weit, als ein zorniger Schrei ertönte. »Dort sind sie!«

Karel hatte mit seinen Männern den Bogen um den Wald geschlagen. Um nicht gesehen zu werden, hatten sie sich zwischen den Bäumen versteckt. Jetzt preschten sie los und brüllten laut, um Michel und seine Männer auf sich aufmerksam zu machen.

Mausgesichts Komplizen zögerten einen Augenblick, ob sie den

Kampf annehmen oder fliehen sollten. Bevor sie sich entschieden hatten, war es zu spät. Karel und die Seinen erreichten die ersten Gegner. Schwerter blitzten, und erste Schreie klangen auf.

Nur Augenblicke später brachen Michel und Graf Heinrich aus dem Wald und jagten mit ihren Männern auf die Banditen zu. Mausgesicht sah sich von vier, fünf Männern umringt und hieb verzweifelt um sich, um sich freie Bahn zu verschaffen, wie dies Junker Udo im Dorf mit seinem Hengst gelungen war. Mausgesicht war jedoch kein Ritter, sondern ein Räuber. Daher hatte er zwar ein schnelles Pferd, aber keins, das die Kniffe beherrschte, die ein gut ausgebildetes Streitross lernen musste.

Einen Mann schlug er aus dem Sattel, musste im Gegenzug aber eine Wunde an der Schulter hinnehmen und verlor fast sein Schwert. Bevor er es wieder fassen konnte, war Michel bei ihm und fegte ihn mit einem gewaltigen Hieb vom Pferd.

Kurz darauf war es vorbei. Von Mausgesichts Bande gelang es nur zwei Männern zu entkommen. Einer davon war Sigo, dem es nur noch darum ging, ihr Versteck zu erreichen, Mausgesichts Geldtruhe an sich zu nehmen und gemeinsam mit seiner Schwester zu verschwinden. Der andere ritt in den Wald zurück, als hoffte er, für alle Zeit darin verborgen zu sein.

»Wenn das nicht der Kerl ist, der auf Fräulein Edda geschossen und diesen Bauern verprügelt hat, soll mich der Affe lausen«, rief Graf Heinrich, als er auf Mausgesicht herabsah. Dieser lebte noch, hatte aber schwere Verletzungen davongetragen.

»Wenn du mir sagst, wo meine Frau zu finden ist, lasse ich den Arzt rufen, damit er dich wieder zusammenflicken kann. Wenn diese Angelegenheit vorbei ist, kannst du dann verschwinden, wohin du willst«, bot Michel Mausgesicht an.

Trotz seiner üblen Lage lachte dieser trotzig auf. »Was habe ich davon? Bei meinen alten Kameraden gelte ich dann als Feigling. Zudem würde ich wegen meiner Wunden nur ein Krüppel sein. Da ziehe ich ein ehrliches Ende vor. Soll dein Weib doch dort verderben, wo sie steckt!«

Michels Hand griff zum Schwertgriff, beherrschte sich jedoch und verschränkte die Arme vor der Brust. »Wir können es auch anders halten. Der Arzt wird dich zusammenflicken, und wenn meine Frau nicht aufgefunden wird, soll der Foltermeister des Pfalzgrafen seine Freude an dir haben.«

Mausgesicht begriff, dass Michel Adler es ernst meinte und ihn schinden lassen würde, bis er den Tod als Erlöser ansah. Da erschien es ihm besser, sein Leben mit eigener Hand zu beenden. Bevor Michel reagieren konnte, zog Mausgesicht seinen Dolch, setzte sich die Spitze auf die Brust und stach mit aller Kraft zu.

»Der Teufel soll dich holen, Michel Adler! Du sollst einmal ebenso durch einen Dolchstich sterben wie ich«, brachte er noch heraus und stand im nächsten Augenblick vor seinem himmlischen Richter.

»Verfluchter Hund!«, stieß Michel wütend hervor.

»Nun flickt auch Junker Gunther den Kerl nicht mehr zusammen«, sagte Graf Heinrich bedrückt. »Wollen wir hoffen, dass einer der anderen weiß, wo Frau Marie zu finden ist.«

Michel wandte sich den verbliebenen Banditen zu. Vier von ihnen waren tot, darunter Mathis und Hasso, die ihnen hätten sagen können, wo Marie eingesperrt war. Von den drei Überlebenden waren zwei übel dran. Michel machte auch ihnen das Angebot, sie durch Gunther verarzten zu lassen. Die Männer sahen auch so aus, als wären sie dazu bereit. Einer von ihnen hob mit einer matten Bewegung die Hand.

»Wenn ich es wüsste, würde ich es Euch sagen, Herr Ritter. Wir waren jedoch nicht dabei, als Euer Weib gefangen und weggeschafft wurde, und von denen, die es waren, hat uns keiner gesagt, wo sie steckt.«

»Vielleicht wurde sie nach Bogenberg gebracht. Junker Otfried soll sich jetzt dort aufhalten. Er hat uns ins Land geholt, um in seinem Sinne tätig zu werden«, sagte der am wenigsten verletzte Bandit, der ebenso wenig wie seine beiden Kameraden Lust darauf hatte, aufgehängt oder gar dem Foltermeister überlassen zu werden.

»Der Richtung nach, in die die Entführer gezogen sind, könnte dies stimmen«, erwiderte Graf Heinrich.

Auch Michel nickte. »Es sieht wohl so aus. Auf jeden Fall erleichtert es mich, von diesen Schurken zu erfahren, dass meine Frau noch lebt.«

»Gleichgültig, wo Otfried sie hinbringen ließ – wir werden sie befreien! Das schwöre ich Euch!«, sagte Graf Heinrich und wies auf eine Reitergruppe, die langsam näher kam. »Vorher aber müssen wir Ritter Udalrich entgegentreten und ihm den Tod seines Sohnes melden. Es wird ihn hoffentlich dazu bringen, sich uns anzuschließen, dass wir mit noch größerer Macht vor Bogenberg erscheinen können!«

Wenige Augenblicke später stand Udalrich von Hohenwald vor ihnen. »Habt Ihr meinen Sohn gesehen?«, fragte er voller Sorge.

Michel nickte bedrückt. »Das haben wir, doch wir können Euch nichts Gutes berichten!«

»Bei Gott, was ist geschehen?«

»Euer Sohn wollte ein Löwenberger Dorf überfallen, wurde aber zurückgeschlagen. Auf seiner Flucht traf er auf diese Schurken. Das dort ist der Mann, der auf Fräulein Edda geschossen und auch jenen Löwenberger Bauern verprügelt hat. Zudem dürfte er derjenige gewesen sein, der Euren Sohn auf den Misthaufen hat werfen lassen. Wenn Ihr den Toten dort anseht, könnte man ihn für Engelhard von Löwenberg halten«, erklärte Michel und zeigte auf Mathis.

»Er trägt ähnliche Kleidung wie der Löwenberger«, gab Udalrich zu und sah dann Michel traurig an. »Mein Sohn ist tot, nicht wahr?«

»So ist es!«, sagte Michel leise. »Wir sind zu spät gekommen, um ihn noch retten zu können. Wir konnten nur seine Mörder verfolgen, und bis auf zwei, die sich in die Büsche geschlagen haben, haben wir alle erwischt.«

»Es ist ein schwacher Trost, aber wenigstens ein Trost«, erklärte Udalrich von Hohenwald beherrscht. Seine Augen schimmerten wässrig, und er fuhr sich mehrfach mit dem Handrücken darüber.

Dann schüttelte er den Kopf. »Ich hätte Udo härter anfassen müssen, so wie Ritter Otto es mit seinem Sohn gemacht hat!«

Graf Heinrich stieß einen kurzen Laut aus, der ein bitteres Lachen sein mochte, bevor er zu sprechen begann. »Dies brachte jedoch auch keinen Gewinn, denn Otfried von Drachenstein ist – das steht nun fest! – derjenige, der hinter all den Anschlägen auf Hohenwald und Löwenberg steckt. Er wollte Euch und Ritter Engelbrecht aufeinanderhetzen, um sich schließlich einen großen Teil des Besitzes des Unterlegenen anzueignen.«

»Das kann ich nicht glauben!«, rief Ritter Udalrich.

»Auch ich wollte es zunächst nicht glauben, musste mich jedoch eines Besseren belehren lassen. Ich gebe zu, dass ich aufgrund der streitsüchtigen Art Eures Sohnes diesen in Verdacht hatte, der Schurke zu sein. Ritter Michel hingegen verdächtigte die Löwenberger. Später richtete sich unser Verdacht auf Radolf von Bogenberg, der offen davon gesprochen hat, Teile Eures Besitzes an sich raffen zu wollen.«

Graf Heinrich wollte noch mehr sagen, doch da hob Michel die Hand. »Das war sein Fehler!«

»Was?«, wollte Graf Heinrich wissen.

»Der Mord an Radolf, den nach meinem Dafürhalten Otfried in Auftrag gegeben hat, um sich Bogenberg unter den Nagel zu reißen. Hätte er ihn am Leben gelassen, würden wir ihn wahrscheinlich immer noch für den Schurken halten, und Otfried könnte weiterhin im Hintergrund wirken, ohne dass wir ihm auf die Schliche kommen könnten.«

»Da habt Ihr recht, Ritter Michel!« Heinrich von Hettenheim nickte und blickte nach Osten, wo sich weniger als einen Tagesritt entfernt die Burg Bogenberg befand. »Ich bin bereit, Otfried trotz aller Verbrechen heil und mit einer Truhe Silber von dannen ziehen zu lassen, wenn er uns Eure Gemahlin unversehrt übergibt, Herr Michel. Geschieht ihr jedoch etwas, wird der Foltermeister des Pfalzgrafen an ihm sein Meisterstück vollbringen!«

Diesen Worten hatte Michel nichts hinzuzufügen. Er wusste jedoch selbst, dass erst ihre Fußknechte zu ihnen aufschließen mussten, bevor sie ihren Vormarsch auf Bogenberg fortsetzen konnten. Die Zeit bis dorthin wollte er nutzen, um Udalrich von Hohenwald davon zu überzeugen, sich ihnen anzuschließen.

10.

Als Michel und Graf Heinrich mit den Reitern losgeritten waren, um nachzusehen, woher die Kampfgeräusche stammten, hatten Falko und Hilbrecht bei den Fußknechten zurückbleiben müssen. Den beiden Jungen passte dies gar nicht, aber angesichts des scharfen Befehls ihrer Väter wagten sie zunächst nicht, einfach loszureiten, sondern passten die Geschwindigkeit ihrer Hengste der marschierenden Truppe an.

Nach einer Weile erreichten sie das Dorf, bei dem Junker Udo so blamabel gescheitert war. Till und die anderen Bauern hatten die drei gefangenen Hohenwalder Reiter verbunden und am Dorfrand so an Pfähle gebunden, dass sie sitzen konnten. Die drei sahen ziemlich geknickt aus. Mehr noch als die Wunden machte es ihnen zu schaffen, von schlichten Bauern gefangen genommen worden zu sein. Außerdem hatten sie Angst, wie die Herren auf Löwenberg mit ihnen verfahren würden. So, wie das Verhältnis zwischen diesen und Hohenwald war, mussten sie damit rechnen, am nächsten Baum aufgeknüpft zu werden.

Falko und sein Freund kümmerten sich jedoch nicht um die Gefangenen oder die Bauern, sondern sahen einander kurz an. »Müssen wir jetzt hierbleiben?«, fragte Falko.

Hilbrecht wandte sich an den Hauptmann der Fußknechte. »Geht es weiter, oder sollen wir hier anwachsen?«

Der Mann grinste.

»So schnell werdet auch Ihr keine Wurzeln schlagen, junger Herr. Außerdem müssen wir so lange marschieren, bis Graf Heinrich oder Euer Vater uns Botschaft mit anderen Befehlen schickt. Also los, Kerle! Unser Ziel liegt noch weit vor uns, und da heißt es, kräftig auszuschreiten.«

Die Männer sammelten sich, und das kleine Heer setzte sich wieder in Bewegung. Die beiden Jungen drängte es, schneller zu reiten, doch sie wagten es nicht, sich mehr als zweihundert Schritte von den anderen zu entfernen.

Nach einiger Zeit sahen sie einige Pferde zusammenstehen und dazwischen ein paar Reiter in Graf Heinrichs Farben. Daneben entdeckten sie Gunther. Nun hielt sie nichts mehr, und sie trabten an. Kurz darauf zügelten sie ihre Pferde bei der Gruppe.

»Was ist geschehen?«, fragte Falko besorgt.

»Junker Udo wurde mit drei seiner Männer von Fremden erschlagen«, antwortete Gunther bedrückt.

»Mein Gott!«, stieß Hilbrecht hervor, während Falko wütend die Faust ballte.

»Es wird Zeit, diesem Scheusal Otfried das Handwerk zu legen!«

»Das wird es in der Tat!«, rief Gunther. Er musste daran denken, wie Otfried vor einem Dutzend Jahren sein unheilvolles Werk mit dem Mordversuch an ihm begonnen hatte. Er war damals um Haaresbreite entkommen und dabei vom Regen in die Traufe geraten. Jahrelang hatte er den Verräter Vigilius verflucht, weil dieser ihn in Jerusalem als Sklave verkauft hatte. Doch ohne die Heilkunst, die ihn sein Herr Ibrahim al Hakimi gelehrt hatte, wäre es ihm niemals gelungen, Edda von Löwenberg am Leben zu erhalten. Sie wäre dann ebenso wie sein Bruder Radolf und nun auch Udo von Hohenwald Otfrieds verbrecherischen Handlungen zum Opfer gefallen.

»Wir haben die traurige Pflicht, Junker Udos sterbliche Überreste und die seiner Kameraden nach Hohenwald zu bringen«, sagte er und schwor sich, dass Otfried für all seine Untaten bezahlen würde.

Falko und Hilbrecht bezogen Gunthers Worte auch auf sich und schlossen sich dem Trupp an.

Unterwegs trafen sie auf Reiter, die Udalrich auf der Suche nach seinem Sohn ausgeschickt hatte. Ursula war bei ihnen und sah bei Weitem nicht mehr so hochmütig aus wie sonst.

»Habt Ihr meinen Bruder gesehen?«, fragte sie ängstlich, nachdem sie den Trupp erreicht hatte und die beiden Jungen und mehrere Hettenheimer erkannte.

»Ja, das haben wir, Fräulein Ursula«, antwortete Gunther.

»Ihr kennt mich? Woher? Und wer seid Ihr?«, fragte sie neugierig.

»Man nennt mich Rasul, und ich bin ein Arzt aus Alexandria«, antwortete Gunther, da er nicht erklären wollte, weshalb er noch lebte und wo er die vergangenen zwölf Jahre gewesen war.

»Ihr seht heute aber anders aus als in der *Krone*«, sagte Ursula verwundert, bemerkte dann die düsteren Mienen der Männer und griff sich ans Herz. »Was ist mit meinem Bruder? Der Narr ist in der Nacht heimlich fort, und ich habe Angst, dass er eine unverzeihliche Dummheit begeht.«

»Es war eine unverzeihliche Dummheit, und sie brachte ihm den Tod«, erwiderte Gunther schonungslos, da er das Fräulein in denkbar schlechter Erinnerung hatte.

»Udo tot?« Das Blut wich Ursula aus dem Gesicht, und sie brach in Tränen aus. »Warum nur? Vater hatte ihm doch gesagt, er solle in der Burg bleiben, da er draußen nichts als Hinterlist und Tücke zu erwarten habe.«

»Euer Vater hatte damit vollkommen recht. Hier herrschen Hinterlist und Tücke, doch mit Gottes Hilfe werden wir diesem Treiben ein Ende bereiten!«

Gunther betrachtete Ursula, die nun hemmungslos um den Bruder weinte, den sie im Leben nie sonderlich geschätzt hatte. Einen Augenblick lang dachte er daran, dass sie nach Udos Tod die Erbin Hohenwalds war und er durch eine Heirat mit ihr Bogenberg, Hohenwald und Guntramsweil zu einer Herrschaft vereinen konnte. Noch während er es dachte, erschien ein blasses Gesicht mit Sternenaugen und schneeweißen Haaren in seinen Gedanken, und er wusste, dass er lieber auf die Herrschaft Hohenwald verzichten wollte als auf Edda. Trotzdem behandelte er Ursula, als sie in Richtung Burg Hohenwald weiterritten, freundlicher.

Falko und Hilbrecht hielten sich am Ende des Trupps und sprachen leise miteinander. »Sollen wir wirklich bis nach Hohenwald mitreiten? Mein Vater wird den Hauptteil unseres Aufgebots gewiss nach Bogenberg vorausschicken, um die Burg einzuschließen«, meinte Hilbrecht nachdenklich.

»Uns wurde doch befohlen, mit den Fußknechten zu ziehen!« Trotz des traurigen Anlasses für diesen Ritt nach Hohenwald zwinkerte Falko seinem Freund zu und wurde noch langsamer.

Auch Hilbrecht zügelte sein Pferd, und schon bald lagen sie mehrere Hundert Schritte zurück. Als sie den Wald erreichten, in dem Mausgesicht seinen Verfolgern hatte entkommen wollen, wechselten sie kurz einen Blick und lenkten ihre Pferde zwischen die Bäume.

11.

Nachdem Hilbrecht und Falko den Wald durchquert hatten, stießen sie auf die Spuren des Kampfes gegen Mausgesichts Männer. Ihre Väter waren jedoch bereits nach Hohenwald aufgebrochen. Für Augenblicke waren die Jungen unsicher, was sie tun sollten. Da wies Hilbrecht auf Hufspuren, sie sich in der Ferne verloren.

»Wie es aussieht, ist einer der Schufte entkommen.«

»Wir sollten ihm folgen! Nicht, dass er meiner Mutter aus Rache etwas antun will«, rief Falko erschrocken und ritt los, ohne darauf zu warten, ob sein Freund damit einverstanden war oder nicht.

Hilbrecht kannte jedoch keine Bedenken und folgte Falko. Nun zahlte es sich aus, dass die beiden gelernt hatten, Spuren zu verfolgen. Nach einigen Stunden erreichten sie den Rand des Ödwalds, zögerten aber, denn in dieser Gegend war selbst Hilbrecht noch nie gewesen. Dann aber sagte dieser sich, dass er, wenn es um seine Mutter ginge, auch keine Bedenken kennen würde. Da Falko bereits weiter der Spur folgte, ritt er hinter ihm her.

»Wir können froh sein, dass der Reiter sich offenbar keine Mühe gemacht hat, seine Flucht zu verbergen«, erklärte Falko nach einer Weile.

»Wahrscheinlich will er seine Kumpane warnen und mit ihnen verschwinden.« Für Hilbrecht schien diese Erklärung einleuchtend. Erneut überlegte er, ob sie nicht besser zurückreiten und Verstärkung anfordern sollten. Wenn aber Frau Marie in der Zwischenzeit etwas zustieße, würde er sich für den Rest seines Lebens deswegen Vorwürfe machen.

»Weiter!«, sagte er entschlossen.

Wenig später erreichten sie ein schier undurchdringliches Gebüsch und wollten schon an dessen Rand vorbeireiten, als Hilbrecht einen Hufabdruck entdeckte, der zweifelsfrei zeigte, dass der Reiter an der Stelle in das Unterholz eingedrungen war. Die beiden Jungen sahen einander kurz an, stiegen aus den Sätteln und führten die Pferde nun am Zügel.

Es war fast unmöglich, der Spur im dichten Buschwerk zu folgen. Falkos Herz schlug bis zum Hals bei dem Gedanken, das Ziel des Verfolgten zu verfehlen und daher nichts zu finden.

»Vorsicht! Wir dürfen nichts übersehen!«, forderte er Hilbrecht auf.

Dieser nickte mit verkniffener Miene. »Was meinst du, was ich tue?«

Stimmen wiesen ihnen schließlich den Weg. Sie gingen vorsichtig darauf zu und erreichten eine kleine Lichtung, in deren Mitte ein von einer Palisade umgebenes Blockhaus stand. Am Tor der Palisade standen zwei Männer und eine Frau. Die beiden Männer schienen sich zu streiten, denn der eine griff immer wieder zum Schwert.

»Hoffentlich bringen sie sich gegenseitig um, dann hätten wir es nur noch mit der Frau zu tun«, raunte Hilbrecht Falko zu.

»Was ist, wenn sie nicht weiß, wo meine Mutter ist?«, fragte dieser besorgt.

»Es gibt zwei Möglichkeiten! Entweder ist sie in diesem Blockhaus eingesperrt, oder sie befindet sich in einer der beiden Burgen, die Otfried derzeit beherrscht! Ist sie hier, werden wir sie befreien, ist sie in einer Burg, werden unsere Väter sie von Otfried zurückfordern.«

»Ich hoffe, sie ist hier, denn ich traue diesem Schuft zu, sie aus Bosheit umzubringen«, antwortete Falko und griff zum Schwert.

»Warte noch!«, riet Hilbrecht, da die Stimmen auf der Lichtung lauter wurden.

»Dieses Schwein wollte die ganze Zeit, dass ich die Beine für ihn spreize. Er hat mir an den Arsch, die Brüste und auch zwischen die Beine gelangt. Wenn du nicht gekommen wärst, Sigo, hätte er mir gewiss Gewalt angetan«, rief die Frau eben zornig.

»Du verdammter Hund!«, schrie Sigo seinen Kumpan an und zog das Schwert.

»Jetzt tu nicht so, als wenn Thea eine unbefleckte Jungfrau wäre.

Die hatte schon mehr Schwänze zwischen den Beinen als die Weiber eines ganzen Herzogtums. Sie soll sich nicht so anstellen, nur weil ich ebenfalls ein wenig Spaß haben will«, antwortete sein Gegenüber wuterfüllt, wich dann jedoch ängstlich zurück.

Sigo musterte ihn voller Verachtung. »Feige bist du auch noch. Verschwinde – und lass dich von mir nie mehr sehen!«

Der Mann überlegte kurz, fand dann aber wohl, dass er lieber lebendig als tot war, und rannte davon. Falko und Hilbrecht sahen zu, wie er auf der anderen Seite in das Gebüsch eindrang. Für eine kurze Zeit hörten sie ihn noch, dann richteten sie ihre Aufmerksamkeit wieder auf das Paar, das auf der Lichtung verblieben war.

»Stimmt es wirklich, dass der mausgesichtige Jochen tot ist und die meisten seiner Männer dazu?« Thea schien es nicht recht glauben zu wollen, doch Sigo nickte.

»So ist es! Zuerst ritt uns Junker Udo in die Fänge und wurde samt seinen Begleitern erschlagen, dann kamen auf einmal Reiter heran und hetzten uns durch die halbe Hohenwalder Herrschaft. Irgendwann dachten wir, wir hätten sie abgehängt, doch sie haben uns überlistet. Der folgende Kampf war hart, und als ich sah, wie Mausgesicht fiel, habe ich meinem braven Braunen die Sporen gegeben und bin abgehauen.«

»Das war wohl das Vernünftigste, was du tun konntest«, fand Thea und fragte dann, was sie jetzt machen sollten.

»Wir nehmen alles mit, was wir brauchen können, vor allem Mausgesichts Geld. Es ist zwar weniger, als er sich erhofft hatte, doch für uns wird es reichen.«

Nach diesen Worten betrat Sigo das Blockhaus, und die beiden Lauscher am Rand der Lichtung sahen einander fragend an.

»Was machen wir jetzt?«, fragte Hilbrecht.

»Schau, die Frau folgt ihm. Sie können uns also nicht sehen, wenn wir das Gebüsch verlassen. Auf der Lichtung steigen wir auf unsere Pferde. Zu Fuß haben wir gegen einen erwachsenen Krieger einen schweren Stand, doch zu Pferd sind wir ihm überlegen.«

Noch im Sprechen führte Falko seinen Hengst auf die Lichtung, schwang sich in den Sattel und ritt langsam auf den Eingang der Palisade zu. Hilbrecht folgte ihm mit einem leisen Fluch und zog sein Schwert. Um den Mann zu überwältigen, mussten sie schnell sein und auf die Kunststücke vertrauen, die sie ihren Pferden beigebracht hatten.

In der Blockhütte packten unterdessen Sigo und Thea alles zusammen, was sie mitnehmen wollten, und traten anschließend schwer beladen ins Freie. Als sie das Palisadentor erreichten, entdeckten sie die beiden Jungen.

»Verflucht! Muss das auch noch sein?«, stieß Sigo hervor und stellte seinen Packen ab. Während er sein Schwert zog, traf sein Blick seine Schwester. Wenn er hier starb, würde sie allein fliehen müssen, und das ohne Mausgesichts Geld, welches er in sein eigenes Bündel gesteckt hatte. Dann aber würde sie als Hure von Ort zu Ort ziehen und jeden Lumpenkerl ertragen müssen, der sich die paar Pfennige für den Beischlaf leisten konnte. Bevor er ihr dies antun wollte, war er bereit, zu verhandeln.

»Ich habe nichts gegen euch! Lasst mich und meine Schwester ziehen. Wir wollen von hier fort, und ihr werdet nie mehr etwas von uns hören.«

»Verfluchter Schuft! Elender Mörder! Gesindel!«, brüllte Hilbrecht, doch Falko bedeutete ihm, ruhig zu sein, und wandte sich an Sigo. »Ihr habt meine Mutter entführt! Wo ist sie? Sprich, oder ich bringe dich mit meinem Schwert zum Reden!«

»Ich glaube, wir können ins Geschäft kommen«, antwortete Sigo und schob sein Schwert in die Scheide zurück, um seine friedlichen Absichten zu bekunden.

»Wo ist meine Mutter? Wehe, es ist ihr etwas geschehen!« Falko reckte drohend das Schwert.

Sigo hob beschwichtigend die Rechte. »Gemach, junger Herr! Ich will es Euch doch sagen. Eurer Mutter ist nichts geschehen! Unser Anführer hat sie nicht hier festgesetzt, wo sie den Belästigungen einiger Schurken ausgeliefert gewesen wäre, sondern in der Kapelle bei der Schlucht, die Ihr wohl kennt.«

Beide Jungen schüttelten den Kopf. »Die kennen wir nicht!«

»Ihr erreicht sie, wenn Ihr dort vorne die Lichtung verlasst. Zweihundert Schritte weiter seht Ihr einen Pfad, dem Ihr nach rechts folgen müsst. Nach etwa zwei Meilen kommt Ihr an die Schlucht, und dort führt eine einfache Brücke hinüber. Wenn Ihr euch nach links wendet und am Rand der Schlucht entlangreitet, erreicht Ihr nach weniger als einer halben Meile die Kapelle. Den Schlüssel kann ich Euch leider nicht geben, denn den hatte unser Anführer Jochen bei sich.«

»Dann haben ihn unsere Väter. Wir sollten zu ihnen reiten und …«, begann Hilbrecht, wurde aber sofort von Falko unterbrochen.

»Wir kriegen die Tür schon irgendwie auf. Das heißt, wenn dieser Kerl hier die Wahrheit gesprochen hat!« Falko bedachte Sigo mit einem misstrauischen Blick.

»Ich habe Euch nicht belogen«, antwortete dieser. »Auch solltet Ihr nicht säumen. Junker Otfried weiß ebenfalls, wo Frau Marie gefangen gehalten wird, und könnte versucht sein, sie in seine Hand zu bekommen, um sie als Geisel zu verwenden.«

»Sollen wir ihm vertrauen?«, fragte Hilbrecht.

Falko überlegte kurz und nickte. »Er hat nichts zu gewinnen, wenn er uns belügt.«

»Wenn es erlaubt ist, würden Thea und ich jetzt aufbrechen!« Da er nicht annahm, dass die beiden Knaben ihn daran hindern würden, belud Sigo sein Pferd, schwang sich in den Sattel und half seiner Schwester, hinter ihm Platz zu nehmen. Er verließ die Lichtung, ohne sich noch einmal umzusehen.

»Wenn er uns belogen hat, haben wir uns aber arg blamiert«, sagte Hilbrecht und hoffte, dass es nicht so kommen würde.

Falko wies auf die Stelle, die Sigo ihnen genannt hatte. »Dort sollen wir die Lichtung verlassen und auf einen Pfad treffen. Tun wir das, ist es gut, wenn nicht, folgen wir diesem Kerl und bringen ihm bei, dass er uns besser nicht hätte belügen sollen!«

Die Angaben, die der Bandit ihnen gegeben hatte, stimmten jedoch. Falko und Hilbrecht trafen auf den Pfad, folgten ihm bis zur Schlucht und überquerten diese vorsichtig auf der behelfsmäßigen Brücke, die Mausgesicht und dessen Kumpane errichtet hatten, um schneller auch auf dieser Seite agieren zu können und einen Fluchtweg zu haben.

Als sie auf der anderen Seite der Schlucht ankamen, war es bereits spät. Um nicht im Dunkeln herumirren zu müssen, schnitten sie mehrere Kiefernzweige ab und schlugen Funken, mit denen sie Zunder und trockenes Moos entzündeten. Kurz darauf brannte ihre erste Fackel, und sie setzten ihren Weg fort. So nah am Rand der Schlucht wagte keiner der Knaben zu reiten.

»Sei vorsichtig! Nicht, dass du fehltrittst und in die Schlucht stürzt«, mahnte Hilbrecht, da Falko in seinen Augen etwas zu energisch vorwärtsdrängte.

»Keine Sorge, ich passe schon auf«, antwortete Falko, ohne langsamer zu werden.

»Was ist, wenn wir an dieser Kapelle vorbeilaufen?«, fragte Hilbrecht, da es immer dunkler wurde.

»Notfalls müssen wir nach meiner Mutter rufen.« Falko hielt inne: »Mama, hörst du mich. Ich bin es, Falko! Wenn du mich hörst, antworte mir!«

Falko rief so laut, dass Hilbrecht zusammenzuckte. »Was ist, wenn unsere Feinde dich hören?«, tadelte er seinen Freund. Dieser achtete jedoch nicht auf ihn, sondern lauschte angestrengt in die Nacht hinein.

12.

Marie hatte in ihrem Leben zu viel erlebt, um in der Kapelle vor Angst kopflos zu werden. Da sie nicht wissen konnte, wann ihre Entführer zurückkamen, arbeitete sie jeden Tag von Sonnenaufgang bis Sonnenuntergang daran, die Umgebung des Türschlosses zu bearbeiten, damit sie es schließlich herausbrechen konnte. Sie hatte sich für diese Stelle entschieden, obwohl sie ein unterarmlanges und halb so breites Stück aus der Tür brechen musste. Die Balken, aus denen die Wände gezimmert worden waren, waren jedoch viel zu dick, um die Fenster mit ihrem kleinen Dolch so vergrößern zu können, dass sie hinausschlüpfen konnte.

Um keine Zeit zu verlieren, nahm sie sich kaum Zeit zum Essen, sondern schnitzte noch kauend weiter. In der ersten Nacht hatte sie sogar versucht, im Dunkeln weiterzuarbeiten, am Morgen aber gesehen, dass sie nur wenig geschafft hatte. Seitdem hüllte sie sich des Nachts in die Decke, die ihr die Entführer zurückgelassen hatten, und wandte sich im Gebet an Maria Magdalena. Dabei bat sie nicht um ihre Rettung, denn sie hoffte, sich bald selbst befreien zu können, sondern vielmehr für Michel und die Kinder. Sie wusste nicht, welche Untaten Otfried plante, und flehte daher ihre Lieblingsheilige, die Jesus Christus näher gewesen war als jede andere Frau außer dessen Mutter, an, ihren Lieben beizustehen.

In dieser Nacht lauschte sie nach dem Gebet noch ein wenig auf die nächtlichen Geräusche, die in die Kapelle drangen, und schlief bald darauf ein. Sie träumte, dass Michel, Trudi, Lisa, Hildegard und Falko verzweifelt nach ihr riefen. Nein, korrigierte sie sich. Eigentlich rief nur Falko.

Mit dem Gedanken schoss sie hoch und starrte in die Dunkelheit hinein. Es ist kein Traum!, durchfuhr es sie. Sie hatte ihren Sohn tatsächlich gehört.

»Falko, hörst du mich?«, schrie sie, so laut sie konnte, und hämmerte mit dem Griff ihres Messers gegen die Tür.

»Mama, wo bist du? Ruf weiter, damit wir diese verdammte Kapelle finden!«, drang Falkos Antwort zu ihr her.

»Heilige Maria Magdalena, ich danke dir«, flüsterte sie, um dann laut zu rufen.

»Gut so!«, hörte sie Falko.

»Dort ist die Kapelle«, klang Hilbrechts Stimme auf. »Der Schurke mag ein Schurke sein, doch in dem Fall hat er die Wahrheit gesprochen!«

Augenblicke später klopfte es an die Tür, und Maries Anspannung löste sich in einem heftigen Schluchzen auf.

»Mama, es ist alles gut!«, rief Falko und musterte die Tür. »Da wir keinen Schlüssel haben, müssen wir sie mit unseren Schwertern aufhacken«, meinte er zu Hilbrecht.

Maria tastete nach den Stellen, an denen sie bereits gearbeitet hatte. »Nehmt besser eure Dolche! Und versucht es an dieser Stelle«, sagte sie und klopfte gegen das Holz. »Ich habe bereits an der Tür herumgeschnitzt, so dass es hoffentlich nicht zu lange dauern wird, bis ihr sie aufbrechen könnt.«

»Das ist hier beim Schloss«, hörte sie Falko sagen. Dann klang Hämmern und Scharren auf.

Es war eine harte Arbeit, mit den Dolchen Späne aus dem Holz zu hacken, und die beiden schwitzten wie Holzknechte, die einen dicken Baum mit stumpfen Äxten fällen mussten. Ans Aufgeben dachte aber keiner von ihnen. Als Hilbrecht die heruntergebrannte Kienfackel durch eine neue ersetzte, bearbeitete Falko weiter das Holz und spürte mit einem Mal, wie seine Klinge durch das Türblatt drang.

»Gleich haben wir es«, rief er triumphierend und versetzte der Tür ein paar weitere harte Hiebe.

Kurz darauf konnten Hilbrecht und er die Tür aufbrechen. Marie eilte heraus und umarmte zuerst den Sohn und dann dessen Freund.

»Ich habe mir zwar keine allzu großen Sorgen gemacht, aber auf

Dauer war es mir in der Kapelle doch ein wenig zu einsam«, sagte sie lachend.

»Papa, Graf Heinrich und allen anderen wird ein riesiger Stein vom Herzen fallen«, meinte Falko strahlend. »Wir hatten alle Angst, du wärst Otfried in die Hände gefallen.«

»In gewisser Weise bin ich das auch. Nur wollte er mich nicht in einer seiner Burgen gefangen setzen. Anscheinend traut er seinen eigenen Leuten nicht, sondern ließ mich von seinem Spießgesellen Mausgesicht hierherbringen.«

»Damit hat er seinen größten Trumpf aus der Hand gegeben, denn Graf Heinrich hätte ihn mit dem Inhalt seiner Geldtruhe unbehelligt ziehen lassen, nur um dich freizubekommen. Jetzt aber wird dieser Schuft für alles bezahlen, was er getan hat, von dem Mordversuch an Gunther angefangen bis hin zu Junker Udos Tod!«

»Mordversuch?«, unterbrach Marie ihren Sohn. »Lebt Gunther etwa noch? Das wäre herrlich.«

»Und ob er lebt«, sagte Falko und erklärte ihr, wie Hilbrecht und er Gunther gefunden und gerettet hatten. Hatte er zunächst noch gegrinst, wurde er nun ernst und sah seine Mutter bekümmert an. »Ich hätte dir, Vater und den Schwestern einen angenehmeren Aufenthalt auf Hettenheim gewünscht.«

»Sei nicht traurig deswegen! Wären wir nicht hierhergekommen, hätte Junker Otfried seine Pläne ungehindert ausführen können, und dabei wären noch etliche Menschen gestorben. So aber war er gezwungen, rascher zu handeln, und hat Fehler gemacht, durch die wir ihn entlarven konnten.«

»Deine Mutter hat recht«, warf Hilbrecht ein. »Denke nur an die Menschenleben, die eine harte Fehde zwischen Löwenberg und Hohenwald gekostet hätte. Selbst wenn es Gunther alias Rasul gelungen wäre, Otfried zu töten, wie er es vorhatte, wäre es noch nicht zu Ende gewesen. Denn dann hätte der Kampf um die vier Herrschaften des Kleeblattbunds erst richtig begonnen. Es gibt genug entfernte Verwandte, die diese Besitztümer einander nicht gegönnt hätten. Zuletzt hätte vielleicht sogar der Pfalzgraf mit bewaffneter Macht eingreifen müssen.«

»Das mag ja alles sein«, antwortete Falko. »Im Augenblick bedrückt es mich jedoch mehr, dass wir uns meilenweit von jeder Siedlung entfernt in der Wildnis befinden und uns ein Lager suchen müssen. Hier bei der Kapelle dürfen wir nicht bleiben. Ich halte es für möglich, dass Junker Otfried Mutter wegholen lassen will, wenn er merkt, dass Graf Heinrich mit Heeresmacht gegen ihn aufmarschiert.«

»Wir haben aber nur unsere Pferdedecken, um uns warm zu halten – und nichts zu essen«, sagte Hilbrecht missmutig.

»Ich habe eine eigene Decke, und Vorräte sind auch noch ein paar vorhanden«, sagte Marie, nahm ihrem Sohn die Kienfackel ab und ging in die Kapelle, um all das zu holen, was sie für die Nacht brauchten.

Als sie schließlich aufbrachen, verzog Hilbrecht das Gesicht. »In diesem Wald kann die Nacht gefährlich werden, denn es soll hier noch Bären und Wölfe geben.«

»Dann sollten wir uns einen geschützten Platz suchen, ein Lagerfeuer anzünden und abwechselnd Wache halten«, schlug Marie vor.

»Das werden Falko und ich übernehmen«, sagte Hilbrecht.

»Ihr müsst euch nicht meinetwegen die halbe Nacht um die Ohren schlagen. Ich kann auch Wache halten.« Marie lächelte, doch Falko kannte sie gut genug, um seinen Freund anzustupsen. »Wir sollten Mama ihren Willen lassen!«

»Sie kann die letzte Wache übernehmen, denn im Gegensatz zu uns hat sie nicht gelernt, die Zeit an den Sternen abzulesen«, wandte Hilbrecht ein.

»Ich übernehme die erste Wache, und sei versichert, ich werde dich zur rechten Zeit wecken.« Marie lächelte, denn sie hatte Hilbrechts Absicht erkannt, sie schlafen zu lassen, während er und Falko sich die Wache teilten.

»Ich glaube, hier sind wir weit genug von der Kapelle entfernt, um uns niederzulassen.« Falko leuchtete mit seiner Kienfackel die

Umgebung aus und wies auf eine kleine Lichtung. »Dort ist Platz für ein Lagerfeuer. Stellt die Sachen ab, damit wir Holz sammeln können. Außerdem müssen wir die Pferde absatteln. Diese werden heute hungrig zu Bett gehen müssen, es sei denn, sie halten mit uns mit und fressen hartes Brot und geräucherten Schinken.«

»Das Brot können sie meinetwegen haben.« Hilbrecht zäumte seinen Hengst ab und nahm ihm den Sattel.

Das Tier stupste ihn ein paarmal hungrig an. Daher teilte Marie das Brot in drei Teile. Einer war für sie und die Jungen, die beiden anderen erhielten deren Pferde.

Während Falko und Hilbrecht Holz sammelten und ein Lagerfeuer entzündeten, breitete sie die Decken am Boden aus und ließ ihre Gedanken in eine Zeit schweifen, in der sie mit Hiltrud als Wanderhure durchs Land gezogen war. Damals hatte sie gelernt, sich an den Sternen zu orientieren, und so würde sie Hilbrecht, der die zweite Wache übernehmen sollte, genau zu der Zeit wecken können, die sie für richtig hielt.

Wenig später saßen sie um das Feuer. Die Jungen berichteten von Junker Udos Tod und dem Ende von Mausgesicht. Marie hoffte von ganzem Herzen, dass die Unruhen in diesem Teil des Reiches bald ein Ende nehmen und ihnen noch ein paar friedliche Wochen auf Burg Hettenheim vergönnt sein würden.

13.

Michel und Graf Heinrich befanden sich auf Burg Hohenwald und beratschlagten mit Udalrich von Hohenwald, wie sie gegen Otfried vorgehen sollten. Als beste Lösung erschien es ihnen, rasch zu handeln und ihn auf Burg Bogenberg einzuschließen. Dort konnte er sich seiner Leute nicht sicher sein, während man auf Drachenstein seinen Befehlen uneingeschränkt gehorchen würde. Da Ritter Udalrich seinen Sohn in allen Ehren in die Gruft bringen wollte, überstellte er seine Männer Michel und erklärte, nachzukommen, sobald er seine Pflicht als Vater erfüllt habe.

Am späten Abend erschien zu aller Überraschung Engelhard von Löwenberg. Er hatte gehört, dass Graf Heinrich eingetroffen war, und vertraute darauf, dass dieser ihn vor Ritter Udalrich und dessen Männern beschützen würde. Ursprünglich hatte er sich wegen des versuchten Überfalls auf Tills Dorf beschweren wollen. Als er jedoch hörte, dass Junker Udo tot war, trat er betroffen auf den Burgherrn zu, um ihm sein Mitgefühl auszudrücken.

Sowohl für Ritter Udalrich wie auch für den Löwenberger Junker war es eine Überraschung, als Graf Heinrich ihnen Gunther als Rainald von Bogenbergs lange vermissten zweiten Sohn vorstellte. Um sie zu überzeugen, zeigte Gunther ihnen das Medaillon mit dem Bild seiner Mutter und berichtete von einigen Ereignissen aus der Zeit, in der er noch auf Bogenberg gelebt hatte.

Ritter Udalrich betrachtete den jungen Mann mit wachsendem Interesse. Immerhin lag Hohenwald zwischen Bogenberg und Guntramsweil, auf die Gunther ein Anrecht hatte. Eine Heirat seiner Tochter Ursula mit Gunther würde die drei Herrschaften vereinen und damit Löwenberg weit übertreffen.

Dies begriff auch Junker Engelhard, und er überlegte, was er tun konnte, um nicht auf Dauer hinter Gunther von Bogenberg zurückstehen zu müssen. »Wenn Otfried seiner gerechten Strafe zugeführt worden ist, braucht Drachenstein einen neuen Herrn«, sagte er in der Hoffnung, die eigenen verwandtschaftlichen Bande mit den Drachensteinern wären eng genug, um eigene Ansprüche darauf erheben zu können.

»Der nächste Erbe wäre Radolf gewesen, aber der ist tot. Nun müsste es sein Bruder sein«, antwortete Udalrich.

»Gunther ist der Sohn von Ritter Rainalds zweiter Frau und damit kein direkter Vetter von Otfried«, gab Engelhard zu bedenken. »Die Großmutter meines Vaters hingegen stammt aus dem Drachensteiner Geschlecht.«

»Ebenso die meine«, erklärte Udalrich, den Drachenstein ebenfalls reizte. »Der damalige Ritter auf Drachenstein hatte neben seinem Sohn und Erben noch drei Töchter, von denen eine auf Hohenwald, eine auf Löwenberg und eine auf Bogenberg einheiratete. Dies ist die nächste Blutsverwandtschaft, die wir alle zu Drachenstein aufweisen können.«

»Welche dieser drei Schwestern hatte das höchste Anrecht auf das Erbe?«, fragte Graf Heinrich, der diese Angelegenheit rasch geklärt wissen wollte, um weiteren Zank und Hader zwischen Löwenberg und Hohenwald im Keim zu ersticken, der zudem auch Bogenberg mit hineingezogen hätte.

»Da müssen wir wohl in die Kirchenbücher schauen«, erklärte Ritter Udalrich mit verkniffener Miene. Seine Großmutter war die jüngste der drei Schwestern gewesen, und so schied er aus dem Kreis der Erbanwärter aus.

Auch Engelhard überlegte und schüttelte schließlich den Kopf. »Wir werden tatsächlich die Kirchenbücher brauchen, um festzustellen, ob meine Urgroßmutter die Ältere war – oder die von Junker Gunther.«

»Auf jeden Fall werden wir diese Angelegenheit in aller Ruhe und in Frieden klären«, sagte Graf Heinrich und sah die anderen nicken.

Da hob Esau die Hand. »Es mag Ritter Engelbrecht und auch Euch, Junker Engelhard, nicht gefallen, doch war Ritter Engelbrechts Großmutter die mittlere der drei Schwestern. Sie bezeichnete ihre auf Bogenberg verheiratete Schwester mehrmals als die Ältere.«

Junker Engelhard sah aus, als hätte man ihm eine Keule über den Kopf gehauen. Wenn Gunther Bogenberg, Drachenstein und Guntramsweil mit Hohenwald vereinigen konnte, würde er fast so mächtig wie Graf Heinrich – und er im Vergleich ein Zwerg.

Während der Löwenberger Junker in Gedanken darüber klagte, rieb Ritter Udalrich sich die Hände. Zwar trauerte er um seinen Sohn. Da er noch seine Tochter hatte, erschien es ihm wünschenswert, diese so gut zu verheiraten, wie es nur möglich war. So sprach er von einer großen Herrschaft, die von Drachenstein bis Guntramsweil reichen sollte, und brachte Gunther damit für kurze Zeit in Versuchung.

Doch da trat erneut das Bild der blassen Schönheit, der er das Leben gerettet hatte, vor sein inneres Auge, und als er Engelhard von Löwenberg betrachtete, sagte er sich, dass Frieden und gute Nachbarschaft wichtiger waren als möglichst großer Besitz und die damit verbundene Macht. Auch wollte er nicht, dass Udalrich von Hohenwald sich Hoffnungen auf eine Heirat machte, die nicht zustande kommen würde. Entschlossen stand er auf und trat auf Engelhard von Löwenberg zu.

»Mein Herr, ich habe Eure Tante Edda kennengelernt und würde mich freuen, wenn Euer Herr Vater bereit wäre, sie mir als Gemahlin anzuvertrauen. Wenn sie mich will, heißt das.«

Während Ritter Udalrich enttäuscht stöhnte, wirbelten die Gedanken in Engelhards Kopf. Er wusste, wie schlecht sein Vater – und auch er selbst Edda behandelt hatten. Eine glühende Verfechterin löwenbergischer Interessen würde sie daher wohl niemals werden. Doch wenn Gunther sie heiratete, konnte er selbst um Ursula werben, und das war im Augenblick mehr wert als alles andere.

Unwillkürlich traf Engelhards Blick die junge Frau, und er fand, dass sie einen sehr angenehmen Anblick bot. Wenn es ihm gelang, Hohenwald mit Löwenberg zu vereinigen, würde sein Einfluss in diesem Gau nicht geringer sein als der von Gunther. Daher reichte er diesem die Hand.

»Meine Einwilligung habt Ihr, und ich glaube auch nicht, dass mein Vater sie Euch versagen wird.«

»Ich danke Euch«, antwortete Gunther und setzte sich wieder.

Inzwischen hatte Udalrich von Hohenwald seine Enttäuschung halbwegs überwunden und musterte Engelhard. In den letzten Jahren hatte er diesen als Feind angesehen. Nun aber erschien er ihm als vernünftiger junger Mann, der im Gegensatz zu Udo gelernt hatte, sich zu beherrschen.

»Ich hoffe, dass es zwischen Euch und uns wieder Frieden gibt und die Bauern sich nicht mehr ängstigen müssen, von irgendwelchen Schurken überfallen zu werden«, sagte er zu Engelhard.

Dieser nickte entschlossen. »Nichts wäre mir lieber! Doch lasst uns nun darüber beraten, wie wir den abscheulichen Mord an Eurem Sohn sühnen können. Wenn es Euch, Graf Heinrich und Ritter Michel recht ist, werde ich Euch das Aufgebot Löwenbergs zuführen, um Junker Otfried seiner gerechten Strafe zuzuführen.«

»Mir wäre es schon recht«, antwortete Ritter Udalrich. »Wenn Ihr«, er wandte sich zuerst an Graf Heinrich, dann an Michel, »und Ihr nichts dagegen habt, heißt das!«

»Bei Gott, es ist das Beste, was geschehen konnte! So können wir Otfried mit aller Macht entgegentreten und ihn zwingen, Ritter Michels Gemahlin freizugeben. Das erscheint mir zurzeit noch wichtiger, als Rache zu üben.«

Graf Heinrich sah zuerst Michel an, dann Ritter Udalrich und zuletzt Engelhard von Löwenberg. Keiner der drei hatte einen Einwand, und so beschlossen sie, dass Michel am nächsten Tag mit Graf Heinrichs und Ritter Udalrichs Aufgebot nach Bogenberg ziehen und die Burg belagern sollte. Graf Heinrich und Udalrich wollten nachkommen, sobald Udo von Hohenwald beerdigt worden war, und Engelhard von Löwenberg versprach, mit seiner Schar über Drachensteiner Gebiet zu ziehen, um Otfried den Rückweg dorthin abzuschneiden.

Elfter Teil

Gottesgericht

1.

Während Michel an der Spitze des gemeinsamen Aufgebots aus Hettenheimern und Hohenwaldern auf Bogenberg zumarschierte, war er in großer Sorge um Marie. Immerhin stand ihnen ein Feind entgegen, der bereits bewiesen hatte, zu welch üblen Taten er fähig war. Um mehr über Bogenberg zu erfahren, bat er Gunther, ihm von der Burg zu erzählen.

Gunthers Angst um Marie war kaum geringer als die von Michel. Auch er überlegte, wie man sie am besten befreien konnte. »Vielleicht ist gar keine lange Belagerung vonnöten«, sagte er nach einer Weile. »Wenn ich mich recht erinnere, gibt es einen geheimen Fluchtgang. Mein Vater hat ihn mir gezeigt. Selbst wenn Radolf so dumm war, Otfried davon zu erzählen, wird er wohl kaum erwarten, dass wir ihn kennen!«

»Ein Geheimgang wäre die Lösung. Wir könnten heimlich in die Burg eindringen und verhindern, dass Marie etwas zustößt«, antwortete Michel.

»Wenn sie sich überhaupt auf Bogenberg befindet«, wandte Gunther ein. »Die Burgbewohner würden die Entführung einer Edeldame nicht hinnehmen. Noch sind es Bogenberger, und mein Vater hat stets darauf geachtet, dass seine Knechte und Mägde ehrliche Menschen sind.«

»Radolf könnte sie verdorben haben«, gab Michel zu bedenken.

Gunther schüttelte den Kopf. »Das kann ich mir nicht vorstellen. Auch wenn unser Vater die meiste Zeit an sein Bett gefesselt gewesen sein soll, so hat er gewiss auf alles geachtet, was auf der Burg geschehen ist. Ihm wäre aufgefallen, wenn Radolf solche Kerle wie Mausgesicht und dessen Bande in seine Dienste genommen hätte. Selbst Otfried hat es nicht gewagt, es offen zu tun, sondern sie, wie wir gehört haben, im Ödwald versteckt.«

Michel teilte zwar Gunthers Zuversicht nicht, doch auch er konnte nur hoffen, dass alles gut gehen würde und sie Marie befreien konnten.

Schweigend ritten sie weiter, und Gunther versuchte, sich an das Ende des Geheimgangs zu erinnern. Als der Vater ihm dies gezeigt hatte, war er noch sehr jung gewesen, und seither waren etliche Jahre vergangen.

Nach einer Weile trabte Karel auf Michel zu und wies zur Seite. »Dort sind Reiter, Herr!«

Michel blickte hin und entdeckte zwei Pferde, von denen das eine zwei Personen trug. Dies waren ein Junge und eine Frau. Zuerst glaubte er, seinen Augen nicht trauen zu können, dann schüttelte er ungläubig den Kopf.

»Marie! Falko, Hilbrecht, wo kommt ihr denn her?« Dabei fiel ihm ein, dass ihm in der Aufregung um Udos Tod das Fehlen der beiden Jungen tatsächlich entgangen war.

»Vater, wir haben Mutter gefunden!«, rief Falko.

Michel war nicht mehr zu halten. Er stürmte auf Marie zu, zerrte sie förmlich vom Pferd und überschüttete ihr Gesicht mit Küssen. »Endlich habe ich dich wieder!«, rief er, als er sich ein wenig beruhigt hatte.

»Dies ist unserem Sohn und seinem Freund zu verdanken. Die beiden haben mich befreit«, berichtete Marie.

»Mama war in einer kleinen Kapelle bei der Schlucht eingesperrt. Sie wäre allerdings heute wohl auch selbst freigekommen, denn sie hatte die Umgebung des Türschlosses mit ihrem Messer schon ziemlich weit rausgeschnitten«, meldete Falko grinsend.

Marie setzte ein strahlendes Lächeln auf. »So ist es mir schon lieber! Ich hatte immerhin zwei wackere Burschen, die mich in der Nacht vor Wölfen und Bären beschützt haben …«

»Es hat sich kein einziger sehen lassen!«, gab Hilbrecht zu.

»Außerdem konnte ich reiten und musste nicht zu Fuß gehen.«

Marie ließ sich ihre gute Laune durch nichts verderben. Zum einen war sie wieder mit ihrem Mann vereint, und zum anderen freute sie sich sehr, Gunther gesund und munter bei Michel zu sehen.

»Wie ist es Euch ergangen?«, fragte sie ihn.

Auf Gunthers Gesicht erschien sein vertrautes Lächeln. »Wie Ihr habe auch ich es Eurem Sohn und Hilbrecht zu verdanken, dass ich hier sein kann. Hätten die beiden mich nicht rechtzeitig gefunden, wäre ich in der Sandgrube erstickt.«

»Ihr seid ein zäher Bursche!«, antwortete Marie lachend. »Schon vor zwölf Jahren seid Ihr dem Tod von der Schippe gesprungen – und nun schon wieder.«

Unterdessen winkte Michel Karel zu sich. »Sende einen Boten zu Graf Heinrich mit der Botschaft, dass meine Gemahlin befreit ist. Du«, wandte er sich nun an Marie, »hältst dich bitte vorerst zurück. Otfried soll nicht wissen, dass du dich nicht mehr in der Gewalt seiner Handlanger befindest. Er soll glauben, uns erpressen zu können, und sich dadurch sicher fühlen. Umso übler wird sein Erwachen sein. Jetzt rettet ihn nichts mehr vor dem Strick!«

Michel klang hochzufrieden, denn nun verfügte Otfried über keinen Trumpf mehr und saß zudem in einer Burg, die er bislang immer nur als Gast gesehen hatte.

»Wäre es nicht besser, wenn Junker Gunther sich zu erkennen gäbe?«, fragte Marie. »Ein Teil der Burgbewohner müsste sich noch an ihn erinnern.«

Michel wollte schon widersprechen, überlegte es sich aber anders. Wenn sie heimlich in die Burg eindrangen und die Bogenberger wussten, dass Gunther diese Schar anführte, konnte es ohne Blutvergießen abgehen.

»Du hast recht«, sagte er daher zu Marie und beriet auf ihrem weiteren Weg mit ihr und Gunther, wie dies am besten zu geschehen hätte.

2.

Wegen der steten Bedrohung durch Falko von Hettenheim war auch Burg Bogenberg wehrhaft ausgebaut worden. Daher hätte Michel sie mit der Schar, die er anführte, niemals im Sturm nehmen können. Sie zu belagern und von der Welt abzuschneiden, war jedoch möglich. Die einzige Gefahr war, dass Otfried von ihrem Anmarsch erfuhr und sich nach Drachenstein zurückzog. Diese Burg würde schwerer zu bezwingen sein als Bogenberg, zumal sie hier auf den Geheimgang hoffen konnten.

Michel und den Seinen kam zugute, dass sich Otfrieds Herrschaft in Bogenberg noch nicht verfestigt hatte. Die Bauern musterten seinen kleinen Heerzug erstaunt, waren aber froh, als dieser sie weder bedrängte noch ausplünderte. Wegen der Unruhen in letzter Zeit glaubten die Menschen, der Heerzug sei mit Otfried abgesprochen, und so kam niemand von ihnen auf die Idee, der Burg die Ankunft dieser Schar zu melden.

Michel und seine Leute erschienen daher so überraschend vor Bogenberg, dass Otfried erst davon erfuhr, als die Zufahrtswege zur Burg bereits so gut wie abgeschnitten waren. Er saß gerade mit dem Haushofmeister von Bogenberg zusammen, um diesem seine Befehle zu erteilen, als eine Wache hereinstürmte.

»Verzeiht, Herr Otfried, aber es sind Krieger vor der Burg erschienen.«

»Krieger?«

Otfried sprang auf, während ihm Dutzende Gedanken durch den Kopf schossen. Hatte Mausgesicht einen Fehler begangen und war gefangen worden? Da er selbst, um sein Leben zu retten, jeden ans Messer liefern würde, nahm er dies auch von allen anderen an. Innerlich fluchend, erhob er sich und verließ die Halle. Als er auf den Torturm stieg, griff die Angst wie eine eisige Kralle nach seinem Herzen.

»Schließt die Tore, rasch!«, rief er den Knechten zu.

Diese gehorchten, ohne zu zögern, und blickten danach zu ihm hoch, um weitere Befehle zu empfangen.

»Besetzt die Mauern!« Noch während er es sagte, erinnerte sich Otfried daran, dass er nur sechs seiner eigenen Reiter aus Drachenstein bei sich hatte. Alle anderen Kriegsknechte gehörten zu Bogenberg. Ob sie bereit waren, für ihn zu kämpfen, erschien ihm fraglich.

Ich werde verhandeln müssen, dachte er und wurde ruhiger, als er den Anführer des kleinen Heeres erkannte. Michel Adler würde wieder abziehen müssen, wenn er nicht wollte, dass seiner Frau etwas zustieß. Einen Augenblick lang bedauerte Otfried, dass er Marie nicht nach Bogenberg hatte bringen lassen, sagte sich dann aber, dass sie in der Kapelle bei der Schlucht besser aufgehoben war. Hier wäre die Gefahr zu groß gewesen, dass ihr jemand vom Burggesinde zur Flucht verholfen hätte.

Mit dem Gefühl, einen Trumpf im Ärmel zu haben, der alle anderen Karten stach, sah er mit einem spöttischen Lächeln zu, wie die Hettenheimer und Hohenwalder ihre Posten bezogen. Dem jungen Mann, der sich bei Michel aufhielt, gönnte er keinen zweiten Blick.

»Was wollen die hier? Warum sind sie gekommen?«, fragte der Haushofmeister verwirrt.

Otfried verzog das Gesicht zu einer Grimasse. »Um das zu erfahren, werde ich wohl einen Boten hinausschicken müssen!«

Das stellte ein Problem dar, denn die Drachensteiner, die ihn begleiteten, konnten zwar mit dem Schwert umgehen, aber was ihren Verstand betraf, so war ihnen nicht viel zuzutrauen. Einen Bogenberger durfte er jedoch nicht nehmen, da er sich deren Treue nicht sicher sein konnte.

»Ich glaube, Herr Otfried, die wollen mit uns verhandeln«, sagte eine Turmwache und wies auf Michel und Gunther, die mit Robert von Rehlingen und neun weiteren Reitern näher kamen. Karel hatte ein weißes Tuch an einen Stock gebunden und hielt diesen hoch.

Zwanzig Schritte vor dem Tor hielt Michel an und sah zum Turm hinauf. Er konnte es kaum glauben, doch sie schienen Otfried vollkommen überrascht zu haben. Dieser trug nicht einmal eine Rüstung, sondern stand in seiner normalen Kleidung oben und schien nicht recht zu wissen, was er tun sollte.

»Hört Ihr mich, Otfried von Drachenstein?«, rief Michel mit lauter Stimme.

»Das tue ich, Kibitzstein, und frage Euch, was dieser Aufzug soll?« Otfried versuchte, ruhig und gelassen zu erscheinen, um den Eindruck von Stärke zu vermitteln.

Unterwegs hatten Michel und Gunther lange besprochen, wie sie sich Otfried gegenüber verhalten sollten. Ihm die Verbrechen vorzuwerfen, die Mausgesicht und dessen Bande in seinem Namen begangen hatten, machte Michels Ansicht nach wenig Sinn, da Otfried sie jederzeit abstreiten konnte. Aus diesem Grund hatte Michel sich entschieden, mit Gunthers Rückkehr zu beginnen. Diese Nachricht würde Otfried wirklich überraschen. Zudem konnte es einen großen Teil der Bogenberger dazu bringen, sich gegen ihn zu wenden.

»Ich habe Euch und allen Bewohnern von Bogenberg Folgendes zu verkünden: Nicht Ihr seid Junker Radolfs Erbe. Der wahre Erbe ist hier an meiner Seite, nämlich Gunther von Bogenberg, Sohn von Ritter Rainald von Bogenberg und Frau Guntraud von Guntramsweil.«

Otfried zuckte zuerst zusammen, begann dann aber zu lachen. »Gunther von Bogenberg ist bereits vor einem Dutzend Jahren verfault!«

»Das bin ich nicht!«, meldete sich da Gunther zu Wort. »Radolf und du, ihr beide hättet nachsehen sollen, ob ich mir wirklich das Rückgrat gebrochen hatte, wie ihr es meintet. Obwohl ich verletzt war, konnte ich mich aus der Schlucht retten. Mein armer Hektor war jedoch davongelaufen, und als ich ihn fand, hatte ihn bereits ein Bär getötet.«

Gunther nannte den Namen seines damaligen Hengstes, um den Burgbewohnern zu zeigen, dass er es wirklich war.

»Du bist ein Betrüger und Lump, und Ihr, Ritter Michel, ein Narr, wenn Ihr auf sein Geschwätz hereinfallt!«, schrie Otfried voller Wut.

Der Haushofmeister und der Anführer der Turmwachen waren beide Männer über vierzig und hatten Gunther als Knaben gekannt.

»Er sieht aus wie ein Bogenberger«, murmelte Ersterer und stellte die erste Frage, die ihm in den Sinn kam. »Wenn Ihr tatsächlich Junker Gunther von Bogenberg seid, dann sagt, wo Ihr Euch in den letzten zwölf Jahren aufgehalten habt!«

»Das fragte ich mich auch!«, rief Otfried und versuchte, höhnisch zu klingen.

»Ich befand mich im Orient. Zusammen mit einem Gefährten bin ich nach Jerusalem gepilgert, um für das Seelenheil meines Vaters und meines Bruders zu beten, und auch für deine rabenschwarze Seele, Otfried. Dort habe ich mich von meinem Begleiter getrennt und blieb bei den heiligen Stätten.«

Gunthers Bericht entsprach der Wahrheit, aber er verschwieg die Tatsache, dass er Sklave gewesen war.

»Wenn das stimmt, müssten wir …«, begann der Haushofmeister, wurde aber von Otfried rüde unterbrochen.

»Nichts müssen wir! Ich bin der Herr von Bogenberg, und der dort ist ein lumpiger Betrüger.«

»Dies ist Junker Gunther von Bogenberg«, erklärte da Robert von Rehlingen und wandte sich an den Haushofmeister. »Ihr kennt mich! Ich bin der Neffe von Frau Mildburg von Brandis. Diese hat Gunther als den Sohn ihrer Nichte Guntraud erkannt. Junker Gunther kann Euch auch das Medaillon zeigen, das er damals trug.«

Es war ein Trumpf, dem Otfried nur Flüche entgegensetzen konnte. Wenn es jemanden gab, dessen Urteil die Bewohner von Bogenberg in dieser Sache vertrauten, so war es Mildburg von Brandis. Niemand konnte sich vorstellen, dass diese Dame einem Betrüger helfen würde, sich der Herrschaft zu bemächtigen.

Otfried begriff, dass sein Rückhalt schwand. Viele mochten ihn nicht und würden Gunther mit Begeisterung die Tore öffnen. Aber Bogenberg aufgeben hieß seine gesamten Pläne zu begraben. Selbst wenn Jochen Mausgesicht Udo von Hohenwald umbrachte, waren seine Aussichten, dessen Schwester Ursula heiraten zu können, nur noch äußerst gering. Drachenstein und Hohenwald wiesen keine gemeinsame Grenze auf, weil das Ödgebiet dazwischenlag, das zu keiner der Herrschaften zählte. Es zu besetzen, würde Streit bedeuten. Es war gleichgültig, ob Bogenberg sich dann mit Löwenberg oder Hohenwald zusammentat. Er hatte immer zwei von ihnen gegen sich und musste ein Bündnis mit der vierten Herrschaft anstreben, um nicht unterzugehen.

»Der Teufel soll den Kerl holen, und den Kibitzsteiner gleich mit dazu!«, stieß er erbittert hervor.

»Wenn er wirklich Gunther von Bogenberg ist, müssen wir ihm als neuem Herrn die Tore öffnen«, erklärte der Haushofmeister.

»Nein!«, brüllte Otfried, doch da erteilte der Mann bereits den entsprechenden Befehl.

Otfried packte den Haushofmeister und stieß ihn vom Turm herab. Der Mann schlug schwer auf dem gepflasterten Weg auf und rührte sich nicht mehr. Geschieht ihm recht, dachte Otfried mit grimmiger Zufriedenheit und zog sein Schwert, als zwei der Wachen näher kamen.

»Bleibt zurück!«, rief er.

Zu seiner Erleichterung sah er seine sechs Drachensteiner mit den Schwertern in der Hand herankommen, um ihn zu schützen.

»Wir sollten die Burg aufgeben, Herr!«, erklärte ihr Anführer. »Sonst haben wir auch noch die Bogenberger gegen uns.«

Otfried wollte sich auf Bogenberg behaupten, aber als er sich umschaute, war deutlich zu erkennen, dass kein Einziger der hiesigen Waffenknechte auch nur einen einzigen Schwerthieb für ihn führen würde.

Mit der bitteren Erkenntnis, vorerst den Kürzeren gezogen zu haben, stieg Otfried vom Turm und befahl, sein Pferd und die Reittiere seiner sechs Männer zu satteln. So rasch wie diesmal hatten die Pferde noch nie bereitgestanden. Otfried begriff, dass man ihn aus der Burg haben wollte, und empfand nur noch Hass.

Während er in den Sattel stieg, fragte er sich, was er tun sollte. Noch hielt er einen Trumpf in der Hand, nämlich Michel Adlers Weib. Nach Bogenberg hatte er es nicht bringen lassen können. Nun aber würde er sie aus der Kapelle holen und mit nach Drachenstein nehmen. Der Preis für ihre Freilassung würde hoch sein. Sollten Graf Heinrich und Michel Adler nicht bereit sein, diesen zu bezahlen, würden Maries stinkende Überreste im tiefsten Kerker seiner Burg vermodern.

Die Bogenberger taten nichts für, aber auch nichts gegen ihn. Sie ließen Otfried und seine Trabanten aufsteigen und gaben den Weg zum Tor frei. Es stand nun einladend offen, doch Michel, Gunther und ihre Truppe warteten ab.

»Vielleicht will Otfried verhandeln«, mutmaßte Gunther.

»Vielleicht, vielleicht auch nicht«, antwortete Michel leise, packte seinen Schwertgriff und lockerte die Waffe.

Er sah, wie vier Drachensteiner Reiter aus dem Tor herauskamen. Otfried folgte ihnen, dann kamen noch einmal zwei Drachensteiner. Dahinter waren Bogenberger Knechte zu sehen, die den Abziehenden spöttische Bemerkungen nachriefen. Beliebt, sagte Michel sich, schienen Otfried und die Seinen hier nicht zu sein.

»Was machen wir jetzt?«, fragte Gunther. »Ich würde ihn ungern wegreiten lassen. Wenn er sich auf Drachenstein einnistet, müssten wir diese Burg belagern und könnten sie nur im Sturm einnehmen.«

»Er wird nicht entkommen«, erklärte Michel und winkte seine Reiter, enger aufzuschließen. Dann wandte er sich Otfried zu.

»Es gibt noch etwas, was wir Euch mitzuteilen haben, Otfried von Drachenstein. Euer Helfer Jochen, genannt Mausgesicht, und seine Bande wurden abgefangen. Sie haben zugegeben, dass sie in Euren Diensten standen und für Euch Morde und andere Untaten begangen haben. Ihr werdet Euch daher vor dem Gericht des Pfalzgrafen verantworten müssen.«

»Das ist eine infame Lüge!«, schrie Otfried.

Gleichzeitig verfluchte er Mausgesicht, der diesmal zu unvorsichtig gewesen und erwischt worden war. Was soll ich tun?, fragte er sich verzweifelt. Ihm blieb wirklich nur, das Schwert zu ziehen, durchzubrechen und Marie Adler zu holen, um mit ihr als seiner Gefangenen nach Drachenstein zu fliehen.

»Vorwärts! Wenn sie nicht weichen, sollen die Schwerter entscheiden«, befahl er seinen Männern und ließ seinen Hengst antraben. Gewohnt, seinen Befehlen zu gehorchen, taten es ihm seine Gefolgsleute gleich.

»Halt!«, rief Michel. »Übergebt Euer Schwert!«

»Niemals!« Otfried gab dem Hengst die Sporen und galoppierte auf Gunther zu. Sein Schwert zuckte durch die Luft, doch Gunther bückte sich blitzschnell bis auf den Hals des Pferdes und entging dadurch dem Hieb. Als er selbst das Schwert zog, sah er, wie Otfried im vollen Galopp davonritt. Dessen Kriegsknechte trafen unterdessen auf Michel, Karel und die anderen Reiter. Der Kampf war hart, dauerte aber nur kurz, dann waren die sechs Sättel der Drachensteiner geleert, und die Männer lagen am Boden. Ein paar von ihnen lebten noch, und so befahl Michel, diese zu verbinden.

»Nicht diese armen Hunde sind unsere Feinde, sondern ihr Herr«, erklärte er und sah sich dann um.

»Wo ist Otfried?«, fragte er.

»Er hat seine Männer geopfert und ist geflohen«, antwortete Gunther. »Wir müssen ihm nach, um zu verhindern, dass er nach Drachenstein gelangt und sich dort verkriechen kann!« Er hatte es kaum gesagt, da trieb er seinen Hengst an, um Otfried zu folgen.

Michel sah ihm nach und rief dann Karel zu sich. »Nimm dir die schnellsten Reiter und reite hinter den beiden her. Otfried darf Drachenstein nicht erreichen.«

»Er reitet aber auf das Ödland zu und nicht auf Drachenstein«, antwortete Karel verwundert.

Plötzlich klang Maries Lachen neben ihnen auf. Sie hatte sich bislang zurückgehalten, um nicht bemerkt zu werden. Nun blickte sie Michel fröhlich an. »Wenn du meine Meinung hören willst, so reitet er zu der Kapelle, in der ich eingesperrt war, um mich dort wegzuholen und als Geisel zu verwenden.«

»Du hättest dich ihm doch zeigen sollen«, sagte Michel verärgert.

»Dann wäre er wahrscheinlich schnurstracks nach Drachenstein geritten. Ob Gunther und Karel ihn schnell genug einholen oder Engelhard von Löwenberg ihm rechtzeitig den Weg dorthin verlegen könnten, ist zweifelhaft. So aber haben wir genug Zeit, ihn zu erwischen.«

»Du hast recht«, erwiderte Michel brummig und sah Karel und zehn weitere Reiter sich auf Otfrieds Verfolgung machen.

»Ich werde ihnen den Kopf abreißen, wenn ihnen der Schuft entgeht!«, drohte er.

»Da Karel ohne Kopf nicht mehr zu gebrauchen ist, solltest du dies lassen«, sagte Marie lachend.

»Da hast du auch wieder recht!« Michel beruhigte sich und befahl seinen Männern, die Zufahrtswege der Burg zu räumen. In Bogenberg einziehen wollte er erst, wenn mit Gunther der richtige Erbe an seiner Seite war.

3.

Da Otfried seinen Hengst bis zum Äußersten antrieb, gewann er zunächst einen gewissen Vorsprung vor Gunther, doch er vermochte seinen Verfolger nicht abzuhängen. Ein Stück hinter Gunther ritten Karel und dessen Männer, stets bereit, die Richtung zu wechseln, wenn es nötig sein sollte. Otfried hielt jedoch weiter strikt auf das Ödland zu und tauchte schließlich darin ein.

Als Gunther ihm folgte, schien es diesem so, als hätte etwas die letzten zwölf Jahre seines Lebens ausgelöscht. Er fühlte sich an jenes Wettrennen gegen Radolf und Otfried erinnert, das er gewonnen hatte. Otfried folgte demselben Pfad wie damals. Dieser endete an der Schlucht, und die Kapelle befand sich nur wenige Schritte davon entfernt.

Gunther stieß einen Ruf aus, den Otfried hören musste. Dieser rammte seinem Hengst die Sporen in die Weichen und wurde wieder schneller, aber Gunther folgte ihm unerbittlich.

»Wenn ich erst das Weib habe, müssen sie mich reiten lassen«, sagte Otfried angespannt und tastete nach dem Schlüssel in seiner Tasche. Einen hatte er Mausgesicht gegeben, diesen aber behalten. Bis Gunther bei der Kapelle war, hatte er deren Tür längst geöffnet und Marie Adler herausgeholt.

Kurz überlegte Otfried, ob er den Weg über die Hügel abkürzen sollte, so wie Radolf es damals getan hatte. Vom Maul seines Hengstes troff jedoch der Schaum, und die Flanken waren nass von Schweiß und dem Blut, das durch die kleinen Wunden austrat, die er mit seinen Sporen gerissen hatte. Noch konnte er nicht langsamer werden, denn für ihn stellte nicht Gunther die Gefahr dar, sondern der Trupp, der ihn weiter hinten verfolgte und aufholen würde, wenn er bei einem Kampf gegen Gunther Zeit verlor.

Endlich kam die Kapelle in Sicht. Otfried warf einen kurzen Blick nach hinten, sah, dass Gunther weiter zurückgeblieben war, und hielt innerlich triumphierend seinen Hengst an. Noch während er sich aus dem Sattel schwang, traf sein Blick die Kapelle, und er zuckte wie unter einem Peitschenschlag zusammen.

Die Tür war aufgebrochen, und er begriff, dass er umsonst hierhergekommen war. Marie Adler war befreit worden! Damit hätte er rechnen müssen, schalt er sich. Immerhin hatte Michel Adler behauptet, Mausgesicht und dessen Bande gefangen zu haben. Um ihr lausiges Leben zu retten, hatten ihm diese Schurken von dem Versteck berichtet.

»Verflucht sollen sie sein, alle miteinander!«, brüllte er seine Enttäuschung in den Wind hinaus.

Jetzt geht es ums Ganze!, fuhr es ihm im nächsten Moment durch den Kopf. Er musste seinen Verfolgern entkommen und sich danach nach Drachenstein durchschlagen. Rasch stieg er zurück in den Sattel und wollte in die Richtung reiten, in der Mausgesicht und dessen Spießgesellen ihre primitive Brücke errichtet hatten.

Gunther hatte jedoch von Marie und den beiden Jungen von dieser Brücke erfahren und lenkte seinen Hengst so, dass er Otfried den Weg dorthin verlegte.

»Gib auf!«, rief er ihm zu. »Was bringt dir die Flucht noch? Vertraue lieber der Gnade des Pfalzgrafen.«

»Der Teufel soll dich holen!«, schnaubte Otfried, zog sein Pferd herum und wollte in die andere Richtung reiten.

Karel sah es und wies sogleich seine Reiter an, dem Drachensteiner den Weg abzuschneiden.

Otfried fluchte wild. Allein gegen diese Männer zu kämpfen, erschien ihm Wahnsinn. Da war es besser, wenn er sich gegen Gunther wandte und diesen tötete. Damit wäre auch dieser Bogenberger tot, und er hätte seine Rache. Doch als er erneut umdrehen wollte, sah er, dass drei von Karels Reitern auf Gunther zuhielten, um diesem beizustehen. Karel und dessen übrige drei Mann blockierten den Weg zurück.

Otfried begriff mit eisiger Klarheit, dass ihm nur ein Ausweg blieb. Er musste mit seinem Hengst die Schlucht überspringen. Vor vielen Jahren hatte er diesen Sprung zusammen mit Radolf gewagt, nachdem dieser Narr nicht dazu bereit gewesen war, zu behaupten, sie wären mit ihren Pferden darüber gesprungen, ohne es tatsächlich vollbracht zu haben. Damals war sein Pferd noch frisch gewesen. Diesmal aber steckten mehrere Meilen Galopp in den Beinen des Hengstes. Angst ergriff ihn, und er überlegte, sich doch zu ergeben. Dann aber dachte er an das Schicksal, das ihn erwartete. Wenn Mausgesicht und dessen Komplizen alles berichtet hatten, was sie in seinem Auftrag unternommen hatten, konnte er froh sein, wenn er zum Tod durch das Schwert verurteilt wurde. Wahrscheinlicher erschien ihm jedoch ein schreckliches Ende unter der Folter, um alle davor zu warnen, seinem Beispiel zu folgen.

Mit einem Schrei, der nichts Menschliches mehr an sich hatte, riss er sein Pferd herum und rammte ihm die Sporen in die Weichen. »Vorwärts!«, schrie er, und für seine Verfolger gedacht, brüllte er noch lauter: »Ihr bekommt mich nicht!«

Der Hengst raste auf die Schlucht zu, und Otfried flehte zu Gott, diesen Sprung gelingen zu lassen. Hinter ihm erschollen die überraschten Rufe seiner Verfolger. Von denen wird keiner den Sprung wagen, dachte er. Bis sie jedoch die Behelfsbrücke erreichten und diese überquerten, war er längst über alle Berge.

Die Schlucht kam näher, und sie schien Otfried mit einem Mal viel breiter zu sein, als er sie in Erinnerung hatte. Es war die Stelle, an der damals Gunther gesprungen war, und er begriff nicht, wie der Lümmel damals überlebt haben konnte.

»Ich hätte doch nachsehen sollen!«, stöhnte er.

Da streckte sich der Hengst und sprang. Noch in der Luft begriff Otfried, dass es niemals reichen würde. Der Hengst kam nicht hoch genug, sondern prallte mit den Vorderbeinen gegen die Kante der Schlucht. Im nächsten Moment begann sich das Tier zu drehen und stürzte mit den Beinen nach oben in die Tiefe.

Otfried versuchte noch verzweifelt, die Füße aus den Steigbügeln zu bekommen, doch es war zu spät. Er krachte auf den harten Boden, sah noch den Hengst über sich, der mit seinem gesamten Gewicht auf ihn fiel, und dann war nichts mehr.

Gunther hatte fassungslos zugesehen, wie Otfried den gefährlichen Sprung wagte, und stöhnte auf, als er misslang. Mit einer steifen Bewegung stieg er vom Pferd, band die Zügel an einen Zweig und trat an den Rand der Schlucht. Als er sich vorbeugte, um hinabzuschauen, konnte er zunächst nichts erkennen.

Wenig später trat Karel neben ihn. »Der Schurke ist uns nicht entkommen. Ritter Michel wird zufrieden sein.«

»Er stürzte genau an der Stelle in die Schlucht, an der ich vor zwölf Jahren sterben sollte. Wir sollten nachsehen, ob er das gleiche Glück hatte wie ich, oder ob er sich den Hals gebrochen hat«, antwortete Gunther und sah nun die Umrisse des Hengstes unter sich. Dieser schlug mit den Beinen, lebte also noch.

»Auch müssen wir Otfrieds Pferd den Gnadenstoß versetzen. Sein Herr hat es heute genug geschunden. Es soll nicht noch länger leiden müssen.«

Karel wies seine Männer an, alles zusammenzusuchen, was sich als Seil eignete. Es dauerte eine Weile, bis sie mithilfe mehrerer abgeschnittener Zügel und ihrer Hemden ein primitives Seil zusammengebunden hatten. Karel wollte hinabsteigen, doch da schüttelte Gunther den Kopf. »Er war mein Verwandter!«

»Gebt aber gut auf Euch acht! Wenn Euch etwas passiert, reißt Ritter Michel mir den Kopf ab«, erklärte Karel mit verkniffener Miene und half Gunther, sich das eine Ende des Seils um die Brust zu binden.

Während Karel und ein zweiter Mann es hielten, stieg Gunther vorsichtig in die Schlucht hinab. Seine Augen gewöhnten sich an das Zwielicht, und er sah, wie der große Hengst, eingeklemmt zwischen den Felsen, die das Bachbett einengten, auf dem Rücken lag und schmerzhaft stöhnte. Mindestens ein Bein war gebrochen, und er blutete aus den Nüstern. Helfen konnte ihm keiner mehr. Da er jedoch mit den Beinen um sich schlug, kam Gunther nicht nahe genug, um ihm mit dem Schwert den Gnadenstoß zu versetzen.

»Ich brauche einen Speer«, rief er nach oben.

»Achtung!«, rief Karel und schwang einen Speer, damit Gunther sehen konnte, wo dieser nach unten fallen würde.

Gunther trat einen Schritt beiseite und fing den Speer im Flug auf. Danach nahm er Maß und stieß dem Hengst die Spitze in den Leib. Mit einem letzten Röcheln sank der Kopf des Tiers beiseite, und eine fast schmerzhafte Stille machte sich in der Schlucht breit, die nur vom Murmeln des Baches unterbrochen wurde.

Als Gunther näher trat, verriet ihm bereits der erste Blick, dass Otfried sich in dieser Welt nicht mehr für seine Verbrechen würde verantworten müssen.

»Otfried ist tot!«, meldete Gunther nach oben. »Wir werden Knechte schicken müssen, die seinen Leichnam bergen, damit er ein christliches Begräbnis erhalten kann.«

Danach sah er noch einmal auf den Toten herab. »Du hättest damals doch nachsehen und mich töten sollen. Nun liegst du so hier, wie du es für mich gedacht hast«, sagte er bitter.

Karel hatte es vernommen und gab Antwort. »Ich muss gestehen, dass es mir so weitaus lieber ist. Ohne Euch und Eure Rückkehr aus dem Orient hätte Otfried unbehelligt weitermorden können. Nach Bogenberg wären dann auch Hohenwald und Löwenberg an ihn gefallen, und wer weiß, ob er sich damit begnügt hätte.«

»Wahrscheinlich nicht«, gab Gunther zu und bat, wieder nach oben geholt zu werden.

4.

Die Leute jubelten, als Gunther in die Burg einritt, denn keiner von ihnen hatte Otfried gerne hier gesehen. Mittlerweile war ihnen vieles eingefallen, was sie ihm ankreiden konnten. Ein betagter Knecht erklärte, Otfried sei daran schuld, dass Radolf auf Gunther eifersüchtig geworden sei. Anne, die bei der Totenwache für Gunthers Vater von Mausgesichts Spion Hasso verführt und ausgehorcht worden war, kam auf Gunther zu, kaum dass dieser vom Pferd gestiegen war. Ungeniert griff sie an sein linkes Ohr und bog es nach vorne.

»Ihr seid es wirklich«, sagte sie, knickste und sah dann fragend zu Gunther auf, als habe sie Angst, für ihr keckes Auftreten bestraft zu werden.

»Natürlich bin ich es«, antwortete Gunther. »Aber weshalb bist du dir so sicher?«

»Es ist die Narbe hinter Eurem Ohr, Herr. Ihr seid noch ein kleiner Junge gewesen, als Radolf Euch dort mit seinem Holzschwert traf und Euch eine klaffende Wunde beibrachte. Ich habe Euch damals verbunden. Mittlerweile ist die Narbe zwar verblasst, aber immer noch gut zu sehen. Doch lasst Euch nun willkommen heißen. Wir sind alle sehr froh, dass Ihr unser neuer Herr seid. Unter Eurem Vetter wäre das Leben wohl nicht auszuhalten gewesen. Ihr hingegen seid immer ein freundliches Bürschchen gewesen und habt für jeden ein gutes Wort gehabt.«

»Ich könnte mich in der Ferne verändert haben«, meinte Gunther grinsend.

»Ihr nicht!«, rief Anne überzeugt und trat beiseite, damit Gunther den Palas betreten konnte.

Der heimgekehrte Burgherr wandte sich mit einer einladenden Geste an Marie, Michel und Robert von Rehlingen. »Tretet ein und seid meine ersten Gäste. Ich hoffe, es kommt ein guter Schinken auf den Tisch und Würste, wie ich sie aus meiner Kindheit kenne.«

»Wenn es Euch nicht schmecken sollte, könnt Ihr mich in die Ställe zum Ausmisten schicken«, sagte die Köchin, die ebenfalls gekommen war, um den neuen Herrn auf Bogenberg zu begrüßen.

Gunther wies lächelnd auf Marie und Michel. »Es geht weniger um mich als um meine Gäste. Als Ritter Michel das letzte Mal hier war, gab es eine arg karge Kost.«

»Daran war nicht ich schuld, sondern Euer Bruder, der das Gebot der Gastfreundschaft missachtet hat. Es hat ihm auch nichts gebracht, denn kurz darauf war er tot! Aber natürlich nicht durch Ritter Michel.«

Den letzten Satz setzte die Köchin rasch hinzu, da ihre Worte so aufgefasst werden konnten, als wolle sie ihm die Schuld an Radolfs Tod zuschreiben.

Marie, Michel und Gunther waren jedoch zu erleichtert und froh, um Anstoß an ihrem Gerede zu nehmen. Sie traten zusammen mit ihrem Begleiter in die Halle und nahmen Platz. Zum ersten Mal setzte sich Gunther auf den Stuhl an der Schmalseite der Tafel, auf dem sein Vater so viele Jahre gesessen hatte. Es war ein seltsames Gefühl, und für Augenblicke erfasste ihn eine tiefe Traurigkeit.

Wieso hat alles so enden müssen?, fragte er sich. Er hätte sich gerne mit Guntramsweil zufriedengegeben. So aber hatten sein Bruder, Udo von Hohenwald und andere Männer sterben müssen, und Edda von Löwenberg war nur um Haaresbreite dem Tod entgangen. Bei dem Gedanken an die junge Frau schob er auch den leisesten Gedanken beiseite, um Ursula freien zu wollen, um durch sie Bogenberg, Hohenwald und Guntramsweil zu einer geschlossenen Herrschaft zu vereinen. Dabei fiel ihm ein, dass ihm ja auch Drachenstein als Erbe zufallen würde. Vielleicht war es besser, Guntramsweil gegen einen gleichwertigen Teil von Hohenwald einzutauschen. Aber das würde seine Großtante Mildburg gewiss verärgern.

Gunther schien es zu früh, sich den Kopf darüber zu zerbrechen, wie es hier in Zukunft aussehen sollte, und er hob seinen Becher.

»Lasst mich Dank sagen an alle, die mir geholfen haben, das mir zustehende Erbe anzutreten. Mögen sie mir stets in Freundschaft verbunden bleiben.«

»Das werden wir!«, versprach Marie und sandte einen tadelnden Blick zu Falko, der sich eben seinen Becher zum zweiten Mal mit Wein füllen ließ. Bevor sie jedoch etwas sagen konnte, fühlte sie Michels Hand auf der ihren.

»Lass ihn ruhig! Wenn ihm in Kürze der Magen den Dienst aufsagt und er morgen vor Kopfschmerzen die Augen nicht aufbringt, wird er begreifen, dass man auch beim Wein Maß halten soll.«

»Wahrscheinlich wird er dann zu mir gekrochen kommen und um das Säftlein gegen Übelkeit und Kopfschmerzen bitten, welches Hiltrud so meisterhaft zuzubereiten versteht«, antwortete Marie und überlegte, ob sie es ihrem Sohn verweigern sollte, damit er spürte, welche Folgen ein richtiger Rausch nach sich zog. Mit einem Lächeln erinnerte sie sich jedoch daran, dass Falko und Hilbrecht Gunther aus der Sandgrube gerettet und sie aus der Kapelle befreit hatten. Dafür war es nur ein kleiner Dank, wenn sie ihnen die von zu viel Wein hervorgerufenen Kopfschmerzen ein wenig erleichterte.

Michels Gedanken galten bereits anderen Dingen. »Graf Heinrich wird sich wundern, wie schnell wir Otfried besiegen konnten. Wir sollten ihm einen Boten schicken, damit er nicht noch mehr Kriegsknechte zusammenholt.«

»Tu das, mein Lieber!«, stimmte Marie ihm zu.

Gunther sah unterdessen Karel an. »Könntest du, wenn du gegessen hast, mehrere Knechte zusammenrufen und Otfrieds Leichnam bergen? Wir sollten ihn nach Drachenstein schaffen, damit er dort begraben werden kann.«

»Das mache ich!«, versprach Karel, während Michel für einen Augenblick eine saure Miene zog.

»Drachenstein hätte ich fast vergessen. Es kann sein, dass wir die Kriegsknechte doch noch brauchen, um diese Burg zu belagern.«

»Ich will es den Leuten dort nicht raten, Widerstand zu leisten.

Ihr Herr ist tot und Junker Gunther sein nächster Erbe«, sagte Robert von Rehlingen.

»Es wäre offener Aufruhr, und wer diesen wagt, muss damit rechnen, dem Rechtsspruch des Pfalzgrafen zufolge am Halse aufgehängt zu werden.« Michels Stimme klang hart. Da es ihnen gelungen war, Bogenberg ohne eigene Verluste einzunehmen, standen ihnen genügend Männer zur Verfügung, um Drachenstein belagern zu können.

»Wir sollten trotzdem versuchen, das Ganze im Frieden zu lösen«, schaltete sich Marie ein.

»Und wie?«

»Indem wir Otfrieds Leichnam hinbringen und den Bewohnern Gunther als ihren neuen Herrn vorstellen.«

»Ein Versuch ist dies wert«, sagte Gunther. »Otto von Drachenstein war ein edler und gerechter Mann und hätte niemals Schurken auf seiner Burg geduldet. Ich glaube nicht, dass es Otfried in der kurzen Zeit gelungen ist, die Leute zu verderben.«

»Dann sei es so! Warten wir aber zunächst auf Graf Heinrichs Ankunft. Vielleicht kommen auch Ritter Udalrich und Ritter Engelbrecht mit. Dann könnten wir die ganzen Folgen dieser Unruhen besprechen und die richtigen Entschlüsse fassen!« Michel erschien dies die beste Lösung, doch da hob Gunther die Hand.

»Wir sollten nichts überstürzen, Ritter Michel. Auch wenn Otfried ein Schurke war, so stehen wir doch in der Pflicht, seinen Leichnam nach Drachenstein zu schaffen und dort beizusetzen. Auch sollten wir erst einmal die Meinung der einzelnen Herren einholen. Ich schlage deshalb vor, uns in drei Wochen auf Burg Hettenheim zu treffen. Bis dorthin dürfte hier wieder Frieden herrschen. Auch will ich vorher noch etwas in Erfahrung bringen.«

Marie lächelte, denn sie ahnte, dass es ihm um Edda ging. Eine Heirat der beiden war in ihrem Sinn. Sowohl Gunther wie auch die junge Frau waren Außenseiter, sie durch ihre helle Haut und die weißen Haare, er durch die gut zehn Jahre, die er im Orient verbracht hatte. Nicht nur deswegen passten die beiden gut zusammen. Sie sagte jedoch nichts, sondern stimmte dem Vorschlag zu, ein Treffen aller Beteiligten auf Burg Hettenheim abzuhalten. Viel länger als bis zu diesem Zeitpunkt wollten Michel und sie nicht in dieser Gegend bleiben und würden nach dem Ende dieser Versammlung endlich in die Heimat aufbrechen können.

5.

Graf Heinrich erschien am übernächsten Tag zusammen mit Ritter Udalrich. Aus Löwenberg hörten sie, dass Engelbrecht mehr als fünfzig Knechte auf die Beine gebracht habe und auf Bogenberg vorrücken wolle.

Michel entschloss sich, den Löwenbergern entgegenzuziehen und sich dann mit vereinter Streitmacht gegen Drachenstein zu wenden. Während Marie hoffte, es ließe sich alles unblutig lösen, richtete Michel sich auf Kampf ein, um, wie er sagte, bei der Ankunft vor Drachenstein nicht überrascht zu werden.

Da sie Otfrieds Überreste in einem festen Sarg mit sich führten, war es ein trauriger Zug, der vor Drachenstein eintraf. Dort entsandte Graf Heinrich seinen Herold und forderte die Burgbesatzung auf, die Tore zu öffnen.

In der Burg gab es erst einmal Streit. Der neue Haushofmeister, den Otfried erst kürzlich mit diesem Posten betraut hatte, wollte sich dieser Forderung widersetzen. Ihm standen Männer aus Otfrieds Schar zur Seite, während die überwiegende Mehrheit der Burgbewohner es für sinnlos erachtete, sich gegen Graf Heinrich und die drei Herrschaften des Kleeblattbunds zu stellen.

Michel und Graf Heinrich konnten vorerst nicht mehr tun, als vor den Toren zu warten und die Zufahrtswege zur Burg abzuschneiden. Als Michel in der Nacht die Wachen kontrollierte, die die Burg im Auge behalten sollten, vernahm er in der Nähe ein Rascheln.

»Eine Fackel, rasch!«, rief er dem Wachtposten zu.

Dieser ergriff eine Fackel und eilte zu Michel.

»Leuchte dorthin!«

Der Mann gehorchte und stieß einen leisen Ruf aus. »Da ist ein Mann!«

Nun sah Michel es selbst. Ein Mann in dunkler Kleidung kauerte hinter einem Busch. Als dieser erkannte, dass er entdeckt war, sprang er auf und wollte an ihm vorbeirennen. Blitzschnell streckte Michel den rechten Fuß aus und brachte ihn zu Fall. Im nächsten Moment hatten Michel und der Wachtposten ihn gepackt und fesselten ihn.

Dabei bemerkte Michel eine doppelt faustgroße, harte Beule unter dem Wams des Gefangenen und griff hinein.

»Lasst das, das gehört mir«, stieß der Mann angstvoll aus.

Michel zog einen schweren Lederbeutel hervor. Als er diesen öffnete und hineinschaute, glänzte es ihm im Licht der Fackel silbern entgegen. »Ich glaube eher, dieses Geld gehört dem neuen Herrn dieser Burg«, antwortete er und befahl, den Mann ins Lager zu bringen und gut zu bewachen.

Auch er kehrte ins Lager zurück und berichtete Marie, Graf Heinrich und Gunther von dem Zwischenfall.

»Ich bin gespannt, ob noch mehr Leute heimlich verschwinden wollen«, sagte Marie, die in der versuchten Flucht dieses Mannes ein gutes Zeichen sah. Da dieser niemals so viel Geld hatte sparen können, wie Michel nun vor ihnen ausschüttete, musste er ranghoch genug sein, um in die Truhe des Burgherrn greifen zu können.

Als sie diesen Gedanken laut aussprach, nickte Gunther nachdenklich. »Ich hoffe, dass Ihr recht habt, Frau Marie. Es wäre ein schlechter Anfang, wenn ich die Burg, die mir durch Erbschaft zugefallen ist, erst einmal erobern müsste.«

»Das wird Euch hoffentlich erspart bleiben«, sagte Graf Heinrich und befahl, den Gefangenen vorzuführen.

Als dieser hereingebracht wurde, wirkte er weniger zerknirscht als lauernd. »Halten zu Gnaden, meine Herren und auch die Dame. Was ist es Euch wert, Burg Drachenstein ohne einen Schwertstreich einnehmen zu können?«

»Sehr viel«, antwortete Gunther.

»Ich könnte Euch dazu verhelfen. Ihr müsst mir nur den Preis bezahlen, den ich dafür verlange«, antwortete der Gefangene selbstbewusst.

Marie machte eine abwehrende Geste. »Wir sollten das morgen besprechen. Jetzt sollte dieser Mann erst einmal in der Nacht darüber nachdenken können, was es bringt, in die Truhe seines Herrn zu greifen und mit seinem Raub entkommen zu wollen.«

»Ihr versteht das nicht richtig«, rief der Gefangene. »Ich bin Herrn Otfrieds Haushofmeister und Kastellan. Wenn ich den Befehl dazu gebe, werden sich die Tore der Burg für Euch öffnen!«

»Das werden sie vielleicht auch tun, ohne dass du diesen Befehl erteilst.« Michel war der Mann zuwider, und er riet Graf Heinrich, ihn in Gefangenschaft zu lassen und später über ihn zu richten.

Graf Heinrich gefiel der Mann ebenso wenig. Er stellte ihm noch ein paar Fragen, die der Haushofmeister mit einem Schwall von Schmeicheleien beantwortete, und befahl schließlich, ihn wegzubringen und zu bewachen.

»Warten wir auf morgen«, sagte er. »Wenn Ritter Engelbrechts Aufgebot zu uns aufgeschlossen hat, wird die Lust der Drachensteiner, sich zur Wehr setzen zu wollen, gewiss schwinden!«

»Wollen wir es hoffen«, antwortete Marie und war froh, sich in ihr Zelt zurückziehen und schlafen legen zu können.

6.

Als am nächsten Morgen das Verschwinden des Haushofmeisters und dessen Griff in die Truhe des Burgherrn in der Burg bekannt wurde, streckten auch die Letzten die Waffen, und Graf Heinrich konnte ungehindert in die Burg einziehen. Neben Marie, Michel, Gunther und Robert von Rehlingen verlangten auch die beiden einstigen Streithähne Udalrich von Hohenwald und Engelbrecht von Löwenberg ein Quartier in der Burg. Noch vor Tagen hatten sie hier nicht unter demselben Dach schlafen wollen. Nun trafen sie sich sogar heimlich unter vier Augen, um zu beraten, wie sie beide den größtmöglichen Vorteil aus diesen Ereignissen ziehen konnten. Graf Heinrich wurde daher schon bald mit ersten Forderungen überfallen.

Udalrich räusperte sich vernehmlich und sprach ihn an. »Ihr müsst selbst sagen, dass ich durch den Mord an meinem Sohn den größten Schaden davongetragen habe. Mir steht daher eine Entschädigung zu, die diesem Verlust angemessen ist!«

»Auch ich fordere Wiedergutmachung all der Schäden, die uns durch Otfrieds Umtriebe zugefügt wurden. Vergesst auch nicht, dass meine Schwester beinahe das Opfer dieses Mörders geworden wäre!«, mischte sich nun Engelbrecht von Löwenberg ein.

Beide forderten, die Herrschaft Drachenstein in drei Teile aufzuteilen, wobei Udalrich sich gnädig bereit erklärte, auf seinen Part zu Gunthers Gunsten zu verzichten, wenn er im Gegenzug dafür Guntramsweil zugesprochen erhielte.

»Verzeiht, meine Herren«, antwortete Gunther. »Ich bin mit Graf Heinrich übereingekommen, dass wir uns in drei Wochen auf seiner Burg treffen und dort über alles sprechen werden.«

»Das können wir doch auch hier und jetzt tun«, wandte Udalrich ein.

»Wir können nicht lange genug bleiben, denn die Vorräte in der

Burg reichen nicht aus, unsere Aufgebote zu ernähren«, entgegnete Graf Heinrich. »Aus diesem Grund werden wir morgen alle von hier abziehen. Ritter Michel hat sich dankenswerterweise bereit erklärt, Burg Drachenstein so lange zu verwalten, bis wir über sie entschieden haben.«

Marie musste sich das Lachen verkneifen, als sie die säuerlichen Gesichter der beiden Ritter sah. Engelbrecht und Udalrich hatten gehofft, mit rasch gestellten Forderungen verhindern zu können, dass Gunther durch den Besitz der Herrschaften Bogenberg, Drachenstein und Guntramsweil größer und einflussreicher wurde als sie beide zusammen.

»Schickt bitte unsere Mädchen hierher«, bat Marie Heinrich von Hettenheim, um das Gespräch über die Verteilung des Landes zu beenden.

»Gewiss, meine Liebe. Falko und Hilbrecht sollen hierbleiben und Eurem Gemahl helfen«, antwortete der Graf.

Gunther sah Marie betroffen an. »Ihr kommt nicht mit uns nach Hettenheim?«

Marie schüttelte den Kopf. »Nein, aber wir werden bei dem Treffen dabei sein. In der Zeit wird Karel sich um Drachenstein kümmern.«

»Aber ich hätte es gerne gesehen, dass Ihr mitkommen würdet, wegen …« Gunther brach ab und sah so hilflos aus, dass Marie ihn am liebsten in die Arme genommen und getröstet hätte. Doch den Weg, der vor ihm lag, musste er selbst zurücklegen.

»Richtet Fräulein Edda meine Grüße aus«, bat sie ihn.

»Meine Schwester müsste eigentlich wieder so weit hergestellt sein, dass ich sie nach Löwenberg zurückholen kann«, erklärte Ritter Engelbrecht.

»Versucht es, und ich werde Euch den Schädel spalten«, murmelte Gunther so leise, dass nur Marie es verstand.

Sie lächelte darüber. Verliebte Männer waren nun einmal nicht zurechnungsfähig, und Gunther musste ein sehr verliebter Mann sein, da er eine Ehe mit Ursula von Hohenwald ablehnte, obwohl er dadurch einen größeren und in sich geschlossenen Besitz erhalten würde.

Spontan schlug sie Gunther einen Spaziergang durch die Burg vor. Kaum waren sie vor neugierigen Ohren sicher, sah sie ihn nachdenklich an. »Ihr solltet morgen nicht mit Graf Heinrichs Aufgebot ziehen, sondern vorausreiten. Seid jedoch vorsichtig! Ihr werdet auf ein äußerst scheues Vögelchen treffen, das sich rasch in sein Schneckenhaus zurückziehen kann.«

»Ein Vogel im Schneckenhaus? Das ist eine seltsame Zusammenstellung, doch Ihr habt gewiss recht. Glaubt Ihr, dass Edda bereit ist, ihr Leben mit mir zu teilen?«, fragte Gunther.

»Wenn Ihr Edda das Gefühl gebt, für sie Ursula und damit Hohenwald aufzugeben, wird sie es tun.«

Maries Zuversicht strahlte auf Gunther aus, denn er straffte den Rücken und blickte in die Richtung, in der er Burg Hettenheim und damit auch Edda wusste.

»Ihr meint, sie soll erkennen, wie viel sie mir wert ist?«

Marie nickte. »Auf Löwenberg hat man sie für wertlos erachtet und es sie fühlen lassen. Solche Wunden heilen nur schwer. Vergesst das niemals.«

»Dann wünscht mir Glück!«, bat Gunther.

Marie fasste nach seiner Hand. »Von ganzem Herzen! Übrigens sollen Karel und Falko mit Euch kommen, um die Mädchen abzuholen. Da wir die nächsten drei Wochen hier auf Drachenstein bleiben werden, will ich sie um mich haben.«

»Es erleichtert mich, in Gesellschaft zu reiten«, gab Gunther zu. »Auch wenn Otfried und sein mausgesichtiger Kumpan Jochen ihr gerechtes Ende gefunden haben, so mag sich immer noch übles Gesindel in dieser Gegend aufhalten.«

»Ich hoffe es nicht«, antwortete Marie und gesellte sich wieder zu den Ihren. Michel warf ihr einen kurzen Blick zu, sah ihr Lächeln und wusste, dass sie zufrieden und glücklich war.

7.

Am nächsten Morgen brachen Gunther, Karel und Falko nach einem raschen Frühstück auf. Engelbrecht von Löwenbergs Angebot, auf seiner Burg Rast zu machen und am nächsten Tag nach Hettenheim weiterzureiten, lehnte Gunther ab. Es drängte ihn, so rasch wie möglich mit Edda zu sprechen, und daran wollte er sich durch nichts und niemanden hindern lassen.

Gunther ritt schnell, und es lag Karel mehrmals auf der Zunge, ihn aufzufordern, die Zügel straffer anzuziehen.

»Lass ihn!«, meinte Falko grinsend. »Die Pferde sind ausgeruht und werden einen flotten Trab aushalten. Je früher wir auf Hettenheim ankommen, umso mehr Zeit haben die Mädchen, ihre Sachen zusammenzupacken, so dass wir vielleicht schon morgen nach Drachenstein aufbrechen können.«

»Wenn, dann übermorgen«, schränkte Karel ein und schwor sich, seinem braven Hengst nicht die Sporen zu geben, nur weil Gunther es nicht erwarten konnte, Hettenheim zu erreichen.

Dieser beherrschte sich aber insoweit, dass sich die Pferde nicht über Gebühr anstrengen mussten, und er hielt sogar an einer Schenke an, um einen Becher Wein zu trinken. Das Brot aber und den Schinken, die sein Mittagessen darstellten, verzehrte er während des Weiterritts im Sattel.

Als sie am späten Nachmittag Hettenheim erreichten, trafen sie als Erstes auf Trudi und Alika.

»Habt ihr Edda gesehen? Wo finde ich sie?«, fragte Gunther die beiden.

»Das Fräulein ist auf ihrem gewohnten Platz im Garten, und Ihr solltet zu ihr gehen. Ich glaube, Edda hat sich große Sorgen um Euch gemacht«, antwortete Alika, während Trudi ihrem Bruder grinsend zuzwinkerte.

Kaum hatte Gunther sich in Bewegung gesetzt, zupfte sie Falko am Ärmel. »Komm, wir sollten uns ein Fenster suchen, durch das wir in den Garten hinabschauen können.«

»Das geht am besten vom Bergfried aus. Aber es ist ungehörig!«, sagte Alika.

»Du kannst ja auf uns achtgeben«, meinte Trudi lachend und versetzte Falko einen Schubs. »Geh du schon mal vor. Ich hole Lisa und Hildegard. Oben erzählst du uns, wie ihr Mama gefunden habt. Papas Bote war nicht sehr gesprächig.«

»Es ist ungehörig!«, wiederholte Alika, ging aber Falko voraus, da sie nicht weniger gespannt darauf war, ob Gunther und Edda sich fanden, wie Trudi und deren Bruder.

Unterdessen betrat Gunther den Garten und sah Edda an einen großen Birnbaum gelehnt stehen. »Gott zum Gruße, Fräulein«, rief er ihr zu.

Edda zuckte zusammen, sah ihn an und stürmte ihm entgegen. »Ihr seid wieder zurück! Dem Herrn im Himmel sei Dank! Ich habe schon befürchtet, es könnte zum Kampf gekommen und Ihr verletzt oder gar getötet worden sein.«

»Es gab nur ein kleines Scharmützel gegen die Bande, deren Anführer den Pfeil auf Euch geschossen hat, und daran war ich kaum beteiligt. Bogenberg wurde uns von der Besatzung übergeben. Zwar versuchten Otfrieds wenige Getreue, sich mit den Schwertern den Weg frei zu machen, wurden aber überwältigt. Auch in diesem Fall habe ich nicht viel getan«, antwortete Gunther.

»Ihr seid ein ehrenhafter Mann und so bescheiden. Andere würden Wunder weiß wie prahlen, welche Heldentaten sie vollbracht haben«, sagte Edda mit leuchtenden Augen.

»Ich habe in den letzten elf Jahren meines Lebens mehr gelernt, Menschen am Leben zu erhalten, als es ihnen zu nehmen!« Gunther lachte leise, wurde aber sogleich wieder ernst. »Wir haben auch Drachenstein eingenommen – und zwar ohne Kampf. Damit dürften die Unruhen in diesem Gau zu Ende sein.«

»Das wäre schön«, sagte Edda leise.

»Graf Heinrich hat herausgefunden, dass ich durch meine Urgroßmutter das höchste Anrecht auf Drachenstein habe. Ritter Udalrich bot mir daher an, seine Tochter zu heiraten, um Drachenstein und Bogenberg durch Hohenwald mit Guntramsweil zu vereinen und damit eine großartige und mächtige Herrschaft zu begründen.«

Noch während Gunther es sagte, sah er, wie ein Schatten über Eddas Gesicht huschte.

»Ihr werdet es wohl tun, um ein mächtiger Herr zu werden«, antwortete sie mit brüchiger Stimme.

»Ich habe abgelehnt!«, sagte Gunther lächelnd. »Wisst Ihr, mein Fräulein, ich bin lieber ein glücklicher als ein mächtiger Mann und will die Frau an meiner Seite sehen, zu der mein Herz mich zieht.« Er ergriff ihre Hand und zog sie sanft an sich. »Ich habe Euer Leben bewahrt, als der Pfeil Euch getroffen hatte, und würde Euch gerne auch weiterhin beschützen.«

Edda sah ihn mit großen Augen an. »Ihr wollt meinetwegen auf Ursula und Hohenwald verzichten?«

»Ich liebe Euch!«, sagte Gunther lächelnd. »Ich habe Euch vom ersten Augenblick geliebt, als ich Euch blutend vor mir liegen sah. Wenn Ihr es übers Herz bringen könntet, die Meine zu werden, wäre ich der glücklichste Mann auf Erden.«

»Und ob ich will!«, rief Edda und schlang die Arme um ihn.

»Vorsicht auf Eure linke Seite!«, mahnte Gunther.

»Ach, die tut ja gar nicht mehr weh.«

»Euer Bruder hat angekündigt, Euch nach Löwenberg zurückzuholen«, erklärte Gunther nach einer Weile.

Eddas Miene nahm einen abweisenden Zug an. »Ich werde niemals nach Löwenberg zurückkehren!«

»Ihr solltet es tun – als meine Braut! Immerhin werden wir mit Löwenberg gute Nachbarschaft halten müssen. Da sollte kein neuer Zwist zwischen uns und Euren Verwandten sein.«

»Also gut. Aber nur, weil es Euer Wunsch ist – und auch nur für wenige Tage.«

»So machen wir es! Euer Bruder wird Euch mir zuführen. Aber

die Hochzeit wird auf Bogenberg gefeiert, damit meine Leute ihre neue Herrin so bald wie möglich kennenlernen.«

Während Edda und Gunther sich im Garten umarmten und dabei ihre Zukunftspläne besprachen, sahen sich Trudi, Lisa, Hildegard und Falko oben in einer Kammer des Bergfrieds grinsend an.

»Mama wird sehr zufrieden sein! Sie sagt schon immer, dass die beiden gut zusammenpassen würden«, sagte Trudi.

»Das sehe ich auch so! Jetzt aber habe ich Hunger. Junker Gunther hat uns heute Mittag kaum genug Zeit gelassen, einen Bissen Brot und etwas Schinken zu essen«, antwortete Falko und schüttelte den Kopf über verliebte Männer, die wegen einer Frau sogar ihren Hunger vergaßen.

8.

In den nächsten drei Wochen herrschte eine seltsame Stimmung im Land. Nachdem es mehrere Jahre lang immer wieder Zwischenfälle gegeben hatte, konnten die Bauern in den Dörfern der vier Kleeblattherrschaften es kaum glauben, auf einmal keine Angst mehr davor haben zu müssen, bestohlen oder gar verprügelt zu werden. Mancher Streit, der hier aufgeflammt war, war kaum noch von Bedeutung, und Männer, die noch wenige Tage zuvor einander übel beschimpft hatten, saßen in den Schenken zusammen und prosteten einander zu. Mit Otfried und dessen Spießgesellen Jochen Mausgesicht gab es jemanden, dem man alle Schuld zuschreiben konnte. So mancher vergaß daher, dass er des Nachts selbst über die Grenze gegangen war und ein Schaf, eine Ziege oder ein Kalb weggetrieben hatte, um Vergeltung zu üben.

Udalrich von Hohenwald und Engelbrecht taten ebenfalls so, als könnten sie kein Wässerchen trüben. Als sie zu der großen Zusammenkunft auf Burg Hettenheim erschienen, trugen sie etliche Forderungen vor, die, wie Michel spöttisch meinte, in Kürze die nächste Fehde nach sich ziehen würden.

»Weder Graf Heinrich noch Gunther können darauf eingehen«, sagte er zu Marie, als er die Halle für einen Augenblick verlassen hatte, um frische Luft zu schnappen.

»Das solltest du ihnen sagen, mein Lieber. Frage sie, ob sie Frieden wollen – oder weiteren Ärger!« Marie lächelte hintersinnig, denn sie glaubte, die Löwenberger auf ihre Seite ziehen zu können.

»Rede mit Ritter Engelbrecht. Wenn Gunther Edda heiratet, ist er dessen Schwager.«

»Er hat angedroht, sie mit jemand anderem verheiraten zu wollen«, berichtete Michel verärgert.

»Das wollen wir doch sehen!«

Marie fasste ihren Mann unter und ging mit ihm in die Halle.

Obwohl nur wenige Gäste darin saßen, war es arg laut. Udalrich von Hohenwald forderte eine Entschädigung für seinen toten Sohn, die ihm aufgrund der Größe dessen, was er haben wollte, von Graf Heinrich und Gunther verweigert wurde.

Engelbrecht von Löwenberg stellte sich auf Udalrichs Seite. Er hatte mit diesem abgesprochen, dass sein Engelhard dessen Tochter Ursula heiraten sollte. Je mehr Udalrich an sich raffen konnte, umso größer würde auch deren Erbe werden. Als Marie an seine Seite trat, nahm er sie zunächst gar nicht wahr.

»Ich hörte, Ihr habt Junker Gunthers Bewerbung um Eure Schwester abschlägig beantwortet«, sprach Marie ihn an.

Engelbrecht von Löwenberg schnaubte grimmig. »Sie ist mein Mündel, und ich bestimme, was mit ihr geschieht!«

»Wenn das Eure Meinung ist, werden mein Ehemann und ich Fräulein Edda nach Heidelberg zu Pfalzgraf Ludwig bringen. Dort soll sie Klage vorbringen über die Art, wie Ihr sie auf Löwenberg behandelt habt, obwohl sie Eure Schwester ist. Danach wird sie nicht mehr Euer Mündel sein.«

Die Drohung war ernst gemeint, das spürte Eddas Bruder. Wenn Edda tatsächlich Klage erhob, würde er jedes Ansehen bei seinem Landesherrn verlieren. Sollte Graf Heinrich dann darauf bestehen, die Angelegenheit um das Erbe und die Grenzen zwischen den einzelnen Herrschaften von Ludwig von Wittelsbachs Notaren entscheiden zu lassen, hatte er mit Gewissheit das Nachsehen.

»Wir sollten nicht streiten, sondern alles in Ruhe besprechen. Es bringt doch nichts, wenn wir unser Anliegen dem Kurfürsten vorlegen. Wir würden nur mehr Geld dafür zahlen müssen, als wir im Gegenzug erhalten«, erklärte er und sah Udalrich verwirrt zu ihm herschauen.

»Aber ich will Wiedergutmachung für den Tod meines Sohnes«, rief dieser zum wohl schon zehnten Mal an diesem Tag.

Michel hob gebieterisch die Hand. »Wenn hier nun schon jeder Wiedergutmachung fordert, so steht sie wohl vor allem Junker Gunther für den Mordversuch an ihm und den Mord an seinem

Bruder zu, mir und meinem Weib wegen ihrer Entführung, Fräulein Edda für das Attentat, das auf sie verübt wurde, Graf Heinrich für die Schafe und Kühe, die ihm gestohlen worden sind, und so weiter und so weiter. Dann wird es wirklich eine Angelegenheit, die nur mehr von der Hofkanzlei des Pfalzgrafen entwirrt werden kann.«

Der Hohenwalder schluckte. Wenn jeder Entschädigung forderte, würde der Teil, den der Einzelne erhielt, verschwindend gering sein.

»Nun, wie stellt Ihr Euch das Ganze vor?«, fragte er Michel mit säuerlicher Miene.

»Belasst die Herrschaften erst einmal so, wie sie sind. Dann überlegt Euch, was gut für Euch ist. Ihr wollt Eure Tochter mit Ritter Engelbrechts Sohn vermählen. Es würde die beiden Herrschaften Hohenwald und Löwenberg zu einem recht großen Besitz vereinen.«

»Es wäre ein gerechter Ausgleich für Bogenberg und Drachenstein, die an Junker Gunther fallen sollen«, antwortete Ritter Udalrich.

»So sehe ich es auch«, stimmte ihm der Löwenberger zu.

»Gegen eine Zusammenlegung einzelner Herrschaften ist auch nichts einzuwenden«, fuhr Michel fort. »Nur solltet Ihr bedenken, dass Ihr, wenn es nach Euren Plänen geht, mit Eurem Besitz genau zwischen der Grafschaft Hettenheim und Junker Gunthers um Drachenstein vergrößertes Bogenberg liegen würdet. Haltet Ihr dies für ein erstrebenswertes Ziel?«

»Nun, wieso nicht?«, fragte Udalrich.

»Da ist zum einen Guntramsweil. Es wäre noch immer von Junker Gunthers Hauptbesitz abgetrennt und damit ein Zankapfel, der vielleicht nicht in den nächsten Jahren, aber vielleicht in der nächsten Generation für Unruhe sorgen könnte. Zudem«, Michel wandte sich an Engelbrecht von Löwenberg, »hat dem Erbrecht von Löwenberg zufolge Eure Schwester ein Anrecht auf eine entsprechende Mitgift, die Euch, wenn Eure Truhen wohlgefüllt sind, keine Probleme bereiten wird.«

Engelbrecht von Löwenberg war deutlich anzusehen, dass seine Truhe eben nicht gefüllt war.

Daher fuhr Michel fort: »Könnt Ihr das Geld nicht aufbringen, müsstet Ihr Land abtreten, und zwar gleichgültig, an wen Ihr Eure Schwester verheiraten wollt.«

»Nur stellt sich die Frage, ob Edda damit einverstanden ist«, mischte Marie sich in das Gespräch mit ein.

»Wegen mir kann sie Junker Gunther heiraten, aber ich gebe kein Land her!«, schnaubte Engelbrecht.

»Wenn es erlaubt ist, würde ich einen Vorschlag machen«, sagte Michel. »Ihr habt es jetzt in der Hand, alles so zu regeln, dass es für die Zukunft Bestand hat. Daher sollte Junker Gunther zu Fräulein Ursulas Gunsten auf Drachenstein verzichten, und diese auf ihr Erbe Hohenwald, das im Gegenzug an Junker Gunther gehen sollte. Junker Gunther könnte Bogenberg, Hohenwald und Guntramsweil zu einer geschlossenen Herrschaft vereinen, und Ihr Löwenberg und Drachenstein.«

Einen Augenblick lang wurde es ruhig, dann aber brüllte Ritter Udalrich wie ein gereizter Keiler. »Ich soll auf meine Heimat verzichten? Niemals!«

Gunther wurde von Michels Vorschlag ebenfalls überrascht, doch als er darüber nachdachte, erkannte er die Vorteile. »Ich würde nicht gleich Nein sagen, Ritter Udalrich«, sagte er. »Drachenstein ist keine schlechtere Herrschaft als Hohenwald. Zudem würde ich Euch auch jenes Stück Land überlassen, das als Mitgift Eurer Großmutter an Hohenwald ging. Wir sollten auch endlich daran denken, das öde Gebiet zwischen unseren Herrschaften aufzuteilen. Da es weiter zwischen Löwenberg und Drachenstein hineinreicht als auf der anderen Seite an Hohenwald und Bogenberg, sollte es zu zwei Dritteln an Euch und zu einem Drittel an mich fallen. Jeder könnte dort Bewohner ansiedeln, und wir könnten gemeinsam eine Handelsstraße bauen, die gewiss Anklang finden wird.«

Marie nickte dem jungen Mann anerkennend zu. Die Jahre in der Fremde hatten seinen Verstand geschult und ihn gelehrt, wie weit er gehen konnte und wo er haltmachen musste. Auch Graf Heinrich war damit zufrieden und sah Ritter Udalrich zwingend an.

»Ihr erhaltet, wenn Ihr tauscht, mehr, als wenn Ihr Euch weigern würdet. Auch schafft Ihr Euch damit gute Nachbarschaft sowohl zu Hettenheim wie auch zur vergrößerten Herrschaft Bogenberg.«

Engelbrecht von Löwenberg betrachtete nachdenklich die Karte des Gebiets, die auf dem Tisch auslag, und kratzte sich am Kinn. Das zwischen ihm und Udalrich umstrittene Gebiet machte immerhin ein Zehntel des Hohenwalder Besitzes aus. Noch ein kleines Stück größer war der Anteil des Ödgebiets, den Gunther ihnen angeboten hatte.

»Wir sollten darüber sprechen«, meinte er und sah dann Gunther an. »Wenn die Grenzen dann so bleiben, wie Ihr sie vorschlagt, wäre ich für meinen Teil damit einverstanden.«

Allen war klar, dass es ihm vor allem darum ging, Edda kein Land als Teil ihrer Mitgift zu überlassen.

Marie war dies nicht so recht, denn dafür, wie er seine Schwester behandelt hatte, sollte der Löwenberger zahlen müssen. Doch da stand Gunther auf und nickte. »Wenn Ritter Udalrich zustimmen sollte, bin ich bereit, dies zu beschwören!«

»Ihr solltet zumindest eine gewisse Mitgift für Eure Braut erstreiten«, wandte Marie ein.

Gunther hob lächelnd beide Hände. »Seid versichert, Edda wäre mir auch ohne Mitgift wert genug. Sie bringt mir das Wertvollste, was es geben kann, nämlich Zufriedenheit.«

»Das habt Ihr schön gesagt, und so muss es auch sein. Die Herren Udalrich und Engelbrecht sollen gemeinsam in ihre Truhen greifen und Edda mit der Mitgift ausstatten, die sie aufbringen können. Land wird es nicht sein. Um eine solche Mitgift – dies hat man in den letzten Jahren gesehen – streitet man doch zu leicht.« Graf Heinrich wollte die Sache zu einem Ende bringen und sah schließlich auch Udalrich von Hohenwald nicken.

»Also gut, ich werde Drachenstein übernehmen«, sagte dieser. »Nach meinem Tod wird es als Erbe an Ursula fallen.«

»Ein Tod, der hoffentlich noch lange auf sich warten lässt«, rief Engelhard von Löwenberg und bat Udalrich, ihn und Ursula zu segnen.

»Wie es aussieht, ist alles in Ordnung gekommen«, sagte Marie zu Michel. »Wir sollten uns daher vornehmen, bald nach Hause zurückzukehren.«

»Halt!«, rief Graf Heinrich lachend. »So leicht entwischt Ihr mir nicht. Durch diese elende Angelegenheit sind wir weder dazu gekommen, in Ruhe über vergangene Zeiten zu reden, noch konnten wir jagen oder Freunde besuchen, denen ich Euch vorstellen will.«

»Auch müsst Ihr bis zu meiner Hochzeit mit Edda hierbleiben, denn ich will Euch als Ehrengäste dabeihaben. Immerhin ist es Euch zu verdanken, dass Edda nicht im Wald ums Leben gekommen ist«, erklärte Gunther mit Nachdruck.

»Genauso ist es!«, stimmte Edda ihm zu. »Ich wäre schwer gekränkt, wenn nicht Ritter Michel mich vor den Altar führt.«

Marie wechselte einen kurzen Blick mit Michel, sah diesen nicken, und lachte. »Wenn es so ist, bleiben wir noch ein wenig. Doch mehr als zwei, drei Wochen sollten es nicht sein. Wir wissen nämlich nicht, was der Fürstbischof von Würzburg inzwischen alles anstellen wird.«

ENDE

Anhang

Die Personen

Die Kibitzsteiner

Marie – die einstige Wanderhure
Michel Adler – Reichsritter zu Kibitzstein, Maries Ehemann
Trudi (Hiltrud) – Maries und Michels älteste Tochter
Lisa – Maries und Michels Ziehtochter
Hildegard – Maries Stieftochter
Falko – Maries und Michels Sohn
Alika – Maries Freundin
Karel – Anführer von Maries und Michels Eskorte
Gereon – Karels Stellvertreter
Heinz, Görch, Egon, Rando – Kibitzsteiner Knechte

Die Hettenheimer

Heinrich von Hettenheim – alter Freund der Kibitzsteiner
Hedwig – Heinrichs Ehefrau
Hilbrecht – Heinrichs ältester Sohn

Die Bogenberger und Verwandte

Rainald von Bogenberg – Gunthers und Radolfs Vater
Gunther – Rainald von Bogenbergs jüngerer Sohn
Guntraud (†) – Gunthers Mutter, Rainalds zweite Ehefrau
Radolf – Gunthers Bruder von der ersten Ehefrau ihres Vaters

Mildburg von Brandis – Guntrauds Tante und Gunthers Großtante
Robert von Rehlingen – Mildburgs Neffe

Die Drachensteiner

Otfried – Radolfs Vetter
Otto von Drachenstein – Otfrieds Vater

Die Löwenberger

Engelbrecht von Löwenberg
Engelhard – Engelbrechts Sohn
Esau – Engelbrechts illegitimer Bruder
Edda – Engelbrechts Schwester

Die Hohenwalder

Udalrich von Hohenwald
Udo – Udalrichs Sohn
Ursula – Udalrichs Tochter

Die Räuber

Jochen Mausgesicht – Räuberhauptmann
Mathis – Mausgesichts Stellvertreter
Hasso – Mausgesichts Spion
Sigo – einer von Mausgesichts Männern
Thea – Sigos Schwester

Weitere Personen

Anne – alte Dienerin auf Bogenberg
Elga – Gänsehirtin
Elsi – Tochter des Dorfschulzen von Karlbach
Emelrich von Rippersweil – Ritter und Burgherr
Gisela – Bäuerin
Lina – Bäuerin
Rasul al Hakimi – der orientalische Arzt
Majid – Rasuls jugendlicher Helfer
Till – Bauer in einem Löwenberger Dorf
Vigilius – Mönch

Glossar

Eigenbesitz – von den Vorfahren ererbtes Gut, kein Lehen

Elle – ca. 0,53 Meter

Kismet – Schicksal

Klafter – ca. 1,8 Meter

Landstörzer – Aufrührer, Rebellen

Lehen – von einem Höherrangigen übertragenes Land und kein Eigenbesitz. Ein Lehen kann wieder abgenommen werden.

Meile – ca. 7,4 km.

Sidi – arabisch: Herr

Die neue große Familiensaga in der Südsee: dramatisch, exotisch, opulent

INY LORENTZ

Die Perlenprinzessin – Rivalen

Hamburg 1771: Um die Hand der schönen Mina Thadde zu gewinnen, lassen sich die die beiden jungen Kapitäne Simon Simonsen und Jörgen Mensing auf einen Wettstreit ein: Wer mit der wertvolleren Ladung aus der Karibik zurückkehrt, der darf die reiche Kaufmannstochter heiraten. Während Simons Fahrt ein Erfolg wird, erleidet Jörgen Schiffbruch. Zurück in Hamburg gelingt es ihm jedoch, Simon die Schuld an dem tödlichen Unglück zuzuschieben. Simons Ruf als Kapitän ist ruiniert, Jörgen dagegen heiratet Mina. Es entsteht eine Feindschaft, die noch das Schicksal ihrer Enkel bestimmen wird …

Die Perlenprinzessin – Kannibalen

Fernab ihrer verfeindeten Familien in Hamburg wollen Ruth und Hinrich Mensing auf der Südsee-Insel Hiva Oa den Stamm der Hanatea zum Christentum bekehren – trotz böser Gerüchte über Kannibalen auf der Insel. Ruth schließt schnell Freundschaft mit der Frau des Häuptlings und beginnt, die Sprache der Hanatea zu lernen. Das gefällt Hinrich zwar nicht besonders, andererseits gelingt es ihm dadurch, zu einem geachteten Mitglied des Stammes aufzusteigen. Als jedoch ein feindlich Stamm das Dorf überfällt, muss Hinrich erkennen, wie sehr er die alten Götter der Hanatea unterschätzt hat …